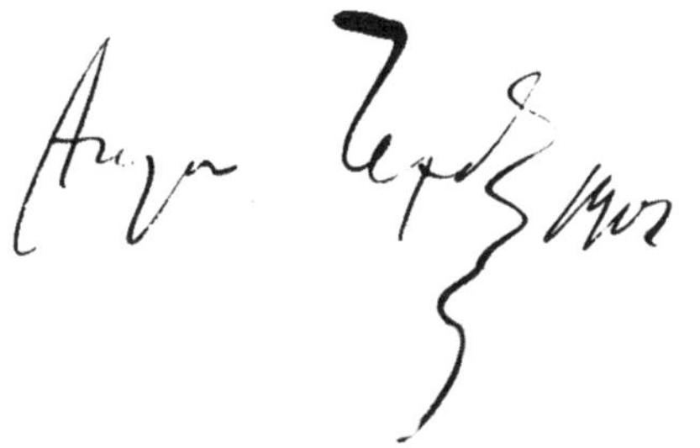

Антон Павлович Чехов

СОБРАНИЕ СОЧИНЕНИЙ

裴家勤 廖鸿钧——译

契诃夫中短篇小说全集 Ⅳ

上海译文出版社

目 录

1885

1886

1885

心理变态者

戏剧小品

曾在外省一个商务法庭任职的九品文官谢苗·阿列克谢伊奇·尼亚宁同庸庸碌碌、至今还靠父母生活的儿子，退役中尉格里沙在家中一个小房间里吃午饭。格里沙照例一杯接一杯地喝酒，不停地说话，脸色苍白、总是心惊胆战的父亲则胆怯地望着儿子的脸，由于怀着某种不明确的、类似恐惧的心情而屏住气息。

“保加利亚和鲁梅利亚只不过是小花小草[①]。”格里沙一面用餐叉使劲剔牙，一面说，“它们算得了什么，无足轻重，不值一提！你读读报纸，看看在希腊和塞尔维亚发生了什么事，看看在英国有什么议论吧！希腊和塞尔维亚一定会采取行动，土耳其也一样……英国则会支持土耳其。”

“法国也会按捺不住……”尼亚宁仿佛是信心不足地发表意见说。

“天哪，又谈起政治来了！”隔壁屋里的房客费奥多尔·费奥多雷奇一面咳嗽一面说，“你们也可怜可怜我这个病人吧！”

“是的，法国也会按捺不住。”格里沙同意父亲的看法，仿佛没有听见费奥多尔在咳嗽，“老爷子，他们还没有忘掉那五十亿法郎[②]呢！他们，老爷子……那些法国人，老爷子，他们心里有数！他们只等着让俾斯麦吃点苦头，往他的鼻烟壶里撒点藜芦[③]。不过，如果法国人采取行动，德国人也不会作壁上观——‘伊万·安德烈伊奇，上这儿来，您会讲德语吗？’[④]……哈哈！继德国人之后是奥地利人，然后是匈牙利人，瞧着吧，西班牙还会提出加罗林群岛[⑤]问题……中国人也会提出东京[6]问题，还有阿富汗人……一个接一个，一个接一个！将会出现的局面呀，老爷子，你连做梦也想不到！你记住我的话吧！到时候你只能无可奈何地把两手一摊……”

生性多疑、胆小怕事的老头子尼亚宁不再吃饭了，脸色越来越苍白。格里沙也不再吃饭了。父子两人都是懦夫，意志薄弱，疑神疑鬼；两个人的心里都充满一种在时间和空间上都飘忽不定的不明确、无定形的恐惧：要出事了！！可是究竟要出什么事，在什么地方出，什么时候出，父子俩便都不知道了。老头子总是默默地陷入恐惧，格里沙则非得用长篇废话来刺激自己和父亲不可，不把自己彻底吓倒决不罢休。

“你等着瞧吧！”他接着说，“你还来不及惊叫一声，欧洲便已经闹得天翻地覆。那可就遭殃了！就算你无所谓，你不在乎，可我呢，对不起，打仗去吧！当然，我不怕……去就去。”

用政治把自己和父亲吓够了以后，格里沙又开始谈霍乱病。

“那个地方，老爷子，也不弄清楚你是死了还是活着，马上就把你抬上大车送到城外去！你就躺在那里同死人做伴吧！没工夫去弄清你只是生了病还是已经死了！”

“天哪！”费奥多尔又在隔壁屋里一面咳嗽一面说，“用烟味儿和酒气来熏人还嫌不够，还要用这种谈话来置人于死地！”

“请问，您不喜欢我们谈话的哪个方面？”格里沙提高嗓门

---

① 1885 年 9 月，土耳其的自治省东鲁梅利亚发生政变，宣布同保加利亚合并，塞尔维亚则趁机要保加利亚割让一部分领土。列强召开国际会议讨论这一问题，但会议陷入僵局。

② 指 1871 年普法战争后法国应付的战争赔款。

③ 一种有毒的沼泽植物。

④ 原文中的外文，除特殊情况外，本书中均以楷体排印，若无注明则为法语，若遇法语外的其他语种，则一一注明。 此处为德语，系果戈理小说《死魂灵》中的一句话。

⑤ 西太平洋上的群岛，19 世纪时为西班牙殖民地。1885 年 8 月俄国报纸上盛传德国企图占领其中一个岛屿。

⑥ 16—19 世纪欧洲人称越南北部为东京。

儿问。

“我不喜欢这种无知……太让人恶心了。”

“恶心就别听……事情就是这样，老爷子，会出事的！当你感到吃惊时，已经晚了。还有，在银行里，在地方自治会里，到处都有贪污盗窃事件……这里丢了一百万，那里丢了十万，另一个地方又丢了一千……每天如此！没有一天不发生出纳员卷款潜逃事件。”

“那又怎么样？”

“什么‘那又怎么样’？总有一天你会在一个美妙的早晨醒来，往窗外一看，什么都没有了，都被偷光了。你会看到满街都跑着出纳员、出纳员、出纳员……你想把衣服穿上，可是裤子不见了——被偷走了！这就是你问的‘那又怎么样’！”

最后格里沙谈到米罗诺维奇一案①。

“你别存什么希望！”他对父亲说，“这个案子永远也审不出什么结果。判决，老爷子，简直毫无意义。不管怎么判，事情还是一锅粥！比方说，判谢苗诺娃②有罪……好吧，行，可你怎么解释不利于米罗诺维奇的证据呢？而如果判米罗诺维奇有罪，你又怎么发落谢苗诺娃和别扎克③呢？一锅粥，老爷子……审得没完没了，稀里糊涂，以致大家对判决都不感兴趣了，而只是无休止地高谈阔论……宇宙有尽头吗？有……那越过这个尽头是什么呢？还是尽头……那越过这第二个尽头又是什么呢？就这样没完没了……对这个案子的审讯也是这样……再审二十遍也不会有任何结果，而只会越审越糊涂……谢苗诺娃今天承认，明天就会翻供，说她根本不知道，根本不清楚。于是卡拉布切夫斯基④又开始团团转……召来十个助手，同他们一起忙呀，忙呀，忙呀……”

① 1884 年在彼得堡发生的一起凶杀案，死者是十三岁的少女萨拉·贝克尔，米罗诺维奇是被告。此案曾轰动一时。
② 谢苗诺娃，卷入凶杀案的一个前乡村女教师。
③ 别扎克，凶杀案的被告之一。
④ 卡拉布切夫斯基，俄国著名律师，米罗诺维奇的辩护人。

“忙什么？”

“派潜水员到土奇科夫桥下去打捞那个哑铃呗！[1]好，可是阿沙宁[2]很快就报告说：没有找到哑铃！卡拉布切夫斯基火了……怎么会没有找到？这是由于我们没有优秀的潜水员和好的潜水装备！应当从英国聘请潜水员，从纽约购买潜水装备！在寻找哑铃期间，被告们便去缠着法院鉴定人。鉴定人也忙得团团转。他们的看法不一致，你教训我，我教训你……检察官不同意埃尔哈德的结论，卡拉布切夫斯基则不同意索罗金[3]的结论……折腾来，折腾去！只好请新的鉴定人，从法国请来了沙尔科[4]！沙尔科刚一来就说：我无法作结论，因为解剖尸体时没有检查脊椎骨！于是又把萨拉的尸体挖出来！后来，我的老爷子，又扯到在现场发现的头发……谁的头发？总不会是从地板上长出来的，而肯定是某个人的！于是把理发师请来作鉴定。没想到，其中一根头发很像是蒙芭松[5]的！于是便传讯蒙芭松！折腾来，折腾去。全都忙个不停，弄得晕头转向。更何况，英国潜水员在涅瓦河里找到的哑铃不是一个，而是五个。如果凶手不是谢苗诺娃，那么，真正的凶手一定往那里扔了十个哑铃。便开始检查哑铃。首先要弄清：它们是从哪儿买的？是从商人波茨科科夫那儿买的！传讯商人！‘波茨科科夫先生，谁在您那里买过哑铃？’‘不记得了。’‘那么，请把您所有顾客的姓名都告诉我们！’波茨科科夫开始回忆，想起你也在他店里买过东西。于是便说，在他店里买过东西的有某某人、某某人，其中还有九品文官谢苗·阿列克谢伊奇·尼亚宁！快把这个九品文官尼亚宁传来！请走一趟吧，先生！”

---

① 谢苗诺娃曾承认自己是凶手，并说把用来行凶的哑铃扔到了土奇科夫桥下。

② 阿沙宁，负责调查此案的侦讯官。

③ 埃尔哈德和索罗金都是负责此案鉴定工作的法医。

④ 沙尔科，法国著名病理学家。

⑤ 蒙芭松，法国女歌剧演员，1885 年曾在俄国演出。

尼亚宁打着嗝从餐桌前站起来，脸色发白，惊惶不安，神经质地迈着小碎步在屋里走来走去。

“哼……哼……”他咕哝道，“天知道是怎么回事！”

“是的，把尼亚宁传来！你就去了。卡拉布切夫斯基的眼睛把你看得一清二楚。他问：‘某月某日夜里您在什么地方？’可你的舌头僵住了。马上把那些头发拿来同你的头发核对，并派人去请来伊万诺夫斯基[1]，于是：请接受审查吧，尼亚宁先生！”

“这……这是什么意思？都知道，我没有杀人！你怎么啦？”

“这没用！他们才不管你杀没杀人呢！他们开始折磨你，把你弄得晕头转向，直到你跪下来说：是我杀的！就是这样！”

“哼，哼……”

“我这不过是打个比方。我倒无所谓。我是个自由人，光棍汉。只要愿意，我明天就去美国！那时候叫卡拉布切夫斯基找去吧！叫他团团转吧！”

“天哪！”费奥多尔呻吟道，“他们也不感到口干！魔鬼，你们到底有完没完？”

尼亚宁和格里沙不作声了。午饭吃完了，两个人都在自己的床上躺下来。两个人的心情都不好。

---

① 伊万诺夫斯基，俄国著名法学家。

在异国

礼拜天中午，地主卡梅舍夫坐在自己餐室里一张摆着精美餐具的饭桌前，慢吞吞地吃着早饭。同他一起进餐的是一个衣着整洁、脸刮得光光的法国老头尚普恩先生。这个尚普恩原来是卡梅舍夫家的家庭教师，教他的孩子们学习礼仪、正确的发音和跳舞，后来孩子们长大了，当了中尉，尚普恩则以类似男性保姆的身份留了下来。前家庭教师现在的职责很简单。他只需穿得体体面面，身上散发着香水味儿，每天听卡梅舍夫闲扯，吃饭，喝酒，睡觉，此外好像便没有别的事了。他为此得到的报酬是供给吃、住和一份不固定的薪金。

卡梅舍夫照例一面吃饭一面闲扯。

“辣得要命！”他擦着眼泪说。一块抹满芥末的火腿把他的眼泪都辣出来了，“嘿！直冲脑袋和全身的关节。你们法国的芥末就没有这个劲头，即便吃下满满一罐。”

“有人喜欢法国芥末，有人喜欢俄国芥末……”尚普恩委婉地说。

“谁也不喜欢法国芥末，除了法国人。而法国人是什么都吃的：吃蛤蟆，吃老鼠，吃蟑螂……真恶心！比如，您不喜欢这种火腿，因为它是俄国的，而如果给您端一盘烤玻璃来，说这是法国菜，您也会吃，而且吃得津津有味……您认为俄国的东西都不好。”

“我没有说过这个话。”

“俄国的东西都不好，而法国的东西：‘啊，好极了！’照您看，国家也是法国最好……而照我看……哼，老实说，法国算什么？那么一小块地！要是把我们的县警察局长调到那里去，一个月他就会请求调回来——那里连打转身的地方也没有！只需一天就能把你们法国跑遍，而在我们这里，你走出大门一望——土地无边无际！你走呀，走呀……”

“是的，先生，俄国是个大国。”

“一点不错！照您看，连人也是法国人最好。一个有教养的、聪明的民族。很文明！我同意，法国人都很有教养，有风度……这不错……法国人从不允许自己失礼：及时给妇女让座，不用餐叉吃虾，不随地吐痰，可是……却缺乏一种精神！法国人没有那种精神！只是我无法给您讲清楚，该怎么说呢，法国人身上缺乏那种，那种……（卡梅舍夫用手指头比划着）那种……法律上的东西。记得我在什么地方读到过一种看法，说你们法国人的智慧全都是后天获得的，从书本里获得的，而我们俄国人的智慧是天生的。如果俄国人能好好学一学科学，那你们的任何教授都比不上。”

“也许吧……”尚普恩不大乐意地回答道。

“不，不是也许，而是肯定！别皱眉头，我讲的是实情！俄国人的智慧是发明家的智慧！只是，当然，他们不去开动这种智慧，也不会吹嘘……他们发明出什么东西，不是把它弄坏就是拿给孩子们玩，而你们法国人即使发明了一个毫无价值的玩意儿，也要叫嚷得让全世界都听见。前几天我的马车夫姚纳用木头做了一个小人儿，拽一拽小人儿身上的线，他就会做一种下流动作。姚纳却没有吹嘘。一般说……我不喜欢法国人！我不是说您，而是一般而言……一个没有道德的民族！从外表看还像人，生活却同狗一样……就拿婚姻来说吧。我们俄国人只要结了婚就会守着老婆，不会有关于他的任何闲话，而你们法国人，鬼才知道是怎么回事。丈夫整天泡在咖啡馆里，老婆则让家里挤满男人，同他们跳康康舞[①]。”

---

① 19 世纪法国游艺场中流行的一种不健康的舞蹈，以高抬腿，露出衬裙和大腿为其特点。

"这不是事实！"尚普恩忍不住涨红了脸说，"法国人对待家庭生活是很有原则的！"

"我们可知道这种原则！您为他们辩护是可耻的。应当实事求是：猪就是猪……谢谢德国人把法国人打败了[①]……真的要感谢他们。愿上帝保佑他们身体健康……"

"既然这样，先生，那我就不懂了，"法国人跳起来，目光炯炯地说，"您既然恨法国人，干吗又要雇用我呢？"

"我能打发您去哪儿呢？"

"只要您放我，我就回法国去！"

"什么？难道现在法国会让您回去？要知道，您可是自己祖国的叛徒！您忽而认为拿破仑是伟人，忽而又说甘必大是伟人[②]……鬼也弄不清您是怎么回事！"

"先生，"尚普恩手里揉着餐巾，激动地用法语说，"您太侮辱我的感情了，连我的敌人也不会对我说这种话！一切都结束了！"

法国人做了一个表示悲痛的手势，很有风度地把餐巾往桌上一扔，不失尊严地走了出去。

三个钟头后，桌上换了餐具，仆人摆上了午饭。卡梅舍夫独自一人在餐桌前坐下来。喝过一杯饭前的开胃酒后，他很想闲扯几句。他想说话，却没人听……

"阿尔丰斯·留多维科维奇在干什么？"他问仆人。

"在收拾行李，老爷。"

"真是个傻瓜，上帝宽恕！……"卡梅舍夫说罢便去找法国人。

尚普恩坐在屋子中央的地板上，正用哆哆嗦嗦的手往箱子里放着内衣、香水、祈祷书、背带、领带……他那文质彬彬的身影、箱

---

① 指德国于1870—1871的普法战争中打败法国。

② 指于1852年发动政变恢复帝制的拿破仑第三，而曾任法国第三共和国总理的甘必大则是坚定的共和制拥护者。

子、床榻和桌子全都散发着优雅和女性的气息。他那天蓝色的大眼睛正往箱子里滴着大颗大颗的泪珠。

“您这是要去哪儿？”卡梅舍夫在那里站了片刻后，问道。

法国人不作声。

“想离开这里吗？”卡梅舍夫继续说，“没什么，随您便……我不敢留您……只是我感到奇怪：您没有身份证怎么走呢？我真不明白！您知道，我把您的身份证弄丢了。我把它夹在一堆文件里，找不到了……而我们国家检查身份证是很严的。您还走不出五俄里就会被抓起来。”

尚普恩抬起头，不大相信地看着卡梅舍夫。

“是的……不信走着瞧！别人从您脸上就会看出您没有身份证，马上问：‘你是什么人？’‘阿尔丰斯·尚普恩！’‘我们可了解你们这些阿尔丰斯·尚普恩！’您愿意被押送到不那么遥远的地方去吗？”

“您这是开玩笑吧？”

“我干吗开玩笑！我才不开玩笑呢！不过您小心点，咱们先说好了:到时候您可别叫苦，别给我写信。当您戴着手铐被押着从我面前走过时，我可是一点忙也不帮！”

尚普恩跳起来，脸色苍白，圆瞪着眼睛，开始在屋里走来走去。

“您怎么这样整治我啊？！”他绝望地抱着脑袋说，“上帝啊！我怎么突然想起要离开祖国，让产生这种罪恶想法的时刻受到诅咒吧！”

“得了，得了，得了……我同您闹着玩的！”卡梅舍夫把语气缓和下来说，“您真是个怪人，连玩笑话也听不懂！让人不敢说话了！”

“亲爱的！”卡梅舍夫的语气使尚普恩得到宽慰，于是他尖着嗓子说，“我向您发誓，我舍不得俄国，舍不得您和您的孩子……要我离开你们就像要我死一样难受！可是您的每句话都伤着我的心！”

“咳，您这个怪人！我骂法国人，您生哪门子气？我们骂的人还少吗，那所有的人都该生气？您是个怪人，真的！您该学学我的佃户拉扎里·伊萨基奇……我这样那样地骂他，骂他犹太佬、癞痢头，用衣襟做个猪耳朵羞辱他，揪他那长长的鬓发……他从不生气！”

“可他是奴隶！他为一个小钱愿受任何侮辱！”

“得了，得了……不谈这个了！咱们吃饭去吧！和解啦！”

尚普恩往泪痕斑斑的脸上扑点粉，便同卡梅舍夫一起来到餐室。第一道菜默默地吃完了，吃完第二道菜后，卡梅舍夫的那一套又开始了，这一来，尚普恩只好没完没了地受罪。

玩世不恭者

中午。穿着肮脏的衬衫和满是油污的燕尾服、身材高大、面容憔悴浮肿的退役骑兵准尉，“皮赫瑙兄弟动物园”的管理员叶戈尔·休辛已经喝醉了。但他在观众面前能巧妙地摆脱困境:或是跑一跑，或是躬身行礼，或是嘻嘻地笑，或是挤眉弄眼，仿佛他之所以笨手笨脚和解开衣扣是为了向观众卖俏。当他那头发剪得短短的大脑袋被酒劲儿冲得晕晕乎乎的时候，观众特别喜欢他。这时候他不会一般地“介绍”动物，而会用一种新的、为他所独有的方式介绍。

“怎么介绍呢?”他向观众挤着眼睛问，“是一般地介绍呢，还是带点心理分析和倾向性?”

“带点心理分析和倾向性!”

“好的[①]!我开始介绍!这是非洲狮!”他摇晃着身子，嘲讽地望着蹲在笼子的一角、温驯地眨巴着眼睛的狮子说，“是强大和优雅的同义语，是美的象征和动物界的骄傲!过去，在它年轻的时候，它曾用自己的力量征服百兽，用吼声震慑四方，而现在……哈哈……而现在，这个呆木头却蹲在笼子里……怎么样，狮子老兄?蹲着啦?是在进行哲理思考吧?大概像在森林里觅食一样，以为再也没有比你更强大的动物了——你算老几呀!——以为你天不怕，地不怕，可结果呢，愚蠢的命运却更强大……命运虽然愚蠢，却更强大……哈哈!瞧瞧，你被魔鬼从非洲弄到哪里来了!大概你做梦也没有想到会上这儿来!我也一样，老兄，也被魔鬼带着到处跑!我在中学待过，在政府机关待过，在土地测量队待过，在电报局待过，在军队里待过，在通心粉工厂待过……天知道我什么地方没有待过！最后我跑到动物园来了……来闻臭味儿……哈哈哈！”

观众被醉醺醺的休辛那真诚的笑声感染，也哈哈大笑起来。

“它大概向往自由了！”一个身上散发着油漆味儿、衣服上沾满各色油漆的人朝狮子挤挤眼说。

“它向往什么自由！你把它放了，它自己也要回到笼子里来。它已经认命了。哈哈……喂，狮子老兄，到你死的时候了，知道吗！何必在这儿……苟延残喘呢？干脆一伸腿儿算了！反正也没什么盼头了！你瞧着我干吗？我讲的是实话！”

休辛把观众领到下一个笼子前。一头野猫正在笼子里乱蹦乱跳地撞着铁栅栏。

“这是野猫！我们的瓦斯卡和玛鲁斯卡②的祖先！它被捉来关在笼子里还不到三个月。唔噜唔噜地叫，乱蹦乱跳，眼睛闪着光，不许人靠近它。一天到晚用爪子抓铁栅栏，想出去！现在它愿意献出一切，献出它的百万家产和孩子，只求能放它回家，哈哈……喂，傻瓜，你干吗乱蹦乱跳？干吗奔来突去？要知道，你是出不去的！直到死也出不去！你会习惯的，会认命的！不仅会习惯，还会向我们这些折磨你的人讨好呢！哈哈……老兄，这里就是但丁所描写的地狱:您别存任何希望！③”

休辛这种玩世不恭的态度渐渐使观众生气了。

“我不懂这有什么可笑的！”一个男低音说。

“龇牙咧嘴的，可他自己也不知道快活什么……”那个油漆匠说。

“这是猴子！”休辛来到下一个笼子前，继续讲解，“动物界的坏蛋！我知道它恨我们，看来巴不得把我们撕成碎块，但脸上却在笑，还舔我们的手！奴才性格！哈哈……为一小块糖不惜向折磨它

---

① 原文为拉丁语。

② 指家猫，俄国人爱用“瓦斯卡”和“玛鲁斯卡”给猫命名。

③ 这是但丁《神曲·地狱篇》中地狱入口处的题词。

的人下跪，供人取乐……我不喜欢这种性格！……我来介绍一下，这是羚羊！”休辛把观众带到羚羊笼前，笼子里蹲着一只又瘦又小、长着一双泪汪汪的大眼睛的羚羊，“它活不了几天了！还没有关进笼子，它的命运便已经决定了——它的肺痨病已到了晚期！哈哈……你们瞧，它的眼睛简直跟人一样，正在哭呢！这是可以理解的。那样年轻、漂亮……想活下去！现在它多么想自由地奔跑，同漂亮的公羚羊相偎相依，但它却在这里蹲在肮脏的干草上，闻着狗毛味儿和马粪味儿。真奇怪：都快死了，而眼睛里仍然闪着希望的光芒！这就叫青春！不是吗？拿你们这些年轻的动物真没办法！你白白地怀着希望了，亲爱的！你会这样怀着希望而死去。哈哈……”

“老兄，你……你就别用这些话来折磨它了……”油漆匠皱起眉头说，“听着不舒服！”

观众已经不再笑了。现在只有休辛一个人时而哈哈大笑，时而噗嗤一笑。观众越是抑郁，他的笑声便越是响亮和刺耳。不知为什么，大家开始觉得他有些不成体统、低贱肮脏、玩世不恭，所有人的眼睛里都露出憎恶和愤懑的神情。

“这就是仙鹤！”休辛不肯罢休，他朝一只站在笼子旁边的仙鹤走去，“它在俄国出生，曾飞到尼罗河去同那里的鳄鱼、老虎谈话。它有着辉煌的过去……你们瞧，它在沉思呢，那样专注！它只顾想自己的心事，对什么都视而不见了……幻想，幻想！哈哈……它在想：‘我要把所有人的脑袋啄破，我要从小窗口飞出去——飞向蓝天，飞向苍穹！现在天上正有一队队仙鹤往温暖的南国飞去，发出嘎嘎……嘎嘎……的叫声……’啊，你们瞧，它的羽毛竖起来了！就是说，它想起了那最难忘的时刻——把它的飞羽剪去的时刻，它感到一阵恐怖和绝望。哈哈……不肯妥协的性格。它会永远这样竖着羽毛，直到死去。不肯妥协的、高傲的家伙！我们才不管你妥不妥协呢！你高傲，不妥协，而我只要愿意，就可以在观众面前牵着你的鼻子走。哈哈哈……”

休辛抓住仙鹤的嘴喙，牵着它走起来。

“不要嘲弄它！”观众中有人说，“住手！这是怎么回事！老板在哪儿？怎么能让这个醉汉……折磨动物！”

“哈哈……我怎么折磨它啦？……”

“你……你用这些，各种各样的……嘲笑……不应当！”

“可这是你们自己要我带点心理分析啊！……哈哈……”

观众想起来，他们正是为了听这种“心理分析”才到动物园来的，他们曾急不可待地等着醉醺醺的休辛从他的小屋里出来给他们讲解，于是，为了替自己的愤懑找点理由，他们便吹毛求疵，说动物喂得不好、笼子太小等等。

“我们会喂它们的。”休辛嘲笑地眯缝起眼睛看着观众说，“甚至马上就要喂了……瞧你们说的！”

他耸耸肩，把手伸到柜台下面，从热烘烘的被子里抓出一条小蟒蛇。

“我们会喂它们的……不喂不行啊！它们都是演员，要不喂就会死掉！兔子先生，到这儿来！请！”

一只红眼睛的小白兔上场了。

“您好，先生！”休辛用手指头在兔子面前比比划划地说，“认识您很荣幸！我来介绍一下想吃掉您的蟒蛇先生！哈哈……不乐意吗，老兄？皱眉头啦？有什么办法呢！这不能怪我！反正不是今天就是明天……不是我就是别人……在所难免。这是哲学，兔子老兄！现在你活着，呼吸着，思考着，而一分钟之后，你便成了一团不成形状的肉。请吧。可生命总是美好的，老兄！啊，多么美好啊！”

“别喂食！”观众中有人说，“够了！别喂了！”

“真遗憾！”休辛继续说，仿佛没有听见观众的怨言，“一个生灵，一个个体，整个一条命……有老婆，有孩子……一下子就不存在了！请吧！尽管非常遗憾，可有什么办法呢！”

休辛抓起兔子，笑呵呵地把它放在蟒蛇的嘴边。可是，兔子还没来得及吓晕过去，便被几十只手救了下来。观众惊叫着，纷纷讲起动物保护协会。他们又是叫嚷，又是挥手，又是跺脚。休辛则笑呵呵地跑回自己的小屋去了。

观众气愤地离开了动物园。他们感到恶心，仿佛吞下了一只苍蝇似的。可是刚过一两天，已经平静下来的动物园的常客又开始想念休辛，就像想喝酒或是想抽烟一样。他们又想听他那带刺的、让人脊背发凉的玩世不恭的话。

公火鸡

一场小误会

“你是个丑八怪，丑八怪！秃顶的丑八怪！”有一天，佩拉格娅·彼得罗芙娜对自己的丈夫、退职十品文官马尔克尔·伊万诺维奇·洛赫马托夫说，“别人的丈夫全都像个丈夫的样，只有我遭到上帝的惩罚，给我这么一个宝贝——要多懒有多懒！妹妹格拉申卡的丈夫又补袜子又喂鸡，还去市场买菜。普拉斯维娅·伊万诺芙娜的丈夫多么好啊！总是想方设法讨妻子的欢心：时而用开水浇床灭臭虫，时而拍打皮大衣防虫咬，时而帮着剖鱼。只有你，鬼才知道你是怎么搞的！成天像个死人似的躺在长沙发上，光知道喝酒和胡扯什么鲁梅利亚问题。”

“让我干什么呢？”马尔克尔·伊万诺维奇胆怯地问。

“干什么？要干的事还少吗？家务事遍地都是。就拿那只公火鸡来说吧。这畜生已经一个礼拜不吃不喝……眼看快死了，而你，我的冤家，却不闻不问！唉，真想扇你一耳光！要知道，那是一只多么好的公火鸡啊！简直是一座山，而不是鸡！这样的火鸡五个卢布也买不到！”

“我能把……把这只鸡怎么办呢？总不能抱着它去找大夫吧！”

“干吗找大夫？大夫又不会给禽鸟治病……你去问问用人……这些人什么都知道……不然你这个蠢货就自己开动脑筋，想想该怎么办。到药店去一趟也行嘛。药店里的药多着呢！”

“好吧，那我到药店去一趟。”马尔克尔·伊万诺维奇说，“好吧。”

“那就去一趟吧！你就说：请卖给我十戈比的止泻药！”

马尔克尔·伊万诺维奇懒洋洋地从沙发上站起来，叹了口气，开始穿长裤（他在家里待着时，佩拉格娅为了节约，只许他穿着内衣内裤）。他刚喝了酒，脑袋昏昏沉沉，就像有颗沉甸甸的铅弹在两个太阳穴之间穿来穿去似的，但想到马上要去药店办事，便强打起精神。他穿好衣服，拿起手杖，不失尊严地往药店走去。

“您要买什么？”药店里，一个肥胖、秃顶、蓄着连鬓胡的药剂师问他。

“我要买一种药……”马尔克尔·伊万诺维奇谦恭地望着药剂师那毛茸茸的连鬓胡，怯生生地说，“老实说，我没有处方，我自己也不知道需要买什么药，也许您能给我出点主意。”

“行，那么得了什么病呢？”

“是这么回事，这家伙已经一个礼拜不吃不喝了。总是拉稀。成天萎靡不振，垂头丧气，好像丢了什么东西或是做了什么亏心事似的。”

药剂师微微翘起嘴角，眯缝起眼睛，聚精会神地听着。药剂师一般都很喜欢别人向他们请教医疗问题。

“哦……唔……”他哼哼哈哈地说，“发烧吗？”

“这我可没法告诉您，我不知道……您就行行好，随便给点药吧。您相信吗，看着都可怜！本来好好的，满院子跑，可现在，得！无缘无故地皱起眉头，缩着脖子，蹲在板棚里不出来。”

“住板棚可不行……现在天凉了。”

“好的，那我们把它弄到厨房里去……它要是……要是死了可就遗憾了……母火鸡们离了它没法活。”

“什么母火鸡？”药剂师瞪大眼睛问。

“普通的……长着羽毛的。”

“您是说谁病了？”

“一只公火鸡呀。”

药剂师表情骤变，仿佛在说：“呸！”他的嘴角垂了下来，一片乌云从严厉的脸上掠过。

“我……我不明白。”他生气地说。

“您不明白什么叫公火鸡吗？”轮到马尔克尔·伊万诺维奇不明白了，“有普通的公鸡，就是成天同母鸡泡在一起的那种，而公火鸡……公火鸡则要大得多，鼻子上有一个肉瘤……只要对它打一声口哨，它就会张开翅膀，竖起羽毛，咕噜噜、咕噜噜地叫……”

“我们不给火鸡看病……”药剂师气呼呼地望着一边咕哝道。

“不需要给它看病……随便给点药就行了……要知道，这又不是人，而是禽鸟，随便给点药就管事。”

“对不起，我没工夫。”

“我知道您没工夫，但劳驾帮帮忙吧！给点药费得了您多大工夫？您愿给什么药就给什么药，我不多嘴。劳您大驾啦！”

马尔克尔·伊万诺维奇的恳求语气感动了药剂师。他重又皱起眉头，翘起嘴角，沉思起来。

“您说它不吃不喝……说它拉稀？”

“对，先生……该吃点止泻药什么的。”

“等一等，我就来。”

药剂师走到药柜前，从里面拿出一本书读了起来。他脸上带着苏格拉底式的神情，额头上聚集着那么多皱纹，弄得马尔克尔·伊万诺维奇瞧着他，生怕他的秃顶会由于皮肤绷得太紧而迸裂开来。

“我给您一点药粉。”药剂师读完后说。

“非常感谢。只是，请原谅我提这个问题，我怎么让它把药粉吃下去呢？它是不会自己吃的！如果它明白这对它有益处就好了，可它是愚蠢的禽鸟，不会判断。把药粉放在它面前，它理也不会理。”

“既然这样，那我给您一点药水。”

“行，药水就好办了。药水可以硬灌。”

药剂师往旁边转过头，用德语高声讲了几句话。

“好的[1]！”一个身材矮小、皮肤黝黑的司药答应道。

马尔克尔·伊万诺维奇往司药工作的地方走去，把胳臂支在柜台上，开始等待。

“这家伙的动作真麻利！”他瞧着正把什么药粉分成多份的司药的手指头，心里想，“干这种活儿也需要学问！”

司药把药粉分完后，拿起一个小药瓶，往里面倒进一种棕色液体，用纸包好，走到马尔克尔·伊万诺维奇面前。

“这十戈比的药水是您喝的吗？”

“给公火鸡喝的。”

“什么？”司药瞪大了眼睛。

“给公火鸡喝的。”

“我跟您说人话，”司药涨红了脸，“您也应当用人话回答我。”

“我还要怎么回答您呢？我说是给公火鸡喝的，就是给公火鸡喝的。不是给老鹰喝的！”

“我只能认为这是冲着我来的。”司药生气了。

“怎么算在您的账上[2]？我自己会付钱。”

“我没工夫跟您开玩笑！”

司药把药瓶放到一边去，走到另外一个地方，用研钵磨起什么东西来。

马尔克尔·伊万诺维奇等了一会儿，后来便耸耸肩，叹了口气，走出了药店。回到家后，他脱掉上装、长裤和西服背心，搔一搔痒，哼哧几声，便往长沙发上一躺。

“喂，怎么样？到药店去了吗？”佩拉格娅·彼得罗芙娜气冲冲地问他。

---

① 原文为德语。

② 俄语的这个词组有两个意思，一是“冲着谁”，一是“算在谁的账上”。

“去过了……让他们见鬼去吧！”

“药在哪儿？”

“他们不给！”马尔克尔·伊万诺维奇挥挥手，用被子把头一蒙。

“哼……看我扇你一耳光！”

医治酒狂症的办法

一

到德城来做巡回演出的著名朗诵家和喜剧演员费尼克索夫-季科布拉佐夫第二坐在头等车厢的包间里。所有到车站来欢迎他的人都知道，他的头等车厢票只是为“摆阔”而在火车差一站就要到达时才买的，在此之前这位名人一直乘的是三等车厢。所有的人都看到，虽然现在已是寒冷的秋季，这位名人仍然披着夏季斗篷，戴着一顶破旧的海狗皮帽，不过，尽管如此，当季科布拉佐夫第二从车厢里露出那张瓦灰色的、睡眼惺忪的脸时，大家仍然感到一阵激动，渴望同他认识。剧院老板波切丘耶夫按照俄国风俗在客人脸上吻了三次，把他带到了自己的寓所。

这位名人预定在到达后第二天开始演出，但命运却做了另外的安排：开演前一天，面色苍白、头发蓬乱的剧院老板跑到剧院的售票处来通知，说季科布拉佐夫第二不能演出了。

“他不能演出了！”波切丘耶夫抓着自己的头发宣布道，“你们怎么看这件事？用斗大的字登报登了一个月，整整一个月，说季科布拉佐夫要来我们剧院演出，吹嘘呀，显耀呀，还把这个期间的长期票票款预收了，可突然碰到这种拆烂污的事。为此就是把他吊死也不解气！”

“可究竟是怎么回事？出什么事了？”

“他喝醉了，该死的！”

“这有什么了不起，睡一觉酒就醒了。”

“他睡到死酒也不会醒！我还在莫斯科时就了解他了：只要一开始喝酒，两个月也醒不了！这是酒狂症！酒狂症！咳，我真是命运不济！为什么这样倒霉！我，该死的，有谁像我这样倒霉啊！为什么……为什么我的头顶上总是悬着上天的诅咒？”波切丘耶夫无论在职业上还是在性格上都是悲剧演员，所以，一面说一面用拳头擂胸脯这种强烈的感情表露对他倒是挺合适的。“像奴隶似的对命运的打击逆来顺受，多么卑微、下贱和可耻！一劳永逸地不再扮演这种灾难不断的可耻角色，往自己的额头上开上一枪，不是更体面一些么？我还在等什么？上帝啊，我还在等什么？”

波切丘耶夫用双手蒙住脸，扭过头去朝着窗户。除了售票员外，票房里还有许多演员和戏剧爱好者，他们自然便劝他，安慰他，鼓励他，但这一切都带有空谈或者预言的性质，不外乎“把一切都看透”“别往心里去”“也许”之类。只有一个胖胖的、患了水肿病的售票员对这件事的态度比较实际。

“普罗克尔·利沃维奇，”他对波切丘耶夫说，“您还是给他治一治吧。”

“魔鬼也治不好酒狂症！”

“您可别这么说。咱们的理发师就很善于治酒狂症。全城的人都找他治这种病。”

波切丘耶夫为有可能抓到一根救命稻草而感到高兴，于是五分钟后，剧院的理发师费奥多尔·格列别什科夫便站在了他的面前。您不妨用想象勾画出一个身材高大、瘦骨嶙峋、眼窝深陷、连鬓胡又稀又长、一双手呈棕褐色的人，再想象这个人形同一副只是靠螺丝钉和弹簧才会活动的骨头架子，最后给这个人穿上一套旧得不能再旧的黑色西服，这样您就得到了一幅格列别什科夫的肖像。

“你好，费奥多尔！”波切丘耶夫对他说，“朋友，我听说你会……会治酒狂症。你就行行好，给季科布拉佐夫治治吧，不是公事，而是看在朋友分上！你知道吗，他喝醉了！”

“让他待着吧。”格列别什科夫用男低音嗓子郁闷地说，“要是普通的演员，或是商人、小官吏，我倒确实能治，可这位是名人，闻名全俄国！”

“那又怎么样？”

“要治好他的酒狂症，就得把他的五脏六腑和全身关节都折腾一通。我要这么折腾他，他病好以后会认为是伤了他的尊严，会生气……‘你这条狗，’他会说，‘竟敢碰我的脸？’我们可了解这些名人！”

“绝对不会……别借故推辞了，老兄！俗话说：既是蘑菇，就得让人采！戴上帽子，跟我走吧！”

一刻钟后，当格列别什科夫走进季科布拉佐夫的房间时，名人正躺在床上气呼呼地望着屋里的吊灯。吊灯一动不动地挂着，但季科布拉佐夫却死死地盯着它嚷道：

“你在我面前转什么转！该死的，我要给你点厉害，看你还敢转！我把长颈瓶都砸碎了，也能把你砸碎，你瞧着吧！啊……天花板也在转……我明白了：这是阴谋！可是吊灯，吊灯！这个混蛋，它比所有的东西都小，却比所有的东西都转得更欢！你等着……”

喜剧演员下了床，把床单也带了下来，并把床头柜上的茶杯拂到了地上；他摇摇晃晃地朝吊灯走去，但在半路上撞上一个又高又瘦的人。

“这是怎么回事！？”他滴溜溜地转动着眼珠吼道，“你是谁？你从哪儿来？啊？”

“我这就让你知道我是谁……回到床上去！”

还没等喜剧演员回到床上，格列别什科夫便把胳膊一扬，在他的后脑勺上打了一拳，力量那样大，竟打得他一个踉跄扑在了床上。喜剧演员大概从来没有挨过打，所以尽管酩酊大醉，仍然吃惊地甚至是好奇地望着格列别什科夫。

“你……你打我？慢……慢着，你打我？”

“打了。怎么，还想挨一下吗？”

于是理发师又打了季科布拉佐夫一耳光。不知是沉重的打击起了作用，还是一种新奇感起了作用，反正喜剧演员的眼珠子不再滴溜溜转了，而是闪现着一种理智的目光。他跳起来，与其说是气愤地，不如说是好奇地端详着格列别什科夫那苍白的脸和肮脏的西服。

“你……你打人？”他咕哝道，“你……你敢打我？”

“住嘴！”

喜剧演员脸上又挨了一耳光。吓呆了的喜剧演员开始自卫，但格列别什科夫用一只手按住他的胸脯，用另一只手左右开弓地扇他的耳光。

“轻一点！轻一点！”波切丘耶夫在另一间屋里叫道，“轻一点，费奥多尔！”

“没关系，普罗克尔·利沃维奇！以后他还会向我道谢呢！”

“不管怎么样，你还是轻一点吧！”波切丘耶夫往喜剧演员的屋里瞧，哭声哭气地说，“你觉得没关系，可我直起鸡皮疙瘩。你想想：竟在光天化日之下殴打一个享有公民权利的人，一个知识分子，著名人士，还是在自己家里……咳！”

“普罗克尔·利沃维奇，我不是打他，而是打他身上的恶魔。劳驾，您走吧，别担心。躺下，魔鬼！”格列别什科夫喝斥喜剧演员，“不许动！什——么？”

季科布拉佐夫吓坏了。他开始觉得，以前在他眼前转动，被他砸碎的所有东西现在全勾结在一起，正向他的脑袋砸来。

“救命！”他叫道，“来人啊！救命啊！”

“你叫吧，叫吧，魔鬼！这还是轻的，等着吧，厉害的还在后头呢！现在你听着：你要再叫一声，或者稍稍动一下，我就打死你！打死你我不会觉得可怜！没人来救你的，老兄！即使用大炮轰也不会有任何人来。可如果你老老实实的不作声，我就给你酒喝。瞧，酒在这儿！”

格列别什科夫从口袋里掏出一瓶半俄升①装的伏特加，在喜剧演员眼前晃了晃。这个酒鬼一看见自己渴求的东西，立即忘了刚才挨

① 1俄升约合1.23升。

的打，甚至高兴得哈哈大笑起来。格列别什科夫从背心口袋里掏出一小块肮脏的肥皂，把它塞进酒瓶。当酒起了泡沫，变得浑浊起来时，他又往酒瓶里放进一些乱七八糟的东西。放进去的东西有硝石、明矾、硫酸钠、硫黄、松香，以及在化工杂货店出售的其他各种“药剂”。喜剧演员瞪大眼睛望着格列别什科夫，热切地注视着他手里的酒瓶。最后，理发师点燃一块破布，把灰烬放到酒里，摇摇瓶子，走到床跟前。

“喝吧！”他倒出半茶杯酒，说，“一口喝干！”

喜剧演员快活地把酒喝了，惬意地清了清喉咙，却立刻瞪大了眼睛。他的脸一下子变得煞白，额头上冒出了汗珠。

“再喝！”格列别什科夫说。

“不……不喝了！等……等一等！”

“喝，该死的！……喝，不然我打死你！”

季科布拉佐夫喝了以后便呻吟起来，并倒在了枕头上。一分钟后他欠起身子，于是格列别什科夫确信他的药奏效了。

“再喝！把你的五脏六腑都翻腾一下，这对你有好处。喝！”

喜剧演员的痛苦时刻来到了。他的五脏六腑的的确确是在翻腾。他又蹦又跳地在床上折腾着，恐惧地注视着这个残酷无情、不肯罢休的敌人那慢吞吞的动作，这个敌人一分钟也不放过他，只要他不吃药就不停手地打他。挨打，吃药，吃药，挨打。季科布拉佐夫那可怜的躯体还从来没有遭到过这样的欺凌和侮辱，这位名人还从来没有像现在这样软弱和毫无自卫能力。起初他还叫喊，诟骂，后来便开始哀求，最后，当确信反抗只会挨打时，便哭了起来。一直站在门外偷听的波切丘耶夫终于忍不住冲进喜剧演员的房间。

“见你的鬼去吧！”他挥着手说，“宁愿把预收的票款全退了，宁愿让他喝酒，只求你行行好，别再折磨他了！见你的鬼去吧，要知道，他会死掉的！瞧，他马上就要死了！早知道会这样，我是不会找你的，真的……”

“没关系，先生……他以后还会感谢我呢，您等着瞧吧……

喂，你在那儿干什么？”格列别什科夫朝喜剧演员扭过头去，“想挨打了吗？”

理发师在喜剧演员屋里一直忙到晚上。他自己累坏了，也把喜剧演员弄得筋疲力尽。最后，喜剧演员已极度衰竭，甚至连呻吟的力气也没有了，只是带着一种惊恐的神情傻呆在那儿，傻呆一阵之后，进入了一种类似睡眠的状态。

第二天，让波切丘耶夫大吃一惊的是，喜剧演员居然清醒过来了——就是说，他没有死。清醒过来后，他茫然四顾，用滴溜溜的目光扫视房间，开始回想。

“为什么我全身都痛？”他大惑不解地说，“就像身上滚过了一列火车似的。难道该喝点酒？喂，有人吗？送点酒来！”

这时门外站着波切丘耶夫和格列别什科夫。

“他要酒，可见他的病没有好！”波切丘耶夫恐惧地说。

“您怎么啦，普罗克尔·利沃维奇？”理发师不解地说，“难道一天就能治好么？别说一天，一个礼拜能治好就上帝保佑了。有些身体虚弱的人五天能治好，而这个人就其体质来讲同商人一样强壮。药物对他不是很快能起作用的。”

“该死的，你为什么不早告诉我这一点？”波切丘耶夫又呻吟起来，“有谁像我这样倒霉啊！该死的，我还能等到什么好运啊？往自己额头上开一枪，一了百了不是更明智么……”等等，等等。

不管波切丘耶夫对自己命运的看法多么悲观，但一个礼拜后，季科布拉佐夫已经能演出了，预收的票款也就不用退了。格列别什科夫给喜剧演员理发时那样恭恭敬敬地触摸他的头，您简直认不出这就是当初扇他耳光的人。

“这个人的生命力真强！”波切丘耶夫惊叹道，“我看见他受折磨时差点没吓死，而他却若无其事，甚至还感谢费奥多尔那个魔鬼，想把他带到莫斯科去！没说的，简直是奇迹！”

蒙眬睡意

区法院的审判庭里正在审案。被告席上坐着一位面容憔悴的中年绅士，他被控盗用公款和伪造文件。身子瘦弱、胸脯狭窄的法院书记正用平缓的男高音宣读起诉书。他既不管句号，也不管逗号，那单调的宣读声很像是嗡嗡的蜂鸣或潺潺的流水。在这样的宣读声中遐想、回忆或者睡觉是最好不过了……法官、陪审员和旁听者全都无精打采……一片静寂。只是偶尔能听见从法院走廊里传来不知是谁的平稳的脚步声，或是困得不断打呵欠的陪审员用拳头捂着嘴轻轻咳嗽的声音……

辩护人用拳头托住自己那满头鬈发的脑袋昏昏欲睡。在法院书记那蜂鸣般的宣读声的影响下，他的思路全然失去章法，自由地游荡起来。

"那个法警的鼻子真够长的。"他眨巴着沉重的眼皮想，"大自然何必把一张聪明的脸变得那样丑呢！如果人的鼻子再长一点，比如两三俄丈长，那住的房间恐怕就小了，只好把房子盖得大一些……"

辩护人像马驱赶苍蝇似的甩甩头，又继续想下去：

"现在家里在干什么呢？这个时刻大家一般都待在家里：妻子、岳母、孩子……科利卡和济娜这两个孩子现在大概在我的书房里……科利卡站在圈椅上，胸脯抵着书桌，正在我的纸上画什么。他已经画了一匹尖嘴马，两个黑点代表眼睛，还画了一个伸着手的人和一座歪歪扭扭的小房子；济娜则站在书桌旁边，脖子伸得长长的，竭力想看看哥哥在画什么……'画爸爸吧！'她对哥哥说。于是科利卡便动手画我。他已经画了一个人，只需添上黑胡子，爸爸就画成了。后来科利卡又开始在我的《法典》里寻找图画，济娜则在桌子上胡作非为。她一眼看见唤人铃，便拉一拉，看见墨水瓶，则一定要把手指头伸进去蘸一下，如果桌子的抽屉没有上锁，这就意味着需要在里面翻一翻。最后，两个孩子把自己想象成印第安人，觉得在我的书桌下可以很好地躲避敌人，于是便爬到桌子底下去呼喊、尖叫、折腾，直到把桌子上的灯或花瓶弄得掉下来为止……唉！至于他们的妈妈，此刻大概正抱着第三个产品在客厅里挺神气地走来走去……那个产品则在哭叫……没完没了地哭叫！”

“经查对存户账目，”法院书记仍在嗡嗡嗡地宣读，“科佩洛夫、阿奇卡索夫、济马科夫斯基和奇金娜的利息没有支付，总数为一千四百二十五卢布四十一戈比的款项被列入了1883年度的余额……”

“家里可能已经在吃午饭了！”辩护人浮想联翩，“餐桌前坐着丈母娘、妻子娜佳、内弟瓦夏和孩子们……丈母娘的脸上照例带着一种隐隐约约的忧虑和尊严的神情。瘦削的娜佳虽然年华已逝，但脸上的皮肤仍然那样洁白细嫩，她那副神情就像是谁强迫她坐在餐桌前似的，她什么也不吃，装出一副有病的样子。从她的脸上可以看出来，她同她母亲一样忧心忡忡。那还用说！她要管孩子，管做饭，管丈夫的内衣，管客人的事，管皮衣防蛀，管接待客人，还要弹琴！她的责任何其多，而做的事又何其少！娜佳和她母亲是绝对做不好任何事情的。如果因闲得无聊而去浇浇花或是骂骂厨娘，事后一定会腰酸背痛得呻吟两天，说这是服苦役……妻子的小弟弟瓦夏默默地吃着饭，愁眉不展地一言不发，因为他今天的拉丁语考试不及格。这孩子文静，乐于助人，也感激别人的帮助，但他穿破的皮鞋、裤子和用破的书本简直多得可怕……科利卡和济娜当然在任性胡闹，时而要放醋或胡椒，时而互相告状，时而又把汤勺掉到了地上。连想起他们都会脑袋发涨！妻子和丈母娘总是严格要求大家保持上流人家良好的习惯……千万别把胳膊肘支在饭桌上，别用整个拳头握餐叉或是用餐刀吃东西，别从右边上菜，要从左边上。所有的菜，甚至火腿烩豌豆，都带有香粉和水果糖的气味。所有的菜都不可口，太甜，量也太少……我打单身时常吃的那种很好吃的菜汤和粥，现在连影子也见不到了。丈母娘同妻子之间总是用法语交谈，但当谈到我的时候，丈母娘便改用俄语了，因为像我这样一个没有感情、没有心肝、不知羞耻的粗人，是不配劳她们用文雅的法语来谈的。‘可怜的米舍尔大概饿了。’妻子谈到我，‘他早晨只喝了点茶，连面包也没吃就到法院去了……’‘别担心，亲爱的！’丈母娘幸灾乐祸地说，‘那样的人是饿不着的！他大概已到小吃部去过五次了。法院办了一个小吃部，他们每过五分钟便要问问审判长，是否可以休息一下。’午饭后，丈母娘和妻子谈到缩减开支的事……她们又算又写，最后得出结论：开支大得不像话。她们叫来厨娘，同她一起算，责难她，为五戈比的事破口大骂……于是眼泪来了，尖刻的话来了……然后又收拾房间，重新摆放家具——这一切都是由于无事可干。”

“八品文官切列普科夫作证说，”法院书记还在嗡嗡嗡地宣读，“虽然已把第811号收据寄给他，但他并未收到他应得的四十六卢布零二戈比，他当时已对此作过声明……”

“只要把所有这些情况想一想，好好考虑一下，琢磨一下，”辩护人继续想，“你确实就会把手一挥，让这一切都见鬼去……成天陷在这种庸俗无聊的生活中会使你感到筋疲力尽，变得傻里傻气并失去理智，这样你就会不由自主地想让自己的心灵哪怕得到一分钟的解脱。你就会去找娜塔莎，或者，如果有钱的话，就会去找吉卜赛姑娘，而把一切都抛在脑后……真的，把一切都抛在脑后！鬼知道在城外的什么地方，在一个单间里，你躺在沙发上，那些粗野的人唱啊，跳啊，叫嚷啊，你会感到那个迷人的，那个可怕的、疯狂的吉卜赛姑娘格拉莎的歌声怎样撩动着你的整个心灵……格拉莎！可爱的、漂亮的、奇妙的格拉莎！多么漂亮的牙齿、眼睛……脊背！”

法院书记嗡嗡嗡地宣读着，嗡嗡嗡，嗡嗡嗡……在辩护人的眼睛里，所有的东西都变得模糊起来，摇晃起来。法官和陪审员渐渐消失，旁听席上的观众在摇晃，天花板忽而降下来，忽而升上去……思路也摇晃一阵后，终于中断了……娜佳、丈母娘、法警的长鼻子、被告、格拉莎—— 一切都摇晃着，转动着，越来越远去，越来越远去……

“真好……”快要睡着的辩护人喃喃地自言自语，“真好……躺在沙发上，周围那样温暖……舒适……格拉莎唱着歌……”

“辩护人先生！”一个尖利的声音叫道。

“真好……真温暖……既没有丈母娘，也没有奶妈……也没有散发着香粉味的菜汤……格拉莎善良、漂亮……”

“辩护人先生！”还是那个尖利的声音在叫。

辩护人哆嗦了一下，睁开了眼睛。面前，吉卜赛姑娘格拉莎那双黑眼睛正直视着他，鲜艳的红唇挂着微笑，黝黑、美丽的脸蛋光采奕奕。还没有完全醒来的辩护人愣住了，以为这是梦境或是幻觉，于是慢慢站起来，张开嘴，望着吉卜赛姑娘。

“辩护人先生，您对这个女证人有什么要问的吗？”审判长问。

“哦……对！这是女证人……不，不……不想……我没什么要问的。”

辩护人甩甩头，完全醒了。现在他才明白，站在这里的确实是吉卜赛姑娘格拉莎，她是作为证人被传到这里来的。

“对不起，我有几句话要问一下。”他高声说，“女证人，”他对格拉莎说，“您在库兹米乔夫的吉卜赛歌舞队工作，请告诉我，被告经常到你们的餐厅去取乐吗？唔……那么，您记得每次都是由他自己付钱，还是有时候也由别人替他付？谢谢您……够了。”

他喝了两杯水，蒙眬睡意完全消失了……

家庭生活小窍门

防止奶油变味的办法：尽快把它吃掉。

除臭虫法：把臭虫抓来，向它说明植物性食物在氮化物和脂肪的含量上丝毫也不亚于动物性食物，友好地劝它改变饮食习惯。如果这一最新的科学结论对它不起作用，剩下的唯一办法就是手指苍天对它叫道："吸血鬼，你就继续作恶去吧！"然后放掉这个坏蛋。或早或晚，善终归会战胜恶的。

除红蟑螂法：众所周知，红蟑螂是从德国到我国来的[①]，因此，请求用行政手段将它们遣送回国是完全合理合法的。

除跳蚤法：结婚。婚后你身上所有的跳蚤都会转移到妻子身上去，因为众所周知，跳蚤更喜欢咬女人。这不仅是因为女人的血液质量高，而主要是因为女人的服装更适合于跳蚤安营扎寨：宽松，同时也舒适。

除衣蛾法：在皮袄里放进毒蜘蛛和蝎子各二十只，并为它们划定各自的活动领域。

治针眼法：向患者做一个表示轻蔑的手势[②]。如患者的官阶比你高，就把手放在兜里做[③]。

摆脱缺钱困境的办法：将罗斯柴尔德、金茨堡男爵和波利亚科夫[④]请来，同他们玩牌并下大注。注下得越大越好。你要是输了，不必付钱，因为你的牌友们钱已经够多的了，而你要赢了，算你走运。

让上司止怒的办法：将上司请来，带到浴室里，用凉水冲他的脑袋。如此法无效，可抱住上司，吻他，含着眼泪对他说："忘记咱们之间发生的事吧！”如此法仍然无效，可拍拍上司的肚子，对他说：“咳，老兄！咱们俩吵的哪门子架呀！”如此等等。

杜绝丈夫外遇的办法：把有外遇的丈夫抓来，在其额头上挂一个牌子，上书：“严禁第三者染指……”

房屋除潮法：将墙壁撒上痱子粉或者糊上干巴巴的报刊文章……

---

① 俄语的“红蟑螂”和“普鲁士人”为同音词。

② 一种骂人的手势，其做法是把手握成拳头，而将拇指从食指与中指之间伸出来，样子像是针眼。

③ 这是讥讽对方只会背后逞威风。

④ 此三人系大银行家、大财主和铁路大王。

贵重的狗

行伍出身的老中尉杜博夫同后备军士官生克纳普斯在一起喝酒。

“多么出色的一条狗啊！”杜博夫指着自己的狗对克纳普斯说，“一条绝妙的狗！您瞧瞧它的嘴筒子！只这嘴筒子就值大钱！要碰上喜欢狗的主儿，单冲这嘴筒子就会出二百卢布！您不信？这说明您什么也不懂……”

“我懂，可是……”

“这可是塞特狗[1]，纯种的英国塞特狗！那伺伏的姿势[2]漂亮极了。还有鼻子……嗅觉！天哪，多么灵敏的嗅觉啊！当米尔卡还是小崽子的时候，您知道我买它花了多少钱吗？一百卢布！一条绝妙的狗！米尔卡，调皮鬼！米尔卡，我的小傻瓜！过来，上这儿来……我的小狗……”

杜博夫把米尔卡唤到跟前，吻吻它的额头。他眼里涌出了泪水。

“我不会把你卖给任何人的……我的美人儿……淘气鬼。要知道，你是爱我的，对吗，米尔卡？你爱我吗？……嘿，滚开吧！”中尉突然叫道。“肮脏的爪子净往我军服上蹭！是的，克纳普斯，为买一只狗崽我花了一百卢布！就是说，它有值钱的地方。只有一点遗憾：我没时间去打猎！无事可干会把一条猎狗糟蹋了，它的本事就被埋没了……所以我想把它卖掉。您把它买去吧，克纳普斯！您一辈子都会感谢我的！这样吧，要是您手头不宽裕，我让您半价……给五十卢布您就牵走！这简直跟明抢一样！”

“不行，亲爱的……”克纳普斯叹息道，“如果米尔卡是条公狗的话，也许我会买了，可它……”

“米尔卡不是公狗？”中尉大吃一惊，“克纳普斯，您怎么啦？米尔卡不是公……狗？！哈哈！那您说它是什么狗呢？是母狗？哈哈……乖乖！连公母都分不出来！”

“您同我这么说话，就仿佛我是瞎子或是小孩子似的……”克纳普斯生气了，“它当然是条母狗！”

“没准儿您还会说我是一位太太呢！唉，克纳普斯啊，克纳普斯！亏您还是专科学校毕业！不，亲爱的，这是货真价实的纯种公狗！不仅如此，它还比任何公狗都强十倍，而您却说它……不是公狗！哈哈……”

“对不起，米哈伊尔·伊万诺维奇，您……简直把我当傻瓜……甚至在侮辱人……”

“得了，没必要谈了，见鬼……您不用买了……怎么讲您也不明白！您马上还会说，这不是它的尾巴，而是一条腿呢……没必要谈了。我本来是想让您占点便宜的。瓦赫拉梅耶夫，来白兰地！”

勤务兵又送来一瓶白兰地。两个朋友各自斟上一杯，默默地喝了起来。半个小时在沉默中过去了。

“就算是母狗又怎么啦……”中尉闷闷不乐地看着酒瓶，率先打破沉默，“真奇怪！对您来说这样更好。它会给您下崽子，虽说是崽子，一条也要卖二十五卢布……谁都乐意买。我不知道您为什么这样喜欢公狗！母狗要好一千倍。母狗更感恩，更依恋主人……这样吧，既然您这样怕母狗，那只给二十五卢布就把它牵走吧。”

“不，亲爱的……一戈比我也不给。第一，我不需要狗；第二，我没有钱。”

“那您该早说。米尔卡，滚开！”

---

① 一种长毛猎禽狗。

② 指猎狗发现猎物时摆出的准备出击的姿势。

勤务兵端来煎鸡蛋。两个朋友吃了起来，默默地把一平锅煎鸡蛋吃得精光。

“您是个诚实的好小伙子，克纳普斯……”中尉擦着嘴说，“让您这样空着手离开，我很过意不去……这样吧！您把狗牵走，一个钱也不用给！”

“可叫我把它往哪儿牵呢，亲爱的？”克纳普斯说罢叹了口气，“谁替我照管它呀？”

“得了，不用谈了，不用谈了……见鬼！您不要就算了……您要去哪儿？再坐一会儿吧！”

克纳普斯伸着懒腰站起来，拿起帽子。

“该走了，再见……”他打着哈欠说。

“那您等一下，我送送您。”

杜博夫和克纳普斯穿好衣服，来到街上。两个人默默地走了一百来步。

“您看，把狗送给谁好呢？”中尉打破沉默说，“您有这样的朋友吗？狗是条好狗，这您看见了，纯种，可我……我实在不需要！”

“不知道，亲爱的……我哪有这方面的朋友？”

一直走到克纳普斯的住所前，两个朋友再也没有说一句话。只是当克纳普斯同中尉握过手，已将院子门推开时，杜博夫才咳嗽一声，有点迟疑地说：

“您知道本地剥牲畜皮的人收狗吗？”

“可能收吧……我说不准。”

“明天派瓦赫拉梅耶夫把它送去……滚它的蛋吧，就让他们把它的皮剥了吧……这条讨厌的狗！真令人厌恶！不仅把屋里弄得肮脏不堪，昨天还把厨房里的肉全吃了，真可恶……它要是良种狗倒也罢了，可是天知道它是什么种，许是看家狗和母猪生的杂种。再见！”

“再见！”克纳普斯说。

院子门关上了，剩下中尉一个人站在那里。

大提琴手和长笛手

戏剧小品

在一次排演时，长笛手伊万·马特维伊奇在一排排乐谱架之间走来走去，唉声叹气地诉苦说：

“真倒霉！我怎么也找不到一个合适的住所！公寓房太贵，我住不起，家庭住宅和私人出租房又不接待乐师。”

“搬来同我一起住吧！”大提琴手彼得·彼得罗维奇突然建议道，“我那一间屋每月租金十二卢布，要是咱们合住，每人出六卢布就行了。”

伊万·马特维伊奇举双手赞成这个建议。他还从来没有同别人合住过，没有这方面的经验，但他先验地推想，合住有许多优越性和好处：第一，有个人聊天和谈谈感想；第二，一切费用都平摊，比如茶叶钱、糖钱、用人工资等等。他同大提琴手彼得·彼得罗维奇的关系极好，知道这是一个淳朴、正直和不喝酒的人，他自己也同样文静、正直、不喝酒——就是说，是挺合适的一对。于是两个朋友便击掌定了下来，长笛手的床当天便放在了大提琴手的床旁边。

可是还没过三天伊万·马特维伊奇便确信，对合住来讲，单有友好的关系以及诸如不喝酒、正直、性格文静之类的“共同点”是不够的。

伊万·马特维伊奇和彼得·彼得罗维奇的外貌恰如他们所使用的乐器一样，彼此很不相同。彼得·彼得罗维奇是个高身材、长腿、大脑袋的金发男人，头发剪得很短，穿着不合身的短襟燕尾服，讲话是沉闷的男低音，走起路来踩得地板咚咚响，打喷嚏和咳嗽会震得窗玻璃直发颤。伊万·马特维伊奇则是一个身材瘦小的人，总是踮着脚走路，用细声细气的男高音讲话，一举一动都在竭力显示他是一个懂得礼貌的、有教养的人。两个朋友的生活习惯也有很大的差异。比如，大提琴手爱嚼着糖块喝茶，长笛手则把糖块放在茶里，因而共同使用茶叶和糖难免会产生一些矛盾。长笛手爱亮着灯睡觉，大提琴手则要灭了灯睡觉。前者每天早晨都要刷牙并用甘油香皂洗脸；后者不仅既不刷牙，也不用香皂洗脸，而且一听到刷牙的声音或是一看到满是肥皂沫的脸就会皱眉头。

“您就别这样折腾了！”他说，“看着都恶心！忙忙碌碌的像个娘儿们！”

文静的、有教养的长笛手一开始就感到厌恶。他特别不喜欢的是，大提琴手每天晚上临睡前都要用一种药膏涂抹肚子，弄得房间里直到第二天还充满一种发臭的烤鹅气味，而且他抹过药膏后还要哼哧哼哧地做上整整半小时的体操，也就是有规律地忽而举手，忽而踢腿。

“您干吗要这样做？”长笛手受不了他的哼哧声，便问道。

“抹过药膏后必须这样做。需要让药力扩散到全身去……老兄，这玩意儿好极了！能预防任何伤风感冒。您也抹一点吧！”

“不，谢谢您。”

“抹一点吧！真的，抹一点吧！您会发现这有多么好！就别看书了！”

“不行，我临睡前总要读点书，已经习惯了。”

“您在读什么书？”

“屠格涅夫的作品。”

“我知道……读过……写得好！很好！只是，您知道吗，我不喜欢他那种……怎么说呢……不喜欢他在作品里使用很多外来语。另外，只要作品里一开始描写自然景物，我马上就会把书放下！太阳……月亮……鸟儿在歌唱……鬼知道还有什么！没完没了，没完没了……”

“有些地方写得很精彩！……”

“那还用说，屠格涅夫嘛！你我是写不出来的。记得我读过《贵族之家》……好笑极了！……比如我记得有个地方，就是拉夫列茨基向那个……她叫什么名字来着……对了，向丽莎表白爱情的那一段……在花园里……您记得吗？哈哈！他在她身边走来走去，这样说，那样说……千方百计，而她，这个滑头，却扭扭捏捏，装模作样，磨磨蹭蹭……真该死！”

长笛手从床上蹦起来，目光炯炯地扯起他的男高音嗓子开始争辩，证明，解释……

“您跟我谈这些干什么？”大提琴手不满地说，“难道我自己不知道吗？好一个有教养的人！屠格涅夫，屠格涅夫……屠格涅夫又怎么样？没有他照样过日子。”

虽然无力反驳，却并不服气的长笛手不作声了。他咬紧牙关，竭力不去争论，就这样望着躺在被窝里的同住人，这时，他觉得大提琴手那个大脑袋仿若一个令人憎恶的呆木头，他不惜付出任何代价，只要能让他赏这个脑袋一拳。

“您总爱挑起争论！”大提琴手说，把自己那长长的身躯在显得过短的床上安顿好，“真倔！得了，晚安！把灯灭了！”

“我还想看看书……”

“您想看书，可我想睡觉。”

“不过，我认为不应当相互限制对方的自由……”

“那就请您别限制我的自由……灭灯！”

长笛手把灯灭了，一种憎恶感和无能为力的意识使他久久不能入睡，每次同又固执又无知的大提琴手吵过架之后，他都有这种感觉。第二天早晨大提琴手照例醒得很早，大约六点钟就起床了，可是长笛手却喜欢睡到十一点。大提琴手醒来后由于无事可做，便动手修理自己的琴匣。

“您知道咱们的锤子在哪儿吗？”他唤醒长笛手问道，“喂，您听我说，瞌睡虫！您知道咱们的锤子在哪儿吗？”

“唉……我要睡觉！”

“睡就睡吧……谁碍着您啦？把锤子给我，任您怎么睡。”

不过，长笛手最倒霉的时候是礼拜六。每礼拜六大提琴手都要卷卷发，把领带打成花结，出去拜访那些富有的待嫁姑娘，直到深夜才既快活又激动地带着酒意回来。

“喂，老兄，我给您讲讲！”他沉甸甸地在已经入睡的长笛手的床上一坐，开始谈自己的感想，“您就别睡了，睡觉有的是时间！瞧您这个瞌睡虫！哈哈哈……我见到一个待嫁的姑娘……您知道吗，是个金发姑娘，有一双漂亮的眼睛……胖胖的……鬼丫头长得不错。可是她母亲，母亲！这老太婆是个滑头！会耍手腕！她只要愿意，不用律师也能让你把她女儿娶了！她答应给六千卢布的陪嫁钱，实际上三千也不会给，真的！可是我才不会上当呢，绝对不会！”

“亲爱的……我要睡觉……”长笛手把头蒙在被子里，咕咕哝哝地说。

“您听我说呀！您简直是头猪，真的！我把您当朋友，请您帮我出出主意，您却把脸扭了过去……听我说！”

于是可怜的长笛手只好一直听到天亮，听到大提琴手开始修琴匣的时候。

“不行，我没法同他住在一起！”长笛手在排演的时候向同事诉苦，“您相信吗？住在天花板上也比与他同住强……简直是受罪！”

“那您干吗不搬出来呢？”

“不好意思……他会多心的……我用什么作搬出来的借口呢？您教教我，用什么作借口？我已经反复考虑过了！”

在一起住了不到一个月，长笛手便开始消瘦，并埋怨自己命苦。而当大提琴手无缘无故地突然建议长笛手同他一起搬到一个新居去住时，生活就变得更加无法容忍了。

“这房子不行……您收拾一下行李吧！没什么可叫苦的！新居

距您用餐的小饭店稍稍远一点，但这没什么，多走点路有好处。”

新居又阴暗又潮湿，不过，要不是大提琴手又发明了折磨人的新花样，阴暗也好，潮湿也好，可怜的长笛手都能忍受。大提琴手为了省钱，买来一个煤油炉在家里做饭，这一来，屋子里便总是烟雾腾腾。他每天早晨倒是不修琴匣了，却又咿咿呀呀地拉起琴来。

“别吧嗒嘴！”他在长笛手吃什么东西时冲他嚷道，“我无法忍受谁在我耳边吧嗒吧嗒地吃东西！到走廊里吧嗒去！”

又过了一个月，大提琴手再次建议换房。换房后，他为自己添置了一双散发着臭烘烘的煤焦油味儿的大皮靴。对文学方面的争论他则采用一种新办法：干脆把长笛手手里的书拿掉，自己把灯灭了。长笛手很难受，恨不得朝那个头发剪得短短的大脑袋揍上一拳。尽管他在肉体上和精神上都痛苦不堪，却仍然那样彬彬有礼、客客气气。

“如果告诉他，说我无法同他一起生活，他会多心的！这不够朋友！我得忍受！”

可是，这种不正常的生活是不可能长久地维持下去的。它以长笛手没有料到的极为奇怪的方式结束了。有一天，当两个朋友从剧院回来时，大提琴手挽起长笛手的胳膊说：

“请原谅我，伊万·马特维伊奇，我终究忍不住要对您说……也就是要问问您……您说说，您为什么这样喜欢同我住在一起？我真不明白！我们两个的性格那样不同，总是争吵，互相厌恶……我不知道您怎么样，反正我是快发疯了……我想方设法……又是搬家，又是早晨拉琴，想让您离开我，可您就是不走！走吧，亲爱的！行行好！请原谅我这样做，可我实在忍受不下去了。”

这正是长笛手求之不得的。

有意结婚者须知

密　件

由于本文所涉及的事属男人的秘密，且要求严肃、紧张的脑力劳动，而许多妇女对此是力不胜任的，因此，请父亲们、丈夫们、派出所长们和其他人等务必注意监督，不让太太们和姑娘们读到本文。这个须知不是某一个人的智慧结晶，而是汇集了所有现存的占卜术、相面术、希伯来神秘哲学以及同富有经验的丈夫和最有权威的时装店女店主多年谈话的精华。

绪论。家庭生活有着许多好的方面。要没有家庭生活，女人就会一辈子都靠父亲养活，而由于那时将不再举行婚礼，许多乐师也会挨饿。医学研究证明：单身汉一般都会发疯而死，已婚者则不等到发疯就死了。单身者由侍女系领带，已婚者则由妻子系领带。婚姻还好在它的大众性。谁都可以结婚：富翁、穷人、瞎子、年轻人、老年人、健康人、病人、俄国人、中国人……只有精神失常者和疯子是例外，至于傻瓜、笨蛋和畜生，想结婚都可以结婚。

须知一。追求少女首先要注意她的外貌，因为根据外貌可以看出女人的性格。在外貌上要区分头发和眼睛的颜色、身高、步态、个人特征。根据头发的颜色女人可分为金发女人、黑发女人、棕发女人等等。**金发女人**一般都品行端正、谦逊淳朴、感情脆弱、热爱父母、怜悯动物、读小说要掉眼泪。她们性格直爽，持严格的保守派观点，掌握不了字母 ъ①。她们很容易被别人的爱情感动，而对自己的爱情却无动于衷。在爱情最炽烈的时刻金发女人会打着呵欠说："可别忘了明天派人去买细棉布！"结婚后她们很快就会发胖，变得憔悴起来。她们繁殖力强、喜欢孩子、爱流眼泪。她们不能宽恕丈夫的不忠，自己却很乐于背叛丈夫。金发的妻子一般都难以捉摸、性情多疑，她们总认为自己是受难者。同金发女人相比，**黑发女人**则不那么审慎。她们生性好动、反复无常、脾气暴躁，常和妈妈打架，打侍女耳光。她们从十二岁开始对下流的男人便“满不在乎”，她们学习不好，憎恨女学监，喜欢读爱情小说，而且总是跳过描写自然景物的段落，对谈情说爱的段落则要读五遍。她们热情奔放，情欲强烈，爱起来不要命，爱得如醉如痴、气喘吁吁……黑发的妻子简直是一座地狱。一方面那种狂热连魔鬼也受不了，另一方面她们又任性，好打扮，思想放纵，爱尖声怪叫……她们很快便容忍了丈夫的不忠，用的办法是以其人之道还治其人之身。**棕发女人**不像金发女人，却也不像黑发女人。她们介于二者之间。她们自己则认为自己是黑发女人。**红发女人**狡猾、虚伪、恶毒、奸诈……不耍手腕的爱情她们是无法理解的。红发女人一般身材都很匀称，全身蒙着一层非常漂亮的粉红色皮肤。据说魔鬼和林妖都是非娶红发女人不可。虚伪总是伴随着胆怯和懦弱。只需对红发女人大喝一声（“我要给你一点厉害看！”），她们就会吓得缩成一团，爬过来吻你。别忘了，梅萨林娜②和娜娜③就是红发女人。**发型**对选择妻子也有不小的意义。平整、光洁、露着白色分缝的头发表明这个女人头脑简单，目光短浅……这种发型最常见于缝纫女工、小店铺老板娘和商人的女儿。把一绺头发剪短让其垂在额头上，表明这个女人趣味低级、智力有限、淫荡成性。她们总是力求用这绺头发来掩盖其狭窄的天庭……爱用假发做发髻或者做别的什么发型，表明这个女人没有审美力，缺乏幻想，同时表明母亲在干预她的发型。头发由后往前梳，表明这个女人希望自己无论从前面看还是从后面看都

---

① 该字母为旧俄语中词尾常用的符号，后被弃用。
② 梅萨林娜，罗马皇帝克劳狄的第三个妻子，以淫乱和阴险著称。
③ 法国作家左拉的名著《娜娜》的主人公，是个妓女。

招人喜欢。这种发型只要不弄成一座沉甸甸的巴比伦塔①，表明这个女人富有审美力，性情随和。卷曲的头发表明性格活泼，富于美感。不加修饰的乱蓬蓬的头发表明心存疑虑或是思想懒惰。女人蓄短发是为了掩盖自己的思想方法。一个白发或是秃顶的女人如果想结婚，意味着她有很多钱。头发上的发针越少，这个女人便越是机敏，并越是确切地证明她头上不是假发。现在谈**眼睛的颜色**。脉脉含情的蓝眼睛意味着忠诚、顺从和温柔。蓝色的鼓眼睛在行骗和卖淫的女人中最常见。黑眼睛意味着狂热、暴躁和狡诈。注意，聪明的女人很少是黑眼睛。灰眼睛多见于讲究穿戴、好高声大笑和愚蠢的女人。褐色眼睛的女人喜欢搬弄是非，妒羡别人的穿戴。**身高**要选中等的。高个子女人粗鲁，打人很疼；矮个子女人则多半很淘气，喜欢尖叫，好吵架和挖苦人。千万别找驼背女人，这种女人又恶毒又狡黠。**步态**匆忙并左顾右盼是浮躁和轻佻的表现。懒洋洋的步态表明这个女人已经有了心上人，你就别去染指了。步态像鸭子那样摇摇摆摆，晃动着宽大的裙子，是和善，柔顺，有时甚至是愚蠢的标志。天鹅般的高傲步态多见于某些贵妇人和靠姘夫养活的女人。她们的步态越是高傲，表明她们的姘夫越老、越有钱。如果少女是这种步态，则意味着她自视过高、才智有限。如果一位贵妇人走路像孔雀在飘游，你赶快掉转马头吧：她倒是会养活你，安慰你，但肯定会把你踩在脚底下。**个人特征**为数不多。脸上有酒窝的女人和善、风骚、爱偷情。脸上有酒窝并眯缝着眼睛的女人能充分满足人们的欲望，但不是柏拉图式的②欲望。女人长唇髭表明她不能生育。蓄长指甲多半是娇生惯养的女人。两道眉毛连在一起表明这个女人将会是一个严厉的母亲和厉害的丈母娘。雀斑脸在红发女巫、奴婢和傻婆娘中最常见。两颊鼓起、两手通红的胖乎乎的小姐大都很天真，写一个只有三个字母的词会出四个错，但她们很快就

① 指古巴比伦一座高 91 米的塔楼。
② “柏拉图式的”意为：纯精神上的、非肉欲的。

能学会烤出可口的馅饼和给丈夫缝制丝绒背心。

须知二。没有陪嫁不能结婚。结婚没有陪嫁无异于吃蜂蜜没有勺子，当犹太人没有长鬓发，穿皮鞋没有鞋底。爱情归爱情，陪嫁归陪嫁。一开口就要二十万卢布。用这个数目把对方吓蒙后，再开始讨价还价，装腔作势，磨时间。陪嫁钱务必在举行婚礼前拿到手。不收期票、股票、公债券，对每张一百卢布面额的钞票都要摸一摸，仔细看看，对着亮光照一照，因为父母用假钱给女儿当陪嫁是不乏先例的。除了钱之外，尽可能多要点东西。妻子，即使是个不懂事的妻子，也应当带来：1. 尽可能多的家具和钢琴一架。2. 一条羽绒褥子和三床被子——一床丝的、一床毛的、一床布的。3. 两件皮斗篷——一件节日穿，一件平时穿。4. 多带些茶具、厨具和餐具。5. 十八件用上等荷兰细麻布做的带花边的女衬衣，六件用同样的细麻布做的带花边的女短衫，六件薄纱女短衫，六条用同样的细麻布做的女裤和六条用英国薄纱做的女裤，六条用印度白布做的加花边和滚边裙子，一件用胜利女神牌上等麻纱做的长罩衫，四件用胜利女神牌麻纱做的短罩衫，六条凸纹布女裤。床单、枕套、包发帽、长筒袜、绒布裙、袜带、桌布、手绢等也应有足够的数量。亲自把上述所有东西检查一遍，数一数，如有短缺，立即提出。不要孩子的衣服，因为有这样一个迷信说法：有衣服——没孩子，有孩子——没衣服。6. 连衣裙由于式样变化很快，不必要，而要成匹的衣料。7. 不给银餐具决不结婚。婚后对妻子要严厉而公正，别让她忘乎所以，每次吵架时都要告诉她：“别忘了，是我给你幸福的！”

尼诺奇卡

爱情故事

门轻轻地推开了，我的朋友帕韦尔·谢尔盖耶维奇·维赫列涅夫，一个带有病态、显得老相的年轻人走了进来。他微微驼背，鼻子很长，身体消瘦，总的说长得不好看，但脸上的神情却那样憨厚、温顺和随和，让人每次见到这张脸都会产生一种奇怪的愿望：把它抓在手里，从中摸出我的朋友那柔软的心肠和犹如面团般的性格。同所有的书呆子一样，他文静、胆怯、腼腆，但这一次除此之外还脸色苍白，不知因什么事而非常不安。

“您怎么啦？”我望着他那苍白的脸和哆哆嗦嗦的嘴唇问，“是病了，还是又同妻子闹别扭了？您的脸色很不好看！”

维赫列涅夫迟疑了一下，咳嗽几声，然后挥挥手说：

“我同尼诺奇卡又……又出了麻烦事！好朋友，我痛苦得通宵未眠，您瞧，我都半死不活了……鬼才知道我是怎么回事！别人任何痛苦都摧不垮，受了委屈也好，死了亲人也好，生了病也好，都很容易就对付过去了，可我呢，一点小事就把我弄得灰心丧气、一筹莫展！”

“到底出了什么事？”

“小事……小小的家庭悲剧。您愿意听的话，我这就给您讲讲。昨天晚上我的尼诺奇卡哪儿也没有去，留在家里想陪陪我。我当然非常高兴。平常她晚上总是出去参加什么聚会，而我只有晚上才在家，所以您可以想象昨天晚上我多么……多么高兴。不过，您没有结过婚，无法想象当你下班回来，过上你所向往的那种生活时，会感到多么温暖和舒适……啊！”

维赫列涅夫把家庭生活的美妙之处描绘了一番，擦擦额头上的汗珠，继续说：

“尼诺奇卡想同我一起消磨晚间的时刻……可您知道我是个什么样的人！我很乏味，毫无情趣。同我在一起有什么乐趣可言？我一天到晚就同自己那些图纸、过滤器、土壤打交道。我既不会弹琴，也不会跳舞，更不会说俏皮话……我什么也不会，而尼诺奇卡呢，您得承认，她年轻，好交际……年轻人有自己的权利……难道不是吗？于是我就让她看一些图片，看各种各样的小玩意儿和这样那样的东西……并给她讲讲故事……我偶然想起书桌里放着一些旧的信件，其中有些信非常可笑！我在大学时代有几个朋友，这些调皮鬼很会写信！读读这些信会把你的肚子笑破。于是我从书桌里取出这些信，拿给尼诺奇卡看。我给她读了一封，两封，三封……突然惊呆了！您知道吗，在一封信里有这样一句话：‘卡佳问候你。’对一个爱吃醋的妻子来说，这样的话无异于一把尖刀，而我的尼诺奇卡简直是穿裙子的奥赛罗①。她劈头盖脸地向我这个倒霉的人提出一连串问题：这个卡佳是什么人？这是怎么回事？为什么？我告诉她，这个卡佳有点类似初恋的情人……这是年轻人在大学时代干的那种很幼稚的事，没有任何意义。我说，每个年轻人都有自己的卡佳，这是难免的……尼诺奇卡却不听我讲！鬼才知道她想到哪儿去了，竟哭了起来。哭完以后又歇斯底里大发作，‘您真坏，真卑鄙！’她叫道，‘竟对我瞒着您的过去！就是说，您现在也有个卡佳，只是瞒着我！’我一再向她保证，但没有用……男人的逻辑从来说服不了女人的逻辑。最后我只好求她宽恕，跪……跪在她面前，可她根本不买你的账。大家就这样气呼呼地睡觉了：她睡在自己屋里，我则睡在书房的沙发上……今天早晨她瞧也不瞧我一眼，气呼

① 莎士比亚悲剧《奥赛罗》的主人公，因听信谗言认定妻子不忠，妒火中烧，将妻子杀死。

呼的，对我称‘您’。她发誓要搬回娘家去。她一定会搬的，我知道她的脾气！”

“是的，是件不愉快的事。”

“我对这些女人真不理解！就算尼诺奇卡因为年轻，注重道德并要求严格，无法接受卡佳这类人的存在，就算是这样……但这类事就那样难以宽恕吗？……就算我错了，可我已经认错了，已向她下跪了啊！我甚至，不瞒您说……甚至哭了！”

“是啊，女人是个难解的谜！”

“我的好朋友，亲爱的，您对尼诺奇卡有很大的影响力，她尊敬您，把您看作权威。求您去同她谈谈，运用您的全部影响开导开导她，让她明白她是不对的……我很痛苦，亲爱的！这件事要是再延续一天不解决，我就忍受不下去了。去一趟吧，亲爱的！……”

“可是这合适吗？”

“怎么不合适？您同她几乎从小就是朋友，她信任您……看在朋友分上，去一趟吧！”

维赫列涅夫含着眼泪的请求感动了我。我便穿上衣服，找他的妻子去了。我找到尼诺奇卡时，她正在做她喜欢做的事：跷着二郎腿坐在沙发上，对着空中眯缝起那双漂亮的眼睛，什么事也不干……见我进去后，她从沙发上跳起来跑到我面前……然后，她往四周瞧瞧，飞快地关上门，像一片羽毛似的轻盈地挂在了我的脖子上。（请读者别以为这里有印错的字……我确实替维赫列涅夫分担做丈夫的义务已经一年了。）

“小滑头，你这又是玩的什么花样？”我问尼诺奇卡，并让她在我旁边坐下来。

“怎么回事？”

“你又发明了一个折磨你丈夫的新办法！今天他来找我，把卡佳的事全告诉我了。”

“哦……这件事！他竟去找你诉苦！……”

“你们怎么啦？”

“没什么，小事……昨天晚上我闷得慌……由于无处可去而心里有气，于是便把气出在了他的卡佳身上。我是因为烦闷才哭的，可是怎么能把烦闷的原因告诉他呢？”

“不过，我的宝贝儿，这可太残酷了，不人道。他本来就神经质，你还这样大吵大闹地折磨他。”

“不要紧，他喜欢我吃醋……用假吃醋来转移他的视线最好不过了……不过咱们别谈这事了……我不喜欢你一开始就谈我那个窝囊废……我已经够腻烦他的了……咱们最好还是喝点茶吧……”

“不过你还是别折磨他了……你知道吗，我看着他都觉得可怜……他那样真诚地描绘自己的家庭幸福，那样相信你的爱情，简直让人心里发毛……你好歹控制一下自己，抚慰抚慰他，说点假话……只需你一句话，他就会高兴得如登天堂。”

尼诺奇卡噘着嘴，皱着眉头，但没过多久，当维赫列涅夫走进来胆怯地看看我的脸时，她毕竟还是快活地笑着向他投去抚慰的目光。

“正好赶上喝茶！”她对他说，“你可真机灵，从来不迟到……你的茶里放凝乳还是放柠檬？”

维赫列涅夫没想到会受到这样的款待，心里非常感动。他深情地吻吻妻子的手，并同我拥抱，这拥抱显得那样荒唐和不合适，把我和尼诺奇卡两个人的脸都弄红了……

“和事佬是有福的！”幸福的丈夫快活地说，“您果然说服了她——为什么呢？因为您是上流社会的人，经常出入社交界，懂得女人心思的一切微妙之处！哈哈！我却是个笨伯，是个呆子！本来只需讲一句话的，我却讲了十句……本来只需吻吻她的手或是做点别的，我却叫起苦来！哈哈！”

喝过茶后，维赫列涅夫把我带到他的书房里，摸着我胸前的纽扣说：

“我不知道该怎样感谢您才好，亲爱的！您相信吗，我本来那样痛苦和难受，现在却那样幸福，简直幸福得无以复加了！您已经不是第一次把我从可怕的处境中解救出来。我的朋友，请别推辞！我有一个小玩意儿……一个小火车头，是我亲手做的……在展览会上得过奖……我把它送给您，以表达我的感激之情和……友谊！……请赏脸收下吧！”

我当然百般推辞，但维赫列涅夫非常坚决，我不管愿意不愿意，只好收下这个贵重的礼物。

过了几天，几个礼拜，几个月……那件该死的事迟早会在维赫列涅夫面前暴露它那肮脏的真相。当他偶然知道事情的真相后，脸色变得煞白，躺在长沙发上，呆呆地望着天花板……当时他一句话也没有说。精神上的痛苦必然会表现为某种动作，于是他开始在沙发上痛苦地辗转反侧。这是他那懦弱的性格只能作出的反应。

一个礼拜后，当受到这一新的打击的维赫列涅夫稍稍镇静一点时，他到我家来了。我们两个都非常尴尬，谁也不看谁……我开始不合时宜地胡扯一通，什么自由恋爱、夫妻间的利己主义、命运的安排等等。

“我不是来谈这些……”他温和地打断了我的话，“这一切我知道得很清楚。在感情问题上谁也没有错。我关心的是事情的另一面，纯粹的实际问题方面。好朋友，我一点也不懂得生活，事情一牵涉到上流社会的礼仪和规矩，我就一窍不通了。亲爱的，您帮帮我吧！您说，现在尼诺奇卡该怎么办？您认为她该继续住在我那儿呢，还是搬到您这儿来更好？”

我们没有商量多久便作出了决定：尼诺奇卡仍然住在维赫列涅夫家，我想要找她便去找她，维赫列涅夫则住到拐角那间屋去。那间屋本来是贮藏室，有点潮湿和阴暗，要去那间屋得穿过厨房，不过这倒更好，在那儿就可以闭门独居，不会成为任何人的眼中钉了。

琴　师

夜里一点多钟。我正坐在我的公寓房间里写一篇别人约写的诗体小品文。门突然开了，我的同屋人，某音乐学院昔日的学生彼得·鲁布廖夫完全出乎意料地走了进来。他头戴礼帽，敞穿着皮大衣，最初一瞬间使我想起列佩季洛夫[①]的模样，但后来，当我仔细瞧瞧他那苍白的脸和那双仿佛是有炎症的红红的眼睛时，列佩季洛夫的模样便消失了。

“你怎么回来得这样早？”我问，“现在才两点钟！难道婚礼已经完了吗？”

同屋人没有回答。他默默地走到隔间里，很快地脱了衣服，气喘吁吁地躺到了床上。

“睡吧，畜生！”十分钟后，我听见他在自言自语，“既然躺下了，就睡吧！要是不想睡，就……见鬼去吧！”

“是睡不着吗，彼佳[②]？”我问。

“鬼才知道是怎么搞的……睡不着……总是想笑……笑让人睡不着！哈哈！”

“你笑什么呢？”

“发生了一件可笑的事。真不该发生这件极为可笑的事！”

鲁布廖夫从隔间里走出来，笑呵呵地坐在我旁边。

“既感到可笑，又感到……羞愧……”他说着把头发搔得乱蓬蓬的，“老兄，我有生以来还没有遇到过这样稀奇的事……哈哈……闹了个笑话，上流社会的笑话。”

鲁布廖夫在膝盖上擂了一拳，跳起来，开始光着脚丫子在冰凉的地板上走来走去。

“他们把我揍了一顿！”他说，“所以回来这么早！”

“得了，别胡说！”

“真的……确实是揍了我一顿！”

我看看鲁布廖夫……他的面容消瘦而憔悴，但整个外貌仍然那样正正派派，保持着上流社会的文雅和体面，使人很难想象这样一个知识分子会被粗野地“揍了一顿”。

“荒唐透顶……回家的路上我一直在哈哈大笑。咳，你就别写你的无聊文章了！我全都讲出来，把心里的话都倒出来，可能就不那么……不那么想笑了！……别写了！这事很有趣……喂，你听着呀……阿尔巴特街上住着一位名叫普里斯维斯托夫的退役中校，他娶了冯·克拉赫伯爵的私生女为妻……自己也成了贵族……现在他则把自己的女儿嫁给商人的儿子叶斯基莫索夫……这个叶斯基莫索夫是个暴发户和不学无术的家伙，是戴着小圆帽的猪和毫无教养的人，但父女俩要吃要喝，也就顾不得这些问题了。我今天八点多钟到普里斯维斯托夫家去给他们弹琴。路上泥泞不堪，下着雨，雾蒙蒙的……心情照例很烦闷。”

“你讲得简短一点。”我对鲁布廖夫说，“别加心理描写了……”

“好的……我来到普里斯维斯托夫家……婚礼结束后，新郎新娘和客人们狼吞虎咽地吃着水果。我走到自己的岗位上，也就是走到钢琴前，坐下来，等着他们开始跳舞。

“‘啊……您来了！’主人看见了我，‘那么，亲爱的，您可得留神：好好弹，特别是不要喝醉了……’

“老兄，对这样的欢迎词我已经习惯了，所以并不生气……哈哈……既然是蘑菇，就得让人采……难道不是吗？我是什么人？琴

---

① 格里鲍耶陀夫的喜剧《智慧的痛苦》中的人物。

② 彼得的昵称。

师、仆人……一个会弹琴的侍者！在商人们的家里大家用‘你’称呼我，赏给我茶钱，我也一点不生气！就这样，由于无事可做，在舞会开始前我就随便弹弹琴，以便活动一下手指头。我弹了一会儿，老兄，听见身后有人在和着琴声吟唱。我扭过头，看见一位小姐！她站在我身后，深情地望着琴键。我说：‘小姐，我不知道有人在听我弹琴！’她则叹息道：‘是一首好曲子！’‘是的，’我说，‘是一首好曲子……莫非您喜欢音乐？’于是便谈了起来……没想到这位小姐很健谈，我并没有引她谈，是她自己谈起来就没完。‘真遗憾，’她说，‘如今的年轻人都不喜欢严肃音乐了。’我这个笨蛋，呆木头，竟为有人瞧得起我而感到高兴……还残留着这种丑恶的虚荣心！……我就摆出这样的姿态向她解释，说年轻人的这种冷淡态度是由于我们社会缺乏对美的渴望……我高谈阔论起来！”

“这有什么荒唐的呢？”我问鲁布廖夫，“难道你爱上她了？”

“你想到哪儿去了！即使爱上了，也是我个人的荒唐，而那里发生的事，老兄，却是带有普遍意义的上流社会的荒唐……是的！当时我同那位小姐交谈着，突然发现有点不对劲儿：一些人在我背后小声地议论什么……我听见了‘琴师’两个字和窃笑声……就是说，在议论我……难道我的领结松了？我摸摸领结——没有松。我当然就不再理睬了，而是继续同那位小姐谈话……小姐热情地争论着，激动得满脸通红……她对一些作曲家的批评让人惊讶不已！她认为，《恶魔》的音乐结构很好，但没有主旋律，里姆斯基-科尔萨科夫[①]只是个鼓手，瓦尔拉莫夫[②]写不出任何完整的东西，等等。今天一些青年男女刚开始学弹琴，一节课付二十五戈比学费，却已经想写音乐评论了……这位小姐也如此……我听着她谈，不去同她争论……我喜欢年轻幼稚的人大发议论，动动脑筋……可是身后的人还在小声议论，没完没了……怎么啦？突然朝我和小姐走来一位仪

① 为19世纪俄国的著名作曲家。
② 同上。

态端庄、步履从容的胖太太，大约是妈妈或者姑姑之类人物，她脸色绯红，身子粗壮得要五个人才能合抱……她看也不看我，只是在那位小姐耳边咕哝了一句什么话……你听着呀……那位小姐立即用手捂住涨得通红的脸，像被蜇了一下似的从钢琴旁跑走了……奇怪，这是怎么回事？聪明的俄狄甫斯[1]帮我解答解答吧！我想，大概是我的礼服背部开线了，要不就是那个姑娘的打扮有什么不检点的地方被发现了，否则很难解释这件怪事。为防万一，十分钟后我到前厅去照照镜子……看看领带、礼服，前前后后都看了，全都正常，任何地方也没有开线！算我走运，老兄，前厅里站着一个手里提着包袱的小老太婆。她把事情讲清楚了……要不是她，恐怕我至今还蒙在幸福的鼓里。她对另一个仆人讲述道：'要叫我家小姐不表现自己的性格是不可能的。她看见钢琴旁坐着一个年轻人，就同他胡扯起来，仿佛那是个真正的什么人似的……又是惊叫，又是哄笑，可那个年轻人其实不是客人，而是琴师……一个弹钢琴的……她竟跟这样的人谈了起来！幸好玛尔法·斯捷潘诺芙娜悄悄告诉了她，不然的话，她没准儿还会挽起那个人的手去散步呢……现在她感到害臊，可是已经晚了：说出去的话收不回来了……'怎么样？有意思吧？"

"那个姑娘很蠢，"我对鲁布廖夫说，"老太婆也很蠢。不必介意……"

"我并不介意……只是觉得可笑，没别的。对这样的怪事我早已习惯了。过去我的确很痛苦，现在我则根本不放在心上！那个姑娘年轻、愚蠢……我倒很可怜她！我坐下来，开始弹舞曲……那里根本不需要严肃的音乐……我一个劲儿地弹着华尔兹舞曲、卡德里尔舞曲和热闹的进行曲……如果那颗音乐家的灵魂感到恶心，我就去喝杯酒，于是自己也被《薄伽丘》[2]弄得心花怒放起来。"

---

① 希腊神话中解答了狮身人面兽斯芬克司的谜语的王子。
② 奥地利作曲家祖佩（1819—1895）等编写的一出歌剧。

“可究竟荒唐在什么地方呢？”

“我弹着琴……并没有去想那个姑娘……我只是想笑，别的没什么，可是……却好像有什么东西在挖我的心！仿佛有只老鼠在我的心窝里啃免费的面包干……为什么我这样忧郁和烦闷，我自己也弄不清……我劝自己，骂自己，笑……和着自己的琴声吟唱，但心里仍然感到疼，而且疼得非常厉害……不知什么东西在胸口里翻腾着，挖着，啃着，突然又钻到了喉咙里……好像是哽住了……我咬紧牙关坚持了一会儿……渐渐舒缓下来，但后来又从头开始了……真是个麻烦事！就像故意捣乱似的，脑子里又出现了一些糟得不能再糟的思想……我想起自己成了一个什么样的废物……当年跋涉两千俄里来到莫斯科，想当一个作曲家和钢琴家，结果却当了琴师……其实这是很自然的，甚至是可笑的，我却感到厌恶……我还想到你……我想，我的同屋人此刻正坐在那儿写呢……他，可怜的家伙，正在写昏睡的议员、面包房里的蟑螂、秋季的阴雨天……写那些早已有人写过、嚼过、煮过的东西……我想着，不知为什么很可怜你……可怜得流出了眼泪！……你是一个好人，心肠好，但你缺乏那种火，你知道吗，缺乏愤怒、力量……缺乏狂热，所以你不是药剂师，不是鞋匠，而是作家，基督才知道你是怎么回事！我想起我所有的不得志的朋友，想起那些歌手、画家、业余爱好者……所有这些人都曾经激动过，折腾过，幻想过，可现在……鬼才知道成了什么人！为什么我脑子里出现的恰恰是这些思想，我不知道！我把自己从脑子里赶走，朋友们钻了进来；我把朋友们赶走，那个姑娘又钻了进来……我嘲笑那个姑娘，认为她一钱不值，但她却不让我得到安宁……我想，俄国人是怎么回事！当你是个自由人，或是在学习，或是无事可干的时候，你可以同他一起喝酒，可以拍他的肚子，可以向他的女儿献殷勤，可是一旦你同他有了一点点从属关系，你便成了一只应当知道自己的炉台的蟋蟀[①]……我好歹让自己

① 意为：应当安分守己，知道自己的地位。

的思想平静下来，可是喉咙里仍然堵得慌……感到憋闷、压抑……最后，我终于感到眼睛里湿漉漉的，我的《薄伽丘》中断了……一切都完了。高雅的大厅里响起另外一种声音……我歇斯底里发作了……”

“你胡扯！”

“真的……”鲁布廖夫说，他涨红了脸，竭力想笑，“够荒唐的吧？后来我感到自己被拉到了前厅……把大衣给我穿上……我听见主人在说：‘是谁把琴师灌醉的？谁竟敢给他伏特加喝？’最后……揍了我一顿……这件怪事怎么样？哈哈……当时我顾不上笑，现在却非常想笑……非常想！一个身强力壮的人……一个彪形大汉，身子那样魁梧，却突然歇斯底里大发作！哈哈哈！”

“这有什么可笑的？”我望着笑得肩膀和脑袋直哆嗦的鲁布廖夫，问道，“彼佳，看在上帝面上别笑了……这有什么可笑的？彼佳！亲爱的！”

但彼佳仍然笑个不停，从他的哈哈大笑中很容易看出这是歇斯底里发作了。我开始为他忙碌，并大骂莫斯科的公寓没有夜间供应开水的习惯。

作　家

在叶尔沙科夫茶叶店旁边的一间小屋里，叶尔沙科夫本人正坐在一张高高的账桌前。这是一个穿着入时而面容憔悴的年轻人，看来经历过一段动荡的生活。根据他写字时那笔触粗放的花字体、他的卡普尔发型和柔和的雪茄烟香味判断，他对欧洲文明并不陌生。而当茶叶店里的一个学徒前来向他禀报说“作家来了！”时，他的文化人气味儿就显得更浓了。

“啊！……叫他到这里来。不过你要告诉他，让他把套鞋脱在店里。”

一分钟后，一个头发花白的秃顶老头不慌不忙地走进了小屋，他穿着一件褪了色的旧大衣，脸冻得通红，带着迟疑和犹豫不决的神情——酒量不大而经常喝酒的人往往带着这种神情。

“哦，你好……”叶尔沙科夫说，也不扭头瞧瞧来客，“有什么好消息吗，海才先生？”

叶尔沙科夫把“海涅”和“天才”两个词混在一起①，合成一个词“海才”，他总是这样称呼老头。

“是的，先生，我把您的订货带来了。”海才答道，“已经写好了，先生……”

“这么快？”

“扎哈尔·谢苗内奇，三天时间别说一篇广告，一篇爱情小说也写好了。写篇广告一小时就够了。”

“只用这点时间？可你总是讨价还价，仿佛你要写一年似的。”

海才从兜里掏出几张写着铅笔字的皱巴巴的纸，走到账桌前。

“我这只是个草稿，大体上写了写……”他说，“我给您念一念，先生，您考虑一下，要是发现什么错，就指出来。错误是难免的，扎哈尔·谢苗内奇……您相信吗？我同时给三家商店写广告……即使是莎士比亚也会把脑袋弄晕。”

海才戴上眼镜，扬起眉毛，用他那忧郁的声音开始读，有腔有调的像是在朗诵：

“‘1885—1886 年度茶季。扎·谢·叶尔沙科夫商号向俄国欧、亚地区各个城市及国外供应中国茶叶。本商号创建于 1804 年。’这是开场白，明白吗，放在装饰图案当中，周围是各个城市的市徽。我给一个商人设计过一个广告，他就是把各个城市的市徽放在广告里。您也可以这样干，扎哈尔·谢苗内奇，我为您设计了这样一个装饰图案：一头狮子，嘴里衔着竖琴。现在往下念：‘谨向诸位顾客略陈数语。诸位先生！无论是最近发生的政治事件，还是日益渗透于社会各阶层的冷漠态度，抑或是不久前报界精英所指出的伏尔加河的淤塞问题——这一切对本商号均无任何影响。本商号创建多年，声誉卓著，因而根基稳固，从未改变既定方针，既与茶园主保持良好关系，又认真履行订货合同。本商号的座右铭众所周知。它寥寥数语而含意深长，这就是：态度认真、物美价廉、交货迅速！！’”

“好，太好了！”在椅子上不停地扭动身子的叶尔沙科夫叫道，“我简直没有想到您会写得这样好。妙极了！只是，亲爱的朋友……这里面需要想办法搅点浑水，写得含含糊糊，就是说，需要耍点花招……我们在这里宣称，本商号刚刚收到一批 1885 年茶季新采的头茬春茶……是这样吧？但除此之外还需要指出，这批刚刚收到的茶叶在我们仓库里已放了三年，而同时又要造成一种印象，仿佛这批茶叶是上个礼拜才从中国运来的。”

“我明白，先生……公众是不会发现这一矛盾说法的。我们在

---

① 俄语中“海涅”（德国诗人）和“天才”两个词发音相近。

广告的开头说，茶叶是刚刚收到的，而在末尾则说：‘本商号有大量已缴纳税款的存货，故可按前几年的价目表出售而不致亏损血本……’喏，在另一页上就印个价目表。这里又是市徽和装饰图案……下面用大号字印着：‘精选福建茶、恰克图茶和白毫茶价目表。以上各种茶叶均系气味芬芳的头茬春茶，来自新近建立关系的茶园……’接着是：‘谨向真正的嗜茶者推荐绿茶，其中以中国象征牌或称竞争者的嫉妒牌最受欢迎，售价三卢布五十戈比。在玫瑰花茶中我们特别向诸位推荐售价为二卢布的中国皇帝玫瑰牌和售价为一卢布八十戈比的中国姑娘的眼睛牌。’在价格后面要用小号字印上分装费和寄费。这里还要特别谈谈折扣和赠品问题：‘大多数同业用赠品为诱饵以招徕顾客。本商号坚决反对这一令人愤慨的做法，决不向顾客奉送赠品，凡同业用以招徕顾客的诱饵，本商号一概免费发给。凡在本商号购物满五十卢布者，可在下列五种物品中免费挑选一种：用英国金属做的茶壶一把、名片一百张、莫斯科市区图一张、中国裸体女人形状的茶叶罐一个、伊格里维·韦谢利恰克①的小说《新娘大吃一惊，或：洗衣盆下面的新娘》一本。’”

海才把广告念完并做了一些改正后，很快把它誊清，交给了叶尔沙科夫。接着是一阵沉默……两个人都很不自在，好像干了什么坏事似的。

“报酬是现在给我，还是以后再给？”海才犹犹豫豫地问。

“随便您，现在给也行……”叶尔沙科夫漫不经心地回答道，“到店里去拿五个半卢布的东西吧。”

“我想要现钱，扎哈尔·谢苗内奇。”

“我们不时兴给现钱。对任何人都给茶叶和糖，对您，对院子清洁工，对我主持的合唱团的歌手，都一样。这样可以少点醉鬼。”

---

① 这是杜撰的名字，其俄文意思是“调皮的快活人”，影射当时为《闹钟》《每日新闻》撰稿的费金。费金的笔名是“调皮的诗人”，其作品多写偷情、猎艳之类题材。

“扎哈尔·谢苗内奇，难道能把我的工作同清洁工、歌手的工作相提并论吗？我是脑力劳动。”

“这算什么劳动！三下两下就写出来了。写出的东西既不能吃，也不能喝……很容易的事！一个卢布也不值。”

“哼……您竟这样看待写作……”海才生气了，“既不能吃，也不能喝。您不知道我在写这篇广告的时候，心灵有多么痛苦。我感到自己是在欺骗整个俄国。给我现钱，扎哈尔·谢苗内奇！”

“我都腻烦了，老兄。这样纠缠人可不好。”

“得了。那我就要砂糖吧。可您的伙计会从给我的每俄磅砂糖中扣回八戈比的糖，这一来我就会损失四十戈比，但有什么办法呢！祝您健康，先生！”

海才转身往外走，但走到门口又站住了，叹了口气，阴郁地说：

“我欺骗了俄国！整个俄国！我为了一块面包而欺骗了我的祖国啊！唉！”

他走了出去。叶尔沙科夫则点上一支古巴雪茄，于是屋里的文化人气味更浓了。

吹过了头

土地测量师格列布·加夫里洛维奇·斯米尔诺夫在格尼卢什卡车站下了火车。到请他去丈量地界的庄园还要乘马车走三四十俄里。(如果车夫没有喝醉，马也不是劣马，就无需走三十俄里；而如果车夫喝了酒，马又疲惫不堪，那就要走整整五十俄里。)

“请问，这地方哪儿能找到驿马?”土地测量师问车站上的宪兵。

“什么?驿马?这里方圆百里之内连驿狗也找不到，别说驿马了……您要去哪儿?”

“去杰夫基诺村霍霍托夫将军的庄园。”

“什么?”宪兵打了个呵欠，“那您到车站外面去，有时候外面有些庄稼汉，他们可以用车送送旅客。”

土地测量师叹了口气，慢吞吞地来到车站外面，经过久久的寻找、谈话、犹豫，找到一个身强力壮、神情忧郁、脸上有麻子、穿着破烂的粗呢大衣和树皮鞋的庄稼汉。

“鬼才知道你这叫什么大车!”土地测量师皱起眉头爬上一辆四轮大车说，“连哪是前面哪是后面也分不清……”

“这有什么分不清的?冲着马尾巴的地方是前面，您老人家坐的地方是后面……”

拉车的马不算老，但很瘦弱，四条腿往外叉开，耳朵上有咬伤。车夫欠起身子，用一根绳子当马鞭抽了它一下，它只是晃了晃脑袋；车夫骂了一句，又抽了一鞭子，大车才吱吱地叫着，像打摆子似的抖动起来。抽了第三下后，大车开始晃动，直到抽了第四下，大车才往前走起来。

“我们整个一路都这样走吗？”土地测量师问，他感到剧烈的颠簸，不禁惊讶俄国农民竟有本事既让大车像乌龟似的慢慢爬行，同时又让它颠簸得能把人的心都翻出来。

“会走到的！”马车夫安慰他说，“小母马年轻机灵，只要让它跑开了，你停也停不住……驾！……该死的！”

大车离开车站时天已经擦黑。土地测量师的右边伸展着黑糊糊的冻结了的平原，无边无际……一直往前走，一定能走到天涯海角。在平原同天空融成了一片的地平线上，寒冷的秋霞正渐渐暗淡下去……道路的左边，昏黑的天幕上矗立着一些土丘样的东西，可能是去年的干草垛，也可能是村子。至于正前方，土地测量师则一概看不见，因为马车夫那宽阔而难看的脊背把他的视线遮得严严的。四周一片静寂，但很冷，非常冷。

“这里多么荒凉！”土地测量师想，竭力想用大衣领子把耳朵蒙住，“万一有人来打劫，就是放炮也没人知道……再说这个车夫也靠不住……瞧他那张脊背！这样的野人只需用手指头捅你一下，你就没命了！而且他一副凶相，很可疑。”

“喂，老兄，你叫什么名字？”土地测量师问。

“我吗？叫克利姆。”

“克利姆，你们这里的情况怎么样？太平吗？有拦路抢劫的么？”

“上帝保佑，还算太平……谁会拦路抢劫呀！”

“没有拦路抢劫的就好……不过为防万一，我还是随身带着三支手枪。”土地测量师胡编道，“你知道，手枪这玩意儿可不是好惹的。十个强盗我也对付得了……”

天黑了。大车忽然吱吱嘎嘎地响了起来，尖叫起来，颠簸起来，仿佛不大情愿似的往左拐了个弯。

“他这是要把我往哪儿拉？”土地测量师想，“一直都是照直走，却突然往左一拐。没准儿这个坏蛋是要把我拉到某个贼窝里去，然后……要知道，这种事是常有的。”

“喂，”他对车夫说，“你说这里很太平，是吗？这就遗憾了……我倒喜欢同强盗较量一下……看起来我很瘦，带着病容，其实我力大如牛……有一次我碰上三个强盗的袭击……你猜怎么着？我照着一个强盗猛地一拳，就把他……你知道吗，就把他送到上帝那儿去了；另外两个强盗也被我打发到西伯利亚服苦役去了。我也不知道我怎么会有那样大的力气……我一只手就能把像你这样壮实的汉子抓起来，掀……掀翻在地。”

克利姆扭过头看看土地测量师，脸上露出不安的神情，随即抽了马一鞭子。

“是的，老兄……”土地测量师继续说，“那些强盗可别碰到我。弄得断腿断胳膊不说，还得受审判……所有的法官和警察局长我都认识。我是政府要员……我这次出来，官员们都知道……他们一直监视着，防止有人加害于我。道路两旁的灌木林里到处都埋伏着县警和村警……停……停……停下！”土地测量师突然高声叫道，“你这是去哪儿？你要把我拉到哪儿去？”

“难道您没有看见？这是树林！”

“确实是树林……”土地测量师想，“我却吓坏了！但不能露出慌张的样子……他已经发觉我害怕了。他为什么不断扭过头来看我？大概在打什么主意……刚才马走得那样慢，一步一步地挪，现在却飞跑起来！”

“喂，克利姆，你为什么把马赶得那样快？”

“我没有赶。它自己跑开了……只要一跑开，任何办法也停不住它……它自己也不高兴它竟有这样的腿。”

“你在撒谎，老兄！我看得出你在撒谎！不过我劝你还是别赶得这么快。把马勒住一点吧……听见没有？把马勒住一点！”

“为什么？”

“因为……因为我有四个朋友要从火车站来追我。得让他们追得上我才行……他们说好在这片树林里追上我……同他们一起赶路要快活些……他们都很强壮、敦实……每人带着一支手枪……你怎么老是回头看我，就像坐在针毡上似的不安稳？啊？我，老兄，这个……老兄……你就别回头看我了……我身上没什么有趣的东西……除非你想看看手枪……行啊，如果你想看看的话，我这就给你看……行啊……”

土地测量师把手伸到口袋里，装出一副正在摸枪的样子，这时却发生了一件他这个胆小鬼怎么也没有料到的事：克利姆突然从车上滚下来，连滚带爬地朝一片小树林跑去。

“救命啊！”他扯开嗓子叫道，“救命啊！该死的，你把马和车都拿去吧，只是别要我的命！救命啊！”

响起一阵飞奔而去的脚步声和树杈的断裂声，接着一切都沉寂下来……对这一意外事件毫无思想准备的土地测量师首先是把马勒住，然后在大车上坐得舒服一些，开始思考：

“他逃跑了——这个傻瓜吓坏了……得，现在该怎么办？自己继续赶路可不行，因为不认识路，而且别人会以为我偷了他的马……怎么办？”

“克利姆！克利姆！”他叫道。

“克利姆！……”传来一阵回声。

想到他不得不在黑糊糊的树林里冻一个通宵，只能听见狼嚎和瘦马的响鼻声，土地测量师的背上便直起鸡皮疙瘩，仿佛是被一把冰凉的锉刀锉出来的。

“克利姆！”他呼喊道，“亲爱的！你在哪儿啊，克利姆？”

土地测量师喊了两个来钟头，直到把嗓子喊哑，已无可奈何地准备在树林里过夜时，一阵轻风才把一个人的呻吟声送到他耳里。

“克利姆！是你吗，亲爱的？咱们走吧！”

“你……你要打死我！”

“我是闹着玩的，亲爱的！真的是闹着玩！我哪来的枪呀！这是我因为害怕，胡编的！行行好，咱们走吧！我快冻死了！”

克利姆大概想，要是真正的强盗，早就同车和马一起消失得无影无踪了，这才走出林子，犹犹豫豫地朝自己的乘客走来。

“咳，傻瓜，你怕什么呀？我……我是闹着玩的，你却吓坏了……上车吧！”

“你可真行，老爷。”克利姆埋怨着，往车上爬，“我要早知道，给一百卢布我也不会赶这趟车。差点没把我吓死……”

克利姆抽了马一鞭子，大车抖动起来。克利姆又抽了一鞭子，大车摇晃了一下。等抽完第四鞭，大车才开始往前走，土地测量师便用大衣领子蒙住耳朵，沉思起来。他觉得大路和克利姆已经没有危险了。

失 业

法学副博士佩列皮奥尔金坐在自己的公寓房间里写信：

“亲爱的舅舅伊万·尼古拉耶维奇！……你，连同你那些推荐信和实际建议，统统见鬼去吧！即使待在家里无事可干，对渺茫的未来怀着希望，也比让你用那些推荐信和建议把我推到冰凉的、散发着恶臭的污泥里去打滚要好一千倍，高尚一千倍，人道一千倍。我恶心得难以忍受，就像是吃鱼中了毒一样。这种恶心极其糟糕，它深入骨髓，无论喝酒也好，睡觉也好，做拯救灵魂的思考也好，都无法摆脱它。你要知道，舅舅，虽然你是老人，但同时也是个大坏蛋。你为什么不预先告诉我，说我必然会遇到那些卑鄙龌龊的事呢？真可耻！

“我按顺序把我受到的折磨全都给你描述一下。你读一读，自责自责吧。首先，我带着你的推荐信去找巴布科夫。我在某铁路公司的管理局见到了他。这是一个身材矮小、头顶已经秃光的小老头，脸色蜡黄，胡子刮得光光的嘴歪扭着：上唇往右撇，下唇往左撇。他正坐在一张单独的办公桌前读报。

“绕着他，就像绕着帕耳那索斯山上的阿波罗[①]似的，坐着许多女人，她们坐在商行办公用的高脚凳上，面前放着厚厚的账簿。这些女人打扮得很阔气：穿着用裙箍撑起的裙子，手持折扇，戴着大手镯。难以明白她们是怎样把阔绰的打扮同微薄的女职工薪金协调起来的。要么她们只是由于无事可干，吃饱了撑的，才靠爸爸们和舅舅们的情面到这里来工作，要么这里的会计制度只不过是补语，而主语和谓语是心照不宣的[②]。后来我才知道，她们实际上什么事也不干，她们的工作都落在各种各样的编外人员身上，这些不敢说话的男人每月只能拿到十至十五卢布。我把你的信交给巴布科夫。他没有请我坐下，而是慢吞吞地戴上老式夹鼻眼镜，更加慢吞吞地拆开信封，开始读信。

“‘您舅舅请我给您找个差事。’他搔着秃顶说，‘可我们这里现在没有空缺，最近也未必会有，但不管怎么样，我还是要为你的舅舅努力一下……我要报告我们的公司经理。说不定能找到个什么差事。’

“我高兴得差点跳起来，已经准备连声道谢了，却突然听到这样一番话：

“‘不过，年轻人，如果这差事是为您舅舅本人找的，我就不会向他要任何东西了，可这是为您找的，所以……这个……我相信您会……会好好地……酬谢我……您明白吗？’

“你曾预先告诉我，说人家是不会白给我差事的，我应当给点报酬，可是你一个字也没有向我提到，说这种肮脏的买卖会如此高声地、肆无忌惮地、公开地进行……甚至当着女人的面！唉，舅舅啊，舅舅！巴布科夫最后那几句话把我惊呆了……我差点恶心死。我感到害臊，好像我自己收了贿赂似的。我的脸涨得通红，咕咕哝哝地讲了一通废话，在二十只带着嘲笑神情的女人眼睛的伴送下，往门外退去。一个面容阴沉消瘦的人在前厅追上我，悄悄对我说，不靠巴布科夫也能谋到差事。

“‘您给我五个卢布，我带您去见萨哈尔·梅多维奇。他老人家虽然不在位，却能谋到差事。他收费也不多：头一年年薪的一半。’

“我本该啐他一口唾沫，嘲笑他一番，而我却讲了一通道谢的话，非常窘迫，像被烫着了似的跑下了台阶。我从巴布科夫那儿来

---

① 希腊神话中的太阳神，住在帕耳那索斯山上。

② 在俄语中，补语是句子的次要成分，而主语和谓语是主要成分。

到什马科维奇家。这个肌肉松弛的胖子性情温和，红红的脸上带着和善的神情，长着一双油亮的小眼睛。那双小眼睛油亮到了腻人的程度，让人觉得它们仿佛是抹了蓖麻油。知道我是你的外甥后，他高兴极了，甚至快活得哈哈大笑起来。他放下自己的工作，动手给我倒茶。一个热心肠人！他老是望着我的脸，寻找我同你的相像之处。他含着眼泪回忆你。当我谈到我拜访他的目的时，他拍拍我的肩膀说：

"'谈工作还有的是时间……工作不是熊，不会跑到树林里去。您在哪儿吃午饭？如果您在哪里吃都可以的话，咱们就到帕尔金餐厅去吃！到那里再接着谈。'

"随信附上帕尔金餐厅的账单。你可以看到，共七十六卢布，全是你的朋友什马科维奇吃掉的和喝掉的，他原来是个大美食家！账单的付款者当然是我。吃过饭后什马科维奇又把我拉去看戏。门票是我买的。还有什么呢？看完戏后，你那位不要脸的朋友又建议我到城外去玩，但我没有答应，因为我的钱已几乎用光了。同我告别时，什马科维奇让我向你问好并转告你，他最快也要过五个月才能为我谋到一个差事。

"'我是故意不给您差事的！'他体谅地拍拍我的肚子说，'你这么一个大学生，为什么那样想到我们公司来工作呢？真的，您该到政府机关去！'我说：'不用您提醒，我也知道该找政府机关的差事。可您给我找一个试试！'

"我拿着你的第三封信到日沃焦尔-哈姆铁路①管理局去找你的干亲家哈拉托夫。我在那儿碰到的事，其卑鄙龌龊的程度赛过巴布科夫和什马科维奇的总和。我再说一遍：去你的吧！我恶心到了无以复加的程度，而这都怪你……我没有见到你的哈拉托夫。接待我的是一个叫做奥杰科洛诺夫的人，他身体干瘦、表情伪善、满脸麻

① 系虚构的铁路名称，"日沃焦尔-哈姆铁路"的意译是"剥皮者和无耻者的铁路"。

子。得知我是去找工作后，他让我坐下来，给我做了一个现在找工作多么困难的大报告。做完报告后，他答应为我通报一下，奔走奔走，找人说说情，等等。我想起你的教诲——尽可能塞点钱，并看出那个麻子并不反对收受贿赂，于是便在告别时往他的手里塞了点钱……麻子用攥着钱的手握握我的一根手指头，龇着牙笑笑，又连连许愿，可是……他回头一看，发现身后有外人，他们肯定看到了我们是怎样握手的。伪善者很窘，于是咕咕哝哝地说：

"'我答应给您找工作，但是……我不受酬谢……决不收！您拿回去吧！我决不收！您这是侮辱……'

"于是他张开手，把钱还给了我，但不是我塞给他的那张二十五卢布的钞票，而是三卢布的钞票。这个魔术高明吧？这些魔鬼的袖子里一定有一整套弹簧和细线，否则无法解释我那张不幸的二十五卢布钞票怎么会变成可怜的三卢布钞票。

"我觉得，第四封推荐信的收信者格雷佐杜博夫倒比较正派和规矩。

"这是一个穿着考究、气度高贵的漂亮的年轻人。他接待我时虽然懒洋洋的，显得有些勉强，但态度很客气。从与他的交谈中我了解到，他是大学毕业生，当年也曾为一块面包而在困境中挣扎过。他对我的请求很同情，而且他正好希望能找一些受过教育的职工。我已去找过他三次，每次他都含糊其词。不知为什么他有点蔫乎乎，讲话吞吞吐吐，避免做直接的答复，好像很拘束，或者是犹豫不决……我曾答应你决不感情用事。你也曾一再对我说，任何骗子总是装得气度高贵，有着骑士的风度……可能的确如此，但你来区分一下骗子和正派人试试。你也会无能为力……今天我第四次去找格雷佐杜博夫……他仍然蔫乎乎的，不做任何明确的答复……我火了……鬼使神差地让我想起我曾答应你，对任何人都毫无例外地塞钱，于是，好像有人碰了碰我的胳膊似的……我决定冒冒险，塞点钱，就像人们下定决心跳进冰凉的水里或是决心攀登高峰一样……

“‘听凭命运的决定吧！’我下定决心，‘一生中是可以试这么一次的！’

“我决定冒冒险与其说是为了谋职，不如说是为了获得新奇的感受。我想，一生中哪怕就这么一次，让我看看‘酬谢’在正派人身上会起什么样的作用！可是，我却没有得到任何‘感受’。我干得很蠢，傻里傻气……我从兜里掏出一张支票，涨红了脸，浑身都在哆嗦，趁格雷佐杜博夫没有看着我的时候，把它放到了桌上……幸好格雷佐杜博夫这时把几本书往桌上一放，盖住了支票……这一来，我的希望就落空了……格雷佐杜博夫没有看到支票……它将消失在纸堆中，要不就会被看门人偷走……如果他看到了它，大概会生气……这一来，我的舅舅……我又丢了钱，又感到害臊……害臊极了！这都怪你和你那些该死的实际建议！你把我教坏了……我暂时停停笔，因为有人拉门铃……我要去开门……

“刚才我收到格雷佐杜博夫的信。他说，货物税稽征所有个空缺，月薪六十卢布。就是说，他看到我的支票了。”

10—15年后的婚姻

世界上的一切都日臻完善，如安全火柴、轻歌剧、火车头、德普列红酒、人际关系。婚姻也日臻完善。它过去和现在是什么样子大家都知道。十至十五年后，当我们的儿女长大成人时它会是什么样子，也不难揣测。下面就给大家描绘一下不久的将来人们的恋爱公式。

客厅里坐着一个二十至二十五岁的姑娘。她的打扮极为时髦：一个人占三把椅子——本人坐一把，宽大的裙子占两把；胸前佩的胸针大如平底锅；作为一个有教养的姑娘，发型很简朴——梳得高高的头发约两三普特重，上面特为替她梳头的侍女架了一把小梯子。旁边的钢琴上放着姑娘的帽子。帽子上一只做工精巧的正在孵蛋的火鸡同真火鸡一样大。

门铃响了。一个年轻人走了进来，他穿着红色礼服、瘦腿裤子，脚上的皮鞋大得像是滑雪板。

“我很荣幸地向您做做自我介绍，”年轻人把脚后跟一并拢，对姑娘施礼说，“助理律师巴拉莱金！……”

“很高兴……有什么事需要我效劳的吗？”

“是‘缔结美满姻缘协会’让我来找您的。”

“很高兴……请坐！”

巴拉莱金坐下来说：

“‘协会’给我介绍了好几个待嫁姑娘，但我觉得您的条件对我最合适。从‘协会’秘书给我的这个字条可以看到，您带给丈夫的财产有：普柳希赫街上的房屋一所、现金四万卢布、动产五千卢布……是这样吗？”

“不……只带去两万卢布。”姑娘忸怩作态地说。

“既然这样，对不起，小姐……请原谅我的打扰……我荣幸地向您告辞……”

“不，不……我是开开玩笑！”姑娘笑着说，“那张字条上写的完全属实……现金、房子和不动产……‘协会’当然也对您讲了，房屋的修缮费由丈夫负担……还有……我真不好意思开口！给丈夫的现金不能一次付清，而是三年内分期付给……”

“不行啊，小姐，”巴拉莱金叹息道，“如今谁也不会同分期付款的小姐结婚！如果您坚持要分期付款，那这样吧，我给您一年内期限……”

姑娘同巴拉莱金开始讨价还价。最后姑娘让步，答应一年内付清。

“现在请把您的条件告诉我吧！”她说，“您多大年纪？在哪儿工作？”

“其实我不是自己要结婚，而是在替我的委托人办事……我是个中人……”

“可我曾要求‘协会’不许让中人来找我！”姑娘委屈地说。

“小姐，别生气……我的委托人上了年纪，身体虚胖，又有风湿病……他已没有力气为物色新娘的事亲自奔走了，所以不管愿意不愿意①，只能通过第三者来办。不过您放心，我收费不高……”

“那您的委托人的条件呢？”

“我的委托人五十二岁……别看他年纪这么大，却有好多人愿意赊账给他。比如，有两个裁缝愿意赊账为他缝衣服。一些杂货店为他建立了赊账簿，想赊多少就赊多少。他下了出租马车可以不付钱就往大门里走，这一点谁也无法同他相比，等等。我就不过多地夸耀他有多么能干了，只举一个最典型的例子：他甚至有办法从药店

① 原文为拉丁语。

里赊到药品。”

“他全靠赊账生活吗？”

“赊账是他的主要活动。他的兴趣很广泛，并不仅仅满足于这一活动……可以毫不夸大地说，没有比他更善于脱手伪造息票的人了……此外，他担任一个侄女的监护人，每年可以拿到约三千卢布……他还在剧院里冒充评论家，用这个办法在演员那儿白拿戏票白吃饭……他两次被控盗用公款，至今还因伪造文件而吃着官司……”

“难道还存在法庭吗？”

“是的，还作为没有完全消亡的中世纪道德的残余而存在着……不过，小姐，可以指望有文化的人再过一两年就会完全抛弃这种陈规陋习……那么，我该怎样回复我的委托人呢？”

“您对他说，我要考虑一下……”

“还有什么可考虑的呢，小姐？要说忠告您，我不敢当，但我希望您好，所以不能不向您表示我的惊讶……那是一个在各方面都很出色的正派人……没想到您明知拖延可能给您带来什么后果，却不马上同意。要知道，当您在考虑的时候，他也许就同另一个待嫁姑娘达成协议了！”

“这倒是实话……既然这样，那我同意就是了……”

“早就该这样！您能把定金给我吗？”

姑娘给了中人十至二十卢布。中人接过钱，把脚后跟一并拢行了个礼，便朝门外走去。

“收条呢？”姑娘唤住他。

“很对不起，小姐！我完全忘了！哈哈……”

巴拉莱金打了个收条，再次把脚后跟一并，走了，姑娘则用手蒙住脸，倒在沙发上。

“我多么幸福啊！”她叫道，心里涌起一种新的、从未体验过的激情。“我多么幸福啊！我……我爱一个人，他也爱我！！”

剧终。不久的将来婚姻就是这样。是啊，读者诸君，难道新娘穿钟式裙、新郎穿条纹裤和雪花呢礼服是很久以前的事吗？难道新郎在爱上新娘之前必须同她的爸爸妈妈谈判是很久以前的事吗？

夜莺、玫瑰、月夜、情书、情歌……这一切全都消失在远方……幽暗的林荫路上的窃窃私语、痛苦、对初恋的渴求等等，现在也过时了，就像身披铠甲去掳掠萨宾女人[1]一样。一切都日臻完善嘛！

---

① 传说古罗马人常常掳掠住在山区的萨宾部落的女人，这里指过时的婚姻方式。

老 年

五品文官建筑师乌泽尔科夫来到自己的故乡城市，他被请来修复墓园的教堂。他在这个城市出生、上学、长大、结婚，但当他走出火车时，几乎不认识这个城市了。一切都变了样……比如，当他十八年前离开这里到彼得堡去的时候，现在的火车站所在地是孩子们捉黄鼠的地方；现在那条主要街道的入口处矗立着四层楼的“维也纳旅馆”，而当时那里只有一道难看的灰色围墙。但无论围墙也好，房屋也好，都没有人的变化大。乌泽尔科夫从旅馆茶房的口里了解到，他所记得的人当中有一多半都死了，或是穷困潦倒了，被人遗忘了。

“你还记得乌泽尔科夫吗？”他向一个老茶房打听他自己，“乌泽尔科夫，建筑师，同老婆离婚了……斯维列别耶夫街上还有过他一所房子呢……你想必记得！”

“不记得了，老爷……”

“咳，怎么会不记得！一个闹得满城风雨的离婚案，当时连所有的出租马车夫都知道。你想一想，经办那个离婚案的诉讼代理人是沙普金，一个骗子……著名的骗子，就是在俱乐部被揍了一顿的那个人……”

“伊万·尼古拉伊奇吗？”

“对，对……怎么样，他还活着吗？也许死了？”

“感谢上帝，他活着，老爷。他老人家现在是公证人，自己有个事务所。他日子过得很好，在基尔皮奇街上有两所房子。不久前把女儿嫁出去了……”

乌泽尔科夫在屋里踱来踱去地想了想，由于闷得慌，决定去看看沙普金。当他走出旅馆，慢吞吞地走到基尔皮奇街时，正是中午时分。他在沙普金的事务所里见到当年的诉讼代理人时，几乎认不出来了。当年那个身材匀称、动作敏捷、表情丰富的脸上总是带着醉意和厚颜无耻的神情的沙普金，竟变成一个头发灰白、身体孱弱、态度谦逊的老头子了。

“您不认识我了，忘了……”乌泽尔科夫说，“我是您很久以前的当事人乌泽尔科夫……”

“乌泽尔科夫？哪个乌泽尔科夫？啊！”

沙普金想起来了，认出来了，惊得呆住了。于是一阵感叹、问讯、回忆。

“真没有想到！真没有想到！”沙普金连连叫道，“该怎么款待您呢？喝香槟，好吗？也许您想吃牡蛎？我的朋友，当时我要了您那么多钱，弄得我现在不知该怎么款待您才好了……”

“请不必费心。”乌泽尔科夫说，“我没有时间。我马上得去墓园，去看看教堂。我接受了修复教堂的工作。”

“太好了！咱们先吃点东西，喝点酒，然后一起去。我的马很出色！我送您去，并介绍您认识一下村长……我会把一切都安排好的……您怎么啦，亲爱的，好像躲着我，怕什么呀？来，坐近一点！现在已经不用怕了……嘿嘿……我过去确实是一个狡猾的家伙，一个骗子……谁也不敢沾我的边，可现在我又文静又温顺；老了，成了家，有了儿女。到死的时候了！”

两个朋友吃完喝完后，便一起乘雪橇到城外的墓园去。

“是啊，那时候真有意思！”沙普金在雪橇上回忆道，“想起来简直不敢相信。您记得您和太太办离婚的事吗？事情已过了近二十年，可能您全忘了，我却记得很清楚，就像是昨天才给你们办了离婚似的。上帝啊，当时我费了多少脑筋啊！那时我是一个滑头、诡辩家、刁钻的讼吏、不顾死活的人……我总想办一个复杂的案子，特别是又复杂酬金又多的案子，比如您的案子。当时您给了我多少钱？足有五六千！是啊，不费点脑筋行吗？当时您到彼得堡去了，把整个案子都丢给了我，随我怎么办！而您已故的太太索菲娅·米哈伊洛芙娜虽说是商人家庭出身，却又高傲，自尊心又强。用给钱的办法让她把罪责揽到自己身上是困难的……困难极了！有时我去找她谈判，她一见到我就冲使女叫道：'玛莎，我不是吩咐过你别接待坏蛋吗！'我只好想方设法……又是给她写信，又是寻找见面的机会，可是都不行！只好通过第三者来办。我同她折腾了很久，直到您答应给她一万卢布，她才让步了……她经不住一万卢布的诱惑，没有坚持住……她哭了起来，羞辱了我一通，但还是同意了，由她承担了罪责！"

"我好像给了她一万五，而不是一万。"乌泽尔科夫说。

"对，对……是一万五，我记错了！"沙普金尴尬地说，"不过这都是过去的事了，不必隐瞒自己的罪过。我只给了她一万，其余五千我塞进了自己的腰包。我把你们两个都骗了……这都是过去的事，没什么可害臊的……再说，您自己想想，鲍里斯·彼得罗维奇，我不从您身上捞又从谁身上捞呢……您是财主，有的是钱……因为钱多了而结婚，又因为钱多了而离婚……您赚得真不少……我记得，只一个承包工程您就赚了两万。我不敲诈您还敲诈谁？况且，我承认，嫉妒心也在作怪……您赚了钱，别人对您脱帽致敬，而我呢，常常为一个卢布挨打，在俱乐部里挨耳光……咳，回忆这些干什么！该忘掉啦！"

"请告诉我，索菲娅·米哈伊洛芙娜后来生活得怎么样？"

"拿到一万卢布以后吗？很糟糕……天知道她是怎么回事，也许是一时冲动，也许是觉得她为了钱而出卖了自己，备受良心和自尊心的折磨，要不就是她可能还爱着您，总之，您知道吗，她喝起酒来了……拿到钱后，她便同一些军官坐着三套马车去兜风。酗酒、玩乐、放荡……同军官们到酒馆去不是喝波尔图葡萄酒或低度酒，而总是要喝白兰地，喝得浑身发烧，烂醉如泥。"

"是的，她的脾气古怪……我可受够了她的罪。有时候不知为什么生了气，就发起神经来……那么，后来怎么样呢？”

“过了一个礼拜，两个礼拜……有一天我正在家里写点东西，突然门开了，她走了进来……醉醺醺的。‘您把这些该死的钱拿回去吧！’她说着把一沓钞票朝我的脸上一扔。她受不了啦！我把钱拾起来，数了数……少了五百。她狂喝滥饮只花掉了五百卢布。”

“那您是怎么处理这些钱的呢？”

“事情都过去了……用不着隐瞒……我当然归自己了！您干吗这样看着我？您等着听后来发生的事吧……简直够写一部长篇小说，一本精神病学！大约两个月后，有一天晚上我喝醉了，狼狈不堪地回到家里……我点上灯一看，沙发上坐着索菲娅·米哈伊洛芙娜，她也喝醉了，慌里慌张，神情有些古怪，就像是从疯人院跑出来的……她说：‘把我的钱还给我，我改变主意了。既然堕落，那就堕落到底！快点，坏蛋，把钱给我！’不成体统！”

“那您……给她了吗？”

“我记得给了她十卢布……”

“哦！怎么能这样？”乌泽尔科夫皱起眉头说，“如果您自己无法给或是不愿给她，您该给我写个信……我连知也不知道！不是吗？我连知也不知道！”

“我的朋友，何必要我写呢，她后来躺在医院里时，不是自己给您写过信吗？”

“可当时我正忙于新婚，忙得晕头转向，顾不上回信……而您是局外人，对她并没有恶感……为什么不帮帮她呢？”

“不能用今天的标准来衡量，鲍里斯·彼得罗维奇。今天我们这样想，而那个时候完全是另一种想法……今天我可能会给她一千卢布，而那个时候连那十卢布……也不是白给的。真卑鄙！应当忘掉——瞧，我们到了……”

雪橇停在了墓园门口。乌泽尔科夫和沙普金下了雪橇，走进墓园，沿着长长的、宽阔的林荫路往前走去。光秃秃的樱桃树和洋槐树，灰色的十字架和墓碑，全都蒙着一层泛着银色的霜。每片雪花都映着一个艳阳天。就像在任何墓园里一样，四周散发着神香气味和新挖出的泥土味儿……

"我们的墓园不错。"乌泽尔科夫说，"简直是个花园！"

"是的，但遗憾的是墓碑常常被盗……瞧，右边那个铁墓碑后面埋葬着索菲娅·米哈伊洛芙娜。想过去看看吗？"

两个朋友往右一拐，踩着深深的雪朝铁墓碑走去。

"就在这儿……"沙普金指着一个白色的大理石墓碑说，"一个准尉在她的墓前竖了这个碑。"

乌泽尔科夫慢慢摘掉帽子，把秃顶露在了阳光下。沙普金学他的样，也摘掉帽子，于是又一个秃顶在阳光下闪烁起来。周围一片死寂，仿佛连空气也凝固了。两个朋友望着墓碑默默不语，想着心事。

"她只管睡自己的！"沙普金打破沉默说，"她承担了离婚的罪责也好，喝白兰地也好，对她来讲已无所谓了。这您得承认，鲍里斯·彼得罗维奇！"

"承认什么？"乌泽尔科夫抑郁地问。

"承认……往事无论多么令人厌恶，也比这个好。"

沙普金指指自己的白发。

"过去我想也没有想到过死……即使碰到死神，好像也根本不把它放在眼里，而现在……咳，不用提了！"

乌泽尔科夫变得忧郁起来。他突然想哭，渴望能哭一场，就像当初渴望爱情一样……他觉得哭一场心里会舒服一些。眼睛湿润了，喉咙已哽住了，可是……旁边站着沙普金，乌泽尔科夫不好意思让别人看到他的软弱。他陡地转过身往教堂走去。

直到两小时之后，当他已同村长商量完毕，把教堂检查了一遍，他才趁沙普金同神甫谈话的时候，独自跑到外面去哭……他悄悄地往墓碑走去，像做贼似的不断地回头张望。小小的白色墓碑沉思地、忧郁地望着他，显得那样纯洁天真，仿佛躺在它下面的是一个少女，而不是他那个放荡的前妻。

“哭吧，哭吧！”他想。

但哭的时机已经错过了。无论老头子怎样眨巴眼睛，怎样培养伤感情绪，还是流不出眼泪，喉咙也没有哽住……乌泽尔科夫站了十来分钟后，把手一挥，便找沙普金去了。

哀　伤

木旋工格里戈里·彼得罗夫很早就以其精湛的手艺闻名整个加尔钦乡，同时又是人所共知的全乡最放荡的庄稼汉，此刻他正赶着雪橇把生病的老伴送往地方自治会的医院。他得赶三十俄里的路，而且路很不好走，连官府的邮差也对付不了，就别说彼得罗夫这个懒汉了。迎面刮着刺骨的寒风。无论往哪儿望，到处都飞舞着团团雪花，简直弄不清雪是从天上掉下来的，还是从地里钻出来的。四周白茫茫的一片，既看不见田野，也看不见电线杆，更看不见远处的树林，而当一股强劲的阵风向彼得罗夫刮来时，则连面前的马轭也看不见了。瘦弱的老马吃力地拉着雪橇。它的全部力气都花费在把蹄子从深深的雪里拔出来和摆动脑袋上了。木旋工急着赶路。他在驭座上坐立不安，不时用鞭子抽打马的脊背。

“马特廖娜，你别哭……”他咕咕哝哝地说，“你忍着点。上帝保佑，我们会赶到医院的，转眼工夫你便得救了……帕韦尔·伊万内奇会给你药水喝，要不就叫人给你放放血，也可能他老人家会用什么酒精给你擦身子，这一来……你的腰痛病就好了……帕韦尔·伊万内奇会尽力而为的……他是个好老爷，和善的老爷，愿上帝保佑他身体健康……我们一到，他马上就会从自己屋里跑出来，开始骂街，'怎么啦？为什么会这样？'他会嚷道，'为什么不早点来？难道我是一条狗，整天都得伺候你们这些魔鬼吗？为什么早晨不来？滚吧！别让我看见你们。明天再来！'于是我对他说：'大夫老爷！帕韦尔·伊万内奇！老爷！'你倒是快点走啊，鬼东西，真该死！驾！"

木旋工用鞭子抽马，没有去看老太婆，继续自言自语地唠叨：

"'老爷！真的，我敢在上帝面前……对您起誓，天刚蒙蒙亮我们就动身了。既然天老爷……圣母……动怒，赐给了这样的暴风雪……我们怎么能及时赶到呢？老爷您自己也看得出……再好的马也赶不到，而我的马，老爷您自己也看得出，哪儿是马呀，简直是丢人现眼！'可帕韦尔·伊万内奇皱起眉头叫道：'我可知道你们这些人！总是能找到理由！特别是你，格里戈里！我早就知道你了！大概在路上五次拐进酒馆！'我就对他说：'老爷！难道我是个坏蛋或是不信教的人吗？老太婆都快见上帝了，快死了，我还跑酒馆！您说到哪儿去了！让那些酒馆见鬼去吧！'于是帕韦尔·伊万内奇吩咐把你抬进医院。我跪在地上……'帕韦尔·伊万内奇！我们无限感激您！宽恕我们这些傻瓜和混蛋吧，别生我们这些庄稼汉的气！本该把我们轰出去才是，您老人家却为我们操心，把自己的脚都沾上雪了！'帕韦尔·伊万内奇看了我一眼，仿佛想揍我，说：'傻瓜，与其向我下跪，还不如平时别酗酒，多心疼心疼老太婆。该抽你一顿！''真的该抽一顿，帕韦尔·伊万内奇，我要说假话天打雷劈，真的该抽一顿！您是我们的恩人，我们的亲爹，我们怎么能不下跪呢？老爷！我讲的是真话……向上帝发誓……我要是说假话，你就啐我唾沫：只要我的马特廖娜的病好了，恢复了健康，您老人家无论要我干什么我都干！您要是乐意，我就用卡累利阿桦木给您做个烟盒……做几个槌球，我还能旋出比外国货都好的玩九柱戏的柱子，什么我都能为您老人家做！一个钱也不要您的！在莫斯科买这样一个烟盒要四卢布，我一戈比也不要您的。’大夫笑了，说：‘得了，得了……我领情！只可惜你是个酒鬼……’我懂得该怎样同老爷们打交道，老太婆。我同任何老爷都能说上话。只求上帝保佑别迷路才好。瞧这暴风雪！眼睛都睁不开了。”

木旋工没完没了地唠叨。他咕咕哝哝地信口说着，只求能稍稍舒缓一下他的沉重心情。他讲得很多，但脑子里的想法和问题更多。不幸突然降临到他的头上，那样猝不及防、出乎意外，以致他现在还无法清醒过来，无法恢复常态和进行正常的思考了。他本来一直过着无忧无虑的生活，处于一种半睡半醒的醉酒状态中，既不知道悲伤，也不知道欢乐，现在却突然从心底感到极其痛苦。一个无忧无虑的懒汉和酒鬼，不知怎么竟陷入一个忙人的处境，不得不忧心忡忡，急着赶路，甚至得同大自然作斗争。

木旋工记得，不幸是从昨天晚上开始的。当他昨天晚上像惯常那样喝得醉醺醺的回到家里，按照老习惯开始骂人和挥舞拳头时，老太婆用从未有过的目光瞧了他一眼。平常她那昏花的老眼总是带着一种甘愿受苦受难的温顺神情，仿若一头喂得不好还要经常挨打的狗，可现在她的目光却那样严峻而呆滞，就像是《圣经》上的圣徒或是垂死的人。不幸就是从这种古怪的、不祥的目光开始的。吓呆了的木旋工向邻居借了一匹老马，现在正把老太婆往医院里送，希望帕韦尔·伊万内奇能用药粉和药膏使老太婆恢复原来的目光。

“你呀，马特廖娜……”他咕哝道，“如果帕韦尔·伊万内奇问，我打不打你，你就说：从来不打！我以后再也不打你了。我发誓。难道我过去打你是因为怨恨吗？我是无缘无故打的。我是疼你的。别人才不管你呢，我却送你上医院……我尽心尽力。好大的暴风雪！主啊，听从你的意志！只是千万别迷路才好……怎么样，马特廖娜，你的腰还疼吗？你怎么不说话？我问你，你的腰疼吗？”

他感到奇怪的是老太婆脸上的雪没有融化，奇怪的是那张脸仿佛拉得特别长，并变成灰白而浑浊的蜡色，显得那样严峻和庄重。

“真是个傻婆娘！”木旋工咕哝道，“我就像面对上帝似的跟你讲心里话……你却……真是个傻婆娘！小心我不送你去找帕韦尔·伊万内奇了！”

木旋工放松马缰，沉思起来。他不敢回头看老太婆——害怕！问她的话得不到回答——也害怕。最后，为了解开这个疑团，他不是转过头去看老太婆，而只是去摸摸她那冰凉的手。被他抬起的手无力地垂了下去。

“这么说，她死了！真糟糕！”

木旋工哭了。他更多的是懊恼，而不是难过。他想：这世上的一切，来去是多么快啊！他的哀伤才刚刚开始，就已经看到结局了。他还没来得及同老太婆好好生活一下，向她讲讲心里话，怜惜怜惜她，她就已经死了。他同她一起生活了四十年，但这四十年仿佛是在雾里度过的。全部生活就是酗酒、打老婆和穷困。仿佛故意同他作对似的，正当他感到自己对老婆有了怜惜之情，没有她就活不下去，感到自己很对不起她的时候，她却死了。

“要知道，她讨过饭！”他回想道，“是我让她去讨饭的，真糟糕！这个傻婆娘要能再活十年就好了，不然她大概以为我真是那样的人呢。天哪，我这是往哪个鬼地方去呀？现在已不必治病了，而应当埋葬。往回走吧！”

木旋工掉转马头，用尽全力抽打马。路越来越难走。现在已完全看不见马轭了。雪橇时不时地撞在小枞树上，一个黑糊糊的东西抓破了木旋工的手，从他面前一闪而过，眼前又渐渐变成不断旋转的白茫茫的一片了。

“要能重新生活一次就好了……”木旋工想。

他想起马特廖娜四十年前是一个出身富裕人家的年轻、漂亮而快活的姑娘。父母把她嫁给他是看上了他的手艺。本来有着好好生活的一切条件，但不幸的是刚行过婚礼他就醉倒在暖炕上了，仿佛直到今天也没有醒来。婚礼他是记得的，而婚礼以后的事，就是打死他他也不记得了，只记得喝酒、醉倒、打老婆。四十年就这样过去了。

白茫茫的雪雾渐渐变成灰色。天黑了下来。

“我这是往哪儿去呀？”木旋工突然醒悟过来，“应当埋葬，我却往医院走……好像变傻了似的！”

木旋工再次掉转马头，又开始抽打马。老马喷着鼻息，竭尽全力地小跑着。木旋工不断地用鞭子抽它的脊背……身后响着一种磕碰声，他不用回头看就知道，这是死者的头碰着雪橇板发出的声音。天空越来越昏暗，风越来越凛冽……

“要能重新生活一次就好了……”木旋工想，“那我就添置一些新工具，揽一些订货……挣的钱交给老太婆……对！”

这时缰绳从他手里滑脱了。他找到缰绳，想把它拾起来，却怎么也拾不起来，两只手不听使唤了……

“没关系……”他想，“马自己会走，它认识路。现在该睡一会儿……在下葬或举行安魂祭之前，该休息一下。”

木旋工闭上眼睛，打起盹儿来。过不多久，他听见马停下来了。他睁开眼睛，看见前面有一个黑糊糊的东西，像是个小木房，又像是草垛……

他本该从雪橇上下来，弄清楚是怎么回事，但他周身已慵懒到宁可冻死也不愿动一动的地步……于是他安然入睡了。

他醒来时，已是躺在一间油漆墙壁的大屋里。从窗外射进来灿烂的阳光。木旋工见他面前站着许多人，首先想到的便是表明自己是一个老成持重、懂得事理的人。

“乡亲们，该给老太婆举行安魂祭！”他说，“跟神甫讲一下……”

“得了，得了！你躺着吧！”不知是谁的声音打断了他。

“老爷！帕韦尔·伊万内奇！”看见医生站在面前，木旋工不禁惊呼道，“老爷！恩人！”

他想跳下床，跪在医生面前，但感到手脚不听他的使唤。

“老爷！我的腿上哪儿去了？手上哪儿去了？”

“同你的手和腿告别吧！……你冻坏了！得了，得了……你哭什么？你能活这一辈子，就该感谢上帝了！你大概已活了六十岁……也该知足了！”

“不幸啊！……老爷，真是不幸！求您发发慈悲！让我再活五六年吧……”

“为什么？”

“马是借别人的，应当还人家……得把老太婆安葬了……这世上的一切，来去多么快啊！老爷！帕韦尔·伊万内奇！我用卡累利阿桦木给您做一个最好的烟盒！给您旋一个槌球……”

医生摆一下手，走出了病房。木旋工的生命结束了。

唉，公众！

“够了，我再也不喝酒了！……绝对……绝对不喝了！该明白过来了。应当工作，劳动……既然想拿薪水，就得诚实地、勤勤恳恳地工作，凭良心干，牺牲休息和睡眠。别再贪图玩乐……老兄，你已经习惯于白拿薪水，这是不好的……不好的……”

列车长波德佳金用这类说教把自己训诫一通后，开始感到一种无法抑制的劳动愿望。已经是夜里一点多钟了，尽管这样晚了，他还是叫醒了列车员，同他们一起到各个车厢去查票。

“请出示……车票！”他叫道，愉快地把剪票钳弄得咔咔响。

睡梦中的乘客惊醒过来，在昏暗的车厢灯光中晃着脑袋，拿出自己的车票。

“请出示……车票！”波德佳金在二等车厢里对一个干瘦的乘客说，这个乘客盖着皮大衣和被子，四周还垫着几个靠枕。“请出示……车票！”

干瘦的乘客没有回答。他睡着了。于是列车长捅捅他的肩膀，不耐烦地又说了一遍：

“请出示……车票！”

那位乘客打了个哆嗦，睁开眼睛，恐惧地望着列车长。

“什么事？您是什么人？啊？”

“我跟您说得明明白白：请出示……车票！劳驾！”

“我的上帝！”干瘦的人一脸哭相地叫苦道，“天哪，我的上帝！我患着风湿病……三个晚上没睡觉，特意服了吗啡，想睡一会儿，而您……却来要票！要知道，这是残忍，不人道！您要是知道我多么难以入睡，就不会用这种小事来惊扰我了……简直是残忍，不近人情！再说，您为什么要看我的票？简直是愚蠢！”

波德佳金暗自思忖：他该不该生气，结论是：该生气。

“您别在这里嚷嚷！这里不是酒馆。”他说。

“酒馆里的人倒更通人情一些……”那个乘客一面咳嗽一面说，“现在我只好重新入睡了！真奇怪：我在国外乘火车跑了好多地方，从来没人查我的票，而在这儿，仿佛有鬼捅他们的胳膊似的，一会儿来查票，一会儿来查票！……”

“那您到国外去吧，既然您喜欢那儿！”

“愚蠢，先生！是的！用煤气味儿、闷热和穿堂风让乘客受罪还嫌不够，还要用这套形式主义来折磨乘客。他要查票！瞧瞧，多么热心公务！要是真为了查票倒也罢了，可是乘客当中仍然有一半是无票乘车的！”

“您听着，先生！”波德佳金发火了，“您这样讲，请拿出证据来！如果您不停止叫嚷，让公众不得安宁，我只好在下一站把您赶下车去，并将这事呈报官府！”

“岂有此理！”公众大哗，“竟这样对待一个病人！喂，您该有一点同情心啊！”

“是他自己在骂人！”波德佳金胆怯了，“好吧，我不查票了……随他的便吧……只是，你们自己也知道，这是我的职务所要求的……要不是职责所在，我当然……你们甚至可以去问问站长……随便去问谁……”

波德佳金耸耸肩，从病人身边走开了。起初他感到自己受了气，觉得委屈，但后来，当他走过两三节车厢之后，他那列车长的心胸里开始感到不安，好像问心有愧。

“我的确不必把病人叫醒。”他想，“但我并没有错……他们以为我查票是由于无事可干，吃饱了撑的，而不知道这是我的职务所要求的……既然他们不相信，那我可以把站长带去见见他们。”

火车在前面一个车站停车五分钟。在响第三遍铃之前，波德佳金走进了那节二等车厢。后面跟着戴红色制帽的车站站长。

“就是这位先生，”波德佳金开始讲，“他说我无权查他的票，所以……所以生了气。站长先生，请您向他解释一下：我是无缘无故查他的票，还是由于职责所在？先生，”他对那个干瘦的人说，“先生！如果您不相信我的话，您可以问问站长。”

病人仿佛被蜇了一下似的打了个哆嗦，睁开了眼睛，哭丧着脸往沙发背上一靠。

“我的上帝啊！我服了第二包药粉，刚开始打盹儿，他又来了……又来了！我求求您，您要有一点同情心啊！”

“您可以同站长先生谈谈……问问他，我有没有权利查票？”

“简直让人无法忍受！给您票！给！我愿再买五张票，只求您让我安静地死去！难道您自己从来没有生过病么？毫无同情心的人！”

“这简直是在耍弄人！”一个身穿军装的乘客忿忿地说，“否则我不明白为什么这样纠缠不休！”

“算了……”站长拽拽波德佳金的袖子，皱着眉头说。

波德佳金耸耸肩，慢吞吞地跟着站长走了。

“真难伺候！”他感到困惑不解，“我特意为他请来站长，好让他明白过来，别激动，他却……却骂开了。”

来到下一个车站。停车十分钟。第二遍开车铃响之前，当波德佳金正站在小卖部旁喝矿泉水时，两位先生朝他走来，一位穿着工程师制服，一位穿着军大衣。

“您听着，列车长先生！”工程师对波德佳金说，“您对待有病乘客的态度激起了全体目击者的公愤。我是工程师普济茨基，这位是……上校先生。如果您不向那位乘客道歉，我们将告到交通局长那儿去，我们认识局长。”

“先生们……要知道，我这是……要知道，你们……”波德佳金惊慌地说。

“不必向我们作解释。但我们警告您，如果您不去道歉，我们将着手保护那位乘客。”

“好吧，我……我去道歉……好吧……”

半小时后，波德佳金想好了一段既能让乘客满意，又不失自己尊严的道歉的话，走进那个车厢。

“先生！”他对病人说，“您听我讲，先生！”

病人打了个哆嗦，跳了起来。

“什么事？”

“我，这个……怎么说呢？……您别生气……”

“啊……给我水……”病人用手捂住胸口，气喘吁吁地说，“我服了第三包药粉，刚开始打盹儿……又来了！上帝啊，这种折磨到底有完没有啊！”

“我这是……请您原谅……”

“听我说……到下一站您让我下车吧……我再也受不了啦！我……我快死了……”

“简直是卑鄙，可恶！”公众愤怒地叫道，“从这儿滚开！您要为这种耍弄付出代价的！滚出去！”

波德佳金挥挥手，叹着气走出了车厢。他来到公务车厢，筋疲力尽地坐到桌子前，埋怨道：

“你去伺候伺候这些公众吧！你去为他们服务，为他们劳动吧！不管你愿意不愿意，只能什么都不管，喝自己的酒……你什么事也不做——他们不满；你开始做点事——他们也不满……只好喝酒！”

波德佳金一口气喝下半瓶酒，再也不去想什么劳动、责任和诚实了。

孱　头

戏剧小品

傍晚。地方报纸《鸿雁信使报》秘书潘捷列伊·季奥米德奇·科金走进工厂主兼商绅布卢德欣的家。今天晚上这里有一场业余演出，演出结束后有舞会和晚餐。

科金感到愉快、幸福而得意。未来在他心目中是灿烂辉煌的……他想象着自己将如何散发着香水味儿，蓄着烫过的头发，彬彬有礼地走进灯火通明的大厅。他脸上将会露出忧郁而冷漠的神情，一举步，一耸肩，都带着一种自尊感，说话漫不经心，显得不太乐意，目光要竭力带上一种疲倦和嘲弄的神情，总之，一举一动都会像一个报界的代表人物！从他身边走过的小姐和她们的男伴将会交换一下目光，小声说：

"这是从编辑部来的。风度不错！"

科金在《鸿雁信使报》只是个秘书。他的工作就是别把来往信函弄乱，接受订户，注意别让印刷工人偷走编辑部的糖，仅此而已，但社会上谁又知道他的职责范围呢？既然他是编辑部的成员，那他就是作家，就知道编辑部的内幕！天哪，编辑部的内幕对女人有着多大的吸引力啊！他大概会在晚会上碰见克拉夫季娅·瓦西里耶芙娜。他一定要从她身边走过五次，并装作没有看见她。当她按捺不住而首先同他打招呼时，他要漫不经心地同她寒暄几句，微微打个呵欠，看看表，然后说：

"真无聊！但愿这个毫无意义的活动早点结束……已经十二点了，我还有一期报纸要发排呢，有几篇文章得过过目……"

克拉夫季娅将会用景仰的目光看看他，由下往上看，就像看一尊高大的塑像似的。她很可能问他：最近一期报纸上恶毒攻击基什金娜-布兰达赫雷茨卡娅的那首诗是谁写的？那时他将抬起眼睛望着天花板，神秘地哼哼哈哈一番："唔，是啊……"让她以为那是他写的！然后是跳舞，晚餐，喝酒……酒后的惬意心情，送克拉夫季娅回家以及其他各种遐想……当然，所有这些遐想都是空幻的、没什么意义的、轻浮的，可是要知道，青春自有青春的权利啊，诸位先生！

科金看到，在布卢德欣家灯火通明的大门口停着两排马车。手持槌形杖的胖胖的看门人忽而把门推开，忽而把门关上。穿着蓝色燕尾服和红色背心的仆人不断接过客人们的外衣。宽大的入口处摆着鲜花，铺着地毯，放着镜子。科金漫不经心地把皮大衣往仆人手上一扔，用手捋捋头发，尊严地昂起头……

"编辑部的！"他从两个仆人身边走过时说道，这两个仆人站在入口楼梯下面的阶梯上，专管撕掉入场券的一角……

"不行！不行！不让进！"这时他听到楼梯上面有人用严厉而清脆的声音说，"不让进！"

科金往上看了看。在楼梯顶端的梯级上，一个身穿燕尾服的胖子正直视着他。报馆秘书确信这严厉的声音不是冲着他来的，便抬腿往上走，但这时他吃惊地发现旁边的仆人做了一个拦住他的动作。

"不让进！"上面的胖子又说了一遍。

"这……为什么不让我进？"科金愣住了，"我是编辑部的！"

"正因为是编辑部的，才不让进！"胖子回答说，同时向一位太太躬身施礼，"不让进！"

秘书目瞪口呆了，就像脑袋上挨了一闷棍似的。他首先感到的是极其尴尬。不管怎么说，反正浓郁的帕米尔紫罗兰香水味儿、崭新的手套、烫过的鬈发同这种屈辱的地位是很不相称的——两个把门的伸手拦住他，不让他进去，而且当着太太们的面，当着仆人们的面！除了害臊、困惑和吃惊外，秘书还感到空虚、绝望，仿佛有人突然一剪刀把他对行将到来的欢乐的憧憬剪破了似的。凡没有得到预期的“酬谢”，反而被刮了一脖儿的人，都会有这种感觉。

“我不明白……我是编辑部的！”科金咕哝道，“放我进去！”

“不行，先生！”仆人说，“请离开楼梯，先生，您挡别人的路了。”

“奇怪！”秘书嘟囔道，竭力想不失尊严地笑一笑，“太奇怪了……哼！”

小姐们和太太们一个接一个地从他身边走过，全都快活地笑着，时髦的衣服沙沙作响……时不时地响起开门声，一阵穿堂风从前厅刮过，于是一批新到的客人又登上了楼梯……

“为什么不放我进去？”秘书困惑不解，他仍然没有从这一意外变化中清醒过来，甚至不相信自己的眼睛，“那个胖子说，正因为我是编辑部的才不放我进去……可这是为什么呢？见鬼……上帝保佑，千万别让熟人看见我在这里挨冻，问我是怎么回事……丢脸啊！”

科金又试着往楼梯上走了一次，却又一次被挡了回来……他耸耸肩，擤擤鼻涕，再次朝那两个仆人走去……又再次被挡住了。乐队已在楼上开始演奏。秘书急得心也跳了起来，气也喘了起来，巴不得马上去到大厅里，高昂着头，考验考验克拉夫季娅的耐性。一听到音乐声，他前来参加晚会时用以慰藉自己的那些遐想立刻重现在脑子里，使他激动不已……

“您听我说！”他对在楼梯顶端时隐时现的胖子说，“为什么不放我进去？”

“什么，先生？编辑部的人一概不让进！”

“可……可这是为什么呢？您至少给我讲讲原因啊！”

“布卢德欣老爷吩咐的！不关我的事！他不许放你们进来，我就不能放你们进来！……请给这位太太让让路！安德烈，你瞧着点，编辑部的人一概不让进！老爷吩咐的！”

科金耸耸肩，却感到这耸肩的动作既愚蠢，又耸得不是地方，便从楼梯旁走开了……怎么办？当然，在当前的情况下科金所能采取的最好办法是：尽快跑回编辑部去告诉主编，说布卢德欣这个蠢货作出了一个什么样的决定。主编会感到吃惊，会笑着说：“怎么，他是个白痴么？他可真找到报复我们评论的办法了！这头蠢驴，他竟不懂得我们去参加他的晚会不是他赏了我们的光，而是我们赏了他的光！咳，真是个笨蛋，上帝宽恕！哼，等着吧，明天我就在报上给你献上一束石竹！”

主编会这样对待这件事……可是接下去又怎么样呢？接下去科金作为一个正派人，就应当待在家里，不理睬布卢德欣。他的尊严和编辑部的尊严都要求他这样做。可是，诸位先生，这样做尽管在理论上很好，可在实际上却很不好：新手套已经买了，卷发钱已经给理发师了，何况大厅里还等着克拉夫季娅，等着晚餐和美酒……

“我等这个晚会已等了两个月，期盼和准备了两个月！”科金心想，“两个月来天天在城里跑，物色新上装……已经答应了克拉夫季娅，却突然……不行，绝对不行！这里面一定有什么误会……真的，有误会！用不着回编辑部，只需同管家谈一谈就行了……”

“您听我说！”科金冲胖子叫道，“您只需让我上去就行……我不是要到大厅里去，只是想同管家或是布卢德欣先生本人谈一谈！”

“上来吧，可是要知道，大厅是无论如何也不会放您进去的！”

“天哪！”科金往上走时，心里想，“正往里面走的那两个太太听见他的话……真丢人，真可耻！我该走掉才对，真的！……”

翻领上系着花结的红发管家站在上面的大厅门口。还有一个打扮得很漂亮的女人坐在门前一张小桌旁卖节目单。

“请问，”科金快要哭出来似的对他们说，“怎么会规定不让编辑部的任何人进去？为什么？”

“这得怪你们自己，先生！”管家回答，“我们总是给你们送荣誉票，让你们坐第一排，可你们却写诽谤文章……”

“天哪，要知道……您听我说……”

这时候，门里响起了热烈的掌声和公爵小姐罗日金娜演唱《我又站在你面前……》的悦耳歌声。秘书的心又跳了起来。他可经受不住坦塔罗斯所受的磨难①。

“什么诽谤文章？”他对那个女人说，“太太，就算报上登了诽谤文章，又怎么能怪我呢？该怪主编，怪写文章的人，同我有什么相干？我只是个秘书……干的工作同会计差不多。我根本不是作家……真的，我不是作家！听我说，我甚至可以起誓，我不是作家！”

“可我们对您爱莫能助。”女人叹息道，“这是布卢德欣本人下的命令……不过……您可以买一张票嘛！”

“见鬼，我怎么早没有想到这一点？”科金心里说，却立刻想起他口袋里只有四十戈比，那是准备万一克拉夫季娅要他送送她时，用来乘出租马车的，“既然这样，那我跟布卢德欣谈谈！”他说。

“那您就等到幕间休息吧……”

科金开始等候……门里响着热烈的掌声、熟悉的女人的歌声和笑声……里面是沸腾的生活！可怜的秘书却像个悔过者，像亨利在卡诺萨②那样站在门外，望着眼前的门，如同一匹马闻到近处有燕麦，却又看不见……他久久地等着幕间休息，最后门里终于响起了椅子的挪动声、嘈杂声和说话声；门开了，一群观众涌进了走廊。

“幸福是这样近，这样现实！”秘书往敞开的门里看了一眼，心里想，“不行，我简直不敢想，要是不放我进去怎么办……”

脸色绯红、容光焕发的布卢德欣本人很快也出来了。科金开始在他旁边走来走去，好久下不了决心去同他谈，但最后还是开口了……

---

① 希腊神话：吕狄亚王坦塔罗斯因触怒主神宙斯，被罚永世站在齐下巴深的水中，头上悬着果子；他口渴想喝水时，水就退去，饿了想吃果子时，挂着果子的树枝便升高。

② 德国皇帝亨利四世被罗马教皇革出教门后，穿着悔过者的衣服在卡诺萨城堡门口跪了三天，希望得到宽恕。

“对不起，先生……我要打扰您一下……阿尼西姆·伊万内奇，是您吩咐凡编辑部的人一概不让进吗……”

“是的，那又怎么样？”

“瞧，我已经来了……我不明白！您自己也会同意！我有什么错？编辑或是写文章的人有错，可以不让他们进，而我……说实话，我不是作家！……”

“哦……这么说，您是编辑部的？”布卢德欣问，同时劈开两腿摆成一个A字站着，把头往后一仰，“您当然很不满意，对吗？可是您听我说！请这些观众作证！诸位先生，你们来当裁判吧！这位记者先生对我不满，因为……这么说吧……呃，呃……因为我以某种方式表示了抗议……我想，我对报界的态度是众所周知的。我向来拥护报界！可是，诸位先生……（布卢德欣做出一副恳求的样子）诸位先生，凡事都有个限度！你们报纸可以骂演员，骂剧本，骂布景，可是为什么要写那些很不恰当的东西呢？你们最近发表了一篇很出色的文章……很——出——色！可是文章在描述有我女儿参加演出的造型剧《尤季菲和奥洛费尔恩》时……天知道是怎么写的！作者说，尤季菲手里握的剑太长①，长到用它砍人只能站在远处，或者爬到房顶上去……这同房顶有什么相干？我女儿读了以后……哭了！诸位先生，这不是批评！不——，这不是批评！这是人身攻击！作者对那把剑吹毛求疵，纯粹是同我作对……”

“我……我同意您的看法！”科金感到有几百只眼睛正盯着他，于是咕咕哝哝地说，“我自己也向来反对谩骂……不过，真的……这同我有什么相干呢？说实话，我不是作家！我是秘书……我甚至还可以告诉您……当然，只是你我之间知道就行了……这篇文章是主编自己写的……（‘我这个畜生，干吗把这个讲出来？’科金暗想。）不过他是个好人……正直的人。即使写了这类东西，也不是故

① 根据希伯来传说，尤季菲为了拯救被围困的犹太人而诱惑亚述人统帅奥洛费尔恩，趁他熟睡时用剑砍下了他的头。

意的……而是考虑不周……”

秘书温顺的口吻感动了布卢德欣。这位商绅便抚弄着科金的衣扣，再次对他讲了自己对报界的态度。秘书心里顿时百感交集。像布卢德欣这样的大人物竟跟他推心置腹，他简直受宠若惊；他感到可能马上就会放他到大厅里去了，误会已经消除，他又可以遐想了……但与此同时他又觉得自己极其可耻、卑鄙、恶劣……他感到，他由于怯弱而出卖了自己，出卖了主编和《鸿雁信使报》，而且是公开出卖，当着熟人的面，像是最无耻的犹大！他本来应当蔑视、痛骂、嘲笑，而他却低三下四地央求，差点哭出来……唉！

布卢德欣不停地讲呀，讲呀。他尽情地装腔作势卖弄一番后，已经挽起科金的胳膊，科金已经来到伊甸园门口时，突然有人叫道：“阿尼西姆 · 伊万内奇！将军来了！”

布卢德欣打了个哆嗦，立即扔下科金，急急忙忙往楼下跑去。科金站了一会儿，踱了几步，整了整领带。他已不再等待什么，期望什么了。第二幕一开始他便朝大厅门走去，但管家不让他进。

“布卢德欣没有给我们做任何交待。不能进！”

十分钟后，秘书已经拖着自己那双大套鞋在结了冰的路上嘎吱嘎吱地走着。他这是回家，但他还不如钻到冰窟窿里去更好些！他感到又害臊，又恶心。让他恶心的是身上的香水味儿，新手套，还有烫过的鬈发。他恨不得把自己这个脑袋瓜揍一顿！

同爱迪生的谈话

本报特派记者

我来到托马斯·爱迪生家里。这是一个非常招人喜欢的彬彬有礼的人。他所有的房间都摆满电话机、送话机、光音机以及各种其他的“机”。

“我是俄国人！”我向爱迪生自我介绍道，“关于您的天才我听到很多。虽然您的发明还没有列入我国中等学校的教学大纲，但您的名字在我们报纸的‘杂文栏’里经常提到。”

“非常高兴，但我预先提醒您，我是不会借钱给您的，真的！”

“我也没这个要求！”我被这种突如其来的羞辱弄得很尴尬。

“请您原谅，我听说，见人就借钱是俄国人的民族特性。”

“哪能呢，瞧您说的！”

我们坐下来，闲谈了一阵。

“哦，您又发明什么好东西啦？”我问，“想必又发明了一大堆五花八门的玩意儿！譬如，这个挂着的玩意儿是做什么用的？”

“这是美食烹饪机……您把一块烧红的煤放在这个小孔前……拧紧这颗螺丝，按按这个，打开电门，这样您就可以在离这里一二百英里的地方得到那块煤的放大了的影像。您可以在这个影像上或煎或煮任何食物……”

“啊……真了不起！这又是什么呢？”

“这是旅游者必备的东西。我建议您不妨购置一个。用我们的钱买——一卢布[①]，用你们的钱买——三卢布。比方说，您从俄国到美国来了，把妻子留在了家里。您旅游了一年，两年，三年……

您怎么能担保您在旅游途中不想有一个继承了您那高贵姓氏的儿子呢？那时候您只需来到这根电线前操纵几下，第二天您就会收到一封电报：儿子降生了！”

“啊……不过在我们那儿，托马斯·伊万内奇，做这件事更简单。你到美国来了，而把一个朋友留在家里……当然不会收到电报，但当你回国时，会发现家里不是一个，而是三个、四个孩子冲你叫：您好，爸爸！我们那儿有个医生到国外去做学术研究。当他回国时，家里竟有了九个女儿。”

“那又怎么啦？”

“没什么！我是用学术观点来理解这事的：纤毛皮膜，血压，等等，等等……这个金属薄片又是做什么用的呢？”

“这是思想探测片。只需把它贴在被测验者的额头上，接通电源，他脑子里的秘密便会暴露无遗……”

“啊……不过，我们那里做这种事更简单。把他的写字台一翻，信件一拆，三下两下，一切便了如指掌了！比绍普法[2]正在我们那里大行其道！”

我就这样见识了爱迪生的所有新发明。我的夸赞使他很高兴，在告别时他忍不住说：

“好，就这样吧，上帝保佑您！给，我借给您钱！”

---

① 意为一美元。

② 比绍普，被称做“能看出别人思想的世界名人”，1885 年曾去俄国表演。

天　真

短篇小说

某城三圣教堂老态龙钟的堂长萨瓦·热兹洛夫神甫的儿子，著名的莫斯科律师亚历山大，出人意外地突然从莫斯科回来了。孤身一人鳏居的老神甫自从把儿子送去上大学后，已经有十二年到十五年没有见到他了，现在定睛看看自己这唯一的儿子，不禁脸色发白，浑身颤抖，激动得呆住了。欣喜与欢乐真是无穷无尽！

儿子回来的当天晚上，父子俩坐在一起谈话。律师吃着，喝着，深为感动。

“你这里挺好，挺招人喜欢！”他在椅子上扭动着身子赞叹道，“舒适，温暖，还有一种简朴的古风。真的，挺好！”

萨瓦神甫背着两手在餐桌旁走来走去，显然是在向老厨娘炫耀他有这么一个已经成人的文雅的儿子，并竭力用“学者”的腔调讲话，以迎合客人。

“事实就是这样，伙计……”他说，“结果正好遂了我的心愿：你我都成了受过高等教育的人。你是大学毕业，我则是基辅学院毕业，是的……就是说，我们走的是一条路……能相互理解……只是我不知道如今学院里怎么样。我上学那时候非常强调古典教育，甚至还学希伯来语。现在怎么样？”

“我不知道。不过老爷子，这个鲟鱼可真好吃！我已经吃饱了，却还想吃。”

“吃吧，吃吧。你需要多吃点，因为你的工作是脑力劳动，而不是体力劳动……唔……不是体力劳动……你是大学毕业生，用脑子工作。你回来探亲的时间长吗？”

“我不是来探亲的。我是偶然到你这儿来的，老爷子，是用机器送来的神①。我是来这里出差，为你们的前任市长作辩护。你想必知道，明天你们这里的法庭要审一个案子。”

“原来是这样……这么说，你是在司法界工作？是法律工作者？”

“对，我是律师。”

“哦……上帝保佑你。你是什么衔？”

“说真的，我不知道，老爷子。”

“本该问问他挣多少钱，”萨瓦神甫想，“但按他们的观点这是个不礼貌的问题……根据他的穿着和用的金怀表判断，年薪应在一千以上。”

老人和律师沉默了一会儿。

“我不知道在你这里能吃到这样可口的鲟鱼，要早知道的话，我去年就来看你了。”儿子说，“去年我到你们的省城来过，离这儿不远。你们这里的城市挺可笑！”

“确实可笑……不值一啐！”萨瓦神甫表示同意，“有什么办法呢！离文化中心太远……冥顽不灵……文明还没有传播到这里来……”

“问题不在这儿……你听我讲讲我经历的一件趣事。有一次我到你们省城的剧院去看戏，我到售票处买票，可售票员对我说，戏不演了，因为一张票也没有卖出去！我问：你们满座能卖多少钱？他们说：三百卢布！我说：去告诉演员，演吧，我付三百卢布……我是由于无聊才愿付三百卢布，可是一看他们那出让人受罪的戏，却感到更加无聊了……哈哈……”

萨瓦神甫不相信地看看儿子，又看看厨娘，用拳头捂着嘴嘻嘻

① 原文为拉丁语，指古希腊戏剧中用舞台机关送出来的解围之神，此处意为：意外来到这里的。

地笑了……

“他真会胡诌！”老人心想。

“舒连卡[1]，你这三百卢布从哪儿来？”他犹犹豫豫地问。

“怎么从哪儿来？当然是从自己的腰包里来……”

“唔……原谅我提一个不礼貌的问题，你年薪多少？”

“看什么时候……有时一年挣三万，有时两万都挣不到……每年不一样。”

“他真会胡诌！哈哈！真会胡诌！”萨瓦神甫深情地望着儿子那带着醉意的面孔，暗自笑着想，“年轻人爱瞎吹！哈哈……说大话——三万！”

“难以置信，舒连卡！”他说，“对不起，不过……哈哈……三万！这些钱可以盖两幢房子……”

“你不信？”

“不是我不信，而是……怎么说呢……你也太那个了……哈哈……喏，你既然挣这么多钱，那你怎么花呢？”

“都得花光，老爷子……首都的生活贵着呢，伙计。这里一千卢布过的生活，那里就要五千。我养着马，我要打牌……有时还要吃喝玩乐。”

“倒也是……不过你该攒点钱！”

“不行……我没有攒钱的耐性……（律师叹了口气）我自己也毫无办法。去年我在波良卡花六千卢布买了一所房子。也算置房防老嘛！可你猜怎么着？买了不到两个月，就不得不抵押出去了。抵押来的钱则全花光了！有的打牌输掉了，有的喝酒喝掉了。”

“哈哈！你真会胡诌！”老人尖声叫道，“胡诌得倒挺有趣！”

“我没有胡诌，老爷子。”

“难道房子可以输掉和喝掉吗？”

“别说房子，连地皮都可以喝掉。明天我要从你们的市长那儿

---

① 儿子的名字“亚历山大”的昵称。

敲到五千卢布，可我担心还回不到莫斯科这笔钱就会花光。这就是我的命。”

“不是命，而是命运。”萨瓦神甫纠正他，同时咳嗽一声，并煞有介事地瞧瞧老厨娘，“对不起，舒连卡，我不太相信你的话。你凭什么挣这么多钱？”

“凭本事……”

“唔……可能挣到三千，而要挣到三万，或是能买房子什么的，对不起……我不太相信。不过咱们别争论这个了。现在你给我讲讲你们莫斯科的情形。大概很快活吧？你的熟人多吗？”

“很多。全莫斯科的人都认识我。”

“哈哈！你真会胡诌！哈哈！伙计，你在讲天方夜谭。”

父子俩就这样又谈了很久。律师又讲了自己如何同一个有四万陪嫁钱的女人结婚，如何到下诺夫哥罗德去旅行，又如何花一万卢布办离婚。老人听着，拍着手哈哈大笑。

“你真会胡诌！哈哈！舒连卡，我还不知道你有这种说笑话的本事呢！哈哈！我这不是在谴责你。我很乐意听。你讲吧，讲吧！”

“不过我也聊得太久了。”律师说着从餐桌前站起来，“明天要开庭，我连案卷还没有看呢。再见。”

萨瓦神甫把儿子送进卧室后，整个儿沉浸在一种欢乐的心情中。

“他怎么样？啊？你看到了吧？”他低声对厨娘说，“他就是这样的人……大学毕业，讲人道主义，思想解放，却并不认为来探望老头子是丢脸。他忘记了父亲，但突然想起来了。猛然间想起来了。他想：让我来回忆回忆我那个糟老头子吧！哈哈！好儿子！善良的儿子！你发现没有？他对待我就像对待与他身份相同的人一样……把我看成同他一样有学问的朋友。可见他是了解我的。遗憾的是没有把助祭叫来，该让他看看我的儿子。”

把自己的心情向厨娘倾吐一番后，萨瓦神甫踮着脚走到自己的卧室门口，从锁孔往里面看了看。律师躺在床上，正边抽烟边读一本厚厚的笔记；旁边的小桌上放着一瓶萨瓦神甫从未见过的葡萄酒。

“我马上就走……我是来看看这儿舒适么。”老人走进卧室，喃喃地说，“舒适吗？软和吗？你该把衣服脱了。”

律师皱起眉头，哼哼哈哈地应答着。萨瓦神甫在他的脚边坐下来，陷入了沉思。

“是这样……”他沉默片刻后，开始说，“我一直在琢磨你的谈话。一方面我很感谢你来看望我这个老头子，另一方面作为父亲和……和受过教育的人，我不能保持沉默，有意见不说。我知道，你在吃晚饭时讲的是玩笑话，但无论宗教信仰也好，科学也好，对即使是玩笑的谎言也是不赞成的。嗯嗯……我有点咳嗽。嗯嗯……对不起，但我作为父亲不能不讲。哦，你这葡萄酒是哪儿来的？”

“这是我随身带来的。你要喝一点吗？酒不错，八卢布一瓶。”

“八卢布？你又胡诌！”萨瓦神甫把手一拍说，“哈哈！这哪里用得了八卢布？最好的葡萄酒我用一卢布就给你买来了。哈哈！”

“得了，你开步走吧，老爷子，你碍我的事了……走吧！”

老人嘻嘻笑着，拍着手走了出去，轻轻地带上了房门。午夜，萨瓦神甫读过《箴言》①，向老厨娘交代了明天午饭的菜单后，再次到儿子屋里看了看。

儿子还在读材料，喝酒，抽烟。

“该睡了……你把衣服脱了，灭掉蜡烛吧……”把神香和烛油气味也带进屋里的老人说，“已经十二点了……你这是喝第二瓶了吧？嘀！”

“不喝酒不行，老爷子……不提提神就没法做事。”

“有这么一件事，伙计……唔，是的……我不知道还能不能活着再见你一次，所以最好今天就把我的遗嘱告诉你……你知道吗……在我任职的四十年中，我为你积攒了一千五百卢布。我死

---

①《圣经·旧约》中的一卷。

后，你把这笔钱拿去，不过……”

萨瓦神甫激动地擤了擤鼻涕，继续说：

“不过别把它们挥霍了，要保存好……另外，请你在我死后给我的侄女瓦莲卡寄一百卢布。如果你不在乎的话，也给季娜伊达寄二十卢布。她们都是孤儿。”

“你把这一千五都给她们寄去吧……我不需要这笔钱，老爷子……”

“你在开玩笑吧？”

“我是认真说的……反正我会把它们挥霍光。”

“唔……要知道，这钱可是我积攒起来的。”萨瓦神甫感到委屈，“一戈比一戈比地为你积攒起来的……”

“那就把它们压在玻璃板底下，以纪念父母对我的爱，因为我确实用不着这笔钱……一千五，算得了什么！”

“好，随你吧……要是早知道，我就不存钱，不怀这个愿望了……睡吧！”

萨瓦神甫为律师做了祝福后，走了出去。他有点委屈……儿子对他四十年的积蓄持这种满不在乎的态度使他很难堪。但这种委屈和难堪的心情很快就过去了……老人又很想去找儿子聊聊天，“像学者那样”谈一谈，回忆回忆往事，但他已没有勇气去打扰忙碌的律师了。他在黑黢黢的房间里走来走去，想了又想，最后便到前屋去看儿子的皮大衣。父爱的激情使他忘乎所以，他用双手抱住大衣亲呀，吻呀，祝福呀，仿佛他抱着的不是大衣，而是那个“大学生”儿子本人……他无法入睡了。

纸里包不住火

彼得·帕夫洛维奇·波苏金收到一封匿名检举信，于是遵循最严格的微服私访原则，乘坐平民的马车，沿着乡间道路到某个小县城去。

“当场抓住……给他们来个冷不防……”他把脸蒙在大衣领子里幻想道，“他们干了肮脏龌龊的事，大概正在庆祝胜利，以为他们把罪证全都掩盖起来了……哈哈……当他们正在欢庆胜利的时候，突然听见一声‘把季亚普舍-利亚普金带上来！’[①]，可以想象出他们会多么恐惧和吃惊。准会一片惊慌！哈哈！……”

波苏金尽情地幻想够了之后，便开始同马车夫闲聊。作为一个醉心于自己声望的人，他首先便问到他自己。

“你知道波苏金吗？”

“怎么会不知道！”车夫笑着说，“我们都知道他！”

“你笑什么？”

“这话问得怪！连衙门里的末等文书我们都知道，怎么会不知道波苏金呢！他到这里来做官，就是为了让大家都知道他嘛。”

“这话不错……喂，怎么样？你看他这个人怎么样？好吗？”

“还不错……”车夫打了个呵欠，“是个好老爷，很在行……来这里还不到两年，已做了许多事。”

“他做了些什么特别的事呢？”

“做了许多好事，愿上帝保佑他身体健康。他多方奔走把铁路修起来了，把我们县的霍赫留科夫解职了……那个霍赫留科夫简直无法无天……是个滑头、骗子，所有的前任官都包庇他，可是波苏金一来，霍赫留科夫就完蛋了，就好像压根儿没有过这个人似的……就是这样，老兄！波苏金这个人，老兄，是收买不了的，绝对收买不了！哪怕给他一百，一千，他也不会昧良心……绝对不会！”

“感谢上帝，人们至少在这个方面是了解我的。”波苏金心里想，“这很好。”

“这是一个有教养的老爷，”车夫继续说，“不摆架子……我们乡下人去找他告状，他就像接待老爷们似的：拉起大家的手，‘您请坐！’……他是个急性子，办事麻利……一句话还没说完就急得直喘气！要叫他慢慢来是不行的，绝对不行，他干什么事都力求快一点，快一点！我们乡下人还没来得及把话讲完，他就吩咐：‘套马！’立刻就来了……一来，就把事情全办好了……一个钱也不要。比他的前任强多了！当然，他的前任也不错，仪表堂堂，威风凛凛，嗓门儿比全省的任何人都高……他要是出门，十俄里之外都能听见，但办起里里外外的各种事情来，他比现任就蠢多了！在这方面，现任的脑袋瓜要比他聪明一百倍……只有一点遗憾……现任在各方面都好，却是一个酒鬼！”

“你怎么知道我……知道他是个酒鬼？”波苏金问。

“当然，老爷，我自己没有看见他喝醉过，我不能乱讲，但大家都这么说。其实大家也都没有看见他喝醉过，却流传着他的这种名声……说他在公众面前，在交际场所，或是去做客，从来不喝酒。他是在家里喝……早上起来，揉揉眼睛，第一件事就是喝酒！贴身仆人刚给他送来一杯酒，他马上吩咐再送一杯来……他就这样整天灌酒。你说怪不怪，这样喝法，却一点也不醉！就是说，他会养生。过去，只要我们的霍赫留科夫一灌起酒来，别说人，连狗也会汪汪叫。而波苏金呢，连鼻子也不红一红！他把自己关在书房里拼命喝……为了不让别人发现，他把自己办公桌的抽屉改装了一

---

① 果戈理讽刺喜剧《钦差大臣》中的一句台词。

下，安上一根细管子。抽屉里随时都放着酒……他把头一低，衔着那根管子一吸，就喝上酒了……在马车里也一样，酒瓶放在公文包里……”

“他们是怎么知道的？”波苏金暗自吃惊，“我的上帝，连这个也知道！真糟糕……”

“对女色也是这样……这个滑头！（车夫笑起来，并摇摇头。）简直是胡闹！他养着十个这样的……这样的娼妇……两个住在他家里……一个叫纳斯塔西娅·伊万诺芙娜，仿佛代替他的女管家，另一个叫什么来着？见鬼！对了，叫柳德米拉·谢苗诺芙娜，仿若他的女秘书……纳斯塔西娅最受宠。她要他干什么，他就干什么……把他支使得团团转，就像狐狸摆弄尾巴似的。她大权在握。人们怕她甚于怕他本人……哈哈……第三个娼妇住在卡恰尔街……真丢人！”

“他连名字都知道！”波苏金红着脸想，“他怎么会知道呢？……一个庄稼汉，马车夫……从来不到城里去！……这事多么卑鄙……下流……庸俗！”

“这些事你怎么全知道？”他气冲冲地问。

“大家都这么说……我自己没有看见，而是从别人那里听来的。不过，要打听这些事有什么难的？又不能把波苏金的贴身仆人或马车夫的舌头割掉……再说，也许纳斯塔西娅自己就走街串巷地到处夸耀自己那种女人的幸福呢。人们的眼睛是逃不过的……这个波苏金还采用一种微服私访的做法……过去他的前任想去哪儿，一个月前就传出话来，临到动身时，人声、车声、马铃声……简直让人消受不起！一路上车水马龙，前呼后拥。到达目的地先睡上一觉，大喝一通，大吃一通，然后才大叫大嚷地办公事。叫嚷一阵，踩一阵脚，再睡上一觉，又同样前呼后拥地回去……现任可不一样，一听到什么事，立即悄悄地出去查访，不让任何人看见，不让任何人知道……真有意思！他悄悄从家里溜出来，不让任何官员看见，登上火车……到达他要去的车站后，既不坐驿车，也不坐舒适的出租马车，而宁愿雇一辆庄稼汉的马车。他像娘儿们似的把自己裹得严严实实，一路上像头老狗似的嘶哑着嗓子说话，免得被人认出来。听人讲述他这些事情时，你连肚子都会笑破……他这傻瓜坐在马车里，以为谁也认不出他来。其实对一个明白人来说，认出他太容易了！不费吹灰之力……”

“究竟怎样认出他呢？”

“很简单。过去我们的霍赫留科夫出来私访，我们凭他那双有力的手就能认出他来。要是搭车的人打你的嘴巴，不用问，这人就是霍赫留科夫。波苏金也可以一下子就认出来……普通乘客容易将就，而波苏金却不是那种容易将就的人。他一来，比方说，即使来到一个驿站，也会立即开始……他又嫌臭，又嫌闷，又嫌冷……他要吃童子鸡，要吃水果，还要吃各种各样的果酱……所以驿站上的人都知道：如果有人大冬天要吃童子鸡和水果，这人便是波苏金。如果有人对驿站长称‘我最亲爱的’，并派人去干各种各样的杂事，保证这人便是波苏金。他不仅身上的气味与众不同，而且睡觉的习惯也很独特……躺在驿站的长沙发上，在身边洒上香水，吩咐在枕头旁给他摆上三支蜡烛，他就躺着看公文……这一来别说驿站长，连猫也能认出这是何许人……”

“讲得对，讲得对……”波苏金暗想，“怎么过去我不知道这一点呢！”

“谁只要需要，不凭水果和童子鸡也能认出他。凭电报就全清楚了……无论他把脸捂得多么严实，无论他怎么躲藏，这里的人都知道他来了。都等着呢……波苏金还没从家里动身，对不起，这里已经全准备好了！他来的目的是当场抓住他们，送交法庭审判，或是撤换什么人，可是他们却在嘲笑他。他们说：‘大人，即使你是悄悄来的，可是你瞧，我们这里一切都干干净净！’他转来转去，转来转去，结果怎么来的，还是怎么回去……甚至还夸奖他们，同他们一一握手，请他们原谅他的惊扰……就是如此！你以为会怎么样？哈哈，老爷！这里的人都是机灵鬼，一个比一个机灵！……真有意思！就拿今天的事来说吧，我今天早晨赶着空车出来，从车站迎面跑来小吃店的店主——一个犹太佬。我问：‘犹太老爷，你上哪儿去？’他说：‘给城里送酒和菜去。今天那里的人正等着波苏金呢。’机灵吧？波苏金也许还没有动身，或者刚刚把脸捂严实免得被人认出来。也许他已经在路上，正在想，谁也不知道他来了，可是你瞧瞧，人家已经为他准备好了一切，又是葡萄酒，又是干酪，又是各种各样的下酒菜……怎么样？他一路上心里想：‘你们完蛋了，小子！’可这些小子满不在乎！让他来吧！他们早就把一切都掩盖好了！”

“回去！”波苏金沙哑着嗓子叫道，“往回走，畜生！”

困惑不解的车夫只好掉转马头往回走。

她的丈夫①

一个悠闲的夜晚。轻歌剧女歌星娜塔莉娅·安德烈耶芙娜·布罗宁娜（随夫姓为尼基特金娜）躺在自己的卧室里，让全身心都得到休息。她甜甜地打着盹儿，想着自己的小女儿——小女儿不知道是跟着姥姥还是跟着姨妈住在远方……对她来说，这个小女孩比观众、鲜花、剧评、崇拜者都更为珍贵……她愿意想她一直想到天明。她感到幸福和安宁，只希望别有人来妨碍她无忧无虑地躺着，打着盹儿，想念自己的女儿。

女歌星突然打了个哆嗦，睁开了眼睛：前室里响起一阵尖利而急促的门铃声。没过十秒钟又响起第二次，第三次。门砰的一声开了，有人像马似的咚咚咚地踩着地板走了进来，冷得直喘气，并喷着鼻息。

“见鬼，连大衣也没处挂！”女歌星听到一个沙哑的男低音在说话，“瞧瞧，还是个名演员呢！年收入五千，却连一个像样的衣帽架也添置不起！”

“是丈夫……”女歌星皱起了眉头，“好像还带了一个朋友回来过夜……讨厌！”

安宁没有了。当前室里响亮的擤鼻涕声和放套鞋的响声平息下来后，女歌星听见自己的卧室里响起了小心翼翼的脚步声……这是她的丈夫，她的丈夫丹尼斯·彼得罗维奇·尼基特金进来了。他身上散发着寒气和白兰地酒气。他在卧室里喘着粗气久久地走来走去，黑暗中不时撞在椅子上，好像在寻找什么东西……

“喂，你找什么？”女歌星埋怨道，她被这一骚扰弄得腻烦了，

“你把我吵醒了。”

“亲爱的，我找火柴。你……这么说，你醒着？有人托我问候你。他向你问好……他叫什么名字来着？……红头发，经常向你献花的那个人。对了，扎格沃兹德金……刚才我去找过他。”

“你去找他干吗？”

“没什么事……随便坐坐，聊聊天……喝点酒。不管你怎么想，娜塔丽②，反正我不喜欢这个家伙。很不喜欢！这样的蠢货天下少见。一个财主，资本家，有着六万卢布的家产，可你从他身上根本看不出这一点。对他来说，钱是没有意义的。他自己不用，也不给别人用。应当把资金周转起来，他却把它攥在手里，生怕丢掉了……闲置的资金有什么用？闲置的资金等于是草。”

她的丈夫摸着床沿，气喘吁吁地在妻子脚边坐下来。

“把资金闲置起来是有害的……”他继续说，“为什么俄国的各项事业江河日下？就因为我们闲置的资金太多，生怕把钱借出去……不像英国……在英国，老兄，没有扎格沃兹德金那样的蠢鹅……那里的每一个小钱都在周转……是的……他们不会把钱放在箱子里……”

“那很好。我想睡觉了。”

“我马上就讲完……我讲什么来着？对了……今天这个时代，把扎格沃兹德金绞死都不解气……混蛋加傻瓜……纯粹是个傻瓜。要是我不用担保人而能从他那儿借到钱就好了，连小孩子也看得出来，这不会有任何风险。这头蠢驴不明白！他借出一万，能收回十万。一年之后他又能得到十万！我央求他，开导他……可他就是不借，蠢货！”

“但愿你没有以我的名义向他借钱！”

“哼……奇怪的担心……”她的丈夫委屈地说，“不管怎么样，

---

① 原文为法语。

② 娜塔莎是娜塔莉娅的俄语昵称，娜塔丽是法语昵称。

他宁肯借给我一万，也不会借给你。你是女人，而我毕竟是个男人，能干的人。我向他提出了一个多么好的计划啊！不是肥皂泡，不是空想，而是实实在在的一项事业！要是遇上一个明白人，单为这个设想就会给我两万！要是我讲给你听，连你也会明白是怎么回事。只是你……你可别说出去……千万千万……不过我好像已经给你讲过了。我给你讲过肠衣的事吗？”

“唔……以后再谈吧……”

“好像讲过……你明白是怎么回事吗？现在美食店和灌肠制造商是在本地用高价买肠衣。可肠衣在高加索却一钱不值，当废物扔掉。如果从高加索把肠衣运到这里来……你看怎么样？灌肠制造商会在哪儿买肠衣：是在屠宰场买，还是在我这儿买？当然在我这儿买！要知道，我的卖价要便宜十倍！现在我们来算一算：每年在首都和各个中心城市需要这种肠衣……就算五十万副吧。这是最低限度的数字。好，如果……”

“你明天……以后再讲吧……”

“对，不错……你想睡觉了，对不起……我就走……不管怎么说，无论把资金往哪儿投，到处都能干一番事业……即使把资金拿去做烟头生意也能赚一百万……就拿你们的戏剧事业来说吧。举个例子，为什么连托夫斯基[①]会失败？很简单！他从一开始路子就没有走对。没有资金，却豁出全力，大张旗鼓地干……应当先有资金的保证，然后才一步一步地慢慢干……今天无论经营私人的或是大众的剧院都可以发大财……只要能上演真正的好剧本，票价低廉，内容又正好投观众之所好，头一年就能捞到十万卢布……你是不明白的，但我讲的是真话……要知道，你也喜欢把资金闲置起来，并不比扎格沃兹德金那个小丑高明……你把钱存起来，自己也不知道为了什么……你不听我的话，也不想听……你要能把自己的钱周转起来，就用不着跑码头了……要知道，创办一个私营剧院一开始投入

① 连托夫斯基，剧院老板兼导演，所建的剧院于1885年倒闭。

五千卢布就够了……当然，不能像连托夫斯基那样干，而要小规模地……一步一步地来……我已经物色到一个剧院经理，地点我也看好了……就是没有钱……你要是懂事，早就该舍弃自己那些年息为百分之五的……各种各样的……”

“不，谢谢……你掠夺我的钱已经不少了……我已受够了惩罚……”

“如果用女人的观点来看问题，当然是这样……”尼基特金站起来，叹息道，“当然！”

“我受够了……得了，你走吧，别妨碍我睡觉……你那些梦呓我已经听腻了。”

“哼……是的……当然！我掠夺……打劫……给别人的东西记得住，拿别人的东西就记不住了。”

“我从来没有拿过你的任何东西。”

“是吗？当您还没有成名的时候，是谁养活您的？请问，是谁使您摆脱贫困，得到幸福的？这您就不记得啦？”

“得了，你走吧，去睡觉。去睡一觉清醒清醒。”

“如果您以为我是喝醉了……如果在您这个大人物眼里我太卑微渺小，我可以永远走掉。”

“那你就走吧。太好了。”

“我就是要走。我已经够低声下气的了。我就是要走。”

“啊，我的上帝！你倒是走啊！我将非常高兴！”

“好吧。咱们等着瞧。”

尼基特金咕咕哝哝地说着什么，绊着屋里的椅子走出了卧室。随后从前室传来一阵低语声、套鞋的沙沙声和开门声。*她的丈夫*真的生了气，走了。

“谢天谢地，他走了……”女歌星心里想，“现在可以睡觉了。”她在昏昏睡去的时候想到*她的丈夫*，想到他是个什么样的人以及这一惩罚是怎么来的。他本来住在切尔尼戈夫城，是一名会计。当他只是个普通的、平凡的小市民，而不是*她的丈夫*时，很能安分守己：每天去上班，按时领薪水，他的全部计划和奢望不过是买一把新的吉他、几条时髦的裤子和一支琥珀烟嘴。但自从成了“名演员的丈夫”后，他完全变了。女歌星记得，当她第一次告诉他，说她要过舞台生涯时，他好久都不同意，很生气，向她的父母告状，并把她赶出了家门。她只好不经他的允许而过上了舞台生涯。只是后来，当他从报纸上、从人们那儿得知她有大笔收入时，他才“原谅”了她，并扔下了自己的会计工作，当上了她的随从。女演员瞧着这个随从，感到大惑不解的是：他在什么时候、什么地方这么快就养成了新的口味、派头和习气？他是从哪儿知道牡蛎和布尔冈葡萄酒①的味道的？是谁教会他时髦的穿着和发式，不叫她娜塔莎而叫娜塔丽的？

“奇怪……”女歌星想，“过去他领到薪水总是把它们收藏起来，而现在一百卢布还不够他一天花。过去他在中学生面前都不敢讲话，怕说出蠢话来，而现在甚至同公爵也混得很熟……一个卑劣的家伙！”

可这时女歌星又哆嗦了一下：前室又响起了刺耳的门铃声。女仆骂骂咧咧地趿拉着拖鞋前去开门。又有人像马似的咚咚咚地踩着地板走了进来。

“他返回来了！”女歌星心里想，“到底什么时候才能让我得到安宁啊？太可恶了！”

女歌星发了狠。

“你等着吧……我要让你看看该怎么演戏！你马上就得给我滚！我非叫你滚蛋不可！”

布罗宁娜跳下床，光着脚跑到小厅里——她的丈夫通常就在那儿的一张长沙发上睡觉。她进去时他正在脱衣服，把脱下来的衣服小心翼翼地放在圈椅上。

“你不是走了吗！”她说，并用充满仇恨的亮晶晶的眼睛望着

---

① 法国葡萄酒。

他，“为什么又回来了呢？”

尼基特金不作声，只是喷着鼻息……

“你不是走了吗？请你马上滚蛋！马上！听见了吗？”

她的丈夫喀喀地咳嗽，眼睛不看妻子，只顾脱吊裤带。

“如果你这个无赖不愿走，那我走！”女歌星目光炯炯地跺着光脚丫子继续说，“我走！你这个无赖……坏蛋、奴才，听见了吗？快滚！”

“至少当着外人该感到难为情……”丈夫咕哝道。

女歌星扭过头，这时才看到一张她不认识的演员的脸……这位演员看见女歌星裸露的肩膀和光脚丫子，尴尬得真想钻到地里去。

“我来介绍一下……”尼基特金咕哝道，“这位是外省的剧院经理别兹博日尼科夫。”

女歌星尖叫一声，跑回自己的卧室去了。

“您瞧……”她的丈夫在长沙发上躺下来说，“本来太平无事，满口亲爱的，最最亲爱的……又是接吻又是拥抱……可是只要一谈到钱，就……您也看见了……钱真是太重要了！……晚安！”

一分钟后，响起了鼾声。

沙发底下的剧院老板

后台的故事

正在上演一出“换装喜剧”①。热诚地献身于神圣艺术的年轻漂亮的女演员克拉夫季娅·马特维耶芙娜·多尔斯卡娅-考楚科娃跑进自己的化妆室，开始脱掉吉卜赛女人的服装，以便迅速换上骠骑兵制服。为了让骠骑兵制服尽可能平整、漂亮地穿在身上，不出现多余的皱褶，多才多艺的女演员决定脱得一丝不挂，把制服直接穿在夏娃的衣服②上。哪知正当她把身上的衣服脱光，冷得瑟缩着身子，开始把骠骑兵的马裤理平时，突然听到一阵叹息声。她睁大眼睛凝神倾听。不知是谁又叹息了一声，甚至好像在喃喃地说：

“我们那深重的罪孽啊……唉……”

困惑不解的女演员环顾四周，没有看到化妆室里有任何可疑之处，但为防万一，便决定往屋里唯一的家具——长沙发底下看一看。这是怎么回事？她在沙发底下看到一个长长的人影。

“谁在这里？！”她大叫一声，吓得赶快从沙发旁跑开，用骠骑兵制服上衣遮住身子。

“是我……我……”一个人在沙发底下哆哆嗦嗦地低声说，“别害怕，是我……嘘！”

略带鼻音的低语很像是煎锅发出的吱吱声，女演员不难听出这是剧院老板英久科夫的声音。

“是您？！”她愤慨地说，脸红得像芍药，“您怎么……怎么敢干这种事！这么说，您这个老混蛋一直躺在这儿？太可耻了！”

“亲爱的……我的好姑娘！”英久科夫从沙发底下露出秃顶，压低声音说，“别生气，亲爱的！您可以打死我，把我像蛇一样踩死，可是别嚷嚷！我刚才什么也没有看见，现在也没有看见，也不想看。您甚至用不着遮住身子，亲爱的，我的无法形容的美人儿！您听我这个快死的老头子把话说完！我躺在这里不为别的，只是为了拯救我自己！我快死了！您瞧，我吓得头发都竖起来了！我的格拉莎的丈夫普伦金从莫斯科回来了，此刻正在剧院里转来转去地找我，要把我打死。真可怕！要知道，除了同格拉莎的事外，我还欠这个恶棍五千卢布！”

“这关我什么事？您马上给我滚出去，不然我……我真不知道该把您这个坏蛋怎么办！”

“嘘！亲爱的，小声点！我跪着求您，趴着求您啦！不上您这儿，让我上哪儿躲他呀！要知道，别处他都能找到我，只有这里他不敢进来！得了，我求求您啦！我央告您啦！两小时前我看见他了！演第一幕时我站在侧幕后，看到他正从池座里往舞台的方向走来。”

“这么说，演出时您一直躺在这里？”女演员恐惧地说，“您……您什么都看见了？”

剧院老板哭了起来。

“我浑身都在发抖！我害怕！亲爱的，我害怕！那个混蛋会打死我的！要知道，他在下诺夫哥罗德已经向我开过一枪……报上都登过这事！”

“唉……不管怎么样，这不像话！您出去，我该穿衣服上场了！滚出去，不然我……我就叫喊，放声大哭……用桌灯砸您！”

“嘘！……您是我的希望……我的救星！只要您不赶我走，我给您加五十卢布薪水！五十卢布！”

女演员用好几件衣服遮住身子往屋门跑去，准备叫人。英久科

---

① 一种带演唱的喜剧，一个演员扮演几个角色，演出时不断更换服装。

② 意为：裸体。

夫在后面爬着追上她，抓住她的脚腕。

“加七十五卢布，只要您不赶我走！”他气喘吁吁地说，“再加半场福利演出！”

“您说的是假话！”

“绝对不是！我起誓！要说假话叫我不得好死……一定给您加七十五卢布和半场福利演出！”

多尔斯卡娅-考楚科娃犹豫片刻后，从屋门前走回来。

“要知道，您总是说假话……”她无可奈何地说。

“要说假话叫我马上死！死了不得升天堂！再说，难道我是这样的坏蛋吗？”

“好吧，您可要记住……”女演员同意了，“那您爬回沙发底下去吧。”

英久科夫沉重地叹了口气，呼哧呼哧地爬回沙发底下去了；多尔斯卡娅-考楚科娃则赶快穿衣服。想到化妆室的沙发底下躺着一个男人，她感到害臊，甚至感到恐惧，但觉得自己是为了神圣的艺术事业才妥协的，于是又振作起来，甚至后来在脱骠骑兵衣服时已不再骂骂咧咧，而是同情地说：

“您在那儿会把身上弄脏的，亲爱的库兹马·阿列克谢伊奇！我在沙发底下什么东西都放过！”

换装喜剧演完了。女演员谢幕十一次，收到一束系着缎带的鲜花，缎带上写着：“请永远同我们在一起！”经久不息的掌声结束后她往化妆室走去，在侧幕旁碰见英久科夫。衣服揉皱、头发蓬乱、浑身肮脏不堪的剧院老板容光焕发，满意地搓着手。

“哈哈……您真想不到，亲爱的！”他说着朝她走来，“您嘲笑我这个糟老头子吧！您真想不到，那个人根本不是普伦金！哈哈……见他的鬼，长长的红胡子把我吓蒙了……普伦金也蓄着长长的红胡子……我这糟老头子认错人了！哈哈……我白白地惊扰了您，美人儿……”

“不过请注意，别忘了您的诺言。”多尔斯卡娅-考楚科娃说。

“忘不了，忘不了，亲爱的，不过……我的好朋友，要知道，那个人不是普伦金！我们讲定的是有关普伦金的事，既然那个人不是普伦金，我干吗要履行诺言呢？如果那个人是普伦金，那当然是另一回事，可是您自己也明白，我认错人了……把一个古怪的家伙当成普伦金了！”

“真卑鄙！”女演员愤慨地说，“卑鄙！无耻！”

“如果那个人是普伦金，您当然完全有权要求我履行诺言，可是鬼才知道他是什么人。可能是个鞋匠，或者，对不起，是个裁缝，我干吗要为他破费呢？我是一个诚实的人，亲爱的……我明白……”

离去时，他还不断做着手势说：“如果那个人是普伦金，我当然有责任履行诺言，可那个人身份不明……鬼才知道他是什么人，是个红胡子，却根本不是普伦金。”

惊叹号

圣诞节故事

圣诞节前夕，十品文官叶菲姆·福米奇·别列克拉金就寝时怀着委屈的心情，甚至觉得是受了侮辱。

“别缠着我，你这个妖精！”当妻子问他为什么这样闷闷不乐时，他恶狠狠地吼了她一句。

事情是这样的：他刚刚做客回来，在那儿听到许多不愉快的、使他感到委屈的话。起初大家是泛泛地谈到教育的益处，后来不知不觉地谈起了公职人员应具备的受教育程度，而且针对当前公职人员低下的受教育程度讲了许多表示遗憾，谴责，甚至是嘲笑的话。这时，按照俄国一切社交场合的惯例，从泛泛的议论转到谈具体的人。

“比如您吧，叶菲姆·福米奇，”一个年轻人对别列克拉金说，“您担任着体面的公职……可您受过什么样的教育呢？”

“什么教育也没有受过，先生。干我们那个工作不需要受什么教育，”别列克拉金温和地回答道，“只要能正确书写就行了……”

“那您是在哪儿学会正确书写的呢？”

“习惯养成的，先生……干了四十年，也就熟练了……当然，一开始是困难的，常出差错，后来就习惯了……就没什么困难了……”

“标点符号呢？”

“标点符号也没什么……能正确运用。”

“唔！……”年轻人有点窘，“但习惯和教育水平完全是两码事。光会正确运用还不够……还不够，先生！还需要自觉地运用！您用一个逗号，还应当知道为什么要用它……是的，先生！您这种不自觉的……条件反射式的正字法是一钱不值的。这不过是机器制造而已。”

别列克拉金当时没有反驳，甚至还温和地笑了笑（年轻人是五品文官的儿子，而且自己就有资格当十品文官），可是现在，当他躺下来睡觉的时候，心里却充满怨气和愤怒。

“我担任公职四十年，”他想，“谁也没有说过我是笨蛋，而这时候，瞧瞧，却钻出来一个批评家！‘不自觉！……条件反射！机器制造……’哼，你呀，见鬼去吧！别看我没有上过你们那些大学，可能我比你懂得更多！”

别列克拉金暗自把他知道的所有骂人的话全都发泄在那个批评家身上，并在被窝里睡暖和以后，渐渐消气了。

“我知道……我懂……”他睡意蒙眬地想，“该用逗号的地方我不会用冒号，可见我是自觉的，我懂。是的……就是这样，年轻人……先生活几年，工作几年，然后再来评判老头子吧……”

在睡意蒙眬的别列克拉金那合上的眼睛里，一个光芒四射的逗号像流星似的穿过一层层含笑的乌云飞来。接着是第二个，第三个，在他想象中的无边无际的黑压压的天幕上，很快便布满了密密麻麻的飞来飞去的逗号……

“就拿这些逗号来说吧……”别列克拉金想，蒙眬的睡意使他的四肢产生了一种挺惬意的麻木感，“我非常了解它们……你要想听，我可以给每个逗号都找到正确的位置……而且是自觉的，不是盲目的……你考考我就知道了……逗号用在许多地方，有的地方必须用，有的地方不必用。公文越是杂乱，就需要用越多的逗号。关联词和连接代词之前要用逗号。如果公文中列举了几个官员，则每个官员都应当用逗号隔开……我知道！”

金色的逗号旋转一阵之后，飞到一边去了。接着又飞来许多光芒四射的句号……

“句号则用在公文的末尾……在那些需要长长地停顿一下或需要瞧瞧听众的地方，也要用句号。在所有长段落之后都要用句号，以便秘书在宣读时不致流口水。别的地方就不用句号了……”

逗号又飞回来了……它们同句号混在一起转个不停，于是别列克拉金看到了一大群分号和冒号……

“这些标点我也知道……”别列克拉金想，“在那些用逗号嫌不够，用句号又太过分的地方，则需要用分号。在‘然而’和‘故此’之前一定要用分号……喏，那么冒号呢？冒号用在‘决议’、‘决定’这类词之后……”

分号和冒号又消失了。现在轮到问号上场了。它们从云里蹦出来，跳起了康康舞。

“这有什么稀罕的，这是问号！哪怕来一千个，我也能给它们找到位置。它们总是用在需要提问或是需要查询的地方……‘某某年的余额列入何处？’或者‘警察局是否认为该伊万诺娃等人有作案可能？’……”

问号用自己的弯钩赞赏地点点头，然后就像听到口令似的，顿时挺起身子，变成了惊叹号……

“唔！……这个标点符号在书信中倒是经常用的。‘尊敬的阁下！’或者‘大人先生阁下！’……可是在公文中什么时候用呢？”

惊叹号的身子挺得更直了，仿佛在等他的回答……

“它们在公文中用在……呃……呃……怎么说呢？唔！……真的，它们在公文中什么时候用呢？等一等，愿上帝保佑我想起来……”

别列克拉金睁开眼睛翻了个身。但他还来不及重新闭上眼睛，那些惊叹号又在黑洞洞的天幕上出现了。

“见鬼……它们究竟什么时候用呢？”他想，竭力想把这些不速之客从脑子里赶出去，“难道是我忘了？要么是忘了，要么我从来就没有用过它们……”

别列克拉金开始回想他担任公职四十年来所写的全部公文的内

容，可是无论他怎样冥思苦想，也在他所写的公文中找不到一个惊叹号。

“真想不到！我写了四十年公文，却没有用过一次惊叹号……奇怪！……这个长长的魔鬼，究竟什么时候用它呢？”

从那排光芒四射的惊叹号后面，露出那个青年批评家恶毒的冷笑面孔。那些惊叹号也冷笑了一下，合成了一个巨大的惊叹号。

别列克拉金晃晃脑袋，睁开了眼睛。

“鬼才知道是怎么回事……”他想，“明天晨祷前就得起床，可脑子里的这个鬼东西怎么也赶不走……呸！可是……它究竟什么时候用呢？我还说已养成习惯！还说很熟练！四十年却一个惊叹号也没有用过！啊？”

别列克拉金画了个十字，刚把眼睛闭上，立刻又睁开了；黑洞洞的天幕上仍然伫立着那个巨大的惊叹号……

“呸！这样我通宵都无法入睡了。玛尔富莎！”他唤身边的妻子，妻子常常夸耀自己是寄宿女校毕业的，“亲爱的，你知道写公文什么时候用惊叹号吗？”

“那还不知道！我没有白在寄宿女校学了七年。全部语法我倒背如流。这个标点用在称呼、惊叹和表达喜怒哀乐等感情的时候。”

“是的……”别列克拉金想，“表达喜怒哀乐等感情……”

十品文官沉思起来……他写了四十年公文，所写的公文何止千件万件，却想不起一行字是表达喜怒哀乐或诸如此类的感情的……

“诸如此类的感情……”他想，“不过，难道公文需要感情吗？就连毫无感情的人也可以写公文……”

青年批评家的面孔又从光芒四射的惊叹号后面露出来，带着恶毒的冷笑。别列克拉金爬起来坐在床上。他感到头疼，脑门儿上直冒冷汗……圣像前的长明灯在屋角亲切地闪亮着，家具显得那样喜庆和干净，一切都散发着温暖的气息，暗示着主妇的辛劳，但可怜的文官却感到周身发冷，不舒服，仿佛得了寒热病。惊叹号已不是在他闭着的眼睛里，而是在他面前，在屋子里，在他妻子的梳妆台旁站着，正讥笑地朝他眨巴眼睛……

“一架写字的机器！机器！”幽灵般的惊叹号低声说，向文官吹着干冷的风，“没有感情的木头人！”

文官用被子把头蒙上，可是蒙在被子里也能看见那个幽灵，于是他把脸转过去贴着妻子的肩膀，谁知幽灵又出现在肩膀后面……可怜的别列克拉金不仅折腾了一个通宵，甚至白天幽灵也不肯放过他。他到处都看见它：在穿着的靴子上，在茶碟里，在圣斯坦尼斯拉夫勋章上……

“诸如此类的感情……”他想，“说得对，确实没有任何感情……我马上要去上司那儿签名拜节[1]……难道做这件事是带着感情的吗？不过是应付差事而已——一架拜节的机器……”

当别列克拉金来到街上，唤来一辆出租马车时，他觉得赶车的不是马车夫，而是一个惊叹号。

他走进上司家的前厅时，看见的也不是门房，而是一个惊叹号……这一切都在向他表示喜怒哀乐……签名的鹅毛笔也像是一个惊叹号，别列克拉金拿起它，蘸上墨水，签上：

“十品文官叶菲姆·别列克拉金！！！”

他又是欣喜，又是忿懑，又是高兴，又是愤怒地打了三个惊叹号。“给你！给你！给你！”他咕哝道，同时使劲挥着笔。

光芒四射的惊叹号满意了，于是便消失了。

---

① 旧俄习俗：逢年过节到上司家签个名，表示某某来拜过节了。

镜　子

新年前夕。天天盼望着出嫁的将军兼地主的年轻漂亮的女儿涅莉坐在自己屋里，用那双半张半合的疲倦的眼睛望着镜子。她脸色苍白、神情紧张、呆然不动，如同那面镜子一样。

实际并不存在却又分明可见，仿若一条没有尽头的狭窄长廊似的幻景，一排数不清的蜡烛，还有映照在镜子里的她的脸、手和镜框——这一切早已蒙上一团迷雾，融成一片无边无际的灰色大海。大海波涛起伏，闪闪烁烁，不时燃起一道霞光……

看着涅莉那呆然不动的眼睛和张开的嘴，很难弄清她是醒着的还是睡着了，其实她是在凝神细看。起初她看到一个人的笑容和温存的、充满魅力的眼睛，接着在那摇曳着的灰色背景上又渐渐显露出头、脸、眉毛和胡子的轮廓。这就是他，她的未婚夫，她向往和期盼了好久的人。对涅莉来说，这个未婚夫便是她的一切：生活的意义、个人的幸福、事业、命运。没有他，一切便都是黑暗、空虚、毫无意义，就像那片灰色背景一样。无怪乎当她看到面前那张漂亮的、温柔地微笑着的脸时，她感到陶醉，感到她是在做一个无法用言语和文字来描写的无比甜蜜的梦。接着，她听到了他的声音，看到她同他如何生活在一个屋顶下，他们两人的生活如何渐渐地融在了一起。岁月在灰色的背景上流逝……于是涅莉非常清晰地、详尽地看到了自己的未来。

一幅又一幅的图景在灰色的背景上闪过。涅莉看到她如何在一个寒冷的冬夜去敲县城医生斯捷潘·卢基奇的家门。一条老狗在大门里嘶哑着嗓子懒洋洋地吠叫。医生的窗户黑糊糊的。四周一片静寂。

“请看在上帝面上……看在上帝面上！”涅莉低声哀求道。

院子的小门终于打开了，涅莉看到医生的厨娘出现在她面前。

“大夫在家吗？”

“他睡了，太太……”厨娘用袖子遮住嘴小声说，好像怕惊醒她的主人似的，“他刚刚去治了流行病回来，吩咐不要叫醒他，太太。”

但涅莉没有听见厨娘的话。她一把推开厨娘，像疯子似的往医生的住房里跑。她跑过几间昏暗的、不透风的房间，路上撞翻了两三把椅子，终于找到了医生的卧室。斯捷潘·卢基奇和衣躺在床上，但没有穿上装，正噘起嘴唇，往手心里哈气。他旁边亮着一盏过夜的小灯。涅莉一句话也没说便往椅子上一坐，哭了起来。她哭得很伤心，全身都在颤抖。

“我的丈……丈夫病了！”她终于说出话来。

斯捷潘·卢基奇没有作声。他慢慢地坐起来，用拳头托着脑袋，睡眼惺忪地、呆呆地望着客人。

“我丈夫病了！”涅莉强忍住抽泣，继续说，“看在上帝面上，跟我去一趟吧……要快……尽可能快！”

“什么？”医生对着手心哈气，瓮声瓮气地说。

“跟我去一趟吧！马上就去！不然……不然……简直不敢讲出来……看在上帝面上！”

于是脸色苍白、痛苦不堪的涅莉强忍泪水，气喘吁吁地向医生讲述丈夫突然得的急病和她那无法形容的恐惧。她的悲痛能够感动石头，但医生却望着她一动不动，继续对着自己的手心哈气。

“我明天去……”他咕哝道。

“这可不行！”涅莉吓坏了，“我知道，我丈夫得的是……是伤寒！您得现在……马上就去！”

“我……我刚刚回来。”医生咕哝道，“在流行病区跑了三天。累极了，自己也病了……绝对不能去！绝对！我……我自己也被传染上了……您瞧！”

医生把一支体温表凑到涅莉的眼睛前。

“体温快四十度了……绝对不行！我……我连坐都坐不住了。对不起，我要躺下来……”

医生躺下了。

“可是我求求您，大夫！”涅莉绝望地哀求道，“我恳求您！看在上帝面上，帮帮我吧。鼓起您的全部力量，咱们走吧……我会付您钱的，大夫！”

“上帝啊……我不是已经跟您讲了吗！咳！”

涅莉跳起来，神经质地在医生的卧室里走来走去。她想向医生说明，让他明白……她想，如果医生知道对她来说丈夫多么珍贵，她多么不幸，他就会忘掉疲劳和自己的病。可是她哪来这样的口才啊？

“您去找地方自治局的医生吧……”她听见斯捷潘·卢基奇说。

“这可不行！……他住的地方离这里二十五俄里，而时间是宝贵的。再说马也跑不动了：从我们家到这里四十俄里，从这里到地方自治局医生家差不多又是这么远……不，这可不行！咱们走吧，斯捷潘·卢基奇！我求您拿出舍己为人的精神。是啊，您就做做舍己为人的事吧！可怜可怜我吧！”

“见鬼……正在发烧……脑袋晕晕糊糊，她却不明白。我没法去！别缠着我啦！”

“可您应当去！您不能不去！您这是利己主义！一个人应当为别人牺牲自己的生命，而您……您却拒绝走一趟！……我要把您告到法庭去！”

涅莉感到自己是在信口胡说一些既侮辱人又不公正的话，但为了拯救丈夫，她已顾不得讲话的逻辑、分寸和对别人的同情了……医生没有理睬她的威胁，只是急促地喝了一大杯凉水。涅莉就像是最下贱的乞丐似的又开始哀求，以唤起医生的同情心……医生终于让步了。他慢慢坐起来，呼哧呼哧地直喘，唉声叹气地寻找自己的上衣。

“上衣在这儿！”涅莉帮他找到上衣，“让我来给您穿吧……好了。咱们走吧。我会付您钱的……我会感谢您一辈子……”

真伤脑筋！穿好衣服后，医生又躺下了。涅莉把他扶起来，拖到前厅……在前厅穿套鞋，穿大衣又折腾了一番……帽子又丢了……不过最后终于坐上了马车。医生坐在涅莉旁边。现在只需赶四十俄里的路，她的丈夫就会得到治疗了。四周一片黑暗；伸手不见五指……刮着冬天的寒风。车轮下面是坑坑洼洼的冻土。车夫不时停下车，琢磨该走哪条路……

涅莉和医生一路上沉默不语。马车颠簸得非常厉害，但他们既不感到冷，也没感到颠簸。

“快一点！快一点！”涅莉央求马车夫。

早晨五点钟，筋疲力尽的马驶进了院子。涅莉看到了熟悉的大门、装着打水吊杆的井、一长排马厩和板棚……终于到家了。

“请等一等，我马上就来……”她把斯捷潘·卢基奇扶到餐厅里的长沙发上坐下，对他说，“您歇一歇，我去看看他的情况。”

当涅莉十分钟后从丈夫那儿返回时，发现医生已经躺下了。他躺在沙发上，嘴里咕咕哝哝地不知在说什么。

“请吧，大夫……大夫！”

“啊？您去问多姆娜吧……”斯捷潘·卢基奇喃喃地说。

“什么？”

“他们在大会上说……弗拉索夫说……谁？什么？”

使涅莉大为惊恐的是，她看到医生同她的丈夫一样，也说起胡话来了。怎么办？

“去请地方自治局的医生。”她作出决定。

又是漆黑的夜、凛冽的寒风、坑坑洼洼的冻土。她的身心都感到痛苦，而骗人的大自然却没有任何办法、任何骗术能补偿这种痛苦。

接着，她又在灰色的背景上看到她的丈夫每个春天如何去找钱，以便偿付银行的利息，因为庄园抵押给银行了。他夜不成寐，她也睡不着，两个人都痛苦地思考着如何才能避免法警的光临①。

她还看见了儿女。她总是提心吊胆，生怕他们伤风感冒，得猩红热，患白喉，学校考试不及格，生怕同他们别离。五六个胖娃娃中，多半会死掉一个。

灰色的背景上不可能没有死亡。这也是可以理解的。丈夫同妻子不可能在同一个时候死去。不管怎么样，两个人当中总有一个要埋葬另一个。于是涅莉又看见她的丈夫死亡时的情景。这一可怕的灾难是那样详尽无遗地呈现在她眼前。她看见了棺材、蜡烛、教堂执事，甚至看见了棺材匠在前厅留下的脚印。

"这是为什么？为什么？"她木然地望着死去的丈夫的脸问道。

于是她觉得，她同丈夫一起度过的全部生活只不过是这一死亡的愚蠢而毫无必要的前奏而已。

什么东西从涅莉的手上掉下来，摔在了地板上。她打了个哆嗦，跳起来，把眼睛睁得大大的。她看到一面镜子掉在她的脚边，另一面镜子仍同原先一样立在桌上。她往镜子里瞧瞧，看到一张苍白的、满是泪痕的脸。灰色的背景已经不见了。

"我刚才大概是睡着了……"她想，轻松地吁了一口气。

---

① 抵押出去的庄园如不按期付银行利息，就会依法被没收。

1886

化了装的人

您不妨到街上去看看那些化了装的人。

瞧，那儿神气十足、昂首阔步地走着一个装扮成**人**的东西。这个“东西”身子虚胖、皮肉松弛、早已谢顶。它衣着奢侈、时髦而暖和。胸前挂着表坠，手上戴着钻戒。它空话连篇，却带着感情抑扬顿挫地讲得有板有眼。它刚刚吃过午饭，喝足了泔水，现在正考虑一个问题：是去找阿德利，去睡觉，还是去玩牌？它三个小时后吃晚饭，五个小时后睡觉。第二天中午醒来，又是吃午饭、喝泔水，又是考虑同样的问题。后天也如此……这是什么东西？

这是——**猪猡**。

瞧，一个打扮成**女慈善家**的老太婆乘着豪华的雪橇在街上飞驰。她很会装相：脸上带着愚蠢的傲慢神情，脚下趴着哈巴狗，后面站着跟班。手提包里装着她为受苦人募集的一千零一十三卢布四十三戈比。穷人只能从这些钱当中得到四十三戈比，其余一千零一十三卢布都将用于她的行善开支。她喜欢行善，因为干任何事情也不能像她在行善时那样津津有味地磨牙、议论别人的长短和骂人而不会遭到惩罚……您想知道这个女慈善家是什么人吗？

这是——**老泼妇**。

瞧，那儿跑着一只**狐狸**。其化装术非常高明，嘴上甚至还粘着鸡毛。它的目光甜蜜蜜的，用男高音嗓子讲话，眼里噙着泪水。要是相信它讲的话，那么，它是人类阴谋诡计、尔虞我诈、忘恩负义的牺牲品。它在寻找同情，求大家理解它，又是呻吟又是流眼泪。您可以听它讲，但千万别落到它的爪子下。它会把您洗劫一空，干得非常漂亮，连衬衣也不会给您留下，因为它是——**剧院老板**。

瞧，那儿神气十足地走着一个装扮成**评论家**的人。但装扮得很不成功。一味地吠叫，咬别人的腿肚，龇牙——根据这些不难认出这是一头——**看家狗**。

离看家狗稍远一点走着一个装扮成**剧作家**的人。这家伙的前襟下鼓鼓囊囊的，走起路来胆怯地四面顾盼，仿佛偷了什么东西……他穿着燕尾服，讲着法语，吹嘘说他同萨尔杜有书信往来。他有着非凡的天才，写剧本就像烙饼一样快，还能两只手同时写。但同时代人都不承认他……他们知道，他只不过是一个披着剧作家外衣的**时装店剪裁工**。

瞧，那儿走着一个装扮成**酒鬼**的家伙。他戴着一顶破帽子，穿着褪了色的大衣和肮脏的套鞋……他瞟着街两旁的房屋，寻找着“酒店”或“小酒馆”的招牌。他要喝酒……他每十分钟喝一次酒：白天喝伏特加，晚上喝啤酒，早晨喝苏打水。保持“微醉状态”是他的准则。只有带着醉意他才能睿智地说和想，才能为自己挣得一块面包，才懂得爱与憎。只要一清醒，他就变得愚蠢而残酷了。他过着猪一样的生活，贫无立锥之地。他在很远、很偏僻的地方租住着一位寡妇官太太的一间阴暗而潮湿的屋子。他没有家，再说也很难想象他会有家。他将死在街头，但埋葬他时将会有盛大的葬礼，有悼念文章，有悼词，因为他是——**天才**。

瞧，那儿却站着一个装扮成**天才**的人。他神情专注、眉头紧锁、一声不响。请别打扰他，他正在思考或在观察。要弄清他是何许人相当困难，因为他难得屈尊俯就同人们坦诚相见。他平时不发表议论，可是一旦在餐厅里或是在晚会上“碰到”崇拜天才的年轻人，他就会竭力摆出他的全部“纲领”：这个世界上的一切都不尽如人意，一切都很庸俗，很糟糕，一切都被出卖了，堕落了，如果人类想自救，就应当怎样怎样，而不应当怎样怎样。照他的看法，屠格涅夫不错，但是……托尔斯泰也不错，但是……而在谈到他自己的“纲领”时，则从来不加这个“但是”。尽管大家都不买他的账，都给他设绊子，他仍然到处插手，并在任何地方都能巧妙地摆脱困境。人们对他采取了容忍态度，并不轰赶他，因为没有鱼的时候虾米也是鱼，也因为在俄国直到死也可以是“初生的和有希望的”。他认为自己的作品具有重大意义，所以像爱护眼珠一样爱护自己的身体。他不喝酒，经常去看病，用绝对舒适的生活条件来维护自己的健康。当他在自己的书房里写“新的论文”时，家里所有的人都得踮起脚走路。千万别让他书房里的温度低于十五度，门外千万别有茶碟的碰撞声或婴儿的啼哭声，否则他就会抓住自己的头发用低沉的胸音说：“该死的……毫无办法，这就是作家的生活！”他写作的时候总是一副煞有介事的样子：蹙着额头，咬着鹅毛笔，喘着粗气，喷着鼻息，时不时地划掉一些字句……为了从脑子里挤出灵感、俏皮话和恰当的比喻，他把压力机开到了四十个马力；为了使作品具有现实性和艺术性，他不惜使用尺子、照片和人体模型。他只为艺术而写作……不过，如果沃尔克①先生肯用每页三百卢布的稿酬约他写十页文章，他会感谢上帝的……您大概已经认出了这个人……

这是个——**骗子**。

① 彼得堡的一个著名书商。

新年的受难者

街上的景象恰如一幅镶在金边镜框里的地狱图。要不是院子管理人和警察们脸上流露着快活的神情，你会以为敌人已经逼近首都了。盛装的雪橇和马车川流不息，吱吱吱、隆隆隆地响成一片……人行道上，前去拜年的人伸着舌头、瞪着眼睛不停地奔跑……他们跑得那样起劲，要是波提乏的妻子[1]抓住某个奔跑着的十四品文官的衣襟，这个文官不仅会把衣襟，甚至会把半边身子连同肝脏脾脏都留在她手里……

突然响起警笛的尖叫声。出了什么事？院子管理人纷纷朝警笛声跑去……

“散开！各自走自己的路吧！这里没什么可看的！难道从来没见过死人么？这些人啊……”

人行道上，一家人的大门外，躺着一个身穿海狸皮大衣和新橡皮套鞋的衣冠楚楚的人……在他那刚刮过胡子，像死人一样苍白的脸颊旁边，丢着一副摔碎的眼镜。皮大衣的前胸敞着，聚在旁边的人们看到礼服的一角和一枚斯坦尼斯拉夫三级勋章。昏迷者的胸脯缓慢而沉重地起伏着，眼睛紧闭……

“先生！”警察推推这个文官，“先生，不许躺在这里！先生！”

但这位先生既不出声，也不喘气……警察忙活了四五分钟也没使他恢复知觉，只好把他送到了急救站……

“这条裤子不错！”帮着医士给昏迷者脱衣服的警察说，“大概值五个卢布。背心也不坏……根据这条裤子判断，他应是个贵族……”

文官在急诊室躺了一个半小时左右，喝了满满一杯缬草酊，渐渐苏醒过来……人们这才知道他是九品文官格拉西姆·库兹米奇·辛克列捷耶夫。

“您哪儿不舒服？”警察局的医生问他。

“新年好，祝您新年幸福……”他呆呆地望着天花板，吃力地喘着气咕哝道。

“也祝您新年幸福……不过……您哪儿不舒服？您为什么晕倒了？您回想一下！您是喝了酒吧？”

“没……没有……”

“那您为什么晕倒呢？”

“我头昏，先生……我……我在拜年……”

“这么说，您曾到许多地方去拜年？”

“不……不，不多，先生……做了日祷回来……我喝了点茶，然后便去尼古拉·米哈伊雷奇家……当然，在那儿签了名……从那儿到军官街……卡恰尔金家……在那儿也签了名……我还记得在那儿的前厅里，穿堂风把我吹着了凉……从卡恰尔金家出来，到了维堡区伊万·伊万内奇家……签了名……”

“又送来一个文官！”一个警察报告道。

“从伊万·伊万内奇家出来，”辛克列捷耶夫继续说，“就近去给商人赫雷莫夫拜年……祝他全家新年好……他们请我喝贺年酒……怎么能不喝呢？不喝会得罪人的……于是我便喝了三杯……吃了一点香肠……又从那儿去彼得堡区利霍杰耶夫家……他是个好人……”

“您一直是步行吗？”

---

① 《圣经》故事：约瑟被卖到埃及，在护卫长波提乏家为奴。波提乏的妻子要约瑟与她共寝，约瑟不从。一天，约瑟到波提乏妻子的屋里去，波妻抓住约瑟的衣服不放，约瑟便把衣服留在她手里，跑了出去。

“步行，先生……在利霍杰耶夫家签了名……我便到佩拉格娅·叶梅利亚诺芙娜家……在那儿，他们请我吃早饭，喝咖啡。咖啡让我出了一身汗，可能它的劲儿太大……从佩拉格娅家出来，我到了奥布列乌霍夫家……奥布列乌霍夫的名字叫瓦西里，今天是他的命名日……要是我不吃命名日的馅儿饼是会得罪人的……”

“又送来一个退伍军人和两个军官！”警察又来报告……

“我吃了一小块馅儿饼，喝了一点花楸露酒，然后去花园街伊久莫夫家……在伊久莫夫家喝了点凉啤酒……凉得直杀喉咙……从伊久莫夫家出来，到了科什金家，后来又去卡尔·卡尔雷奇家……从那儿又去舅舅彼得·谢苗内奇家……外甥女娜斯佳请我喝了一杯可可……后来又顺便去看利亚普金……不，我说错了，不是去看利亚普金，而是去看达里娅·尼科季莫芙娜……从她那儿出来后才去看利亚普金的……是的，先生，我在任何地方自我感觉都很好……后来又去看了伊万诺夫、库尔久科夫和席勒，还去看了上校波罗什科夫，在那里自我感觉也很好……后来又去看商人杜恩金……他硬要我喝白兰地，吃点油煎小灌肠加白菜……我喝了三杯白兰地……吃了两根小灌肠，自我感觉也没问题……只是后来，从雷诺夫家出来后，才感到脑袋不大对劲儿……浑身无力……不知是怎么回事……”

“您太累了……休息休息吧，我们这就送您回家……”

“我不能回家……”辛克列捷耶夫无可奈何地说，“还得到女婿库兹马·瓦维雷奇家去一趟……到庶务官家，到娜塔莉娅·叶戈罗芙娜家去一趟……还有好多地方没有去呢……”

“您不能去了。”

“不行……怎么能不去呢？我得去，先生……要不去娜塔莉娅·叶戈罗芙娜家，我就别想活了……请您放我走吧，大夫先生，别难为我……”

辛克列捷耶夫站起来，伸手去拿衣服。

“您要愿意，就坐车回家去，”医生说，“拜年的事您想都不要想了……”

“没关系，先生，上帝会保佑的……”辛克列捷耶夫叹了口气，“我可以走得慢一点……”

文官慢慢穿好衣服，裹紧皮大衣，摇摇晃晃地走了出去。

“又送来五个文官！”警察又来报告，“把他们放在哪儿呀？”

香槟酒

新年醉后的思考

别相信香槟酒……虽然它像钻石那样闪光，像林中小溪那样透明，像蜜那样甜，虽然它比工人的劳动、诗人的创作、女人的爱抚更加昂贵，可是……离它远一点吧！香槟酒——这是将自己的美色和蛾摩拉[①]的欺诈与无耻混杂在一起的出色的高级妓女，是装满死人骨头和各种污秽的棺材。人只是在哀伤、悲痛和产生幻觉时才喝它。

人喝它，是在发了财和吃得过饱的时候，是在他想钻进上流社会却同骆驼想钻进针眼一样困难的时候。

它是行劫的出纳员、靠姘妇养活的男人、放荡的花花公子和高级妓女喝的酒……哪里在狂欢，在淫乱，在骗人，在庆祝投机买卖成功，哪里首先就会找香槟酒。用来买香槟酒的钱不是劳动换来的，而是轻易得来的、多余的、不义的，而且常常是别人的……

女人走上堕落的道路总是从喝香槟酒开始，因为香槟酒就像是引诱夏娃犯罪的蛇[②]那样咝咝地叫。

人们在订婚和结婚时，也就是把将会终生套在身上的枷锁当做幻想的时候，要喝香槟酒。

人们在祝寿时要喝香槟酒，并加上一些奉承的言词和空话，为寿星老的健康干杯，尽管寿星老一般都是已经快进坟墓的人。

当您去世时，您的亲属会喝香槟酒，因为他们为您给他们留下了遗产而感到高兴。

迎接新年时要喝香槟酒：端起酒杯，向新的一年高呼“乌拉”，同时满怀信心在十二个月之后将会对这一年嗤之以鼻，一脚把它踢走。简而言之，哪里有奉命的欣喜，哪里有买来的欢乐，哪里有阿谀奉承、无聊空谈、寄生生活、卑劣行径，您就总是能在那里找到寡妇克利歌[3]。不，离香槟酒远一点吧！

① 《圣经》故事中的一座城市名，由于居民作恶太多而被神毁灭。
② 《圣经》故事：夏娃因被蛇引诱而偷食禁果。
③ 一种香槟酒的牌子。

名片

面前的桌子上放着一些名片，那是我的熟人用以向我祝贺新年的。他们给我寄这些名片是为了让邮递员把新鞋掌磨破并再次同我的女仆调情。一位先哲说：“只要你告诉我这些名片是谁送的，我就能说出来你认识谁。”如果有人想知道我认识谁，那么，请看名片：

伯爵的冠形章纹。章纹下面不知是用哥特字体还是波舍洪字体[①]写着：“世袭荣誉公民克利姆·伊万诺维奇·奥博尔杰耶夫。”

一张带金边和卷角的名片。上面用法文写着“让·皮菲科夫”。这位皮菲科夫是个身体极为健壮的男人，用沙哑的男低音讲话，身上散发着醋味儿，总是到处寻找，找一个能让被侮辱的感情得到……一杯伏特加和借到一卢布的地方[②]。

“七等文官、勋章获得者格莫罗伊·季奥斯科罗维奇·洛德金。”

“萨季瓦·帕尼卡季洛维奇·皮希克-扎布卢多夫斯基，动物保护协会会员，‘火怪’火灾保险公司代理人，《浪花》杂志记者，津格尔和科姆帕尼亚牌缝纫机销售经纪，等等。”

“弗朗茨·埃米利耶维奇·安特尔-努-苏阿季[③]，芭蕾舞和法语教师。”

“修士司祭耶利米[④]。”

公爵的冠形章纹。“六年级学生瓦连京·瑟索耶维奇·布马日金。”

爵位不明确的冠形章纹。“四品文官埃拉斯特·克里诺利诺维奇·斯特列姆格拉沃夫。”

“公爵阿戈普·米纳耶维奇·奥布希阿维希利。南岸葡萄酒和卡赫齐亚葡萄酒商店。”其他还有：助理律师米特罗凡[5]·阿列克谢耶维奇·克拉斯内赫，季曾捷里娅·亚历山德罗芙娜·格罗莫兹德卡娅[6]，尼基塔·斯佩夫西波维奇·乌耶哈尔[7]……助祭彼得·赫列博纳苏欣斯基[8]……《画谜》杂志撰稿人伊万·伊万诺维奇·季亚沃洛夫[9]……《光芒》杂志主编尤多福布[10]·尤多福博维奇·奥克莱茨，等等……

---

① 意为：古老的字体。

② 这是套用格里鲍耶陀夫的喜剧《智慧的痛苦》中主人公恰茨基讲的一句话，原话是：“我将到处寻找，找一个能让被侮辱的感情得到安宁的地方。”

③ “安特尔-努-苏阿季”这个杜撰的姓是一句法语的译音，意思是“只在我们之间讲讲”。

④ 耶利米是《圣经》故事中一个先知的名字。

⑤ “米特罗凡”的意思是“有钱人家的呆公子”。

⑥ “格罗莫兹德卡娅”的意思是“大块头的（女人）”。

⑦ “乌耶哈尔”的意思是“走掉了”。

⑧ “赫列博纳苏欣斯基”的意思是“需要糊口之粮的”，姓名连在一起便成了“需要糊口之粮的助祭彼得”。

⑨ “季亚沃洛夫”的意思是“魔鬼的”。

⑩ “尤多福布”的意思是“反犹太人者”。

信

一、 致奥克莱茨先生的公开信

亲爱的先生！您的请求——向朋友们推荐《光芒》杂志——我已经完成了。但由于我的朋友全都住在离我很远的地方，我不得不乘出租马车去找他们，或是把贵杂志邮寄给他们。用于雇出租马车和买邮票的费用共计八卢布八十五戈比。我想，您将会表现出足够的绅士风度，尽快将这笔钱寄给我。

顺致敬意！

P.斯米尔诺夫

日兹德拉市，希尔金娜住宅。

二、 致各方面人士的公开信

我的知名度极高。我从来没有打过仗，没有炸过炮舰，也没有发明过电话，但不知为什么，我在彼得堡，在莫斯科，甚至在汉堡①都很有名。我在很短的时间里便收到大量请柬和信件，它们来自下面这些备受尊敬的人士和机关：克利姆私营钱庄、汉堡彩票公司、圣彼得堡教科书印刷厂、《处女地》杂志编辑部（寄来五个通知）、《写生画述评》周刊、列乌欣先生、伊利英地图绘制社，以及其他许多人士。奇怪，他们怎么知道我的地址呢？我衷心感谢上述人士和机关对我的关注，但我仍然要请他们不要再无休止地、频繁地给我寄信，因为这些信件会给我增添许多麻烦：邮差会拉坏门铃，大量的信件还会使当地居民和警察对我的思想方法感到困惑不解和怀疑。

三、给《花絮》编辑部的信

主编先生！听到一些埋怨，说我们不成熟，落后于西欧……我们确实落后了整整十二天！②不过这很容易赶上：只要不把新年第一天当成元月 1 日，而当成 13 日就行了。那我们就会同整个欧洲并驾齐驱了！

要做到这一点似乎并不费事。让太太和小姐们突然无缘无故地老了十二天也没什么了不起！公务员甚至会非常高兴，因为很快就要发薪了。当然，对迷信的人来说，新的一年从 13 日开始是可怕的。可是，难道文明应当迁就那些迷信的人么？要不这样做，确实是可耻的。这一来，连卢布的价格可能也会大大提高。

顺致敬意。

第 113785 号订户

四、给《彩虹》编辑部的信

我同我的女儿季娜伊达一样，作为舞台艺术的爱好者，有幸请曼斯菲尔德先生为我的家庭需要编写四出喜剧、三出正剧和两出比哈姆雷特还要哈姆雷特的悲剧③，我将在它们写成后为这一订货寄去三卢布。请将找的钱买成邮票寄还。在此，我认为自己有责任附带说说：我的邻居或成批或单本地订购了曼斯菲尔德先生的作品，他

① 德国城市。

② 当时俄国使用儒略历，比公历晚十二天。

③ 《哈姆雷特》是莎士比亚的著名悲剧。

们非常满意，并为作品的低廉价格表示感谢。我们这里的人还很欣赏梅特茨利先生的好心。他看到《彩虹》杂志容纳不了曼斯菲尔德先生的全部作品，便专门为这些作品又办了一个《时代》杂志。多么难得的好心肠啊！

顺致敬意。

上校　科奇卡列夫

奔萨省，1 月 2 日

艺 术

冬天一个阴晦的早晨。

贝斯特良卡河那平坦的、亮晶晶的、有些地方积着雪的冰面上站着两个庄稼汉：身材矮小的谢廖日卡和教堂看门人马特维。谢廖日卡是个三十岁左右的年轻人，短短的腿，穿得破烂不堪，那件短皮袄破得就像是正在换毛的狗一样耷拉着一绺绺羊毛。他手里拿着一副用长辐条做的圆规，正气呼呼地望着冰面。马特维则是一个穿着新皮袄和毡靴的仪态端庄的老头子，他正用那双神情温和的浅蓝色眼睛仰望着坡度平缓的高岸上的一个风景如画的村子。他手里拿着一根沉甸甸的冰镩。

“怎么，我们就这样什么也不干地站到天黑么？”谢廖日卡气呼呼地抬起眼睛望着马特维，打破沉默说，“老鬼，你是到这里来站着的，还是来干活的？”

“那你就……就教教我吧……”马特维温顺地眨巴着眼睛，咕哝道。

“教教你……什么都是我：教也是我，干也是我。你自己就不会动脑筋！用圆规量一量,这就是要干的！不先量好就没法凿冰。你来量！把圆规拿去！”

马特维从谢廖日卡手里接过圆规，张着胳膊肘在原地打转，开始笨拙地在冰上画一个圆圈。谢廖日卡轻蔑地眯缝着眼，显然是在欣赏马特维的狼狈和无知。

“唉——！”他气呼呼地说，“连这点活也不会干！早说过了，你是个愚蠢的庄稼汉，乡巴佬！你只配去放鹅，造不了约旦[①]！把圆规拿过来！我叫你把圆规拿过来！”

谢廖日卡从满头大汗的马特维手里夺过圆规，用一只脚后跟作圆心，猛的往后一转，顷刻间便在冰上画出一个圆圈。需要造的约旦的边界已经画出来了，现在要干的只是凿冰了……

但在开始干活之前，谢廖日卡又拿捏了马特维好久，装腔作势地责难他：

“我可没有为你们干活的义务！你在教堂当差，你来干吧！”

他显然很欣赏眼下命运给他安排的这种特殊地位，命运赋予他一种罕见的才能——用自己的艺术让全世界每年震惊一次。可怜的温顺的马特维不得不听着他讲的许多刻薄和轻蔑的话。谢廖日卡一干活就感到懊恼和生气。他很懒。还没有把圆圈画好时，他便已经想去村子里喝茶、游荡和找人聊天了。

“我去去就来……”他点上烟说，“你与其站在这里数乌鸦，不如去搬一个能坐的东西来，再把冰面打扫一下。”

剩下了马特维一个人。天空是阴沉沉的、冷冰冰的，却是一片宁静。从散布在岸上的农舍中亲切地显露出一座白色教堂。一群寒鸦在它那金色的十字架旁不停地盘旋。村子边上，在河岸断裂变得陡峭起来的地方，紧靠陡岸边缘站着一匹带着腿绊的马，它像石头似的一动不动，可能在打瞌睡，或是在沉思。

马特维也像座雕像似的一动不动地站着，耐心地等着。仿佛在静思和沉睡的河流，盘旋的寒鸦，还有马，都给他带来睡意。过了一个小时，又一个小时，谢廖日卡还没有回来。冰面早已打扫干净，能坐一坐的木箱也搬来了，可那个酒鬼连影子也没有。马特维只好等着，打着呵欠。他不懂得什么叫寂寞。叫他在河上站一天，一月，一年，他都会站下去。

谢廖日卡终于从农舍后面走出来了。他摇摇晃晃地走着，吃力

① “约旦”，为在耶稣受洗节举行圣水祭而在冰冻的河面上营造的冰窟窿的名称（耶稣是在约旦河受洗的）。

地迈着腿。他懒得走那么远，所以不是顺着大路走下来，而是抄近道，从岸上对直往下走，这一来便常常陷在雪里，要不就被灌木丛挂住，要不就仰躺着往下出溜，因而走得很慢，时不时地停下来。

“你这是怎么回事？”他对马特维喝道，“啥也不干地站着？什么时候才凿冰？”

马特维在胸前画了个十字，拿起冰镩，严格地按照刚才画出来的圆圈开始凿冰。谢廖日卡在木箱上坐下来，看着自己的助手那吃力的、笨拙的动作。

“边缘上要凿得轻一点！轻一点！”他指挥道，“不会干就别干，既然干就要干好。你呀！”

岸上聚集着一群人。有了观众，谢廖日卡就更来劲儿了。

“我索性不干了……”他点上一支臭烘烘的烟卷，吐着唾沫说，“我要看看，缺了我你们怎么办。去年在科斯秋科沃，斯乔普卡·古利科夫说要像我那样造一个约旦。可结果呢？只不过闹了一场笑话。科斯秋科沃的居民便到我们这里来了，来了好多好多人！各个村子的人都来了。”

“那是因为除了我们这里，哪儿也没有真正的约旦……”

“干你的活吧，没你说话的时候……是的，老头……像这样的约旦全省找不出第二个。当兵的说，你找去吧，甚至城里也不如这儿。轻一点，轻一点！”

马特维喘着粗气，吭哧吭哧地凿着冰。这个活儿可不轻松。冰层又硬又厚，得把冰凿开并立即把冰块弄到远处去，免得堵塞场地。

可是，不管活儿多么沉重，不管谢廖日卡的指挥多么混乱，下午三点前在贝斯特良卡河上还是出现了一个黑糊糊的圆形大冰窟窿。

“去年那个更好一些……”谢廖日卡气呼呼地说，“不过就这个你也造不出来！唉，你这个脑袋瓜呀！上帝的殿堂里竟养着这样的笨蛋！快去，去拿一块木板来做木橛子用！把木环扛来，糊涂虫！还有那个……到什么地方去弄点面包来……再弄点黄瓜什么的。”

马特维去了不一会儿，便扛来一个粗大的木环。木环在历年的使用中已被涂上五颜六色的花纹，中央是一个红色十字架，边上有许多供插木橛子用的小孔。谢廖日卡接过木环，把它盖在冰窟窿上。

“正合适……能用……只需再刷点漆，就成头等货色了……喂，你站着干吗？快做读经台呀！要不就……就去把圆木扛来做十字架……”

马特维从一大清早起就没吃没喝，这又爬上岸去了。无论谢廖日卡有多么懒，但木橛子他还是要亲手做的。他知道，这些木橛子具有神奇的力量：圣水祭仪式结束后，谁要得到一根木橛子，谁全年都会走运。这样的活儿难道不值得干吗？

不过，真正的工作是从第二天开始的。这时谢廖日卡才在马特维面前表现出了他的全部卓越才能。他仍然没完没了地唠叨、喝斥、使性子、挑剔。马特维用两根粗大的圆木做成一个高大的十字架，他不满意，下令重做。马特维站着不动，他生气，问他为什么不走开；马特维走开，他又把他叫住，要他干活。他对工具不满意，对天气不满意，对自己的才能也不满意；一切都不称他的心。

马特维锯出一大块冰做读经台用。

“你为什么弄掉了一个角？”谢廖日卡叫道，并恶狠狠地冲他瞪起眼睛，“我问你，为什么弄掉了一个角？”

“看在上帝面上，原谅我吧。”

“重新做！”

马特维只好重新做……他的苦难真是没完没了！用经过装饰的木环盖着的冰窟窿旁边应当放一个读经台；读经台上需要雕出一个十字架和一本摊开的福音书。这还不算。读经台后面要竖起一个让所有人都能看见的高高的十字架，并让它像镶满钻石和红宝石似的在阳光下闪烁。十字架上还要做一个冰雕的鸽子。从教堂到约旦的路上要撒满枞树和桧树枝。全部任务就是这样。

谢廖日卡先动手做读经台。他又是用锉刀，又是用凿子，又是用锥子。读经台上的十字架、福音书和从读经台上垂下来的长巾他做得很成功。然后便开始做鸽子。当他竭力在鸽子面部锉出温和、谦逊而睿智的神情时，马特维则像熊一样笨拙地转来转去，在加工用圆木钉成的十字架。他把十字架抱起来，放在冰窟窿里浸一下；等十字架上的水冻成冰以后，又把它放在冰窟窿里浸一下，直到圆木结上厚厚一层冰为止……这个活可不轻松，需要很大的力气和耐性。

这一精雕细刻的工作总算结束了。谢廖日卡像发了疯似的满村跑。他磕磕绊绊地跑着，一面跑一面骂街，赌咒说他马上就下河去把整个工程毁掉。他这是在寻找合适的颜料。

他的口袋里装满赭石、群青、红铅、铜绿，他急急忙忙地从这个小铺跑到那个小铺，买了颜料一个钱也不付。从小铺出来又进了旁边的酒馆，在那儿喝了点酒，也是把手一挥，没付钱就继续往前跑。他到一个农家去拿了些红甜菜，又到另一个农家去拿了些做黄颜料的葱皮。他骂骂咧咧，推推搡搡，还威胁人……却没有一个人顶撞他！全都对他笑脸相迎，同情他，尊称他谢尔盖·尼基季奇，大家觉得艺术不是他一个人的事，而是大家共同的、公众的事。一个人创作，其余的人都来帮忙。谢廖日卡本人微不足道，是个懒汉、酒鬼和挥霍无度的人，但当他手里拿着红铅或是圆规时，他便成了某种高尚的人，成为上帝的仆人了。

耶稣受洗节的早晨来临了。教堂的院子里和远方的河流两岸挤满了人。约旦的全部工程已经用新的蒲席盖得严严实实。谢廖日卡在蒲席旁安详地走来走去，竭力克制着自己的激动。他看到了成千上万的人，其中许多人是从别的教区来的，这些人全都是冒着严寒，踏着雪，从很远的地方徒步走来的，只是为了要看他那著名的约旦。马特维干完自己那蠢笨的粗活后已经回到教堂去了，既看不到他的人影，也听不到他的声音，他已被遗忘了……天气很好……空中一丝云彩也没有。阳光灿烂。

岸上响起了教堂的钟声……成千上万的人脱掉了帽子，成千上万只手在画十字!

谢廖日卡急不可待了。不过，终于响起了节日的钟声，半小时后，可以看到钟楼上和人群里出现了某种骚动。人们举着神幡一个接一个地走出教堂，节日的钟声欢快地、急促地响着……谢廖日卡用哆哆嗦嗦的手掀去蒲席……于是人们看到了一种奇妙的景象。读经台、木环、木橛子和十字架在冰上闪耀着千百种色彩。十字架和鸽子放射着刺眼的光芒……上帝啊，这有多么好啊！人群中响起一阵惊叹声；钟声更加响亮了，阳光更加明媚了。神幡在人们头顶上摇曳着，移动着，就像是在波浪上起伏。这个闪耀着五光十色的圣像和神职人员的法衣的宗教游行队伍沿着大路慢慢往坡下走，往约旦走来。大家朝着钟楼挥挥手，要那里停止敲钟，圣水祭开始了。祭礼进行得又慢，时间又长，显然是想竭力延长这个又庄严又快活的人们共同祈祷的时刻。

不过，十字架终于放进了水里。空中响起一种非同一般的轰鸣。那是融成一片的枪声、钟声、人们如雷的欢呼声和一拥而上去抢木橛子的叫嚷声。谢廖日卡倾听着这一轰鸣，看着注视他的千百双眼睛，这个懒汉的心里充满了一种光荣感和得意感。

墓地之夜

圣诞节故事

“伊万·伊万内奇，给我们讲点什么可怕的故事吧！”

伊万·伊万内奇捻捻小胡子，清清喉咙，吧嗒一下嘴唇，往小姐们身边挪一挪，开始讲道：

“我的故事同俄国所有最好听的古老故事一样，开头两句是：我承认，当时我喝醉了……我在一个老朋友家里迎接新年，醉得像四十万个兄弟那样①。我得声明几句：我喝那么多酒不是因为高兴。为迎接新年而感到高兴，我认为是荒唐的，是跟人类的理智不相称的。新的一年同已过去的一年一样糟糕，差别仅仅在于：过去的一年固然不好，新的一年总是更糟……我认为，在迎接新年时需要的不是高兴，而是悲痛、哭泣，决心自杀。别忘了，过的新年越多，离死亡便越近，秃顶便越宽，皱纹便越深，妻子便越老，孩子便越多，而钱则越少……

“所以，我喝那么多酒是因为悲伤……我从朋友家出来时，大教堂的钟已敲过两点。街上，天气坏透了……鬼也弄不清是冬天还是秋天。四周黑得伸手不见五指，什么也看不见，仿佛被关在了装着黑鞋油的铁盒里。下起雨来了……凛冽的寒风奏着可怕的乐曲：呼号、哭泣、呻吟、尖叫，仿佛大自然的乐队是由一个女巫在指挥。脚下的泥泞在哀怨地啜泣；昏暗的路灯像是泪汪汪的寡妇……可怜的大自然病了……总之，对这种天气感到高兴的是窃贼和强盗，而不是我这个温顺的、醉醺醺的普通人。它使我心情郁闷……

“‘生活是无聊的事……’我一面在泥泞里摇摇晃晃地迈着

步，一面进行哲理思考，‘是在毫无意义地混日子……是虚幻的海市蜃楼……一天又一天，一年又一年，而你仍然同过去一样是个畜生……再过若干年，你还是那个好酒贪杯、浑浑噩噩的伊万·伊万内奇……你这个蠢货终归会被埋进坟墓里，大家则会用你的钱来办葬后宴，一边吃一边说：人倒是个好人，可惜留下来的钱太少，混蛋！……’

“我从梅先斯克街往普列斯尼亚街走去，这个距离对一个喝醉酒的人来说是相当可观的……我穿过一条条又黑又窄的小巷，路上一个活人也没有碰到，一点活的声音也没有听到。我怕套鞋里灌进泥浆，所以起初是在人行道上走，可是不管我多么小心，套鞋还是埋怨地啜泣起来，于是后来我便索性拐到马路当中走——那里撞到柱子上或是掉进水沟里的可能性毕竟要少一些……

“我一路上都笼罩在寒冷的、严严实实的黑暗里；起初还能在马路上见到昏暗的路灯，可是后来，当走过两三条小巷后，连这一点点亮光也没有了。只好摸索着往前走……我望着眼前的黑暗，听着头顶上凄厉的风声，急急忙忙地走着……我心里渐渐充满一种莫名的恐惧……等到我发现自己迷失了方向走错了路的时候，这种恐惧就变成心惊胆战了。

“‘出租马车！’我开始呼唤。

“没有人应声……于是我决定对直往前走，不再择路，走到哪里算哪里，希望迟早会走到一条有路灯和出租马车的大街上……我跑了起来，头也不回，也不敢往旁边看……迎面刮着凛冽的寒风，大颗大颗的雨点抽打着眼睛……我时而在人行道上跑，时而在马路当中跑……让我困惑不解的是，尽管我多次撞到柱子和路灯杆上，我的额头却没有破。”

伊万·伊万内奇喝了一杯酒，捻捻另一边的小胡子，又继

① “像四十万个兄弟那样”是契诃夫俏皮地改编哈姆雷特的一句台词，意为“非常”“极为”。

续讲：

“不记得我跑了多久……只记得我终于绊了一下，重重地撞在一个奇怪的东西上……我看不见它，便用手摸了摸，摸到一个冰凉的、湿漉漉的、打磨得很光滑的东西……我在它上面坐下来，想歇一歇……我不想无端地考验你们的耐性了，简单说吧，过不久，当我划亮一根火柴想点烟时，才看到我是坐在一块墓石上……

“当时四周除了黑暗之外我什么也看不见，一个活人的声音也听不到，所以一看见墓石，立即吓得闭上眼睛跳了起来……我往旁边跨了一步，又碰到另一个东西……你们想象一下我当时多么恐惧吧！那是一个木头十字架！……

“‘我的上帝，我竟跑到墓地里来了！’我用双手捂住脸，在墓石上坐下来想道，我没有走到普列斯尼亚街，而是闯到瓦甘科沃村来了！’

“我既不怕墓地，也不怕死人……我已摆脱迷信，早已不相信保姆们的鬼故事了，可是，在漆黑的夜里置身于死寂的坟墓当中，听着凄厉的风声，脑子里掠过一个比一个阴暗的想法，我仍然感到头发都竖了起来，背上一阵阵地发凉……

“‘不可能！’我自我安慰地想，‘这是看花了眼，是幻觉……产生这种幻觉是因为德普列、鲍尔和阿拉巴日[①]在我脑子里作怪……胆小鬼！’

“正当我用这个办法来激励自己的时候，突然听见一阵轻轻的脚步声……不知什么人慢慢地走来了，可是……这不像是人的脚步……人的脚步不会这样轻，这样细碎……

“‘是死人！’我心里想。

“这个神秘的‘不知什么人’终于走到我面前，碰碰我的膝盖，叹了口气……接着我便听见一阵嗷叫……嗷叫声是那样可怕和阴森，让人把心都揪紧了……如果你们听保姆讲述死人的嗷叫都感

① 均为法国葡萄酒名。

到害怕，那么，亲自听到这种嗷叫有多么可怕就可想而知了！我吓得呆住了……德普列、鲍尔和阿拉巴日全都从脑子里跑了出去，我一点醉意也没有了……我觉得，如果我睁开眼睛，冒险往黑暗中瞧一眼，就会看到一张枯黄色的、只剩下皮包骨的脸和已烂掉一半的尸衣……

"'上帝啊，快点天亮吧！'我暗自祈祷。

"可是在天亮之前我还得经历一次难以形容、无法描绘的恐怖。我坐在墓石上，听着墓穴居民的嗷叫，突然听到一种新的脚步声……有人迈着沉重而均匀的脚步径直朝我走来……这个刚从坟墓里出来的人走到我身边，叹了口气，接着，一只冰凉的、瘦骨嶙峋的手便沉甸甸地落在了我的肩上……我吓得晕了过去。"

伊万·伊万内奇又喝了一杯酒，清了清喉咙。

"后来呢？"听故事的小姐问。

"我苏醒过来时，发现自己是在一个四方的小屋里……透过唯一的铁栅栏窗口射进来一道微弱的晨光……'得，'我想，'我这是被死人拖到他们的墓穴里来了……'所以当我听到隔壁有人在说话时，我高兴极了。

"'你在什么地方收容他的？'一个男低音问。

"'在别洛布雷索夫墓碑商店旁边，长官，'另一个男低音回答道，'那儿摆着许多墓碑和十字架。我见他抱着一个墓碑坐在那里，旁边有一头狗在嗷叫……他大概是喝醉了……'

"早晨我醒来后，他们就把我放了……"

竞　赛

《花絮》编辑部决定举行一次**有奖**竞赛。

凡能写出一封**最优秀的情书**者，将获得下列奖励：漂亮女人的照片一张，证明某某人在某个时候取得竞赛胜利的证书一份(由主编和竞赛裁判签字)，有权列入今年或明年（任选）的免费订户名单。此外，《花絮》发表该情书时，将按每行字十五戈比的标准向作者付酬。竞赛条件：一）竞赛参加者只限男性。二）参赛情书应在今年3月1日前寄到《花絮》编辑部，并写上作者姓名和地址。三）作者应在情书中表白自己的爱情，证明他真正陷入情网，非常痛苦；同时顺便把一般的倾心和真正的爱加以比较，写出新的感受而不作过深的分析；接着是求婚，吃某个人的醋，描写自己只要一想到可能被拒绝就会有多么痛苦，问候她的爸爸妈妈，并微妙地、谨慎地问问嫁妆的事……这一切限定在五十行内写完。四）必不可少的条件①是：作者必须有文化修养、彬彬有礼、温柔、俏皮、富有感情。无病呻吟、虚伪的古典主义和歪诗一概不要。这便是全部条件。

竞赛裁判由**妇女**担任。

① 原文为拉丁语。

功败垂成

伊利亚·谢尔盖伊奇·佩普洛夫和妻子克列奥帕特拉·彼得罗芙娜站在门外聚精会神地偷听。门内的小客厅里，看来正在表白爱情，当事人是他们的女儿娜塔莎和县立中学的教师休普金。

“有希望了！”佩普洛夫低声说，他着急得浑身都在哆嗦，不停地搓手，“你要注意，彼得罗芙娜，只要他们一谈起感情的事，你立刻把墙上的圣像取下来，我们就进去为他们祝福……把他们当场抓住……用圣经做的祝福是神圣的，不可违背的……他即使诉诸法庭也赖不掉。”

门里则在进行这样一场谈话：

“您就别固执了！”休普金一面说一面在他的花格呢裤子上划着一根火柴，“我根本就没给您写过信！”

“是吗！好像我不认得您的笔迹似的！”姑娘格格地笑着说。她总是装腔作势地尖声说话，并时不时地照照镜子，“我一下子就认出来了！您真是个怪人！一个书法教师，字却写得像螃蟹爬！您自己的字写得这样糟，怎么教别人呢？”

“唔！……这没什么关系。书法课上主要的不是教写字，而是要管住学生不许他们胡闹。对这个学生用戒尺敲敲脑袋，对那个学生罚罚跪……再说，字写得好不好算什么！无关紧要！涅克拉索夫是个作家，可他的字写得让人看着都害臊。他的全集里附有他的手迹。”

“那是涅克拉索夫，而这是您……”她叹了口气，“我倒乐意嫁给作家。他会经常写诗献给我！”

“只要您愿意，我也能给您写诗。”

“您能写些什么呢？”

“写爱情……写感情……写您的眼睛……您读了以后准会神魂颠倒……会感动得掉眼泪！要是我给您写一首感情丰富的诗，您能让我吻吻您的小手吗？”

“这有什么了不起的！现在吻也行！”

休普金跳起来，受宠若惊地瞪大眼睛，低下头去吻她那胖乎乎的、散发着香皂气味的小手。

“快把圣像取下来！”佩普洛夫急忙用胳膊肘碰碰妻子说，“咱们进去！快！”

佩普洛夫一秒钟也没有拖延便推开了房门。

“孩子们……”他举起双手，眨巴着泪汪汪的眼睛说，“上帝祝福你们，我的孩子……祝你们生活如意……生儿育女……多子多孙……”

“我……我也祝福你们……”妈妈高兴得哭着说，“祝你们幸福，亲爱的！啊，您夺走了我唯一的宝贝女儿！”她对休普金说，“您要爱她……疼她……”

休普金惊恐得张大了嘴。这两位父母的袭击那么突兀，那么大胆，弄得他一句话也说不出来。

“我中了圈套！他们这是要逼着我结婚！”他想，吓得呆住了，“这一下可完蛋了！逃不掉了！”

于是他乖乖地低下头，仿佛在说：“随你们怎么办吧，我认输了！”

“我祝福……祝福你们……”爸爸继续说，也哭了起来，“娜塔莎，我的女儿……你跟他并排站好……彼得罗芙娜，把圣像给我……”可是父亲突然停止哭泣，气得脸都变了样。

“蠢货！”他气冲冲地对妻子说，“你怎么这样笨！难道这是圣像吗？”

“啊，我的天哪！”

出了什么事？书法教师畏畏葸葸地抬头一看，明白自己得救了：原来母亲忙中出错，把作家拉热奇尼科夫的肖像当成圣像从墙上取来了。佩普洛夫老头和手里拿着那张肖像的妻子彼得罗芙娜尴尬地站在那儿，不知道该怎么办，该说什么好。书法教师便乘他们心慌意乱时溜走了。

丈夫须知

科学论文

随着人类思想的进步，征服别人妻子的方法也同解决其他迫切问题的方法一样正日臻完善。这种方法可以作为衡量一个人的文明程度的最好标准。方法越是巧妙和优雅，这个人便越是文明，反之亦然。除了澳大利亚野人和莫斯科商人所使用的方法外，今天人们使用的所有方法不用费事就可以归纳为几种固定的类型。

最普通、最常用的是善良的人在小说里读到的那种**古老的方法**。这种方法的要点是：带着倦怠的神情，带着神秘而热情的目光，送她回家。“无需语言便能相互理解”，几小时几小时地并坐在长沙发上，唱情歌，写情书，以及其他一些麻烦事。太太们“容忍着”身边这个倾慕者，并会同丈夫一起嘲笑他，但只要丈夫一出门，你这个倾慕者可留点神：这位太太“注定”会委身于你，并请你别对任何人讲。二十六至三十五岁的太太很喜欢和赞赏这种方法。这种方法易于掌握，所以使用它的人多半是头脑简单、精神贫乏的年轻人。它在低级土地测量官员、职位不高的铁路员工和退役的士官生中广为流行。

贵族子弟的方法。他们当中，夫妻间的背叛往往不是预谋的。它常常是没有前奏，没有准备，**偶然地**、自然而然地发生的，或是在别墅里，或是在马车上，由于不小心喝多了香槟酒，或是受到迷人的月夜的诱惑。

根据穷哥儿们的理论“只要追求，便能成功”**制定的方法**。不管她喜不喜欢您，您从一开始就要死乞白赖地缠着她……要同她寸步不离，在这方面同她的影子比比高低：无论她怎么推开您，您也要跟着她……奉承话、讨好的话、表白爱情的话不离口。要恳求，苦苦哀求，并以自杀相威胁……您会遭到嘲笑、拒绝、蔑视，遭到她丈夫愤怒的威吓，但尽管如此，您仍然要勇敢地继续前进。您要抓住合适的时机跪在她的面前，吻她的手……她会发火，会鄙视您，会扇您的耳光，但是您不要退却……尽管您是名副其实的穷光蛋，却要不断地送她皮大衣，请她吃晚饭，恳求地望着她的眼睛……最后，她还会粗暴地不让您登门。但这也没什么了不起。您还可以用书信或通过第三者继续向她进攻。何况只要她一出门，到处都会看到您：在剧院里，在赛马场上，在集会上……“请垂怜垂怜我吧！”您就用目光恳求她。如此等等。半年过去，一年过去……岩石就会松动。最后她或者会习惯于您的存在，或者只是为了摆脱您的纠缠而垂怜垂怜您……主要的是应记住：水滴石穿不是由于水的力量，而是由于水的不断滴落①。

努林伯爵的方法。这是过路的陆军中尉和前去参加调解法官会审的律师们经常使用的方法，一百次实践中只有五次不成功，而且是由于不取决于编辑部的原因。

含蓄的方法。这是最聪明、最狡黠，对丈夫们来说也是最危险的方法。只有心理学家和熟谙女人心思的人才能理解它。按照这种方法，您在征服某人的妻子时要尽可能离她远一点。感到自己倾心于她并因此而痛苦时，您就停止到她家去，同她见面的次数尽可能少一点，时间也短一点……您要在一定的距离之外活动。整个事情有点类似施行催眠术。

她不应当看到，而应当感觉到您的存在，如同兔子感觉到蟒蛇的目光一样。但您不是用目光，而是用您舌头上的毒药对她进行催眠，而且最好的传话人就是她的丈夫……

比方您在俱乐部或是在剧院里碰见了她的丈夫……

---

① 原文为拉丁语。

“您夫人好吗？”您随口问问他，“一个非常可爱的女人！我很喜欢她！简直喜欢到了无法形容的程度！”

“哦……您喜欢她哪一点呢？”得意洋洋的丈夫问。

“您还问？！这是一个极其迷人和充满诗意的尤物……不过，您这位忙于日常事务的丈夫是不懂得的！……您要明白，这是一个理想的女人！我为您庆幸！这样的女人正是我们这个时代所需要的……正需要这样的女人！漂亮，充满活力、正义感和真诚，同时又让人捉摸不透……这样的女人如果爱上一个人，就会强烈地爱，倾注全部热情……”

丈夫当天晚上就寝时便会忍不住告诉妻子：

“我见到彼得·伊万内奇了……他把你大大地夸赞了一通。说你又漂亮，又让人捉摸不透……还说你的爱仿佛与众不同……讲了好多好多……哈哈……”

过不久，您又想个办法碰见她丈夫。

“正巧，亲爱的……”您对他说，“昨天一位画家来找我……他接受了某个公爵的定货：画一幅典型的俄国女人的头像，酬劳是二千卢布。他请我替他物色一个模特儿。我很想让他去找您夫人，又不好意思……您夫人正合适。一个绝妙的头部！”

要不把这番话转达给妻子，除非是个一点不会献殷勤的丈夫。第二天早晨妻子就会久久地对着镜子想：

“他怎么知道我有一张纯俄罗斯女人的脸庞呢？”

打这以后，她每次照镜子时都会想到您。而与此同时，您同她丈夫的偶然碰面还在继续。在一次碰面之后，丈夫一回到家里就开始端详妻子的脸。

“你干吗这样端详我？”妻子问。

“彼得·伊万内奇这个古怪的家伙发现，仿佛你眼睛的颜色有一只更深一些。可我怎么也看不出来！”

妻子又走到镜子前。

“我在剧院里见到了彼得·伊万内奇。”丈夫在第八次或第九次同您碰面后回家说，“他请求原谅他不能来看望你，因为他没有时间！真是一个怪人！他仿佛是威胁我似的一再对我说：‘您夫人为什么不当演员？具有那样的外貌，那样成熟，感情那样丰富的女人待在家里简直是罪过！’哈哈……他总是惦记着你。他说：‘要不是我太忙，我会把她从您的手里夺过来……’我说：没关系，您夺吧……‘您不理解她！’他说，‘而她需要理解！这是一个正在寻找出路的才华横溢的女人！’哈哈哈……我心里想：你要是同她一起生活生活，你就会唱另外的歌了……”

于是可怜的妻子渐渐产生一种渴望见到您的激情。您是唯一理解她的人，她有许多话只能对您讲……许多许多话！可是您却执拗地不上她家去，不在她眼前露面。她好久没有见到您了，但您那让人备受折磨的甜蜜的毒药已经毒害了她。丈夫毫无警惕地把您的话向她作传达，她觉得自己仿佛听到了您的声音，看到了您那闪烁的目光……

应当抓住的时机到来了。一天晚上丈夫回到家里对妻子说：

“我刚才碰见了彼得·伊万内奇……一副闷闷不乐的样子……埋怨说他很苦闷。‘苦闷得连家也不想回了，’他说，‘准备通宵都在N林荫路上散步……’真是个怪人！”

妻子一阵激动……她很想到那条林荫路上去，哪怕偷偷看这个人一眼也好，这个非常理解她的人此刻不知为什么很苦闷。谁知道呢？也许她现在去同他谈谈，对他讲几句慰藉的话，他就不再痛苦了……

“但这是荒唐的……不可能的。”她想。

等丈夫睡着以后，她抬起自己那发热的头，悄悄地想。她现在冒险去一趟怎么样？回来以后可以撒个谎，说她到药店去了，去找牙医……

“去！”她下定决心。

她拟好了计划：乘出租马车到那条林荫路去，从**他**旁边走过，看他一眼就回来……这样做既不会败坏她的名声，也不会败坏她丈夫的名声……于是她穿好衣服，悄悄溜出家门，急匆匆地赶去了。空荡荡的林荫路上一片昏黑……但她看到了一个人影。这可能就是**他**……她慢慢地朝您走来，全身都在颤抖……您也朝她走去……你们默默地站了一分钟，互相瞧着对方的眼睛……又沉默了一分钟，接着……兔子心甘情愿地落到了蟒蛇的嘴里。

初出茅庐

短篇小说

助理律师皮亚捷尔金到N城去为一个被控犯纵火罪的店铺老板作过辩护后，正乘一辆普通的农民大车往回返。他的心情从来没有像现在这样恶劣过。他觉得自己受了侮辱，遭到了挫折，被人奚落了。他觉得，刚刚过去的这一天，他期待了很久并寄予很大希望的第一次出庭的一天，已永远断送了他的前程，使他丧失了对人们的信任并改变了他的世界观。

第一，被告令人愤怒地、残酷地欺骗了他。开庭之前，店铺老板是那样天真地眨巴着眼睛，那样真诚地描述自己是如何无辜，以至在一个心理学家和相面家（年轻的助理律师认为自己是这样的人）的眼里，别人所收集的他的全部罪证都成了毫无道理的牵强附会、吹毛求疵和偏见。而到了法庭上，这个店铺老板却被证明是一个骗子和坏蛋，他那点可怜的心理学失效了。

第二，皮亚捷尔金觉得自己在法庭上的表现简直难以想象：讲话结结巴巴，提问颠三倒四，竟在证人面前站了起来，愚蠢地涨红了脸。他的舌头一点都不听使唤，连简单的话也讲不清楚，就像在念绕口令。临到他发言时他讲得软弱无力，就像在雾里一样，眼睛越过陪审员们的头顶望着别处。在整个发言中他总觉得那些陪审员用嘲笑的、轻蔑的目光望着他。

第三，最糟糕的是：副检察长和民事起诉人，一个经验丰富的律师，对他的态度毫无同行之情分。他们好像是串通好了不理睬他这个辩护律师，即使抬眼看看他，也只是为了对他表现一下他们的放肆态度，嘲弄嘲弄他，刺激刺激他。从他们的发言里可以听出讥诮和轻蔑的语气。他们滔滔不绝地讲着，仿佛在请求大家原谅这个辩护律师是个傻瓜和羔羊。皮亚捷尔金终于忍不住了。中间休息时他跑到那个民事起诉人面前，激动得全身哆嗦着对他讲了一大堆粗鲁的话。后来，当审判结束后，他又在楼梯上追上副检察长，又对他发了一通牢骚。

第四……得了，如果要一一列举我的主人公心里此刻所有的痛苦和懊丧的原因，还需要写第五、第六……直至第一百……

"可耻……可憎！"他用大衣领蒙住耳朵坐在大车上，痛苦地想，"全完了！不当律师了！索性到一个偏远的地方去，一个人待着，远离那帮先生……远离那些无谓的争吵……"

"见鬼，你倒是快点呀！"他冲马车夫嚷道，"你这是怎么啦，就像是送死人去结婚似的？快点！"

"快点……快点……"马车夫学着他说，"难道你没看见是什么路吗？即使让魔鬼拉车也会累坏的。这算是什么天气，简直是上帝的惩罚。"

天气坏透了。仿佛天气也跟着皮亚捷尔金一起愤慨、憎恨、痛苦。四周一团漆黑，潮湿的寒风用各种调子尖叫着。下着雨。同泥泞掺和在一起的积雪在车轮下抽泣。过不完的沟壑、坑洼和冲坏的小桥。

"黑得什么也看不见……"马车夫继续说，"这样走下去天亮也到不了。只好在卢卡家过夜了。"

"卢卡是什么人？"

"住在路旁树林里的一个老头。他给人家看守林子。瞧，那就是他的小木屋。"

传来一阵沙哑的狗吠声，光秃秃的树枝间闪亮着昏暗的灯光。无论您多么厌世，但当您在凄风苦雨的深夜里突然看到林间灯火时，您必定希望到有人的地方去。皮亚捷尔金此刻就是这种心情。当大车在木屋前停下来，看到木屋唯一的小窗口射出胆怯而殷勤的灯光时，他感到轻松一些了。

“你好，老大爷！”他对站在过道里用两手挠着肚子的卢卡亲切地说，“可以在你这里借宿一夜吗？”

“可……可以……”卢卡咕哝道，“这里已经有两个人了……请到亮着灯的屋里去吧……”

皮亚捷尔金弯弯腰走进亮着灯的屋子……厌世情绪重又强有力地攫住了他。小桌前的烛光下，坐着两个强烈地影响了他的情绪的人：副检察长冯·帕赫和民事起诉人谢梅奇金。同皮亚捷尔金一样，他们也是从N城返回途中到卢卡这儿来借宿。看见走进来的辩护律师，两个人都惊喜地欠起身子。

“同行！什么风把您吹来的？”他们说，“您也是被恶劣的天气赶到这里来的吧？欢迎！请坐！”

皮亚捷尔金原以为他们看到他时会感到拘束，会扭过头去一言不发，所以他觉得这种友好的接待至少是无耻。

“我不明白……”他不失尊严地耸耸肩，咕哝道，“在我们之间发生了那件事之后，我……我甚至感到惊讶！”

冯·帕赫不解地看看皮亚捷尔金，耸耸肩，便朝谢梅奇金扭过头去，继续谈被打断的话题：

“喏，我就读调查报告……可是那个报告，老兄，自相矛盾的地方一个接一个……比如，警察分局局长写道：死去的农妇伊万诺娃做客回来时已喝得烂醉，步行三俄里后死掉了。既然她已喝得烂醉，又怎么可能步行三俄里呢？难道这不是自相矛盾吗？啊？”

当冯·帕赫这样高谈阔论的时候，皮亚捷尔金则在椅子上坐下来，开始观察自己的临时住处……林间灯火只是在远处看才富有诗意，从近处看则成了一篇平庸的散文……它此刻照着一间墙壁倾斜、天花板上挂着油烟的蹩脚小屋。右墙角挂着乌黑的圣像，左边那难看的炉灶像是阴森的树洞。天花板下沿着房梁横着一根长长的竿子，那是当初用来挂摇篮的。一张破旧的小桌，两把摇摇晃晃的小椅子便是屋里的全部家具。屋里又黑，又闷，又冷，充满霉味和油烟味。

“这些猪猡……”皮亚捷尔金瞟着自己的仇人，心里想，“侮辱了别人，把这个人踩在烂泥里，现在却若无其事地谈他们的话。”

“喂，”他对卢卡说，“你还有别的房间吗？我无法在这间屋里住。”

“有一间过道屋，但那里太冷，老爷。”

“真够冷的……”谢梅奇金咕哝道，“要早知道的话，我就随身带着酒和纸牌了。喝杯茶怎么样？老大爷，给我们烧个茶炊吧！”

半小时后，卢卡送来一个肮脏的茶炊、一把缺嘴的茶壶和三个杯子。

“我有茶叶……”冯·帕赫说，“现在只缺糖了……老大爷，给点糖吧！”

“嘿！糖……”卢卡在过道屋里冷笑道，“想在林子里找糖！这可不是在城里。”

“有什么办法呢？那咱们就喝素茶吧。”冯·帕赫说。

谢梅奇金沏好茶，倒了三杯。

“他给我也倒了一杯……”皮亚捷尔金心里想，“我才不稀罕呢！往你脸上啐了唾沫，然后又请你喝茶。这些人简直毫无自尊心。我向卢卡另要一个杯子，只喝白开水。正好我有糖。”

但卢卡没有第四个杯子。皮亚捷尔金便把给他的那杯茶倒掉，再倒进白开水，开始就着糖喝水。两个仇人听见他嚼糖块的声音，交换了一下眼色，忍不住扑哧一声笑了。

“这可妙极了，真的！”冯·帕赫低声说，“我们没有糖，他没有茶叶……哈哈……真有意思！不过，他还是个孩子！那么大一个人了，却还会赌气，像贵族女子中学的女学生……喂，同行！”他扭头对皮亚捷尔金说，“您不该嫌弃我们的茶叶……它不是那种廉价货……如果您是由于傲慢而不喝我们的茶，您可以用糖来同我们交换嘛！”

皮亚捷尔金没有回答。

“厚颜无耻……”他心里想，“侮辱了你，啐了你唾沫，现在又来纠缠你！这也算是人！就是说，我在法庭上对他们讲那些粗鲁话，他们也满不在乎……我才不理睬他们呢……我睡觉！”

炉灶旁的地板上铺着一件光板皮袄，放头的一端有一个装着干草的长枕头……皮亚捷尔金往皮袄上一躺，把发热的脑袋放在枕头上，用自己的皮大衣盖住身子。

“真闷得慌！”谢梅奇金打了个呵欠，“看书吧，又冷又黑，睡觉吧，又没地方……真冷！……您讲讲，奥西普·奥西贝奇，比方说，要是卢卡在餐馆里吃了饭不付钱，这算什么罪：算盗窃罪呢，还是算诈骗罪？”

“都不算……这仅仅构成民事起诉的理由……”

开始了持续一个半小时的争论。皮亚捷尔金气得浑身发抖……他五次想跳起来参加这场争论。

“简直是胡说八道！”他听着他们的争论，痛苦地想，“多么落后，多么不合逻辑！”

争论最后以冯·帕赫在皮亚捷尔金旁边躺下来宣告结束，他把皮大衣往身上一盖说：

“得了，别争论了……我们吵得辩护律师先生睡不着觉了。您也躺下来吧……”

“他好像已经睡着了……”谢梅奇金在皮亚捷尔金的另一边躺下来说，“同行，您睡着了吗？”

“缠着不放……”皮亚捷尔金想，“这些猪猡……”

“他不吭声，可见是睡着了……”冯·帕赫低声说，“他真有本事，在这个猪圈里也睡得着……有人说，司法工作者过的是书斋生活……根本不是书斋生活，而是猪狗生活……瞧瞧，魔鬼把我们带到哪里来了！您知道吗，我倒很喜欢咱们这位邻居……他叫什么来着？是叫舍斯捷尔金吧？急躁，热情……”

“是的……过四五年会是一个优秀的律师……这孩子有气

派……还乳臭未干，讲起话来已是一套一套的，喜欢用漂亮的词藻……只是他发言时不必扯到哈姆雷特。”

仇人就在身边，他们的语气又那样冷漠、高傲，皮亚捷尔金被激怒得喘不过气来。他又愤怒又感到羞耻，肺都快气炸了。

“还有糖的事……”冯·帕赫冷笑道，“纯粹是个贵族女子中学的学生！他干吗要生我们的气？您知道吗？”

“鬼才知道他是怎么回事……”

皮亚捷尔金忍不住了。他跳起来，张开嘴想说点什么，但这一天所经受的痛苦是那样强烈，以致从嘴里迸发出来的不是言词，而是歇斯底里的哭泣。

“他怎么啦？”冯·帕赫吓了一跳，“亲爱的，您怎么啦？”

“您……您病了吧？”谢梅奇金也蹦了起来，“您怎么啦？您是没钱了吧？究竟是怎么回事？”

“这是卑鄙……可恶！整整一天……整整一天！”

“亲爱的，什么卑鄙可恶？奥西普·奥西贝奇，拿点水来！亲爱的，怎么回事？为什么您今天的火气那么大？大概您今天是头一次出庭辩护吧？是吧？喏，这就可以理解了！您哭吧，亲爱的……我当年还想上吊呢，哭总比上吊好。您就哭吧，哭一哭会轻松些。”

“可恶……卑鄙！”

“没什么可恶的！一切都很正常。您当时讲得很好，大家也在认真地听。您这是疑神疑鬼，老兄！我还记得自己第一次出庭辩护的情景。穿着一条褪了色的裤子，一位乐师借给我一件寒碜的燕尾服。我坐在那儿，觉得大家都在笑我的裤子。被告显然是骗了我，检察官也在耍弄我，我自己也很蠢。您大概已下定决心不当律师了吧？所有人都是这样的！您不是头一个，也不是最后一个。老兄，第一次出庭是要付出不小代价的！”

“那么是谁在讥笑我？谁在……耍弄我呢？”

“谁也没有！这只是您自己的感觉！第一次出庭的人都有这样

的感觉。您是不是还觉得陪审员们也轻蔑地看着您？是吗？对，就是这样的。喝点水吧，亲爱的。把大衣盖好。”

两个仇人把大衣给皮亚捷尔金盖好，像照顾小孩子似的照顾了他一夜。这一天所经受的痛苦原来是一场虚惊。

打电话

“您要哪儿？”一个女人的声音问。

“请接斯拉夫餐厅。”

“接好了。”

三分钟后铃声响了[1]……我把听筒贴紧耳朵，听到一种性质难以捉摸的声音，不知是风声还是爆豆声……有人含糊不清地讲着什么……

“有空的雅座吗？”我问。

“家里没人……”一个孩子的声音断断续续地回答道，“爸爸和妈妈到谢拉菲玛·彼得罗芙娜家里去了，路易莎·弗兰佐芙娜得了流感。”

“您是谁？是斯拉夫餐厅吗？”

“我是谢廖沙……我爸爸是个医生……他每天上午接待病人……”

“亲爱的，我不是找医生，我找的是斯拉夫餐厅……”

“什么餐厅？（笑声）现在我知道您是谁了……您是帕韦尔·安德烈伊奇……可我们收到了卡佳的信！（笑声）她就要同一个军官结婚了……您究竟什么时候给我买颜料呀？”

我从电话机旁走开了，十分钟后又打了一次。

“请接斯拉夫餐厅！”我请求道。

“终于来电话了！”一个沙哑的男低音说，“富克斯也同您在一起吗？”

“什么富克斯？我要斯拉夫餐厅！！”

"您在斯拉夫餐厅？好的，我这就去……今天就把咱们的事办完……亲爱的，给我定一份鲟鱼片稠辣汤……我还没吃午饭呢……"

"呸！鬼才知道是怎么回事！"我心里想着从电话机旁走开了，"可能我还不会用电话，弄错了……别忙，想想应当怎样用！先应当把这个小玩意儿转一下，再把这个大玩意儿拿起来贴着耳朵……然后呢？然后把这个玩意儿挂在这个小玩意儿上，再把这个玩意儿转三下[②]……好像是这样的！"

我又打了一次。没人答话。我冒着把电话机弄坏的危险，用剧烈的动作摆弄了一次。听筒里出现了一种像老鼠在纸上爬似的沙沙声……

"您是谁？"我叫道，"请回答！大声点！"

"这是手工作坊。季莫菲·瓦克辛的孩子们……"

"感谢之至……我不找您那个手工作坊……"

"您是瑟乔夫吗？细竹布已经给您寄去了……"

我挂上听筒，再次检查是不是自己的操作错误。我读了"使用规则"，点上一支烟，又打。没人答话……

"多半是斯拉夫餐厅的电话坏了。"我想，"我给艾尔米塔日餐厅打一下试试……"

我又读了一遍"使用规则"，看看怎样同中央接线局通话，然后再打……

"请接'艾尔米塔日'！"我高声叫道，"接'艾尔——米——塔日'！！"

过了五分钟，十分钟……我渐渐失去了耐心，但就在这时——乌拉！铃声响了。

"您是哪里？"我问。

---

① 老式电话机接通后有回铃。

② 当时用的都是手摇电话机。

"中央接线局……"

"见鬼！请接'艾尔米塔日'！看在上帝面上！"

"接'费尔列因'？"

"接'艾尔米塔日'！！"

"接好了……"

"行了，看来我的苦难结束了……"我心里想，"嘿，连汗都打出来了！"

铃声响了。我抓起听筒大声叫道：

"有空的雅座吗？"

"爸爸和妈妈到谢拉菲玛·彼得罗芙娜家里去了，路易莎·弗兰佐芙娜得了流感……家里没人！"

"您是谢廖沙吧？"

"对，您是谁？（笑声）……是帕韦尔·安德烈伊奇吧？您昨天为什么没上我们家来？（笑声）爸爸给我们演灯戏来着……他戴上妈妈的帽子，装成阿夫多基娅·尼古拉耶芙娜……"

谢廖沙的声音突然中断了，听筒里一阵静寂。我挂上听筒，接连打了三分钟，手指头都弄酸了。

"请接'艾尔米塔日'！"我叫道，"接喇叭广场上的那个餐厅！您倒是听见了没有？"

"听得很清楚，先生……但这里不是'艾尔米塔日'，而是斯拉夫餐厅。"

"您是斯拉夫餐厅？"

"一点不错……是斯拉夫餐厅……"

"见鬼！莫名其妙！你们那里有空的雅座吗？"

"我这就去问一问，先生……"

过了一分钟，两分钟……听筒里响起一阵细碎的、哆哆嗦嗦的说话声……我凝神倾听，怎么也听不懂……

"请回答呀，有没有雅座？"

"您倒底是要哪儿呀？"一个女人的声音问。

“您是斯拉夫餐厅吧？”

“我是中央接线局……”

（没完没了地[1]待续）

---

① 原文为拉丁语。

孩子们

爸爸、妈妈和娜佳姑姑都不在家，他们到那个常骑着一匹小灰马的老军官家里参加洗礼宴去了。为了等他们回来，格里沙、安尼娅、阿廖沙、索尼亚和厨娘的儿子安德烈便在饭厅里围着餐桌玩“罗托[1]”。老实说，已经到他们该睡觉的时候了，可是，要不听妈妈讲讲受洗的婴儿是什么模样、晚饭有些什么菜，难道睡得着吗？上面亮着一盏吊灯的餐桌上摆满带数字的纸牌、胡桃壳、小纸片和小玻璃片。每个赌客面前放着两张牌和一堆用来拼纸牌点数的小玻璃片。桌子中央有一个白色茶碟，里面放着五枚一戈比的硬币。茶碟旁边放着一只没有吃完的苹果、一把剪刀和一只按大人吩咐用来放胡桃壳的盘子。孩子们在赌钱。赌注是一戈比。他们定了一条规矩：谁要是作弊，就把谁立刻轰走。除了赌客外饭厅里没有别人。保姆阿加菲娅·伊万诺芙娜在楼下的厨房里教厨娘裁衣服，哥哥瓦夏是五年级学生，正百无聊赖地躺在客厅里的长沙发上。

孩子们赌得很起劲。最起劲的是格里沙，从他脸上的神情可以看出来。这是个身材矮小的九岁男孩，脑袋剃得光光的，胖胖的脸颊，嘴唇厚得像是黑人。他已经上预备班了，所以被认为是大孩子和最聪明的孩子。他赌博纯粹是为了钱。要不是茶碟里放着戈比，他早已睡觉去了。他那双褐色的小眼睛不安地、嫉妒地瞟着赌伴们的纸牌。由于生怕赢不到钱，由于那剃得光光的脑袋瓜里充满嫉妒和钱财方面的考虑，所以他总是坐不安稳，精神不能集中。他在椅子上扭来扭去，就像坐在针毡上似的。赌赢了，他就贪婪地把钱抓过来，立刻塞进口袋里。他的妹妹安尼娅今年八岁，尖尖的下巴，一双聪明的、亮晶晶的眼睛，她也生怕别人赢了。她的脸一阵红，一阵白，眼睛机警地盯着赌伴。她对钱不感兴趣。但输赢关系到她的面子问题。另一个妹妹索尼亚才六岁，长着一头鬈发，只有非常健康的孩子、贵重的洋娃娃和糖果盒上的儿童才有她那样的脸色。她赌博是图好玩。她脸上洋溢着兴奋的神情。无论谁赢了，她都同样拍着手哈哈大笑。圆滚滚的小胖子阿廖沙则喘着粗气，鼻子里呼噜作响，眼睛死盯着纸牌。他既不贪财，也不存在面子问题。只要不把他从赌桌前撵走，不赶他去睡觉，他就感激不尽了。从表面看他是一个恬静的孩子，但在内心深处却是一个十足的小滑头。他坐在那儿与其说是为了玩“罗托”，不如说是为了欣赏赌博时难免会发生的纠纷。要是谁打了谁或是骂了谁，他会感到非常高兴。他早就该出去方便一下了，却一分钟也没有离开过桌子，生怕他离开时别人会偷他的小玻璃片和戈比。由于他只知道个位数和以零结尾的整数，所以是由安尼娅替他拼纸牌的点数。第五位赌伴，厨娘的儿子安德烈，是一个皮肤黝黑、面带病容的孩子，他穿着印花布衬衫，胸前挂着一个铜十字架，站在那儿一动不动，沉思地望着那些数字。他对自己和别人的输赢全都漠不关心，因为他正全神贯注地在思考赌博中的数字，思考其中并不复杂的哲学：世界上各种各样的数字那么多，它们怎么就不会弄混呢？

除了索尼亚和阿廖沙外，大家轮流唱数。由于数目字很单调，他们便在赌博中造了一些术语和令人发笑的绰号。比如这些赌客们把七叫做火钩，把十一叫做两根小棍儿，把七十七叫做谢苗·谢苗内奇[2]，把九十叫做老爷爷，等等。赌博进行得很热闹。

“三十二！”格里沙一面从父亲的帽子里掏出一个个黄色的小圆筒，一面唱道，“十七！火钩！二十八——割干草！”

安尼娅看到安德烈错过了二十八。要在别的时候她准会提醒

---

① 一种抽对数字的游戏或赌博。

② 俄语“七十七”的发音同人名“谢苗·谢苗内奇”近似。

他，但此刻，当茶碟里的戈比牵涉到她的面子问题时，她反而暗自庆幸。

“二十三！”格里沙继续唱道，“谢苗·谢苗内奇！九！”

“蟑螂，蟑螂！”索尼亚指着从桌子上跑过的一只蟑螂惊叫道，“啊！”

“别打死它！”阿廖沙用他的男低音嗓子说，“也许它有孩子呢……”

索尼亚目送着蟑螂，想着它的孩子：那会是多么小的蟑螂啊！

“四十三！一！”格里沙继续唱数，一想到安尼娅快要赢了而感到痛苦，“六！”

“对完了！这一盘我赢了！”索尼亚卖俏地转动着眼珠，哈哈大笑道。

赌伴们全都拉长了脸。

“得检查一下！”格里沙憎恨地瞧着索尼亚说。

凭着作为大孩子和最聪明的孩子的权利，格里沙俨然以主宰者自居。他要怎么办，大家便怎么办。他们把索尼亚的纸牌仔细地查对了很久，使她的赌伴们大为遗憾的是，她并没有作弊。下一盘又开始了。

“我昨天看见一件事真有趣！”安尼娅仿佛是自言自语地说，“菲利普·菲利佩奇不知怎么把眼皮翻转过来，于是他的眼睛就变得又红又可怕，像妖怪似的！”

“我也看见了。”格里沙说，“八！我们有个同学，他的耳朵还会动呢。二十七！”

安德烈抬起眼睛望着格里沙，想了想，说：

“我的耳朵也会动……”

“那你动一下！”

安德烈便动眼睛，动嘴巴，动手指头，自以为耳朵也跟着动了起来。一阵哄堂大笑。

“那个菲利普·菲利佩奇不是个好人。”索尼亚叹息道，“昨天他到我们儿童室来，可我当时只穿着一件衬裙……弄得我很不好意思！”

“对完了！”格里沙突然叫道，同时抓起茶碟里的钱，“这一盘我赢了！你们想检查就检查吧！”

厨娘的儿子抬起眼睛，脸色发白。

“这么说，我不能再玩了。”他低声说。

“为什么？”

“因为……因为我再也没有钱了。”

“没有钱不能玩！”格里沙说。

安德烈不死心，又把各个衣兜摸了一遍，但除了面包屑和一小截咬过的铅笔头外，什么也没有找到。他撇着嘴，难过地眨巴着眼睛，眼看就要哭出来了……

“我替你下注！”索尼亚受不了他那痛苦的目光，便说，“但要记住，你以后得还我。”

下注的钱都放好了，赌博又继续进行。

“好像什么地方在敲钟。”安尼娅瞪大眼睛说。

全都停止赌博，张大嘴凝视着黑洞洞的窗户，黑暗中闪烁着屋里那盏灯的映影。

“这只是你的感觉。”

“夜里只有墓地上才敲钟……”安德烈说。

“那里为什么要敲钟呢？”

“为了让强盗不敢钻到教堂里去。他们怕钟声。”

“强盗为什么要钻到教堂里去呢？”索尼亚问。

“这是明摆着的：为了杀死看守人。”

沉默了一分钟。大家互相看看，打了个哆嗦，又继续赌博。这一回是安德烈赢了。

“他作弊。”阿廖沙毫无根据地用他的男低音嗓子说。

“胡说，我没有作弊！”

安德烈脸色发白，撇着嘴，在阿廖沙的脑袋上敲了一下！阿廖沙恶狠狠地瞪大眼睛跳起来，一条腿跪在桌子上，轮到他打了：他扇了安德烈一耳光。两个人又相互扇了一耳光，并哭叫起来。索尼亚受不了这种可怕的场面，也哭起来，于是整个饭厅便充满各种嗓子的哭叫声。不过，您别以为这一来赌博便结束了。过不了五分钟，孩子们便又哈哈笑着，和睦地交谈起来。尽管脸上带着泪痕，但这并不妨碍他们露出笑容。阿廖沙甚至很高兴，因为果然起了纠纷！

五年级学生瓦夏走进饭厅，一副睡眼惺忪、无精打采的样子。

“这简直不像话！”他看见格里沙摸着衣兜里叮当作响的硬币，不由得想道，“难道能给孩子们钱吗？难道能允许他们赌博吗？这种教育可真不错，没说的。简直不像话！”

但孩子们却赌得那样津津有味，以至连瓦夏自己也忍不住想参加进去碰碰运气。

“等一等，我也坐下来玩玩。”他说。

“那你下一戈比的注。”

“这就下。”他说着便把手伸进口袋摸寻，“我没有戈比，不过，瞧，有一个卢布。我下一卢布。”

“不行，不行，不行……下一戈比！”

“你们真傻。要知道，卢布怎么也比戈比值钱啊。”五年级学生解释道，“谁赢了，谁就找给我零钱。”

“对不起，不行。你走吧！”

五年级学生耸耸肩，便到厨房去找仆人要零钱。但厨房里的人也没有戈比。

“既然这样，那你给我换一换吧。”他从厨房回来，缠住格里沙说，“我给你手续费。不愿意？那这样吧，你只给我十戈比，这个卢布就归你了。”

格里沙怀疑地瞟了瓦夏一眼，心想：这不会是什么圈套，不会是骗局吧？

“我不换。”他捂住口袋说。

瓦夏开始发火了，他骂骂咧咧，把这些赌客称做蠢货、榆木脑袋。

“瓦夏，我替你下注！”索尼亚说，“你坐下来吧！”

瓦夏坐下来，在自己面前放了两张纸牌。安尼娅开始唱数。

“我丢了一个戈比！”格里沙激动地宣布说，“等一等！”

他们取下吊灯，爬到桌子下面去找那个戈比。两手摸着痰迹、胡桃壳，脑袋碰着脑袋，但戈比还是没有找到。他们又重新开始找，直找到瓦夏把灯从格里沙手里夺过来挂回原处才算完。格里沙则摸着黑继续找。

那个戈比终于找到了。赌客们又围着桌子坐下来，准备继续玩。

“索尼亚睡着了！”阿廖沙宣布道。

索尼亚把一头鬈发的脑袋枕在胳臂上，睡得那样甜，那样熟，那样安详，仿佛一小时前就睡着了。她是当其他人在找戈比时，无意中睡着的。

“走，到妈妈床上睡去！”安尼娅把她扶出饭厅说，“走！”

大家一窝蜂地都去送她，这样那样地过了五分钟，妈妈的床上就出现了一个有趣的景象：索尼亚睡着了；阿廖沙在她旁边打鼾；格里莎和安尼娅也枕在他们的腿上睡着了；厨娘的儿子安德烈也在那儿就便躺下来。戈比在他们身边胡乱扔着，这些戈比要到下一次赌博时才会恢复吸引力。晚安！

发 现

公鸡扒开一个粪堆，

找到了一粒珍珠……①

——克雷洛夫

五品文官工程师巴赫罗姆金坐在写字台前，由于无事可干而心情烦闷。正好今天傍晚在朋友家的舞会上，他偶然碰见了二十至二十五年前他曾倾心过的一个女人。这位太太当时是一个绝色美人，要倾心于她就像要腻烦一个邻居那样容易。巴赫罗姆金记得特别清楚的是她那双天蓝色的大眼睛，眼底仿佛铺着柔和的天蓝色丝绒，还有那金黄而又带点栗色的浓发，就像田野里成熟的黑麦在雷雨来临前迎风翻着麦浪……当时那个美人是高不可攀的，她神情严峻，很少露出笑容，可是一旦笑一笑，"她便用笑容重新燃起已经熄灭的蜡烛……"可是现在，她却成了一个身体虚弱、两眼无神、牙齿发黄、唠唠叨叨的老太婆……唉！

"太可恶了！"巴赫罗姆金暗想，用铅笔在纸上信手画着，"任何恶毒的力量也无法像大自然那样把人糟蹋成这副样子。当年这个美人要是知道自己将来会变得这样难看，她准会吓死……"

巴赫罗姆金这样思考了很久，突然像被蜇了一下似的跳了起来……

"我主耶稣啊！"他惊叫道，"这是怎么回事？我居然会画画？！"

在他信笔涂抹的那张纸上，粗糙的线条和笔触竟构成了一个漂亮女人，而且恰恰是他曾倾心过的那个女人的头像。总的说来画得很蹩脚，但那慵懒而又严峻的目光、柔和的面部轮廓和浓发却画得很传神。

“怎么会有这样的怪事？”巴赫罗姆金继续惊讶地想，“我居然会画画！我活了五十二年，从不相信自己会有什么才能，而到了老年——感谢之至，万万没有想到——才能突然显露出来了！这不可能！”

巴赫罗姆金不相信自己，于是拿起铅笔在漂亮女人的头像旁边又画了一个老太婆的头像……如同画她年轻时一样，这个头像也画得很成功……

“太妙了！”他耸耸肩说，“见鬼，可真不错！怎么样？就是说，我是画家！就是说，我有天赋！过去我怎么不知道这一点呢？这可太奇怪了！”

即使巴赫罗姆金在旧背心里发现一笔钱，或是得到消息说他被擢升为四品文官，他也不会像现在突然发现自己有创造才能这样惊喜。他在写字台前折腾了整整一个小时，画着头像、树木、火灾、马匹……

“好极了！太棒了！”他赞叹道，“只要再学点技巧，就尽善尽美了。”

到书房来送晚餐的仆人使他不能继续画下去和自我赞叹了。他吃了一只松鸡，喝了两杯法国葡萄酒，晕晕糊糊地沉思起来……他想起五十二年来，他甚至一次也没有想到过自己会有什么才能。不错，他一生都爱好文艺。年轻时他参加过业余演出，玩过乐器，唱过歌，画过布景……后来，直到老年，他也没停止过读书，喜欢戏剧，爱抄录一些好诗……他很会说俏皮话，有口才，善于评论。天才显然是有一点，但被各种各样的日常事务湮没了……

“什么事都可能有，”巴赫罗姆金想，“也许我还会写诗、写小说呢！真的，如果我在年轻时，还为时不晚地发现了自己的才能，从而成了画家或是诗人，那会怎么样呢？啊？”

---

① 引自克雷洛夫寓言《公鸡和珍珠》。

于是他眼前浮现出一种与千百万普通人的生活截然不同的生活。这种生活与一般凡人的生活根本不能相提并论。

“人们不给他们官衔和勋章是正确的。”他想，“他们置身于各种官阶和勋章之外……而且，只有出类拔萃的人才能评判他们的活动……”

这时，巴赫罗姆金联想起很久很久以前的一件往事……他母亲是一个有点神经质的性情乖戾的女人，有一次他跟她一起在楼梯上碰见一个喝得醉醺醺的、模样不成体统的男人，她竟吻了吻这个男人的手。“妈妈，你为什么要这样做?”他惊讶地问。“这是个诗人!”她回答道。他认为母亲做得对……如果她去吻将军或是议员的手，那就会是奴颜婢膝，自我贬低，对一个有教养的人来说，再也想不出比这更糟的事了；可是吻诗人、画家或是作曲家的手，却是很自然的事……

“那是一种自由自在的生活，而不是俗人的生活……”巴赫罗姆金一面想一面往床前走去，“还有荣誉和名望呢?无论我的职位怎样迅速晋升，无论我爬到什么官品，我的名字仍然越不出这个蚂蚁窝……他们就完全不同了……诗人或是画家，不管他们是在安详地睡觉还是在酗酒，城镇和乡村里却在他们不知道的情况下朗诵他们的诗篇，或是欣赏他们的画作……不知道他们的名字会被认为是缺乏教养、无知……不体面……”

巴赫罗姆金浑身软得一点力气也没有了，于是在床上坐下来，向仆人点点头……仆人走过来，开始小心翼翼地替他一件又一件地脱衣服。

“唔，对……那是一种不平凡的生活……铁路总有一天会被人们遗忘，而菲迪亚斯①和荷马②却永远不会被遗忘……特列季亚科夫

---

① 菲迪亚斯，古希腊雕刻家。

② 荷马，古希腊诗人。

斯基[1]尽管并不高明，但他也不会被遗忘……哦……真冷！……如果我现在是画家，那会怎么样？我会有什么样的感觉？”

当仆人正替他脱下白天穿的衬衫，换上晚间穿的衬衫时，他在脑子里勾画出这样一幅图景……他，一个画家或是诗人，深夜里慢吞吞地往家走……有才能的人是没有马的，不管你愿意不愿意，你就步行吧……他可怜兮兮地走着，穿着褪成红褐色的大衣，可能连套鞋也没有……公寓的看门人在门口打盹儿，这个无礼的畜生把门打开，看也不看他一眼……诗人或画家的名字在公众中享有盛誉，但这一盛誉并未带给他什么好处：看门人不会变得礼貌一些，仆人不会变得亲切一些，家人不会变得宽容一些……名字享有盛誉，这个人本身却无人关心……疲惫不堪、饥肠辘辘的他终于走进自己那间又黑又闷的公寓房……他想吃点东西，喝点酒，可是，呜呼！既没有松鸡，也没有法国葡萄酒……他困极了，困得眼睛也睁不开，头也抬不起来了，但床铺是硬邦邦的，冰凉的，并带着旅店的气味儿……茶水得自己打，衣服得自己脱……光着脚在冰凉的地板上走来走去……最后他打着寒战入睡了，明白他既没有雪茄，也没有马匹……写字台中间的抽屉里没有安娜勋章和斯坦尼斯拉夫勋章，下面的抽屉里也没有支票簿……

巴赫罗姆金摇摇头，倒在弹簧褥子上，赶紧盖上羽绒被。

“去他的吧！”他在惬意地、美滋滋地昏昏入睡时想道，“去……去他……的吧……幸好我……在年轻时……没有发现才能……”

仆人灭了灯，踮着脚走了出去。

---

① 特列季亚科夫斯基，俄国 18 世纪诗人、语言学家。

最大的城市

库尔斯克省季姆市的居民至今记得这样一则满足了他们的虚荣心的传说。

有一次，鬼使神差地让一个英国记者来到季姆市。他是路过这里的。

“这是什么城市？”马车驶上大街时，他问车夫。

“季姆！”车夫回答，同时竭力绕过深深的水洼和沟壑。

英国人在等待马车夫把车从泥泞里赶出来时，斜靠在驭座上睡着了。当他一个钟头后醒来时，看见的是一个泥泞的广场，广场上有店铺，有猪，还有一个消防瞭望塔。

“这又是什么城市？”他问。

“季……季姆！嘿，该死的！”车夫一面回答一面跳下车，帮着马把车从一个坑里拖出来。

记者打了个呵欠，闭上眼睛，又睡着了。两个钟头后，被一阵剧烈的颠簸弄醒的记者揉揉眼睛，看见一条满是白色小房子的街道。车夫站在齐膝的泥泞里，抓住马的笼头，使出浑身力气把马往前拽，一边拽一边骂。

“这又是什么城市？”英国人看着这些房子问。

“季姆！”

过不久，这个记者在下榻的旅馆里写道：“俄国最大的城市不是莫斯科，也不是彼得堡，而是季姆。”

苦闷

向谁去诉说我的悲伤？……①

暮色已深。湿漉漉的鹅毛大雪懒洋洋地绕着刚刚点亮的路灯飞舞，在屋顶上，在马背上，在行人的肩头和帽子上积了一层软软的、薄薄的雪。车夫姚纳·波塔波夫像幽灵似的浑身雪白。他佝着身子，最大限度地佝着身子，一动不动地坐在雪橇的驭座上。看来，即使一个大雪堆落在他身上，他也不会把它抖掉……他那匹驽马也是浑身雪白，一动不动。它一动不动，全身瘦骨嶙峋，四条腿僵直得像是木棍——这一切使它看起来就像是马形蜜糖饼干。它很可能在想心事。无论谁，只要被迫离开了犁头，离开了已经看惯的平淡景色，而被投进这光怪陆离、嘈杂喧嚣、行人熙来攘往的漩涡中，都会心事重重……

姚纳和他那匹驽马已经一动不动地在那儿停了很久。他午饭前就从大车店出来了，一直没有开张。夜色渐渐笼罩了城市。路灯暗淡的光亮渐渐淹没在五光十色的街景里，忙乱的街上更加喧闹了。

“赶车的，去维堡区！”姚纳听见有人叫，“赶车的！”

姚纳打了个哆嗦，透过粘着雪花的睫毛看见一个穿着带风帽的军大衣的军人。

“去维堡区！”军人又说了一遍，“你是睡着了还是怎么的？去维堡区！”

姚纳拽拽马缰表示同意去，一层积雪随着这一拽从马背和他的肩上散落下来……军人坐上雪橇。车夫咂吧咂吧嘴，像天鹅似的伸长脖子，欠起身，与其说是由于需要，不如说是出于习惯地挥了一下马鞭。驽马也伸长脖子，弯起那木棍似的腿，犹犹豫豫地起步了……

“该死的，你往哪儿赶？”刚走几步，姚纳便听见从黑压压的来来往往的人流中传来呵斥声，“见鬼，你怎么胡乱闯？靠右走！”

“你连车也不会赶！靠右走！”军人生气了。

一辆轿式马车的车夫在骂他，一个横穿马路的行人肩膀碰到了那匹驽马的嘴筒子，恶狠狠地瞪了他一眼，并拍掉落在衣袖上的雪。姚纳像坐在针毡上似的在驭座上坐不安稳，胳膊肘往两边撇着，一个劲儿地转动眼珠，仿佛不明白他在什么地方，以及为什么在这个地方。

“这些人全是坏蛋！”军人讥讽地说，“他们或是故意来撞你，或是故意往马腿下钻。他们这是串通好了的。”

姚纳扭头看看乘客，嘴唇动了动……看来他有什么话想说，但除了从喉咙里发出一些咝咝声外，什么话也没有说出来。

“你说什么？”军人问。

姚纳露出一丝苦笑，从喉咙里挤出一句声音嘶哑的话：

“老爷，我的……我的儿子这个礼拜死了。”

“噢！……得什么病死的？”

---

① 引自宗教诗《约瑟夫的哭泣和往事》。

姚纳把整个身子都转向乘客说：

“谁知道呢！多半是热病……在医院里躺了三天就死了……这是上帝的意志。”

“靠边儿，鬼东西！”黑暗中有人叫道，“你是瞎了眼吗，老狗？用眼睛看着点！”

“走吧，走吧……”乘客说，“这样走我们明天也到不了。快一点！”

车夫重又伸长脖子，欠起身，用优美而沉重的动作挥起鞭子。后来他又好几次向乘客扭过头，乘客却闭上眼睛，显然不想听他讲了。把乘客送到维堡区后，他把雪橇停在一个小饭铺前，又在驭座上佝起身子一动不动了……湿漉漉的雪又把他和马渐渐染成白色。过了一小时，两小时……

人行道上走着三个年轻人：两个又高又瘦，一个又矮又驼背。他们骂骂咧咧地走着，套鞋在雪地上吧唧作响。

“赶车的，去警察桥！”驼背扯着破锣嗓子叫道，“三个人……给你二十戈比！”

姚纳拽拽马缰，咂咂嘴。二十戈比是不合算的，但他已没有心思去讲价钱。给一卢布也好，给五戈比也好，现在对他来说都一样，只要有乘客就行……年轻人推推搡搡、骂骂咧咧地走到雪橇旁，三个人全都往座位上爬。这就得先解决一个问题：哪两个人坐着，哪个人站着？通过久久的对骂、发脾气和相互斥责之后，作出了决定：驼背该站着，因为他个子最小。

“喂，走吧！”驼背在雪橇上站好后，用破锣般的嗓子说，冲着姚纳的后脑勺直喷气，“快一点！哟，瞧你这顶帽子，老兄！全彼得堡找不到比它更破的了……”

“嘿嘿……嘿嘿……”姚纳格格地笑着说，“有什么戴什么呗……”

“喂，‘有什么戴什么’，你赶得快一点吧！难道你要这样一直走到头么？是吗？要不要揍你一顿？”

“我的头痛得快裂开了……”一个高个子说，“昨天在杜克马索夫家我和瓦西卡两个人喝了四瓶白兰地。”

“我不明白有什么必要撒谎！”另一个高个子生气了，“像畜生那样撒谎。”

“要是撒谎，就让上帝惩罚我，是真的……”

“就像跳蚤会咳嗽是真的一样。”

“嘿嘿！”姚纳格格地笑，“老爷们可真逗！”

“呸，见你的鬼去吧！……”驼背生气地说，“老家伙，你到底走还是不走？有你这样赶车的吗？你用鞭子抽马呀！驾，鬼东西！驾！狠狠地抽它！”

姚纳能感觉到驼背的身子在他背后扭来扭去，破锣般的嗓子在颤动。他听着对他的诟骂，看着眼前的人，心里的孤独感渐渐消散了。驼背越骂越起劲，直到被那些别出心裁、极其下流的骂人话弄得喘不过气，突然剧烈地咳嗽起来才罢休。两个高个子讲起了某个娜杰日达·彼得罗芙娜。姚纳不时扭头看看他们。等他们的谈话暂时告一段落时，他再次扭过头，咕哝道：

“这个礼拜……我的……我的儿子死了！”

“咱们都会死……”咳嗽完的驼背擦着嘴唇叹息道，“喂，快一点，快一点！诸位，我简直无法这样走下去了！他什么时候才能把我们送到啊？”

“那你稍微给他提提神……照着脖子！”

“老家伙，听见了吗？我可要揍你了！……要同你们这帮人讲客气，就干脆别坐车！……你听见了吗，老家伙？也许你是把我们的话当耳边风？”

于是姚纳与其说是感觉到，不如说是听到自己的后脑勺挨了一个脖儿拐。

“嘿嘿……”他笑着说，“老爷们真逗……愿上帝保佑你们！”

“赶车的，你有老婆吗？”一个高个子问。

“我？嘿嘿嘿……老爷们真逗！我的老婆现在已是一堆黄

土……哈哈……就是说，入土了！这不，儿子也死了，我却活着……真是怪事，死神认错人了……本来该找我的，却找上了我儿子……”

于是姚纳回过头，想讲讲他的儿子是怎么死的，但这时驼背轻松地吁了一口气，宣布说：谢天谢地，他们终于到了。姚纳接过二十戈比，久久地望着这几个浪荡汉的背影，直到他们消失在黑糊糊的门洞里。他又是孤零零一个人了，对他来说周围又是一片静寂……刚平息不久的苦闷重又涌上心头，并比刚才更为强烈。姚纳用忧虑和痛苦的目光在街道两旁的行人中搜寻：在这成千上万的人当中，能找到一个人听他述说么？但人们急急忙忙，既没有注意到他，也没有注意到他的苦闷……苦闷是巨大的，无边无际的。如果能把姚纳的胸膛撕开，让苦闷倾泻出来，看来它能淹没整个世界，可尽管如此，它却是人们无法看得见。它竟能容纳在如此渺小，小得白天掌着灯也看不见的躯壳中……

姚纳看见一个手里拿着蒲包的院子看守人，便决定同他搭搭话。

“老兄，现在几点钟了？”他问。

“九点多……你停在这里干吗？快走！”

姚纳把雪橇往旁边赶了几步，弯下腰，又沉浸在苦闷中……他觉得，向人们述说已经没有用了。但没过五分钟他又挺直身子，晃晃脑袋，仿佛感到一种剧痛似的，他拽了拽马缰……他实在受不了啦。

“回大车店去。”他想，“回大车店去！”

驽马仿佛明白他的心思，小步跑了起来。一个半小时后，姚纳已坐在一个肮脏的大火炕边上。火炕上，地板上，椅子上，到处都响着鼾声。空气浑浊，闷热……姚纳望着熟睡的人，挠挠头，后悔回来得太早了……

“连买燕麦的钱也没挣出来。”他想，“所以才这样苦闷。一个人如果有本事，自己吃得饱，马也吃得饱，他便永远心安理得……”

屋角站起来一个年轻的马车夫，睡意蒙眬地清着喉咙，往水桶前走去。

“想喝水吗？”姚纳问。

“当然是想喝水！”

“唔……那就喝个痛快吧……而我，老弟，我儿子死了……听说了吗？这个礼拜在医院里死的……真不幸！”

姚纳想看看他的话会引起什么样的反应，却什么反应也没有看到。年轻人又蒙头大睡了。姚纳叹了口气，挠挠头……就像那个年轻人想喝水一样，他则想说话。儿子死了快一个礼拜了，他却还没有同任何人好好谈过这事……需要详详细细、不慌不忙地谈一谈……应当讲讲儿子是怎样得的病，多么痛苦，临死前说些什么话，怎样死的……需要描述一下下葬的情景和他去医院取儿子留下的衣服的情景。乡下只剩下女儿阿尼西娅……她的情况也要讲讲……他现在可以讲一讲的事还少吗？听的人则应当唉声叹气，替他哭泣……能同娘儿们谈谈就更好。她们虽然傻，但听上两句话就会大哭起来。

“去看看马吧。”姚纳想，“睡觉有的是时间……别担心，会睡个够的……”

他穿上衣服，来到他的马所在的那个马厩里。他想着燕麦、干草和天气……孤零零一个人时，他不敢想儿子……同别人谈谈他是可以的，但独自想他，想他的音容笑貌，他会痛苦得难以忍受。

“你在吃草吗？”姚纳问自己的马，看着它那光闪闪的眼睛。“哦，吃吧，吃吧……既然咱们没挣到买燕麦的钱，那就吃草吧……是啊……我赶车已经老了……该赶车的是儿子，而不是我……他是真正的车把式……要活着就好了……”

姚纳沉默了一会儿，又接着说：

“就是如此，我的马朋友……库兹马·姚纳不在了……他死了……说死就死了……比方说，现在你有一个小马驹，你是这个小马驹的亲娘……比方说，这个小马驹突然死了……你不是很难受吗？”

驽马嚼着草，听着，对着主人的手呼呼地出气……

姚纳深为感动，便把心里话都对它讲了……

骚乱

刚从贵族女子中学毕业的年轻姑娘玛申卡·帕夫列茨卡娅在库什金家里当家庭教师。这天她从外面散步回来，碰上一场非同小可的骚乱。给她开门的看门人米哈伊洛神情激动，脸红得跟大虾一样。

小楼上传来一阵叫嚷声。

“大概是女主人犯病了……”玛申卡想，“要不就是跟丈夫吵架了……”

她在前厅和走廊上碰见了几个侍女。一个侍女在哭。随后，玛申卡又看到男主人尼古拉·谢尔盖伊奇从她的房间里跑出来——男主人还不算老，但个子矮小、脸上皮肉松弛、头顶秃了一大块。他满脸通红，浑身发抖……他没有看到女家庭教师，径自从她旁边走过，举着双手叫道：

“啊，这太可怕了！多么鲁莽！多么愚蠢和野蛮！太卑鄙了！”

玛申卡走进自己的房间，生平第一次极其尖锐地体验到寄人篱下、听人摆布、靠权贵人家的面包生活的人非常熟悉的那种心情。

她的房间遭到了搜查。女主人费多西娅·瓦西里耶芙娜站在她的桌子旁，正把毛线球、碎布、碎纸等等放回她的针线口袋。这是一个体态丰满、肩膀宽阔的女人，没围头巾，颧骨突出，眉毛又浓又黑，长着隐约可见的唇髭，两手通红，外貌和举止很像是普通的村妇和厨娘。她显然对女家庭教师的出现感到意外，因为当她扭过头，看到女家庭教师那张苍白的、带着惊讶神情的脸时，她稍许有点窘迫，并支支吾吾地说：

"对不起，我……我不小心把它们弄撒了……袖子挂了一下……"

库什金夫人又说了一句什么话，便沙沙沙地拖着长裙走了。玛申卡用惊愕的目光把自己的房间扫视了一遍，不明白这是怎么回事，不知道该怎么想，只是耸耸肩，恐惧得浑身发凉……费多西娅·瓦西里耶芙娜在她的针线口袋里找什么呢？如果真的如她所说她是不小心让衣袖挂翻了口袋把东西弄撒了，那么，尼古拉·谢尔盖伊奇又为什么要满脸通红、神情激动地从她房间里跑出来呢？为什么桌子的一个抽屉被拉出来了一点呢？女家庭教师用来保存十戈比银币和旧邮票的贮钱盒也被打开了，打开后，尽管在锁上抓满指痕也没能锁上。书架、桌面、床铺——到处都留着刚刚被搜查过的痕迹。装衣物的筐子也是如此。里面的衣物虽然叠得整整齐齐，但不是玛申卡出门时的样子。就是说，搜查是认真的，非常认真，可这是为什么，目的何在呢？是出了什么事么？玛申卡想到看门人的激动，想到侍女的哭泣，想到还没有结束的骚乱，这一切同刚才对她房间的搜查有什么联系吗？难道她卷进了什么可怕的事？玛申卡脸色发白、全身发凉，她在筐子上坐了下来。

一个侍女来到房间里。

"丽莎，您知道为什么……搜查我吗？"她问侍女。

"太太丢了一个值两千卢布的胸针……"丽莎说。

"可是干吗要搜查我呢？"

"所有人都搜查了，小姐。把我全身都搜了一遍……把我们全都脱得光光的进行搜查……可我，小姐，上帝可以作证……别说拿她的胸针，连她的梳妆台也没有走近过。即使到警察局我也这么说。”

“可是……干吗要搜查我呢？”女家庭教师仍然困惑不解。

“我不是讲了吗，胸针丢了……太太亲自搜遍了所有的人。连看门人米哈伊洛也是她亲自搜查的。简直是丢脸！尼古拉·谢尔盖伊奇只能干瞪眼，像母鸡似的咯咯叫。不过，小姐，您不用担心。在您这里什么也没有找到！既然胸针不是您拿的，您就用不着害怕。”

“可是要知道，丽莎，这太卑鄙……太侮辱人了！”玛申卡愤怒得气喘吁吁地说，“要知道，这是无赖行径，是卑劣的行为！她有什么权利怀疑我，翻我的东西？”

“您是住在别人家里，小姐。”丽莎叹了口气，“尽管您也是位小姐，却仍然……同仆人差不多……这不是住在爸爸妈妈那儿……”

玛申卡倒在床上，放声痛哭起来。还从来没有人对她施加过这样的暴力，她还从来没有受到过这样严重的侮辱……她，一个受过良好教育的非常敏感的姑娘，教师的女儿，竟被怀疑偷了东西，像对待街头女郎那样对她横加搜查！看来，再也想象不出比这更严重的侮辱了。除了这种被侮辱感之外，她还感到非常恐惧：现在会发生什么事？脑子里出现了各种各样的荒谬想法。既然可以怀疑她偷了东西，那么也可以现在就把她抓起来，脱光她的衣服搜查，然后押着她穿过大街，把她关进又黑又冷、满是老鼠和潮虫的牢房里，就跟当年关押塔拉卡诺娃公主的牢房一样①。谁来为她辩护呢？父母住在外省，没有钱千里迢迢地来看她。而她在首都孤零零一个人，

① 塔拉卡诺娃（约1745—1775），自称是伊丽莎白女皇的女儿，欲觊觎王位，被叶卡捷琳娜二世监禁并死在牢房里。画家弗拉维茨基在其名画《塔拉卡诺娃公主》里描绘了她在牢房里的情景。

既没有亲戚，也没有朋友，就跟住在荒漠里一样。他们想怎样处置她就能怎样处置她。

“我要去找法官和辩护律师……”玛申卡想，全身都在哆嗦，“我要向他们说明，向他们发誓……他们一定会相信我不可能偷东西！”

玛申卡想起在衣物筐里的床单下面放着一些甜食，那是她在吃饭时藏在兜里带回房间的，这是她在贵族女子中学念书时养成的习惯。想到她这一小小的秘密已经被主人发现了，不禁臊得面红耳赤，由于这一切——又恐惧，又害臊，又感到委屈，她的心剧烈地跳动起来，连太阳穴、手和肚子里面都跳动不已。

“请您去吃饭！”仆人来叫她。

“去不去呢？”

玛申卡整整头发，用湿毛巾擦擦脸，到饭厅去了。那里已经开始吃饭……餐桌的一头坐着神情傲慢、呆板而严肃的费多西娅·瓦西里耶芙娜，另一头坐着尼古拉·谢尔盖伊奇。两边坐着客人和孩子。两个穿着燕尾服、戴着白手套的仆人在伺候大家吃饭。大家都知道家里出了事，女主人不高兴，所以都不作声。只能听见咀嚼声和汤勺碰着盘子的声音。

女主人首先打破沉默。

“第三道菜是什么？”她用懒洋洋的、痛苦的语调问仆人。

“俄式鲟鱼。”仆人回答。

“这道菜是我点的，费尼娅……”尼古拉·谢尔盖伊奇急忙说，“我想吃鱼。要是你不喜欢吃，亲爱的，就让他们别端上来了。我这是……随便点的……”

费多西娅不喜欢吃不是她点的菜，于是立即泪水盈眶。

“得了，别再激动了。”她的家庭医生马米科夫用甜蜜蜜的声音说，并同样甜蜜蜜地笑着轻轻碰碰她的手，“您的神经已经够紧张的了。忘掉胸针的事吧！健康比两千卢布更宝贵！”

“我不是心疼那两千卢布！”女主人答道，同时一大颗泪珠顺着

脸颊滚了下来，“让我生气的是事情本身！我不能容忍自己的家里有贼。我不心疼，我什么都舍得，但偷我的东西——这太忘恩负义了！这是对我以怨报德……”

大家都瞧着自己的盘子，但玛申卡觉得，在女主人讲了这番话之后，仿佛大家都瞧着她。喉咙突然哽住了，她哭了起来，于是赶紧用手绢捂住脸。

“对不起。”她咕哝道，“我不行了。头痛。我走了。”

她说罢从餐桌前站起来，笨拙地把椅子弄得砰砰响，于是越发感到尴尬，便快步走了出去。

“天知道这是怎么回事！”尼古拉·谢尔盖伊奇皱着眉头说，“根本没必要搜查她的房间！这确实……不合适。”

“我并没有说是她拿了胸针，”费多西娅·瓦西里耶芙娜说，“但你敢为她打保票吗？老实说，我对这些穷教师是不大信任的。”

“确实不合适，费尼娅……对不起，费尼娅，根据法律你没有任何权利搜查别人。”

“我不懂你们的法律。我只知道我的胸针丢了，就是如此。我一定要找到这枚胸针！”她用餐叉在盘子上一敲，眼睛里闪着怒火，“您吃您的饭，别管我的事！”

尼古拉·谢尔盖伊奇顺从地垂下眼睛，叹了口气。这时玛申卡已回到自己的房间，扑倒在床上。她已经不再感到恐惧，也不感到害臊了，只有一个强烈的愿望在折磨着她，那就是恨不得跑去扇那个冷酷、傲慢、愚蠢、幸福的女人一耳光。

她趴在床上，把脸埋在枕头里，幻想着现在就去买一枚最贵重的胸针，往那个恣意妄为的女人脸上一掷，那该有多么痛快啊！要是上帝保佑，让费多西娅·瓦西里耶芙娜破产，让她去沿街乞讨，明白贫穷和没有人身自由多么可怕，让曾被她侮辱的玛申卡给她一点施舍就好了！啊，要是她玛申卡能得到一大笔遗产，能买一辆轿式马车，乘着它轰隆隆地从她的窗口驶过，让她羡慕羡慕，那有多好！

但这一切都是幻想，现实生活中她玛申卡只剩下一条路可走，那就是赶快离开这里，不再多待一个小时。不错，失去工作，又回到一无所有的父母那里是可怕的，但有什么办法呢？玛申卡现在已不愿再看见女主人，不愿再看见自己这间小屋，她觉得这里令人感到窒息和可怕。费多西娅·瓦西里耶芙娜非常喜欢谈自己的病，喜欢装出一副贵族派头，这使玛申卡厌恶之至，仿佛就因为有这个女人，世界上的一切都变得粗俗和丑恶了。玛申卡跳下床，开始收拾行李。

“可以进来吗？”尼古拉·谢尔盖伊奇在门外问；他是轻手轻脚走到门前的，说话也很小声、柔和，“可以吗？”

“请进。”

他走进来，站在门边。他两眼无神，红鼻子锃亮。午饭后他喝了啤酒，这从他的步态和软弱无力的手也可以看出来。

“这是干什么？”他指着衣物筐问。

“我在收拾行李。对不起，尼古拉·谢尔盖伊奇，但我实在无法在您家待下去了。这种搜查深深地侮辱了我！”

“我理解……但您犯不着这样……何必呢？搜查了您，但这对您……又有什么损害呢？您又没有因此而受到什么损失。”

玛申卡不作声，继续收拾自己的行李。尼古拉·谢尔盖伊奇捻着小胡子，仿佛在考虑还应当说点什么，随即用讨好的语调说：

“当然，我是理解的，但应当宽容一些。您也知道，我妻子脾气不好，任性，对她不能太认真……”

玛申卡不作声。

“既然您感到委屈，”尼古拉·谢尔盖伊奇继续说，“那好吧，我愿意向您道歉。请原谅！”

玛申卡未做任何回答，只是在自己的箱子前把腰弯得更低了。这个面容憔悴、性格优柔寡断的人在这个家里毫无地位。他甚至在仆人眼里也是个可怜的食客和多余的人，所以他的道歉也是毫无意义的。

“唔……您怎么不说话？这还不够吗？那么，我就替妻子向您道歉吧。我以我妻子的名义……我以贵族的身份承认，她的行为不妥当……”

尼古拉·谢尔盖伊奇踱了几步，叹了口气，又继续说：

“这么说，您还要我这儿，喏，要我的心难受……您要让我受到良心的折磨……”

“我知道，尼古拉·谢尔盖伊奇，这不能怪您。”玛申卡用自己那双哭得红红的大眼睛直视着他的脸说，“您何必自寻烦恼呢？”

“当然……但您还是……还是别走吧……求求您。”

玛申卡断然地摇摇头。尼古拉·谢尔盖伊奇站在窗户旁，用手指头敲着玻璃。

“对我来说，这类误会简直是一种苦刑。”他说，“要我怎么样呢，要我跪下来求您么？您的自尊心受到了伤害，于是哭了，要离开这里，可是要知道，我也有自尊心，您就不管了。也许您是要我向您讲出我在上帝面前做忏悔时也不会讲出来的事么？是吗？您听我说，您是要我承认我甚至在做临终忏悔时也不会承认的事吗？”

玛申卡不作声。

“是我拿了我妻子的胸针！”尼古拉·谢尔盖伊奇飞快地说，“现在您满意了吧？心满意足了吧？是的，我……我拿了……不过，当然，我相信您的稳重……看在上帝的面上，不要对任何人讲，不要有半点暗示！”

又吃惊又害怕的玛申卡继续收拾行李；她抓起自己的衣服，揉成一团，胡乱地往皮箱和衣物筐里塞。现在，听到尼古拉·谢尔盖伊奇的坦白之后，她更是一分钟也待不下去了，甚至不明白她过去怎么能在这个家庭里生活。

“这没什么奇怪的……”尼古拉·谢尔盖伊奇沉默片刻后继续说，“很平常的事！我需要钱，可她……不给我。要知道，玛申卡·安德烈耶芙娜，这所房子和里面的一切都是我父亲挣下来的！要知道，这一切都是我的，连那枚胸针也是我母亲的……全是我的！但被她夺去了，她把所有的东西都霸占了……我没法同她打官司，这您也明白……我请您原谅，恳求您原谅，并……并留下来。理解一切，原谅一切。留下来好吗？”

“不行！”玛申卡断然地说，激动得哆嗦起来，“别留我了，求求您。”

“好吧，那就随您吧。”尼古拉·谢尔盖伊奇叹了口气，在皮箱旁的凳子上坐下来，“老实说，我喜欢那些还懂得委屈、蔑视之类感情的人。我愿意一辈子坐在这里看着您这气冲冲的面孔……就是说，您是不留下来了？我理解……只能如此……是的，当然……您倒是解脱了……可我现在这样……唉！……无法离开这个地牢半步。本想住到我家的某个庄园里去，但那里也到处是我妻子的爪牙……什么管家、农艺师，让他们见鬼去吧。他们把田产抵押了又抵押……于是鱼也不许钓，草也不许踩，树也不许弄断。”

“尼古拉·谢尔盖伊奇！”传来费多西娅·瓦西里耶芙娜在大厅里的叫唤声，“阿格尼娅，去把老爷叫来！”

“那么，您是不留下来了？”尼古拉·谢尔盖伊奇问，并立刻站起来，往屋门走去，“还是留下来好，真的。傍晚我也能到您这儿来坐坐……聊聊天。怎么样？留下来吧！您一走，整个家里便连一张人脸也看不到了。这太可怕了！”

尼古拉·谢尔盖伊奇那张苍白、憔悴的脸上带着恳求的神情，但玛申卡断然地摇摇头，于是他挥挥手，走了出去。

半小时后，她已经在路上了。

醉汉和清醒的魔鬼交谈

前任军需官、退休十品文官拉赫马托夫坐在家里的饭桌前，一面喝第十六杯酒，一面思考博爱、平等、自由。灯后突然出现一个正瞅着他的魔鬼……不过请别害怕，女读者。你们知道这个魔鬼是什么样吗？他是一个外貌挺好看的年轻人，脸黑得像靴子，一双表情生动的红眼睛。虽然他还没有结婚，头上却长着犄角[①]……蓄着卡普尔式发型[②]。身上长着绿毛，散发着狗的气味。脊背下面垂着一条尖端像箭似的尾巴……没有手指头，只有爪子，没有脚，只有蹄子。拉赫马托夫看见魔鬼后有点慌乱，但后来想起绿毛魔鬼有一种愚蠢的习惯——爱去看望带有酒意的人，便立刻放下心来。

"请问尊驾何许人也？"他问不速之客。

魔鬼尴尬地垂下眼睛。

"您别拘束。"拉赫马托夫接着说，"走近一点……我是没有偏见的人，您尽可以同我坦诚相见……讲心里话……您是什么人？"

魔鬼犹犹豫豫地走到拉赫马托夫面前，夹起尾巴，恭恭敬敬地鞠了一躬。

"我是鬼，或者叫魔鬼……"他自我介绍道，"我是地狱办公厅主任撒旦[③]大人先生的特派员！"

"听说过，听说过……认识您很高兴。请坐！要喝点伏特加吗？很高兴……您现在做什么工作呢？"

魔鬼更加尴尬了。

"老实说，我没有一定的工作……"他回答，一面窘迫地咳嗽，一面用《画谜》[④]杂志擤鼻涕，"我们以前确实是有工作的……

那就是引诱人……把他们从行善之路引向作恶之路……而现在，咱们私下讲讲吧，这个工作已经毫无意义了……行善之路已经不存在了，也就没有引诱的必要了。何况人已变得比我们更狡猾……当一个人在大学里掌握了各种学问，经历了种种磨练，您去引诱他试试！如果他无需我的帮助已经偷了上千的卢布，让我怎么去教他偷一卢布呢？”

“讲得对……不过，您总得干点什么事吧？”

“是的……我们原先的任务现在已有名无实，但我们仍然有事做……我们引诱女学监，怂恿年轻人写诗，挑动喝醉酒的商人打破镜子……对政治、文学、科学我们早已不介入了……这些方面我们一窍不通……我们当中有许多鬼常为《画谜》杂志撰稿，有的甚至离开地狱到人间来了……这些昔日的魔鬼到人间后同富商的女儿结了婚，现在日子过得挺好。他们当中有的当律师，有的办报纸，一般都是很能干和备受尊敬的人！”

“请原谅我提一个不礼貌的问题：您挣多少钱？”

“我们的情况同原先一样，先生……”魔鬼回答，“编制没有任何变化……住房、照明和取暖同原先一样由公家包了……薪金则没有，因为我们全被认为是编外人员，还因为魔鬼是一种荣誉职务……总之，坦率地讲，我们生活得不好，简直要讨饭了……幸亏人类教会了我们受贿，不然我们早就饿死了……我们全靠这种收入生活……既然有人愿为我们这些有罪者提供吃喝，那就……捞一把吧……撒旦老了，常去看楚姬的演出，他现在已顾不上听取我们的报告了……”

---

① 说某人“头上长犄角”，相当于我国说某人“戴绿帽子”。

② 一位名演员的发型，当时流行一时。

③ 撒旦，《圣经》故事中的魔鬼，经上帝许可对人进行考验，引诱人去犯罪。

④ 《画谜》，在彼得堡出版的一种谈论招魂术和心理学等问题的通俗科学周刊。

拉赫马托夫给魔鬼倒了一杯伏特加。魔鬼一杯酒下肚，谈得更起劲了。他讲了地狱的全部内幕，谈了自己的心里话；拉赫马托夫非常喜欢他，甚至留他在家里过夜。魔鬼睡在炉台上，整夜都在说梦话。快天亮时他不见了。

安纽塔

在“里斯本”公寓一个租金最低的房间里，医学院三年级学生斯捷潘·克洛奇科夫走来走去地用心背诵着他的医学课本。一刻也不停的紧张背诵弄得他口干舌燥，额头上沁出了汗珠。

与他同居的安纽塔坐在靠窗的一张凳子上，窗玻璃四周蒙着冰花。安纽塔是一个矮小瘦削的黑发女人，二十五岁左右，脸色非常苍白，一双灰眼睛带着温顺的神情。她弯着腰，正用红色的线在一件男用衬衫的领子上绣花。活儿很急……声音沙哑的挂钟在走廊里敲响了，已是下午两点，但房间还没有收拾。被子皱成一团，枕头、书本、衣服乱扔着，肮脏的大盆里装满洗过衣服的水，水面上漂着烟蒂，地板上堆着垃圾——仿佛一切都集中到了一起，被故意弄得凌乱不堪似的……

“右肺共有三叶……”克洛奇科夫背诵道，“分界！上叶在前胸位于第四至五根肋骨以上，在侧面位于第四根肋骨以上……在背部则在肩胛骨以上①……”

克洛奇科夫抬起眼睛望着天花板，竭力想象刚刚读到的东西。由于得不到明确的概念，他便隔着背心去摸自己的上部肋骨。

“这些肋骨就像是钢琴的琴键。”他说，“要防止弄错，就一定要把它们弄得很熟。不得不在骨骼标本和活人身上进行仔细的研究……喂，安纽塔，让我来确定一下位置！”

安纽塔便放下手里的刺绣活儿，脱掉上衣，挺直身子。克洛奇科夫在她对面坐下，皱起眉头，开始数她的肋骨。

“唔……第一根肋骨摸不到……它在锁骨后面……这应当是第二根肋骨……这是第三根……这是第四根……唔……对……你怎么缩着身子？”

“您的手指头冰凉！”

“得了，得了……死不了你，别扭来扭去……就是说，这是第三根，这是第四根……你看起来这样瘦，但肋骨却不太容易摸到。这是第二根……这是第三根……不行，这样容易弄混，得不到明确的概念……不得不画上。我的炭笔在哪儿？”

克洛奇科夫拿起炭笔，在安纽塔的胸脯上画了几条与肋骨相对应的平行线。

“太好了。这就了如指掌了……唔，现在还可以敲一敲。你站起来！”

安纽塔站起来，抬起下巴。克洛奇科夫便开始练习叩诊。他干得那样专心，竟没有发现安纽塔的嘴唇、鼻子和手指头都冻青了。她打着哆嗦，却又害怕这个大学生看到她在哆嗦，从而停止在她身上画线和敲打，将来考试时可能得不到好成绩。

“现在全清楚了。”克洛奇科夫说，并停止在她身上敲打。“你

① 原文为拉丁语。

就这样坐着，别擦去身上的炭笔线，我再背诵一下课文。”

大学生又走来走去地背诵起来。安纽塔就像文了身的人一样胸脯上画着一条条黑线，冻得蜷缩着身子，坐在那儿想心事。她一般很少说话，总是默默地想呀，想呀……

在六七年动荡不定的公寓生活中，像克洛奇科夫这样的大学生她已结识了五个。现在他们全都完成了学业，走进了社会，作为正派人，当然早已把她忘了。他们当中一个住在巴黎，两个当了医生，第四个是画家，第五个据说甚至当了教授。克洛奇科夫是第六个……不久这一个也将完成学业，走进社会。前途无疑是美好的，克洛奇科夫多半也会成为一个大人物，但眼下的情况却很不妙：克洛奇科夫已没有烟草，没有茶叶，糖也只剩下四块了。需要尽快把刺绣活做完给订户送去，用得到的二十五戈比去买茶叶和烟草。

“可以进来吗？”门外有人问。

安纽塔赶紧把一条毛围巾披在肩上。画家费季索夫走了进来。

“我有一件事求您。”他对克洛奇科夫说，两只眼睛从盖住前额的头发下像野兽似的往外张望，“请您帮个忙，把您那位漂亮的姑娘借给我两小时！我正在画一幅画，没有模特儿是绝对不行的！”

“哦，好的！”克洛奇科夫同意了，“去吧，安纽塔！”

“那种事我见得多了！”安纽塔低声嘟囔道。

“哎，得了！人家请你去是为了艺术，又不是为了什么无聊的事。既然你能帮这个忙，为什么不帮一帮呢？”

安纽塔便开始穿衣服。

“您在画什么？”克洛奇科夫问。

“画普赛克[①]。题材不错，但不知怎么总也画不好，不得不照着各种各样的模特儿画。昨天那个模特儿长着一双蓝色的腿。我问她，你的腿怎么是蓝色的？她说，因为长筒袜掉颜色。您总是在背书！您是一个幸福的人，有耐心。”

---

① 希腊神话中人类灵魂的化身，以少女的形象出现。

“医学这玩意儿，不死背是绝对不行的。”

“唔……恕我直言，克洛奇科夫，您过的简直是猪的生活！天知道您是怎么过的！”

“那要怎么过呢？我只能这样生活……老爷子每月只给我十二卢布，靠这点钱无法过像样的生活。”

“是倒是这样……”画家说，并厌恶地皱起眉头，“但仍然可以过得好一点……一个有教养的人一定得是个美学家。对吗？可是天知道您这里是怎么回事！床没收拾，污水、垃圾……盘子里剩着昨天的粥……啧啧！”

“讲得对，”大学生尴尬地说，“但安纽塔今天没有时间收拾。她一直很忙。”

画家和安纽塔走后，克洛奇科夫在长沙发上躺下来，开始躺着背书，后来不知不觉地睡着了。一小时后他醒来，用拳头托着脑袋，忧郁地沉思起来。他想起画家说的有教养的人一定得是个美学家，觉得他现在的状况确实令人厌恶、讨嫌。他仿佛用智慧之眼看到了自己的未来：他在自己的书房里接待病人，在宽敞的饭厅里喝茶，身边的妻子是个正派女人，于是眼前这个漂浮着烟蒂的污水盆便显得难看到了不可思议的程度。安纽塔也显得那样丑陋、邋遢和寒酸……于是他下定决心同她分手，马上分手，不惜任何代价。

当她从画家那里回来，正在脱大衣时，他站起来郑重地对她说：

“我有话对你说，亲爱的……你坐下来听我讲。我们得分手了！一句话，我不愿再同你一起生活了。”

安纽塔从画家那里回来时已经精疲力竭。由于久久地摆着姿势站着不动，她的脸变得消瘦憔悴了，下巴也变尖了。对大学生的话她未作任何回答，只是嘴唇哆嗦起来。

“你得承认，反正我们迟早得分手。”大学生说，“你心眼儿好，善良，人也不笨，你会明白的……”

安纽塔又重新穿上大衣，默默地把刺绣活用纸包起来，收拾好针线，在窗台上找到包着四块糖的纸包，把它放在桌子上的书本旁。

“这是您的……糖……”她低声说，并扭过头去，以掩饰自己的眼泪。

“哎，你哭什么？”克洛奇科夫问。

他在屋里不安地踱了几步，说：

“你是一个奇怪的女人，真的……你自己明明知道我们必须分手。我们总不能一辈子在一起啊！”

她已经拿起自己所有的小包袱，已经转过身来准备同他告别，这时他可怜起她来。

“是不是让她在这里再住一个礼拜？”他想，“真的，就让她再住几天，一个礼拜后再叫她走。”

他为自己的性格软弱而感到懊恼，于是冲她厉声叫道：

“嘿，你站着干什么？要走就走，不愿走就把大衣脱了，留下来！你留下来吧！”

安纽塔默默地、轻轻地脱掉大衣，又同样轻轻地擤擤鼻涕，舒了一口气，不声不响地朝自己惯常待的地方——靠窗的凳子——走去。

大学生拿起教科书，又开始在屋里走来走去。

“右肺共有三叶……”他背诵道，“上叶在前胸位于第四至五根肋骨以上……”

走廊上有人扯着嗓子大声叫道：

“格里戈里，茶炊！”

演员之死

专演气度高贵的老爷子和忠厚长者的演员希普措夫是个高大、结实的老人，与其说他是以自己的表演才能，不如说是以他那非凡的体力著称。这一天在演出时，他竟同剧院老板“破口大骂”起来，而在骂得最起劲的时候，他突然感到胸口里有什么东西破裂了。剧院老板茹科夫每次在热烈的消除误会的谈话之后总要歇斯底里地哈哈大笑并晕倒在地，但这一次希普措夫没去等这样的结局便急匆匆地回家了。骂架和胸口里的破裂感使他非常激动，以至在离开剧院时竟忘记洗掉脸上的油彩，而只是扯掉了假胡子。

希普措夫回到旅馆，在自己的房间里从这个屋角到那个屋角来来回回地踱了很久，然后坐在床上，用拳头托住头，陷入了沉思。他一动不动，一声不响，就这样一直坐到第二天下午两点，直到喜剧演员西加耶夫走进他的房间。

“你这是怎么啦，米沙·伊万诺维奇，为什么没来排戏？”喜剧演员竭力抑制住喘息冲他嚷道，弄得满屋都是酒气，“你上哪儿去了？”

希普措夫没有回答，只是用浑浊的、四周还抹着油彩的眼睛瞪了他一眼。

“你至少也该把这副嘴脸洗一洗呀！”西加耶夫继续说，“看着都替你害臊！你是酒喝多了还是……还是病了？你怎么不作声？我问你，你是病了吗？”

希普措夫不吭声。尽管他脸上抹着油彩，但喜剧演员仔细瞧了瞧，仍然看出来他的脸极其苍白并在冒汗，嘴唇在颤抖，手脚也在颤抖。而且这个忠厚的傻大个整个高大的身躯仿佛被摧垮了，压扁了。喜剧演员飞快地把屋子扫视了一遍，但既未看见大酒瓶或小酒瓶，也没看见其他什么可疑的盛酒用具。

“你知道吗，米沙，你病了！”他不安地说，“真的，你病了！你的脸色很难看！”

希普措夫忧郁地望着他不说话。

“你这是感冒了！”西加耶夫抓住他的手说，“你的手好烫！你哪儿不舒服？”

“我……我想回家。”希普措夫喃喃地说。

“你现在不是在家里吗？”

“不……我要回维亚济马[①]……”

“唉，你怎么想到那里去！三年也走不到你的维亚济马……怎么，想去看爸爸妈妈么？他们早烂掉了，恐怕连坟墓也找不到了……”

“那里是我出……出生的地方……”

“嘿，犯不着，犯不着这样伤感。老兄，这种变态心理最糟不过了……快点把病治好，你明天还得在《谢列布良内公爵》[②]一剧里扮演米季卡呢。要知道，这个角色没有别的人能演。你喝点什么热东西，再服点蓖麻油吧。你有买蓖麻油的钱吗？要不等一等，我去买。”

喜剧演员摸摸自己的口袋，找到一枚十五戈比的硬币，便到药店去了。一刻钟后他跑了回来。

“给，喝吧！”他把药瓶递到气度高贵的老爷子嘴边说，“直接对着瓶口喝……一口气喝完！好，就这样……给，现在吃点丁香，免得被这种难喝的玩意儿弄得恶心。”

喜剧演员在病人屋里又坐了一会儿，然后亲切地吻了他一下，

---

① 俄国西部城市，在斯摩棱斯克省。

② 根据阿·康·托尔斯泰（1817—1875）的同名小说改编的话剧。

走了。傍晚，专演年轻情人的布拉马-格林斯基跑来了。这个很有才华的演员穿着缎纹面半筒靴，左手戴着手套，叼着雪茄，身上甚至散发着香水味儿，可尽管如此，仍然非常像一个来到了没有澡堂、没有洗衣房、没有裁缝店的国度里的旅游者……

“听说你病了，是吗？”他以脚后跟为轴心把身子一转，对希普措夫说，“你怎么啦？真的，你怎么啦？……”

希普措夫不作声，一动不动。

“你怎么不说话？是头晕吗？好吧，我不缠着你……不说话就不说话吧……”

布拉马-格林斯基（这是他在剧院里用的姓，身份证上的姓是古斯科夫）走到窗前，把两手插在兜里，开始眺望窗外的景色。眼前展现出一大片荒地，荒地四周环绕着灰色围墙，沿墙长着密密实实的头年生的牛蒡。荒地后面黑糊糊地矗立着一座窗户已经钉死的废弃的工厂。一只迟归的寒鸦正绕着工厂的烟囱盘旋。整个这幅枯燥无味、没有生气的图画已开始蒙上淡淡的暮霭。

“应当回家！”年轻情人听见了说话声。

“回什么家？”

“回维亚济马……回故乡……”

“老兄，这儿离维亚济马一千五百俄里……”布拉马-格林斯基敲着窗玻璃叹息道，“你干吗要回维亚济马呢？”

“我要死在那里……”

“别胡思乱想了！死……这辈子头一次生病，就以为死期到了……不，老兄，像你这样结实得像头牛的人，任凭什么传染病也奈何你不得。你能活一百岁……你哪儿不舒服？”

“没有哪儿不舒服，可是我……我感觉到……”

“你什么也没有感觉到……一切都是因为你过于结实了。你的体力在闹腾。你现在该好好喝一通酒，喝得全身上下都沸腾起来。狂饮能使人精神焕发……你记得你在罗斯托夫是怎样狂饮的吗？天哪，想起来都可怕！我同萨什卡两个人都很费劲才抬来的一桶葡萄酒，你一个人便把它喝光了，后来又打发人去买罗姆酒……你醉得用口袋去捉魔鬼，把路灯柱连根拔起。你记得吗？那时你还去打过希腊人……”

在这些愉快回忆的影响下，希普措夫的面容变得明朗一些了，眼睛也闪烁起来。

“你呢，你记得我是怎样揍剧院老板萨沃伊金的吗？”他抬起头喃喃地说，“其实有什么可说的！我这一生揍过三十三个剧院老板，至于揍过多少下层社会的人，那就记不清了。我揍的都是什么样的剧院老板啊！是那些谁也不敢惹的老板！我还揍过两个作家，一个画家！”

“你为什么哭呢？”

“在赫尔松，我用拳头打死过一匹马。在塔甘罗格时，一天夜里遭到流氓的袭击，他们一共十五个人。我把他们的帽子全摘了，他们跟在我后面央求道：‘大叔，把帽子还给我们吧！’事情真是这样的！”

“你为什么哭呢，傻瓜？”

“可现在全完了……我感觉到了。我得去维亚济马！”

两个人都不作声了。沉默一阵后，希普措夫突然跳起来，抓起帽子，样子显得很伤心。

“再见！我这就到维亚济马去！”他说，身子摇摇晃晃。

“路费呢？”

“唔！……我步行去！”

“你疯了……”

两个人互相看了一眼，大概因为刹那间两个人都想到了一望无际的旷野、无穷无尽的森林、沼泽。

“不，我看你是疯了！”年轻情人断言道，“这样吧，老兄……你先躺下，然后喝点白兰地和茶，发发汗。当然，还要喝点蓖麻油。别忙，该到哪里去弄白兰地呢？”

布拉马-格林斯基想了想，决定去找女商人齐特林尼科娃，说服她答应赊账，这个婆娘出于怜悯，说不定会赊给的！年轻情人出去了，半小时后拿着白兰地和蓖麻油赶了回来。希普措夫仍然一动不动地坐在床上，默默地望着地板。他像机器人那样无意识地喝了递给他的蓖麻油，然后又像机器人那样坐到桌子前喝白兰地和茶。他机械地把一瓶白兰地喝光后，又听凭同事把他扶到床上躺下。年轻情人给他盖上被子和大衣，建议他发发汗，就走了。

夜深了。尽管喝了那么多白兰地，希普措夫还是睡不着。他在被子底下一动不动地躺着，眼睛望着黑糊糊的天花板，后来他看见从窗户射进来的月光，便不再去看天花板，而掉过眼睛去看地球的旅伴，就这样睁着眼睛一直躺到天明。早上九点钟，剧院老板茹科夫跑来了。

"您这是干吗，亲爱的，想生病？"他皱着鼻子咋咋呼呼地说，"哎呀呀！您这样的身体难道会生病？丢脸呀，丢脸！您知道吗，我可吓坏了！我想：莫非我们的谈话对他起了不良影响？亲爱的，但愿您不是因为我而生病的！要知道，当时您对我也……再说，这是同事之间免不了的。当时您也骂我……甚至还冲我挥舞拳头。可我喜欢您！真的，我喜欢您！我尊敬您，喜欢您！喏，您倒说说，亲爱的，我为什么这样喜欢您？我同您非亲非故，也不是您老婆，可我一听说您偶染小疾，就像谁捅了我一刀似的。"

茹科夫喋喋不休地表白自己如何喜欢他，后来又凑过去吻他，最后竟大动感情，歇斯底里地哈哈大笑起来，甚至想晕倒在地，但可能是醒悟到这不是在他家里，也不是在剧院，于是便把晕倒的时刻往后推，等有了较为合适的机会再说，然后便走了。

他走后不久，悲剧演员阿达巴舍夫来了。这是一个缺乏生气、眼睛近视、说话带鼻音的人……他久久地看着希普措夫，久久地思索，随后突然宣布自己的发现说：

"你猜怎么着，米法？"他说，由于鼻音太重而把"米沙"说成"米法"，并带着一种神秘的表情，"你猜怎么着？！你需要喝蓖麻油！！"

希普措夫不作声。当悲剧演员往他嘴里倒难喝的蓖麻油时，他也不作声。阿达巴舍夫走后约莫两小时，剧院理发师叶夫兰皮，或者叫做利果莱托[1]——不知为什么演员们都这样叫他，也来到旅馆房间里。他同悲剧演员一样，也久久地看着希普措夫，像火车头放气似的高声叹了口气，然后慢条斯理、不慌不忙地解开他带来的包袱。包袱里有二十来个拔血罐和几个小药瓶。

“您要打发人来找我的话，我早就来给您拔罐子了！”他解开希普措夫胸前的衣服，亲切地说，“病是很容易耽误的！”

接着，利果莱托便用手掌抚摩抚摩气度高贵的老爷子那宽阔的胸膛，并在上面盖满拔血罐。

“是啊……”做完这种手术后，他一面把那些被希普措夫的血染红的工具包起来，一面说，“您要打发人来找我的话，我早就来了……至于钱，您不用担心……我是出于对您的怜惜……既然那个蠢货不肯开支，您上哪儿弄钱去？喏，现在您把这个药水喝了，这药水挺好喝！现在再把蓖麻油喝了。这是最纯正的蓖麻油。好，就这样！祝您早日康复！好，现在再见……”

利果莱托拿起自己的包袱，为他帮助了别人而心满意足地走了。第二天早晨喜剧演员西加耶夫又来看望希普措夫，发现他的情况非常糟糕。他躺在大衣下面喘着粗气，用游移不定的目光望着天花板，两只手痉挛地揉着已被揉成一团的被子。

“我要到维亚济马去！”他看见喜剧演员时，低声咕哝道，“到维亚济马去！”

“老兄，我可不喜欢你这样！”喜剧演员把两手一摊说，“这这……这……老兄，这可不好！恕我直言……这甚至是，老兄，是愚蠢……”

“应当到维亚济马去！真的，到维亚济马去！”

“我没……没想到你会这样！”彻底慌乱了的喜剧演员埋怨道，

① 威尔第著名歌剧《弄臣》的男主角，一个正直的宫廷小丑。

"见鬼！你干吗哭哭啼啼！唉……唉……这不好！老大的个子，同瞭望塔一般高，还哭。难道一个当演员的可以哭吗？"

"既没老婆，也没孩子。"希普措夫喃喃地说，"我不该当演员，而该在维亚济马生活！我这一生完了，谢苗！啊，回维亚济马去吧！"

"唉……唉……这不好！这是愚蠢……甚至是可耻！"

西加耶夫镇静下来，让自己的心情恢复常态后，便开始安慰希普措夫，骗他说同事们决定共同出钱让他去克里米亚疗养等等，但希普措夫不听他的，仍然叨念着维亚济马……最后，喜剧演员为了安抚病人，只好把手一挥，自己讲起了维亚济马。

"那是个好城市！"他说，"一个非常好的城市，老兄！蜜糖饼干闻名遐迩。那里的蜜糖饼干是正宗的，不过，咱们私下讲讲……其实不怎么样。我吃了以后整整一个礼拜都……要说那个地方好，那就是商人不错。所有的商人都有商人的样。如果他们要请你吃饭，那可是真请！"

喜剧演员讲个不停，希普措夫则默默地听着，赞许地点着头。

傍晚，他死了。

安魂祈祷

在上坝村奥季吉特里耶夫斯卡娅圣母教堂里，弥撒刚刚结束。人们走动起来，往教堂外涌去。只有上坝村的知识分子和老住户——小铺老板安德烈·安德烈伊奇，没有动弹。他把胳膊肘支在唱诗班座位右边的栏杆上等着。在他那刮得光光的、胖胖的、因患过丘疹而凹凸不平的脸上带着两种截然相反的神情：对不可知的命运表现出的温顺，对从他身边走过的穿着粗呢大衣、围着各色头巾的人表现出的冷漠和傲慢。由于是礼拜天，所以他穿得很讲究。他穿着带黄色骨质纽扣的呢大衣，蓝色的长裤没有塞到靴筒里，脚上穿着一双结实的套鞋，这样蠢笨的大套鞋只有那些精明强干、笃信宗教的人才会穿。

他那胖得只剩一道缝的眼睛懒洋洋地望着圣像壁。他看着早已非常熟悉的圣徒们的面孔，看着正鼓起腮帮吹灭一支支蜡烛的教堂看守人马特维，看着发黑的烛台和破旧的地毯，看着飞快地从圣堂里跑出来，给长老送圣饼去的教堂执事洛普霍夫……这一切他已看过无数遍了，就像对自己的十根手指头那样熟悉……只有一点十分奇怪和不寻常：还没有脱去法衣的格里戈里神甫站在圣堂门口，正气呼呼地皱起自己的浓眉。

“祝他身体健康，他这是在向谁皱眉头？”小铺老板想，“啊，他还勾着食指招呼谁过去！还在跺脚，真奇怪……圣母啊，这是怎么回事？他这是冲着谁的？”

安德烈·安德烈伊奇环顾四周，看到教堂里已空无一人。门口倒是聚着十来个人，但那些人是背对着圣堂的。

“叫你过来，你就过来！干吗像雕像似的一动不动？”他听见格里戈里神甫气呼呼地说，“我这是叫你呢！”

小铺老板看见格里戈里神甫那张涨得通红的怒气冲冲的脸，才想到神甫皱眉和勾动食指可能是冲着他的。他全身哆嗦着离开唱诗班座位的栏杆，把结实的套鞋踩得咯吱作响，迟迟疑疑地朝圣堂走去。

“安德烈·安德烈伊奇，是你请求为玛利亚的亡灵做安魂祈祷吧？”神甫气冲冲地抬起眼睛望着他那满是汗珠的脸问。

“是的。”

“那么，这是你写的？你？”

神甫气冲冲地把一张字条伸到他的眼睛前。在安德烈·安德烈伊奇交去的请求做安魂祈祷并献圣饼的字条上，用粗大的、仿佛在摇晃的字体写着：

“请为上帝的奴仆和淫妇玛利亚做安魂祈祷。”

“是的……是我写的……”小铺老板回答。

“你怎么敢这样写？”神甫拖长声音说，沙哑的声音里带着愤怒和恐惧。

小铺老板茫然不解地看着神甫，既困惑，又害怕：格里戈里神甫还从来没有用过这种口气同上坝村的知识分子说话！两个人都沉默了片刻，互相瞧着对方的眼睛。小铺老板是如此困惑，竟使得那张胖脸像稀面团似的往四下里摊开了。

“你怎么敢？”神甫又说了一遍。

“什……什么？”安德烈·安德烈伊奇不解地问。

“你不明白？”格里戈里神甫小声说，惊讶得往后退了一步并把两手一拍，“你的肩膀上长着什么，是脑袋还是别的什么玩意儿？你给祭坛送字条，可上面那个词即使在大街上说出来也是不成体统的！你干吗瞪着眼睛？难道你不知道这个词的含义吗？”

“您是指淫妇这个词吗，神甫？”小铺老板红着脸，眨巴着眼睛嘟囔道，“可是，上帝出于仁慈也……也宽恕过淫妇①……给她出

① 耶稣宽恕淫妇的故事见《圣经·新约·约翰福音》第八章。

路，再说，从埃及的圣马利亚的传记中也可以看到这个词的含义，对不起……”

小铺老板想再找点理由来为自己辩护，但他的思想乱了，于是便用衣袖擦擦嘴。

“原来你是这样理解的！”格里戈里神甫惊讶地把两手一拍。“可是要知道，上帝是宽恕，明白吗，宽恕？而你是在谴责，辱骂，用肮脏的词称呼这个人，何况这个人是谁啊！是你已故的亲生女儿！慢说在圣书里，即使在世俗的书里也见不到这样的罪过！我再对你讲一遍，安德烈：不要自作聪明！是的，老兄，不要自作聪明！如果上帝给了你查究的智慧，而你又驾驭不了它，那最好就别追根究底……别追根究底，别吭声！”

“可是要知道，她……对不起，她当过演员！”大吃一惊的安德烈·安德烈伊奇说。

“演员！不管她当过什么，她死后你都应当忘掉，写在字条上就更不应当了！”

“这话对……”小铺老板表示同意。

“真该给你以宗教的惩罚，”神甫在圣堂深处轻蔑地看着安德烈·安德烈伊奇那张窘态毕露的脸，用男低音嗓子说，“这样你就不会再自作聪明了！你女儿是个著名的演员。甚至报上都登过她去世的消息……你这个哲学家呀！”

“那个词，当然……确实……”小铺老板喃喃地说，“不合适，但是，格里戈里神甫，我不是要谴责她，而是想按宗教方式……让您更清楚是在为什么人祈祷。平常人们在亡灵册里都写上各种各样的身份，比如：婴儿约安、溺死者佩拉格娅、军人叶戈尔、被杀害者帕韦尔等等。我也是想这样做。”

“没道理，安德烈！上帝会宽恕你，但下次要当心。主要的是别自作聪明，思想方法要同大家一样。你鞠十次躬就走吧。”

“遵命。”小铺老板说，为训诫已经结束而感到高兴，脸上重又露出傲慢和矜持的神情，“鞠十次躬？很好，我明白。不过，神甫，现在请允许我求您一件事……您知道，我毕竟是她的父亲，而她不管怎么样，也毕竟是我的女儿，所以我，这个……对不起，我想请您今天为她做一次安魂祈祷。请允许我向您提出这个请求，助祭神甫！”

“这很好！”格里戈里神甫脱去法衣说，“我赞赏你这样做。可以同意……好，你去吧！我们这就出来。”

安德烈·安德烈伊奇迈着稳重的步履从圣堂前走开，红着脸，带着做祈祷的庄严神情停在教堂中央。教堂看守人在他面前放了一张小桌，过不多久，安魂祈祷便开始了。

教堂里一片静寂。只能听见摇动手提香炉的声音和拖长声音的圣歌声……安德烈·安德烈伊奇旁边站着教堂看守人马特维、接生婆马卡里耶芙娜和她的小儿子——两手肌肉萎缩的米季卡。此外就没有别人了。助祭用难听而喑哑的男低音唱着，虽然唱得很糟，但曲调和歌词都很凄凉，使得小铺老板渐渐失去矜持的神情，沉浸在忧伤的回忆中。他想起自己的玛利亚……他记得她降生时他还在上坝村的地主家当仆人。由于成天忙于仆人的工作，他竟没有注意他的女儿是怎样长大的。一天又一天，她渐渐出落成一个有着淡黄色头发和一双若有所思的大眼睛的风姿优美的姑娘，但这段漫长的时间他是在不知不觉中度过的。同所有宠仆的孩子一样，她是在良好的环境中，在小姐们身边受的教育。老爷们由于无事可干，便教她读书、写字、跳舞，他对她的教育从不过问。只是有时在大门旁或是在楼梯口偶然碰见她时，他才想起她是他的女儿，得闲时便教她祈祷，给她讲《创世记》①。啊，还在那个时候他便以熟悉宗教礼仪和《圣经》闻名了！无论父亲的神情多么阴沉和庄严，小姑娘仍然乐意听他讲。尽管她跟着父亲复诵祈祷文时打着呵欠，但当他结结巴巴地、尽可能生动地给她讲述创世记时，她却全神贯注地听了起

---

① 《圣经·旧约》的第一部分。

来。当听到以扫的红豆汤[1]、所多玛受到的惩罚[2]和小男孩约瑟的灾难[3]时，她总是脸色发白，把一双浅蓝色的眼睛睁得大大的。

后来，当他不再当仆人，而用积攒的钱在村里开了一个小铺时，玛利亚却跟着老爷们到莫斯科去了……

她去世的三年前回来看过父亲一次。他几乎不认识她了。她成了一个苗条的年轻女人，带着贵妇人的风度。她讲话文雅，就跟背书似的，还吸烟，每天睡到中午才起床。当安德烈·安德烈伊奇问她在干什么工作时，她勇敢地直视着他的眼睛说："我是演员！"这种坦率在昔日的仆人眼里简直是恬不知耻。玛利亚开始夸耀自己的成就和演员生活，但当发现父亲涨红了脸并无可奈何地把两手一摊时，便不作声了。他们就这样默默地、谁也不看谁地度过了两个礼拜，直到她离开。临走之前，她请求父亲同她一起去河边散散步。无论他多么害怕大白天当着所有正派人的面同自己的演员女儿一起散步，他还是答应了她的请求……

"你们这地方真好！"她一面走一面赞叹，"多么美妙的沟壑和沼泽！上帝啊，我的家乡多么好啊！"

她哭了起来。

"这地方只是一片荒土……"安德烈·安德烈伊奇茫然地望着那些沟壑，不明白女儿为什么赞叹。"要它们带来什么好处，就像要公羊下奶一样……"

她却哭啊，哭啊，用整个胸脯贪婪地呼吸着，仿佛预感到她已不会呼吸得太久了……

安德烈·安德烈伊奇就像马轰赶蚊子似的甩甩头，为了摆脱沉重的回忆，他开始迅速地画十字……

---

① 《圣经》故事：以扫打猎回来饿极了，为了吃到弟弟雅各熬的红豆汤和饼，将自己长子的权利让给了雅各。

② 《圣经》故事：所多玛为约旦河谷的古城，因居民作恶太多，被神毁灭。

③ 《圣经》故事：雅各的儿子约瑟因遭兄弟们的嫉妒，被卖到埃及去了。

“主啊，”他喃喃地说，“让你死去的奴仆和淫妇玛利亚安息吧，宽恕她有意无意造的罪孽……”不成体统的词又从他的嘴里迸了出来，但他没有觉察到，因为，凡是已在思想意识里扎下根的东西，别说是格里戈里神甫的训诫，即使是用钳子也拔不出来！接生婆马卡里耶芙娜叹着气，一面喘息一面说着什么，两手肌肉萎缩的米季卡则在想什么事……

“……那里没有疾病、悲伤、埋怨……”助祭用手掩住右脸，用男低音唱着。

一缕淡蓝色的烟雾从手提香炉里冉冉升起，飘浮在斜射进阴暗、空旷、毫无生气的教堂里的一道宽阔的阳光带中。那已故女人的灵魂仿佛也同烟雾一起在光带中飘游。像婴儿的鬈发似的缕缕烟雾盘旋着往上面的窗口飘去，仿佛想躲开那个可怜灵魂的满腔忧伤和哀痛。

愚蠢的法国人

金茨兄弟马戏团的丑角，法国人亨利·普尔库阿走进莫斯科的特斯托夫餐厅吃早饭。

“给我来一客浓肉汤！”他吩咐跑堂。

“请问是要加鸡蛋的还是不加鸡蛋的？”

“不加，加鸡蛋吃了太饱……来两三片烤面包吧……”

在等浓肉汤时，普尔库阿开始观察餐厅的情况。首先映入眼帘的是邻座一位胖胖的、仪表堂堂的先生，他正准备吃煎饼①。

“俄国餐厅里给的食物量真多！”法国人瞧着邻座往饼上浇热油，心里想，“五张煎饼！难道一个人能吃下这么多面食吗？”

邻座这时又往饼上抹了鱼子酱，然后把它们切成两半，不到五分钟便全吃下去了。

“来人！”他扭头唤跑堂的，“再送一客来！你们这里一客怎么这样少？一次送十张或是十五张来！再来点干鲟鱼或鲑鱼什么的！”

“奇怪……”普尔库阿一面观察邻座一面想，“他已经吃了五张饼，还要吃！不过，这种现象也不足为奇……在布列塔尼②我的一个舅舅弗朗索瓦，他同别人打赌，一口气喝了两盘汤，吃了五个羊肉饼……据说还有一种病，也是吃得很多……”

跑堂在他的邻座面前放了一大堆煎饼，还端来一盘干鲟鱼和一盘鲑鱼。仪表堂堂的先生喝了一杯伏特加，吃了点鲑鱼，又开始吃煎饼。令普尔库阿大惑不解的是他吃得那样急，几乎嚼也不嚼，像个饿汉似的……

“他显然有病……”法国人想，“难道这个怪人想把那一大堆煎饼全吃下去吗？他最多再吃三张，胃就已经塞满了，而那一大堆饼他都得付钱！”

“再来点鱼子酱！”邻座用餐巾擦着油腻腻的嘴叫道，“别忘了嫩葱！”

“可是……那一大堆饼已被吃掉一半了！”法国人大吃一惊，“我的上帝，他把一盘鲑鱼也吃光了！这甚至是不正常的……难道一个人的胃能撑那么大吗？不可能！胃无论怎样撑也不可能撑得比肚子还大……这位先生要是在我们法国，简直可以去表演，挣钱……天哪，一大堆饼已经吃光了！”

“来一瓶‘纽伊’[③]……”邻座接过跑堂送来的鱼子酱和嫩葱时说，“但要先把酒烫一烫……再来点什么呢？这样吧，再来一客煎饼……但要快一点……”

“好的……吃过煎饼后还要什么呢？”

“要点清淡的……来一客俄式鲟鱼杂拌汤和……和……我再想一想，你去吧！”

“可能我这是在做梦吧？”法国人惊讶得往椅背上一靠，“这个人想自杀！吃这么多东西非撑死不可！是的，是的，他是想自杀。这可以从他那忧郁的神情看出来。他吃那么多东西，难道跑堂不觉得可疑吗？不可能！”

普尔库阿把伺候邻座的跑堂唤过来，小声问他：

“听我说，您为什么给他那么多东西吃？”

“这是……是……是他自己要的，先生！我怎么能不端去呢？”跑堂不解地答道。

“奇怪，可是要知道，他可能在这里一直坐到晚上，这样不停地要！如果您自己不敢拒绝他，就应当报告领班，请警察来！”

---

① 一种用面糊在平底锅里烙出来的薄饼，是俄国人的传统食物。

② 一法国城市。

③ 一种法国葡萄酒。

跑堂笑了笑，耸耸肩走了。

“这些野蛮人！”法国人愤懑地想，“他们还为餐厅里坐着一个能让他们多赚卢布的想自杀的疯子而高兴呢！死一个人算什么，只要他们能赚钱就行！”

“真是毫无办法！”邻座对法国人嘟囔道，“这种长时间的等待让人恼火透了！两道菜之间要等半小时！这一来会把胃口倒光，而且耽误时间……现在已经三点了，我五点要去参加一个纪念午宴。”

“对不起，先生，”普尔库阿惊讶得脸色发白，“您这不是已经在吃午饭了吗！”

“不……这算什么午饭[1]！这是早餐……煎饼……”

这时邻座要的杂拌汤送来了。他给自己盛了满满一盘，撒上卡因辣椒[2]，大口大口地喝了起来……

“可怜的人……”法国人继续恐惧地想，“他或者是病了，不明白自己的危险状况，或者是故意这样做的……目的是要自杀……我的上帝，我要是知道会在这里碰上这样的事，我无论如何也不会到这里来！我的神经受不了这种场面的刺激！”

于是法国人开始带着怜悯的心情观察邻座的脸，随时随刻担心它马上就会抽搐起来，就像弗朗索瓦舅舅每次冒险同别人打赌之后都会出现的抽搐一样。

“看来这是一个年轻的知识分子，充满活力……”他看着邻座，心里想，“日后说不定会给自己的祖国做些有益的事……他还完全可能有一个年轻的妻子，有孩子……从衣着看，他应当很富有而满足……可他为什么非走这一步不可呢？再说，难道他就找不到别的自杀方法么？这样做可是太轻生了！我坐在这里不去帮助他，也太卑鄙、太残忍了！也许他还可以挽救！”

普尔库阿坚决地从餐桌前站起来，走到邻座面前。

---

① 午饭是俄国人的正餐。

② 原产南美的一种极辣的辣椒。

“请听我说，先生。”他用轻柔而婉转的语气说，“很遗憾我不认识您，但请相信，我是您的朋友……我能在哪方面帮帮您吗？别忘了，您还年轻……您有妻子儿女……”

“我不懂您这是什么意思！”邻座瞪大眼睛望着法国人，摇着头说。

“唉，何必隐瞒呢，先生？要知道，我看得很清楚！您吃这么多东西……很难不让人怀疑……”

“我吃得多？！”邻座困惑不解，“我？！得了吧……我从一清早起什么东西也没有吃，怎么能不吃一点呢？”

“但您吃得太多！”

“又不用您掏钱！您操什么心？再说，我吃得根本不多！您瞧瞧，我跟大家吃得一样多嘛！”

普尔库阿环顾四周，不由得大吃一惊。跑堂的挤挤攘攘，碰碰撞撞，端着大盘大盘的煎饼……人们坐在餐桌前，狼吞虎咽地吃着这些煎饼、鲑鱼、鱼子酱……有着同这位先生一样的胃口和大无畏精神。

“啊，真是一个充满奇迹的国家！”普尔库阿从餐厅出来时想道，“不仅是气候，连人的胃也在创造奇迹！啊，一个神奇的国家！”

煎　饼

您知道吗，煎饼已经存在了几千年，从所谓古斯拉夫的形成①算起……毋庸置疑，它比俄国诞生得更早，经历了俄国历史从开始直至最新一页的全过程，它同茶炊一样，是俄罗斯人的脑袋瓜发明的……在人类学研究上，它应占有与三丈蕨或石刀同样重要的地位，如果说我们直到现在还没有关于煎饼的科研著作，那只是因为吃煎饼比研究煎饼要容易得多……

随着时间的流逝，一些古老的习俗、衣着、歌曲等等正逐渐在俄罗斯消失，许多东西已经消失，只剩下一点历史意义，而与此同时，微不足道的煎饼在当代俄国的保留菜单上却占据着同一千年前一样稳固和牢靠的地位。它将来的前途也是无限的……

鉴于煎饼光荣的悠久历史和它在同新事物的斗争中被历史证明了的异乎寻常的坚韧性，认为这种用面糊做的圆饼只不过是用来填饱肚子的看法是委屈了它……既委屈了它的悠久历史，也委屈了它那典范的、纯斯巴达式的②坚韧性……确实，食物和肚子是不配存在几千年的。

至于我的看法，我几乎确信能说明许多问题的古老的煎饼除去供人解馋和填饱肚子外，还有着其他终极的目的……除了难以消化的面糊外，煎饼还包含着某种更高一级的、象征性的，甚至可能是带有预示性的东西……究竟是什么东西呢?

我现在不知道，将来也不会知道。无论过去或现在这都是深奥莫测的**女人的秘密**，要了解这个秘密比登天还难……是的，煎饼，它的含义和使命，这是女人的秘密，在可见的将来男人未必能知道这个秘密。您来写个轻歌剧吧!

俄罗斯女人从史前时代开始就神圣地严守这个秘密，把它代代相传，却只传给女儿和孙女。一旦男人，哪怕是一个男人知道了这个秘密，就会发生连女人自己也无法想象的可怕的事。妻子也好，女儿也好……没有一个女人会向您讲出这个秘密，无论您对她们来说多么珍贵，也无论她们多么低贱。这个秘密也无法收买或是交换，女人无论在感情冲动时或是在睡梦中都不会泄露它。总之，这是女人一千年来唯一没有从她们那张筛子嘴里漏出去的秘密！……

怎样做煎饼？不得而知……只有在遥远的未来会知道这一点……我们不闻不问，给我们什么就吃什么……因为这是秘密！

您会说，男人也会做煎饼……是的，但男人做的煎饼不是煎饼。它闻起来带着凉气，吃起来像是橡皮套鞋，至于味道，则远不如女人做的煎饼……厨师们应当自愧弗如，承认自己是战败者……

做煎饼是仅只属于女人的事……厨师们早就应当明白，这不是简单地把面糊往热锅里一倒就完了的事，而是一种宗教仪式，是一整套复杂的操作过程，这里面包含着自己的信念、传统、语言、偏见、欢乐、痛苦……是的，痛苦……既然涅克拉索夫说，俄国女人极其痛苦，那么，这部分也归罪于煎饼……

我不知道做煎饼的过程，但女人们给这一宗教仪式加上的神秘和隆重色彩我却了解一点……这里面有许多神秘的、荒诞的，甚至是迷信的东西……看着正在做煎饼的女人，会以为她在招魂或是在用面糊做点金石……

首先，一个女人，无论她的文化水平多高，也决不会在每月的13号或13号前夕，也不会在礼拜一或礼拜一前夕开始做煎饼。在这些日子是做不好煎饼的。许多精明的女人为了解决这个问题，在

---

① 原文为拉丁语。

② 古斯巴达人实行严格的军事纪律，故“斯巴达式的”意为极为严格的、刻苦耐劳的。

谢肉节前很久便开始做煎饼，这样家里的人即使在谢肉节期间的礼拜一或 13 号便也能吃到煎饼了。

第二，主妇在做煎饼的前夕总要和厨娘神秘地嘀咕一番。一面嘀咕一面互相望着，看那目光仿佛她们在写情书似的……嘀咕完毕便派人，通常是派厨娘的儿子叶戈尔去小铺买发面用的酵母……然后主妇便久久地看着和闻着买回来的酵母，无论它们多么完美无缺，主妇也必定会说：

“这些酵母一点不合格。再跑一趟，坏孩子，让他们给你好一点的……”

孩子便又跑一趟，带回来新的酵母……随后便找来一个大缸，装上水，把酵母和少许面粉放到水里……等酵母在水里溶化后，主妇和厨娘苍白着脸用旧桌布把面缸盖起来，并把它放到暖和的地方。

“小心点，玛特廖娜，别疏忽了……”太太低声说，“要让你的面缸时时刻刻都待在暖和的地方！”

接着便是不得安宁的、难挨的夜晚。太太和厨娘两个人都备受失眠之苦，即使睡着一会儿也要说梦话，做噩梦……男人们，你们不做煎饼，多么幸福啊！

窗外阴暗的天空还没有露出灰色的晨光，太太便光着脚，蓬松着头发，只穿着衬衣跑到厨房去了。

“喂，怎么样？喂，行吗？”她向玛特廖娜提出一个又一个问题，“啊？你回答我呀！”

玛特廖娜这时已经站在面缸旁，正往里面撒荞麦面……

第三，当厨房里在做煎饼时，女人总是严格地监视着，不让男人到厨房里去……厨娘这时候甚至不许消防队员进去。既不许进，也不许看，还不许问……如果哪个男人往面缸里看一眼，说：“多好的面糊啊！”那宁可把面糊倒掉，因为它们已做不好煎饼了！女人们在烙煎饼时说些什么话，念的是什么咒语——不得而知。

在把面糊舀进煎锅之前半小时，满脸通红，已经精疲力竭的厨娘又往缸里加一点点热水或是热牛奶。太太也站在那里，她想说点什么，但由于处在一种近乎神秘的恐惧中，什么也说不出来。这时家里的人则在等着吃煎饼，他们在屋里走来走去，当看到时不时地往厨房里跑的主妇脸上的神情时，会以为厨房里在生孩子，至少是在办喜事。

第一个煎锅终于吱吱地响起来了，接着是第二个，第三个……头三张煎饼是蹩脚货，可以给叶戈尔吃，但第四张、第五张、第六张……则会被放到盘子里，盖上餐巾，给饭厅里的那些渴望已久的人们送去。主妇亲自送去，她满脸通红，容光焕发，洋洋得意……您会以为她两手捧着的不是煎饼，而是她的头生子。

喏，您怎么解释这种洋洋得意的神情呢？到黄昏时，主妇和厨娘已经累得既不能站，也不能坐了。她们的样子是痛苦的……那还用说，看起来好像并不怎么累，实际上她们已累得半死了……

宗教仪式的外部表现就是这样的。您得承认，要是煎饼的用途仅仅限于鄙俗的填饱肚子，那这种神秘性、辛劳的夜晚、痛苦……便都无法理解了。显然存在着某种东西，而这个“某种东西”却被严严实实地掩盖着。

看着这些女人，毕竟应得出一个结论：煎饼将来的使命是解决某个伟大的、世界性的难题。

祸福无常

谢肉节布道用

七品文官谢苗·彼得罗维奇·波德特金往饭桌前一坐，在胸前围上餐巾，心急火燎地等着开始上煎饼的时刻……在他面前，就像在视察战场的统帅面前似的，展现着一幅宏伟的图景……桌子中央整整齐齐地排列着一列酒瓶。其中有三种伏特加，有基辅露酒，有沙托拉罗兹酒①，有莱茵葡萄酒，甚至还有一个大肚玻璃瓶装着本笃会修士的产品②。酒瓶四周，按照富有艺术性的杂乱格局密密麻麻地摆着芥末酱鲱鱼、罐头鲱鱼、酸奶油、上等黑鱼子酱（三卢布四十戈比一磅）、鲜鲑鱼等等。波德特金望着这一切，馋得直咽口水……他的眼睛蒙上了一层油亮的光，脸上露出贪馋的神情……

"喂，怎么会等这样久？"他皱起眉头对妻子说，"快一点，卡佳！"

厨娘终于把煎饼送来了……波德特金冒着把手指头烫伤的危险抓起面上两张最烫的饼，馋涎欲滴地往自己的盘子里一扔。煎饼烙得焦黄、多孔，像商人女儿的肩膀那样松软……波德特金惬意地微微一笑，兴奋得打了个嗝儿，立即把饼浇上热油。然后，仿佛想吊吊自己的胃口，先从精神上享受一下美味似的，他慢慢吞吞、不慌不忙地往饼上抹着鱼子酱，没有抹鱼子酱的地方则抹酸奶油……现在剩下的事就是吃了，不是吗？可是，不！……波德特金瞧瞧自己的作品，还不满意……他想了想，又在饼上放了一块最肥的鲑鱼肉、一条罐头鲱鱼和一条沙丁鱼，然后，他喘着粗气愣了片刻，把两张饼卷成圆筒，美滋滋地喝了一小杯伏特加，清清喉咙，张开嘴……

但就在这时，他中风了。

---

① 一种法国葡萄酒。
② 指一种露酒。

大人物

“**征聘**：税务督察官办公室征聘文书一名，年薪二百五十卢布。应征者至少应是县立学校毕业或中学三年级结业，需提出书面申请并附**个人简历**，寄古西纳亚街波吉尔金娜住宅税务督察官先生收。”

米沙·纳巴尔达什尼科夫已把这则广告读了二十遍。这个年轻人额头上长着粉刺，鼻子由于慢性鼻炎而发红，穿着咖啡色长裤。他读过广告后踱了几步，想了想，扭头对妈妈说：

“我不是中学三年级，而是四年级结业。我的字写得很漂亮，哪怕当作家或是当大臣都行。至于薪金，您也看到了，相当丰厚——月薪二十卢布！我们这样穷，即使每月五卢布我也干！不管怎么说，这个职位非常合适，不必贪图更好的了……只是有一件事很难办，妈妈，需要写一份个人简历！”

“这有什么难办的？你就写吧……”

“说得容易：就写吧！要写一篇个人简历得有才华，没有才华怎么写得出来？随便写出一篇，写得杂乱无章，您也明白，那可不好。要知道，这不是给老师写的作文，而是申请书的附件，要同其他材料一起交到税务督察官办公室去！光是用好纸写并写得干干净净是不够的，还得有优美的文笔……当然如此！您是怎么想的呢？如果随便从旁看看税务督察官伊万·安德烈伊奇，他并不是一个要人……不过是一个十二品文官，曾赋闲六年，在各个小店铺都欠着债，但如果深入地琢磨一下就不然了，妈妈，这是一个大人物……

您看见广告里是怎么写的吗?‘提出申请’……申请!要知道,申请都是向大人物提出的!绝不会向你我或者向舅舅尼尔·库兹米奇提出申请!”

“是倒是这样……”妈妈表示同意,“可他拿你的个人简历有什么用呢?”

“这我就没法告诉您了……大概是需要吧!”

米沙又把广告读了一遍,随即开始在屋子里走来走去并沉入幻想……一个人只要在生活中失业一次,为无事可干而苦恼,他就知道上述这类广告多么激动人心。米沙从上中学起就没有一次吃饭不挨骂,骂他是寄生虫,他穿着舅舅的旧裤子,只是天黑才出门,免得别人看见他的破皮靴和褪了色的上装,现在为有可能,仅仅是有可能找到工作便感到精神振奋。月薪二十卢布——钱可不算少。当然,用这些钱既买不了马车,也办不了婚事,但这些钱足够让他在头一个月就实现自己的愿望:买一条新裤子、一双皮鞋、一顶帽子、一架手风琴,并给母亲五至六卢布做伙食费。不管怎么样,钱少总比没钱要好得多。不过,使米沙最为神往的还不是这二十卢布本身,而是那个幸福的时刻:母亲将不再高声叫嚷并骂他不劳而食,舅舅尼尔·库兹米奇也不会再教训他并赌咒发誓要痛打这个寄生虫外甥了。

“与其在屋里走来走去,”妈妈打断了他的幻想,“还不如坐下来写呢……”

“我不会写,妈妈。”米沙叹了口气,“说实话,我已经坐下来写过五次,却怎么也写不好。我本想写得高雅一些,结果却写得平平淡淡,就像是在给克列缅丘格市的姑母写信……”

“平平淡淡没关系……督察官不会见怪的……凭我这个母亲的祈祷和耐心,上帝会让他心软的,即使有什么问题,他也不会生气……他自己在你这样的年纪时大概也不是那么有学问!”

“也行,我再试试,不过我知道,又会毫无成效……好吧,我试试……”

米沙在桌子前坐下来，把一张纸铺在面前，开始思考。他朝着天花板瞪大眼睛望了很久，然后拿起笔，同所有欣赏自己的书法的人一样，抖抖手腕，开始写道："阁下！我于 1867 年生于 K 城，父亲是基里尔·尼卡诺罗维奇·纳巴尔达什尼科夫。我父亲曾在商人波德戈伊斯基办的糖厂当办事员，年薪六百卢布。后来他被解雇，长期失业。后来……"

后来父亲成了酒鬼并死于酗酒，但这已是家庭隐私，米沙不愿把这告诉"阁下"。他想了想，把已经写好的全部涂掉了，但考虑片刻后，又重新把它们写上了……

"后来他在贫困中死去，"他继续往下写，"他的妻子和热爱他的唯一的儿子米哈伊尔[①]，也就是我，悲恸欲绝。我满九岁那年被送进预备班学习，波德戈伊斯基为我付学费，但当父亲被他解雇，他不再为我付学费时，我只读完四年级。我的学习成绩平庸，一年级和三年级都蹲班，但书法和操行总是得五分……"凡此种种。

米沙写了整整一张纸。他写得很真诚，却没有条理，没有通盘布局和时间顺序，所以常常重复，乱无头绪，结果写成一篇繁琐、冗长而幼稚的东西……他是这样结尾的："现在我靠我母亲养活，而她没有任何谋生的手段，因此，我最最恭顺地恳求阁下赐给我这个职位，使我能维持生计并养活我多病的母亲，她也恳求您。打扰之处，伏请见谅。"（签名）

第二天，经过久久的踌躇和腼腆的犹豫之后，这篇简历总算誊清并同证明材料一起寄出去了。两个礼拜后，等得失去耐性的米沙全身哆嗦着站在税务督察官寓所的门厅里，期待他的作品能得到报偿。

"请问，这里的办公室在什么地方？"他从门厅朝一间陈设简陋的大屋子望了一眼，见里面的长沙发上躺着一个头发棕红、穿着便鞋、用夏季披风当睡衣的男人，便问道。

---

① 米沙的正名。

“您有什么事？”棕红发男人问。

“我……两个礼拜前寄出一份申请……是关于文书职位的事……我能见见督察官先生吗？”

“这简直是岂有此理……”棕红发男人嘟囔道，同时把披风裹紧，脸上露出痛苦的神情，“一天来一百个人！不断地来，不断地来！先生们，难道你们除了跑来打扰我之外，就没有别的事可干了吗？”

棕红发男人跳起来，劈开两腿站着，一字一顿地说：

“我已经对大家讲过一千遍：我有文书了！有了，有了，有了！已经不用再来了！我已经有文书了！请这样转告所有的人！”

“对不起，先生……”米沙喃喃地说，“我不知道，先生……”米沙笨拙地鞠了一躬，走了……这就是报偿——呜呼！

伊万·马特维伊奇

傍晚五点多钟。一位相当有名的俄国学者——下面我们就简单地称他学者吧——坐在自己的书房里，不安地咬着指甲。

“这简直是岂有此理！”他时不时地看看表说，“一点也不尊重别人的时间和工作。这种人在英国一个钱也挣不到，只会饿死！好，你等着吧，等你来了……”

学者感到有必要找个地方发泄一下自己的怒火和焦躁情绪，便走到妻子的屋门前，敲敲门。

“听我说，卡佳，”他用愤懑的语气说，“你要是见到彼得·丹尼雷奇，就转告他说，正派人是不会这样办事的！这是胡闹！他推荐来一个缮写员，却不了解这是个什么样的人！这孩子非常守时地每天都要迟到两三个小时。请问，难道这叫缮写员吗？对我来说，这两三个小时比别人两三年都宝贵！等他来了，我要骂得他狗血喷头，不给他工钱，把他赶走！对这样的人不能讲客气！”

“你每天都这样说，他却仍然天天都来。”

“可今天我下定了决心。他给我带来的损失够大的了。对不起，我一定要骂他，像马车夫那样骂他一通！”

终于响起了门铃声。学者板着脸，挺直身子，昂起头走到门厅里。那里的衣帽架旁边，已经站着他的缮写员伊万·马特维伊奇。这是个十七八岁的年轻人，长着一个椭圆形的、没有胡子的鹅蛋脸，穿着一件褪了色的旧大衣，没穿套鞋。他喘着粗气，在脚垫上仔细地擦他那双蠢笨的大靴子，同时竭力不让侍女看到靴子上已经露出白色袜子的窟窿。看见学者后，他脸上浮出了只有孩子和非常憨厚的人才有的那种开朗而又带点傻气的持续的笑容。

“哦，您好！”他向学者伸出一只汗津津的大手说，“怎么样，您的喉咙还痛吗？”

“伊万·马特维伊奇！”学者往后退了一步，把两只手的手指头合在一起，用发颤的声音说，“伊万·马特维伊奇！”

随后他猛地冲到缮写员面前，抓住他的肩膀，开始轻轻摇晃。

“您是怎么对待我的！？”他绝望地说，“您这个又可怕又可恶的人，您是怎么对待我的！您是在嘲笑我，侮弄我？是吗？”

从伊万·马特维伊奇那还没有完全消失的笑容可以看出，他期待的完全是另一种接待，所以当他看到学者那愤懑的神情时，他的椭圆脸拉得更长了，并惊奇地张大了嘴。

“怎么……怎么回事？”他问。

“您还问呢！”学者把两手一拍，“您明知我的时间多么宝贵，却还这样迟到！您迟到了两小时！……您也不怕遭到上帝的惩罚！”

“要知道，我这不是从家里来。”伊万·马特维伊奇一面迟迟疑疑地解围巾，一面咕哝道，“我是在姑母家参加命名日宴会，而姑母家离这里六俄里……要是我直接从家里来，那就是另一回事了。”

“您想想，伊万·马特维伊奇，您这样做合乎情理吗？这里有事情要做，而且是刻不容缓的事，您却去什么姑母家参加命名日宴会！唉，快点把您那倒霉的围巾解下来呀！真叫人受不了！”

学者又冲到缮写员面前，帮他解下了围巾。

“您真是个娘儿们……好了，走吧！……请快一点！”

伊万·马特维伊奇用揉成一团的脏手绢擤擤鼻涕，整整自己那灰不溜秋的上装，穿过大厅和客厅走进书房。那里早已为他准备好座位、纸张，甚至烟卷。

“您快坐下来吧，坐下来吧！”学者急不可待地搓着手催促道，“您是个叫人无法容忍的人……明知工作刻不容缓，却这么晚才来。叫人不得不骂街。得了，写吧……咱们写到哪儿啦？”

伊万·马特维伊奇抚平自己那像鬃毛似的没剪整齐的头发，拿起笔来。学者在屋里走来走去，集中思想，开始口述：

“关键在于……逗号……某些形式，就叫做基本形式吧……都写了吗？是唯一受那些原则的实质所制约的形式……逗号……那些原则在它们当中得到反映，并只能在它们当中才能体现出来……另起一行……那儿，当然，应加一个句号……最富有独立性的乃是……乃是……是那种社会特征大于政治特征的形式……”

“现在中学生穿另一种制服①了……灰色的……”伊万·马特维伊奇说，“我当学生时穿的制服要好看得多……”

“嘿，您快点写吧，劳驾！”学者气呼呼地说，“……形式……写完了吗？谈到同完善……国家职能有关，而不是同调整人民生活有关的改革……逗号……不能说它们的特点是其形式的民族性……最后三个字加引号……呃……这个……刚才您讲到中学，想说什么来着？”

“说我当学生时穿的是另一种制服。”

“哦……是这样……那您很早就离开中学了？”

“我昨天不是跟您讲了吗！我已经三年没上学了……我念到四年级就退学了。”

“您为什么要退学呢？”学者看着伊万·马特维伊奇写的东西问。

“因为家境不好。”

“我又得跟您讲一遍，伊万·马特维伊奇！您究竟什么时候才能改掉把字写得稀稀拉拉的习惯？一行字不能少于四十个字母！”

“怎么，您以为我这是故意的么？”伊万·马特维伊奇感到委屈，“其他行每行都多于四十个字啊……您数嘛。如果您认为我的字写得太稀，您可以扣我的工钱。”

“唉，问题不在这儿！您怎么那样俗气，真的……动不动就扯到钱。主要的是应当严谨，伊万·马特维伊奇，严谨是主要的！您

---

① 俄语“制服”和“形式”是同一个词。

应当学会严谨。”

侍女用托盘送两杯茶和一小篮面包干到书房来……伊万·马特维伊奇笨拙地用双手接过自己那杯茶，立刻喝了起来。茶太烫。为了不烫着嘴，他便尽可能小口小口地喝。他吃完一块面包干，又去拿第二块，第三块，随后不好意思地瞟了一眼学者，又胆怯地伸手去拿第四块……他那响亮的喝茶声、津津有味的咀嚼声和微微扬起眉毛的贪馋神情，使学者很生气。

“快点吃吧……时间宝贵。”

“您念吧。我可以一边喝茶一边写……说实话，我肚子饿了。”

“当然，走了那么多路！”

“是啊……而且天气那么坏！在我们家乡这时候已经有春天的气息了……到处是水洼，积雪正在融化。”

“您好像是南方人吧？”

“顿河省的人。三月在我们那里已经是春天。这里还是严寒季节，全都穿着皮袄，可那里已长出青草，到处都是干燥的，甚至可以去捉毒蜘蛛了。”

“为什么要捉毒蜘蛛？”

“不为什么……由于无事可干……”伊万·马特维伊奇感叹地说，“捉毒蜘蛛很好玩。用线拴上一块树脂，把树脂放进蜘蛛网里去敲它的背，这个可恶的家伙生气了，便用爪子去抓树脂，就被粘住了……我们可有办法处置它们呢！我们常常把它们装满一小盆，再往盆里放进一只霍尔卡。”

“什么霍尔卡？”

“也是一种蜘蛛，类似毒蜘蛛。但打起架来它一只就能咬死一百只毒蜘蛛。”

“唔……不过咱们还是接着写吧……刚才写到哪儿啦？”

学者又口述了二十行左右，然后便坐下来思考。

等着学者打腹稿的伊万·马特维伊奇坐在那儿不断地伸直脖子，竭力想把自己的衬衣领口弄正。他的领带没系紧，领扣松脱了，所以衣领常常散开。

“唔，对……”学者说，“对……怎么样，您还没有找到工作吗，伊万·马特维伊奇？”

“没有。上哪儿找去？您知道吗，我想去当后备军士官生。可父亲要我去药店工作。”

“唔……最好能上大学。入学考试很难，但只要有毅力，勤奋学习，就能通过。努力吧，多读点书……您读的书多吗？”

“说实话，不多……”伊万·马特维伊奇说着点上一支烟。

“屠格涅夫的书读过吗？”

“没有……”

“果戈理的呢？”

“果戈理？唔！……果戈理……没有，没读过！”

“伊万·马特维伊奇！您不害臊吗？哎呀呀！您这样一个好小伙子，很有才华，没想到……连果戈理的书都没有读过！读一读吧！我给您书！一定要读一读！不然我们会吵翻的！”

又开始沉默了。学者半躺在软榻上想事情；伊万·马特维伊奇不再弄领口了，而是把全部注意力都集中在靴子上。他没发现靴子上的雪已经融化，在脚下面形成两大摊水。他感到不好意思。

“今天不知怎么不大顺当……”学者咕哝道，“伊万·马特维伊奇，想来您也喜欢捉鸟吧？”

“那是秋天的事……在这里我不捉，可在那里，在家乡，我经常捉鸟。”

“是吗……好。不过咱们还是应当继续写。”

学者果断地站起来，开始口述，但只口述了十来行，又坐到软榻上了。

“不行，看来咱们只好推到明天早晨再写了。”他说，“您明天早晨来吧，不过要早一点，九点以前来。愿上帝保佑您别迟到。”

伊万·马特维伊奇放下笔，从桌子前站起来，坐到了另一把椅子上。在沉默中过了五六分钟，他开始感到自己该走了，已经不需要他了，但学者的书房是那样舒适、明亮、暖和，奶油面包干和甜茶给他留下的印象还那样新鲜，以至一想到家里的情况，他的心都收紧了。家里等着他的是贫穷、饥饿、寒冷、父亲的牢骚和斥责，这里却那样安详、宁静，甚至对他捉蜘蛛的事也那样感兴趣。

学者看看表，拿起一本书来。

“那么，您给我果戈理的书吗？”伊万·马特维伊奇站起来问。

“给，给。只是您忙着上哪儿去呢，亲爱的？再坐一会儿，讲点什么吧……”

伊万·马特维伊奇又坐下来，满脸堆笑。几乎每个黄昏他都是在这个书房里消磨的，每一次都感到学者的声音和目光里有着一种异乎寻常的温柔、具有吸引力、好像是亲情的东西。有时他甚至感到学者似乎很眷恋他，已习惯于他的存在，即使骂他迟到，也只是因为希望他来讲讲毒蜘蛛，讲讲怎样在顿河地区捉金翅雀。

女巫

夜深了。教堂执事[1]萨韦利·格金躺在自己那间看守人小屋里的一张大床上，虽然他从来习惯于和鸡在同一个时辰睡觉，但今天却睡不着。他那沾满油污的被子是用各种颜色的花布片拼成的，从被子的这一头露着他那粗硬的棕红色头发，另一头则露着好久没洗的大脚丫子。他在倾听……他那间看守人小屋突出在教堂的院子里，唯一的一扇窗户面对着旷野。旷野上正在进行一场真正的战争。很难弄清谁正在消灭谁，以及为了消灭谁而把自然界弄得天翻地覆，不过根据那不停息的、预兆不祥的喧嚣声判断，有一方的处境必定非常险恶。胜利者正在旷野上追赶敌人，在树林里，在教堂的屋顶上咆哮，用拳头恶狠狠地擂着窗户，奔突着，厮杀着……战败者则在哀号，哭泣……悲切的哭泣声时而在窗外，时而在烟囱里回荡。这哭声不是求救的呼喊，而是意识到大势已去、无法挽救而发出的哀鸣。雪堆蒙上了一层薄冰；雪堆上、树木上都滚着泪珠；由泥土和融化的雪合成的黑色泥浆布满了大路和小径。一句话，大地正在解冻，但天空在黑夜里看不到这一点，于是竭尽全力往正在解冻的大地上抛撒着大片大片的新雪。风则像醉汉似的游荡着……它不让这些雪落在大地上，而在黑夜里把它们卷得满天飞舞。

萨韦利倾听着这种音乐，皱起了眉头。因为他知道，至少是猜到窗外这场骚乱的目的何在，又是谁在操纵它。

“我知——道！”他在被子里用手指威胁着什么人，咕哝道，“我全知道！”

窗前一张凳子上坐着执事的妻子拉伊萨·尼洛芙娜。放在另一张凳子上的铁皮小灯仿佛对自己的力量没有信心似的，胆怯地把微弱的、闪闪烁烁的亮光洒在她那宽阔的肩膀、美丽诱人的苗条身躯和垂到地面的粗粗的辫子上。她在缝麻布口袋。她只有一双手在飞快地勾动，整个身子、目光、眉毛、厚厚的嘴唇和白皙的脖子全都一动不动地沉浸在单调的、机械性的劳动中，仿佛睡着了似的。她只是偶尔抬抬头让自己那疲倦的脖子休息一下，瞟一眼风雪交加的窗外，然后又埋头缝起口袋来。她那长着一只翘鼻子和两个酒窝的漂亮的脸上没有任何表情——既没有愿望，也没有忧伤，更没有欢乐。当美丽的喷泉干涸的时候，也总是这样一无表情的。

她终于缝完一只口袋，把它扔到一边，惬意地伸伸懒腰，用无神的、呆滞的目光看看窗户……窗玻璃上滚着水珠，沾着白色的短命雪花。雪花落到窗玻璃上，只来得及看一眼执事的妻子，便融化了……

“你过来睡觉吧！”执事咕哝道。

执事的妻子不作声。但她的睫毛突然颤动了一下，眼睛里流露出注意倾听的神情。时时刻刻都从被子里监视着她脸上表情的萨韦利伸出头来问道：

“怎么啦？”

“没什么……好像有人来了……”妻子低声回答。

执事急忙掀掉被子跪在床上，呆呆地望着妻子。小灯的亮光畏畏葸葸地照着他那胡子拉碴的麻脸，掠过他那粗硬的乱发。

“你听见了吗？”妻子问。

透过暴风雪单调的呼啸声，他隐隐约约听见一种尖细、清脆的哀鸣，像是一只想停在人脸上的蚊子被轰走时气呼呼地发出的嗡嗡声。

“这是邮车……”萨韦利跪坐着咕哝道。

---

① 教堂执事是东正教教会中职务最低的神职人员，做诵经、打钟等工作。

离教堂三俄里远处有一条驿路。遇到刮风天，当风从驿路往教堂的方向刮时，住在这个小屋里的人便能听到车铃声。

“上帝啊，这样的天气还愿意赶路！”执事妻子叹息道。

“这是公事。管你愿意不愿意，都得赶路……”

哀鸣声随风响了一阵，消失了。

“邮车过去了！”萨韦利说着躺了下来。

但他还没来得及盖上被子，一阵清晰的车铃声已传到了他的耳里。他不安地看了妻子一眼，跳下床，开始在炉灶前摇摇晃晃地走来走去。车铃声响了不多一会儿又消失了，好像是骤然中断的。

“听不见了……”执事停下来，眯缝起眼睛看着妻子咕哝道。

但就在这时，一阵风又透过窗户，把那尖细、清脆的哀鸣声送来了……萨韦利脸色发白，他干咳了一声，又光着脚丫子在地板上踱起步来。

“邮车迷路了！”他恶狠狠地瞟着妻子，嘶哑着嗓子说，“你听见了吗？邮车迷路了！……我……我知道！难道我不……不明白吗？”他嘟囔道，“我全知道，你这个该死的！”

“你知道什么？”执事妻子小声问，眼睛仍然望着窗户。

“我知道这全是你干的，女巫！是你干的，你这个该死的！这场暴风雪也好，邮车迷路也好……全是你干的！你！”

“蠢货，你疯了……”执事妻子安详地说。

“我早就看出你这一套了！从结婚的第一天起，我就发现你身上流着母狗的血！”

“呸！”拉伊萨耸耸肩，一面在胸前画十字[①]一面惊讶地说，“快画十字，你这个傻瓜！”

“女巫就是女巫。”萨韦利急匆匆地撩起衬衣下摆擤擤鼻涕，用喑哑的、快要哭出来的声音继续说，“虽然你是我妻子，虽然你是教

---

① 俄国习俗：说了或是听到不吉利的话，要往地上啐唾沫并在胸前画十字。

会里的人，然而就是到了举行忏悔礼那天，我还是要说出你是个什么东西……主呀！保佑我，宽恕我吧！去年在先知但以理和三少年节的前夕起了暴风雪，结果怎么样呢？一个工匠跑来取暖。后来在阿列克谢圣徒节，河面的冰裂开了，于是来了一个军士……这个该死的同你聊了一个通宵，第二天早晨走的时候我看了他一眼，只见他眼眶发黑，脸颊整个儿塌下去了！啊？在救主节期间起了两次暴风雪，有个猎人两次都来借宿。我全都看见了，叫他不得好死！我全看见了！啊，你的脸涨得比大虾都红！啊哈！”

“你什么也没看见……”

“得了吧！今年冬天圣诞节前的十教徒克里特殉难日那天，暴风雪刮了一天一夜……你记得吗？一位贵族长的文书迷了路，这狗东西也跑到我们这里来了……你迷上的是什么人啊！呸，迷上一个文书！值得为他把天气搅得那样恶劣么！一个魔鬼，乳臭未干，身材矮小，满脸粉刺，还是个歪脖子……要是个美男子还情有可原，而他，呸！却是个丑八怪！”

执事喘了口气，擦擦嘴唇，凝神听了听。听不见车铃声，但一阵风骤然从屋顶刮过，于是丁零零的声音又从黑洞洞的窗外传来。

“现在也是这样！”萨韦利继续说，“这辆邮车不是无缘无故迷路的！它要不是在找你，你往我脸上啐唾沫！啊，魔鬼有本事，一个好帮手！它让邮车转呀，转呀，最后就会转到这里来。我知——道！我看出来了！你瞒不住我，你这个魔鬼的工具，没有心肝的淫妇！暴风雪刚一起，我立刻就明白了你的心思。”

“瞧你这个蠢货！”执事妻子冷笑道，“怎么，照你这个傻瓜看来，是我在制造恶劣天气？”

“哼……你笑吧！不管是不是你在制造，反正我发现，只要你一开始感情冲动，天气就变坏了，而天气一变坏，就会随便把一个疯子带到这里来。每次都如此！可见是你在作怪！”

执事为了讲得更有说服力，便把一根手指头贴在额头上，闭上眼睛，像唱歌似的说：

“啊，这是发疯！啊，这是犹大的罪孽！如果你真的是人而不是女巫，你就会用自己的脑子想一想：假如他们不是工匠，不是猎人，不是文书，而是装扮成这些人的魔鬼，怎么办？啊？你想一想吧！”

“你真是个蠢货，萨韦利！”执事妻子遗憾地瞧着丈夫，叹息道，“当我爸爸在世，住在这里的时候，许多人来找他治病，来的人各种各样：有从农村来的，有从移民村来的，有从亚美尼亚人的田庄来的。几乎每天都有人来，谁也没把他们说成是魔鬼。而我们呢，哪怕有人一年一次碰上坏天气时到我们这里来暖暖身子，你这个蠢货就大惊小怪，马上生出各种各样的想法来。”

妻子讲的道理打动了萨韦利。他劈开两只光脚丫子站在那儿，低下头沉思起来。他本来就并不坚信自己的揣测，妻子那真诚而冷静的语气更把他完全弄糊涂了，但尽管如此，他考虑片刻后，还是摇摇头说：

“来借宿的可不是老头子或罗圈腿，而全是年轻人……为什么会这样？如果只是来暖暖身子倒也罢了，可他们是来干缺德事的。不，骚娘儿们，天底下没有比你们这些娘儿们更狡猾的人了！真正的智慧你们少得可怜，连椋鸟也不如，可是讲到魔鬼的狡猾——哎呀呀！圣母保佑！这不，邮车的铃声响了！暴风雪刚一开始，我就知道了你的全部心思！你在施展巫术，女妖精！”

“该死的，你干吗缠着我？”妻子再也无法忍受了，“你这个赖皮干吗缠着我？”

“我缠着你是要你知道，今天晚上如果出了什么事，上帝保佑千万别出事……你听着！如果出了什么事，我明天天一亮就到加季科沃村去找尼科季姆神甫，把一切都告诉他。我就这样那样地对他说：‘尼科季姆神甫，请您宽宏大量，原谅我说这话，但她真的是女巫。为什么？唔……您想知道为什么吗？好吧……’我就一五一十地都讲出来。你可就要倒霉了，骚娘儿们！不仅会受到末日审判，在现世生活中也会受到惩罚。圣礼书上诅咒你们这种人的祈祷文可不是白写的！”

突然有人敲窗户，声音那样大，那样蹊跷，萨韦利不禁吓得脸色发白，蹲了下来。执事妻子猛地站起来，也是脸色发白。

“看在上帝面上，让我们进去暖暖身子吧！”一个浑厚的男低音哆哆嗦嗦地说，“屋里有人吗？行行好吧！我们迷路了！”

“你们是什么人？”执事妻子不敢往窗外看，便问道。

“是邮车！”另一个声音回答道。

“你的巫术没有白施！”萨韦利把手一挥说，“果然如此！不出我所料……哼，你给我小心点！”

执事在床前蹦了两下，一头倒在羽毛褥子上，气冲冲地喷着鼻息，翻过身去面朝墙壁。很快他的背上便感到一股冷风。门开了，门口出现了一个从头到脚都蒙着白色雪花的高大的人影。他身后又闪进另一个人，也是全身雪白。

“邮包需要搬进来吗？”第二个人用嘶哑的男低音问。

“可不能把它们留在车上！”

第一个人说罢便开始解风帽，没等解开就把它连同制帽一起从头上扯下来，气呼呼地往炉子前一扔。接着他又把大衣脱掉，也是往炉子前一扔，也没同主人寒暄两句，便在屋子里来来回回地走了起来。

这是一个长着浅黄色头发的年轻邮差，穿着破旧的制服上装和棕红色靴子。他走了一阵让身子暖和过来后，便用拳头支着脑袋在桌子旁坐下来，把沾满泥浆的腿伸到邮包前。他那泛着红晕的苍白的脸仍然带着刚刚经历过的痛苦和恐惧的痕迹。尽管他的脸愤怒得变了样，并带着刚不久在肉体和精神上所经受的磨难的痕迹，眉毛、唇髭和圆形连鬓胡上也挂着正在融化的雪花，但那张脸仍然是漂亮的。

“简直是狗的生活！”邮差埋怨道，并用目光扫视四周，仿佛不相信他已到了暖和的地方，“差点完蛋了！要不是你们的灯光，真不知道会发生什么事……鬼才知道这一切什么时候才算完！这种猪狗般的生活简直没有尽头！我们这是来到哪儿啦？”他压低声音，抬眼望着执事的妻子问道。

“到了古利亚耶夫高地，这是卡利诺夫斯基将军的领地。”执事妻子哆嗦了一下，红着脸回答道。

“你听见了吗，斯捷潘？”邮差转过脸去对马车夫说，这时马车夫正背着一个大皮邮包卡在了门框里，“我们竟闯到古利亚耶夫高地来了！”

“是啊……偏得真远！”

马车夫嘶哑着嗓子气喘吁吁地叹息了一句，随即走了出去，过不久又背进来一个邮包，然后又出去了，这一次拿进来的是一把系在宽皮带上的邮用长刀，很像是民间版画《奥洛费尔恩床边的尤季菲》①上画的那把又长又薄的利剑。马车夫把邮包靠墙放好后，便到过道屋去坐着，点上了烟斗。

“是不是要喝杯茶解解路上的疲劳？”执事妻子问。

“哪能喝茶！”邮差皱起眉头说，“得赶快把身子暖和过来就上路，不然就赶不上邮政火车了。我们坐十来分钟就走。不过请你们行行好，给我们指指路……”

“这坏天气是上帝的惩罚！”执事妻子叹息道。

“唔，是的……可你们自己在这里干什么呢？”

“我们吗？我们是本地人，教堂的……我们在教……瞧，我丈夫躺在那里！萨韦利，快起来，来同人家打打招呼！这里本来是个教区，一年半以前被撤销了。当然，过去因为这里住着地主，所以人很多，值得设一个教区，现在地主们都走了，您想想，如果离这里最近的村子马尔科夫卡也有五俄里，神职人员靠什么生活！现在萨韦利成了编外人员……当上了看守人。责成他照看教堂……”

邮差还了解到，如果萨韦利去找将军夫人，求她给主教写个条

① 据古希伯来传说，尤季菲杀死了巴比伦统帅奥洛费尔恩，从而拯救了被围困的犹太人。

子，他就会得到一个好的职位，但他不去找将军夫人，因为他太懒，而且怕见人。

“但我们仍然是教会的人……”执事妻子又补充了一句。

“你们靠什么生活呢？”邮差问。

“教堂有一片草场和几个菜园子。只是我们从这上面得到的收入很少……”执事妻子叹了口气，“加季科沃村的尼科季姆神甫，一个贪婪的家伙，每逢夏季尼古拉节和冬季尼古拉节都到这里来做弥撒，为此几乎把所有的收入都拿去了。没人为我们作主！”

“你胡说！”萨韦利嘶哑着嗓子叫道，“尼科季姆神甫是圣洁的人，是教会的明灯，即使拿了什么东西，也是按规章应当拿的！”

“你那口子的火气真大！”邮差笑着说，“你结婚很久了吗？”

“到今年四旬斋前的最后一个礼拜天就满三年了。过去我爸爸在这里当执事，后来，当他快死的时候，为了给我留下一个安身之地，便到宗教事务所去请求派一个未婚执事来同我结婚。我就嫁给他了。”

“啊哈，这么说，你是一箭双雕！”邮差冲着萨韦利的背说，“既得到了职位，又娶了个老婆。”

萨韦利不耐烦地蹬蹬腿，朝墙壁靠得更紧了。邮差从桌子后面走出来，伸伸懒腰，坐到了邮包上。他考虑片刻后，用手把邮包按平，把长刀放到另一个地方去，在邮包上躺下来，一只脚垂在地板上。

“简直是猪狗的生活……”他把两手垫在脑袋下，闭上眼睛咕哝道，“甚至对剽悍的野蛮人我也希望他们别过这样的生活。”

不一会儿便万籁俱寂。只能听见萨韦利的鼾声和已睡着的邮差均匀而缓慢的呼吸声——他每次呼气时都要发出一种低沉的、拖得很长的“嚯嚯”声。他的喉咙里时不时地会像车轮滚动似的吱扭作响，抖动着的腿则在邮包上磨得沙沙响。

萨韦利在被子下面翻了个身，慢慢地扭过头看了看。妻子坐在凳子上，正用手掌托住两腮望着邮差的脸。她的目光呆滞不动，仿佛又惊奇又害怕。

“喂，你盯着他干什么？”萨韦利气呼呼地小声问。

“关你什么事？睡你的吧！”执事妻子回答，仍旧望着邮差的淡黄色头发的脑袋。

萨韦利愤愤地把胸中的闷气整个儿吐了出来，猛然朝墙壁翻过身去。但三分钟后，他又不安地翻过身来跪在床上，用两手撑着枕头，斜睨着妻子。妻子仍然一动不动地望着客人。她的脸色发白，眼里燃着一种奇怪的火。萨韦利干咳了一声，从床上爬下来，走到邮差跟前，用一张手绢蒙住他的脸。

“你这是干吗？”妻子问。

“免得灯光刺他的眼睛。”

“你不如干脆把灯吹灭了！”

萨韦利狐疑地看了妻子一眼，朝小灯努起嘴唇，但立即醒悟过来，于是把两手一拍。

“嘿，这不是魔鬼的花招吗？”他叫道，“啊？瞧，还有比娘儿们更狡猾的人么？”

“哦。你这个长衣襟的魔鬼①！”执事妻子恼恨得蹙起额头，恶狠狠地压低声音说，“你等着吧！”

于是她让自己坐得更舒服一些，又定睛望着邮差。

脸被蒙住了不要紧。她感兴趣的主要并不是这张脸，而是这个人的全貌和新奇之处。他有着宽阔而强壮的胸脯，瘦长而漂亮的手臂，两条肌肉强健的腿更是比萨韦利那两根“棒槌”要好看和有力得多，甚至无法相比。

“就算我是长衣襟魔鬼，”萨韦利愣了片刻后说，“他们也不该在这里睡觉……是的……他们有公事……我会因把他们留在这里而承担责任。既然是送邮件，那就送吧，干吗睡觉……喂，你！”萨韦利冲着过道屋叫道，“你，赶车的……你叫什么名字？要送送你们

① 指神职人员。

吗？起来吧，干吗带着邮件睡觉！”

火气上来了的萨韦利又蹦到邮差跟前，拽拽他的袖子。

“喂，阁下！要赶路就赶路，要不赶路，也别……睡觉是不合适的。”

邮差猛地蹦起来坐着，睡眼惺忪地环视了一下屋子，又躺下了。

“那该什么时候上路呢？”萨韦利拽着他的衣袖，像打鼓似的说，“既是邮差，就要把邮件及时送到，听见了吗？我来送送你们。”

邮差睁开眼睛。他已经暖和过来，被一场美滋滋的酣梦弄得软绵绵的，还没有完全清醒，仿佛在雾里似的看到执事妻子那白皙的脖子和凝然不动的淫荡目光，便闭上眼睛微微一笑，好像这一切全是梦。

“咳，这样坏的天气赶什么路！”他听见一个柔和的女人声音在说，“还不如好好地睡一睡！”

“那邮件呢？”萨韦利不安地说，“那谁去送邮件呢？难道你去送么？你？”

邮差重又睁开眼睛，瞧瞧执事妻子脸上那荡漾着的酒窝，这才记起了他这是在哪儿，明白了萨韦利的意思。一想到又要在寒冷的黑夜里赶路，不禁从头到脚都冷得起鸡皮疙瘩，他瑟缩起来。

“还可以再睡五分钟……”他打着呵欠说，“反正已经赶不上了……”

“也许我们刚好能赶上！”过道里一个声音说，“瞧着吧，说不定我们走运，火车自己也误了点。”

邮差站起来，美滋滋地伸了个懒腰，开始穿大衣。

萨韦利见客人准备动身，不禁高兴得笑起来。

“帮帮忙吧！”正从地板上抬起邮包的马车夫冲他叫道。

萨韦利立即跑过去，同马车夫一起把邮包抬往院子里。邮差开始解风帽结子。执事妻子则瞧着他的眼睛，仿佛想看透他的心思。

“该喝杯茶……”她说。

“我倒无所谓……可他们已经准备走了！”邮差赞同道，“反正赶不上了……”

“您留下来吧！”她垂下眼睛，碰碰他的衣袖，低声说。

邮差终于解开了风帽的结子，迟迟疑疑地把风帽搭在胳膊上。站在执事妻子身边，他感到很温暖。

“你的脖子……真好看……”

他用两根手指头触触她的脖子。见她没有抗拒，他便用手抚摩她的脖子、肩膀……

“嘿，真好看……”

“留下来吧……留下来喝杯茶。”

“你往哪儿放？你这个吃教堂饭的人！”从院子里传来马车夫的说话声，“要横着放。”

“留下来吧……听，风这么大！”

邮差还没有完全睡醒，没有摆脱年轻人的甜蜜睡梦的诱惑，一种足以让他忘掉邮包，忘掉邮政火车……忘掉世上一切的愿望突然攫住了他。他仿佛想逃跑或是想藏起来似的恐惧地瞧瞧房门，随即搂住执事妻子的腰，正当他弯下身子想把灯吹灭时，过道屋里响起了脚步声，马车夫出现在门口……萨韦利正从他的肩后往屋里瞧。邮差赶紧松开手，好像是站在那儿想什么事。

“全准备好了！”马车夫说。

邮差站了片刻，仿佛想彻底醒来似的使劲甩甩头，跟着马车夫走了。屋里剩下了执事妻子一个人。

“喂，上车，给我们带带路！”她听见外面有人叫道。

一只车铃懒洋洋地响了起来，接着是第二只，第三只，细碎的铃声像一长串链子似的离开看守人小屋远去了。

当铃声渐渐消失时，执事妻子猛地一转身，激动不安地在屋里走来走去。起初她脸色发白，后来又满脸通红。她的脸被仇恨弄得变了样，呼吸发颤，眼睛里闪着粗野、凶狠和愤怒的光芒，活像一头被烧红的铁吓得在笼子里走来走去的母老虎。她停下来片刻，看看自己的居室。同整个后墙一样长的床几乎占去半间屋子，床上是肮脏的褥垫、硬邦邦的灰色枕头、被子以及各种各样叫不出名字的破烂。这张床是那样难看和不成形状，几乎跟萨韦利脑袋上那即使抹上油也总是翘着的头发一样。炉灶从床头一直伸展到通向寒冷的过道屋的门，炉灶上放着一些瓦罐，挂着一些破烂衣服。一切，包括刚刚出去的萨韦利本人，都是那样肮脏，那样沾满油污，熏得乌黑，以至在这样的环境中见到一个女人白皙的脖子和细嫩的皮肤都会感到奇怪。执事妻子跑到床前，伸出双手，仿佛想把这一切扔掉，踩烂，撕得粉碎，但后来，仿佛害怕这些脏东西似的，她又退了回来，又开始在屋里走来走去……

两小时后，当精疲力竭的萨韦利满身是雪返回来时，她已脱了衣服躺在床上。她的眼睛闭着，但根据她脸上肌肉轻微的颤动，他猜到她没有睡着。他在回家的路上下定决心回来后要一言不发，也不碰她，一切等明天再说，但此刻却忍不住要挖苦她几句。

"你的巫术白施了：他走了！"他幸灾乐祸地冷笑道。

妻子不作声，只是下巴颤动了一下。萨韦利慢慢地脱了衣服，从她身上爬过，靠墙躺下来。

"我明天就去告诉尼科季姆神甫，说你是个什么样的老婆！"他一面咕哝一面把身子蜷成一团。

妻子猛地朝他转过脸，目光炯炯地盯着他。

"对你来说有职位就够了，"她说，"至于老婆，你到森林里去找一个吧！我算你的什么老婆？我巴不得你死掉！可你这个蠢货、懒汉却缠着我。上帝宽恕！"

"得了，得了……睡觉吧！"

"我真不幸！"执事妻子嚎啕大哭起来，"要不是你，可能我会嫁给一个商人或是某个贵族！要不是你，我现在就会爱自己的丈夫！你这个恶棍，怎么不被雪埋掉，不在路上冻死！"

执事妻子哭了很久。最后她长长地叹了口气，不作声了。暴风雪还在窗外肆虐。不知什么东西在炉子里，烟囱里，在每一面墙外哭泣，萨韦利却觉得这是在他的心里和耳朵里哭泣。今天晚上他完全相信了他对妻子的揣测。妻子是在魔鬼的帮助下操纵着风雪和邮车，对此他已不再怀疑了。不过，使他感到更加痛苦的是这种神奇的事，这种古怪的本领，反倒给他身边这个女人增添了一种他过去没有发现的特殊的、难以理解的魅力。由于愚蠢，他自己也没有发现他是在美化她，她在他眼里变得更加白净、细嫩和难以接近了……

“女巫！”他愤懑地说，“呸，真讨厌！”

但与此同时，等她安静下来，发出均匀的呼吸声时，他又用手指头去摸她的后脑勺……把她的粗辫子握在手里。她没有感觉到……于是他胆子更大了，便去摸她的脸。

“别碰我！”她叫道，并用胳膊肘一推，正好戳在他的鼻梁上，戳得他眼冒金星。

鼻梁上的疼痛很快就消失了，但精神上的疼痛却还没有结束。

《心理变态者》——《女巫》

裴家勤　译

毒　物

在大地上，整个人类……

——摘自美菲斯托费尔咏叹调

彻头彻尾的唯心主义者彼得·彼得罗维奇·雷索夫在孔斯特公司的银行业务办事处任职。他用尖细的男高音唱歌，弹六弦琴，头上抹发蜡，穿淡色的长裤，这些都是唯心主义者区别于唯物主义者的特征，在十俄里外就能看清楚的。他是怀着极为热烈的爱情同退役的上尉卡德金的女儿柳博奇卡结婚的……信不信由您，他对他的未婚妻爱得那么深，如果有人要他在一百万卢布和柳博奇卡之间作出选择，他会不假思索地选择后者……魔鬼，当然，是不喜欢这种唯心主义者的，于是他赶紧出面来干涉。

办喜事的前一天（魔鬼就是从这时候起暗中捣鬼的），卡德金上尉把雷索夫叫到他的书房里，亲热地摸着他的衣扣，说：

“应当向你说明一下，亲爱的朋友彼佳，我在某种程度上那个……俗话说：协议胜过于金钱……为了以后，说实在的，不产生任何不愉快的事，我们有必要事先协商好……你知道，我嫁柳博奇卡那个……我嫁柳博奇卡什么陪嫁也拿不出！”

“哎，这有什么关系？”唯心主义者红着脸说，“您把我看成什么人了？我娶的不是钱，是姑娘！”

“问题就在这里……这正是我为什么要跟你讲的原因。其实你也明白。我这个人，当然，不是穷人，有财产，不过，你知道，除了柳博奇卡以外，我还有五个女儿……事情就是这样，亲爱的朋友彼佳……唉唉……（上尉叹气）这，自然会给你造成困难，可有什么办法呢！你设法撑一下吧……万一遇上这样的事……比方生儿养女，或者别的什么事情，那我会帮忙的……略微帮点小忙……甚至现在也可以……”

“亏您想得出，我说的是真话！”雷索夫摇一下手说。

“现在我就能给你四百卢布……请你原谅，我倒想多给一点，可是杀了我也拿不出了！”

卡德金把手伸到桌子里，从那里取出一张纸来，交给雷索夫。

“给你，拿去吧！”他说，“整整四百！我本想自己凭这张执行票[①]去要钱，可是，你要知道，我没有工夫奔走，你什么时候需要钱用，就去拿好了……你直接到克里亚博夫大夫家去要钱，用不着客气……要是他不认账，你就去找法院里的民事执行吏……”

不管雷索夫怎样推辞，不管他怎样证明他娶的不是钱而是姑娘，最后他还是把那张执行票叠成四折，放在他的口袋里。第二天在教堂里举行婚礼以后，雷索夫同柳博奇卡坐上马车回家，他搂住她的腰，对她说：

“前天你哭着说，我们的新居缺一架钢琴……现在你可以高兴了，柳博奇卡！我准备花四百卢布给你买一架钢琴呢……”

婚礼的晚宴举行过后，只剩下新婚夫妇两个人时，雷索夫就长久地从这个墙角踱到那个墙角，然后兴致勃勃地摇一下头，对妻子说：

“你听我说，柳博奇卡！我们是否推迟些时候再买钢琴？啊，你觉得怎么样？让我们先买家具！四百卢布可以买一套很不错的家具呢！这样我们可以把房间装饰一新，连魔鬼见了都要惊叹！在这个房间里面，我们将放一个长沙发和一把缎面的安乐椅……长沙发的前面呢，当然，要放一张圆桌，桌上，见它的鬼，摆一盏别致的灯……我们在这里放一个大理石脸盆。你明白吗？哈哈……这块空

---

① 由司法机关所发的证件，持票人凭票向欠债人索取债款。

地方我们塞进一个衣橱去，或者放上带梳妆台的五斗橱……就是说，鬼才知道这里会布置得多漂亮！”

“窗子上还要挂上窗帘。”

“对，还要挂上窗帘！明天我就去找那个大夫！只是要正巧碰上他在家，没什么了不起的……这些大夫都是些贪婪的人，习惯天一亮就出诊……请你原谅我，柳芭，我明天得早一点起床……”

第二天早晨八点钟，雷索夫悄悄起了床，穿好衣服，步行到克里亚博夫大夫家去。八点三刻，他已经在大夫的前厅里站着了。

“大夫在家吗？”他问使女。

“在家，不过他们都在睡觉，不会很快就起床。”

听到这样的回答，雷索夫顿时皱起眉头表示很不满意的样子，把使女吓了一跳，她就说：

“要是您那么需要见他，我可以去叫醒他。请您到诊疗室去吧！”

雷索夫脱掉皮大衣，走进诊疗室……

“这个骗子倒生活得挺好！”他在圈椅上坐下，扫视一下四周的陈设，暗想，“单是那沙发恐怕就值四百卢布呢……”

过了十分钟光景，听到远处的咳嗽声，随后是脚步声，接着克里亚博夫大夫走进诊疗室来，没有漱洗，睡眼惺忪的样子。

“您有什么病？”他在雷索夫对面坐下，问道。

“我，大夫先生，说实在的，没有生病，”唯心主义者开始亲切而微笑地说，“我是有事来找您……您知道，我昨天结了婚……急需钱用……要是您今天能按这张执行票付钱，我对您就非常感激了……”

“按什么执行票？”大夫瞪大眼睛说。

“您看，就是这一张……我是雷索夫，同卡德金的女儿结了婚。我是他的女婿。他，也就是我的丈人，把这张票子交给我。就是说，是卡德金交给我的！”

“上帝才知道是怎么回事！”克里亚博夫晃了一下手说，哭丧着脸站了起来。“我原以为您有病，不料您是为一件无聊的事来的……这件事应该使您感到害臊才对！我今天六点钟才睡下，您却为一件鬼才知道的事把我叫醒了！正派人尊重别人的休息……我简直替您害臊！”

“对不起，当然……”雷索夫发窘地说，“我是不知道……”

他看见大夫要离去，就站起来，喃喃地说：

“那么请问，我什么时候来才能取到这笔钱？”

“任何时候来都没用……我已经对那个卡德金说过一千次，叫他不要再来纠缠我！他已经令我讨厌了！”

大夫的口气和态度使得雷索夫发窘，也使得他发怒。

“既然是这样，”他说，“那就对不起了。我只得去找民事执行吏……请他来查封您的财产……”

“那就随您的便！您那个扎德金……他叫什么来着……卡德金，他知道这财产不是我的，而是我妻子的……”

雷索夫从大夫家出来，气得满脸通红，浑身发抖。

“如此粗鲁的人！”他想，“真是个畜生！他生活得那么阔绰，还在行医，欠下的债却不肯还！好，等着瞧吧……”

晚上，雷索夫没有躺下睡觉，却坐下给大夫写信……在信上，他一面以民事执行吏来进行威胁，一面坚决要求大夫通知他何日何时可以在大夫家里会见他。第二天他没有得到回音，就又寄去一封信……最后，白糟蹋六张本市邮票以后，他怒火中烧，就去找民事执行吏……

他就这样又是写信，又是拜访民事执行吏，日子一天天过去，人类的天性开始起作用了……雷索夫很快就觉得这四百卢布对他来说必不可少，缺了它就活不下去，他也惊奇不已。从前他没有这笔钱也一样过日子，这倒是怪事。家具可以推迟到以后再买，这且不说，可是以前的债务、裁缝的工钱、在小铺里欠的账，都需要用这笔钱偿还……婚后大约过了十天，柳博奇卡向雷索夫索取五个卢布付给他们家的厨娘，这时雷索夫说：

“我打算用大夫那里要来的钱付给她，目前我没钱……你看怎么办？我今天就到大夫那里走一趟！我要求他哪怕分期还清也好。这样办他大概会同意的！……”

他走到大夫家，发现候诊室里有很多病人。他只好按次序等着。他把放在桌上的报纸都看完了，心焦得喉咙发干，心口发痛，最后总算走进大夫的诊疗室。

“您又来了！”克里亚博夫皱起眉头说。

雷索夫坐下，直率地对大夫说明卡德金怎样把那张执行票送给他，他怎样缺钱用。

“您可以一次给十个卢布……”他说了这句结束语，“这样办我也同意！”

“您，对不起，简直是个疯子……”克里亚博夫笑着说，“您讲讲看，有谁还会接受执行票作为赠礼？”

“我所以接受它，是因为我想您会……是个有良心的人！”

“原来是这么回事！您不配谈良心不良心！您知道这笔债是怎么来的吗？当初我做大学生的时候，从您的丈人手里只借过五十卢布，余下的都算利息！我不能付这笔钱……我根据原则不能付！一个戈比也不能付！”

雷索夫从大夫家回来，已筋疲力尽，怒火上升。

“我不明白你父亲是怎么回事！”他对柳博奇卡说，“要知道，真是卑鄙，下流！倒像他那儿没有四百现款给我似的！我不要陪嫁，不过我这是原则上不要！现在我都不愿意再跟你父亲讲话了……他这个守财奴，视钱如命！我偏要跟他捣一下乱，你去告诉他，叫他把这张荒唐的执行票拿回去，另外给我四百卢布……听见没有？你去，你就这么说……”

“可是我怎么能对他说这种话呢？我说不出口，彼佳。”

“啊啊……这样说来，他在你心目中比你的丈夫还亲！依你说，他倒做得对？我没有拿他任何陪嫁，他反而对了！”

柳博奇卡开始眨巴着眼睛，哭了起来。

“又开始了……”雷索夫嘟哝着说，“岂有此理！得了，请你，亲爱的，别来这一套！在我面前不要这个样子！我的太太，用这一套说服不了我……打动不了我的心！我不喜欢这一套！你尽可以到你爸爸那儿去哭，在我这里可不是地方！听见了吗？”

雷索夫用书脊敲打着桌子……随着敲打声，新婚的蜜月也就此结束了……

没有结局的短篇小说

一场小戏

在很久以前的一个晚上，钟刚敲过两点，我的厨娘突然出乎意外地跑进我的书房，她脸色苍白、神色不安，通告说隔壁小房子的房东，老太婆米柳季哈，在她的厨房里坐着。

“老爷，请您到她那里去一趟……”厨娘上气不接下气地说，“她的房客出事了……他开枪自杀了，要不然就是上吊了……”

“我又能怎么办呢？”我说，“让她去找大夫或者到警察局去报案吧……”

“她哪里能去找大夫！她吓得气也喘不过来，躲到灶头底下去了……您就去一趟吧，老爷！”

我穿上外衣，朝米柳季哈的房子走去。我走到房子的边门跟前，看见边门开着。我站在门旁踟蹰了片刻，没有摸到扫院人的门铃，就径自走进了院子。里面门廊乌黑，歪歪斜斜，门也没拴上。我推开门，走进门道。那里漆黑一片，伸手不见五指，还有一股神香气味扑鼻而来。我摸索着门道的出口，胳膊肘碰到了一个铁器，在暗中又撞着一块木板，差点将它撞倒。最后总算找到一扇用破烂的毡子蒙着的门，于是我走进一个小小的前堂。

现在我写的不是一篇有关圣诞节的故事，我也完全不想吓唬我的读者，然而我在门道里看见的那幅画面的确离奇，只有死神才画得出来。面对我的是一道门，门里边是一个小客厅。那里墙上糊着已经褪了色的黑墙纸，三支并列竖着的廉价的蜡烛以微弱的光照着四壁。在客厅中央的两张桌子上，放着一口棺材。这三支蜡烛的光刚好照到棺材里一张黄中透黑的脸，半张开的嘴和一只尖鼻子。从脸到两只皮鞋的鞋尖上，胡乱地盖着一些纱布和薄纱，看似起伏不定的波浪。波浪里露出两只苍白不动的手，手里握着蜡制的小十字架。除了微微闪烁的烛光外，客厅里阴暗的墙角、棺材后面的圣像，以及棺材，一切都纹丝不动，死气沉沉，就像在坟墓里。

“这岂不是奇迹？”这种出乎意外的死亡情景使我惊呆了，我暗自想，“哪有这样的猝死？房客刚刚上吊或者开枪自杀，就已经躺在棺材里了！”

我朝四周打量了一下，发现左边有一扇门，上半部镶着玻璃。右边有一个瘸腿的衣帽架，上面挂着一件旧的皮大衣……

“给我水……”我听到哀求声。

哀求声是从左边那扇上半部镶着玻璃的房门里传出来的。我推开房门，走进一个漆黑的小房间，里面只有一扇窗，窗子上隐隐地透过街灯的微弱亮光。

“这儿有人吗？”我问。

没有回声，我就划了根火柴。当火柴亮起时，我看见这样的情景：我的脚旁，在血污的地板上，坐着一个人。刚才要是我把步子迈得大些，就踩在这个人身上了。他把两条腿向前平伸，两只手撑在地板上，使劲扬起他那英俊而灰白的脸，脸上长着像墨一样黑而密的大胡子。他抬起一双大眼睛瞧着我，我从他那双眼睛里看到了无法形容的恐怖、痛苦和祈求。冷汗大颗大颗地顺着他脸庞淌下来。他的汗，他脸上的表情，他那硬撑着的胳膊的颤抖，他急促的呼吸，他咬紧的牙关，都说明他痛苦难熬。他右手边的一摊血里有一支被扔掉的手枪。

“您别走……”当火柴熄灭时，我听到一个微弱的声音在说，“桌上有蜡烛。”

我点上蜡烛，站在房间中央，不知道做些什么。我站在那里，瞧着坐在地板上的人，好像过去我在什么地方见过他似的。

“我痛得受不了了，”他低声说，“我没有勇气再朝自己开枪了。我也不明白，我为什么优柔寡断。”

我脱掉身上的大衣，动手照料病人。我把他像小孩似的从地板上抱起来，放在蒙着漆布的长沙发上，小心地解开他的衣服。当我把他的衣服脱下来时，他就开始发抖，感到冷。不过我看见的伤口，却跟病人的颤抖和脸上的表情不相称。伤势很轻。子弹在他左边第五条和第六条肋骨之间擦过，只擦破点皮和细胞组织，如此而已。我在他礼服的里边口袋附近，在衬里夹层中找到了那颗子弹。我用一个枕头套、一条毛巾和两块手绢做成临时绷带，尽力让他止住血，然后给他喝水，把前室里挂着的皮外套拿来盖在他身上。扎绷带的时候我们始终没说一句话。我忙着，他躺在那里一动不动，眯着眼看我，仿佛为他不顺利的自杀和他给我惹来的麻烦而感到不安似的。

“现在请您务必安静地躺着，”我扎完绷带后说，“我到药房去一趟，买点药来。”

“不用！”他边喃喃地说，边抓住我的衣袖，把眼睛睁得大大的。

我从他的眼神里看出了惶恐不安。他生怕我走掉。

“不用！请您再待五分钟……十分钟……要是您不嫌弃，那就请您坐下，我求求您。”

他一面要求，一面发抖，牙齿打战。我听从他的话，在长沙发边上坐下。我们在沉默中过了十分钟。我没开口，只是打量着这间屋子，是命运出人意料地把我带到这里来的。看来真的是好穷啊！这个人生着英俊秀气的脸，留着修剪整齐的大胡子，可是他的境况连一个普通的工人也不会羡慕。蒙在长沙发上的漆布已经斑驳，上面有许多破洞，一把普通的椅子脏得要命，一张桌子上放了些废纸，墙上挂着的石印画极其难看，这就是我看到的一切。潮湿、阴暗、灰色。

“好大的风！”病人闭着眼睛说，“刮得好响！”

“是的……”我说，“您听着，我觉得我好像认识您。您是不是去年在卢哈切夫将军的别墅里参加过业余演出？”

“那又怎么样？”他很快地睁开眼睛问。

他脸上掠过阴影。

“我在那里见过您。您是瓦西里耶夫吧？”

“就算是这样，那又怎么样？就算您认识我，我也不会因此好受些。”

“当然不会，但我只是随便问问……没有什么目的。”

瓦西里耶夫闭上眼睛，好像受了委屈似的，转过脸去对着长沙发的靠背。

“这种好奇心真不可理解！”他抱怨地说，“您只差没审问我是什么原因促使我自杀的！”

不到一分钟，他又转过脸来对着我，睁开眼睛，用像哭似的声调说：

“请您原谅我用这种口气说话，不过您会同意，我是对的！问一个囚犯为什么坐牢，问一个自杀者为什么向自己开枪，未免太残忍，而且……无礼。这是用别人的烦恼来满足自己无聊的好奇心！”

“您不必激动……我根本不想问您自杀的原因。”

“您是想问的……这已经成了人们的习惯。其实何必问呢？就是我对您说，您也会要么不明白，要么不相信……说实话，连我自己也没弄明白……警察局的公文和报纸上常出现这样的用语，例如‘毫无希望的爱情’和‘毫无出路的贫穷’，可究竟是什么原因不清楚……不论是我，还是您，或是你们那些敢于写《自杀者日记摘录》的编辑成员，都不明白原因何在，只有上帝才理解。一个剥夺自己生命的人，他的心理状态人们是不会明白的。”

“这些话讲得很动听，”我说，“不过您不应该多讲话……”

然而这位自杀者却讲得兴致勃勃。他伸出拳头支撑着脑袋，继续用得病的教授的口吻说：

“人永远也不会明白自杀心理的奥秘！自杀的原因是什么？今天使人拿起手枪的原因，也许明天就一文不值……这大概取决于人在这种时刻的个性吧……比方拿我来说。半个小时以前我竭力想死，可是现在，当蜡烛点起，您又坐在我身旁，我就不想死了。请您把这种改变解释一下吧！是我变得有钱了呢，还是我妻子复活了？莫非是这种亮光，或者有外人在场，对我产生了影响？”

“亮光确实会影响人……”我低声，含含糊糊地敷衍说，“亮光对人的肌体的影响……”

“亮光的影响……我们暂且承认这一点吧！但您要知道，也有人在烛光下开枪自杀的！至于在您的小说里，如果像蜡烛这样微不足道的东西竟然一下子改变了整个戏剧进程，那对您小说中的主人公来说却不大光彩！这些荒唐事也许能被解释，然而我们解释不了。不理解的事，那就无须多问，也无须解释……”

“对不起……”我说，“不过……从您脸上的表情来判断，我觉得现在您似乎在……故弄玄虚。”

“是吗？”瓦西里耶夫醒悟过来说，“很可能！我天生虚荣心强，爱面子。好，要是您相信您的察言观色的本领的话，那您就来解释一下！半个小时以前我试图开枪自杀，如今却在故弄玄虚……解释一下吧！”

瓦西里耶夫最后那几句话是用软弱无力的声调说的。他累了，不再说话。随后是沉寂。我开始观察他的脸。他面色苍白，像是死人。他的生机似乎在熄灭，只有这个“虚荣心强，爱面子”的人所受的痛苦表情才说明他还活着。看着那张脸，真叫人害怕，然而他却还有力气大谈哲理，而且，如果我没有看错的话，还有力气故弄玄虚。要是瓦西里耶夫自己能看见这张脸，不知会怎样。

“您在这里吗？”他忽然用胳膊撑起身子，问道，“我的上帝啊！ 您仔细听那声音吧！”

我开始听，漆黑的窗外，雨点猛烈地敲打着，一刻也不停。风在凄厉地呼啸。

“我就要变得比雪还白，我能听见喜悦和欢乐，”米柳季哈已经回来，正在客厅里用懒散、疲倦的声音念着，她那单调乏味的语调既不高，也不低。

“那倒真是快乐，不是吗？”瓦西里耶夫把惊恐的脸转过来对着我，低声地说，“我的上帝啊，人是什么都能看见和听见的！应该把这种混乱谱成乐曲才对！按哈姆雷特的说法，‘它就会把无知的人弄得张皇失措，使得耳朵和眼睛丧失功能’。到那时候我会深刻理解那种音乐！我的体会会很深！……现在几点钟了？”

“两点五十五分。”

“离天亮还远着呢。明天早晨就要出殡。那情景会多么美妙！冒着大雨，踏着泥地，跟在棺材后面一步步地走。走啊走的，除了阴云密布的天空和满目凄凉的景色以外，什么也看不见。无非是些满身沾满污泥的送丧人，小酒馆、木柴场……裤子湿到膝部。街道长得没有尽头，时间长得好像过了一万年，人们态度粗鲁……心上呢，压着块石头、石头！”

他沉默了片刻，忽然问道：

“您很久没见卢哈切夫将军了吧？”

“从去年夏天以后就没见过他。”

“他喜欢发脾气，不过他是个可爱的小老头。那么您还在写东西吗？”

“是的，写一点。”

“哦……您可记得当初我追求济娜的时候，我怎么跟傻瓜一样，就像一头兴奋的小牛在业余演出中蹦蹦跳跳？真是愚蠢，不过这样也好，很快活……甚至回想起来都能感到一种春天的气息呢……可现在！舞台的布景发生了多么剧烈的变化！这正是您写作的题材！只是您不要异想天开地写什么《自杀者日记摘录》。那已经是陈词滥调了。您写一点幽默的东西吧。”

“您又……装腔作势了，”我说，“您这种处境可没有一点幽默的地方。”

“一点可笑的地方也没有？您是说一点可笑的地方也没有？”

瓦西里耶夫坐起来，他的眼睛里闪着泪光。他那苍白的脸上流露出沉痛的委屈神情，下巴开始发抖。

“您嘲笑那些骗人的银行出纳员和负心的妻子，”他说，“提到欺骗，不论哪个银行出纳员，哪个负心的妻子，也比不上我的命运那样欺骗我！我受到的那种欺骗还没有一个银行存款人，也没有一个戴绿帽子的丈夫受到过。您只要体会一下我现在成了多么可笑的傻瓜！去年您亲眼看见，我幸福得不知如何是好，现在您却看到……”

瓦西里耶夫头倒在枕头上，笑了。

“比这种改变更可笑、更荒唐的连想都没法想。第一章：春天，爱情，蜜月……一句话，就是甜。第二章：谋差事，进当铺，受穷，跑药房，以及……明天要踩着烂泥走到墓园去。”

他又笑起来。我感到毛骨悚然，就决定走了。

“您听着，”我说，“您躺着，我到药房去一趟。”

他没回答。我穿上大衣，从他的房间里走出去。我走过门道，看了看棺材和正在念经的米柳季哈。不管我怎样集中注意力，我也不能从那张黄中带黑的脸认出她就是济娜，就是卢哈切夫剧团里活泼而俊俏的专门演纯情少女的女演员。

“世俗的荣华就这样过去了①。”我想。

我走出来，没有忘记随身带走那支手枪，然后径直朝药房走去。可是我不应该离开。等到我从药房回来，瓦西里耶夫躺在沙发上已经昏厥过去。绷带给粗暴地扯掉了，血从被触动的伤口里流出来。我一直忙到天亮才使他清醒过来。他发着高烧，说胡话，浑身发抖，转动着什么也看不见的眼睛不停望着房间四处，直到清晨来临，教士开始做安魂祭，诵读经文的声音开始响起，他才醒过来。

当瓦西里耶夫的住宅里挤满老太婆和送丧人，棺材被抬走，从院子里搬出去时，我劝瓦西里耶夫留在家里。尽管他伤口疼痛，早晨又阴雨连绵，可是他却不肯听我的话。他没戴帽子，默默地跟在

① 原文为拉丁语。

棺材后面走到墓地去。他勉强迈动两腿，偶尔痉挛似的抓住受伤处。他脸上现出极度的冷漠。只有一次，当我用一个无关紧要的问题打断他沉思时，他才用眼睛环视马路和灰色的围墙，一刹那间在他的眼里闪出阴沉的愤恨光芒。

“‘车沦作坊’，”他念着一块招牌上的字说，“文墨不通的大老粗，见他的鬼！”

从墓地里出来，我把他送回家去了。

从那天晚上起到现在才过了一年，瓦西里耶夫穿的踩着污泥送他妻子去下葬的那双皮靴还没完全坏。

现在我要结束这个短篇小说了，他正坐在我家客厅里弹钢琴，给女客人表演外省的小姐怎样唱哀伤缠绵的抒情歌曲。女客人们哈哈大笑，他自己也哈哈大笑。他真快活哩。

我把他叫到我的书房里来。他显然不满意，因为我害得他离开了愉快的交际场合。他走进我的房间，在我面前站住，装出没有工夫的样子。我把这篇短篇小说递给他，要求他读一遍。他总是以宽容的态度对待我的创作，他压低自己的叹息声，这是懒惰的读者的叹息。他在圈椅上坐下，开始读了起来。

“见鬼，多么吓人啊。”他微笑着，嘟哝说。

然而他越往下读，脸色也变得越严肃。最后，在沉重的回忆的压力下，他脸色煞白，站起来，就这么站着继续读下去。他读完后，就从这个墙角走到那个墙角。

“这篇小说该怎样结束呢？”我问他说。

“怎样结束？嗯……”

他打量一下房间，看看我，又看看自己……他看到自己身上时髦的新衣服，听见女人的笑声，就……往圈椅上一坐，笑起来，就像那天晚上一样。

“是啊，当初我对你说这件事可笑，岂不是说对了？我的上帝啊！那时候我肩负着那样的重担，就连大象的背也承受不住，鬼才知道我的痛苦有多深，似乎天下的痛苦没有比这再深了，可是现在连痛苦的踪影也不知到哪儿去了，怪事！看上去，苦难给人留下的烙印似乎一定会永世长存，不可磨灭，无法更改。可是结果怎样呢？那种烙印如同便宜的鞋掌一样，很容易就磨损了！它一点也没留下来，一丝一毫也没留下来！仿佛那时候我不是受苦，而是在跳玛祖卡舞。世上万物变化无常，而这种变化无常真可笑！这倒为幽默作品提供了广阔的天地！……那你，老兄，就给他加上个幽默的结局吧！”

“彼得·尼古拉耶维奇，您很快就来吗？”那些等急了的女人招呼我的男主人公。

“马上就来！”这个“爱虚荣，要面子”的人边说边理着领结，“这种事，老兄，可笑而又可怜，可怜而又可笑，可有什么办法呢？我是人……不过我仍然要称赞大自然新陈代谢的作用。如果我们始终保留着我们所经受的痛苦，例如保留牙痛那种可怕的事的回忆，若这一切永世不忘，那我们这些活在世上的人就不好过了！”

我瞧着他笑嘻嘻的脸，不由得想起一年前他瞧着漆黑的窗外，眼睛里充满着绝望和恐怖的样子。我看出他在扮演他平时那种学识渊博的空谈家的角色，想要在我面前卖弄他那些新陈代谢之类的空洞理论，同时我也回想起他当初坐在地板上的那一摊血里，睁着他那双病态和祈求的眼睛的模样。

“这篇小说该怎样结束呢！”我大声地问自己。

瓦西里耶夫嘴里吹着口哨，整理着他的领结，往客厅走去。我望着他的背影，心里感到懊恼。不知什么缘故我为他过去的痛苦难过，我想起在那个不祥之夜我自己曾经为这个人百感交集，也感到难过。我仿佛失去了什么似的……

玩笑

冬天，一个晴朗的中午……天寒地坼。娜坚卡挽住我的胳膊。在她两鬓的鬈发上和上嘴唇的茸毛上，都沾着一层银白的霜。我们站在一座高山上。从我们站的地方到下边平地之间，延伸着一道平滑的斜坡。太阳照在上面就像照着镜子似的。我们旁边有一辆小小的雪橇，上面盖着猩红色的呢子套。

"我们一块儿坐雪橇滑下去吧，娜杰日达·彼得罗芙娜！"我央求说，"就滑一次！我向您保证，我们会平安无事的。"

但是娜坚卡很害怕。在她看来，从她那双小小的套靴站着的地方到这座冰山脚下，简直就是可怕的万丈深渊。我只是约她坐上小雪橇滑下去，可她往下一看，却已经吓得魂飞魄散，仿佛要窒息。要是让她试着飞到那个深渊里去，那不知将会怎样呢！说不定她就会被活活吓死，会发疯。

"我求求您！"我说，"不用怕！您要明白，这是胆小、懦弱！"

娜坚卡终于让步了，不过我从她的脸色看得出，她是冒着生命危险让步的。我把她，这个脸色苍白和浑身发抖的姑娘，扶上小雪橇，伸出一条胳膊搂住她，随后就跟她一起朝那个无底洞冲下去。

小雪橇像子弹一样飞出去。被我们冲破的空气迎面扑来，呼呼作响，在我们耳旁尖叫，撕扯着我们，恶狠狠地扭痛我们，试图把我们的脑袋从肩膀上揪下来。在风的压力下，我们几乎没法呼吸。仿佛有个魔鬼伸出爪子抓紧我们，咆哮着把我们拖到地狱里去。四周的东西合成一条急速飞奔的长带子……似乎再过片刻我们就要粉身碎骨了！

"我爱您，娜佳！"我低声说。

小雪橇开始越跑越慢，风的咆哮声和雪橇的滑木的沙沙声不再那么可怕，我们的呼吸也比较通畅，我们终于滑到底下了。娜坚卡已经吓得半死。她脸色苍白，几乎透不过气来……我扶着她从雪橇上下来。

"无论如何我再也不坐雪橇了，"她说，睁大了充满恐惧的眼睛望着我，"我说什么也不再坐了！我差点死掉！"

过了片刻她才清醒过来，带着疑问的神情瞅着我的眼睛："那句四个词组成的话是不是我说的，还是在急骤的风声中她一时听错了？我站在她身旁，吸着纸烟，专注地盯着我的手套。

她拉着我的手，我们在山坡旁边好长时间散着步。看来，这个谜搅得她心神不定。那句话是不是我说的？说了还是没说？到底说了没有？这是有关她的自尊心、荣誉、生活、幸福的问题，是世界上最最重大的问题。娜坚卡用锐利的目光焦急而忧郁地瞧着我的脸，心不在焉地回答我的话，等着看我会不会再说那句话。啊，在那张可爱的脸上，表情千变万化，千变万化呀！我看她克制着自己，她想说些什么，问些什么，可是找不出适当的字眼，觉得不便说出口。她害怕、兴奋，使得她难以启齿……

"您听我说！"她说，眼睛没有朝我看。

"什么？"我问。

"我们再……滑一次雪橇吧。"

我们顺着一道阶梯爬到山上。我又扶着面色苍白、浑身发抖的娜坚卡坐上小雪橇，我们又朝着可怕的深渊飞下去，风又咆哮，滑木又沙沙作响。在小雪橇飞得最快，声音最响的时候，我又低声说：

"我爱您，娜佳！"

等到小雪橇停住，娜坚卡就打量一下我们刚刚滑下来的山坡，然后久久地端详着我的脸，留神听我冷静淡漠的声音，于是她的全身，上上下下，甚至包括她的皮手套和风帽在内，都显出极度的困惑。她脸上流露出这样的疑惑：

“这是怎么回事？是谁对我说了那句话？是他吗，还是我听错了？”

这个疑团搅得她心神不安，失去了耐心。可怜的姑娘不回答我的话，皱起眉头，眼看就要哭起来。

“我们要不要回家去？”我问。

“可是我……我喜欢滑雪橇，”她红着脸说，“我们要不要再滑一次？”

她“喜欢”这种滑雪橇游戏，可是一旦她坐上小雪橇，又跟上两次一样面色惨白，浑身发抖，吓得透不过气来。

我们第三次滑下坡去。我看见她瞧着我的脸，盯住我的嘴唇。可是我拿出手绢来捂住我的嘴，咳嗽，等小雪橇滑到半山腰，我仍然说了一句：

“我爱您，娜佳！”

于是这个谜还是个谜！娜坚卡默默不语，陷入沉思……我把她从滑冰场送回家去，她缓缓地走着，极力放慢脚步，一直等着，看我会不会对她说那句话。我看出她内心的痛苦，她尽力克制自己，免得说出这样的话：

“这句话不可能是风说的！我也不希望是风说的！”

第二天早晨我收到一张便条：“如果您今天去滑冰场，就请您来一趟，带我一块儿去。娜。”从这天起我天天跟娜坚卡一块儿去滑冰，坐着小雪橇往坡下滑，我每次都低声地说着那句同样的话：

“我爱您，娜佳！”

很快娜坚卡就对这句话听上了瘾，如同喝酒或者服吗啡上了瘾那样。不听这句话，她就活不下去。其实，从山顶上飞驰而下，依然很可怕，但是现在的恐怖和危险却给这句诉说爱情的话增添了特殊的魅力，尽管这句话照旧是个谜，折磨着她的心。她仍然怀疑这两者：我和风……这两者究竟是谁在同她谈情说爱，她不知道，不过到后来她好像也不在乎了：不管用哪一个杯子喝酒反正都一样，只要能喝醉就行。

一天中午，我独自一人去滑冰。我混在人群中，看见娜坚卡往山坡上走去，眼睛往四处张望，她在找我……后来她胆怯地顺着台阶往上走……一个人坐雪橇是可怕的，啊，多么可怕！她脸色白得像雪一样，浑身发抖。她如同上法场似的走着，可她仍然在走，头也不回，态度坚决。她分明是下了决心，试一试没有我在的时候，能不能听见那句惊人而甜蜜的话。我看见她脸色发白，害怕得张开了嘴，在小雪橇上坐下，闭上眼睛，向人世告别，然后往下滑……“沙沙沙”……滑木响着。娜坚卡是否听见那句话，我不得而知……我只看见她从雪橇上下来时，浑身软绵绵的，有气无力。从她的脸色可以看出，她自己也不知道听见了没有。她滑下坡的时候，恐惧已经夺去她听话、辨别声音、理解事物的能力了……

很快，春天的三月到了……太阳变得比较和煦温暖。我们那座山上的冰终于融化了，冰山颜色发黑，失去了原有的光泽。我们也不再去滑冰了。可怜的娜坚卡再也没有一个地方去听那句话，况且也没有人来说那句话了，因为这时候听不见风的声音，而我也准备到彼得堡去，要去很久，想必从此不回来了。

有一次，大约是我动身的前两天，在苍茫的暮色中，我坐在小花园里，这个小花园同娜坚卡居住的院子是用一道钉着钉子的高板墙隔开的……天气还相当冷，粪堆边上还有雪，树木死气沉沉，但空气中已经散发着春天的气息，白嘴鸦在叽叽喳喳，准备安顿下来过夜了。我走到板墙跟前，从板缝里望过去，看了很久。我瞧见娜坚卡朝门廊走来，用悲哀忧伤的目光眺望天空……春风迎面吹到她那苍白忧愁的脸上……这使她想起当初在山坡上，她听见那句话的时候向我们咆哮的大风，她的脸就变得更加抑郁，眼泪顺着她的脸颊淌下来……可怜的姑娘伸出双手，仿佛要求风再一次给她送来那句话似的。我就等着一阵风刮过去的时候，低声说：

“我爱您，娜佳！”

我的上帝啊，娜坚卡出现了什么变化呀！她叫起来，满脸微笑，迎着风伸出两只手，又高兴又幸福，显得那么美丽。

而我离去，收拾行李走了……

那是很久以前的事。如今娜坚卡已经结婚了。究竟她是由父母定的亲，还是自己作主出嫁的，这都没有关系，总之她嫁给了贵族监护机构的秘书，现在已经有三个孩子了。至于我们以前一块滑过冰，风把“我爱您，娜佳！”这句话送到她的耳朵里，这些她都没有忘记，如今这成了她一生中最幸福、最动人、最美好的回忆了……

而我呢，如今年纪大了，已经不明白当初为什么说那句话，为什么要跟她开这个玩笑……

阿加菲娅

当我住在某县的时候，常到杜博沃村的菜园去，在守园人那里做客，他叫萨瓦·斯土卡奇，简单点说，就叫萨夫卡。我在去所谓“专门”钓鱼的时候，这些菜园是我最爱去的地方。每次我出门就不知道何时才能回来，我总是把所有的钓鱼工具统统带在身边，还准备点干粮。说实在的，使我感兴趣的与其说是钓鱼，还不如说是那种逍遥自在的闲逛，不定时的进餐，同萨夫卡的交谈，以及长久地凝望宁静的夏夜。萨夫卡是个二十五岁左右的小伙子，他身材魁梧，容貌漂亮，结实得像打火石。他是个通情达理的人，他能读会写，很少喝酒，但作为一个干活的人，这个年轻力壮的人却一文不值。在他那粗绳般结实的筋肉里，有一种沉重而无法克服的懒惰跟他强壮的体力同时并存。他住在村子里，和大家一样有自己的小木房、分到一块土地，可是他让它闲着，从不播种，也从不从事任何职业。他的老母亲沿街乞讨，他自己却像天上的鸟那样生活：早晨还不知道中午吃什么。这倒不是因为他缺乏意志、精力或者对他母亲的怜悯，只不过是对劳动没有兴趣，也意识不到劳动的益处。他身上有种安然闲适的气质，一种天生的近乎艺术家的那种对待生活的样子，悠然自得，毫不在乎。每当萨夫卡年轻健康的身体在生理上渴望舒活一下筋骨的时候，他就会暂时专心做一件自在的、徒劳无益的事情，譬如把一根毫无用处的木橛子削一削尖，或者同村妇们互相追逐。他最喜欢的姿势就是一动不动地站着。他能够一连几个小时站在一个地方纹丝不动，眼睛盯着一点看。他有时也凭直觉行事，不过也仅仅是在出现需要突然地急速行动的情况下，例如:去揪住一只正在奔跑的狗的尾巴；扯下一个村妇的头巾；跳过一个宽阔的深坑。由于这样不爱劳动，自然，萨夫卡就一贫如洗，生活比任何一个孤苦赤贫的农民更糟。随着时光的流逝，他欠交的税款势必愈积愈多，于是他，这个年轻力壮的人，就由村社派去干老年人的活儿，做村社菜园的看守人和稻草人了。尽管别人嘲笑他过早地成了老年人，他却毫不在乎。这个差使清静，适合于沉思默想，正投其所好。

五月，一个天气晴朗的傍晚，我正巧在萨夫卡那儿做客。我记得，我躺在窝棚旁边破旧的车毯上，窝棚里冒出浓重的、使人窒息的干草气味。我把两手垫在头下，眼睛望着前方。我的脚旁放着一把木制的干草叉。干草叉的那一边站着萨夫卡的小狗库特卡，在我眼里它像块黑斑似的。离库特卡不远，大约两俄丈开外，平地急转而下，成了一条小河的陡岸。因为我躺着，所以看不见那条河。我只能看见岸边丛生的柳林的树梢，以及对岸那像被谁啃过似的弯曲不平的边沿。对岸的远处，在暗色的山丘上，村子里的小木房像受惊的小山鹑似的彼此紧挨着。我的萨夫卡就住在这个村里。山丘后边的晚霞渐渐暗去。只剩下一条浅红色的长带，就连它也开始蒙上薄薄的一层碎云，好像蒙上一层刚要燃尽的木炭。

菜园右边的一片小小的赤杨林，渐渐暗淡起来，有时偶尔刮过一阵风，它就摇动起来，发出低声细语。那边，在黑暗中眼睛分不清哪是田野，哪是天空的地方，有一盏灯火在明亮地闪烁。萨夫卡在离我不远的地方坐着。他像土耳其人似的盘腿而坐，低下头，若有所思地瞧着库特卡。我们挂着活饵的钓鱼钩早已放进河里，我们没有别的事可做，只能静静地养神，从没劳累过、永远在休息的萨夫卡就喜欢这种养神。晚霞还没完全退尽，但夏夜已经用自己温存而催人入眠的抚爱拥抱着大自然。

一切事物都在初次酣睡中沉寂下来，只有一只不知名的夜鸟在赤杨林里懒洋洋地拖着长音发出抑扬顿挫的声响，仿佛在问："你见到尼——基——塔了吗？"然后又立刻回答自己说："见到了！见到

了！见到了！”

“为什么今晚夜莺不唱歌？”我问萨夫卡。

他慢腾腾地转过脸来对着我。他的脸庞很大，然而面容开朗，富于表情，神色柔和，就跟女人一样。随后他抬起温和而沉思的眼睛看一下赤杨林，又看一下柳丛，慢慢地从口袋里取出小笛子，放在嘴上，模仿雌夜莺的叫声。即刻，一只秧鸡在对岸嗞啦嗞啦地叫起来了，仿佛在回答他的笛声似的。

“您看，这就是夜莺……”萨夫卡笑着说，“嗞啦！嗞啦！倒好像它在拉钓钩似的。要知道，它大概也认为它是在唱歌。”

“我喜欢这种鸟……”我说，“你知道吗？在候鸟南飞的时候，秧鸡不是飞，而是在陆地上跑。只有遇到河和海，它才飞去，否则就一直在陆地上走。”

“好家伙，跟狗一样……”萨夫卡咕哝了一句，带着敬意向正在叫唤的秧鸡那边望去。

我知道萨夫卡非常喜欢听人讲话，就把我从狩猎书上看到的所有有关秧鸡的事一件件讲给他听。我不知不觉从秧鸡讲到候鸟南飞。萨夫卡专心致志地听我讲，连眼睛也不眨一下，自始至终愉快地微笑。

“这种鸟更喜欢呆在哪儿？”他问，“是我们这边呢，还是那边？”

“当然是我们这边。这种鸟本身就是在这里出生的，又在这里孵小鸟，这里是它的故乡。至于它飞到那边去，那也只是为了免得冻死罢了。”

“有意思！”萨夫卡伸着懒腰说，“不管是什么，都很有意思。不管是鸟，还是人……或者，就是拿这块小石头来说，样样东西都有它的道理！……唉，老爷，要是我早知道您来，我就不会叫那个婆娘今天到这儿来了……有个婆娘要求今天晚上到这儿来……”

“哎，你请便，我不会打搅你们！”我说，“我可以到小树林里去躺着……”

“得了吧，这算什么话！她要是明天来，也死不了……如果她能坐在这儿，听人讲话倒也罢了，可她老是胡说八道。有她在，就不能正正经经地谈话了。”

“你是在等达里娅吧？”我沉默了一会儿，问道。

“不……今天是另一个女人要来……铁路扳道工的老婆阿加菲娅……”

萨夫卡是用惯有的那种冷漠而带点低沉的声调说这些话的，仿佛他是在讲烟草或稀饭似的，可我却吃了一惊，猛然欠起身子。我认得扳道工的妻子阿加菲娅……她是个还十分年轻的少妇，年纪不过十九至二十岁，去年刚刚嫁给铁路扳道工，一个威武的年轻小伙子。她在村里住着，她的丈夫每天晚上从铁路线上回到她那里去过夜。

“老弟，你跟那些女人来往早晚会惹出麻烦来的！”我叹道。

“管他呢！”

萨夫卡沉思了片刻，又补充说：

“我对那些娘们儿也这么说过，她们就是不听……她们那些傻娘们简直满不在乎！”

紧接着是沉默……这时天色越来越黑，每样东西都失去了原有的轮廓。山丘后面的一长条晚霞已经完全消散，天上的星星变得越来越明亮灿烂……草螽忧郁、单调的唧唧声，秧鸡嗞啦嗞啦的啼叫和鹌鹑咕咕的叫声都没有破坏夜晚的寂静，反而给它增添了单调。似乎那些轻柔悦耳的叫声不是来自飞禽，也不是来自昆虫，而是来自天上俯视我们的星星……

首先打破沉默的是萨夫卡。他慢腾腾地把眼睛从乌黑的库特卡移到我身上，说：

“老爷，我看，您感到寂寞了吧。那就吃饭吧。”

没等我同意，他就肚皮朝下，爬进窝棚，在那里摸索着，这时候整个窝棚就开始像树叶似的颤抖起来，随后他爬出来，把我的伏特加和一个土碗放在我面前。碗里有几个烤熟的鸡蛋，几块荤油黑麦饼和几块黑面包，另外还有点别的东西……我们用一只歪斜的、立不稳的杯子喝酒，然后吃起那些东西来……盐粒很大，而且是灰色的，麦饼油腻而肮脏，鸡蛋老得跟橡胶似的，可是这些东西吃起来味道却很好！

“你看来孤苦而贫困，可这里吃的东西倒不少，”我指着土碗说，“这些你是从哪儿弄来的？”

“那些婆娘们送来的……”萨夫卡嘟嘟哝哝地说。

“她们为什么给你送这些来呢？”

“不为什么……只是怜惜我罢了……”

不单是萨夫卡的吃食，就连他的衣服也带着女人“怜惜”的痕迹。例如这天傍晚，我发现他腰上系着一条新的绒线带，他肮脏的脖子上套着一根猩红色丝带，丝带上挂着一个小小的铜十字架。我知道女性对萨夫卡的钟爱，也知道他不乐意谈女人，所以我没有继续问下去。况且也没有时间再谈……库特卡本来在我们跟前转来转去，着急地等我们丢给它食物，这时候忽然竖起耳朵，汪汪地叫起来。远处响起了断断续续的溅水声。

“有人蹚着水来了……”萨夫卡说。

过了三分钟光景，库特卡又汪汪地叫起来，而且发出一种咳嗽似的声音。

“嘘！”主人吆喝它说。

黑暗中响起了低沉、胆怯的脚步声，从小树林里露出一个女人的身影。尽管天色很黑，我却认得出她，她就是扳道工的妻子阿加菲娅。她胆怯地走到我们跟前，站住，气喘吁吁。她透不过气来，多半不是由于走累了，而可能是由于她心里害怕，和一种不愉快的感觉，大凡夜间蹚着水过河的人都会有那种感觉的。她看见窝棚旁边不是一个人而是两个人，就轻微地惊叫一声，倒退一步。

“哦……是你啊！”萨夫卡说，把一块饼塞进自己嘴里。

“我……是我，”她支吾道，手里拿着的一包东西掉在地下，斜起眼睛来瞟我，“雅科夫问您好，吩咐我交给您……您看，就这点东西……”

“算了，你干吗撒谎？什么雅科夫！”萨夫卡笑着说，“用不着撒谎，老爷知道你是干什么来的！你坐下，做我们的客人吧。”

阿加菲娅斜起眼睛瞟我，犹疑不决地坐下。

“我还以为你今天晚上不来了……”萨夫卡经过长久的沉默后说，“你呆坐着干什么？吃吧！是不是要我给你点伏特加喝？”

“你想得出的！”阿加菲娅说，“你把我当成酒鬼了……”

“你就喝吧……喝了心里热乎一点……喏！”

萨夫卡把那只歪斜的杯子递给阿加菲娅。她就慢慢地把酒喝下去，却没吃下酒的菜，只是长吁了一口气。

“你带东西来了……”萨夫卡边解那个包袱，边带着满不在乎的玩笑口气接着说，“娘们总不能不带点东西。啊，馅饼和土豆……日子过得不错嘛！”他转过脸来对着我，叹口气说：“整个村子只有他们家保藏着过冬的土豆！”

在黑暗中我看不清阿加菲娅的脸，不过从她肩膀和头部的动作来看，我觉得她的目光一刻也没离开过萨夫卡的脸。我不愿意在这场幽会中做第三者，就决定到别处去溜达一下，于是我站了起来。可是这时候，小树林里有一只夜莺突然发出两声女低音般的啼鸣。过了半分钟它又发出一串尖细的颤音，它就这样试了试歌喉后，开始唱起来。萨夫卡跳起来，倾听着。

“这就是昨天的那一只！”他说，“你等着！……”

他猛地离开原地，不出声地跑到小树林里去了。

“喂，你去找它干什么？”我对着他的背影喊道，“算了吧！”

萨夫卡摇一下手，意思是说别嚷嚷，然后就消失在黑暗里。萨夫卡兴致好的时候，无论是打猎还是钓鱼，都很在行，然而就连在这类事情上，他的才能也像他的力气那样白白糟蹋了。他懒惰得很，从不按规矩办事，却把他对猎捕的全部热情用在徒劳无益的花招上。比方说，他捉夜莺必定是空手去捉，他捕梭鱼用鸟枪打，他往往在河边一连呆站几个钟头，费尽全力拿大鱼钩钓小鱼。

只剩下我和阿加菲娅两个人了。她咳嗽了一下，好几次用手掌摩挲她的额头……她喝过酒后，已经有点醉意了。

“你生活得怎么样，阿加莎[①]？”我问她说。已经沉默了很久，再沉默下去就要觉得别扭了。

“很好……您可别对外人说，老爷……”她忽然小声补充了一句。

“好，你别担心，”我安慰她说，“不过你也真大胆，阿加莎……万一雅科夫知道了呢？”

“他不会知道的……”

“哼，万一被他知道！”

“不会的……我会比他先到家。现在他正在铁路线上忙着呢，一直要忙到邮务列车开走，从这儿可以听得见列车开过的声音……”

阿加菲娅又把手伸到额头上，往萨夫卡走去的方向看了一阵。那只夜莺在唱歌。一只夜鸟低低地挨着地面飞过去，它一发现我们，就吃一惊，把翅膀扇得呼呼地响，往河对岸飞去。

夜莺不久就不出声了，可是萨夫卡没有回来。阿加菲娅站起身子，不安地迈出几步，又坐下。

“他这是在干什么？”她忍不住说，“那班列车又不是明天才来！我一会儿就得走了！”

“萨夫卡！”我叫道，“萨夫卡！”

我的叫声也没有引起回应。阿加菲娅不安地晃动身子，又站了起来。

“我该走了！”她用激动的声调说，“火车马上就要来！我知道火车什么时候经过！”

可怜的少妇说得不错。还没过一分钟，就听到远处的列车行驶声。

---

① 阿加菲娅的小名。

阿加菲娅久久地凝视着小树林，焦急地动着两只手。

“咦，他会在哪里呢？”她开口说，烦躁地笑着，“魔鬼把他引到哪里去了？我要走了！真的，我要走了！”

这时候，列车行驶声越来越清楚，已经可以听清车轮的滚动声和火车头沉重的喘息声了。接着汽笛鸣叫，列车轰隆轰隆地开过大桥……又过了一分钟，一切又恢复沉寂。

“我再等一分钟吧……”阿加菲娅叹道，毅然决然地坐下来，“好吧，我等着！”

最后萨夫卡总算在黑暗中出现了。他光着脚，不出声地踩着松软的菜园地，嘴里轻声哼着小调。

“真倒霉，不知怎么搞的！”他快活地笑着说，“喏，我刚刚走到矮树丛跟前，正要对准它伸出手去，它就不唱了！嘿，这条脱了毛的狗！我等啊，等啊，等着它再唱，可是后来只好吐口唾沫，算了……”

萨夫卡在阿加菲娅旁边笨拙地一屁股坐下去，为了不摔倒而伸出两条胳膊去搂住她的腰。

“你干吗愁眉苦脸的，倒好像你是你舅母生的？”他说道。

萨夫卡尽管心肠软，又厚道，却看不起女人。他对待她们随意而无礼，甚至不顾自己的体面，鄙夷地讪笑她们对他的感情。天晓得，也许这种随便的鄙夷态度正是村子里的“情人”们心目中认为他有强大而不可抗拒的魔力的一个原因吧。他生得漂亮匀称，在他的眼里永远流露出平静的爱意，即使在看他所鄙视的女人的时候，然而单凭外貌还不足以说明他的魔力。除了他那招人喜爱的外貌和独特的待人态度以外，必须考虑到，萨夫卡作为大家公认的失意者和从自家的小木屋里被放逐到菜园里来的不幸的流亡者，这一动人的角色同样也对女人有着影响。

“你讲给老爷听听，你是干什么来的！”萨夫卡仍然搂住阿加菲娅的腰，继续说，“喂，快点讲呀，你这个有夫之妇！哈哈哈……我的好妹子阿加莎，咱们再喝点伏特加吗？”

我站起身，穿过菜畦中间，沿菜园走去。乌黑的菜畦看上去像压扁的大坟堆。那里散发出掘松的土地的气味，农作物新沾了露水而冒出细腻的潮香……左边那个红色的火光仍然在闪烁。它亲切地眨眼，仿佛在微笑。

我听见快乐的笑声。那是阿加菲娅在笑。

“可是那班列车呢？”我想起来，“那班列车可早就来了。”

稍等片刻后，我回到窝棚。萨夫卡像土耳其人那样盘腿坐着不动，嘴里轻轻地哼着一首歌，声音轻得几乎听不见，歌词却很简短，类似“你滚开，去你的……我和你……”刚喝过酒，又受到萨夫卡轻蔑的爱抚，在这闷热的夜晚，阿加菲娅躺在他身旁的地上，把脸紧紧贴着他的膝盖。她完全沉醉在她的感情里，一点也没有察觉到我走过去。

“阿加莎，要知道那班列车早就来了！”我说。

“你该走了，该走了，”萨夫卡附和我的想法，摇头说，“你躺在这儿干什么？你这个不知羞的！”

阿加菲娅打了个冷战，把头从他的膝盖那儿移开，看了我一眼，又偎依着他躺下去。

“早就该走了！”我说。

阿加菲娅翻身坐起，屈着一条腿……她内心很痛苦……我在黑暗中看出她全身有半分钟之久表现出挣扎和动摇。过了一瞬间，她似乎清醒过来，挺直身子要站起来，然而这时候却似乎有一种不可战胜和不肯让步的力量在推动她的整个身子，她就又倒下去，依偎着萨夫卡。

“去他的！”她说着，发出一阵来自内心深处的狂笑。在这种笑声里，可以听出不顾一切的果断、软弱和痛苦。

我悄悄往小树林里走去，从那儿下坡来到河边，我们的钓鱼工具都放在那儿。河在安睡。有朵柔软的双瓣花长在长长的茎上，温柔地碰一下我的面颊，就像一个小孩要叫人知道他没睡似的。我闲着没事做，摸到一根钓线，把它拉上，它没有绷紧，松松地垂着，可见什么东西也没钓到……对岸和村子都看不见。有所小木房里闪着灯火，但很快就熄灭了。我在岸上摸索着走，找到我白天看好的一块洼地，在那里坐下，就好像坐在安乐椅上。我坐了很久……我看见星星渐渐暗淡，失去原有的光芒，一股凉气像轻微的叹息似的在地面上吹拂过去，抚摸着正在醒来的柳树的叶子……

"阿加菲娅！……"一个低沉的声音在村里响起来，"阿加菲娅！"

那是刚回到家里，心里焦急不安的丈夫在村子里找他的妻子。这时候菜园里传来抑制不住的笑声：他的妻子已经忘掉一切，心醉神迷，尽力用几个钟头的幸福来弥补明天等着她的苦难。

我睡着了。

等到我醒过来，萨夫卡坐在我的身旁，轻轻地摇我的肩膀。小河、小树林、绿油油的像被冲洗过的两岸、村庄、田野——这一切都浸沉在明亮的晨光里。太阳刚刚升起，它的光芒穿过细长的树干，直照着我的背脊。

"您就这样钓鱼啊！"萨夫卡笑着说，"得了，起来吧！"

我就站起来，舒服地伸了个懒腰，我那苏醒过来的胸脯贪婪地吸着湿润清香的空气。

"阿加莎走了？"我问。

"她就在那儿。"萨夫卡对我指了一下浅滩的方向。

我凝神看去，瞧见了阿加菲娅。她正在蹚水过河，撩着衣裙，披散着头发，头巾已经从她头上滑落。她的双脚几乎没怎么移动……

"这只猫知道它偷吃了谁的肉！"萨夫卡嘟哝说，眯细着眼睛看她，"她夹着尾巴在走路……这些婆娘们淘气得像猫，胆怯得像兔子……这个傻婆娘，昨天晚上叫她走，她却不走！现在可要倒霉了，连带着我也会给拉到乡公所去……又要为这些婆娘们挨一顿打了……"

阿加菲娅已经走到对岸，穿过田野往村子走去。起初她相当大胆地走着，然而不久，着急和恐惧就占了上风。她战战兢兢地回转身看一下，站住，歇一歇气。

“这不，她害怕了！”萨夫卡苦笑一下说，瞧着阿加菲娅在带着露水的草地上走过去后留下的碧绿的小径，“她还不想去呢！她的丈夫已经在那儿整整等她一个钟头了……您看见他了吗？”

萨夫卡是笑吟吟地说出最后那句话的，然而我的心却发凉。雅科夫正在村子尽头一所小木房附近的大道上站着，定睛瞧着他那归来的妻子。他一动也不动，呆呆地站在那儿，像是一根柱子。他眼睛瞧着她，心里在怎么想呢？他会说些什么话来迎接她呢？阿加菲娅站了一会儿，又回过头来看一眼，仿佛期望我们帮忙似的，然后又往前走去。像她那样的步伐，我不论是在醉汉身上还是在清醒的人身上都从未看到过。丈夫的眼光似乎弄得阿加菲娅周身不自在。她时而歪歪斜斜地走去，时而在原地踏步，两个膝盖软得往下弯，两只手摊开，时而又往后倒退。她又走了一百步光景，再一次回过头来看一眼，索性坐了下来。

“你至少也该躲到灌木丛后面呀……”我对萨夫卡说，“千万不要让她的丈夫看见你……”

“他就是没看见我，也知道阿加莎从谁那里回去的……深夜娘们是不会到菜园里来摘菜，这是大家心里都明白的。”

我看一眼萨夫卡的脸。他脸色苍白，露出既厌恶又怜悯的神情，就像人们看受折磨的动物。

“对猫笑就是对老鼠流泪啊……”他叹道。

阿加菲娅忽然站了起来，晃一下头，迈开大胆的步子往她丈夫那边走去。显然她是集聚力量，下定决心了。

我同邮政局长的谈话

“请您说说看，谢苗·阿列克谢伊奇，”我在邮政局长那里领到装着一卢布的汇款邮件后，对他说，“为什么汇款邮件上要打五个火漆印？”

“不这样不行啊……”谢苗·阿列克谢伊奇回答说，含有深意地扬起眉毛。

“那是为什么？”

“因为……就是不行啊！”

“您知道，按我的理解，不论是市民方面还是政府方面，都要为这些火漆印受到损失。它们增加了邮件的重量，为此要叫市民们多破费钱。它们又害得官员们为打火漆印多耗费时间，因而给国库带来损失。如果它们给什么人能带来明显的好处的话，那也许只有火漆制造商了……”

“火漆制造商必须靠点什么活下去……”谢苗·阿列克谢伊奇用意深刻地说。

“话是这么说，不过要知道，火漆制造商尽可以在别的方面为祖国带来益处……不，认真地说，谢苗·阿列克谢伊奇，这五个火漆印究竟有什么意义呢？总不能认为这些火漆印是白打的吧！它们有什么象征的意义，预示着什么，或者含有别的什么意义？如果这不是国家机密的话，那您就给解释一下，亲爱的！”

谢苗·阿列克谢伊奇想了一想，叹口气说：

“嗯，是啊……既然打了火漆印，那就可见不打是不行的！”

“为什么不行呢？从前封套是没有办法粘起来的，那么火漆印也许有点意义，算是一种安全措施，防备别人盗取，可现在……”

“这您就明白了！”邮政局长高兴地说，“难道现在就没有盗取者了？”

“不过现在，”我继续说，“封套可以用树胶做成的胶水粘起来，那比任何火漆印都要牢固。再说你们又用那么好的纸张和包皮来装邮件，不要说是贼，就连小小的鞭毛虫也很难钻进去。打火漆印究竟是为了防什么人，我不明白！外人是偷不到你们邮件的，如果你们的低级官员有谁想据为己有，他才不来管什么火漆印呢。您自己也知道，揭掉火漆印，然后再把它贴上去，不费吹灰之力！”

“这倒是实话……”谢苗·阿列克谢伊奇叹了口气说，“家贼难防啊……”

“喏，这您就明白了！那么火漆印到底有什么用处呢？”

“如果对每件事情都刨根问底……”邮政局长拖着长音说，“对每件事情都考虑一个怎么样，为什么，目的何在，那太伤脑筋了。最好还是按规定办事……真的！”

“这话不错……”我同意道，“不过请容许我再提一个问题……您是邮政专家，因此请您说一下，为什么一个人诞生或者结婚，反而没有汇钱或者取钱的那一大套手续？就拿我妈妈为例，是她寄给我这一个卢布的。您以为她办这件事容易吗？不，叫她再生五个孩子也要比她寄出一个卢布容易得多呢……您自己设身处地想一想吧……首先她得走三俄里远的路到邮局去。到了邮局，她得站很久，才能轮到她。要知道，我们的文明还没发展到在邮局里设置椅子和凳子！老太婆就呆站着，而且少不了挨骂：‘等着！不要挤！请你别把胳膊肘支在柜台上！’”

“不这样不行啊……”

“不这样不行，可是请您听我说下去……最后轮到她了。收信员立刻把她的汇款邮件接过去，皱起眉头，又扔回给她，说：‘您忘了写上“汇款”两个字。’……我那老母亲就走出邮局，来到一家小铺，找人写上‘汇款’两字。然后她走出小铺，再回到邮局去排队……好，收信员又接过那个邮件，数一数钱，说：‘您的火漆呢？’可是我妈妈脑子里压根儿就没想到过什么火漆。她家里根本就没有这种东西。如果到小铺里去买，那么您知道，一根火漆要花十戈比。当然，收信员不高兴了，然后就用公家的火漆给那个邮件打上印。火漆印大极了，不能按洛特①算，而要按贝尔科维次②算才行。他又说了：‘您的图章呢？’可是我的妈妈除了顶针和钢边眼镜以外什么东西也没有……”

“没有图章也可以将就……”

“可是请您容许我说下去……随后她就交重量费，交保险费，交火漆费，交回条费……弄得人头昏脑涨！为了寄出一个卢布，身边务必要带两个卢布，以防万一……好，这个卢布就登记在二十个本子上，终于寄出去了……现在，在这儿的邮局里你们收到了这笔钱。你们头一件事就是把它登记在二十个本子上，把它编成五种号码，然后把它藏起来，加上十把锁，倒好像它是个强盗或者专偷教堂圣物的贼似的。然后邮差把你们的通知单送到我这儿来，我就签字，写上某月某日收到通知单。邮差走了，我就开始从这个墙角走到那个墙角，嘴里抱怨说：‘哎呀，妈妈，妈妈！您为什么对我生这么大的气？我究竟犯了什么错，您要给我寄这一个卢布？要知道，这一下子我可就要活活忙死了！”

“抱怨父母是有罪的！”谢苗·阿列克谢伊奇叹口气，说。

“问题就在这里，是有罪的，但怎么能不抱怨呢？本来工作就够忙了，如今又要到警察局去，要求发给证件，证明我的身份和签字……幸好只要花十个到十五个戈比就能取得证件，可万一要花五个卢布，那可怎么办？再说，请问，何必去弄证件呢？您，谢苗·阿列克谢伊奇，本来就跟我很熟……我常跟您一块儿去澡堂洗澡，又常跟您一块儿喝茶，还常跟您一块儿谈点什么有意思的事……那

① 旧俄重量单位，合 12.8 克。

② 旧俄重量单位，合 163.8 公斤。

么我的身份证件对您有什么用呢?”

“不行啊，这是手续！……手续，我的老爷啊，是这样一种东西……最好您别跟它沾上边……一句话，公事公办！”

“可是您本来就认得我嘛！”

“那怎么成！我知道您，嗯……可万一不是您呢？谁知道您是谁！也许，您是个化了名的人！”

“那您该考虑一下：如果我伪造别人的签字来骗取钱财，对我有什么好处呢？要知道这是犯了伪造罪！……要是我干脆跑到你们这儿来，把箱子里的所有汇款邮件统统拿走，我受的惩罚反而轻得多……不，谢苗·阿列克谢伊奇，在国外办这种事简单得多。在那里，邮差走到您家里来，说：‘您是某某人吗？您把钱收下吧！’”

“这不可能……”邮政局长摇着头说。

“对您来说是不可能的！在那里，一切都建立在相互信任上。我相信您，您相信我……前几天警察分局一个警官到我家里来收诉讼费……要知道，我并没要求他拿出证明他身份的证件来，就把钱爽快地交给他了！我们这些市民没有要求你们证明你们的身份，可是你们……”

“要是对每件事情都刨根问底，”谢苗·阿列克谢伊奇打断我的话，苦笑着说，“要是对每件事情都要作出怎么样、是什么、为什么、目的何在的解答，那么依我看，最好是……”

邮政局长没把话说完，摇一下手，然后沉吟一下，说：

“这件事不是我们的智慧就能解决得了的！”

狼

地主尼洛夫是个健壮结实的男人，以非凡的体力闻名全省。有一天傍晚他同法院侦讯官库普里亚诺夫一起打猎归来，顺便到磨坊去老人马克西姆那儿坐坐。那儿离尼洛夫的庄园只有两俄里远，然而两个猎人已经很疲倦，不想再往前走，就决定在磨坊里多歇一会儿。这个决定倒也大有好处，因为马克西姆那儿有茶叶和糖，两个猎人又随身带来很多的伏特加、白兰地和家里做的各种吃食。

吃完东西，两个猎人开始喝茶，闲谈起来。

"有什么新闻吗，老大爷？"尼洛夫对马克西姆说。

"新闻吗？"老人笑着说，"新闻倒是有一个，那就是我想求您给我一支枪。"

"你要枪干什么用？"

"干什么？或许也没有什么用。要知道我只是随便问问，想要一支枪摆摆威风罢了……反正我眼力不济，不能使枪了。鬼才知道那只发疯的狼从哪儿来的。它已经在这里出现过两天了……昨天傍晚它在村子附近咬死一头小驹子和两条狗。今天天刚亮，我走出去，它，该死的东西，在一棵白柳树底下坐着，伸出爪子打自己的脸。我对它喝道：'去！'可是它直盯着我，像魔鬼似的……我捡起一块石头朝它扔过去，可是它龇着牙，两只眼睛闪着光，像两个烛火似的，随后往白杨林走去……我吓得要死哟。"

"鬼才知道……"侦讯官嘟哝说，"一条疯狼正跑来跑去，我们却在这里游荡……"

"哼，那又怎么样？我们可是带着枪的。"

“您可不能用鸟枪打死狼……”

“何必开枪？只用枪托就能把它活活砸死。”

尼洛夫就开始证明再也没有比用枪托砸死狼更容易的事了，还讲起有一次他怎样举起普通的手杖，一下子就把扑到他身上来的大疯狗当场打死。

“您当然可以讲这种话！”侦讯官羡慕地瞧着他的宽肩膀，叹口气说，“您的力气那么大，托主的福，简直对付得了十个人，别说用手杖，就是伸出一根手指头也能把狗捅死。可是一个普通人，刚举起手杖，看准下手的地方，正要动手，那只狗却已经把他咬过五次了。这是生死攸关的事啊……再也没有比狂犬病更痛苦和更可怕的病了。当初我第一次见到得了狂犬病的人，过后我有五天走来走去像掉了魂似的，而且从那以后我就痛恨世界上所有爱狗的人和所有的狗。首先，可怕的是，那种病很快就会置人死地，猝不及防……一个人好端端地走着，心平气和，脑子里什么也没想，不料突然间，平白无故，疯狗把他咬了一口！这个人立刻被一种可怕的想法所控制：他已经死定了，无可挽回，没有救了……随后您可以想象他是多么苦恼地、忧郁地等着这种病发作，那种提心吊胆的心情一分钟也不会离开这个让狗咬过的人。随着等待，那种病真的来了……最要命的是这种病治不好。一旦发了病，人就没有活路了。据我所知，在医学上，还没有治好这种病的先例。”

“这种病在我们村子里倒治得好，老爷！”马克西姆说，“不管谁得了这种病，米龙一治就好。”

“这是瞎说说的……”尼洛夫叹口气说，“关于米龙的本事，无非是传说罢了。去年，村子里的斯乔普卡给狗咬了，米龙也无能为力……尽管给他灌了各种莫名其妙的玩意儿，他也还是发了疯。不，老大爷，什么办法也没有。要是我遇上这种意外，要是我给疯狗咬了，我就干脆朝脑门开一枪了事。”

关于狂犬病的这场可怕的谈话产生了影响。两个猎人渐渐停住嘴，继续喝茶，一言不发。他俩都不由自主地开始思忖，一个人的生命和幸福自有天数，往往为偶然的琐事所左右，这类琐事却分明是微不足道的，正如俗话所说，像空蛋壳一样，分文不值。他们都感到烦闷而忧郁。

喝过茶后，尼洛夫伸个懒腰，站了起来……他想到外面去。他在粮囤旁边稍稍走了一阵，就推开小门，走出去。外边，苍茫的暮色早已过去，真正的夜晚来了。小河令人感到宁静酣畅的睡意。

河坝上满是月光，一点阴影也没有。河坝中央有个破瓶子的瓶颈，像一颗星似的在闪闪发光。磨坊的两个轮子倒有一半隐藏在一棵大柳树的阴影里，看上去显得气愤而沮丧……

尼洛夫抱着胸膛，呼吸一下，朝河水瞥了一眼……一点动静也没有。河水和河岸已经熟睡，连鱼也不溅水了……可是，忽然，尼洛夫觉得对岸，比柳丛高一点的地方，有个像黑球似的阴影在滚动。他眯起眼睛，阴影消失了，然而不久又出现，一路歪斜地滚到水坝上来了。

“狼！”尼洛夫想起来。

可是他没来得及想到他应该跑回磨坊，黑球却已经沿着水坝滚上来，然而不是笔直地，而是歪斜地朝尼洛夫滚过来。

“要是我转身跑掉，它就会朝我后背扑过来，”尼洛夫心里盘算着，感到他头发底下的头皮发凉，“我的天啊，连手杖也没带！好，我就站在这里，把……把它掐死！”

尼洛夫开始密切地注视狼的活动和它身子的形态。狼顺水坝的边沿跑着，已经来到他跟前……

“它会从我身边跑过去！”尼洛夫暗想，眼睛盯住它不放。

可是这时候，狼眼睛没看他，好像无意中发出一声凄凉刺耳的嚎叫，站着回过脸来看他。它仿佛在考虑：应该扑上去呢，还是不理他？

“用拳头朝它的脑袋上打……”尼洛夫想，“把它打昏过去……”

尼洛夫惊慌失措，自己也不清楚这场搏斗是谁先动手的：是他呢，还是狼？他只明白一个特别可怕的紧急时刻已经来临，他得把全部力量集中在右手上，一把揪住狼脑后的脖梗子。紧接着就发生一件不同寻常的事，令人难以置信，连尼洛夫自己都觉得像是一场梦。狼被他抓住，开始凄厉地嗥叫，拼命挣脱，尼洛夫手里捏住的皱褶的狼皮又凉又湿，这时候开始在他手指中间滑来滑去。狼极力要摆脱它后脑壳上的手，就伸着后肢要直立起来。尼洛夫伸出左手抓住它的右肢，抵紧它的右腋，右手赶忙放开狼的后脑壳，抓住它的左腿，抵紧它的左腋，把那条狼举在半空中。所有这些都是一刹那间做出的。尼洛夫要使狼咬不到他的手，而且不让它的头转动，就把两只手的大拇指像马刺一样，刺在它锁骨旁的脖子上……狼伸出爪子攀住他的肩膀，因而找到了支点，然后使出全身力量摆动身子。它咬不到尼洛夫的胳膊，就想把嘴凑到他脸上和肩膀上去，然而掐紧它的脖子使它疼痛难忍的两个大拇指没法使它这样做。

"糟了！"尼洛夫暗想，尽量把头往后仰，"它的口涎滴到我嘴唇上来了。那么，即使我依靠某种奇迹能够摆脱它，我也还是完了。"

"来人哪！"他喊起来，"马克西姆！来人呐！"

两个对手，尼洛夫和狼，彼此的脑袋一般高，互相瞧着对方的眼睛……狼把两排牙齿咬得发响，喉咙里发出刺耳的叫声，唾沫四溅……它的两条后肢在找支点，不时碰到他的膝盖……它眼睛里映着月光，一点也没有凶狠的神情，反而在哭，就像人的眼睛似的。

"来人哪！"尼洛夫又喊道，"马克西姆！"

然而磨坊里的人听不见他的叫声。他本能地感到喊声太高会削弱他的力量，因此他的喊声并不高。

"我要往后退……"他暗自决定，"一直退到门口，然后再喊……"

他就开始往后退，可是还没退出两俄尺，就感到右手已经没有力气，肿胀起来。这以后不久终于发生了这样的事：他听见自己发出一声撕裂人心的喊叫，感到右肩上痛得厉害，忽然有一股湿润温热的东西顺着他整个胳膊和胸脯流下来。后来他听见马克西姆的声音，看清楚是侦讯官跑过来，脸上露出惊吓的神情……

直到他们硬掰开他的手指，对他说狼已经死了，他才松开手，放下他的仇敌。他被强烈的感受弄得昏昏沉沉，感到鲜血已经流到他的大腿上和右脚的靴子里，几乎要昏厥过去。他终于回到了磨坊……灯火、茶炊、酒瓶使他清醒过来，想起他刚刚经历过的种种恐怖和危险，而且这种危险对他来说还只是开了个头。他脸色苍白，瞪大眼睛，满头大汗，在麻袋上坐下，两条胳膊软弱无力地往下垂。侦讯官和马克西姆给他脱下衣服，包扎伤口。伤势很重。狼抓破了他整个肩膀上的皮肤，甚至碰到了肌肉。

"为什么您没把它扔进河里？"面色苍白的侦讯官正在给他止血，愤慨地说，"为什么您没把它扔进河里呀？"

"我没往那儿想！我的上帝啊，我没往那儿想！"

侦讯官本来已经开始安慰他，鼓舞他，可是既然先前他用浓重的色彩着意渲染过狂犬病，那么一切安慰的话语就都不得体，因此他认为还是不说为妙。他好容易才扎完伤口，就打发马克西姆到庄园上把马车叫来，可是尼洛夫等不及马车来就步行回家去了。

早晨六点钟光景，尼洛夫脸色苍白，蓬头散发，由于伤口疼痛和通宵没睡而面容憔悴，坐着马车来到磨坊。

"老大爷，"他对马克西姆说，"你把我送到米龙那儿去！赶快！我们走吧，你也坐上车！"

马克西姆也脸色苍白，通宵没睡。他心慌意乱，好几次往四下里看一眼，然后低声说：

"不用去找米龙，老爷……说句不怕您见怪的话，我也会治呢。"

"好，不过要快点，劳驾！"

尼洛夫急得直跺脚。老人叫他面朝东方，然后他嘴里咕哝着什么，给他喝了一杯气味难闻的温热液体，有点苦艾的味道。

"可是斯乔普卡死了……"尼洛夫喃喃地说，"就算有民间丹方吧，可是……可是斯乔普卡怎么会死的？你还是把我送到米龙那儿去吧！”

他从他不相信的米龙家里出来，坐上马车到医院去找奥夫奇尼科夫。在那儿，他服下颠茄片，医生嘱咐他躺在床上静养，可是他却换乘一辆马车，不顾胳膊的剧痛，赶到城里去找那儿的医生了。

大约过了四天，夜幕降临时分，他跑进奥夫奇尼科夫家里，倒在一张长沙发上。

“大夫！”他气喘吁吁地开口说，不住用袖子擦掉苍白消瘦的脸上的汗水，“格里戈里·伊万内奇！您想拿我怎么办就怎么办吧，我已不能再这样过下去了！您要么就治好我，要么就毒死我，可就是别这么丢下我不管！请您看在上帝的分上！我要发疯了！”

“您应该躺在床上静养才对。”奥夫奇尼科夫说。

“哎，您算了吧，什么躺在床上！我是用俄国话一本正经地问您：我该怎么办？您是大夫，应该帮助我！我在受苦啊！我每分钟都觉得我要发疯了。我睡不着，吃不下，什么工作也干不成！喏，我口袋里放着一支手枪。我每分钟都把它取出来，想朝着脑门子放一枪！格里戈里·伊万内奇，您就给我想想办法吧，看在上帝的分上！我该怎么办呢？您说说看，是不是我该到教授那里去看病？”

“这没关系。您愿意去就去吧。”

“您听我说，假定我登一个悬赏广告，说谁能治好我的病，谁就能得五万，行不行？您觉得怎样？啊？不过，等不到广告登出来，等不到……我就已经发疯十次了。我现在不惜交出我的全部家产！您治好我的病，我就给您五万！您想点办法吧，看在上帝的分上！我不明白您竟是这种可憎的冷漠态度！您要明白，我现在嫉妒每只苍蝇……我不幸啊！我全家都不幸！”

尼洛夫的肩膀抖动起来，他哭了。

“您听我说，”奥夫奇尼科夫开始安慰他说，“我有点不明白，您为什么如此激动！您哭什么？为什么这样夸大危险？您要知道，您没有病的可能比得病的可能多得多。第一，一百个被咬过的人，只有三十个得病。其次，这一点很重要，狼是隔着衣服咬您的，那么毒液已经留在衣服上了。不过即使毒液已经流进伤口，它也一定随着鲜血淌出来了，因为您流血很多。我并不担心您会得狂犬病，我不放心的倒是您的伤口。照您这样马马虎虎，很容易引起丹毒之类的病。”

“您是这样想的？您这是在安慰我呢，还是真的是这样？”

“我用人格担保，我是一本正经说的。您把这本书拿来读一下好了！”

奥夫奇尼科夫从书架上取下一本书，省略掉那些可怕的地方，开始对尼洛夫读狂犬病那一章。

“可见您不应该担心，”他念完以后说，“除此之外还要加上一点：我和您都不知道那条狼是有疯病的还是健康的。”

“嗯，是啊……”尼洛夫笑吟吟地同意道，“现在，当然，我明白了。那么这个伤不要紧？”

“当然，不要紧。”

“好，谢谢您，亲人……”尼洛夫说，笑起来，高兴得直搓手，“现在，您可真是个了不起的人，我算放心了……我满意，甚至幸福极了，真的……不，这是实话……甚至很幸福呢。”

尼洛夫拥抱奥夫奇尼科夫，吻了他三次。后来孩子气的兴奋激情袭上他的心头，性情温和而体格健壮的人常会这样。他从桌上拿起一块马蹄铁来，打算把它扳直，可是由于兴奋和肩部的疼痛，变得毫无力气，怎么也做不到。他所能做的，只是伸出左胳臂，拦腰搂住医生，把他抱起来，扛在肩膀上，从医疗室往饭厅走去。他从奥夫奇尼科夫的家告别出来的时候，欢天喜地，心花怒放，甚至觉得他那把又大又黑的胡子上闪耀着的泪珠仿佛也跟他一齐欢乐似的。他走下门前的台阶，用男低音笑起来，使劲摇晃门廊的栏杆，弄得栏杆上一根小木柱跳出了槽，整个门廊在奥夫奇尼科夫的脚下颤动。

“好一个壮士！”奥夫奇尼科夫动情地瞧着他宽大的后背，在暗想，“真是一条好汉啊！”

尼洛夫坐上四轮马车后，又把他在坝上同狼搏斗的事从头说起，详详细细讲了一遍。

“好玩得很！”他讲完了，快活地笑起来，“等我活到老年，倒有这么件事可以回忆一番呢。快赶车吧，特里什卡！”

到巴黎去

有一天傍晚，地方自治局执行秘书格里亚兹诺夫和县立学校教师兰帕德金参加警官沃纽奇金的命名日后，走回家去。他们挽住胳膊在一起，活像字母“Ю”。格里亚兹诺夫又瘦又高，青筋嶙嶙，衣服紧贴在身上，像一根棍子。兰帕德金却长得又壮又胖，周身衣服肥大，颇像数字“0”。两个人都带着醉态，脚步有点蹒跚。

“新的格罗特语法书受到推荐，”兰帕德金嘟哝着说，把他那双满是污泥的套靴踩得咕唧咕唧响，“格罗特证明一种理论，认为第二格阳性单数形容词的词尾不应该是 aro，而是 oro……就是这样，你要明白！昨天我把佩尔霍特金留下来，不准他吃午饭，就因为他把‘黄金的’一词的结尾 aro 写成了 oro，可是明天，大概，我就要在他面前干瞪眼……丢脸啊！坍台啊！”

可是格里亚兹诺夫没有听教师的学术性议论。他的全部注意力集中在希里亚耶夫的小饭馆前边那座满是泥泞的小桥上，那里正发生一场小小的纠纷。有二十四条当地居民养的狗形成一圈，把一只黑毛蓬松的看家狗团团围住，于是空中响彻拖着长音的充满胜利的吠叫声。看家狗不住转动身子，就像坐在针尖上似的，对仇敌们龇牙咧嘴，把脱了毛的尾巴尽量缩到肚子底下去。这件事并没什么了不起，然而执行处秘书却是那种一触即发、容易激动的人，要是有谁吵嘴或者打架，他见了就不能置之不理。等他走到那群狗跟前，他就忍不住要出面干涉一下。

“抓住它！咬这该死的东西！把它赶走，呸！”他加入那些狗的围剿，开始咆哮，吹口哨，“汪汪汪……狠狠地咬它一口！快咬它！”

为了进一步给那群狗打气，他就弯下腰去，揪一下看家狗的后腿。那条狗尖叫一声，没等格里亚兹诺夫抬起手，就把他的手指咬了一口。即刻，它仿佛被自己的大胆吓坏了似的，一纵身越过包围圈，匆忙在兰帕德金的腿肚子上咬了一口，沿着街道跑掉了。那些狗在它后面紧追。

“哎呀，你这个鬼东西！”格里亚兹诺夫摇着那根手指头，追着它叫嚷起来，“应该砸死你，鬼畜生！抓住它！打它！”

“抓住它！”许多人的说话声响起来，其中混杂着口哨声，“追上它！打它！伙伴们，那是条疯狗！它夹着尾巴，脸朝下！它一定是疯狗！它夹着尾巴，脸朝下！它一定是疯狗！扑上去！”

等到那些狗跑得不见踪影了，两个朋友才挽住胳膊，向前走去。他们回到家里（教师每月付出七卢布在秘书家里寄宿和搭伙），关于那条看家狗的事已经忘掉了……他们脱掉沾上污泥的裤子，挂在门上准备晾干，然后开始喝茶。两个人心情极好，像哲学家那样心绪安宁……可是大约过了一个半钟头，他们正跟格里亚兹诺夫的姑母、小姨子和四个姊妹围着桌子玩“打傻瓜”牌，不料县里的医生卡塔什金忽然来了，有点破坏他们的安宁。

“没关系，没关系……我又不是女人！”来人看见秘书和教师极力把自己的衬裤和光脚藏在桌子底下，就开口说，“两位先生，是别人打发我到你们这儿来的！据说你俩给狗咬了。”

“可不是，可不是……狗把我们咬了，”格里亚兹诺夫笑容满面地说，“见到您很高兴！请坐，米特里·福米奇！很久没见面了，要是我说得不对，就叫上帝把我打死……您要喝茶吗？格拉莎，拿伏特加来！您吃点什么下酒菜，萝卜还是腊肠？”

“听说那是一条疯狗！”医生继续说，不安地瞧着两个朋友，“不管它是不是疯狗，反正不能如此轻视。什么事都可能发生！让我看看它咬了你们什么地方！”

“哎，没什么了不起的！”秘书摇一下手说，“它只咬着一点点……咬着个手指头罢了……受这么点伤，不至于得疯病。也许您要喝啤酒吧？格拉什卡，你到犹太女人的铺子里去一趟，要她赊给我们两瓶啤酒！”

卡塔什金坐下，为了压过两个醉汉的说话声而提高嗓门嚷着，讲起狂犬病来吓唬他们……两个人先是装腔作势，一味逞强，可是后来胆怯了，就把被狗咬过的地方指给他看。医生察看他们的伤口，抹上硝酸银，走掉了。这以后两个朋友就躺下睡觉，讲硝酸银是用什么做的，争论了很久。

第二天早晨格里亚兹诺夫坐在很高的杨树顶上，在那儿拴好一个椋鸟巢。兰帕德金在树底下站着，手里拿着锤子和绳子。秘书的小花园里仍然到处是白雪，不过每根树枝和潮湿的树皮，都已经带有春天的气息了。

“格罗特还证明另一个论点，”教师嘟哝说，“他认为‘大门’这个词不是中性，而是阳性。嗯……那么形容‘大门’的词，词尾也要跟着改变了。哼，这我可不能听他的！我宁可辞职不干，也绝不改变我对‘大门’这个词的信念。”

教师已经张开嘴，庄严地举起手里的锤子，正要开始抨击那个有学问的科学院院士，恰巧这时候花园的便门吱嘎一声开了，本县的首席贵族波兹沃诺奇尼科夫出人意外地走进花园里来，就像魔鬼从天窗里钻进来似的。兰帕德金见到他，惊讶得脸色发白，手里的锤子掉了下来。

“您好，亲爱的朋友！”首席贵族对他说，“哦，您身体好吗？听说昨天您和格里亚兹诺夫给疯狗咬了！”

“也许那条狗根本没有疯病，”格里亚兹诺夫在杨树顶上喃喃地说，“这无非是娘们儿的闲扯罢了。”

“也许吧。不过也许真是疯狗！”首席贵族说，“反正不应该这么考虑问题……必须采取措施，以防万一才对！”

“采取什么措施呢？”教师轻声问道，“昨天我们上过药。”

“刚才医生已经告诉我了，然而这还不够。必须采取比较彻底的办法才行。要不要到巴黎去一趟……是啊，你们大概就得这么办：到巴黎去！”

教师手里的绳子掉下地，呆住了。秘书也吃了一惊，差点从树上摔下来……

“到巴黎去？”他拖着长音问，“我到那儿去干什么？”

“你们去找巴斯德……当然，这样做要花相当多的钱，可是有什么办法呢？健康和生命更宝贵嘛……这样一来，不但你们可以放心，我们也心里踏实了……刚才我已经跟地方自治局执行处主席伊万·阿列克谢伊奇谈过这件事。他认为执行处可以拨给你们盘缠费……就我这方面来说，我的妻子愿意捐助你们两百卢布……你们另外还缺什么呢？你们去打点行李吧！至于护照，我会很快给你们办好……”

“这些怪人发疯了！”首席贵族走后，格里亚兹诺夫冷笑说，“到巴黎去！哼，这些蠢材啊，求主饶恕我这么说！到莫斯科去一趟，或者到基辅去一趟，倒还罢了，可是，冷不防……居然叫你到巴黎去！这都是因为什么？倘或那是一条蛮不错的狗，良种狗，那还情有可原，可是那只是一条看家狗罢了，呸！请你说说看，我们算是什么贵族，居然到巴黎去！我死也不去！”

教师瞅着地下，沉思良久，然后快活地“嗤”地笑起来，用有所感悟的声调说：

“你猜怎么着，瓦夏？我们去吧！我说得不对就叫上帝惩罚我，我们真的去吧！要知道那是巴黎，外国……欧洲啊！”

“我到那儿去干什么？去它的！”

“文明啊！”兰帕德金继续兴奋地说，“主啊，那是什么样的文明！名胜啊，各式各样的著名火山啊……郊区的美景啊！不管你往哪儿走，到处都是郊区的美景！真的，我们去吧！”

“你昏了头，伊柳什卡！我们在那儿跟德国人怎么打交道呢？”

“那儿不是德国人，而是法国人！”

“都是一些小丑！我跟他们有什么交道好打呢？我一见到他

们，就会活活笑死！按我的脾气，我就会在那儿把他们统统揍一顿！你一到那儿，就会后悔……他们会抢光你的钱，你自己也会胡来……再者，说不定我们会走错地方，没到巴黎而到了一个糟糕的国家，害得你事后吐五年唾沫呢……”

格里亚兹诺夫断然拒绝出国，可是话虽如此，当天傍晚两个朋友还是互相搂抱着，走遍全城，逢人就说他们马上要出国了。秘书神情忧郁，一肚子的闷气，心神不定，然而教师却兴奋地挥动胳膊，一心要对人说说他的幸福……

“要不是这个巴黎，本来事事都很好！”格里亚兹诺夫安慰自己说，“日子过得别提多痛快了！大家都怜悯地瞧着你。不管你到哪儿去，到处都拿出酒和菜来请你吃，人人都给你钱，可是……巴黎！我到那儿去干什么？……再见吧，兄弟们！”他拦住路过的人说，“我们要到巴黎去了！不要记着我的坏处！说不定我们从此再也不能见面了。”

过了五天，在当地火车站上，人们为秘书和教师送行，场面盛大。所有的知识分子，从首席贵族到警官沃纽奇金的视力极差的继子，都聚齐了。首席贵族的妻子给两个旅行者两封介绍信。调解法官的妻子给他们一百卢布，托他们带着样品去买衣料……祝愿声啦，叹息声啦，呻吟声啦，简直没完没了。格里亚兹诺夫的姑母、小姨子、四个姊妹，一齐哭起来，眼泪足够流成三条小河。看来，教师神气十足，毫不气馁，然而秘书喝了酒，百感交集，一直绷紧脸，免得哭出来……等到火车站上敲过第二遍钟，他再也忍不住，竟然嚎啕大哭起来……

“我不去！”他说着，从火车上跳下来，“我宁可发疯也不去找那个巴斯德！去他的！”

可是大家劝他，安慰他，把他搀上火车去。列车开动了。

如果严格地按照时间顺序来叙述，那么，送行以后不到四天，格里亚兹诺夫的姊妹们正在小窗旁边坐着，怀念亲人，不料忽然看见兰帕德金走回家来了。教师脸色通红，衣服上粘着泥浆，手里提着的皮箱不时掉在地下。起初姑娘们以为鬼魂来了，可是不久，便门砰的一响，前堂里响起了她们熟悉的喘气声，这才使她们相信那不是鬼魂。姊妹们惊讶得张口结舌，什么话也没问，拉长了苍白的脸瞧着这个归来的人。教师眨巴着眼睛，摇一下手，然后哭起来，又摇一下手。

“我们坐火车到了库尔茨克……”他开口说，声音沙哑地哭着，“瓦夏对我说：‘在火车站上吃饭太贵。我们走吧，’他说，‘这儿火车站附近有个小饭馆。我们到那儿去吃饭好了。’我们就带着皮箱，去了（教师哭出了声）……在小饭馆里，瓦夏接连不断地喝酒，一杯接一杯……他嚷着：‘你把我送到死路上去了！’他就闹起来……他喝完伏特加，又喝葡萄酒，接着……警察写了呈文报官。后来，钱全喝光……一文也不剩！盘费都几乎没有了……”

“那么瓦夏在哪儿？”姑娘们不安地问。

“在库……库尔茨克……他要求你们快点给他寄盘缠费去……”

教师摇着头，擦一下脸，补充说：

“不过库尔茨克倒是个好城市！非常好！我在那儿愉快地过了一天……”

在春天

地上的雪还没有融化，人们的心里却已经感到春天的气息。如果您以前得过重病，后来痊愈了，那您就会了解那种怡然自得的快乐。心里由于充满某种模糊的预感而屏息期待，脸上无缘无故地露出笑容。看来，如今大自然也在经历这样的状态呢。大地冷冰冰，在人们脚下污泥和雪水合在一起，然而周围的一切是那么欢乐、亲切、可爱！空气明净、清澈，要是你爬上鸽舍，或者登上钟楼，那么整个世界，从这边到那边，似乎都会收入你的眼底。太阳明亮地照耀着，阳光跳动，微笑，同麻雀一起投进水洼里。小河的冰面膨胀着，颜色发黑了。它已经醒过来，今天或者明天就要发出响亮的流水声。树木光秃秃，可是它们活过来，在呼吸了。

在这样的时候拿着一把扫帚或者一把铲子疏通沟渠里的泥水，把一只玩具船放在水面上，或者用鞋跟凿开坚硬的冰面，那才痛快呢。把鸽子送到高空去，或者爬到树顶上，在那儿拴上一个椋鸟巢，那也同样痛快。是的，在这个幸福的季节，一切都好，特别是如果您年轻，喜爱大自然，如果您不任性，不神经质，如果您不必为了办公而一天到晚关在四堵墙当中的话。倘使您有病，倘使您在办公室里憔悴，倘使您同缪斯交往，那可就不妙了。

是啊，在春天是不应当同缪斯交往的。

您看，普通人感到多么愉快，多么舒畅啊。例如花匠潘捷列伊·彼得罗维奇，一清早就戴上宽边草帽，早晨在林荫路上拾到的一个小小的雪茄烟头怎么也不肯丢掉。请看，他在厨房窗子跟前站着，双手叉着腰，正对厨师讲他昨天给自己买了一双什么样的皮靴。他长得又高又瘦，所有的仆人都叫他“小人物”，如今他整个细长的身材却表现出得意和尊严的神态。对大自然他有一种居高临下的感觉，他的目光中含有主人那种威严以至轻蔑的神情，仿佛他不论是在温室里坐着还是在花园里刨土，他都能知道谁也不知道的一些关于植物王国的事情。

如果有谁对他说大自然是壮丽威严的，充满神奇的魅力，在它面前骄傲的人应该低下头来，那是枉费心机。他觉得他知道一切秘密、魅力、奇迹，简直无所不知，对他来说，美丽的春天无异于一个女奴隶，就跟那个在温室旁边的房屋里坐着，喂孩子们吃素粥的瘦弱女人一样。

那么猎人伊万·扎哈罗夫呢？这个人穿着旧的厚呢上衣，光着脚穿一双套靴，在马房附近一个倒放着的木桶上坐着，正把软木塞改做成枪上的填弹塞。他准备去打山鹬。在脑子里他想象着他将要走的道路，那里有小径、积水、小河。他闭上眼睛就看见一长列高大挺拔的树木，他拿着枪在树底下站着，黄昏的寒意和甜蜜的激动使他浑身发抖，他敏锐的听觉紧张起来。他隐隐约约地听见山鹬咯咯的叫声。他站在那里等着求雌的山鹬，耳边已经传来附近修道院里做完晚祷后敲响的钟声……他感觉很好，他无比幸福。

可是现在您看一看马卡尔·杰尼瑟奇吧，他是个年轻人，在斯特烈穆霍夫将军那里工作，既像是文书，又像是低级的管家。他的收入比花匠多一倍，胸前戴着白色胸衬，吸两卢布一斤的烟草，素来吃得饱，穿得暖，每逢见到将军总是荣幸地握一下将军那只又白又胖而且戴着大钻石戒指的手，可是虽然如此，他仍然多么不幸啊！他老是同书本在一起，花二十五卢布订阅各种杂志，不停地写东西……他每到傍晚，吃过饭后，等大家都睡熟，就动手写东西，把写好的东西统统收藏在他的大箱子里。那只箱子的底部整齐地放着叠好的长裤和坎肩，上边放着一包还没拆开的烟草、十来个丸药盒、一条深红色的小围巾、一块用黄纸包着的甘油肥皂和许多别的东西。箱子靠边上，有一叠叠写满字的纸胆怯地蜷伏在那儿，另外还有两三期刊登马卡尔·杰尼瑟奇的小说和通讯的《本省日报》。全县的人都认为他是文学家、诗人，大家都认为他有点特别，不喜欢他，说他讲的话不对，走路的样子不对，吸烟的姿势不对。有一次他被传到调解法官会审法庭上作证，一时疏忽，说漏了嘴，讲他在做文学工作，讲完以后他的脸涨得通红，倒好像偷了人家的鸡似的。

现在他穿着蓝色大衣，戴着长毛绒的软帽，手里拿着细手杖，沿林荫路缓缓地走着……他走了五步光景，站住，定睛瞧着天空，或者瞧着一只停在云杉上的老白嘴鸦。

花匠站在那儿双手叉着腰，猎人脸上现出严厉的神情，马卡尔·杰尼瑟奇却拱起背，胆怯地咳嗽着，愁眉苦脸地东张西望，仿佛春天的气息压得他透不过气来似的！……他的灵魂充满胆怯的情绪。春天在他心里产生的并不是兴奋、欢乐和希望，却仅仅是些模糊的欲望，搅得他心神不定，如今他在那儿走着，自己也不知道自己需要什么。真的，他需要什么呢？

"啊，您好，马卡尔·杰尼瑟奇！"他忽然听见斯特烈穆霍夫将军的声音，"怎么，邮局的人还没来吗？"

"还没来，大人。"马卡尔·杰尼瑟奇回答说，打量着健康快乐的将军带着小女儿乘坐的四轮马车。

"多好的天气！完全是春天了！"将军说，"您在散步吗？也许来了灵感吧？"

他的眼睛里含着这样的意思：

"毫无才气！平庸之至！"

"啊，老弟！"将军拉住缰绳说，"今天我喝咖啡的时候，读了一篇多么精彩的小文章！那篇文章那么小，只有两页，可是多么美好呀！可惜您不懂得法语，要不然我就拿给您读一下了……"

将军急急忙忙，前言不搭后语地讲了讲他读过的那篇故事的内容。马卡尔·杰尼瑟奇听着，觉得不自在，倒好像他不是那个写故事的法国作家是他的错似的。

“我不明白他觉得那篇文章好在哪里，”他瞧着马车走后，暗自想道，“内容庸俗，陈旧……我的小说比它内容丰富得多。”

马卡尔开始感到难过。作家的自尊心是一种类似灵魂发炎的病痛。谁一得上这种病，谁就再也听不见鸟儿的歌声，看不见阳光的灿烂，对春天也视而不见了……只要稍稍碰到这个疮口，整个身体就会痛苦得缩成一团。败兴的马卡尔往前走去，迈出花园的便门，走到泥泞的道路上。在那里，布宾佐夫先生正好坐在一辆高高的马车上，全身颤动着，匆匆忙忙赶到什么地方去。

“啊，作家先生！”他叫道，“您好！”

如果马卡尔·杰尼瑟奇只是个文书或者低级的管家，那倒谁也不敢用这种鄙薄轻慢的口气跟他讲话了，然而他是“作家”，又毫无才气，平庸之至！

像布宾佐夫先生这样的人，对艺术一窍不通，也毫无兴趣，然而一旦他们有机会遇到缺乏才气的平庸文人，他们却会铁面无情。他们什么人都愿意原谅，却单单不能原谅马卡尔，不能原谅这个在箱子里积存手稿的失意者和怪人。花匠损坏了一棵老无花果树，弄得许多很贵的瓜果烂掉，将军倒毫不介意，吃别人家的瓜果算了。当布宾佐夫先生做调解法官的时候，每个月只审一次案，而且开审的时候讲话总是吞吞吐吐，乱引法律条文，信口开河，然而这一切倒都得到原谅，没人理会。唯独马卡尔，就因为没有才气，写了些不怎么好的诗和小说，人们就不能不特别留意，不能沉默地放他过去，非说上几句伤人的话不可。至于将军的小姨子动手打女仆的耳光，打牌的时候像洗衣妇那样骂街，教士的妻子输了牌从来也不给钱，地主弗柳金偷走地主西沃布拉佐夫的狗，这些事是谁也不管的，可是不久以前《本省日报》退回马卡尔一篇写得不好的小说，这事在全县都传开了，引起人们的讥笑、冗长的议论和愤慨，他们竟把马卡尔·杰尼瑟奇称做马卡尔卡[①]了。

要是谁写得不好，人们往往不是极力说明“不好”的原因何在，却简单地说一句：

“这个狗崽子又写了篇无聊的东西！”

马卡尔只顾想着人们不了解他，也不愿意了解他，而且不可能了解他，这就使他不能欣赏春天的美丽。不知什么缘故，他觉得，要是人们能了解他，似乎就会万事如意了。然而全县的人怎能了解他有没有才能呢？他们谁也不读书看报，或者读得很不对劲，还是索性不读的好。他怎么能对斯特烈穆霍夫将军讲明白那篇法国的小文章无聊、平庸、鄙俗、陈腐呢？怎么能对他讲明白，说他除了那种平庸的小文章以外是什么也不读的。

那些女人也惹得马卡尔气愤至极！

“啊，马卡尔·杰尼瑟奇！”她们常常对他说，“多么可惜，您今天没有去赶集！要是您看见那两个庄稼汉打架的样子多么滑稽，您准会描写一番！”

所有这些当然都是小事，哲学家听了会置之不理，不放在心上，可是马卡尔·杰尼瑟奇却感到如坐针毡。他的内心充满孤独，这种孤苦郁闷的感觉只有极其孤独的人和犯下大罪的人才会体验到。他有生以来从没像花匠那样双手叉腰，昂然挺立过，一次也没有这样做过。也许有时，比如说五年一次，他在树林里，或者大道上，或者火车上，会遇见一个和他一样的失意者和怪人，于是他瞥一下那个人的眼睛，自己就会突然活跃起来，那个人也兴奋起来。他们久久地谈话，争论，赞叹，兴奋，扬声大笑，惹得旁人看了竟会把这两个人当成疯子呢。

可是，和往常一样，就连这种罕见的时光也难免会成为大煞风景的时刻。仿佛故意开玩笑似的，马卡尔和他遇见的失意者往往否定对方的才能，不承认对方的长处，互相嫉妒，憎恨，斗气，终于

① 马卡尔的卑称。

成为仇敌而分手。他们的青春就这样耗尽、消失，没有欢乐，没有爱情和友谊，没有心灵的安宁，没有每天傍晚忧郁的马卡尔在灵感迸发时极其喜欢描写的种种景象。

春天随着青春也一起消失了。

公文繁多

档案调查

“敬谨奉告，11 月 8 日发现有两名男孩患病，他们前来声称，校内还有奇（其）他儿童咽喉发炎，全身有班（斑）疹，他们在地方自治局扎罗沃村就读。村长叶菲姆·基里洛夫。1885 年 11 月 19 日。”

“内政部某县地方自治局执行处公函。收件人：地方自治局医生拉杜什内先生。兹根据库尔诺索沃村村长 11 月 19 日呈文，谨请您动身前往库尔诺索沃村，按照科学规章处理此事，制止流行病迅速蔓延，各种迹象表明，该流行病是猩红热。又及，上述呈文称该病起源于扎罗沃村学校，请一并予以注意。主席：斯·帕尔金。1885 年 12 月 4 日。”

“呈：某县第二区警察分局警官先生。现将县地方自治局执行处 12 月 4 日第一〇二号公函随文附上，兹根据该函谨请您下令将扎罗沃村学校关闭。直至猩红热被制止为止。地方自治局医生拉杜什内。1885 年 12 月 13 日。”

“内政部第二分局警官第一〇一一号公函。收件人：地方自治局扎罗沃村学校。兹根据地方自治局医生拉杜什内先生今年 12 月 13 日来函声称，发现扎罗沃村儿童患猩红热病（民间称为白喉病）。为避免病势逐步扩大导致更为可悲的后果，务须采取法定措施，以便预防并杜绝疾病蔓延，因此有必要恳请贵校可否解散校内所有学生，直至此凶恶疾病完全被制止为止。以后情况如何，仍希随时告知，以便进一步采取对策。警察分局警官波德普鲁宁。1886 年 1

月2日。”

“扎罗沃村学校教员福尔强斯基呈文。收件人：某省国民学校管理局国民学校督学官先生。敬谨奉告，根据第二区警察分局警官先生1月2日第一〇一一号来函声称，扎罗沃村猩红热病流行，特此向阁下呈报。教员福尔强斯基。1886年1月12日。”

“收件人：某县第二区警察分局警官先生。经查猩红热流行病早在一个月前被制止。本人认为，暂时关闭的扎罗沃村学校开学已无妨害，为此已两次函告地方自治局执行处，现再通知阁下。恳请今后遇事与本县医生接洽，而我只限于同地方自治局执行处接洽公事。我从早到晚，没有时间答复你们办公室的脱离实际的设想。地方自治局医生拉杜什内。1月26日。”

“收件人：内政部某县第二区警察分局局长大人。呈文。敬谨奉告，兹将地方自治局医生拉杜什内先生1月26日第三十一号公函随文附上，医生拉杜什内在公文中作了不恰当的、带有极其侮辱性的表达，如‘办公室的脱离实际的设想’等，敬请大人将该人送交法院惩办。警官波德普鲁宁。1886年2月8日。”

警察分局局长先生在一封写给第二区警官的信上说：“阿列克谢·马努伊洛维奇，您的呈文退还给您。请您停止跟拉杜什内医生经常性的不愉快事端。这样的仇视态度，就警察局官员的地位来说，至少也是不妥当的，与人交往首先要有分寸，适可而止。讲到拉杜什内的公文，我没有发现其中有什么特别的地方。关于扎罗沃村的猩红热，我已经听说了，我要在近期举行的学校会议上指出教员福尔强斯基的错误行为，我认为这些不愉快的公文往返的罪魁祸首就是他。”

“国民教育部某省国民学校督学官第八一〇号公函。收件人：扎罗沃村学校的教员先生。兹根据今年1月12日来函，特通知如下：贵校暂时必须停课，学生一律解散，借以防止猩红热进一步扩散。国民学校督学官伊·日列特金。1886年2月22日。”

读完有关扎罗沃村流行病的全部公文（除这里已发表的还有二

十八件），读者对《某省公报》第三十六号上所刊登的下列一段描述就颇有领会了：

“……讲完儿童过多死亡以后，现在让我们换一个话题，谈一件令人比较高兴欢畅的事情。昨天圣米哈伊尔·阿尔希斯特拉季格教堂里举行了著名造纸厂厂主某某的女儿和世袭荣誉公民某某的盛大结婚典礼。在大教堂其他教士的协助下，大司祭克利奥帕·格沃兹杰夫神甫主持了这个婚礼。克拉斯诺佩罗夫合唱队唱诗。新婚夫妇年轻漂亮，神采奕奕。据说，新郎得到将近一百万的陪嫁钱，此外，还有布拉戈杜什诺耶的庄园，内有养马场和花房，花房里培植着菠萝和盛开的棕榈，能把您的想象带到遥远的南方去。婚礼结束以后，新婚夫妇立刻乘车出国了。”

做一个造纸厂的厂主多么愉快啊！

噩　梦

农业常任委员库宁是个三十岁左右的青年人。他从彼得堡回到他的鲍里索沃村后，头一件事就是派仆人骑马到辛科沃村去，把那里的教士雅科夫·斯米尔诺夫神甫请来。

大约过了五个小时，雅科夫神甫来了。

“认识您很高兴！”库宁在前厅迎接他说，“我在此地生活和工作已经有一年之久，现在我们好像也该认识一下了。欢迎，欢迎！不过，说真的……您多么年轻啊！”库宁惊讶地说，“您多大年纪？”

“二十八岁……”雅科夫神甫说，轻轻握一下向他伸过来的手，不知什么缘故脸红了起来。

库宁带着客人走进书房，开始打量他。

“多么粗俗的脸，像个村妇似的！”他暗想。

确实，雅科夫神甫的脸带着很多的“女人气”：那翘起的鼻子，绯红的脸颊，蓝灰色的大眼睛和稀疏得几乎看不见的眉毛。他那棕红色长头发干枯而平顺，垂在两肩像笔直的棍子似的。他的唇髭刚刚开始变成真正的男性唇髭。他的胡子长得也不合适，不知什么缘故，宗教学校的学生称之为“搔痒器”：稀稀拉拉，明显地露出脸上的皮肉，用手捋、用梳子理都不平顺，或许只好拔掉了事……这一撮寥寥可数的胡子长得不平整，纠结成一个个小团，倒好像雅科夫是有意乔装成教士，把胡子粘到脸上去，不料在中间被人弄断了似的。他身上穿着法衣，是浅褐色的，像掺了菊苣的咖啡的颜色，两个胳膊肘上有大块的补丁。

“古怪的家伙……”库宁瞧着他那溅了泥浆的衣襟，暗想，“他初次到别人家里来，却不肯穿得体面一点。”

“请坐，神甫，”他把圈椅移到桌子跟前，开口说，语气与其说是亲切，不如说是随便，“您请坐吧！”

雅科夫神甫对着自己的空拳头咳嗽一声，别扭地坐到圈椅边上，把双手放在膝盖上。他矮小，窄胸，脸上冒汗而发红，从一开始就给库宁留下极不愉快的印象。以前库宁无论如何也没想到过俄国会有外貌如此猥琐可怜的教士。雅科夫神甫拘谨的神态，他把双手放在膝盖上的样子，他坐在椅边上的姿势，都可以看出他缺乏尊严，甚至带着奴颜婢膝的味道。

“神甫，我请您来有事商谈……”库宁往椅背上一靠，说，“有一项令人高兴的责任要我去承担，就是帮助您做一件有益的工作……事情是这样，我从彼得堡回来后，发现桌上有首席贵族写来的一封信。叶戈尔·德米特里耶维奇讲起你们辛科沃村就要开办一所教区学校，要我承担照管那所学校的任务。我呢，神甫，很高兴，从心底里感到高兴……不但如此，我热诚地接受了这个建议！”

库宁站起来，在书房里走来走去。

“当然，不仅叶戈尔·德米特里耶维奇知道，大概您也知道，我手头没有大笔的款项。我的庄园已经抵押出去，我如今全靠常任委员的薪金生活。因此，您不能指望我提供很大的资助，不过凡是我力所能及的，我都会去做……那么，神甫，您认为那所学校什么时候开办？”

“在有了钱的时候……”雅科夫神甫回答说。

“现在您总已经弄到一点钱了吧？”

“几乎一点也没有……农民们在村会上通过决议，每个男丁每年交三十戈比，然而要知道，这只不过是一句诺言罢了！第一批设备费至少也要两百卢布……”

“嗯，是啊……可惜我现在没有这么一笔钱……”库宁叹道，“我这次旅行把钱全花光了，甚至……欠下了债。那我们来共同想想办法吧。”

库宁就讲起他的设想。他在谈自己想法时，盯住雅科夫神甫的脸看，想在他脸上找到赞许和同意的迹象。可是那张脸冷冰冰的，神色呆滞，除了腼腆的胆怯和不安外，什么表情也没有。谁瞧着他那种神态，都会以为库宁讲的话太深奥，雅科夫神甫听不懂，只是出于礼貌才在听，同时却生怕人家看穿他听不懂似的。

“看得出来，这家伙不怎么聪明……”库宁想，“非常胆小，而且有点呆头呆脑。”

直到听差端着托盘走进书房，送来两杯茶和一盘小甜面包，雅科夫神甫才略微振作起来，甚至微笑了一下。他接过一杯，立刻喝了起来。

“我们是不是写封信给主教大人？”库宁继续讲他的想法，“要知道，说真的，提出开办教区学校的不是地方自治局，也不是我们，而是教会的高级人士。他们，说实在的，应该指出资金的来源才对。我记得我在什么地方读到过为这项开支已经拨出一笔经费了。您什么也不知道吗？”

雅科夫神甫正在专心喝茶，没有立刻回答这个问题。他抬起蓝灰色的眼睛瞧着库宁，思考了一下，仿佛想起了他问的话，就否定地摇了摇头。他那张难看的脸上，从一只耳朵到另一只，洋溢着满足的神情，显露出平日极其庸俗的吃相。他喝着茶，细细品味着每一口。他把茶喝得一滴不剩，把杯子放在桌上，后来又拿起杯子，看看杯底，再放回去。那种满足神情在他脸上消失了……后来库宁看见他的客人从盘子里拿过一个小甜面包，咬了一小块，把剩下的抓在手里翻来覆去地转动一阵，接着就很快把它塞进口袋里去了。

“嘿，这可完全不合乎教士的体统！”库宁暗想，厌恶地耸起肩膀，“这是怎么回事：是教士的贪心呢，还是孩子气的举动？”

库宁请客人又喝了一大杯茶，送他到前厅去后，就在沙发上躺下，雅科夫神甫的来访惹得他一肚子不痛快。

“多么古怪的野蛮人！”他想，“肮脏、邋遢、粗俗、愚笨，大概也是一个酒鬼……我的上帝啊，这也叫教士，接受忏悔的牧师！这就是民众的教士！我可以想象助祭每次做弥撒前对着他高喊‘祝福吧，人间的主宰！’的时候，声调里一定含着多少讽刺的意味！好一个人间的主宰！这个人间的主宰连一丁点尊严也没有，缺乏教养，像小学生似的把面包藏到口袋里……呸！主啊，主教的眼睛到哪里去了，怎么让这么个人担任圣职？派这样的人来做教士，把民众看成什么人了？这儿需要的人是那种……”

库宁开始沉思俄国的教士应当是什么样子的人……

“比方说，如果我来做教士……一个有教养而又热爱自己工作的教士能够做出很多事情……如果是我，学校早就办起来了。布道词吗？如果一个教士真心诚意，被自己对事业的热爱鼓舞着，那他就能讲出多么美妙动听的布道词啊！”

库宁闭上眼睛，在心里编出一篇布道词。过了一会儿他在桌旁坐下，很快把它写下来。

“我把它送给那个红头发的家伙，让他拿到教堂里去念一遍……”他想。

下一个星期日早晨，库宁坐车到辛科沃村去解决学校问题，顺便看一看教堂，他就是那个教区的教民。尽管道路泥泞，那天早晨却有着晴朗的天气。太阳明亮地照耀着，阳光照着一片片残雪。白雪在同大地告别，放射出钻石般的光芒，刺痛双眼，白雪旁边，一片碧绿，冬麦的幼苗正在迅速地长出来。白嘴鸦在大地的上空庄严地飞翔。其中一只飞着降落在地上，向前跳几下才站稳……

库宁坐着马车来到那个用木头建造的教堂，那教堂破旧而灰暗。教堂门廊上的小柱子曾经是涂过白漆的，如今白漆已经完全脱落，像是两根难看的车杠。门口上方的圣像看上去成了完全乌黑的斑点。这种贫困的景象触动了库宁的心，引起他的怜悯。他谦恭地低下眼睛，走进教堂，在门旁站住。弥撒还刚刚开始。一个年老的诵经士，脊背弯得像车轭，正用低沉含混的男高音诵读祷词。雅科夫神甫独自主持弥撒，没有助祭，他在教堂里走来走去，摇着手提香炉。要不是库宁走进这个赤贫的教堂里的时候心里充满谦逊的感情，那他见到雅科夫神甫是一定会笑出来的。他看见那个矮个子的教士穿着一件揉皱的、特别长的旧黄布法衣，法衣的底襟在地上拖来拖去。

教堂里没有站满人。库宁看一下这个教区的教民，他乍一看就为一种古怪的现象暗暗吃惊:他只看见些老人和孩子……那些干活的成年人都到哪里去了？那些年轻人和壮年人都到哪里去了？然而他站了一会儿，定睛细看那些苍老的脸，这才看清楚他错把年轻人当成老年人了。然而他对这小小的视觉错误没有太在意。

教堂里面跟外面一样破旧、灰暗。圣障和深棕色的墙壁没有一处不被熏黑，变斑驳，留下岁月的痕迹。窗子倒有很多，可是都是灰色调的，因而教堂里老是显得昏暗。

“凡是心灵纯洁的人，到这儿来祷告倒挺好……”库宁想，“如同在罗马圣彼得教堂人们为它的雄伟而惊叹，在这儿却为这里的谦卑和简朴而感动。”

不过等到雅科夫神甫登上祭坛，开始做弥撒，库宁的虔诚心情就烟消云散了。年轻的雅科夫神甫是从宗教学校直接来做司祭的，他还没来得及掌握做礼拜的一套固定方式。他诵读经文的时候，仿佛在选择他该用什么样的嗓音合适，是用响亮的男高音呢，还是用微弱的男低音。他跪拜的姿势笨拙，走路太快，推开或者关上圣障中门的时候用力过猛……年老的诵经士显然有病，而且耳聋，对司祭的呼喊声听不大清，因此难免产生小误会。雅科夫神甫还没来得及念完该念的东西，诵经士却已经唱起来，或者是雅科夫神甫早已念完，老人却还向祭坛那边竖起耳朵倾听，不开口唱，直到有人扯一下他的衣襟，他才唱起来。老人的声音沙哑，病态，带着喘息，颤抖，发音含混不清……他唱得不好不说，还有一个很小的男孩，脑袋刚刚高过唱诗席的栏杆，跟着他一起唱。男孩用刺耳的儿童最高音唱着，仿佛极力要唱得不合调似的。库宁站着听了一会儿，就走出去吸烟了。他大失所望，几乎带着厌恶的心情瞧那灰色的教堂。

“大家抱怨说，老百姓的宗教感情低落了……”他想，叹口气，“可不是！像这样的教士，他们还应该多派几个来才好呢！”

后来库宁又走进去三次，每次都急于想出去呼吸新鲜空气。等到弥撒做完，他就到雅科夫神甫家里去。从外表看，教士的房子跟农民的茅舍没有丝毫差别，只是房顶上的干草铺得整齐点，窗上挂着白布帘罢了。雅科夫神甫把库宁引入一个明亮的泥地小房间，四壁贴着便宜的墙纸。尽管房子主人费了不小的劲想修饰一下，例如挂上有镜框的照片，还有一口用小刀当做钟摆的钟，可是整个环境还是简陋得令人吃惊。瞧着那些家具，可以想到，这些是雅科夫神甫挨家挨户一件件拼凑起来的：一家给他一张三条腿的圆桌；另一家给他一条凳子；第三家给他一把椅背向后弯得很厉害的椅子；第四家又给他一把椅背倒是直的，可是坐的地方已经凹下去的椅子；第五家很慷慨，给他一个类似长沙发的东西，靠背是平的，坐的地方却有很多破洞。这个类似长沙发的东西涂了深红色的漆，有一股浓重的油漆味。库宁起初打算坐在椅子上，可是想了一下，改在凳子上坐下了。

“您这是头一次到我们的教堂里来吧？”雅科夫神甫把帽子挂在难看的大钉子上，问道。

“是的，头一次。您听我说，神甫……在我们谈正事之前，您给我点茶喝吧，要不然我的整个灵魂都要干枯了。”

雅科夫神甫开始眨巴着眼睛，咳了一声，走到隔板后面去了。那边响起了窃窃私语声……

“他大概在跟他妻子讲话……”库宁暗想，“我倒很想看看这个红头发有个什么样的老婆呢……”

不多久，雅科夫神甫从隔板后面走来，涨红了脸，冒着汗，勉强笑了一下，在库宁对面那张长沙发的边沿上坐下。

“茶炊马上就烧好。”他说，眼睛没有朝他的客人看。

“我的上帝啊，他们到现在还没烧茶炊呢！”库宁暗自吃惊，

“现在只好等着了！”

“我给您带来一篇我起草的写给主教的信，”他说，“喝完茶，我来念一遍。说不定您想补充一点什么……”

“好。”

紧接是沉默。雅科夫神甫不时胆怯地瞟一眼那块隔板，理一下头发，擤一下鼻子。

“天气很好……”他说。

“是的。顺便提一下，昨天我读到一个有趣的消息……沃尔斯克的地方自治局通过一项决议，要把所有的学校都交给教会管理。这倒是颇有特色的。”

库宁站起来，在泥地上走来走去，开始发表他的见解。

“这倒没什么，”他说，“只要教会里的人能重视自己的使命，清楚地理解自己的任务。不幸的是，我所认识的教士，论文化程度和道德品质，连做军队的文书都不行，更不要说当教士了。您会同意，不好的教师给学校带来的危害远不及坏教士大。”

库宁看一下雅科夫神甫。那一个伛着腰，正专心地想心事，分明没听到他的客人讲的话。

“雅沙[①]，到这儿来一下！”从隔板后面传来一个女人的声音。

雅科夫神甫打了个冷战，走到隔板后面去了。又开始窃窃私语。

库宁一心想喝茶，感到难受极了。

“我在这儿是等不到茶喝的，肯定没有！”他暗想，看着时钟，“看来，我在这儿似乎是个不大受欢迎的客人。主人不肯开一开金口跟我说一句话，只是坐在那儿眨眼睛。”

库宁拿起帽子，等雅科夫神甫走出来，就向他告辞了。

“这个早晨算是白白浪费了！”他在路上愤愤地想，“他简直是块木头！树桩！他对学校的事毫无兴趣，就像我对去年的雪一样。

---

① 雅科夫的小名。

不行，我跟他是合不到一起的！我跟他一定一事无成！要是首席贵族知道这儿的教士是这般的，他就不会急着办学校了。应当先物色一个好教士，然后再操心学校的事！”

库宁现在几乎痛恨雅科夫神甫了。这个人，他那裹在长而皱的法衣里既可怜又可笑的身材、他那女人气的脸、做弥撒的举止、他的生活方式、他那种拘谨而恭顺的态度，都侮辱了库宁胸中残存的一点点宗教感情，那点宗教感情是同奶妈的神话故事一起悄悄地隐藏在他心底的。库宁是怀着真诚热烈的态度来参与神甫的工作的，得到的却是冷漠和漫不经心，这是库宁的自尊心难以忍受的……

当天傍晚，库宁久久地在家中的房间里踱步、思考，后来毅然决然地在桌旁坐下，开始给主教写信。他希望主教为学校拨款，得到他的赞同。同时像儿子那样虔诚地提出他对辛科沃村教士的看法。“他年轻，”他写道，“缺乏教养，似乎过着不清醒的生活，而且一般说来，不能满足俄国老百姓几个世纪以来形成的对教士的要求。”库宁写完信，轻松地吐了一口气，上床睡觉，感到他做了一件好事。

星期一早晨，他还躺在床上，仆人就来通报他说，雅科夫神甫来了。他不想起床，就吩咐仆人说他不在家。星期二他去出席调解法官会审法庭，回来已是星期六，听仆人说他不在家的时候，雅科夫神甫每天都来找他。

“嘿，他来不过是喜欢我那些小甜面包！”库宁想。

星期日将近傍晚时分，雅科夫神甫来了。这一回不但他的衣襟，就连帽子也溅上了泥浆。他就跟头一次来访一样，满脸通红，冒汗，也像上回那样在圈椅的边沿上坐下。库宁决定不提学校的事，不对牛弹琴了。

“我给您，巴维尔·米哈伊洛维奇，送来一张教科书的单子……”雅科夫神甫开口说。

“谢谢。”

然而根据种种迹象来看，雅科夫不只是为送书单而来的。他的整个身子流露出极度的窘迫，同时脸上又现出果断的神情，就像一个人突然有了主意。他竭力想说点重大的、极其要紧的事来，目前正尽力克制他的胆怯。

“他怎么不说话？”库宁生气地暗想，“他大模大样坐在这里！我可没有工夫跟他磨蹭！”

为了消除沉默形成的尴尬局面，掩饰自己内心的斗争，司祭就开始做出勉强的笑容。这种在冒汗和涨红的脸上硬做出来的久久不散的笑容，同他蓝灰色眼睛呆滞的目光很不协调，库宁不得不转过脸去。他觉得非常讨厌。

“对不起，神甫，我有事要出门……”库宁说。

雅科夫神甫打了个冷战，就像睡着的人被人打了一下。他没有停止微笑，开始慌张地拉好身上法衣的衣襟。库宁虽然厌恶这个人，却忽然可怜他了，想缓和一下自己的生硬态度。

“神甫，请下回再来吧……”他说，“不过在临别的时候我对您有个请求……喏，您知道，有一天，我来了灵感，写了这两篇布道词……我拿给您看看……要是合适的话，您就拿去念一念。”

“好……”雅科夫神甫说着，把手心按住库宁放在桌上的布道词，“我拿去……”

他站了一会儿，犹豫了一下，把身上的法衣再裹一裹紧，忽然，收敛了勉强的笑容，坚决地抬起头来。

“巴维尔·米哈伊洛维奇。”他说，看得出他想尽力讲得大声些，清楚些。

“您有什么想说？”

“我听说您已经……把您的文书辞退了，而且……而且目前正在物色一个新的……”

“是的……那么您有什么人要向我推荐吗？”

“我，您知道……我……您能把这个职位给……我吗？”

“什么，难道您要辞掉司祭的职位吗？”库宁诧异地说。

“不，不，”雅科夫神甫连忙说，不知什么缘故脸色发白，浑身发抖，“上帝保佑，千万不要！如果您有问题的话，那就不必了，不必了。我本来只想偷闲干那个差事……好增加点收入……不必了，您不用操心了！”

“嗯……收入……不过，要知道，我给文书的薪水每月只有二十卢布！”

“主啊，哪怕只有十卢布，我也愿意干！”雅科夫神甫小声说着，回过头去看一眼，“十卢布就够了！您……您吃惊了，大家都会吃惊的。贪心的教士，爱财的教士，他要钱干什么用？我自己也觉得：我贪心……我痛骂自己，斥责自己……羞愧得不敢正眼看人……我对您，巴维尔·米哈伊洛维奇，说的是良心话……求上帝给我作证……”

雅科夫神甫歇了口气，继续说：

“我原本已经准备好一大套表白心迹的话要对您说，可是……现在我全忘掉，不知从何说起了。我每年从教区领到一百五十卢布的薪水，大家……会感到奇怪，不知道我把钱都花到哪里去了。可是我要凭良心向您解释清楚……我每年要替我弟弟彼得交给宗教学校四十卢布。他在学校里，一切都可免费，可是纸张笔墨要由我提供……”

“哦，我相信，我相信！可是您提这些干什么？”库宁摆了摆手说，听到他的客人讲出那些掏心话而感到很不好受，不知怎样才能躲开客人眼睛里的泪光。

“其次，为我这个职位我要向正教法庭交的一笔款项我还没付清。他们规定我要交二百卢布，现在我得每月交十卢布……现在，您想想看，还剩下多少钱呢？要知道，除此以外，我每月至少还得给阿夫拉米神甫三卢布哩！”

“哪个阿夫拉米神甫？”

“就是我来以前在辛科沃村当司祭的阿夫拉米神甫。他失掉这个职位是因为……身体衰弱，可是他至今还住在辛科沃村！他能到哪儿去呢？谁来养活他呢？虽说他老了，可是他也要有栖身之处，也要有面包吃，也要有衣服穿啊！我不能眼看他这样一个担任过教职的人沿街讨饭！要是他有个好歹，那简直就是我的罪过！我的罪过呀！他……到处欠下了债，我没能替他还，就已经是我的罪过了！”

雅科夫神甫猛地站起来，死盯着地板，从这个墙角走到那个墙角。

“我的上帝！我的上帝啊！”他喃喃地说着，时而举起胳膊，时而放下，“拯救我们吧，主啊，饶恕我们吧！既然你信仰不坚定，你缺乏力量，当初又何必承担这样的圣职呢？我的悲观失望没有尽头！拯救我吧，圣母。”

“您冷静一下，神甫！”库宁说。

“饥饿使人难以忍受，巴维尔·米哈伊洛维奇！”雅科夫神甫继续说，“请您宽宏大量地原谅我，我实在是没有力量了……我知道，要是我肯低头求人，人人都会帮我的，可是……我做不到！我感到害臊！我怎么能向那些农民乞讨呢？您在这里任职，您也看得见……谁能伸手向乞丐们要饭呢？至于乞求有钱人，地主们，我做不到！我有自尊心！我感到害臊！”

雅科夫神甫摆一下手，然后举起两只手烦躁地把头发向后捋。

“我害臊！上帝啊，我感到多么羞愧！我是个自尊的人，不愿意让人看出我贫穷。那一回您来看我，我家里连茶也没有，巴维尔·米哈伊洛维奇！就是茶叶末也没有，可是我的自尊心又使我在您面前羞于启齿！我为我的衣服害臊，喏，这些补丁……我为我的法衣害臊，为饥饿害臊……这种过分的骄傲对教士来说相称吗？”

雅科夫神甫在书房中央站住，仿佛看见库宁在座似的，自言自语地讲起来。

“哦，就算我经得住饥饿和羞辱吧，可是，主啊，我还有妻子呢！要知道，我是从一个上流人家把她娶来的！她没干过粗活，娇嫩，喝惯了茶，吃惯了白面包，用惯了褥单……她在娘家常弹钢琴……她很年轻，还不到二十岁……她一定也想打扮，想玩乐，想坐着马车去做客……可是她跟着我……比一个普通厨娘都不如，她羞于上街。我的上帝啊，她唯一的快乐就是我做完客回去，给她带回一个小苹果或者小甜面包什么的……”

雅科夫神甫又用两只手向后捋头发。

“结果我们之间就没有爱情，有的只是怜悯了……每次看到她，我就可怜她！主啊，这是个什么世道呀。有些事情，要是在报纸上写出来，人们都不会相信……这种事情何时才是尽头啊！”

“够了，神甫！”库宁被他的口气吓坏了，几乎嚷起来，“为什么如此悲观地看待生活？”

“请您多多原谅，巴维尔·米哈伊洛维奇……”雅科夫神甫喃喃地说，像是喝醉了酒，“对不起，所有这些事都……无关紧要，您不要介意……这只能怪我自己，永远怪我自己……永远！”

雅科夫神甫回过头去看一眼，小声地说：

“有一天大清早我从辛科沃村出来，到卢奇科沃村去。我抬头一看，河岸上站着一个女人，不知在做什么……我走近些看，简直不相信我自己的眼睛了……原来是医生伊万·谢尔盖伊奇的妻子坐在那儿洗内衣……她是医生的妻子，而且是在贵族女子中学毕业的！看来她是为了不让人家看见她，才特意起早，走到离村子一俄里以外的地方……难以克服的自尊心呀！她看见我站在她身旁，看到了她的贫穷，就脸涨得通红。我惊慌，害怕，就跑到她跟前去，想帮助她，可是她把洗的衣服藏起来，生怕我看见她那些破衬衫……”

“这简直叫人没法相信……”库宁说着，坐下，几乎惊恐地瞧着雅科夫神甫苍白的脸。

“真的是叫人没法相信！从来也没有这样的事，巴维尔·米哈伊洛维奇，医生的妻子居然在河边洗衣服！这是任何国家都没有的事！我作为牧师和精神之父，不应该让这种事发生，可是我能做什么呢？有什么办法呢？而且我自己就老是想请她丈夫免费治病！您说得对，所有这些都难以置信！简直让人没法相信自己的眼睛了！

做弥撒的时候，您知道，要是您从祭坛上往下一看，瞧见村里的教民、挨饿的阿夫拉米、司祭的妻子，又想起医生的妻子，想起她在冷水里冻得发青的双手，您就会忘了一切，呆站在那里，像傻瓜似的，没有了感觉，直到教堂司事来叫醒……真可怕呀！”

雅科夫神甫又走来走去。

“主耶稣啊！”他摆了摆手，说，“神圣的圣徒们！我连弥撒也做不下去了……上次，您跟我谈起学校的事，可是我却像个木偶似的，什么也没听明白，光是在想吃的问题……就连在祭坛上……不过，我这是怎么了？”雅科夫神甫像是醒悟过来说，“您要出门了。对不起，我这都是随便说说的……请您原谅。”

库宁沉默地握了握雅科夫神甫的手，把他送到前厅，然后回到书房，在窗前站住。他看见雅科夫神甫走出这所房子，戴上他那顶褪色的宽边帽子，低下头，仿佛为刚才那一番坦白的话害臊似的，沿着大路缓缓走去。

“看不见他的马车在哪儿。”库宁暗想。

库宁不敢设想司祭这几天是步行到他家里来的，这里离辛科沃村有七八俄里远，路上到处是泥泞难以行走。随后库宁看见马车夫安德烈和男孩帕拉蒙跳过水洼，溅了雅科夫神甫一身泥，跑到他跟前去接受祝福。雅科夫神甫摘下帽子，慢条斯理地给安德烈祝福，然后再给男孩祝福，摸摸他的头。

库宁举起手来擦一擦眼睛，觉得他的手擦过眼睛后变湿了。他离开窗口，用模糊的眼睛朝房间四周看了一下，他似乎还听得见神甫那胆怯而喑哑的声音……他望了桌子一眼……幸好雅科夫匆忙中忘了把他的布道词带走……库宁跑过去，拿起布道词，撕得粉碎，带着厌恶的心情丢在桌子底下。

“这些事我竟然都不知道呀！”他倒在沙发上呻吟道，“我在这儿却已经做了一年多常任委员、荣誉调解法官、学校咨询委员！没长眼睛的木偶，大少爷！要赶快帮他的忙。赶快！”

他痛苦得不住翻身，用手按住两鬓，紧张地思索着。

“这个月20日我会领到二百卢布薪水……我要找个合理的借口送给他和医生的妻子一点钱……我请他来做一次祈祷好了。至于医生，我可以假装生病……这样我就不会伤他们的自尊心了。阿夫拉米我也要接济一下……”

他扳着手指头计算他的钱，自己也不敢承认这两百卢布刚够他付清总管、仆人、那个经常送肉来的农民的钱……他不由得想起不太遥远的过去，那时他还是个二十岁的小伙子，常常送给妓女贵重的扇子，每天付给马车夫库兹马十卢布，出于虚荣心而给女演员送礼，他父亲的财产就这样糊里糊涂挥霍掉了。唉，那些胡乱花费的一卢布、三卢布、十卢布，现在能派多大的用场啊！

“阿夫拉米神甫一个月只要有三卢布就能够活下来了，”库宁想，“有一个卢布，神甫的妻子就可以给自己做一件衬衫，医生的太太就可以雇一名洗衣女工。不过我仍然要帮助他们！一定要帮助他们！”

这时候库宁突然想起他写给主教的告密信，就周身颤抖，仿佛冷不防吹来一股寒气似的。回忆使他在自己面前，在看不见的真理面前羞愧难当……

一个出于好心，然而吃得过饱，又不慎重考虑的人为一件有益的工作所做的真诚但无效的努力，就这样开始，又这样结束了。

白嘴鸦

白嘴鸦飞来，成群结队地盘旋在俄罗斯田野的上空。我从中选择了一只大的白嘴鸦，开始和它交谈起来。遗憾的是，我遇到的却是一只好发表议论和好教训别人的白嘴鸦，因而交谈变成枯燥无味。你看，我们交谈了些什么：

我：人们说，你们白嘴鸦寿命最长。自然科学家把你们，不错还有狗鱼，作为最长寿的典范。你多大年纪了？

白嘴鸦：我三百七十六岁。

我：啊哟！真是！真了不起，活那么长！要是我有你那么大年岁的话，不知要为《俄罗斯文物》和《历史通报》写多少篇文章！要是我能活到三百七十六岁，我想，在这漫长的时间里，我不知写成了多少短篇小说、多少出戏、多少小文章！我有多少稿酬可以陆续获得！那么你，白嘴鸦，在这段时间里干了些什么？

白嘴鸦：什么也没有做，人先生！我只是吃、喝、睡和繁殖后代……

我：真害臊！我也替你害臊，为你感到难受，愚蠢的鸟呀！你在世界上活了三百七十六年，可和三百年前一样愚蠢！一点也没有进步！

白嘴鸦：人先生，智慧不是长寿，而是靠培养和教育学得的。拿中国来说吧……它生存得比我还长，然而仍然和一千年前一样地落后。

我（继续感到惊讶）：三百七十六年！要知道，这是怎么一回事啊！简直是无限地长！在这期间，我来得及进所有的系念书，赶得上结二十次婚，尝试所有职业和职务，天晓得还可能获得一个什么样的官职，大概还得像罗特什利德一样地死去！难道你懂吗，傻瓜：一个卢布存入银行按五厘复利算，再过二百八十三年可以变成一百万，算一算吧！那么，假如二百八十三年前你存入银行一个卢布，那么你现在就成为百万富翁了！哎呀！你啊，傻瓜，真是傻瓜！你不难受，也不害臊，你真的这样愚蠢吗？

白嘴鸦：一点也……我们是愚蠢的，然而我们可以得到安慰，在一生的四百年中所做的蠢事比人在一生的四十年中做的蠢事要少得多……可不是吗？人先生！我活了三百七十六年，但一次也没有见到过白嘴鸦相互打架和互相残杀，而你讲不出有哪一年人类没有发生过战争……我们不要相互争斗，我们不开借贷银行，也没有古代语言的寄宿学校，不必要相互诽谤和使用恐吓手段，不需要写不好的小说和诗篇，更不需要出版骂街的报纸……我活了三百七十六年，没有见到过我们的雌白嘴鸦欺骗和得罪过自己的丈夫——人先生，而你们怎么样呢？在我们中间没有仆人、拍马屁的人、谄媚的人、叛徒……

这时，它的同伴喊我的交谈者，它还没有结束自己想说的气愤话，就飞越过田野。

在河上

春天小景

“冰在动了！”在春天一个晴朗的日子里响起了叫喊声，“伙计们，冰块在松动了！”

每年春天，虽说河上的冰总是按常规在移动，但是，冰块的浮动永远是一件大事，成为人们关注的新闻。您如果住在城里，听到叫喊声，就会往大桥跑去，同时您脸上会露出一副严肃的表情，好像桥上发生了凶杀案或者是光天白日的抢劫案似的。从您身边跑过的小男孩、马车夫、女商贩，他们的脸上也是这样的神情。桥上已经聚集了许多人，有背着书包的中学生，有穿着雨衣的太太小姐们，有两三个穿法衣的教士，有肤色黝黑的小学徒，手里提着刚做好的皮靴上的小皮耳，有穿着各种腰部带褶的外衣的汉子，有小兵。大家都伏在桥的栏杆上，一言不发，一动不动，带着疑问朝河里望。桥上寂静得像坟墓，只有一个警察在对一个身穿毛皮大衣、大衣背部连着披肩的先生述说河水上涨了多少。偶尔有带着响声的马车开过桥去。警察压低了嗓音在述说。当他讲到水涨了几俄尺时，他一脸的严肃，惊讶，几乎是惊慌了。但他讲到水涨几俄寸的时候，脸上却露出惋惜和温柔的神情，仿佛这几俄寸是他儿女似的。

如果您伏在桥的栏杆上，朝河里看，您会多么失望啊！您料想会有爆裂声和轰隆声，可是除了一种低沉单调的轰响，类似远处的雷声外，您什么也听不见。您看见的不是大冰块爆裂开来，互相冲撞和迅速出现的浮冰，而是一大堆平稳地躺在那里，一丝不动的冰块，两岸之间的整个河面都是如此。河面已被掘开，松动，仿佛有个巨人般的庄稼汉走过这条河面，用庞大的耕犁把它垦松了似的。河水一滴也看不见，只有清一色的冰。有些小冰山立在那儿不动，于是您就糊涂了，觉得这座桥似乎带着您，还有那群人，不知往什么地方浮去。沉重的桥正沿着那条河，随着河岸一起奔驰而去，用桥墩冲散一堆堆冰块。这时候有个大冰块漂过来了，死命抵住桥墩，很久都不让它跑掉，可是，突然间，它像是有生命似的，开始顺着桥墩往上爬，直朝您的脸扑过来，仿佛打算跟您告别似的，不料它无法承受自己的重量，断成两块，无力地跌落下去。看上去，那些冰块显得悲哀，沮丧。它们仿佛意识到要被驱逐出故地，正漂向远方，漂到可怕的伏尔加河去，在那里看尽了惊心动魄的情景以后，就会死去，化为乌有了。

不久，冰山开始逐渐少了，冰块之间出现了乌黑的水，奔腾不息。现在幻觉才算消失，您才开始看清活动着的不是桥，而是河。将近傍晚，河里几乎已经完全没有了冰块的踪影，偶尔出现一些残存的冰块，可是已经很少，不足以妨碍路灯照到水面上如同照着镜子一样了。

"这还不是浮冰！"桥上有人说，"还会有从上游下来的浮冰！……今天吃午饭的时候，有人从上游某县来到这里。他说那边的冰已经活动了……那么要到明天才能在这里见到呢。"

果然，第二天天色阴霾，刮起潮湿的冷风，这种天气的骤变，表明某处一大片地方，有冰块在流动……桥上又聚集了一群人，朝河里看。水涨高了，可是河面仍然明净平滑。看客们焦躁地打呵欠，冷得缩起身子。就在这时，有个大冰块在河面上出现了。紧接着，如同羊群尾随着带头羊一样，在很远的地方有些较小的冰块跟踪而来……随后响起了冰块撞在桥墩上的巨响。冰块碎裂，那些碎块一片混乱，旋转着，碰撞着，冲到桥底下去了……河道转弯的地方又出现了新的冰块，随后来了第二块，第三块……不久空中就充满了昨天曾听见过的那种沉闷的响声。您看见的已经不是当地的冰，而是别处的冰，从上游很远的地方漂过来的。

不久这些冰也消失了，然而这条河的春季复苏还没有随着冰的逝去而结束。浮冰刚过，木筏就立刻开始出现了。

木筏不适合在城里观看，而应当到更远的地方，譬如说到神秘的上游，那些残余冰块漂来的地方。

这就是一只很长的木筏顺着小小的日扎河急速漂浮，犹如一条长蛇。夏天日扎河不过是一湾浅水，您隔着茂密的柳丛是看不见它的，而且只要您愿意，您甚至可以随处蹚水过河。可是现在，它已面目全非了。您看着它，像着了魔：这样的急流是从哪儿来的呢？它不断膨胀，气焰嚣张，大有淹没整个大地之势。它对待大木筏就跟对待小木片一样。这个木筏来得迟，属于最后一批，很有可能在半道上搁浅了。商人马基特罗夫昨天已经放出六只木筏，本应到此为止，然而贪心占了上风，虽然有人警告他说水位已经下降，他今天却还是放出了第七只。

木筏上有二十个农民和村妇在忙碌。真正的农民有吃，有穿，不干这种运输木材的行当，因此您在这里看见的全是些赤贫的农民，像乞丐。这些人身材矮小，背部伛偻，神情忧郁，像被咬过似的。大家都穿着树皮鞋，衣衫褴褛，仿佛要是您抓住一个农民的肩膀，使劲摇晃他，挂在他身上的碎布片就会纷纷掉下来似的。他们的面容各不相同：有的是棕红色像黏土一样，有的却又像阿拉伯人那么黑，有的人脸上几乎还没长出胡子，有的人却满脸胡茬，活像野兽。每个人都戴着各自的破帽子，穿着各自的破衣服，讲话的嗓音也各不相同，然而在不习惯的眼睛看来，他们是一模一样的，一定要跟他们相处久了，才能学会分清谁是德米特里，谁是伊万，谁是库兹马。他们这种惊人的相似是由一种共同的烙印形成的，它印在他们每个人苍白而忧郁的脸上，印在每个人的破衣服和破帽子上：那就是难以摆脱的贫穷。

他们的工作一刻也不停。木筏每走一步，日扎河就要转一个弯，因此他们不得不在木筏上跑来跑去，把竿子撑进水里，免得木筏在急流中撞着河岸，或者撞着峭壁而断裂……所有的人都涨红着脸，汗流浃背，气喘吁吁……虽然木筏中央放着些干草供人坐，却没有一个人到那儿去坐……面容消瘦、衣衫褴褛的村妇干着跟男人一样的活，她们沾了水的衣襟不住地摆动……

河两岸都沉浸在中午明亮的阳光里。一个个画面在木筏工人眼前闪过去，一个比一个美。树林、耕地、乡村、地主庄园，在他们面前闪过，像鸟那样快……这时候他们看见前面陡峭的河岸上有一座带有碧绿拱顶的白色教堂。过了一分钟，教堂就已经看不见了，能看到的只是一片平原，愤怒的日扎河把河水一直淹到平原上很远的地方。平原后边是绵延不断的黑色耕地，耕地上空点缀着一些白嘴鸦，也可能是寒鸦……这时有个瘦长得像草耙的农民赶着一头只有一个犄角的母牛在岸边走……接着出现了地主的庄园：阳台上站着一位女人，打着一把伞，急着指给一个小女孩看木筏。一个青年男子身穿轻骑兵的短外衣，脚蹬高筒靴，正往一个捕鱼笼里看……随后又是耕地、树林、乡村……要是现在回头看一眼，就会瞧见那白色的教堂隐隐约约出现在地平线上，而那个赶母牛的农民连影子也不见了……可是您不要以为木筏已经走出很远。再过一会儿，木筏工人却又看见地平线上有个白色的东西……他们开始凝神细看，这是怎样的奇迹啊？他们正向着那个教堂飞奔而去，而那个教堂原本已经被丢在他们身后……他们离它越近，就越相信确实是它，确实是先前陡岸上那幢有绿色拱顶的教堂……喏，现在可以看见它的窗子、尖顶上的十字架、房子上的烟囱……再过一会儿，木筏工人就会靠近教堂，不料木筏猛一转弯，教堂就又落在后面了……

有三四个木筏工人抽点空闲，聚集在木筏中央，互相看着，呼呼地喘气。他们在休息。在他们中间，您可以看见只有一个人穿着皮靴，那双皮靴糟透了，歪歪斜斜，已褪了色，然而毕竟是皮靴。就像一座教堂即使已被废弃，也还是教堂！那双靴子里，塞进一条呢裤子的瘦裤腿，可是裤子已经破旧不堪，连评论它也是罪过啦。穿皮靴的人，身上穿着破皮袄，从破洞里可以窥见里面的坎肩。他那大脑袋上戴着一顶被人丢弃的学生帽，帽檐已经折断，帽子的边沿脏得无法再脏了。他面容憔悴，皮肉松弛，跟其他木筏工人的脸不同……一句话，这个人是目前俄国任何一个劳动组合，任何一家酒馆，任何一伙乞丐和穷人当中都少不了的角色……这种人曾遭受到命运的沉重打击，深深感到自己现在地位的卑微，他千方百计地掩盖自己的"贵族出身"，尽管还有人对此表示怀疑……他穿上乡下人穿的破皮袄，反而比穿上您一时大方而想起送给他的破大衣或者破坎肩，感到自在得多。至于他是什么人，从哪儿来，过去是什么身份，目前有些什么想法，你不忍心细问，况且问了也无益。只要您一问他，他就会对您信口开河，说他从前做过军官，也做过演员，还遭过监禁呢……

木筏上的人都管这个人叫季奥米德。季奥米德来做木筏工人，与其说是想挣那三四个卢布，不如说是暗自高兴趁此机会不花钱到城里走一趟，免得步行了……这个工作对他来说很新奇，他使足劲儿干，不肯落后于其他农民。他也跟他们一样从木筏的这一边跑到那一边，忙忙碌碌，撑着竿子，流着汗，喘得上气不接下气，然而他每个动作都流露出他没干惯这种活。他对这工作不在行，再加上体力又弱，很快就疲惫不堪了……只要他看见有两三个人停下来休息，他必定凑到他们跟前去。

休息的人互相看着，攀谈起来。木筏上的话题总是老一套：

"如今这个年月，局面……真是糟透了！"一个留着山羊胡子、头戴有耳罩的帽子的人喃喃地说，"五年前，木筏工人的工资从没少过八个卢布。你肯出八卢布，好吧，我就干，少了就不行……可是现在人家只勉强给四个卢布，不是吗？简直是受罪！上帝才知道事情怎么会这样的！"

"现在人多起来了……"一个留着铁铲般胡子的人用沙哑的声音说，"这么多人，没法安置。你嫌四卢布少，不肯干，可是别人有三卢布就干。从前，你看不见有娘们儿到木筏上来挣钱的，可是如今，你瞧，他们弄来多少娘们儿呀！娘们儿总是傻头傻脑的，有一卢布可挣，她们也干……”

“四卢布……”山羊胡子嘟哝着说，若有所思地望着飞逝而去的河岸，“四卢布……真是从来没有过的事！”

季奥米德不是为挣钱而到木筏上来，四卢布，八卢布，对他来说都无所谓。但是，为了加入谈话，他认为有必要附和他们的说法。

“嗯，是啊……”他说，“钱太少了。弟兄们，所以商人都吃得肥肥的。他们舍不得出钱……”

一起谈话的人没有搭话。他们望着前方，木筏正朝那里飞奔过去。他们看见一个白色的斑点。原来木筏又迎着先前那幢白色教堂跑过去了。阳光照着十字架和明亮的绿色拱顶，那个神殿在向他们亲热地眨眼，似乎在说，再也不会离开他们了。

“嘿，这条河一个劲地绕来绕去！”季奥米德说，“我们走啊走的，其实老在原地兜圈子……”

“如果走直路到城里去，只有五十俄里的路程。可要是走水路，那就足足有六百俄里。啊，只求上帝保佑，不要让水退下去，我们明天傍晚就可以到那个地方了……”

白天一切都很顺利，没有发生意外，可是将近傍晚，木筏却遇上了麻烦。在刚刚降下的苍茫暮色中，木筏工人忽然看见河上出现了障碍：一边的岸上牢牢地系着一条渡船，从渡船到另一边的岸上铺了一座不很结实的木排桥，好像是刚刚架好的。木筏怎么过去？河两岸上，人来人往。有几个人朝着木筏跑过来，摇着手喊道：

“停下！停下！狗东西！”

惊慌失措的木筏工人连忙停住木筏。

“不准往前走！”有个红脸膛的胖子叫嚷着，他穿着很长的厚呢大衣，“我要让你们和你们的破木筏见鬼去，你们将没命了！我这个木排桥已经让人拆毁过两次了，不许你们再拆！”

木筏工人面面相觑，犹豫不决，脱下了帽子。

“您老人家，那叫我们怎么办呢？”有个人问。

“随你们的便，反正不许拆坏这个木排桥。我手下的工人陆续要从这座桥上走过，到工厂去上班，没有桥可不行。”

“老爷，请您尽管放心好了！”木筏工人用含泪的声音嚷道，“您行行好！我们会把您的木排桥架好，在原地方拴结实，样样都办妥……我们保证！我们会永生永世为您祷告的！”

“嗯，是啊，我可知道你们这号人！不准动！”

红脸膛举起手，像是威胁，然后走掉了。木筏工人垂头丧气。

“他怎么敢这样对我们？”季奥米德义愤填膺地说，“这多么霸道！他没有权利规定架桥的时间！伙计们，你们别理他！用不着理那个蠢货！”

季奥米德慷慨激昂，滔滔不绝地说了很久。木筏工人脱掉帽子，在岸上走来走去，鞠躬行礼，一直等到深夜，还是毫无结果……他们只好认命。

整个这一夜，篝火在木排桥旁边燃烧着。木筏工人把他们的木头从木排桥上抬过去，再把它们扎成一个新的木筏。他们浑身湿透，不停地打战，一句话也不说，一刻也不休息。他们像蚂蚁似的进行这种极其艰苦的工作，一直忙到第二天早晨。

早上，他们又撑着木筏出发了！

格里沙

格里沙是一个小小的、胖胖的男孩，出生于两年零八个月前。现在他正和保姆一起在林荫路上散步。他身上穿着很长的小棉斗篷，系一条围巾，戴一顶上面有个毛球的大帽子，脚上穿一双暖和的高筒靴。他又闷又热，此外，四月灿烂的阳光直射他的眼睛，刺得他眼皮发痛。

他胆怯地、摇摇晃晃地迈着步子，整个笨拙的身子现出极度的困惑。

在这以前，他只知道一个四方形的世界：一个角落里放着他的床，另一个角落里放着保姆的箱子，第三个角落里放着一把椅子，第四个角落里点着神灯。要是往床底下瞅一眼，你就会看见一个断了胳膊的玩偶和一面鼓。不过保姆的箱子后面却有很多各式各样的东西，例如线轴、纸片、缺盖子的小盒、玩坏了的小丑。在这个世界里，除了保姆和格里沙以外，妈妈和一只猫也常来。妈妈很像玩偶，猫却像爸爸的皮大衣，只是皮大衣没有眼睛和尾巴。在这个叫作“儿童室”的世界里，有一扇门通到一个空荡荡的地方，大家都在那里吃饭和喝茶。那里放着格里沙的高脚椅子，挂着一只时钟，它的存在就是为了来回摇着钟摆，敲出当当的响声。从这个饭厅可以走进一个放着红圈椅的房间。那里的地毯上有一块乌黑的斑点，至今大家还用手指着这块黑斑来吓唬格里沙。这间房间后面还有另一间，不过谁都不准进去，爸爸倒常在那里出现，他是个极其捉摸不透的人！保姆和妈妈都很容易使人了解：她们给格里沙穿衣服，喂他吃饭，哄他睡觉，可是爸爸干什么活，就不知道了。另外还有个捉摸不透的人，就是姑姑，那面鼓就是她送给格里沙的。她一忽儿出现，一忽儿又消逝了。她到哪儿去了呢？格里沙不止一次往床底下看，往箱子背后、长沙发底下看，然而她不在那里……

可是在这个阳光刺眼的新世界里，有那么多的爸爸、妈妈、姑姑，弄得他不知道应该跑到谁跟前去。不过最奇怪、最可笑的是马。格里沙瞧着它们的腿不停地在动，一点也不明白这是怎么回事。他朝保姆看，希望她能解答他的疑团，可是保姆沉默着。

突然间，他听见可怕的跺脚声……原来林荫路上，一群士兵迈着整齐的步伐，径直朝着他走过来。他们脸色红红的，腋下夹着洗蒸汽浴的桦条帚。格里沙吓得浑身发凉，探问地瞧着保姆：这危险吗？可是保姆既不跑，也不哭，可见这是不危险的。格里沙目送着那些士兵，自己也开始按着他们的节拍迈动两条腿。有两只长脸的大猫跑着穿过林荫路，吐出舌头来，翘起尾巴。格里沙想，他也得跑，就跟着那些猫跑起来。

"站住！"保姆对他吆喝道，粗暴地抓住他的肩膀，"你往哪儿跑？是谁叫你淘气的？"

这里还有另一个保姆坐在那儿，端着一只小盆，里面盛着橙子。格里沙从她面前走过，什么话也没说，拿了一个橙子。

"你这是干什么？"他的保姆向他喊道，并打了一下他的手，把橙子夺过去，"混小子！"

这时候格里沙脚边有一块碎玻璃片，像神灯那样闪亮，他很想把它拾起来，可是又怕他的手再挨打。

"您好！"格里沙忽然听见又响又粗的声音，几乎就在他耳朵边响起。他看见一个高个子的男人，他衣服上的纽扣闪闪发亮。

使得格里沙大为高兴的是，这个人跟保姆握一下手，停下来和她谈起话来。太阳的光辉、马车的辘辘声、马、发亮的纽扣，全都非常新奇，不可怕，格里沙的心里充满快乐的感觉，他不由得笑起来。

"我们走！ 走！"他对那个衣服上有亮纽扣的男人叫道，拉他的后襟。

“到哪里去？”那个人问。

“我们走！”格里沙坚持说。

他想说，要是把爸爸、妈妈和猫都带来倒不坏，可是他的舌头说不出他想说的话。

过了不大一忽儿，保姆从林荫路上转了一个弯，带着格里沙走进一个大院子。院子里还有雪。有发亮的纽扣的男人也跟在他们的后面。他们小心地绕过雪堆和水洼，随后登上一道肮脏而幽暗的楼梯，走进一个房间。那里烟雾弥漫，散发着煎肉的气味，有个女人在炉灶旁边站着煎肉饼。这个厨娘和保姆吻了一下，跟那个男人一起在长凳上坐下，开始轻声说话。格里沙穿戴得严严实实，闷热得受不了。

“这是什么缘故？”他想，往四下里看了一眼。

他看见乌黑的天花板、两个犄角的火钳、炉灶，炉灶看上去像是个又大又黑的窟窿……

“妈妈！”他拖着长音叫道。

“好了，好了，好了！”保姆叫道，“你等着吧！”

厨娘在桌上放好一瓶酒、三个杯子和一个馅饼。两个女人和有亮纽扣的男人好几次碰杯，喝酒。男人时而搂住保姆，时而搂住厨娘。后来他们三个人一齐轻声唱起来。

格里沙伸手要拿馅饼，他们就给了他一小块。他吃着，看保姆喝酒。他也想喝。

“给我喝！保姆，给我喝！”他要求道。

厨娘拿着自己的酒杯让他喝一口。他瞪大眼睛，皱起眉头，咳嗽起来，后来又不住地摆手。厨娘瞧着他，笑了。

格里沙回到家里，就对着妈妈，对着墙壁，对着床，讲起他到过什么地方，看到什么东西。与其说他是用舌头讲，不如说是用脸部表情和手势表达。他描述太阳怎样明亮，马怎么跑，可怕的炉灶是什么样子的，厨娘是怎么样喝酒的……

晚上他怎么也睡不着。那些带桦条帚的士兵、大猫、马、碎玻璃片、放着橙子的小盆、发亮的纽扣，所有这一切凑成一大堆，挤在他脑子里。他不住地翻身，嘴里说着胡话，最后抑制不住内心的激动，哭起来了。

“你发烧了！”妈妈伸出手摸摸他的额头，说，“这是怎么搞的？”

“炉子！”格里沙哭道，“你走开，炉子！”

“大概是吃多了……”妈妈断定说。

格里沙从刚经历到的新生活里获得的许多印象快要把格里沙的脑子涨破了，可是这当儿妈妈却给他灌下了一调羹蓖麻油。

爱 情

“现在是深夜三点钟。四月宁静的夜晚朝我的窗口里张望，繁星向我亲切地眨眼。我睡不着。我是多么幸福啊！

“有一种奇特的、难以理解的感情，从头到脚充满我的全身。我现在无法分析这种感情，没有工夫，而且也懒得这样做什么分析！是啊，如果一个人从钟楼上头朝下摔下来，或者听到自己中了二十万卢布的彩票时，难道他们能从这样的感觉中找出什么意义吗？他办得到吗？”

我写给萨莎的情书大致就是这样开头的，萨莎是我爱上的一个十九岁的姑娘。这封信我已经开过五次头，可是每次都把它撕掉了。我涂掉整张整张写好的信纸，然后又重新把它们抄一遍。我为这封信忙了很久，就像写一篇约好稿的长篇小说。我这样做完全不是为了要把信写得长一些，写得细腻一点，更富有感情，而是因为当春夜扑进窗子里来，我坐在安静的书房里，任凭思绪驰骋的时候，我就不由得想把写信这个过程拖得无穷无尽地长了。我在字里行间看见一个亲切的形象。我仿佛觉得有许多精灵和我一起坐在桌旁，也在写信，也像我一样纯真而幸福，傻里傻气，快乐地微笑。我写着信，不时看一下我的手，这只手不久以前握过她的手，现在好像还是温热的。要是我偶尔把眼睛移到一旁去，我就会恍惚看见那绿色小门上的格栅。我跟萨莎告别以后，她就是隔着那个格栅凝眸望着我的。我同萨莎告别的时候，什么也没想，光顾着爱慕地看着她的身材，就像一切正派的男人爱慕地看着美丽的女人一样。隔着格栅我看见两只大眼睛，忽然恍然大悟，明白我已经坠入情网，我们之间的一切已经决定，并已成定局，剩下来所要做的只是履行某些手续罢了。

我把情书封好，慢慢穿上衣服，悄悄走出家门，把那个宝贝送进邮筒去，这些对我来说，同样是件极其愉快的事。天空中已经没有星斗。在东方替代它的是一条白色长带，悬在阴沉的房顶上，有几处被云遮断。由于这条长带，整个天空就泛出白光。城市在沉睡，但运水工人已经出门，远处一家工厂汽笛在鸣叫，以此来唤醒工人。您走到沾着露水的邮筒旁边，一定会看见一个笨拙的扫院人，穿一件钟形皮袄，拄着手杖。他处在昏昏沉沉的状态里：说睡没睡，说醒不醒，而是介乎两者之间。

如果邮筒知道人们经常找它来决定自己的命运，它就不会有这种谦卑的形象了。至少我就差点吻我那个邮筒，看着它，我就想邮政简直是最具益处的服务！……

我请那些以前坠入过情网的人回想一下，你把信投进邮筒后，怎样急忙回家，很快上床躺下，盖上被子，充分相信明天早晨一醒，就会回想起前一天发生的事，就会兴奋地望着窗口，而白昼的亮光正急切地想要透过窗帘的皱折照射进来……

可是，现在言归正传……第二天中午，萨莎的女仆给我送来这样一封回信："我很高兴请您今天务必到我家来我等您。您的萨。"一个逗号也没有。信里没有标点符号，而且写错了一个字母，但是这整封信，甚至装这信的狭长的信封，都使我心里充满温情。我在宽大而羞怯的字迹里能认出萨莎的步态，她笑起来就高高扬起眉毛的模样，她努动嘴唇的神情……可是信的内容却并不令我满意……第一，对富有诗意的信是不应该就这样答复的；第二，为什么要我到萨莎的家里去等着，直到她的胖妈妈、兄弟们和其他食客领悟到要让我们两个人单独在一块儿呢？他们是不会费心思去想的，仅仅是因为你的周围有一群兴致勃勃的家伙，例如一个半聋的老太太或者小女孩，唠唠叨叨地问这问那，您就不得不抑制您自己的兴奋心情，没有比这更令人讨厌的了。我打发女仆带回我的回信，在信上我建议萨莎选一个公园或者一条林荫路作为幽会的地点。我的建议她欣然接受了。正如俗语所说的，一拍即合。

下午四点多钟，我向城市公园的一个最远、最偏僻的角落里走去。公园里一个人也没有，相会的地点本来可以定在近一点的地方，林荫路上或者亭子里都行，可是女人们可不喜欢浪漫得不彻底：一不做，二不休，既要相会，就得挑个最荒僻难走的密林才行，其实在那样的地方是有碰上坏人或者无聊的小市民的危险的。

我朝萨莎走去，她正背朝我站在那里，我在那后背上体会到非常之多的神秘意义。仿佛那后背、后脑勺、裙子上的小黑点都在说：嘘！姑娘穿一件朴素的花裙，外套一件薄薄的小斗篷。为了增添一点神秘色彩，她脸上罩着一层白纱。我不想破坏那种气氛，不得不踮起脚尖走过去，开始小声说话。

就我现在所理解的来说，在这种幽会当中我并不是主要角色，而仅仅是配角。吸引萨莎的，与其说是它，不如说是这种幽会的浪漫气氛和它的神秘，亲吻，寂静阴森的树林，我的山盟海誓……她没有一分钟忘掉自己正在幽会，静下心来，她始终不让她脸上的神秘表情消失。真的，如果有个伊万·西多雷奇或者西多尔·伊万内奇来替换我，她也会同样感到幸福。那么，在这种情形下，您就有必要弄弄清楚您是不是被人爱着吧。如果是的，那么这究竟是真正的爱呢，还是不能算真正的爱？

从公园里出来，我把萨莎带到我家去。在单身汉的住所里，有个自己所爱的女人坐着，那作用就跟听音乐和喝美酒一样。谈话一般从讲未来开始，况且自信和对自己的期望是很难把握界线的。你拟计划，定方案，还没做到准尉就热心议论将军的职位，总之你海阔天空地胡说一通，做听众的女人必须怀着满腔的爱情，而且不了解生活，才会附和你的话。男人幸运的是，凡是在热恋中的女人，总是被爱情迷住了眼睛，而且从来就不了解生活。她们不但随声附和，甚至还怀着在天神面前诚惶诚恐的心情，面色发白，虔诚而恭敬，把这个疯子的每句话都听进去。萨莎专心听我讲话，可是我不久就在她脸上看出心不在焉的神情，她没有了解我的意思。我对她谈到的未来，只有外在的一面才使她感兴趣，我在她面前展开我的计划和方案，那就是白费精神了。她极其关心的问题是她的房间将在哪里，房间里糊什么墙纸，为什么我有竖式钢琴而不是大钢琴，等等。她仔细检查我桌上的小物件，看看照片，闻闻香水瓶，把信封上的旧邮票揭下来，说是她有用处。

“请帮我搜集旧邮票！”她作出认真的表情后说，“劳驾！”

后来她在窗台上找到一个核桃，就喀嚓一声咬开，吃起来。

“为什么你不在你那些书的书脊上贴小条子？”她看一下书架，问道。

“为什么要贴那些东西？”

“喏，让每本书都有个号码啊……可是我把我的书放在哪里呢？要知道我也有书。”

“你有些什么书呢？”我问。

萨莎扬起眉毛，想一想，说：

“各种各样的……”

假如我是想起问她，她有些什么样的思想、信念、目标，她想必也会这样扬起眉毛，想一想，说：“各种各样的……”

后来我把萨莎送回家去。等到我从她家里告辞出来，我已经成了真正的确确实实的未婚夫，没有举行婚礼前，只能算是未婚夫。如果读者容许我单凭个人的经验下个断语，那么我就要肯定地说一句：做未婚夫很乏味，比做丈夫或者根本没做未婚夫乏味多了。未婚夫成了四不像：他已经离开这边的岸，可还没有到达那边的岸；他没有结婚，但也不能说是单身汉了。这种情形就同我上文提到的那个扫院人的状态有些相似呢。

每天我一有空闲时间就赶紧到未婚妻家去。一般，我去找她的时候，总是带着很多希冀、愿望、打算、建议、话语。我每次都觉得，等到女仆一开门，我就会摆脱沉闷抑郁的心境，一头栽进令人神清气爽的幸福里去了。然而实际情况并不是这样的。每次我来到未婚妻家里，老是碰上他们全家上上下下忙于做愚蠢的嫁妆。（顺便提到：他们已经缝制了两个月，做出来的衣物还不满一百卢布。）到处散发着熨斗、硬脂、煤气的味儿。脚底下被踩到的玻璃珠窸窣作响。有两个最主要的房间堆满了波涛般的麻布、细棉布、薄纱，萨莎从波涛里探出小脑袋来，嘴里衔着线。那些缝纫的人一齐发出欢呼声欢迎我，不过马上又把我领到饭厅，免得我在那儿碍事，也免得我看见那些只有做了丈夫才能看的东西。我万般无奈，只得在饭厅里坐着，跟女食客皮缅诺芙娜谈话。萨莎带着忧心忡忡和激动不安的脸色，不时在我面前跑来跑去，手里拿着一个顶针，一扎毛线，或者别的什么无聊的东西。

"等一下，等一下……我马上就来！"她看见我抬起恳求的眼睛望着她，就说，"你猜怎么着，可恶的斯捷潘尼达把那件薄纱裙的腰身弄坏了！"

我左等右等不见她来，很生气，就走了出去，拿着我那根做未婚夫后才用的手杖，在林荫路上散步。再不然，有时候我想约我的未婚妻一块儿出去散步，或者坐马车去兜风，不料她已经穿戴整齐，同她的妈妈在前厅里站着，手里摆弄着阳伞。

"哦，我们正要到商场去！"她说，"我们还得买件羊绒衫，还要换一顶帽子。"

散步的事算是不可能的了！我只好跟着两个女人，一块儿到商场去。看这些女人买东西，讨价还价，极力要精明过那些骗人的店员，真是无聊透了。碰到萨莎翻遍一大堆衣料，把价钱杀得低了又低，结果什么也没买就走出商店，或者只叫店员剪一段四五十戈比的料子，我总觉得难为情。萨莎和她妈妈走出商店后，带着惊慌不安的脸色久久地谈论她们出了错，买了不该买的东西，花布颜色太深，等等。

是啊，做未婚夫是乏味的！只好让它去吧！

现在我已结婚。这时候是傍晚。我在书房里坐着看书。萨莎在我背后一张沙发上坐着，嘴里嚼着什么东西，发出很大的响声。我想喝啤酒。

“你找一找开酒瓶的螺旋拔塞器，萨莎……”我说，“不知把它放在什么地方了。”

萨莎跳起来，胡乱地在两三叠纸里翻一阵，碰掉了火柴盒，没有找到拔塞器，重又一言不发地坐下……五分钟过去了，十分钟过去了……我又口渴又烦恼，很不好受……

“萨莎，找一找拔塞器呀！”我说。

萨莎又跳起来，翻我旁边的一堆纸。她嚼东西的声音和纸张的沙沙声，对我的影响不亚于两把刀子互相磨擦而发出的刺耳响声……我就站起来，自己去找拔塞器。最后，拔塞器总算找到了，啤酒瓶打开了。萨莎就在桌旁坐下，开始唠唠叨叨地讲起一件事来。

“你该读点什么东西，萨莎……”我说。

她就拿起一本书，在我对面坐下，开始努动她的嘴唇。我瞧着她小小的额头和不住努动的嘴唇，不由得沉思起来。

“她就要满二十岁了……”我想，“如果把她和一个有知识的同年龄男孩相比，区别是多么大呀！这种年龄的男孩子就会有学识，又有信念，又有头脑了。”

可是我原谅了这种不同，犹如原谅了她那狭小的额头和不住努动的嘴唇一样……我记得，从前，我喜欢追女人的时候，往往因为一个女人的袜子有块污迹，因为她说了句蠢话，因为她牙齿不干净，就把她们抛弃了。可是现在我原谅了一切：咀嚼声啦，为找拔塞器而乱翻东西啦，衣冠不整啦，为无聊的事喋喋不休啦，我都原谅了。我几乎不知不觉地原谅了，没有丝毫的勉强，倒好像萨莎的错处就是我的错处似的。而许多我以前认为讨厌的事情，现在反倒使我感动，甚至喜爱。这种原谅一切的理由在于我对萨莎的爱，可是爱情本身的理由在哪里，说真的，我就不得而知了。

复活节之夜

我站在戈尔特瓦河岸上，等渡船从对岸过来。往日，戈尔特瓦河是一条中等的河流，静静的，沉思着，在密密的芦苇丛后面温柔地闪着光，可是现在，展现在我面前的是一个大湖。波涌涛起的春潮漫上两岸，泛滥到沿岸很远的地方，淹没了菜园、草场和沼泽，因此在汹涌的水面上，不时可以见到杨树和灌木丛孤零零地耸立着，在晦暗中看上去像是陡峭的绝壁。

我觉得天气非常好。天色已暗，可是我仍然能够看见树木、河水、人……星星布满了整个天空，世界由此明亮起来。我记不得其他什么时候看见过这么多的星星。它们密得连根手指也插不进去。那些星星有的像鹅蛋那么大，有的却又小得像大麻籽……这些大大小小的星星都呈现在天空中，似乎来参加一个节日的盛典，它们干干净净，焕然一新，眉开眼笑，一个个都在柔和地闪光。天空倒映在水里，星星就畅游在黑暗的深水中，随着微波一起颤抖。四周温暖而宁静……对岸的远处，在伸手不见五指的黑暗中，有几处零零落落的红色火光在发亮……

离我两步远有个农民的黑影，头戴高大的帽子，手握一根有瘢的粗手杖。

“真是，怎么这么久还没有渡船！”我说。

“马上就会来的！”黑影回答我说。

“你也在等渡船吗？”

“不，我只是……”农民打着呵欠说，“我等着看焰火。说实话，去我倒是想去的，可我缺五个戈比乘渡船。”

“我给你五个戈比。”

“不，多谢了……你还不如用那五个戈比替我在那边的修道院里插一支蜡烛……这将更有意思些，我呢，就在这里站一会儿。真奇怪，渡船还没来！好像失踪了似的！”

农民走到水边，伸手拿起一根缆绳，喊起来：

“叶罗尼姆！叶罗尼——姆！”

仿佛回答他的叫声似的，从对岸传来一口大钟的拖着长音的叮当声。钟声浑厚，低沉，如同拨动低音提琴的最粗的琴弦一样，听上去倒像黑暗本身发出的沙哑的呼声。顿时，听到炮声响起来。它在黑暗中不住地滚动，在我背后很远的一个什么地方才停了下来。农民脱掉帽子，在胸前画十字。

“基督复活了！”他说。

第一下钟声的音浪还没来得及在空中止息，就响起第二下钟声，随着又响起第三下，黑暗的夜晚充满了连绵不断的颤抖不已的叮当声。那些红色的火光旁边又出现新的火光。然后它们一齐移动，不安地闪烁着。

“叶罗尼——姆！”传来一个低沉而拖着长音的喊叫声。

“对岸的人在叫，”农民说，“可见渡船也不在那边。我们的叶罗尼姆睡着了。”

火光和柔和的钟声都在诱惑着人们……我已经开始失去耐心，焦躁不安起来，不过后来我凝神细望黑魆魆的远处，终于看见一个什么东西的影子，活像个绞架。这就是我盼望已久的渡船。它移动得那么缓慢，要不是它的轮廓越来越清晰，还可能以为它停在原地没动，或者正往对岸驶去。

“快点！叶罗尼姆！”我身旁的农民叫道，“有位老爷等船哪！”

渡船爬到岸边，摇晃一下，吱嘎一声停住了。渡船上站着个高高的男人，手里拉着缆绳。他身穿修士的法衣，头戴一顶圆锥形帽子。

“为什么耽搁这么久？”我跳上渡船，问道。

“请您看在基督面上原谅我，”叶罗尼姆轻声回答说，“没有其他人了？”

“没有了……”

叶罗尼姆用两只手抓住缆绳，把身体弯成问号的样子，嘴里发出用力的声音。渡船就吱嘎一响，摇晃一下。头戴高帽子的农民身影离我远去，可见渡船已经出发了。不久叶罗尼姆挺直身子，只用一只手干活。我们没有说话，抬眼向渡船漂过去的对岸眺望。农民等待着的“焰火”已经在那边开始了。水边的一些树脂桶，像巨大的篝火在熊熊燃烧。火光映在水里，像初升的月亮那么红，形成一条条又长又宽的带子，迎着我们爬过来。燃烧的桶子照亮了它们本身冒出来的浓烟和在火光旁边走动着的人的长长的影子。然而往远处看，火光后面，传来柔和的钟声那里，仍然没有一点亮光，漆黑一片。突然，一支火箭劈开黑暗，盘旋着直上天空，像是一条金黄色彩带。它在空中划了一道弧线，仿佛碰到天空而撞得粉碎似的，只听喀嚓一响，散开来，撒下万点金星。河岸上响起一片嘈杂声，像是遥远的欢呼。

“多么美啊！”我说。

“真是美得没法说！”叶罗尼姆叹道，“如此美好的夜晚，先生！要是在其他时候，谁也不会注意这种火箭，可是今天大家会为了根本没有意义的事情而兴高采烈。您从哪儿来？”

我告诉了他我是从哪儿来的。

“是啊……今天是个喜气洋洋的日子……”叶罗尼姆用微弱而又带着叹息的男高音继续说，像是个刚刚痊愈的病人。“无论是天上，还是地上，甚至地下，都欢欢喜喜。一切生物都在庆祝节日。只是请您说一说，好先生，为什么人就是在兴高采烈的时候也忘不了自己的悲伤？”

我觉得这句出人意料的问题是要引我参加一场“喋喋不休的”拯救灵魂的谈话，大凡空闲无聊的修士是非常喜欢这类话题的。可是我没有心思长谈，所以仅仅问了一句：

“那么，老兄，您有些什么样的悲伤呢？”

“我的悲伤照例跟大家一样，好先生。不过今天修道院里出了一件特别使人悲伤的事：正在做弥撒的时候，刚要诵读《圣经》，助祭修士尼古拉死了……”

“有什么办法呢，这是上帝的旨意！”我模仿修士的口吻说，“所有的人都要死的。依我看，您还是应当高兴……据说，谁要是在复活节前夕或者复活节当天死，一定能升天堂。”

“您说的也对。”

我们开始沉默。戴着高帽的农民身影同河岸的轮廓合为一体。树脂桶燃烧得越来越旺。

“不论是《圣经》上，还是一般的文章里，都清楚地指出悲伤是无益的，”叶罗尼姆打破沉默说，“可是为什么我的内心很悲伤，不愿意听从理智的支配呢？为什么我很想痛哭一场呢？”

叶罗尼姆耸动肩膀，转过身来对着我，很快地说：

“如果我或者别的什么人死了，也许谁也不会在意的，可是要知道，死的是尼古拉！不是别人，是尼古拉啊！真叫人难以相信，他已经不在人世了！我现在在渡船上站着，老是觉得他马上就要在岸上叫喊似的。为了不使我在渡船上感到害怕，他总是走到岸边来，叫唤我。为此，他晚上常常特意从床上起来。善良的灵魂！上帝啊，他多么善良仁慈！有些做母亲的待自己的孩子都及不上这个尼古拉待我这么好！拯救他的灵魂吧，主啊！”

叶罗尼姆拉住缆绳，但立刻又转过身来对着我。

“再说，先生，他的头脑多么聪明啊！”他用唱歌般的声调说，“他的谈吐多么动听，悦耳！简直就像做晨祷时唱的一样：‘啊，亲切的声音！啊，你那极其悦耳的声音！’他除了具备别人所有的品质外，还有非凡的才能！”

“什么样的才能？”我问。

修士仔细地打量我，确信可以把他的秘密告诉我似的，高兴地笑起来了。

"他有写赞美歌①的才能……"他说，"真是奇迹，先生，的确如此！要是我讲给您听，您就会大吃一惊！我们的修士大司祭神甫是从莫斯科来的，副主持神甫是在喀山学院毕业的，我们这里还有些聪明的修士司祭和长老，但是，要说能写赞美歌的却一个也没有。尼古拉呢，是个普通的修士，修士助祭，没有进过什么学校，就连外貌也毫不起眼，可是偏偏他能写！奇迹！的确是奇迹啊！"

叶罗尼姆把两只手一拍，完全忘了拉缆绳，着了迷似的说：

"副主持神甫写一篇布道词都有困难。有一回他写我们修道院的院史，把我们这些修士折腾得够戗，前后进过十次城。可是尼古拉却能写赞美歌！赞美歌啊！这可不是什么布道词或者院史！"

"难道赞美歌很难写吗？"我问。

"难得很……"叶罗尼姆摇着头说，"写这种东西，要是上帝没有赐给才能，光凭头脑聪明和心灵圣洁是写不出来的。有一些无知的修士说什么写这种东西只要了解你所写的圣徒的身世，再参照一下别的赞美歌就可以了。可是，先生，这话不对。当然，写赞美歌的人得了解圣徒的身世，对他非常熟悉，甚至是小的细节。另外也需要参照别的赞美歌，例如应该从哪里写起，该写些什么。举个例子给您听吧，第一节短歌总是一开头就写'上帝的选民'或者'选民'……头一行老是得从天使写起。在赞美最亲爱的耶稣的歌里，要是您有兴趣听的话，它是这样开头的：'天使的创造者和万能的主啊'，赞美最神圣的圣母的歌里则是：'从天上派到下界的庇护天使啊'，在赞美奇迹创造者尼古拉的歌里却是：'貌似天使实则是人啊'，等等。到处都要从天使写起。当然，不参照别的赞美歌不行，不过要知道，主要的却不在于身世，也不在于符合别的赞美诗的格式，而在于美妙和委婉。处处都要写得合乎分寸，简练，细致。每一行都要柔和，亲切，温存，没有一个字粗野，生硬，或者不妥

① 教会为纪念上帝、圣母或圣徒所写的颂歌。

贴。应当写得让祈祷的人们心里欢畅，不住落泪，浮想联翩，浑身战栗。在为圣母所写的赞美歌里就有这样的词句：‘你快活吧，人类的思想难以攀登你的崇高！你快活吧，连天使的眼睛也无法看透你的深奥！’在这首赞美歌里，另外还有一个地方写道：‘你快活吧，结满光明之果的大树，信徒们靠着你的果实延续生命！你快活吧，张开仁慈的华盖的大树，多少人受到你的庇荫！’”

叶罗尼姆仿佛为一件什么事害怕或者害臊似的，用手掌蒙住脸，摇摇头。

“‘结满光明之果的大树……张开仁慈的华盖的大树……’”他喃喃地说，“居然找到了这样的词藻！这样的本领是主赐给他的！为了简练，他一个词里装进许多的字和许多思想，而且写得多么流畅，细致！他在赞美最亲爱的耶稣的歌里说：‘向人间万物输送光明的火炬啊……’输送光明！这样的词藻不论在谈话里还是书本里都没有，他却偏偏想出来了，从他脑子里找出来了！除了明白晓畅和善于词令之外，先生，还要给每一行歌词加上种种装饰，要有花，有闪电，有风，有太阳，有人间万物。每句赞叹的话都要写得自然，听得悦耳，他在赞美奇迹创造者尼古拉的歌里写道：‘你快活吧，长在天堂里的百合花！’他不是简单地写‘天堂里的百合花’，而是‘长在天堂里的百合花’！这样就比较自然，比较悦耳。尼古拉就是这么写的！真就是这么写的！我都没法跟您表达他的那种写法！”

“是的，在这种情况下，他死了也真可惜，”我说，“不过，老兄，您划船吧，要不然我们就会去迟了……”

叶罗尼姆醒悟过来，往缆绳那边跑去。这时候，岸上所有的钟一齐响起来。大概，举着十字架的游行行列已经走到修道院附近，因为树脂桶后面，那一大片黑糊糊的空旷场地上，如今已经点缀着不住移动的火光了。

“尼古拉把他的赞美歌印成书了吗？”我问叶罗尼姆。

“在哪里印？”他叹了口气说，“再说，真是要印出来，那倒奇怪了。印它有什么用？我们修道院里没有人对这种东西发生兴趣。大家都不喜欢它。他们知道尼古拉在写东西，可是谁也不放在心上。如今，先生，没有人尊重新作品了！”

“大家对他有成见吗？”

“正是这样。如果尼古拉是长老，修士们也许会发生兴趣，可是要知道，他连四十岁都不到。有些人讪笑他，甚至认为他写东西是罪过。”

“那么他为什么要写呢？”

“不为什么，多半是给自己找点安慰，在所有的修士当中，只有我一个人读他的赞美歌。我常常悄悄地到他的屋里去，为了不让别人看见。我对他的赞美歌有兴趣，他很高兴。拥抱我，摩挲我的头，用亲热的字眼称呼我，就像对待小孩子似的。他关上修道室的门，叫我跟他并排坐下，我们就津津有味地读起来……”

叶罗尼姆放下缆绳，往我这边走来。

“我们两个人就跟好朋友一样，”他用亮晶晶的眼睛瞧着我，小声地说，“他走到哪里，我就跟到哪里。我不在，他就惦记我。他喜爱我胜过喜爱一切人，这都是因为我读了他的赞美歌常常落泪。我回想起来，心里就感动！现在我简直跟孤儿或者寡妇差不多了。您知道，我们修道院里的人都很好，善良，虔诚，可是……没有一个人温柔体贴，他们全都是憨厚的人。他们讲话嗓门很响，走起路来脚步声也响，总是吵吵嚷嚷，用力咳嗽，然而尼古拉讲起话来轻声轻气，很亲切，要是发现有人在睡觉或者祷告，他就跟苍蝇或者蚊子那样绕过去，他的脸容总是温柔而慈祥……”

叶罗尼姆深深地叹口气，拉住缆绳。我们已经要靠岸了。我们的船渐渐从黑暗的夜色和寂静的河水当中照直向一个魔境般的王国漂去，那里充满呛人的烟、劈啪响的火的亮光和嘈杂的人声。现在已经可以看清楚，人们正在那些树脂桶旁走动。闪烁的火光给他们的红色脸蛋儿和全身添上一种古怪的、几乎离奇的神情。在那些人头和人脸中间，偶尔闪过马的脸，一动也不动，像是用红铜铸成的。

“他们马上就要唱复活节的赞美歌了……”叶罗尼姆说，“可是尼古拉不在，没有人来领会它了……对他来说，再也没有比这首赞美歌更可爱的作品了。他总是把每个字都推敲一下！过一会儿您就要到那边去，先生，那么您就仔细听一下他们唱些什么：您会听得透不过气来！”

“难道您不待在教堂里？”

“我不能在那里……我得来回摆渡……”

“难道没有人来接您的班？”

“我不知道……本来八点多钟就应该有人来接我的班，可是您瞧，至今没有人来……说老实话，我很想到教堂去……”

“您是修士吧？”

“是的……或者说，我是见习修士……”

渡船撞到岸上，停住了。我给了叶罗尼姆五戈比的摆渡费，跳上了岸。立刻就有一辆大车，载着一个男孩和一个睡熟的农妇，吱吱嘎嘎响着，登上渡船。叶罗尼姆被火光微微涂上一层红色，他把身子伏在缆绳上，弯下腰，把渡船划回去……

我在泥地上走了几步，随后就走到一条柔软的、新踩出来的小路。这条小路通到修道院那乌黑而又像是洞穴的大门口，一路上烟雾腾腾，可以看到杂乱的人群、从车上卸下来的马匹、农民的大车、讲究的马车。那里发出车辆的吱嘎声、马的喷鼻声、人的欢笑声。在那些人和马的身上，闪着紫红色的火光和浓烟的摇曳的阴影……简直乱得不得了！可是现在这样拥挤的地方，居然有人找出空地安上一门小炮，而且有人在卖蜜糖饼干哩！

修道院的围墙里边，也同样熙熙攘攘，不过那些人比较庄重些，也比较守秩序些。这里弥漫着杜松和安息香的气味。人们说话声音很响，可是欢笑声和喷鼻声却听不见了。有许多人拥挤在墓碑和十字架附近，带着复活节用的圆柱形面包，或者提着包袱。看来，他们有许多人是特地从远方来为他们的复活节面包行祝圣礼的，这时候他们都疲乏了。一块宽长条的铁板从大门口一直铺到教堂门口，年轻的见习修士们在铁板上来回奔忙，皮靴踩在铁板上发出一片清脆的脚步声。钟楼上也在忙碌着，叫喊着。

“多么不安宁的夜晚！”我想，“多么好啊！”

人不由得想在整个自然界，从黑暗的夜色起到铁板、坟上的十字架、大树底下人们走来走去为止，都能看见这种动荡不宁和彻夜不寐的景象。然而任何地方的激动和不安都不及教堂里表现得那么强烈。教堂门口进进出出的人流无休止地拥挤着。有些人拥进去了，有些人挤出来，不久却又走回去，为的是站一会儿，再往里挪动。人们川流不息，到处走动，好像在找什么东西。浪潮般的人群涌进教堂，在整个教堂里跑来跑去，甚至惊动了前边站着的几排神态庄严、身体强壮的人。讲到聚精会神的祈祷，那是办不到的。根本就没有人在祈祷，而只是一种连绵不断又天真无邪的欢乐，这种欢乐正寻找机会想表现出来，化为某种行动，哪怕是横冲直撞、推推搡搡。

就连举行复活节祈祷仪式的时候，这种不同寻常的活跃也仍然一目了然。所有侧祭坛的圣障中门都敞开着，空中，枝形大吊灯的周围，神香的浓重烟雾飘浮不定。无论往哪边看，到处都是烛火、亮光、烛芯的爆裂……诵读经文已经完全办不到，只有匆忙欢畅的歌声一刻不停地唱到仪式结束。每唱完一首赞美歌，教士们就去更换法衣，然后走出去，摇着手提香炉，这样的事几乎每隔十分钟就要重复一次。

我还没有来得及占好地方，前边人群的浪潮就往后退，把我推到后面去。一个高大壮实的助祭拿着一支长的红蜡烛，从我面前走过去。紧跟着，一个白发苍苍的修士大司祭，头上戴着金黄色法冠，摇着手提香炉，匆匆走过去。等到他们走远，不见踪影了，人群就又把我挤回原来的地点。可是还没过十分钟，新的浪潮又掀了起来，助祭再次出现。这一回跟在他身后的是副主持神甫，也就是叶罗尼姆所说的那个编写修道院院史的人。

我夹在人群当中，感染到那种普遍的欢欣激动的情绪，可是一想到叶罗尼姆，就难过得受不了。为什么没有人去跟他换班呢？为什么不派一个感情不这么丰富、对事物不这么敏感的人到渡船上去呢？

“锡安[1]啊，你抬起你的眼睛，往四周看一下吧……”唱诗班唱道，“因为你的儿女从西方和北方，从海洋，从东方，来到你身旁，朝拜你明亮的神光……”

我打量一下大家的脸。所有的脸都露出有生气的喜庆的表情，然而没有一个人在仔细地听，谁也没有认真揣摩歌里的词句，“听得透不过气来”的人一个也没有。为什么没有人去替换叶罗尼姆呢？我想象得出，如果这个叶罗尼姆来到此地，他就会在墙边一个地方温顺地站着，躬起身子，如饥如渴地体会这首圣歌的美妙歌词。现在站在我身旁的人充耳不闻的东西，他却会凭敏感的灵魂一股脑儿吞进去，陶醉得神魂飘荡，透不过气来，整个教堂里再也不会有一个人比他更幸福。可是现在，他却在那黑暗的河面上划过来划过去，怀念他去世的弟兄和朋友。

浪潮般的人群从后面涌过来。一个体态丰满、含着笑脸的修士侧着身子从我身边擦过去，手里拨弄着念珠，不住回头看，给一个头戴呢帽、身穿天鹅绒大衣的太太开路。太太身后急匆匆地跟着一个修道院的仆役，手里端着一把椅子，把它从我的头顶上举过去。

我从教堂里走出来。我想看一看去世的尼古拉，那个默默无闻的赞美歌作者。我在围墙附近走了走，那里沿墙有一长排修士的修道室。我朝好几个窗口往里张望，却什么也没看见，就退了回来。现在我并不因为没有见到尼古拉而惋惜。天晓得，要是我见到了他，也许我倒会丧失如今我的想象力所想的那个形象了。这个可爱而又富于诗意的人常常深夜出外呼唤叶罗尼姆，用花卉、星斗、阳光点缀他的赞美歌，不为人所理解，孤孤单单，为此我把他想象成

---

① 耶路撒冷附近的山名，这里指基督。

一个腼腆而苍白的人，五官清秀，神情温和、忧郁。他眼睛里除了露出智慧以外，必定还闪着爱抚的光芒，以及一种难以抑制的和稚气的痴迷，这是叶罗尼姆为我朗诵赞美歌诗句的时候我从他声调里听出来的。

等到我们做完弥撒，从教堂里走出来，黑夜已经过去。清晨开始了。繁星熄灭，天空现出一片蓝灰色，阴沉沉的。铁板、墓碑、树上的幼芽都蒙着一层露水。空气里感觉得到一股强烈的新鲜的气息。围墙外面已经没有夜里我见过的那种活泼气氛了。马和人都显得疲乏，带着睡意，很勉强地在走动。那些树脂桶只剩下一堆堆黑色的灰烬。人疲乏想睡，总是觉得自然界正处在同样的状态。我觉得树木和嫩草也在睡觉。仿佛连钟声也不及夜间那么嘹亮欢畅。动荡不安已经结束，原先的兴奋如今只剩下愉快的倦怠以及一心想睡觉和取暖的渴望了。

现在我能够看清那条河和它的两岸。河面上的薄雾东一团西一团，不住地飘动。河水冒出凉气和寒意。我跳上渡船时，船上已经放着一辆不知什么人的马车，站着二十来个男人和女人。缆绳潮湿了，而且依我看来也带着睡意，它向远处伸展过去，越过宽阔的河面，有些地方消失在白茫茫的薄雾里。

“基督复活了！另外没有人了吧？”一个轻柔的声音在问。

我听出那是叶罗尼姆的声音。现在再也没有黑暗的夜色妨碍我看清那个修士了。他是个高身量和窄肩膀的人，年纪三十五岁上下，脸庞大而圆，眼睛半睁半闭，懒洋洋地瞧着一切，胡子是楔形的，没有理顺。他的模样异常忧郁和疲乏。

“还没有人来替换您吗？”我诧异地问。

“替换我？”他转过身来对着我，反问道，他那受冻的脸上沾着露水，现出笑容，“现在不会有人来接班，要等到天色大亮。现在大家就要到修士大司祭那里去开斋了。”

他和一个头戴一顶状似卖蜂蜜用的木罐的红褐色皮帽的小个子农民在使劲地拉缆绳，协调地发出用力的声音，渡船就离开河岸了。

我们的船划过去，一路上惊动着懒散地升上去的迷雾。大家在沉默着。叶罗尼姆心不在焉地用一只手干活。他用温和而失神的眼睛久久地打量我们，然后把目光停在一个年轻的商人妻子的那张红润、长着两道黑眉毛的脸上。她跟我并排地站在渡船上，由于晨雾包围着她而沉默地缩起身子。一路上他的眼睛始终没离开过她的脸。

这种长久注视的目光里很少男性的成分。我觉得叶罗尼姆是在女人的脸上寻找他已故的朋友那副清秀温柔的相貌。

太太们

某省国民学校校长费奥多尔·彼得罗维奇自认为是公正而宽厚的人，有一天在办公室里接见教师弗列明斯基。

“不，弗列明斯基先生，”他说，“您退休已经是不可避免的事了。您的嗓音既是这样，就不可能继续担任教师工作。不过您的嗓子怎么哑了呢？”

“我在出汗的时候喝了冷啤酒……”教师嗓音嘶哑地说。

“太可惜了！一个人的前程竟然给区区一件小事断送了。那您现在打算怎么办呢？”

教师一句话也没回答。

“您成家了吧？”校长问。

“我有妻子和两个孩子，大人……”教师嗓音嘶哑地说。

紧跟着是沉默。校长在桌旁站起来，激动得从这个墙角走到那个墙角。

“我想不出来该拿您怎么办才好！”他说，“您不能做教师了，可是您还不够资格领养老金……听任您被命运四处驱赶，这又不大妥当。对我们来说，您是自己人，工作过十四年，因此我们应该帮助您……可是怎么帮助呢？我能帮您什么忙呢？您替我设身处地想一想：我能帮您什么忙？”

紧跟着又是沉默。校长边思考，边走来走去。弗列明斯基满腔愁苦，在椅子边上坐着，也在思索。忽然，校长眉开眼笑，甚至打了个榧子。

“奇怪，我早先怎么就没有想起来！”他很快地开口说，“您听着，我可以给您一个建议……下星期我们孤儿院里的文书就要辞职退休了。要是您愿意的话，就接替他的职位吧！这就行了！”

弗列明斯基没料到会得着这样的恩惠，也眉开眼笑了。

“好极了，”校长说，“那您今天就去写申请书吧……”

费奥多尔·彼得罗维奇把弗列明斯基送走以后，觉得心头轻松，甚至颇为高兴！那个嗓音嘶哑的教师的佝偻身躯已不再在他面前出现了。他想到他把那个空缺给弗列明斯基，是本着良心公平办事的。自己不愧是个善良而又十分正派的人，这也使他感到愉快。可是这种良好的心境没有持续很久。等他回到家里，坐下来吃饭，他的妻子纳斯塔西娅·伊万诺芙娜忽然想起一件事，说：

“哦，是啊，我差点忘记了！昨天尼娜·谢尔盖耶芙娜到我这里来，替一个青年人说情。据说我们孤儿院里就要有个空缺了……”

“是的，不过那个职位我已经许诺给别人了，”校长皱起眉头说，“你知道我的原则，我从不凭情面给人职位。”

“我知道，不过对尼娜·谢尔盖耶芙娜，我认为，不妨破一回例。她爱我们就像爱亲人一样，可是我们至今都没替她办过什么事。你千万不要拒绝，费佳！要是你执意不肯，就不但得罪她，也惹得我不高兴了。”

“那么她推荐的是什么人呢？”

“波尔祖欣。”

“哪个波尔祖欣？就是新年在俱乐部里扮演恰茨基的那个人吗？就是那位先生？那可说什么也不行！”

校长中止了吃饭。

“那可不行！”他又说了一遍，“求上帝别让我干这种事！”

“那是为什么？”

“你要明白，小母亲，一个青年人不直接出面，却托女人说情，可见他是个没出息的家伙！为什么他不亲自来找我呢？”

饭后校长在书房里的沙发上躺下，开始读他收到的报纸和信。

"亲爱的费奥多尔·彼得罗维奇!"市长夫人在写给他的信上说,"您有一次说我善于了解人的心,善于了解人。现在您有机会用实际行动来证实这句话了。这几天会有个名叫克·尼·波尔祖欣的人到您那里去,要求承担我们孤儿院里文书的职位,我了解他是个优秀的年轻人。这个青年很招人喜欢。要是您对他抱同情的态度,就会相信……"以及种种。

"说什么也不行!"校长说,"千万别让我干这种事!"

这以后,没有一天不收到推荐波尔祖欣的信。在一个天气晴朗的早晨,波尔祖欣本人来了。他是个体态丰满的青年人,脸孔像赛马的骑手那样刮得精光,身上穿一套黑色的新衣服……

"我素来不在这里接见办理公务的人,而是在办公室里。"校长听完他的请求后,干巴巴地说。

"请您原谅,大人,不过我们双方都认得的熟人却劝我一定要到这里来。"

"哼!……"校长没好气地嘟哝了一声,怀着憎恨的心情朝他的尖头皮鞋看,"据我所知,"他说,"您父亲有财产,您并不缺钱用,那您何必谋这个职位呢?要知道薪金极少!"

"我倒不是为了薪金,而是……这好歹也算是官府的差事啊……"

"哦……我觉得一个月后您就会厌倦这个职务,丢掉不干了,然而同时,却有些候缺的人把这个职位当做终身的事业……有一些穷人,对他们来说……"

"我不会厌倦那个差事,大人!"波尔祖欣插嘴说,"我用人格担保,我会努力工作!"

校长冒火了。

"请您听着,"他轻蔑地微笑着说,"为什么您不直接来找我,却认为有必要先去惊动那些太太?"

"我不知道这样做您会觉得不愉快,"波尔祖欣回答说,心慌意乱,"不过,大人,如果您认为那些推荐信毫无意义,那么我可以给您看一个证明文件……"

他从衣袋里取出一份公文，递给校长。证明文件是用官厅的文体和笔迹写成的，下边有省长的签名。从种种迹象可以看出，省长并没看内容就签了名，目的仅仅在于摆脱一个纠缠不已的太太。

"这就没有办法了，我服从……我遵命……"校长读完证明文件，叹了一口气说，"明天您把申请书交上来吧……真没有办法……"

等波尔祖欣走后，校长压不住满腔憎恶的心情。

"没出息的家伙！"他从这个墙角走到那个墙角，咬着牙说，"他到底还是达到了目的，这个不中用的虚有其表的人，专拍太太们的马屁！坏蛋！畜生！"

校长朝波尔祖欣走出去的门口大声吐了一口唾沫，可是忽然，他发窘了，因为这时候正巧有个太太走进书房里来，她是省税务局局长的夫人……

"我来打扰您一会儿，只要一会儿……"太太开口说，"您坐下，干亲家，请注意听一下我的话……喏，据说您这里有一个空缺……明天或者今天有个年轻人到您这里来，他叫波尔祖欣……"

太太叽叽喳喳讲个不停，可是校长却用模糊而且无精打采的眼睛朝着她看，就像快要昏厥似的。他朝她看和赔笑脸都出于礼貌。

第二天校长在办公室里接见弗列明斯基，很久都下不了决心把真相告诉他。校长犹豫不定，毫无头绪，讲话前言不搭后语，不知道从何说起，也不知道该说什么好。他想对教师道歉，把事情的真相原原本本对教师说一遍，可是他舌头像醉汉一样不灵便，耳朵发烧。忽然，他想到他竟然在自己的办公室里，当着他下属的面，扮演这样一个荒唐的角色，就不由得心里难过和感到可惜。他突然拍一下桌子，跳起来，怒冲冲地叫道：

"我这里没有您的职位！没有，没有！请您不要打搅我！不要折磨我！请您干脆躲开我！"

说完，他就走出办公室。

强烈的感受

事情发生在不久前的莫斯科地方法院里。有几个陪审员留下来在法院里过夜，他们躺下就寝以前谈起强烈的感受。他们所以谈到这一点，是因为想起那个说话变得结结巴巴，须发急得发白的证人，据他自己说，是由于经历过一个可怕的时刻。那些陪审员决定在入睡前各人在自己的记忆中，回溯一下讲点什么。人的一生是短促的，但没有一个人能够夸口说他过去没有经历过可怕的时刻。

一个陪审员讲起他怎样失足落水，另一个陪审员讲起有一天夜里，他怎样在一个既没有医生，也没有药房的地方，怎样错把白矾当作苏打，给自己的孩子吃了，使孩子中了毒。孩子倒没死，可是父亲几乎发了疯。第三个年纪还不算大，然而有病，叙述他怎样两次企图自杀：一次是对自己开枪，另一次是扑到火车底下去。

第四个是身材矮小、装束考究的胖子，讲了下面这件事：

"我在二十二三岁的时候，也许小一点，我没命地爱上了我现在的妻子，向她求婚……现在，想起我那么早就结婚，恨不得拿鞭子把自己抽一顿才好，可是当时，如果娜塔莎回绝了我，我真不知道我会出什么事。我那种爱情是最真诚不过的，就跟长篇小说里描写的一样，疯狂、热烈，等等。我的幸福闹得我透不过气来，我不知道怎样才能躲开它，我经常谈起我自己的热恋，惹得我的父亲、朋友、仆人都听厌了。幸福的人是最讨厌和最乏味的人。我惹得人家讨厌极了，甚至现在我还觉得害臊……

"当时，我的朋友当中，有个新开业的律师。现在这个律师已经闻名全俄国，可那时他才初露头角，还没发财，他的名气也还没有大到见了老朋友可以装作不认识或者不脱帽子的地步。我每星期总要到他家去一两次。我到了他家，我们两人就无拘无束地坐在长沙发上，开始高谈阔论。

“有一次我躺在他的长沙发上，讲起再也没有比做律师更费力不讨好的职业了。我打算证明，法庭在审完证人以后很可以结案，无须有检察官和辩护人，因为这两种人不必要，只有碍事。如果一个神志清醒、头脑健全的成年陪审员，相信这块天花板是白的，或者伊万诺夫是有罪的，那么不论什么样的德摩西尼[①]都没有力量同这种信念进行斗争而战胜它。如果我知道我的胡须是黑的，那么谁能说得我相信我生着红胡须呢？我听着演说家发表讲演，也许会大动感情，哭起来，可是我的根本信念丝毫也不会改变，因为它多半是建立在毫无疑问的物证和事实上的。可是我的这个律师却口口声声说我还年轻，不懂事，我说的都是孩子气的废话。按他的看法，毫无疑问的事实经诚挚而内行的人加以阐发，就会变得越发清楚，这是一；其二，才能——这是一种自然的力量，这是能把岩石化为灰尘的飓风，而不是像小市民或者二等商人的信念那样无足轻重的东西。人类软弱无力，很难对抗才能，犹如硬要看着太阳而不眨眼，或者遏止住大风那样。一个普通人凭借话语的力量就能把成千上万有坚强信念的野蛮人变成基督徒。奥德修斯是世界上最坚定不移的人，可是在塞壬面前却屈服了，等等。全部历史就由这类事例构成，在生活里也每一步都可以遇到这类事例，这也是势所必然，否则聪明而有才能的人就丝毫不会比愚蠢而没有才能的人高明了。

“我坚持我的见解，并继续证实，信念比任何才能都强，不过老实说，究竟什么叫信念，什么叫才能，我自己也不能正确地下一个定义。多半我只会说说而已。

“‘就拿你来说吧……’律师说，‘目前你相信你的未婚妻是天使，全城再也没有一个人比你幸福。可是我跟你说：我只要用十分

---

① 德摩西尼（前384—前322），古雅典的著名演说家和政治家。

钟或者二十分钟，就足以使你在这张桌子旁边坐下，写信跟你的未婚妻中断关系。’

“我笑起来。

“‘你不要笑，我是很正经地说的，’我的朋友说，‘只要我愿意，二十分钟后，你就会想到你会为不应该结婚而感到幸福。我没有什么了不起的才能，不过你也不是一个坚强的人。’

“‘那就请你试试看吧！’我说。

“‘不，何苦呢？我只是随便说说罢了。你是个善良的孩子，叫你受这样的考验也太残忍了。再者我今天也没有那种兴致。’

“我们坐下来吃晚饭。酒、对娜塔莎的思念、我的爱情使我整个身心都充满青春和幸福的感觉。我的幸福简直广大无边，我甚至觉得坐在对面、长着一双绿眼睛的律师像是个不幸的人，那么矮小，那么灰溜溜的……

“‘你试一试吧！’我缠住他说，‘就算我求你！’

“律师摇着头，皱起眉。看样子我已经惹得他讨厌了。

“‘我知道，’他说，‘等我试验过以后，你会向我道谢，把我叫做救命恩人，不过，我们也要替你的未婚妻想一想。她爱你，你丢弃她，就会造成她痛苦。你的她是多么可爱啊！我真羡慕你。’

“律师叹口气，喝了点酒，开始讲我的娜塔莎多么可爱。他有一种不同寻常的描绘才能。他说到女人的睫毛或者小手指头，能给您讲出一大套话来。我听得津津有味。

“‘我平生见过许多女人，’他说，‘不过我用人格向你担保，我像对待朋友一样地对你说，你的娜塔莉娅·安德烈耶芙娜是一颗珍珠，是一个少有的姑娘。当然，说句不怕你见怪的话，缺点是有的，甚至很多，不过她仍然是迷人的。’

“律师就讲起我未婚妻的缺点。现在我很明白，他其实是在谈一般的女人，谈女人的一般弱点，然而当时我却以为他是专指娜塔莎说的。他赞叹她那翘起的鼻子、她那惊叫声、她那尖得刺耳的笑声、她的装腔作势，总之，正好是我不喜欢她的那些地方。所有这些，依他看来，却无限妩媚，优雅，娇柔。在我不知不觉中，他很快就从热情的口吻改换成父辈的教训口吻，后来又换成轻松的鄙夷口吻了……法庭的审判长不在我这里，因此没有人来制止这个口若悬河的律师。我没有机会张嘴，再者我能说些什么呢？我朋友的那些话并不新奇，是大家早已熟悉的，全部毒素不在于他说了些什么，而在于那种令人憎恶的形式。鬼才知道这是什么形式！当时我听着他讲，不由得相信同一个词有一千种含意和色彩，这要看你说出来的口气，赋予句子什么样的形式。当然，我不能向你们表达那种口气、那种形式，我只能说我听着这个朋友讲话，从这个墙角走到那个墙角，跟他一块儿愤慨、发怒、鄙视。当他眼泪汪汪地向我声明说，我是个伟大的人，我理应有比较好的命运，将来我注定会做出一番特别的事业，婚姻却可能妨碍我，我听了竟相信了他的话！

“‘我的朋友，’他紧紧地握住我的手，叫道，‘我央求你，恳求你：趁时机还不太迟，你别这么干！别这么干！求上帝保佑，你千万不要犯下可怕的大错！我的朋友，你不要断送你的青春啊！’

“信不信由您，最后我终于在桌旁坐下，给我的未婚妻写了退婚信。我一面写，一面暗自高兴，改正错误的时机总算还没有过去。我封好信，赶紧走到街上，把它送进邮筒。律师也跟我一块儿去了。

“‘好得很！太好了！’等到我在黑暗中把我写给娜塔莎的信塞进邮筒，他就称赞我说，‘我衷心地祝贺你。我为你高兴。’

“律师跟我一块儿大约走十步，他继续说：

“‘当然，婚姻也有它好的一面。比方说，我就是那种把婚姻和家庭生活看得重于一切的人。’

“他就描绘他的生活，于是孤寂的单身生活的种种坏处就呈现在我面前。

“他热情地讲到他未来的妻子，讲到一般的家庭生活的甜蜜。他赞叹得那么动听、那么诚恳，等到我们走到他家门口的时候，我已经处于绝望的状态中。

"'你是怎么对待我的呀，可怕的人？！'我上气不接下气地说，'你害苦我了！为什么你逼着我写那封该死的信？我爱她，我爱她呀！'

"我为我的爱情赌咒发誓，我被我的行动吓坏了，我已经觉得我的行动既荒唐，又毫无意义。诸位先生，要设想一种比我当时体验到的更强烈的感受，那简直不可想象。啊，当时我经历了什么样的心境，有过什么样的感受！要是当时有个好心人，拿给我一支手枪，我真会高高兴兴往我的额头上放一枪呢。

"'哦，得了，得了……'律师说，拍着我的肩膀，笑了起来，'你别哭了。那封信到不了你的未婚妻手里，信封上的地址不是你写的。是我写的。我把它写得很乱，邮局里的人一个字也认不出来。不过，整个这件事对你倒也是一个教训：凡是你不懂的事，你就不要争论。'

"现在，诸位先生，我提议由下一位来讲……"

当第五个陪审员坐得舒服点，刚张开嘴要讲自己的故事的时候，斯巴斯高塔上的时钟敲响了。

"十二点钟了……"一个陪审员数着钟声说，"诸位先生，你们把我们的被告目前经历的感受归到哪一类去呢？他，那个杀人犯，就在这里，在法院的拘留所里过夜，躺着还是坐着，当然，没睡着，在这不眠的一夜里听着这种钟声。他在想些什么？有些什么样的幻想钻进他脑子里去？"

那些陪审员不知怎么地突然间全都忘了"强烈的感受"。他们的同事当初给他的娜塔莎写过信后经历到什么样的心情，已经显得不重要，甚至也不那么有趣了。再也没有人开口讲话，大家都一声不响，悄悄地躺下睡了……

谈谈女人

自创世以来，女人就被认为是有害的和性本恶的人。她处在肉体、精神和道德发展如此低下的水平上，就连那些被剥夺一切权利的坏蛋和被人用手帕擦鼻涕的笨蛋在内的任何人都把自己看成有权指责她和嘲笑她的缺点。

她的解剖结构遭受一切人的批评。当某一个处事稳重的家长看到女人的“裸体”画，他总是厌恶地皱起眉头和往旁边吐唾沫。有类似的画面出现在桌上或自己的口袋里，就被看作是下流的。男人要比女人美得多。无论怎样，他力大、发长、脸有粉刺，尽管他的鼻子是红的，前额是窄的，可他往往宽容地看待女人的美，但结婚必须经过严格地选择才定下来。没有卡西莫多[①]那样的男人，对只有漂亮的女人才能和自己相配这一点深信不疑。

一位偷窃丈母娘财物和穿着妻子半筒靴的退伍中尉相信，如果人起源于猿猴，那么最初源于这种动物的是女人，然后才是男人。被妻子锁掉伏特加的九品文官斯留金常说：“世界上最阴险的昆虫是女人。”

女人的智力哪里也派不上用场。她的头发是长的，但智力是短的，而男人却相反。和女人不能谈论政治、行情和收纳封建地租者。当三年级中学生已经能解答世界问题，十四品文官在学习《30000个外文词》一书时，聪明的成年女人议论的却只是时装和军人。

女人的逻辑是家喻户晓的。当七品文官阿纳费姆斯基或官厅看守人多罗菲中的任何一个人谈起俾斯麦或科学的好处时，那谁都有兴趣听他们的话，而且听得津津有味、心神恬然；当谁的夫人找不出其他话题时，就开始谈孩子或丈夫的酗酒，而丈夫为了不大声喧嚷“饶舌的人在又快又漫无节制地说话！得了吧，逻辑就是这样，上帝啊，请你原谅我这有罪的人！”而克制着。女人不善于学科学，这对女人来说，唯一的罪过是没有进过学校。男人，以至白痴和蠢人，不仅能够学科学，而且能上讲台，可女人不会写教科书出卖，不会阅读学术报告简介和长篇理论演说词，不可能公费出差和利用出国答辩论文。不文明真可怕！她毫无创造才能，不谈伟大的和独创的，就连庸俗的和敲诈的也是男人为之，大自然只赋予她生育男人的本领。

她是放荡的和不道德的。一切灾难都发端于她。在一本古老的书中写道：“女人是锤子，魔鬼用它软化和敲打整个世界②。”当魔鬼想干什么坏事或恶作剧时，它总是指望通过女人来实现。请您回忆一下，特洛伊战争是由美丽的海伦引起的；荒淫的贵妇把一个听话的好孩子诱离正道……果戈理说，官吏们受贿只是受他们的妻子在背后指使的。这完全是真实的。官吏们只是用薪俸去吃喝嫖赌……而企业主、官方承包人和狡猾的机关秘书则把钱财转移到妻子名下。女人放荡到极点，每个富有的小姐身边总有无数的年轻人围着她转，期望成为她的面首。可怜的年轻人啊！

女人不能给祖国带来任何好处。她不赴战场，不会抄公文，不会筑铁路，而被丈夫封锁在狭小的天地里，促使她尽量减少消费。

简而言之，她是狡猾的、饶舌的、老是瞎忙的、好撒谎的、假仁假义的、自私自利的、无才的、轻佻的、凶恶的……只有一点她是讨人喜欢的，这就是，她会生育像男人这样可爱的、优秀的和非常聪明而又漂亮的人……由于这一美德，我们可以原谅她的一切过失。一切都可宽宏大量地对待她。

---

① 雨果的作品《巴黎圣母院》中的男主人公，样貌极丑。

② 原文为拉丁语。

熟识的男人

千娇百媚的万达，或者按她身份证上的称呼，荣誉公民纳斯塔西娅·卡纳芙金娜，病愈办了出院手续后，发觉自己的处境是她以前从没经历过的：无家可归，也身无分文。怎么办呢?

她头一件事就是到当铺去，在那里当掉她唯一贵重的一枚绿松石戒指。当铺收下那枚戒指，只给她一个卢布，可是……一个卢布能买什么呢? 凭这点钱既不能买一件时髦的短上衣，也不能买一顶高礼帽，更不能买一双黄铜色便鞋，可是缺了这些东西，她就感到仿佛赤身露体了。她感到，不仅仅是行人，就连马和狗都在朝着她看，讪笑她那寒伧的装束。她专心想着她的穿着，至于她怎么吃饭，到哪里去过夜，这些问题倒一点也没有使她担忧。

“即使能碰上一个熟识的男人也好……”她想，“那我就会弄到钱……谁也不会拒绝我，因为……”

可是熟识的男人却没碰见。傍晚在“文艺复兴”饭店倒不难碰见他们，然而她穿着这身寒伧的衣服，又没戴帽子，“文艺复兴”饭店是不会让她进去的。怎么办呢? 万达苦闷了很久，当她连走路、坐下来、思索问题都感到厌烦时，她就决定使出最后一个办法：索性到一个熟识的男人住处去，向他要一点钱。

“那么该去找哪一个呢?”她暗自思忖，“到米沙那里去可不行，他是成了家的……至于那个红头发的老头子，现在却在上班……”

万达想起牙科医生芬克尔。他是个改信东正教的犹太人，三个月前送过她一个手镯，有一次在德国俱乐部里吃晚饭，她往他的头上泼过一大杯啤酒。她想起这个芬克尔，高兴得不得了。

“他大概肯给我钱，只要我碰上他在家就成……”她想着，往他家里走去，“他不给钱，我就把他家里的灯统统砸碎。”

她走到牙科医生门口，脑子里已经准备好一套计划，她要一路笑着跑上楼梯，闯进医生诊室，向他要二十五个卢布……可是临到她伸手拉门铃时，不知怎的，那个计划却好像自动地消失了。万达突然间开始胆怯，激动，这是以前她从来都没有过的。她只有在喝醉酒的伙伴当中才胆大，无所顾忌，可是现在她穿着普通的衣服，处在一般祈求者的地位，人家对于这样的人却是可以不接见的，她就感到气馁，感到身份低下。她不由得羞臊、害怕起来。

“说不定他已经把我忘了……”她想，不敢拉门铃，“再者，我穿着这样的衣服怎么能见他呢？简直像个叫花子，或者是一个粗俗的人……”

她迟疑地拉了拉门铃。

门里响起脚步声。那是看门人走来了。

“大夫在家吗？”她问。

要是看门人说“不在”，她倒会高兴些，可是看门人没有答话，却把她让进前厅，帮她脱掉大衣。依她看来，那道楼梯显得富丽堂皇。不过在富丽的陈设当中首先投入她眼帘的，却是一面大镜子，她看见镜子里有个装束寒伧的人，没戴高礼帽，没穿时髦的短上衣，没穿黄铜色的便鞋。万达暗自奇怪：一旦她穿戴得不体面，穿得像女裁缝或者洗衣女工，她就自惭形秽，再也没有那种狂气、那种胆量，就这方面来说，她不再认为自己是万达，而是从前的纳斯塔西娅·卡纳芙金娜……

“请进！”一个使女把她领进诊室，说，“大夫马上就来……请坐。”

万达在一把柔软的圈椅上坐下。

“我干脆就说：请您借点钱给我！”她想，“这是体面的，因为他本来就跟我很熟。只是这个使女要从这里走出去才好。当着使女的面不便说出口……她为什么站在这里不走呢？”

过了五分钟光景，房门开了，芬克尔走进来，这个改信东正教的犹太人高身量，肤色发黑，长着肥胖的脸颊和一对暴眼睛。他的脸颊、眼睛、肚子、大屁股，都显得是一副阔老的样子，可憎、粗俗。在“文艺复兴”饭店和德国俱乐部里，他总喝得有几分醉，为女人花很多钱，颇有耐性地隐忍她们的取笑（例如，万达往他的头上泼啤酒的时候，他光是微微一笑，摇着手指头吓唬她一下）。可是现在他却带着阴郁的神色，仿佛没有睡醒，显得道貌岸然，态度冷淡，就像长官似的，嘴里嚼着什么东西……

“您有什么吩咐？”他问，眼睛没有看万达。

万达瞧了瞧使女严肃的脸容，瞧了瞧芬克尔饱满的身体，看样子芬克尔没有认出她来。她脸红了……

“您有什么吩咐？”牙科医生又问一遍，口气有点气恼。

“我牙……牙痛。”万达小声说。

“哦……哪颗牙？在哪里？”

万达想起她有颗牙蛀了个窟窿。

“下面，右边……”她说。

“嗯！……您张开嘴。”

芬克尔皱起眉头，屏住呼吸，开始检查病牙。

“痛吗？”他用一个什么铁器挖那颗牙，问道。

“痛……”万达撒谎说。

“提醒他一声，”她在想，“那他就一定会认出我来……可是……那个使女！她为什么站在这里不走呢？”

芬克尔忽然直对着她嘴呼呼地喘气，像火车头似的，说：

“我劝您这颗牙不要补了……反正这牙根对您已经没有什么用处了。”

他又把那颗牙挖了一会儿，被纸烟熏黄的手指头弄得万达的嘴唇和牙床满是烟味，然后他又屏住呼吸，把一个冰凉的东西塞进她嘴里……万达忽然感到一阵剧痛，大叫一声，抓住芬克尔的手。

“没关系，没关系……”他喃喃地说，“您不要害怕……反正这颗牙对您也没有什么用了。您应该胆子放大些。”

被纸烟熏黄而如今又染了血迹的手指头，把一颗拔下来的牙送到她眼前。使女走过来，把一个杯子拿到她嘴边。

“在家里，您用凉水漱口……”芬克尔说，“那血就可以止住了……”

他在她面前站着，摆出那么一种姿势，好像等着客人快点走掉，好让他安静一点……

“再见……”她说着，回转身，往门口走去。

“嗯！……那么谁来付给我诊费呢？”芬克尔问道，声音里带着嘲笑的意味。

“哦，对了……”万达想起来了，涨红脸说，把她用绿松石戒指换来的那个卢布递给这个改信东正教的犹太人。

她走出去，到了街上，感到比以前更加害羞，不过她现在已经不是为贫穷而害羞。她没有戴高礼帽，没有穿时髦的短上衣，这些她都不再介意了。她在街上走着，吐着带血的唾沫，而每口鲜血的唾沫都在向她述说她的生活，她那不好的而且难堪的生活，述说她过去遭受过的种种侮辱，以及明天，下个星期，来年，她这一辈子到死为止，还会遭到的侮辱……

“啊，这是多么可怕！”她小声说，“这是多么可怕呀，我的上帝！”

第二天傍晚，她却在“文艺复兴”饭店里跳舞了。她头戴一顶新的而且很大的红色礼帽，身穿一件新的时髦短上衣，脚上是一双黄铜色的便鞋。有一个从喀山来的年轻商人带她去吃晚饭。

童　话

献给吹嘘自己为报纸撰稿的头脑不清的少年

有一只苍蝇在所有的房间里飞来飞去，吹嘘为报纸撰稿。

“我是作家！我是政治家！”它老是讨厌地唠叨着。“让开，不学无术的人！”

所有的蚊子、蟑螂、臭虫、跳蚤边听，边怀着对它形象的尊敬，其中有许多甚至邀请它去吃饭，贷款给它，但是怕露面的蜘蛛躲藏到角落里，决定不让苍蝇看见……

“您为哪些报纸撰稿，穆哈[①]·伊万诺芙娜？”一个比较勇敢的蚊子问它。

“几乎所有的！甚至有的报纸由我顺色定调，以至定方向！……没有我，许多报纸就会失去自己的特色！”

“穆哈·伊万诺芙娜，您在报纸上写了些什么？”

“我在那里主持专栏……”

“什么样的专栏？”

“就是这么样的！”

评论家——苍蝇果然指着一张苍蝇拉屎的报纸上的无数个点。

---

① 穆哈，俄语意为“苍蝇”。

幸福的人

一列客车正从尼古拉铁路的博洛戈耶车站开出去。二等客车的一节“供吸烟乘客专用的车厢”中，乘客被车厢的昏暗包围着，其中有五个乘客在车厢里打瞌睡。他们刚刚吃过饭，此刻身子靠在长沙发背上，想要小睡片刻。车厢里一片寂静。

车门开了，一个人走进车厢来，他身材细长，好像一根棍子，头戴红褐色帽子，穿着华丽的大衣，酷似小歌剧里和儒勒·凡尔纳笔下的新闻记者。

这个人在车厢中间停住脚，不住地喘气，眯细了眼睛，久久地打量那些长沙发。

“不对，这个车厢也不是！”他嘟哝说，“鬼才知道是怎么回事！这简直可恶！不对，不是那个车厢！”

有个乘客定睛瞧着这个人，发出一声快活的叫喊：

“伊万·阿列克谢耶维奇！什么风把您吹来的？是您吗？”

身材像棍子的伊万·阿列克谢耶维奇一愣，呆呆地望着那个乘客，后来认出他来了，就快活地把两只手一拍。

“啊！彼得·彼得罗维奇！”他说，“多少年没见面了！我根本不知道您也坐这趟车。”

“您好吗？身体健康吗？”

“挺好。只是，老兄，我忘了我的车厢在哪里，现在说什么也找不着了，我这个大傻瓜！可惜没有人来拿鞭子抽我一顿！”

棍子模样的伊万·阿列克谢耶维奇微微摇晃着身子，格格地笑。

“居然出了这样的事！”他继续说，“刚才敲过第二遍钟后，我出去喝白兰地。当然，我喝了一杯。嗯，我想，既然下一站还远得很，那我就不妨再喝一杯。我正一边想一边喝，不料第三遍钟声响了……我就像疯子似的跑来，见着车就往上跳。喏，我不成了大傻瓜吗？我不成了糊涂虫吗？”

“不过，看得出来，您的心绪倒是挺好嘛，”彼得·彼得罗维奇说，“那您就在这儿坐一坐，欢迎欢迎！”

“不，不……我得去找我的车厢！再见！”

“天这么黑，说不定您会在车厢外面的过道上跌下去。您坐下，等一会儿到了站，您再去找您的车厢好了。坐吧！”

伊万·阿列克谢耶维奇叹着气，游移不定地在彼得·彼得罗维奇对面坐下。他分明很兴奋，不住扭动身子，好像坐在针尖上似的。

“您坐这趟车到哪里去？”彼得·彼得罗维奇问。

“我？到天涯海角去。我的头脑里乱哄哄，连我自己也闹不清我要到哪里去。命运叫我到哪里，我就到哪里去。哈哈……好朋友，以前您见到过幸福的傻瓜吗？没有？那您就瞧瞧吧！您面前就有个天下最幸福的人！对了！难道从我的脸上看不出来吗？”

“看倒是看出来了，您……略微有点……那个。”

“大概现在我的脸相蠢极了！哎，可惜这里没有镜子，要不然我倒可以看一看我这副尊容！我觉得，老兄，我变成傻瓜了。这是实话！哈哈……您猜怎么样，我正在蜜月旅行。瞧，我不是傻里傻气吗？”

“您？难道您结婚了？”

“就在今天，最亲爱的！我举行过婚礼后，就直接上了火车。”

随后就是祝贺和按礼节的问候。

“嘿……”彼得·彼得罗维奇笑道，“怪不得您打扮得像花花公子一样。”

“是啊……为了显得气派十足，我甚至在衣服上洒了香水。我把心思全用在浮华上了！我心里无牵无挂，一点忧虑也没有，只有那么样的一种感觉……鬼才知道该怎么称呼它才好……也许叫做无忧无虑吧？我有生以来还没感到这么痛快过呢！”

伊万·阿列克谢耶维奇闭上眼睛，摇头晃脑。

“幸福得要命！”他说，“您自己想想看。我马上就要回到我的车厢去。那边，窗口旁边，一张长沙发上，坐着个女人，也就是所谓把全身心都献给你的人。那么漂亮的一个金发女人，小小的鼻子……小小的手指头……我的宝贝儿！我的天使！我的小胖丫头！我的灵魂的葡蚜[①]！那双小小的脚！主啊！要知道，那双脚可不是我们这样的大脚片子，而是一种小巧玲珑、出神入化……可以意会而不可言传的东西！那样的小脚我恨不得一口吞下去了！哎，可是您什么也不懂！要知道，您是唯物主义者，您马上就要进行分析，这样那样的！您是枯燥无味的单身汉，如此而已！喏，等您结了婚，您就明白了！您就会说，如今伊万·阿列克谢耶维奇在哪里？是啊，我马上就要回到我的车厢去。她在那里等着我呢，已经等急了……盼着我回去。她会笑吟吟地迎接我。我呢，就挨着她坐下，用两个手指头托起她的下巴……”

伊万·阿列克谢耶维奇摇头晃脑，发出一连串幸福的笑声。

“然后我就把我的头枕在她的肩膀上，伸出胳膊搂住她的腰。四周围，您知道，安安静静……昏暗的环境也饶有诗意。在这个时刻，我一心想拥抱全世界呢。彼得·彼得罗维奇，您让我拥抱一下吧！”

“请。”

两个朋友就在乘客们好意的笑声中互相拥抱。幸福的新郎继续说：

“为了使自己更加痴迷，或者像小说里常说的那样，为了使幻

---

① 1886年5月，有报道称大片法国葡萄园因葡萄根瘤蚜而毁于一旦。——俄文本编者注

觉进一步丰满，那就要到饮食部去喝上这么两三盅，于是我的头脑和胸膛里就发生变化，发生在神话里也读不到的那么一种变化。我是个微不足道的小人物，可是我却觉得我似乎广大无边……我能拥抱全世界啊！”

乘客们瞧着这个醉醺醺而又幸福的新郎，为他的欢乐所感染，再也没有睡意了。本来在伊万·阿列克谢耶维奇身旁听他讲话的只有一个人，不久就变成五个人了。他不住扭动身子，像坐在针尖上一样，他唾沫四溅，挥动胳膊，唠唠叨叨讲个不停。他放声大笑，大家也跟着放声大笑。

“要紧的是，诸位先生，要少考虑！什么分析不分析，统统见鬼去吧……要想喝酒，就自管喝，用不着谈什么哲理，说什么有害或者有益……什么哲学，心理学，一概见鬼去吧！”

一个列车员走过这个车厢。

“老兄，”新郎转过脸来对他说，“您走过二百零九号车厢的时候，劳驾在那里找一位太太，她戴着灰色的帽子，帽子上绣着一只白鸟。请您对她说一声：我在这里！”

“是。只是这列车没有二百零九号车厢。只有二百十九号！”

“哦，那就是二百十九号！反正一样！那么请您告诉她，就说她的丈夫安然无恙！”

伊万·阿列克谢耶维奇忽然抱住头，呻吟着说：

“丈夫……太太……这种事发生得多么快呀！我一下子就成了丈夫……哈哈……该挨鞭子的家伙，居然做了丈夫！哼，大傻瓜！可是她！昨天她还是个姑娘……小妞儿……简直叫人没法相信！”

“在我们这个时代，见到幸福的人简直有点奇怪，”一个乘客说，“这种人比白象还要少见。”

“是的，可是这该怪谁呢？”伊万·阿列克谢耶维奇说，伸出他的长腿，脚上的鞋头很尖，“要是您不幸福，那该怪您自己！就是这样。是啊，您怎么想呢？人就是他个人幸福的创造者。您想幸福，您就会幸福，不过您偏偏不想幸福。您执意躲开幸福！”

“哪有这种事！怎么会呢？”

“很简单！……大自然规定，人在生活中某一阶段就要产生爱情。到了那个阶段，就该抓紧恋爱才对，可是您偏偏不理睬大自然，您在等待什么。还有……法律上写着，正常的人应该结婚……不结婚就没有幸福。那么有利的时机一到，就赶紧结婚，用不着拖拖拉拉……可是您偏不结婚，老是在等待什么！其次，经书上写着醇酒使人心头欢畅……如果您心境畅快，而又希望再畅快一点，那么不用说，您就该到饮食部去喝一通酒。要紧的是别自作聪明，要按规矩办事！规矩是了不起的东西！”

“您说人是自己的幸福的创造者。要是一个人害了牙痛，或者碰上一个凶恶的丈母娘，足以弄得人的幸福化为泡影，他还怎么谈得上是什么创造者呢？一切都要看机会。如果现在您遇上库库耶夫卡惨祸①，那您可就要唱别的歌了……”

“胡说！”新郎顶嘴道，“车祸一年只有一次。我并不担心出什么事，因为没有理由出这类事。事故是难得发生的！去它们的！我甚至不愿意谈这些了！……哦，看样子，我们快到一个小站了。”

“您现在到什么地方去？”彼得·彼得罗维奇问，“到莫斯科去呢，还是到南方什么地方去？”

“您怎么了！我这是往北边开，怎么会跑到南方什么地方去呢？”

“可是要知道，我们如今是往彼得堡开嘛！”伊万·阿列克谢耶维奇说。

“我们是往莫斯科去，求上帝怜恤我们吧！”

“这话怎么讲：怎么会是往莫斯科开呢？”新郎诧异地说。

“这就怪了……您买的车票是到哪里去的？”

“到彼得堡的。”

“既是这样，我可要跟您道喜了。您搭错车了。”

---

① 指1882年在莫斯科—库尔茨克铁路线上发生的列车翻车事故。

大家沉默了半分钟。新郎站起来，呆呆地瞅着这一伙人。

“是啊，是啊，”彼得·彼得罗维奇解释道，“在博洛戈耶车站上，您上错了车……这样看来，您真倒霉，喝过白兰地以后，冒冒失失跳上向相反方向开的列车了。”

伊万·阿列克谢耶维奇脸色苍白，抱住头，开始在车厢里很快地走来走去。

“哎，我这个大傻瓜！”他愤恨地说，“哎，我这个混蛋，巴不得叫魔鬼把我吞下肚去才好！是啊，现在我怎么办呢？要知道，我的妻子还在那列火车上！她孤零零地坐在那边，等着我，心都等焦了！哎，我这个胡闹的小丑！”

新郎倒在长沙发上，蜷起身子，好像有谁踩痛了他的鸡眼似的。

“我这个不幸的人啊！”他哀叫道，“这可叫我怎么办？怎么办呀？”

“得了，得了……”乘客们安慰他说，“这不要紧……您给您的妻子拍份电报，您再设法顺原路乘特别快车赶去。这样您就会追上她了。”

“特别快车！”新郎，这个“自己的幸福的创造者”，哭道，“可是我哪里有钱买票坐特别快车呀？我的钱全在我妻子那边！”

那些笑呵呵的乘客就交头接耳商量一阵，凑出一笔来，交给那个幸福的人。

三等文官[①]

1870年4月初，我母亲克拉芙季娅·阿尔希波芙娜，一个中尉的遗孀，收到她弟弟——三等文官伊万，从彼得堡寄来的一封信，信上顺便写道："我的肝病使我每年夏天不得不到国外生活，可是我目前没有多余的钱到马利恩斯克温泉去疗养，因此我今年夏天很可能到你的科楚耶夫卡村去住，亲爱的姐姐……"

读完信后，我母亲脸色苍白，浑身发抖，后来脸上现出似笑似哭的表情。她哭了起来，也笑了起来。这种哭和笑的斗争总是使我联想到一支点燃着的蜡烛被人泼上一点水而火光闪烁的情景。我母亲把信又读了一遍，然后把全家人召集到一起，激动得嗓音若断若续，向我们说明，贡达索夫家一共有弟兄四个：头一个贡达索夫还在婴儿时就夭折；第二个去打仗，阵亡了；第三个……说出来请他不要见怪，做了戏子；至于第四个……

“那第四个就高攀不着了，”母亲呜咽着说，“我的亲兄弟啊，我是跟他一块儿长大的。可是我浑身发抖，浑身发抖呀……要知道，他做了三等文官，成了将军！我怎么跟他，我的天使，见面呢？我这个没受过教育的傻女人，跟他谈些什么呢？我有十五年没见到他了！安德留申卡，”母亲转过脸来对我说，“你高兴吧，小傻瓜！上帝是为了叫你交好运才把他打发来的！”

我们听完贡达索夫家族极为详尽的家史以后，庄园里就忙乱起来，如此般的忙乱我往常只有在圣诞节前才会见到。只有天空和河水幸免于难，其余的东西一概遭到清理、刷洗和涂饰。假如天空低一点，小一点，河水流得不那么急，他们也会用砖块把它们刮洗一番，用纤维团把它们擦个干净。墙壁本来就白得像雪，可是仍然要用石灰来粉刷一通。地板油光发亮，可是每天都要擦洗一遍。一只叫“短尾巴”的猫（我小时候用一把切糖块的小刀把它的尾巴割掉整整四分之一，因此它得了“短尾巴”的绰号）从宽敞的正房转移到厨房里，交给阿尼西娅看管；费季科受到叮嘱，如果有狗走到门廊跟前来，“上帝就会惩罚”他。不过再也没有什么东西比可怜的长沙发、圈椅、地毯更倒霉的了！它们以往任何时候都没有受到过像目前恭候客人光临期间那么厉害的敲打。我的鸽子听到棍棒的敲打声而惶惶不安，不时飞上天空。

裁缝师傅斯皮里东从诺沃斯特罗耶夫卡村来了，整个县里敢于给上流人家做衣服的裁缝只有他一个。这是个不喝酒，工作勤勤恳恳，手艺颇高，并具有造型艺术方面的某些想象和感觉的人，然而做出来的衣服难看得很。整个工作给犹豫损害了……他总是认为他做出来的衣服不够时髦，这就促使他把每件衣服都改做五次，而且步行到城里去研究花花公子的装束，到最后，他做好的衣服穿到我们身上，就连漫画家看了都会说稀奇古怪，过分夸张。我们穿着窄得不成样的裤子和短得无法再短的上衣，害得我们在小姐们面前老

① 俄国官员体系分为十四等，三等文官是很大的官职。

是觉得怪难为情的。

这位斯皮里东费很大的工夫给我量尺寸。他把我横里竖里量个够，好像要给我做一道紧箍似的。他拿着粗铅笔在一张纸上记尺寸写了很久，而且在所有的尺寸上都打上三角记号。他替我量过尺寸后，又动手量我的家庭教师叶戈尔·阿列克谢耶维奇·波别季姆斯基。我终生难忘的这位教师正当青年人关心自己胡须的生长、对自己的衣服十分挑剔的年纪，因此，您可以想象斯皮里东是带着多么诚惶诚恐的心情走到我教师跟前的！叶戈尔·阿列克谢耶维奇不得不把头往后仰，叉开两条腿，近似在俄文中倒过来的字母“V”，时而得举起双手，时而又得放下来。斯皮里东给他量了好几次，为此在他身旁绕来绕去，就像一只动了春情的公鸽绕着母鸽打转儿，一会儿屈下膝头跪着，一会儿弯下身子，像个钩子……我的母亲懒洋洋的，给操心的事折磨得不堪其苦，又被熨斗的烟火熏得难受，看到了这一套冗长的量衣手续，说：

“当心啊，斯皮里东，要是你糟蹋了这些呢料子，上帝就要惩罚你！要是你做得叫人不称心，那你可交不着好运！”

听了我母亲的话，斯皮里东一会儿周身发烧，一会儿大汗淋漓，因为他相信他是不会做得使人称心的。他给我做一身衣服收工钱一卢布二十戈比，给波别季姆斯基做一身衣服收两卢布，而呢料、衬里、纽扣，都是我们的。这点工钱不能算贵，特别因为诺沃斯特罗耶夫卡村离我们这里有九俄里远，裁缝师傅为了试衣服却要来四次。每逢我们试穿衣服，勉强套上那些绷满活络线的瘦裤子和短上衣，我母亲见了总是厌恶地皱起眉头，诧异地说：

“上帝才知道，如今的时髦样式是怎样的！就连瞧一眼都叫人害臊。要不是为了我那住在京城里的弟弟，说真的，我才不会给你们做这种时髦的衣服呢！”

斯皮里东暗暗高兴，因为挨骂的不是他，而是时髦的样式。他耸起肩膀，叹口气，仿佛想说：“没办法！这是时代的风尚啊！”

我们等候客人光临的那种激动心情，只有招魂者一分一秒地等

着阴魂出现的紧张心情才能相比。母亲成天闹偏头痛，却还跑来跑去，随时都在掉泪。我吃饭不香，睡觉不稳，书也不念。我那种急于见到将军的愿望就连在梦中也没有离开过我，换句话说，我急于见到一个戴着带穗的肩章的人，绣花的衣领一直竖到耳根，手里举着一把出鞘的军刀，就跟我们大厅里长沙发上方挂着的那幅肖像一模一样，画上的人瞪起一对可怕的黑眼睛，凝视着每一个敢于抬头看他的人。只有波别季姆斯基一人感到自由自在。他没有害怕感，也没有欢乐感，只是在倾听母亲讲贡达索夫家族的历史时，偶尔说上一句：

"有个新人来谈谈话，倒也是一件愉快的事。"

我们庄园上的人都把我的教师看成一个了不起的人。他是个年轻人，二十岁上下，脸上长着粉刺，头发蓬松，额头很小，鼻子却特别长。那个鼻子实在大，我的教师要仔细看什么东西时，就得像鸟似的歪着头。根据我们的了解，全省再也没有一个人比他更聪明、更有教养、更彬彬有礼的了。他读完中学六年级后，考进兽医学院，在那里没有读满半年就被开除了。至于开除的原因，他却一直瞒得很紧，这就使每个有意把我的教育者看成一个受难者、一个有点神秘人物的人提供一种可能。他很少讲话，要讲也只讲些文绉绉的题目，在斋期仍然吃荤腥，对周围的生活老是抱着高傲轻蔑的态度，然而这倒没妨碍他接受我母亲送给他的衣服之类的礼物，也没有妨碍他在我的风筝上画些长着红牙的蠢脸。我母亲不喜欢他的"骄傲"，不过对他的聪明才智却是敬佩的。

客人没有让我们久等。五月初，从火车站驶来两辆载满大皮箱的大车。这些皮箱看上去是如此堂皇，连车夫把它们搬下车时，也不由自主地脱掉了帽子。

"大概，"我想，"这些箱子里都是军服和火药吧……"

为什么有火药呢？多半在我脑子里，将军的概念是同大炮和火药紧密相连的。

5 月 10 日早晨，当我醒过来时，保姆就小声通知我说："你的亲舅舅来了。”我赶紧穿上衣服，漱洗一下，没有祷告上帝就飞快地奔出卧室。在前厅，我碰见一位高大壮实的先生，留着体面的络腮胡子，穿着讲究的大衣。我诚惶诚恐，吓得要死，走到他跟前，想起母亲规定的礼节，就在他面前把脚跟并拢，深深一鞠躬，再探出身子要吻他的手，可是那位先生不让我吻他的手，而且声明说他不是我的舅舅，而是舅舅的听差彼得。这个彼得的装束远比我和波别季姆斯基阔绰，他这种外貌使我极其吃惊，而且说实话，直到今天也还使我感到吃惊。难道这样庄重可敬的人，面容如此聪明严峻，竟然会是个仆役？这是为什么呢？

彼得对我说，舅舅和母亲到花园里去了。我就往花园跑去。

大自然不知道贡达索夫家族的历史和我舅舅的官品，感到比我自由得多，也随便得多。花园里热闹非凡，如此的情景，只有集贸市场才会有。无数椋鸟劈开空气，在林荫路上蹦蹦跳跳，又叫又吵地追逐五月金龟子。丁香丛中有成群的麻雀，那里温柔芬芳的花朵直扑到人脸上来。不管你走到哪里，到处都响着黄莺的歌声、戴胜鸟和青鹰的尖叫。要是在别的时候，我就会开始追逐蜻蜓，或者拿起石块往一只站在白杨树下不高的干草垛上的乌鸦身上扔过去，把它那笨拙的嘴扭到一边，可现在我没有心思玩耍。我的心正怦怦地跳，肚子里一阵阵发凉：我正准备去见一个戴着带穗的肩章、手拿明晃晃的军刀、瞪起一对可怕的眼睛的人！

可是请您设想一下我的失望吧！跟我母亲一块儿在花园里散步的，原来是个瘦小的、穿着讲究的人，一身白绸衣服，戴一顶白色帽子。他把两只手揣在衣袋里，头往后仰，不时跑到我母亲前面去，看样子完全像是个年轻人。他周身有那么多的活力和生气，直到我走近他的身后，朝他帽子的边沿一看，才发现他那剪短的头发已经银白，显露出他原来已到老年。我所见到的不是庄严的风度和将军的慢条斯理的动作，而几乎是活泼好动的孩子气；不是直竖到耳根的高衣领，而是一条普通的浅蓝色领带。母亲和舅舅在林荫路上散步、交谈。我悄悄地走到他们后面，等着他们当中哪一个回过头来看一眼。

“你这个地方真是迷人啊，克拉嘉！”舅舅说，“多么可爱，多么好！要是我早知道你这里这样美，那么这些年来我说什么也不会到国外去了。”

舅舅很快地弯下腰去，闻一下郁金香。不管他的眼睛往哪里看，一切都在他心里引起痴迷和好奇，仿佛他有生以来没见过花园和阳光普照的日子似的。这个奇怪的人不住动弹，就像身子底下安着弹簧似的，唠唠叨叨讲个不停，不容我母亲插一句嘴。忽然，在林荫路的拐角上，波别季姆斯基从一丛接骨木后面闪出来。他的出现极其出人意外，弄得舅舅吓一跳，向后退了一步。这一次我的教师穿着他那件漂亮的带袖披风。他穿着这件披风，特别是后面看上去，很像一架风车。他的模样庄严肃穆。他照西班牙人那样把帽子按在胸口上，往我舅舅跟前跨出一步，鞠个躬，活像小歌剧里的侯爵：身子往前弯而又略为偏向一边。

“大人，我荣幸地向您介绍我自己，”他大声地说，“我是您外甥的教师和导师，以前的兽医学院学生，贵族波别季姆斯基！”

教师这样彬彬有礼，使我母亲很满意。她微微一笑，乐滋滋地呆在那里，盼望他再说出一些文绉绉的话来，可是我的教师正等舅舅对他的庄严问候作出庄严的回答，就是说，照将军那样说一声“嗯”，对他伸出两个手指头去，不料舅舅和蔼地笑起来，用力握一下他的手，我的教师就心慌意乱，胆怯了。他叽叽咕咕说了句不连贯的话，咳嗽着，退到一旁去了。

“嗯，这不是很有意思吗？”舅舅笑道，“你瞧，他穿上那件披风，自以为是个很聪明的人呢！我倒喜欢这个，我敢对上帝起誓！……要知道，在他身上，在那件可笑的披风上，表现出多少年轻人的自信和生气啊！可是这是谁家的孩子？”他忽然转过身来，看见我，问道。

“这是我的安德留申卡，”母亲向舅舅介绍我说，脸红了，“我的慰藉……”

我在沙地上把两个鞋跟并拢，深深一鞠躬。

“好小子……好小子……”舅舅喃喃地说着，从我的嘴唇上收回他的手，摩挲我的头，“你叫安德留申卡？好，好……嗯，是啊……我敢对上帝起誓……你在念书吗？”

我母亲跟所有的母亲一样，加枝添叶，夸大其辞地开始叙述我的学业成绩和良好品行。我呢，在舅舅身旁走动。按照礼节不住向他深深地鞠躬。等到我母亲开始抛出钓钩，试探地说起我既然有出色的才能，那就不妨进入中等武备学校，享受官费待遇，而我按照礼节，必须哭哭啼啼，请求舅舅说情的时候，舅舅忽然停住脚，吃惊地摊开两只手。

“圣徒啊！这是怎么一回事？”他问。

原来我们的管家费奥多尔·彼得罗维奇的妻子塔季扬娜·伊万诺芙娜，正顺着林荫路照直向我们这边走来。她拿着一条上过浆的白衬裙和一块长熨衣板。她走过我们的身边，透过睫毛朝客人羞怯地看一眼，脸红了。

“越来越不轻松啊……”舅舅从牙缝里吐出这么一句话，亲切地瞧着她的背影，“你这里，姐姐，每走一步都会遇上一件出人意料的事……我敢对上帝起誓。”

“她是我们这里的美女……”母亲说，“这是经人说媒，由费奥多尔从城郊那边把她娶来的……离这里有一百俄里……”

塔季扬娜·伊万诺芙娜并不是每个人都认为她是美女。她是个娇小丰满的女人，年纪二十岁上下，身材匀称，眉毛乌黑，老是面色红润，模样动人，然而她的脸容和她的全身却没有一个重大的特征，没有一个大胆的线条足以引人瞩目，仿佛大自然创造她的时候，缺乏灵感和信心似的。塔季扬娜·伊万诺芙娜羞怯，腼腆，品行端正，走路缓慢平稳，很少说话，难得发笑，她的全部生活就跟她的脸和梳光的头发那样平和而安稳。舅舅眯细眼睛朝着她的背影，微笑着。母亲定睛细看他那张含笑的脸，变得严肃起来。

“那么您，兄弟，至今还没有结婚！”她叹口气说。

“没有结婚……”

“为什么？”母亲轻声地问道。

“该怎么对你说好呢，这是生活造成的。我年轻的时候只知道埋头工作，顾不上生活。等到我想要生活，回头一看，已经五十年过去了。我没来得及结婚！不过，谈这些……是乏味的。”

母亲和舅舅同声叹口气，往前走去。我却离开他们，跑去找教师，想跟他谈谈我的印象。波别季姆斯基在院子当中站着，严肃地瞧着天空。

“看得出来，他是个很有教养的人！”他摇头晃脑地说，“我希望我能跟他相处得好。”

过了一个钟头，母亲走到我们这里来。

“我的亲人，我愁死了，”她喘呼呼地开始说，“要知道，我弟弟是带着听差一块儿来的，可是像这样的听差，求上帝保佑他吧，既不好让他住在厨房里，也不好把他安置在前厅里，非给他一个单独的房间不可。我想不出该怎么办！也许只好这样：孩子们，你们能不能暂时搬到厢房去跟费奥多尔同住？把你们的房间让给那个听差住，怎么样？”

我们回答说完全同意，因为住在厢房比住在正房，处在母亲眼皮下，要自由得多。

“简直愁死人了！”母亲继续说，“我的弟弟说他不在中午吃中饭，而要京城的规矩，下午六点多钟才吃中饭。我简直愁得晕头转向！要知道，到七点钟，中饭的菜可就要在炉子上炖过头了。真的，男人哪怕有很大的聪明才智，对家务事也总是一窍不通的。该我倒霉，只好做两次中饭。你们，孩子们，照旧中午吃中饭。我这个老太婆只好熬到七点钟陪我的亲弟弟吃饭。”

接着，母亲深深地叹了口气，吩咐我要博得舅舅的欢心，说上帝是为了叫我交好运才打发他来的，然后她就跑到厨房里去了。当天，我和波别季姆斯基就搬到了厢房里。他们把我们安置在一个穿堂屋里，在前堂和总管的卧室之间。

尽管舅舅光临和我们搬了房间，可是出乎我们意料，生活却仍然跟先前一样疲沓而单调。“由于有客”，我们就不再上课念书。波别季姆斯基素来什么书也不看，什么事也不干，这时候照例在自己的床上坐着，长鼻子在空中晃来晃去，不知在想什么。偶尔他下床来试新衣服，过后就又坐到床上去了，一言不发，专心思索。只有一种东西惹得他心烦，那就是苍蝇，他总是无情地伸出手掌把它们拍死。饭后他照例“休息”，于是鼾声大起，弄得整个庄园人人发愁。我一天到晚在花园里跑来跑去，或者在厢房里坐着糊风筝。舅舅呢，在最初的两三个星期，我们很少见到他。他不顾苍蝇和炎热，成天在房间里坐着工作。他总是坐着不动，像是跟桌子粘在一起，这种异乎寻常的功夫给我们留下这样的印象：仿佛他在玩一种无法解释的魔术。对我们这些从来没有进行过有系统的工作的懒汉来说，他那种喜爱劳动的习惯简直是一种奇迹。早晨九点钟光景他醒过来，就在桌旁坐下，不到吃中饭不站起来，吃过中饭后，又着手工作，一直到深夜。每逢我从钥匙眼里偷偷地朝里望，他总是那么一幅一成不变的画面：伏案工作。工作的情形是这样：他一只手写字，另一只手翻书，而且说来奇怪，他周身都在动：一条腿晃来晃去像钟摆，嘴里不住吹口哨，还点着头打拍子。这时候他的模样极其随便，轻浮，好像他不在工作，而是在做游戏。每次我都看见他穿着考究的短上衣，打着潇洒的领结。他身上老是有一种女人常用的香水的清香，甚至隔着钥匙眼也可以闻出来。他只有吃饭的时候才走出房间来，然而他的胃口总是不好。

“我不理解我的弟弟是怎么回事！”母亲抱怨他说，“我每天都特地为他宰一只火鸡和几只鸽子，又亲手给他做糖煮水果，可是他喝上一盆清汤，吃上一小块像手指那么大的肉，就从桌旁站起来了。我央告他再吃一点，他就回到桌旁喝一点牛奶。可是牛奶又算得了什么呢？跟泔水差不多！吃这么点东西会饿死的……我就劝他，可是他光是笑，说两句打趣的话……是啊，他，这个亲人，不喜欢我们的菜！”

傍晚倒过得比白天快活得多。照例，等到太阳落下去，院子里伸展着长长的阴影，我们，也就是塔季扬娜·伊万诺芙娜、波别季姆斯基和我，总是在厢房的门廊上坐着。到天黑为止，我们一直沉默不语。再者，所有的话既然都已经谈完，还有什么可谈的呢？只有一件事是新闻：那就是舅舅的光临，可是就连这个题目不久也谈得无可再谈了。教师老是目不转睛地瞧着塔季扬娜·伊万诺芙娜，深深地叹息……那时候我不了解这些叹息，没有深究它们的含意，现在我才明白其中是大有文章的。

等到地上的一个个阴影合成一大片，管家费奥多尔才打完猎回来，或者从田野里回来。这个费奥多尔给我的印象是个野蛮甚至可怕的人。他是伊久姆城一个归化俄罗斯的茨冈人的儿子，肤色黝黑，一双黑色的大眼睛，头发卷曲，胡子蓬松，我们科楚耶夫卡村的农民统统叫他“魔鬼”。再者，除了相貌以外，他的性情也有许多地方像茨冈人。例如，他不能守在家里，成天在田野里过，或者出外打猎。他阴沉，暴躁，不爱讲话，什么人也不怕，不承认有谁可以支配他。他对母亲态度粗鲁，对我称呼“你”，看不起波别季姆斯基的学问。所有这些，我们都原谅他了，认为他尽管有茨冈人的天性，却极其诚实，工作勤恳。他按照茨冈人那样热烈地爱他的塔季扬娜·伊万诺芙娜，不过把这种爱情表现得那么阴沉，仿佛在受苦似的。他在我们面前从不跟他的妻子亲热，反而对她恶狠狠地瞪起眼睛，撇着嘴。

他从野外回来，总是恶狠狠地把他的枪支咚的一声放在厢房里，然后走到我们坐的门廊上来，挨着他的妻子坐下。他歇一口气，问她几句关于家务方面的话，就此闷声不响了。

“我们来唱歌吧。”我提议说。

教师就调理六弦琴的琴弦，然后用教堂诵经士那种浓重的男低音唱起《在山谷中》。歌唱就开始了。教师唱男低音，费奥多尔唱男高音，声音低得几乎听不见，我唱童声最高音，给塔季扬娜·伊万诺芙娜伴唱。

等到整个天空布满繁星，青蛙不再聒噪，厨房里的人就给我们送晚饭来。我们走进厢房，开始吃饭。教师和茨冈人狼吞虎咽，嘴里发出嘎吱嘎吱的响声，叫人分不清是肉骨头在响，还是他们的腭骨在响。我和塔季扬娜·伊万诺芙娜几乎吃不完我们分内的饭菜。晚饭后，厢房就沉入酣畅的睡乡了。

有一回，那是五月底，我们正在门廊上坐着等吃晚饭，忽然有个阴影闪一下，贡达索夫出现在我们面前，像是从地里钻出来似的。他瞅我们很久，然后把两只手一拍，快活地笑起来。

“田园诗！”他说，“他们对着月亮在唱歌，在幻想！美极了，我敢对上帝起誓！我可以跟你们一块儿坐着幻想吗？”

我们沉默着，面面相觑。舅舅在下边一层台阶上坐下，打个呵欠，望着天空。紧跟着是沉默。波别季姆斯基早就打算跟新来的人谈谈天，对此机会他感到由衷地高兴，就头一个打破沉默。他谈学问，只有一个题目，那就是兽疫。有时候，您夹在千千万万人当中，不知什么缘故，在那千千万万张脸当中，却只有一张脸久久地印在您的记忆里，波别季姆斯基也是这样，他在兽医学院那半年听到的全部课文当中，只记住了一段：

“兽疫为国民经济带来极大损害。社会应当与政府共同对它进行斗争。”

我的教师对贡达索夫讲出这段话以前，清了三次喉咙，有好几次激动得把身上的披风裹一裹紧。舅舅听到有关兽疫的这段话，就定睛看了一下我的教师，从鼻子里发出笑声。

“真的，这很有意思……”他喃喃地说，仔细地朝我们看，就像看商店橱窗里的模特儿似的，“这才是生活……的确，现实就应当是这样。可是您怎么不说话呢，佩拉格娅·伊万诺芙娜？”他转过身对塔季扬娜·伊万诺芙娜说。

她发窘得咳了一声。

“你们谈话吧，诸位先生，唱吧……玩吧！不要错过时机。要知道该死的光阴在飞跑，不等人啊！我敢对上帝起誓，你们来不及回头看一眼，老年可就到了……那时候再要生活就迟了。事情就是这样，佩拉格娅·伊万诺芙娜……不应当坐着不动，一句话也不说呀……”

这时候从厨房里送来了晚饭。舅舅跟随我们走进厢房。和这伙人在一起，他吃了五个煎奶渣饼和一个鸭翅膀。他吃着，瞧着我们。我们这些人在他心里引起了欢乐和感动。不管我终生难忘的教师说什么样的傻话，也不管塔季扬娜·伊万诺芙娜做什么事，他都认为可爱的、令人神往的。晚饭后，塔季扬娜温顺地坐到墙角去，动手织绒线，他就目不转睛地看着她的小手指头，唠唠叨叨讲个不停。

“你们，朋友们，要抓紧时间赶快生活……”他说，“求上帝保佑你们，千万不要为了将来而牺牲现在！趁现在青春年华，身体健康，富有激情，将来却是骗局，是一股烟！二十岁一到，就该开始生活才对。”

塔季扬娜·伊万诺芙娜失手掉下一根织针。舅舅就跳起来，拾起织针，一鞠躬，将它递给塔季扬娜·伊万诺芙娜。我这才第一次知道，原来世界上还有比波别季姆斯基更文雅的人。

“是啊……”舅舅接着说，“你们恋爱吧，结婚吧……做傻事吧。做傻事比我们努力追求合理的生活要有生气得多，也健康得多。”

舅舅讲了很多，很久，久得我们都厌烦了。我坐在旁边一口箱子上，听着他讲话，打起盹来。使我感到不好受的是整个这段时间里他始终没有理睬过我。深夜两点钟他才从厢房里走出去，那时候我已经困得要命，睡熟了。

从这时起，每逢傍晚，舅舅总到我们厢房来。他跟我们一起唱歌，吃晚饭，每次都要坐到两点钟才走，唠唠叨叨讲个不停，所讲的总是老一套。他傍晚和深夜的工作，已经丢开不干了。到六月底，当三等文官吃惯我母亲的火鸡和糖煮水果时，就索性连白天的工作也丢开不干了。舅舅离开书桌，一头扎进“生活”里去了。他白天在花园里走来走去，嘴里吹着口哨，妨碍工人们干活，硬逼他们给他讲各式各样的往事。只要塔季扬娜·伊万诺芙娜一映入他的眼帘，他就跑到她跟前，要是她拿着什么东西，就要帮她拿，弄得她非常窘迫。

越进入盛夏，我的舅舅变得越来越轻率、浮躁、随便。波别季姆斯基对他完全失望了。

“这个人太缺乏见识……”他说，“丝毫也看不出他官品很高。连话也不会说。每说完一句话后都要加上：‘我敢对上帝起誓。’不，我不喜欢他！”

自从舅舅开始访问我们的厢房以来，费奥多尔和我的教师发生了显著的变化。费奥多尔不再出外打猎，很早就回到家来，变得越发沉默寡言，不知怎的，格外恶狠狠地睁大眼睛瞪着他的妻子。教师也不再在舅舅在场时谈兽疫，他皱起眉头，甚至讥讽地嘲笑。

“我们的老色鬼来了！”有一回他看见舅舅朝厢房走来，就嘟哝了一句。

我把他们两人的这种变化解释做他们生舅舅的气。漫不经心的舅舅总是把他们的名字叫混，直到他临行为止，始终没有分清楚教师叫什么，塔季扬娜·伊万诺芙娜的丈夫叫什么。他对塔季扬娜·伊万诺芙娜本人也时而叫纳斯塔西娅，时而叫佩拉格娅，时而叫叶夫多基娅。他被我们所感动，赞赏我们，可是他总是呵呵地笑，对我们像对小孩子似的……所有这些，当然都会使两个年轻人感到委屈。然而问题不在于委屈，依我现在的理解，其实是在于一种更为细腻的感情。

我记得，有一天傍晚我在箱子上坐着，跟睡意斗争。我的眼皮似乎涂上一层黏性很强的胶水。我跑了一整天，身子疲劳得往一边歪着。然而我克制睡意，极力睁开眼睛看。那时候已经将近午夜。面色红润、神态温顺的塔季扬娜·伊万诺芙娜像往常一样在一张小小的桌子旁边坐着，给丈夫做衬衫。脸色阴沉、闷闷不乐的费奥多尔从一个墙角里瞪着眼睛看她。波别季姆斯基在另一个墙角坐着，把脸藏在他衬衫的高领里，愤愤地喘气。舅舅从这个墙角走到那个墙角，正在想心事。四下里一片沉寂，人们只能听见塔季扬娜·伊万诺芙娜手里的麻布窸窸窣窣响。忽然，舅舅在塔季扬娜·伊万诺芙娜面前停住脚，说：

“你们都这么年轻，朝气蓬勃，好样的，你们在这种恬静的环境里生活得逍遥自在，我羡慕你们。我留恋你们的这种生活，当我一想到我必须离开这里时，我的心就疼了……请相信我的真诚！”

睡意封上我的眼睛，我昏昏入睡了。当有个什么响声把我惊醒时，舅舅正站在塔季扬娜·伊万诺芙娜面前，温存地瞧着她。她脸上泛起了红晕。

“我这一生虚度了，”他说，“我没有生活过！您年轻的脸叫我想起我那凋谢的青春。我情愿坐在这里瞧着您，直到我死。我很乐意把您带到彼得堡去。”

“为什么这样做？”费奥多尔用沙哑的声调问道。

“我会把您放在书桌上的玻璃罩里，让我欣赏，也向别人炫耀。您知道，佩拉格娅·伊万诺芙娜，像您这样的人，在我们那边是没有的。我们那边有富裕，有声望，偶尔也有美丽，可是没有这种生活的真实……这种健康的安谧……”

舅舅在塔季扬娜·伊万诺芙娜面前坐下，拉住她的手。

“您不愿意跟我到彼得堡去吗？”他笑着说，“既是这样，您至少把这只小手伸给我吧……可爱的小手！您不肯伸给我？哎，您这个吝啬的人，至少也该容许我吻它一下……”

这时，一把椅子喀嚓一响。费奥多尔跳起来，迈开匀称而沉重的步子走到他妻子跟前。他脸色灰白，脸部颤抖着。他抡起胳膊一拳头砸在小桌子上，用低沉的声调说：

“我不答应！”

波别季姆斯基也同时和他一起从椅子上跳起来。他也脸色煞白，怒容满面，往塔季扬娜·伊万诺芙娜那边走去，也一拳头砸在小桌子上……

“我……我不容许！”他说。

“什么？怎么回事？”舅舅诧异地说。

“我不答应！”费奥多尔捶着桌子，又说了一遍。

舅舅跳起来，胆怯地眨巴眼睛。他想说话，可是他惊愕而恐慌，一句话也没说出来，只是困窘地笑一笑，踩着老年人的碎步从厢房走出去，把帽子丢在我们这里没拿走。过了一会儿，惊慌不安的母亲跑进厢房来，当时费奥多尔和波别季姆斯基仍然像铁匠抡铁锤似的用拳头擂着桌子，说：“我不答应！”

“你们这里出了什么事？”母亲问，“为什么我的弟弟会不痛快？怎么回事？”

母亲看了看面色苍白和惊恐万状的塔季扬娜·伊万诺芙娜，看了看她那怒气不息的丈夫，大概猜出问题在哪里了。她叹口气，摇摇头。

“得了，得了，用不着砰砰响地敲桌子！”她说，“住手，费奥多尔！不过您为什么也敲桌子，叶戈尔·阿列克谢耶维奇？这跟您有什么相干？”

波别季姆斯基醒悟过来，窘住了。费奥多尔定睛瞧瞧他，然后瞧瞧妻子，接着在房间里走来走去。当母亲走出厢房，我见到了很久以后我还认为是梦境的一个场面，我看见费奥多尔一把抓住我的教师，把他举到空中，扔出门外去了……

当我早晨醒过来时，教师的床是空的。我就问，教师到哪里去了，保姆小声告诉我说，大清早就将他送到医院去医治摔断的胳膊了。这个消息使我感到愁闷，想起了昨天闹的事，就走到院子里去。这天天气阴霾。天空乌云密布，风在地上流动，卷起了地上的灰尘、纸片、羽毛。看样子快要下雨了。人和牲畜都流露出烦闷无聊的神态。等我走进正屋里，就有人要我把脚步声放轻，说我母亲害偏头痛，在床上躺着。我干什么好呢？我走到大门外，在那里的一条长凳上坐下开始揣摩我昨天看见和听见的事情的含意。我们的大门外有条路，绕过铁匠铺和永不干涸的水塘，接上那条广阔的驿道……我瞧着电线杆，四周的尘土飞扬，瞧着立在电线上昏昏欲睡的鸟儿，忽然觉得那么烦闷，就哭了起来。

驿道上有一辆扑满尘土的敞篷马车驶过，满载着城里人，大概是去朝圣的。那辆敞篷马车还没来得及从我眼里消失，就有一辆由两匹马拉着的轻便四轮马车出现。区警察局局长阿基姆·尼基季奇站在车上，用手拉住车夫的腰带。使我大吃一惊的是那辆马车转了一个弯，驶到我们这条路上来，飞速地经过我身旁，进了大门。我正纳闷，不知区警察局局长跑到我们这里来干什么，不料又响起辘辘声，路上又出现一辆三套马马车。县警察局局长在那辆马车上站着，对车夫指着我们家大门口。

“这是为什么？”我打量身上扑满尘土的县警察局局长，在想。“多半是波别季姆斯基在他们那里告了费奥多尔的状，他们是来抓他，把他送进监牢里去的。”

然而这个谜却不那么容易解开。区警察局局长和县警察局局长的到来，还仅仅是前奏而已，因为没过五分钟，又有一辆轿式马车驶进了我们家的大门。它那么快地闪过我眼前，我虽然往车窗里瞧一眼，却只看见一把棕红色的胡子。

我揣摩不透，又预感到发生什么祸事，就跑到正屋去。在前厅，我首先看见我的母亲。她脸色苍白，战战兢兢地朝着一个房门看，从门里传出男人的说话声。当时她的偏头痛正闹得厉害，那些客人却出其不意地来找她了。

“谁来了，妈妈？”我问。

“姐姐！”舅舅的声音响起来，“你给我和省长拿点吃的来！”

“说说倒容易，拿点吃的来！”母亲小声说，吓得发愣，“我现在怎么来得及准备？我活到这把年纪却要出丑了！”

母亲抱住头，跑到厨房去了。省长突然到来，惊动了整个庄园，把人都吓呆了。随后就发生了残酷的屠杀。他们一连宰了十来只母鸡、五只火鸡、八只鸭子，仓猝中，我们鹅群的鼻祖，我母亲珍爱的一只老公鹅，也给砍掉了脑袋。车夫和厨师好像昏了头，胡乱地杀那些家禽，既不管大小，也不顾品种。为了烹调一种什么酱汁，我那一对贵重的翻飞鸽也死于非命，而我珍爱它们却不下于母亲珍爱那只老公鹅。我瞧着它们，很久都不能原谅那个省长。

傍晚，省长和他的随从人员酒足饭饱后，坐上各自的马车，告辞而去。我就走进正屋，看一看隆重的酒宴剩下的饭菜。我从前厅往大厅里看一眼，瞧见了舅舅和母亲。舅舅把手抄在背后，烦躁地沿着墙脚走来走去，不住耸肩膀。母亲筋疲力尽，瘦了许多，在长沙发上坐着，她病态的眼睛跟踪着弟弟的动作。

“对不起，姐姐，不过这样是不行的……”舅舅皱眉蹙额，唠叨说，“刚才我把你介绍给省长，你却不伸出手跟他握手！你弄得他，那个不幸的人，很狼狈！不，这是不行的……朴素是好事，不过要知道，也得有个限度……我敢对上帝起誓……还有这顿饭！难道可以请人吃这种菜吗？比方说，他们端上来的那第四道菜是什么玩意儿？”

“那是甜汁鸭子……”母亲轻声回答说。

“鸭子……对不起，姐姐，我……我胃气痛！我害病了！”

舅舅做出一副愁苦要哭的脸相，接着说：

“是魔鬼把那个省长支使来的！我非常需要他的来访！哎哟……胃气痛啊！我没法睡觉，没法工作……我完全垮下来了……我真不懂，在这里，在这个无聊的地方……你们怎么能不干工作而活下去！瞧，我胸口底下痛起来了！……”

舅舅皱起眉头，加快步子走来走去。

“弟弟，”母亲轻声问道，“出国一趟要花费多少钱？”

“至少也要三千……”舅舅带着哭腔说，“我倒想出国，可是上哪儿去找钱呢？我身上一文也没有！哎哟……胃气痛啊！”

舅舅停住脚，愁闷地朝灰色而阴霾的窗外景色望了一眼，就又踱来踱去。

紧跟着是沉默……母亲久久地瞅着圣像，心里盘算着什么，后来她哭起来，说：

“我，弟弟，给您三千好了……”

大约过了三天，那些堂皇的箱子送到火车站去了，随后三等文官也坐车走了。他哭着同母亲告别，久久地吻着她的手而不肯放开，可是等到他坐上马车，他的脸上却又闪着孩子气的欢乐了……眉开眼笑、深感幸福的他在车上尽量坐得舒服点，特别向我那哭泣的母亲挥手示意，随后出人意料地突然把他的目光停在我身上。他的脸上现出极其惊讶的神情。

“这是谁家的孩子？”他问。

我母亲一再对我说过，上帝是为了让我交好运才打发舅舅来我们这里的，如今这个问题使她感到厌恶。我却顾不上考虑这些问题。我瞧着舅舅那幸福的脸，不知什么缘故，非常怜惜他。我忍不住跳上马车，热烈地拥抱这个跟所有的人一样轻浮而软弱的人。我瞧着他的眼睛，想说一句愉快的话，就问：

“舅舅，你打过仗吗？总打过一次吧？”

“哎，可爱的孩子……”舅舅说，笑起来，吻我，“可爱的孩子，我敢对上帝起誓。所有这些都那么自然，那么生气勃勃……我敢对上帝起誓……”

马车走了……我瞧着它的背影，他那句临别的“我敢对上帝起誓”久久地在我的耳际响着。

文学官阶一览表

若根据所有在世的俄国文学家的才能和贡献，可授予他们官阶为：

二等文官：（空缺）。

三等文官：列夫·托尔斯泰、冈察洛夫。

四等文官：萨尔蒂科夫-谢德林、格里戈罗维奇。

五等文官：奥斯特罗夫斯基、列斯科夫、波隆斯基。

六等文官：迈伊科夫、苏沃林、迦尔洵、布列宁、谢尔盖·马克西莫夫、格列勃·乌斯宾斯基、卡特科夫、佩平、普列谢耶夫。

七等文官：科罗连科、斯卡皮切夫斯基、阿维尔基耶夫、博博雷金、戈尔布诺夫、萨里阿斯公民、达尼列夫斯基、穆拉弗林、瓦西列夫斯基、纳德松、尼·米哈伊洛夫斯基。

八等文官：米纳耶夫、莫尔陀夫采夫、阿夫先科、涅兹洛宾、阿·米哈伊洛夫、帕尔明、特列福列夫、彼得·温别尔格、萨洛夫。

九等文官：阿尔波夫、巴兰采维奇、米赫涅维奇、兹拉托夫拉茨基、什帕任斯基、谢尔盖·阿塔瓦、楚伊科、梅谢尔斯基、伊万诺夫-克拉西克、瓦西里·涅米罗维奇-丹钦科。

十等文官：福鲁格、阿普赫金、弗·谢·索洛维约夫、瓦·克雷洛夫、尤里耶夫、戈列尼晓夫-库图佐夫、爱尔杰尔、康·斯鲁切夫斯基。

十二等文官：诺托维奇、马克西姆·别林斯基、涅维任、卡拉津、文盖罗夫、涅费多夫。

十四等文官：明斯基、特罗菲莫夫、别尔格、米亚斯尼茨基、利涅夫、泽索季姆斯基、巴任。

无官职的：奥克列伊茨。

在郊外的一天

一场小戏

早晨八点多钟。

黑压压的一大片乌灰色的云朝着太阳方向移动着。在彩云上，时而这里，时而那里，闪出一道道红色锯齿般的电光。传来远处的隆隆雷声。热风戏弄着青草，压弯树木，卷起尘土。马上就要下一场五月的雨，真正的暴风雨就要开始了。

以乞讨为生的六岁小姑娘菲奥克拉在村子里跑来跑去，寻找鞋匠捷连季。浅色头发的赤脚姑娘脸色发白。她的眼睛张得大大的，嘴唇在颤抖。

“大叔，捷连季在哪里？”她逢人就问。谁也没有回答她。大家都在关心即将来临的暴风雨，纷纷躲到各自的小木房里去。最后她碰到教堂工友西兰季·西雷奇，他是捷连季的好朋友。他让风吹得摇摇晃晃地走过来。

“大叔，捷连季在哪里？”

“在菜园子里。”西兰季回答说。

讨饭的小姑娘就跑到小木房背后的菜园子里，在那里找到了捷连季。鞋匠捷连季是个身材高大的老人，瘦脸上长着麻子，腿很长，光着脚，身穿一件破烂的女人上衣，站在菜畦旁边用昏花的醉眼眺望乌云。他的身子由长得像仙鹤般的腿支撑着，在风中摇摇晃晃，像是一个椋鸟巢。

“捷连季大叔！”浅色头发的讨饭姑娘对他说，“大叔啊，你是我最亲爱的人！”

捷连季弯下腰来凑近菲奥克拉，他那严肃的醉脸上满是笑容。人只有在看见一个傻里傻气，却又极其可爱的小东西的时候才会露出这样的笑容。

“啊，啊……上帝的仆人菲奥克拉！”他学着小孩的腔调温柔地说，“上帝是从哪里把你打发来的？”

“捷连季大叔，”菲奥克拉拽住鞋匠的衣襟，哭着说，“哥哥丹尼尔卡惹祸了！我们快去吧！”

“惹了什么祸？哎呀，好响的雷！上帝保佑、上帝保佑、上帝保佑……什么祸呀？”

“丹尼尔卡在伯爵的树林里，把一只手伸进树窟窿里，现在拔不出来了。去吧，大叔，你行行好，给他把手拔出来！”

“他怎么会把手伸进去的？干吗伸进去？”

“他想替我从树窟窿里掏出一个布谷鸟蛋来。”

“一天才刚刚开头，你们就遇到了不幸……”捷连季慢腾腾地吐了一口唾沫，摇着头说，“那，现在叫我拿你怎么办呢？只好去吧……只好去吧，让狼把你们吃掉吧，这些淘气的孩子！咱们走，孤儿！”

捷连季抬高他的长腿走出菜园，开始沿着街道大踏步走下去。他走得很快，既不看两旁，也不停住脚，好像有人在后头推他，或者威胁着要追上来似的。讨饭的姑娘菲奥克拉在后边几乎跟不上他。

两个旅伴走出村外，顺着尘土飞扬的道路往远处伯爵的那片绿得发青的小丛林走去。到那边有两俄里远。乌云已经遮蔽太阳，不久天空就连一小块蔚蓝的地方也没有了。天黑下来。

“上帝保佑，上帝保佑，上帝保佑。”菲奥克拉紧紧地跟在捷连季身后，小声念着。

头一批又大又重的雨点似一个个黑点落在铺满尘土的道路上。有一颗大雨点落在菲奥克拉脸上，像泪水似的淌下来，一直淌到她的下巴上。

“下起雨来了！”鞋匠咕哝说，他那双骨瘦如柴的光脚扬起尘土，“这要感谢上帝，小家伙菲奥克拉。青草和树木靠雨水活着，就跟我们靠面包活着一样。讲到打雷，那你不要怕，小孤儿。雷何苦来劈死你这么一个小不点儿呢？”

天一下雨，风就停了。只有雨声哗哗地响，像霰弹那样打着地里的嫩黑麦和干燥的道路。

“我和你都得淋湿，菲奥克拉！”捷连季咕哝说，“身上别想有一块干地方了……哈哈，小家伙！雨水顺着脖子流下去了！可是你不要怕，傻姑娘……草会干，地会干，我和你也会干的。太阳只有一个，它照着世上的万物。”

闪电在两个旅伴的头上一闪，大约有两俄丈长。隆隆的雷声响了起来，菲奥克拉觉得好像有个东西又大又重，而且似乎是圆的，在天空滚转，正好在她头顶上撞破天空。

“上帝保佑，上帝保佑，上帝保佑……”捷连季在胸前画着十字说，“你不要怕，小孤儿！天打雷不是因为生气。”

鞋匠和菲奥克拉的脚上粘满一块块沉重的烂泥。走路吃力，路又滑，可是捷连季越走越快……矮小孱弱的讨饭姑娘走得上气不接下气，几乎跌倒。

可是后来他们终于走进了伯爵的丛林。那些被淋过的树木让猛然袭来的大风一刮，向他们身上泻下水流。捷连季脚底下常绊着树桩，就渐渐走慢了。

“丹尼尔卡在哪里？”他问，“你把我领到他那里去！”

菲奥克拉领着他走进密林里，又走了四分之一俄里，才把丹尼尔卡指给他看。她哥哥是个八岁的小男孩，头发像赭石那么红，脸色苍白，带着病容，这时站在那里，身子靠着一棵树，歪着头，斜起眼睛看着天空。他一只手抓住破旧的小帽子，另一只手藏在一棵老椴树洞里。男孩仔细观看打雷的天空，显然对他自己的灾难毫不在意。他听见脚步声，看到了鞋匠，就苦笑着，说：

“打雷打得好响啊，捷连季！这样的雷我从没见过……”

“你的手在哪里？”

“在树洞里……你行行好，把它拉出来吧，捷连季！”

树洞的边缘有裂口，夹住丹尼尔卡的手：再往里伸倒可以，要抽出来却怎么也不行。捷连季拆下碎片，男孩的又红又皱的手就抽出来了。

“雷打得好响！”男孩又说一遍，搔了搔手，“天上怎么会打雷的，捷连季？”

“这块乌云撞那块乌云呗……”鞋匠说。

三个旅伴从树林里走出来，沿着林边空地往乌黑的路上走去。雷声渐渐小下去，隆隆声已经逐渐远去，在村子另一边响着。

“这里，捷连季，前几天有野鸭飞过……”丹尼尔卡仍然在搔他的手，说着，“它们多半在‘烂泥滩’那块沼泽地里停下了。菲奥克拉，你要我带你去看夜莺的窝吗？”

“你别碰它，要不然你会惊动它们的……”捷连季说着，把自己帽子上的水拧出来，“夜莺是唱歌的鸟儿，没有罪过……它长着那样的嗓子，就为了赞美上帝，给人解闷的。惊动它可是罪过。”

“那么麻雀呢？”

“惊动麻雀倒没关系，这种鸟儿凶恶、阴险。它脑子里那些想法跟骗子差不多。它不让人过好日子。当初基督给钉在十字架上的时候，它们衔钉子给那些犹太人，还叫道：‘活活钉死！活活钉死！’”

天上露出浅蓝色的一块地方。

“快来看啊！”捷连季说，“一个蚂蚁窝给冲开了！那些调皮的小东西都让水淹了！”

几个旅伴都弯下腰去凑近蚂蚁窝看。洪水冲毁了蚂蚁的住处。那些虫子惶惶不安地在泥地上乱爬，在它们淹死的同伴身旁忙忙碌碌。

“你们不会出事，死不了！”鞋匠笑着说，“只要太阳一出来，你们就会活过来……这对你们这些傻瓜也是个教训。下一回你们就不会住在低处了……”

他们往前走去。

“这里有蜜蜂！”丹尼尔卡指着一棵小橡树的枝子，叫道。

树枝上停着好些淋湿了的和受了凉的蜜蜂，它们彼此紧紧地依偎着。蜂是这么多，连树皮和树叶都被它们盖住，看不见了。许多蜂踩在别的蜂身上。

“这是蜂群，”捷连季教导说，“它本来飞着找住处，一淋雨就停下了。要是蜂群在飞，只要给它洒上水，它就会停下。现在，比方说，如果你要把它们捉去，你就把那根有蜂群的树枝塞进一个口袋里，抖搂几下，它们就全掉在里头了。”

小菲奥克拉忽然皱起眉头，使劲搔脖子。她的哥哥看看她的脖子，瞧见上面肿了一大块。

“嘻嘻！”鞋匠笑着说，“你可知道，小菲奥克拉，这个灾难是怎么来的？这个树林里有些斑蝥停在树上。水从它们身上流过，正好滴在你的脖子上，所以就肿了一大块。”

太阳从云层里钻出来，温暖的阳光照射着树林、田野和我们的旅伴。可怕的乌云已经走远，把暴风雨也带走了。空气变得温暖而芬芳，散发着稠李、甜苜蓿、铃兰的清香。

“鼻子出血的时候，就用这种野草来治，”捷连季指着一朵毛茸茸的小花说，“一用就灵……”

这时响起了呼啸声和隆隆声，然而不是刚才雨云带走的雷声。一列载货的火车在捷连季、丹尼尔卡、菲奥克拉眼前飞驰过去。火车头喷着气，冒出黑烟，后面拖着二十几节车皮。它的力量非同小可。两个孩子很想知道：火车头既不是活物，又没有马来帮忙，怎么就能自己跑动，而且拉着那么重的东西呢。捷连季就开口对他们解释说：

“这里，孩子们，关键就在于蒸汽……蒸汽在干活……所以它使劲顶住车轮旁边的那个东西，那个东西就那个……这个……动起来了……”

几个旅伴穿过铁道的路基，然后走下路堤，往河边走去。他们不是为办事而赶路，却是眼睛看到哪里就走到哪里，一路上不住谈话。丹尼尔卡问，捷连季回答……

捷连季对一切问题都答得上来，自然界简直没有一种能难倒他的秘密。他知道一切。例如，各种野草、野兽、石头的名字，他全知道。他知道什么草治什么病，毫不困难地识别出马或者牛有多大年岁。他观察日落、月亮、鸟儿，就能说出明天是什么天气。也不单是捷连季一个人这样聪明。西兰季·西雷奇、酒店老板、种菜园的人、牧人，总之全村的人，所知道的都不下于他。这些人不是从书本上，而是在野外、在树林里、在河岸上学来的。是那些为他们歌唱的鸟，在日落的时候留下满天红霞的太阳，那些树木和青草，把他们教会的。

丹尼尔卡望着捷连季，贪婪地把他讲的每句话都听进去。春天，在人们还没有厌倦温暖的气候和野外那种单调的碧绿的时候，在一切都新奇，到处都有焕然一新的气息的时候，谁会没有兴趣听人讲一讲金龟子，讲一讲仙鹤，讲一讲吐穗的麦子和潺潺的小溪呢？

鞋匠和孤儿两人在野外走着，讲个不停，不感到疲倦。他们恨不得无休止地走遍天下。他们走着，不住地谈大地的美丽，却没留意到那个矮小孱弱的讨饭姑娘迈着细碎的步子跟在他们身后。她举步费力，气喘吁吁。泪水挂在她的眼睛上。她巴不得离开这两个不知疲倦的游客，可是她能到哪里去呢，又去找谁呢？她既没有家，也没有亲人。不管她愿意不愿意，只能跟着他们走，听他们谈话。

将近中午，三个人在河岸上坐下。丹尼尔卡从袋子里取出一块面包，那块面包已经浸透了水，变成一团面糊了。几个旅伴开始吃了起来。吃完面包，捷连季就祷告上帝，然后在河岸的沙地上直挺挺地躺下，睡着了。他睡觉的时候，男孩看着河水沉思。他有各式各样可想的东西。他刚见到的雷雨、蜜蜂、蚂蚁、火车，现在他眼前又有些小鱼游来游去。有的小鱼只有一俄寸多长，有的还不及人的指甲盖长。一条蝮蛇昂起头，从河岸这边往那边游去。

直到傍晚，我们这几个游客才回到村子里。两个孩子走到谷仓里去过夜。那个谷仓以前用来存放村社的粮食，现在已经废弃不用了。捷连季同他们分手后，动身到酒店去。两个孩子互相依偎着，躺在干草上睡觉了。

男孩没有睡着。他看着黑暗，觉得仿佛见到了他白天见到的一切：乌云、明亮的太阳、鸟儿、小鱼、身材细长的捷连季。丰富的印象、疲乏、饥饿起了作用。他浑身发烧，像在火里一样，不住翻身。他很想对别人讲讲他目前在黑暗里看见的那一切使他灵魂激动的东西，可又找不到可以交谈的人。菲奥克拉还小，她是不能理解的。

“明天我要跟捷连季讲一下……”男孩在想。

两个孩子想着无家可归的鞋匠，睡着了。夜间，捷连季走到他们这里来，对他们画十字祝福，把一块面包放在他们头边。这样的深情厚意却没有人看见。也许只有唯一的月亮看见了，它正在天空飘游，从房顶的窟窿里亲切地朝那个废弃的谷仓里张望。

在贵族女子寄宿中学里

在热夫泽姆夫人的私立贵族女子寄宿中学里，时钟敲了十二下。精神萎顿、体质很差的女学生们互相拉着手，在长廊上规规矩矩地散步。脸色发黄、长着雀斑的女学监们脸上露出极其担心的神情，目不转睛地瞅着女学生们，尽管她们非常安静，却还是不时用法国话叫道："小姐们！安静！"

在教师室这个最神圣不可侵犯的神秘房间里，热夫泽姆夫人和数学教师德里亚文坐在那里。教师早已教完课，这时应该走了，可德里亚文留了下来，想要求他的上司给他加薪。他知道"老滑头"的吝啬，就没有开门见山，而是转弯抹角地提出加薪的问题。

"我见到您的脸，比扬卡·伊万诺芙娜，就想起了过去……"他说着，不住叹气，"从前，在我们那个时代，有过多么出色的美人儿！主啊，什么样的美人儿！看得你神魂飘荡哟！可是现在呢？美人儿绝种了！真正的女人如今没有了，都是些，求主饶恕我这么说吧，鹡鸰和棱鲱……一个比一个差……"

"不，现在也有许多漂亮的女人！"热夫泽姆口齿不清地说。

"在哪里？您指给我看：在哪里？"德里亚文激昂地说，"得了吧，比扬卡·伊万诺芙娜！都因为您心好，您才把大鳇鱼那样的嘴脸也叫做美人儿，我了解您！请您原谅我打这样的比方，总之，我是真心诚意跟您说这话的。昨天我在音乐会上特意端详那些女人，都是一张张丑脸，一条条罗圈腿！喏，就拿我们这里的最高年级班来说吧。要知道那些姑娘都是含苞未放的鲜花，都是到了出嫁年龄的大姑娘，都是所谓的精华，可是怎么样呢？她们一共是十八名，然而连一个好看的也没有！”

“这话就不对了！不管你去问谁，人人都会对您说，我的最高班里有许多长得好看的姑娘。比如说，科奇金娜、伊万诺娃、帕利采娃……帕利采娃简直就像画中的美女！我是女人，可是就连我也看得入迷啦……”

“这就怪了……”德里亚文嘟哝说，“她没有什么好看的地方……”

“那双漂亮的黑眼睛！”热夫泽姆激动地说，“黑得跟墨一样！您看一看她吧：她……她真是十全十美！换了在古时候，人家就会按照她的相貌画女神呢！”

德里亚文有生以来从没见过像帕利采娃这样的美人，然而贪图加薪的热望压倒了公正的态度，他继续向“老滑头”证明现在没有美女……

“比起某位成熟的夫人的脸，可差远了，”他说，“虽然青春和娇嫩是见不到了，可是五官端正的面貌总使人悦目……要紧的是五官端正！可是您那个帕利采娃的脸上，说不上什么五官，只能说是一种酸溜溜的……酸奶油……”

“这是说，您没有仔细打量过她……”热夫泽姆说，“您应当先仔细打量一下，然后再发表见解……”

“她没有什么好看的地方嘛。”德里亚文阴沉地叹道。

热夫泽姆跳起来，走到房门口，叫道：

“去把帕利采娃叫到这里来！您仔细看一看她，”她离开门口，对教师说，“您要注意她的眼睛，注意她的鼻子……比那再好看的鼻子全俄国也找不到了。”

过了一会儿，帕利采娃走进教师室里来。她是个十七岁的姑娘，肤色浅黑，身材苗条，生着一对大大的黑眼睛和一个漂亮的希腊式的鼻子。

“您走过来一点……”热夫泽姆用严厉的声调对她说，“德里亚文先生对我抱怨说，您……您对数学课不大用心。总的说来您思想不集中，而且……而且……”

“而且在代数方面您学得很差……”德里亚文嘟哝说，细看帕利采娃的脸。

“惭愧啊，帕利采娃！”热夫泽姆继续说，“这不好！难道您希望我把您当小孩子那样惩罚吗？您已经长大成人。应该给别人做出榜样，不应该举动不得体……可是……您走过来一点！”

热夫泽姆另外还说了许多“老生常谈”的话。帕利采娃心不在焉地听她讲话，鼻子翕动，眼睛越过德里亚文的头顶，瞅着窗外……

“为了她，哪怕牺牲一切都嫌不够哟，”数学教师凝视着她，在想，“这个姑娘美极了！她的鼻子不住翕动，这个淘气鬼……她感觉到六月间她就要离开学校，自由自在了……一旦让她走出学校大门，那么这个热夫泽姆也好，蠢货德里亚文也好，代数也好，她就一概丢在脑后了……她才不稀罕代数呢！她需要广阔天地、灿烂的光辉……需要生活……”

德里亚文叹口气，继续在想：

“嘿，这两个鼻孔！不出一个月，我的代数就全部见鬼去了。唉！……德里亚文成了灰色而乏味的回忆。你要是遇见她，她就光是翕动鼻子，也不跟你打招呼。她不让马车把你轧死，就算你万幸……”

“良好的成绩只有靠用功和勤奋才能取得，”热夫泽姆继续说，“可是您不用心……如果将来再有人抱怨您，我就不得不惩罚您了……羞愧！”

“你，天使，不要听这个干巴巴的柠檬皮的话，”德里亚文想，“这一点也说不上羞愧……你比我和她加在一起还要好得多呢。”

“走吧！”热夫泽姆厉声说道。

帕利采娃行了个屈膝礼，走了出去。

“嗯，怎么样？现在您看清楚了吧？”热夫泽姆问。

德里亚文没听见她的问话，仍然在思索。

“怎么样？”女上司又问一遍，“依你看来，她不好看？”

德里亚文呆呆地望着热夫泽姆，醒悟过来。他想起加薪的事，就打起了精神。

“您就是杀了我，我也找不出一点好看的地方来……”他说，“喏，您上了年纪，可是您的鼻子和眼睛却比她好看得多呢……我敢凭人格担保……您照一照镜子看！”

最后热夫泽姆夫人同意了，于是德里亚文加了薪。

在别墅里

“我爱您，您是我的生命，我的幸福，我的一切！请原谅我直言不讳，我没有力量再痛苦，再沉默了。我不求您以爱情回报，只求您怜悯我。今晚八时请到那个旧亭子去……我认为署我的名是多此一举，可是请不要因匿名而害怕。我年轻、漂亮……您还需要什么呢？”

别墅的住客巴维尔·伊万内奇·维霍采夫，这个有家小而且正派的人，读完这封信，耸耸肩膀，纳闷地搔了搔额头。

“这是什么鬼把戏？”他在想，“我是个结了婚的人，突然间来了这么一封古怪而……愚蠢的信！这是谁写的呢？”

巴维尔·伊万内奇把这封信放在眼睛前面翻动了一下，又读了一遍，吐了口唾沫。

“‘我爱您’……”他讥诮道，“把我当成小孩子！我真会接到信就跑到亭子里去找你啊！……我的妈呀，这种浪漫的事情和恋爱之花[1]，我早就不习惯了……嗯，她一定是个放肆的、头脑简单的女人……哼，这班娘们儿！她一定是个极其轻佻的女人，才会给不相识的而且成了家的男人写这样的信，求主宽恕我这么说吧！真正的伤风败俗！”

在婚后的八年生活里，巴维尔·伊万内奇已经不习惯细腻的感情，除了贺信以外从没收到过别的什么信，因此，尽管他极力使自己显得神气活现，上述那封信却还是强烈地使他感到不知所措，心情不安。

收到信后过了一个钟头，他躺在长沙发上想：

“当然，我不是小孩子了，不会跑去赴这种荒唐的幽会。但我仍然有兴趣想知道：这信是谁写的？嗯……看信上的字，毫无疑问，是女人的笔迹……信也写得诚恳，说的是心里话，所以这未必是开玩笑……多半是个变态心理的女人或者寡妇吧……一般说来，寡妇总是轻佻、乖僻的。嗯……这信会是谁写的呢？”

要解答这个问题尤其困难，因为在整个别墅区里，巴维尔·伊万内奇除了妻子以外，一个熟识的女人也没有。

“奇怪……”他困惑不解地想，“‘我爱您’……到底她是什么时候爱上我的呢？奇怪的女人！她就这么爱上了，突如其来，甚至没有跟我相识，也没有弄清楚我是一个什么样的人……要是只见过两三次面就能爱上一个人，那她必然是过于年轻，富于幻想……可是……她是谁呢？”

忽然，巴维尔·伊万内奇想起昨天和前天他在别墅区散步，有好几次遇见一个年纪很轻的金发女人，穿着一身浅蓝色的衣服，长着狮子鼻。娇小的金发女人不时瞟他一眼，临到他在长椅上坐下，她也在他身旁坐下……

“她？”维霍采夫在想，“不可能吧！难道那个温柔娇小的人儿能够爱上我这样既老又乏味的鳗鱼？不，这不可能！”

吃午饭的时候，巴维尔·伊万内奇呆望着妻子，沉思道：

“她写道，她年轻漂亮……这就是说，她不是老太婆……嗯……说真心话，凭良心讲，我也还不算老，不算难看，还没到叫人无法爱的地步……我的妻子就爱我！再说，爱情是盲目的……”

“你在想什么？”他妻子问他说。

“没想什么……有点头痛……”巴维尔·伊万内奇撒谎说。

他认为，关注像这封情书之类的无聊玩意儿，那是愚蠢的，他嘲笑这封信以及写信的女人，但是——唉！魔鬼是强有力的。饭后，巴维尔·伊万内奇在床上躺着，却没睡觉，而在想：

---

① 原文为法语的俄语拼音。

“要知道，也许她在期望我去呢！她是个蠢妞啊！可不是，我想象得出，她在亭子里找不到我，就会心乱如麻，急得腰衬也会颤动！可是我偏不去……滚她的！”

不过，我要再说一遍，魔鬼是强有力的。

“话又说回来，只是出于好奇也不妨去一趟……”别墅的住客过了半个钟头想道，“去一趟，远远地看一下她是个什么样的人！瞧一眼倒是有趣的！真是可笑的事！说真的，既然提供了适当的机会，何不逢场作戏呢？”

巴维尔·伊万内奇从床上起来，开始穿衣服。

“你打扮得这么漂亮上哪里去？”他妻子发现他穿上干净的衬衫，扎着时髦的领结，问道。

“没什么……我想出去走一走……我有点头痛……嗯……”

巴维尔·伊万内奇穿着好了，等到七点多钟就从家里走出去。他放眼望去，只见夕阳照射的碧绿背景上，五光十色地点缀着许多消夏的客人，男男女女，打扮得漂漂亮亮，他的心就怦怦地跳。

“她们中的哪一个呢？”他想，羞怯地斜起眼睛瞟着消夏的女人们的脸，“那个金发的小女人却没有看到……嗯……如果信是她写的，那她一定在亭子里坐着……”

维霍采夫顺着林荫路走去。路的尽头，在高大的椴树的嫩叶后面，露出了“旧亭子”……他慢腾腾地往那边走去。

“我远远地看一下就是……”他想，迟疑地往前走着，“咦，我为什么胆怯？我又不是去赴幽会！这样的……蠢货！大胆地走吧！即使我走进亭子里去又怎么样？得了，得了吧，何必进去呢！”

巴维尔·伊万内奇的心跳得越发厉害了……他无意之中，忽然，不由自主地想象那亭子里半明半暗的情景……在他的想象中闪过那个身材苗条的金发小女人，长着狮子鼻，穿着浅蓝色衣服……他暗自想象她怎样为她的爱情害臊，周身发抖，怯生生地走到他跟前来，呼吸急促……突然把他紧紧抱住。

“要是我没结婚，这倒也没什么关系……”他把那些有罪的想法从头脑里赶出去，心想，“不过……这样的事一辈子也不妨经历一次，要不然可就白白地死掉，不知道这种事是什么滋味……那么我的妻子……嗯，她会怎么样呢？谢天谢地，八年来我一步也没离开过她……八年来，一直规规矩矩，一点坏事也没做过！跟她也相处得够好了……甚至有点遗憾……不管怎样，对她我得有意变一回心！”

巴维尔·伊万内奇浑身发抖，屏住呼吸，走到攀附着常春藤和野葡萄藤的亭子跟前，往里看了一眼……有一股潮气和霉气扑到他脸上来。

“似乎没有人……”他想着，走进亭子里，可是立刻看见角落里有个人影……

从身体的轮廓看，那是个男人……巴维尔·伊万内奇仔细一瞧，认出那个人就是他的内弟，大学生米佳，如今在他的别墅里住着。

“啊，是你？……”他边脱帽子，边坐下，用不满的声调嘟哝道。

“对，是我……”米佳回答说。

大约沉默了两分钟……

“请原谅我，巴维尔·伊万内奇，”米佳开口说，“我求您让我一个人待在这里……我在构想副博士论文……不管有谁待在这里，都会妨碍我……”

“那么你到幽暗的林荫路上找个地方去走一走……”巴维尔·伊万内奇温和地说，“在新鲜空气里容易思考些，再者……那个……我想在这里的长椅上睡一会儿……这里不那么热……”

“您是要睡觉，而我是要构思论文啊……”米佳唠叨说，“论文重要得多……”

接着又是沉默……巴维尔·伊万内奇这时心猿意马，不时听见脚步声，他忽然跳起来，带着哭声说：

“哎，我求求你，米佳！你比我年轻，应当尊重我……我不舒服，我想睡觉……你走吧！”

“这是利己主义……为什么一定得让您待在这里，而不能让我待在这里呢？从原则上讲，我不走……”

“哎，我求求你！就算我是利己主义者，暴君，蠢货吧……可是我求求你！我一辈子只求你这一次！你尊重我吧！”

米佳摇头……

“简直是畜生……”巴维尔·伊万内奇在想，“有他在场，幽会就搞不成了！有他在场可不行！”

“你听我说，米佳，”他说，“我最后一次求你……你该表明你是个聪明的、有人道主义思想的、受过教育的人才是！”

“我不明白您为什么纠缠不休……”米佳耸起肩膀说，“我已经说过我不走，那我就不会走。从原则上讲，我留在这里不走了……”

这时候忽然有一张女人的脸，长着狮子鼻，往亭子里瞧了一眼。

那张脸看见米佳和巴维尔·伊万内奇，就皱起眉头，不见了……

“她走了！”巴维尔·伊万内奇在想，恶狠狠地看着米佳，“她一瞧见这个混蛋，就走掉了。这件事全完了！”

再等了一会儿，维霍采夫就站起来，戴上帽子，说：

“你是畜生、混蛋、流氓！对了！畜生！你下流，而且……而且愚蠢！我们的关系从此一刀两断！”

“我非常高兴！”米佳嘟哝道，也站起来，戴上帽子，“您要知道，您刚才赖着不走，是故意跟我作对，这件事我到死也不会原谅您！”

巴维尔·伊万内奇走出亭子，气得发昏，迈开大步，很快地往他的别墅走去。就连看见摆好晚饭的饭桌，他也没消掉火气。

“好不容易一辈子碰上这么一次机会，”他激动地想道，“却给人破坏了！现在她一定觉得受了委屈……伤心极了！”

晚饭席上，巴维尔·伊万内奇和米佳都瞧着各自的菜碟，阴沉地默默不语……两个人都从心底里痛恨对方。

“你干什么笑嘻嘻的？”巴维尔·伊万内奇对妻子发脾气说，“只有傻娘们儿才无缘无故地笑！”

妻子瞅着丈夫气忿的脸，扑嗤一声笑出来……

“你今天早晨收到一封什么信？”她问。

“我？……我什么信也没收到啊……”巴维尔·伊万内奇发窘地说，“您想到哪里去了……胡思乱想……”

“嗯，是啊，你讲出来吧！你得承认，你收到了信！要知道，那封信是我寄给你的！我凭人格担保，信是我写的！哈哈！”

巴维尔·伊万内奇脸涨得发紫，低下头去凑近菜碟。

“荒唐的玩笑。”他嘟哝说。

“可是有什么办法呢？你自己想一想……我们今天得擦地板，可是怎么才能把你们从家里撵出去呢？只有这样的办法才撵得出去啊……不过你也别生气，蠢材……要知道，为了让你在亭子里不至于闷得慌，我也给米佳寄了那么一封信！米佳，你到亭子里去过了吧？”

米佳苦笑一下，不再满心痛恨地瞧他的情敌了。

闲得无聊

别墅里的爱情故事

公证人尼古拉·安德烈耶维奇·卡皮托诺夫吃完中饭，点上雪茄烟，走到他的寝室去休息。他躺下来，为了抵挡蚊子而在身上盖一块薄纱，闭上眼睛，可是睡不着。他吃下去的葱加上冷杂拌汤，搅得他胃里灼痛得无法睡觉。

"不，今天我睡不着了，"他翻来覆去五次后拿定主意，"那我就看看报吧。"

尼古拉·安德烈耶维奇起床，披上家居袍，穿着袜子，没穿拖鞋，就走到自己的书房里去取报纸。他没有料到书房里正有个远比胃气痛和报纸有趣的场面等着他去看呢！

他刚刚跨进书房门槛，眼前就展开一幅画面：他的妻子安娜·谢苗诺芙娜，一个三十三岁的女人，正在丝绒躺椅上半倚半躺着，把脚放在小凳上，她那漫不经心、懒洋洋的样子类似通常在画上见到的埃及克娄巴特拉用毒蛇自杀的姿态。卡皮托诺夫家的家庭教师，技术学院大学一年级学生万尼亚·休帕利采夫单膝跪在她头边，他脸色绯红，没留胡子，年纪才十九到二十岁。这幅"活生生的画"的含意是不难理解的，在公证人走进去前，太太和青年的嘴必是合在一起，吻了很久，缠绵而热烈。

尼古拉·安德烈耶维奇一下子站住，像是脚底下生了根似的，屏住呼吸，等着看随后还会发生什么事，可是又忍不住，咳嗽了一声。技术学院学生回过头来朝咳嗽声方向一看，瞧见公证人，霎时间愣住了，然后涨红脸，跳起来，跑出了书房。安娜·谢苗诺芙娜窘住了。

“好哇！可爱得很啊！”丈夫鞠着躬，摊开双手，开口说，“我给你道喜！可爱得很，妙极了！”

“你自己也可爱得很……站在外边偷听！”安娜·谢苗诺芙娜喃喃地说，极力要辩白。

“谢谢！真是出色！”公证人继续说，张开嘴得意地微笑，“这一切，小母亲，表演得那么好，我情愿出一百卢布再看一次。”

“根本没什么事……这都是你自己想象出来的……甚至愚蠢得很……”

“嘿，是啊，那么是谁在接吻呢？”

“接吻……是有的，只此而已……我简直不明白你想到哪里去了……”

尼古拉·安德烈耶维奇讥诮地瞧着妻子发窘的脸，摇了摇头。

“年纪大了，想吃小嫩黄瓜了！”他用唱歌般的声调说，“大白鲟鱼的肉吃腻了，于是就想尝一尝沙丁鱼。哎，你啊，不要脸！不过这又有什么可奇怪的？到了巴尔扎克的女主人公那种年龄！到那种年龄真是毫无办法！我明白！我明白而且同情！”

尼古拉·安德烈耶维奇在窗旁坐下，用手指头敲着窗台。

“你们就继续干你们的吧……”他打着呵欠说。

“胡说！”安娜·谢苗诺芙娜说。

“鬼才知道天气有多热！你该吩咐他们买点柠檬水什么的。就是啊，太太。我明白而且同情。所有那些接吻啦，惊叫啦，叹息啦……哎哟，我胃灼痛！……都不错，挺好，只是，小母亲不应当去搅扰那个男孩。对了，太太。那孩子善良，很好……头脑清醒，配得上最好的命运。应当爱惜他才是。”

“你一点也不明白。这个孩子没命地爱上了我，我呢，不过做了件顺顺他心意的事……让他吻我一下罢了。”

“爱上了你……”尼古拉·安德烈耶维奇讥诮说，“在他爱上你之前，恐怕你给他设下过一百个圈套和捕鼠器吧。”

公证人打个呵欠，伸了伸懒腰。

“怪事！”他望着窗外嘟哝着，“要是我也像你刚才那样毫无邪念地吻个姑娘，鬼才知道我会遭到什么样的痛骂：坏蛋！勾引女人！色鬼！可是你们这些巴尔扎克笔下的太太们呢，未受惩罚却过去了。下一回冷杂拌汤里不要放葱，要不然这种胃气痛活活要人的命……哎哟！你快去看看那个对象吧！那可怜的家伙正顺着林荫路飞跑呢，就像给火烫痛了似的，头也不回。说不定他在想：我会为了你这么一个宝货跟他开枪决斗。俗话说得好：淘气像猫，胆小如兔。你等着就是，草包，我给你点厉害看看！你反正跑不出我的手心去！”

“不，请你别对他说什么！……”安娜·谢苗诺芙娜说，“你别骂他，他一点错处也没有。”

“我不会骂他，我只随便说几句……开开玩笑罢了。”

公证人打了个呵欠，拿过报纸来，提起长袍的底襟，慢腾腾地回到自己的寝室。尼古拉·安德烈伊奇[1]躺了一个半钟头，看完报纸，就穿上衣服，出外去散步。他在花园里走来走去，兴致勃勃地挥动手杖，可是他远远看见技术学院大学生休帕利采夫，就把两条胳膊交叉在胸前，皱起眉头，迈步走过去，像内地的悲剧演员表演一个人准备跟情敌见面似的。休帕利采夫在梣树底下一张长椅上坐着，脸色苍白，浑身发抖，准备作出沉痛的解释。他装出雄赳赳的样子，露出严肃的脸色，其实，他却像通常所说的正在心惊肉跳。他见到公证人后，脸色越发惨白，呼呼地喘气，把两只脚温顺地缩到椅子底下。尼古拉·安德烈伊奇侧着身子走到他跟前，沉默地站了一会儿，眼睛没有朝他看，开口说：“当然，先生，您明白我想跟您说些什么。既然发生了我看见的那件事，我们之间的良好关系就不能延续下去了。是啊！激动妨碍我讲话，可是……不用我说，您也会明白，我和您不可能在同一个房顶下生活下去了。要么我住在

① 即安德烈耶维奇的简称。

这里，要么您住在这里！”

“我明白您的意思。”技术学院学生喃喃地说，费力地喘气。

“这个别墅是我妻子的，因此您尽管在这里住下去，我……我走就是。我到这里来不是为了责难您，不是的！责难和眼泪都不足以挽回一去不复的东西。我来是要问明白您的意图……”他讲到这里，停顿一下，“当然，我没有权利干预您的事，不过您会同意，我只想知道自己热爱的女人的未来命运，这在您看来，大概不能算是……完全不能算是一种干预吧。您打算同我妻子同居吗？”

“这话怎么讲？”技术学院学生发窘地说，把脚越发往长椅底下缩，“我……我不知道。这未免有点奇怪了。”

“我看得出您不愿意作出直截了当的答复，”公证人闷闷不乐地唠叨说，“那么我来直截了当地对您说吧！要么您把您勾引的女人接过去，想法供她生活，要么我们就开枪决斗。爱情使人承担一定的责任，先生，您作为正直的人，得理解这一点！我过一个星期就走，安娜和家里的人就此由您照管。我会为孩子们拨出一定数目的钱。”

“如果安娜·谢苗诺芙娜愿意的话，”青年喃喃地说，“那么我……我既是正直的人，就甘愿承担……不过话说回来，我穷！虽然……”

“您是个高尚的人！”公证人声音沙哑地说，使劲握了握技术学院学生的手，“我向您道谢！不管怎样，我给您一个星期考虑的时间。您好好想一下！”

公证人在技术学院学生的旁边坐下，用两只手蒙住脸。

“可是您怎样对待我！”他呻吟道，“您毁掉我的生活……夺去了我爱得比生命更重要的女人。不，我受不了这个打击！”

青年痛苦地瞧着他，搔搔额头。他不由得心惊胆战。

“这都怪您自己不对，尼古拉·安德烈伊奇！”他叹道，“头都砍掉了，那就不要为头发哭泣。您回想一下吧，您跟安娜结婚纯粹是图财……后来，您又不了解她的全部生活，压制她……她的心灵常常迸发出最纯洁高尚的感情，您却全不在意。”

“这是她跟您说的吗？”尼古拉·安德烈伊奇忽然把蒙住脸的手放下来，问道。

“对，就是她说的。我知道她的全部生活，而且……而且请您相信，我所以爱她与其说因为她是女人，不如说因为她是受难者。”

“您是个高尚的人……”公证人站起来，叹口气说，“再见，祝您幸福。我希望刚才在这里谈过的话只有你我两人知道，不向外人张扬。”

尼古拉·安德烈伊奇又叹口气，往屋里走去。

半路上他遇见安娜·谢苗诺芙娜。

“怎么，你在找你那个家伙？”他问，“你快去瞧一瞧，我叫他出了一身大汗！……不过你倒已经对他说过一大堆诉苦的话了！说真的，你们这班巴尔扎克笔下的女人都是什么作风呀！你们不能凭美貌和娇嫩取胜，就用诉苦，用无聊的空话去笼络人！你说了那么多的谎话！说什么我是图财结婚啦，我不了解你啦，我压制你啦，鬼话连篇……”

“我什么也没有对他说过！”安娜·谢苗诺芙娜红着脸说。

“得了，得了……反正我心里明白，我了解你的处境。你不用害怕，我不是责骂你。我只是为那个孩子难过。他那么好，老实，诚恳。”

傍晚来临时，黑暗遮蔽了整个大地，公证人再一次出外散步。傍晚天气很好。树木沉睡了，似乎任何风暴都不能惊醒它们年纪轻轻的春梦。繁星带着睡意从天空望着下界。花园后边的一个什么地方，有些青蛙在懒洋洋地鼓噪，一只猫头鹰在尖叫。远处的夜莺传来短促而断续的歌声，就像吹口哨似的。

尼古拉·安德烈伊奇在黑地里散步，走到一棵树顶宽阔的椴树底下，出人意外地碰上了休帕利采夫。

“您站在这里干什么？”他问。

“尼古拉·安德烈伊奇！”休帕利采夫开口说，声调激动得发抖，“我同意您的全部条件，不过……这未免有点奇怪。忽然间，您无缘无故变得不幸了……您痛苦，您说您的生活给毁掉了……”

“对，那怎么样呢？”

“如果您觉得受了侮辱，那么……虽然我不赞成决斗，我还是可以满足您的要求。如果决斗至少能使您感到略为轻松一点，那么，好吧，我准备好了……哪怕决斗一百次也行……”

公证人笑起来，搂住了技术学院学生的腰。

“得了，得了……别提这些了！我本来是说着玩的，亲爱的！”他说，“这是件瞎胡闹的小事。那个糟透的、渺小的女人不值得您为她说那些好话，心情激动。够了，青年人！咱们一块儿散散步吧。”

“我……我不明白您的意思……”

“这有什么不明白的。她是个糟透的、恶劣的娘们儿，如此而已！……您缺乏眼力，亲爱的。您干吗站住不走了？我讲到我妻子的话，您感到惊讶吧？当然，我不应当对您说这些话，不过目前既然您好歹是个当事人，也就用不着瞒住您。我老实跟您说吧：您对这件事啐口唾沫！得不偿失啊。她对您说的全是谎话，至于什么‘受难者’，她根本说不上。她是个巴尔扎克笔下的太太，变态心理的女人。愚蠢，信口开河。我用人格担保，亲爱的！我不是说笑话……”

“可是要知道，她是您的妻子啊！”技术学院学生惊讶地说。

“管她呢！我当初也跟您现在一样，后来结了婚，可是现在却巴不得离婚才好，可是……唉，办不到！……您啐口唾沫吧，亲爱的！要知道，这根本就谈不上什么爱情，纯粹是闹着玩，闲得无聊而已。要是您想闹着玩，那么，喏，娜斯佳来了……喂，娜斯佳，你到哪里去？”

“去取克瓦斯饮料，老爷！”一个女人的声音传过来。

“这我倒能理解，”公证人继续说，“至于所有那些变态心理的女人，受难者……滚她们的吧！娜斯佳是个蠢女人，然而她至少不装腔作势……我们还往前走吗？”

公证人和技术学院学生走出花园门外，回过头看一眼，两个人齐声叹了口气，往田野里走去。

生活的烦恼

根据富有经验的人的观察，连长老们也不容易跟当地的生活分手，这时，他们往往暴露他们的年龄所固有的吝啬和贪婪，以及多疑、胆怯、执拗、不满等。

——《神职人员实践须知》普·涅恰耶夫

上校夫人安娜·米哈伊洛芙娜·列别杰娃的独生女去世了，她是一个到了出嫁年龄的姑娘。她的死亡引来了另一种死亡：老太婆被上帝的光临惊吓得目瞪口呆，感到她过去的一切也无可挽回地随之死亡，现在，对她来说，开始了另一种生活，跟过去的生活很少有共同之处……

她杂乱无章地忙碌起来。首先她寄给阿丰山[1]上的东正教修道院一千卢布，把家里的一半银器捐献给墓园的教堂。过不多久她戒了烟，发誓再不吃肉了。然而她丝毫也不由此觉得轻松，正好相反，对自己日益衰老和死亡临近的感觉变得越发尖锐真切。于是安娜·米哈伊洛芙娜把她在城里的房子低价卖掉，没有任何目的地匆匆搬到自己的庄园上来住。

一旦人的头脑里不论用什么方式提出对生活目标的质疑，出现探索行将就木的实际需要，那么捐献也好，斋戒也好，从一个地方搬到另一个地方也好，都不能使人如愿以偿。然而对安娜·米哈伊洛芙娜来说，也真有福气，她刚搬到日尼诺村来，命运就把她引到一件事上去，促使她把日益衰老和死亡临近忘却了很久。恰巧在她到达那天，厨师马丁被开水烫伤了两只脚。他们派马车去接地方自治局的医生，可是他不在家。于是有洁癖的和敏感的安娜·米哈伊洛芙娜亲手给马丁洗伤口，抹上脂蜡合剂，给两只脚扎上绷带。她在厨师床旁守了一夜。多亏她出力，马丁总算不再呻吟，睡熟了，这时候她心里，如同她后来说的那样，“灵机一动”。她忽然觉得她的生活目标在她眼前出现，清清楚楚……她面色苍白，眼睛湿润，虔诚地吻了吻睡熟的马丁的额头，开始祷告。

从此以后，列别杰娃开始做医疗工作。在她如今回想起来总不免感到憎恶的那段有罪孽的和不洁净的生活当中，她由于闲着没事也常去找医生。

另外，在她的情人中，就有医生，她从他们那里多少学到点医道。如今这一切对她来说再切合需要也没有了。她订购了药箱、几本书、《医生报》，大胆地着手治病。起初只有日尼诺村的居民到她这里来就诊，可是后来附近各村的人也纷纷到她这里来了。

“您想一下吧，我亲爱的！”她来到此地三个月后，写信给牧师的妻子，夸耀说，“昨天我这里看病的人有十六个，今天却整整有二十人！我为他们忙得累极了，脚都站不稳。我手头的鸦片都用完了，您想想看！古利诺村痢疾流行！”

每天早晨醒过来，她想起病人在等她，心里就充满愉快的凉意。她穿好衣服，赶快喝完茶，就开始接待病人。接待病人的手续给她提供了说不出的快乐。首先她慢条斯理地把病人登记在一本簿子上，仿佛有意延长那种快乐似的，然后依次把一个病人叫进来。病人病得越重，病状越肮脏讨厌，她反而越觉得这个工作更愉快。她一想到她在克制嫌脏的心情，毫不顾惜自己，心里就再快乐也没有了。她清理化脓的伤口总是故意把时间拖长。有些时候她产生要极力强制自己本性的强烈愿望，仿佛对伤口的污秽和腥臭而兴高采烈似的，体验到一种狂妄的得意心情，在这样的时候，她觉得她的工作是至高无上的。她热爱她的病人。她的感情暗示她，他们这些

① 希腊境内的东正教的圣山。

人是她的恩人，她在理智上不愿意把他们看做个别的人，看做庄稼汉，而想把他们看做一种抽象的东西——人民！正是因为这个缘故，她才对他们异常温和、羞怯，为自己的错误在他们面前感到脸红，接待的时候总是露出负疚的样子……

每次接待病人都要占去大半天时间，完事后，她筋疲力尽，紧张得脸色发红，浑身不得劲，但她还要赶紧看书。她读医学书籍或者最合她心意的俄国作者的著作。

安娜·米哈伊洛芙娜自从过新的生活以后，感到生活很有生气，心满意足，几乎幸福了。她已不再奢望更充实的生活。在这个时候，仿佛给她添加了幸福，犹如正餐结尾加上一道甜食一样，情势是这样形成的：她同她的丈夫和解了，而她在丈夫面前是深深感到负疚的。十七年前，女儿出生后不久，她对她丈夫阿尔卡季·彼得罗维奇做过负情的事，不得不同他分居。从那时候起，她就没有再跟他见过面。他在南方一个地方做炮兵连长，有时给女儿写信来，大约一年两次，女儿总是把信仔细收藏好，不让母亲看见。可是女儿死后，安娜·米哈伊洛芙娜出乎意外地收到他的一封长信。他用苍老而无力的笔迹给她写道，自从独生女儿死后，他失去了最后一个使他同生活保持联系的人，又说他年老多病，巴望着死掉，同样却又害怕死亡。他抱怨说，一切都令他讨厌和憎恨，他跟人们不再能和睦相处，一心等着有朝一日把炮兵连交出去，从此走掉，躲开那些不愉快的事。他在信的结尾，要求妻子看在上帝分上为他祷告，要求她保重身体，不要过于伤心。两个老人开始热心地通信。从随后那些总是满纸辛酸、语调阴沉的信中，可以了解到，上校失魂落魄不仅仅是因为自己有病和女儿夭亡，他还欠下了许多债，同上司和军官们发生过争吵，他的炮兵连管理不善，没法交差，等等。夫妇间的信札往来，延续将近两年，最后老人递上辞呈，回到日尼诺村来长住了。

他是在二月间一天中午到达这里的，当时日尼诺村的房子掩藏在高雪堆后面，清澄的浅蓝色空间一片寂静，伴随着它的是酷寒，酷寒得树枝也会劈啪作响。

他下雪橇的时候，安娜·米哈伊洛芙娜朝窗外看，认不出他就是自己的丈夫。他成了个矮小而驼背的小老头，老态龙钟，精神萎顿。首先投入安娜·米哈伊洛芙娜眼帘的，是他那长脖子上苍老的皱褶以及膝部僵直不易弯曲的瘦腿，像是一双假腿。他付给马车夫车钱的时候，不知什么缘故对马车夫数说很久，临了生气地啐了一口唾沫。

“就连跟你们讲话都惹人讨厌！”安娜·米哈伊洛芙娜听见苍老的唠叨声，“要明白，讨赏钱是不道德的！人人都只应得到干活挣来的钱，就该这样！”

他慢慢走进前厅，安娜·米哈伊洛芙娜看见他那蜡黄的脸，连严寒也没有使它冻得发红，看见他那虾一般的暴眼睛和稀疏的胡子，那胡子本来是棕红色的，现在却夹着白须了。阿尔卡季·彼得罗维奇伸出一条胳膊去拥抱他的妻子，吻了吻她的额头。两个老人互相看一眼，仿佛为什么事害怕似的，窘得厉害，都好像为各自的衰老害臊一样。

“你来得正是时候！”安娜·米哈伊洛芙娜赶紧开口说，“饭桌刚刚摆好！你一路辛苦了，会吃得很香的！”

他们坐下吃饭。头道菜默默地吃完了。阿尔卡季·彼得罗维奇从衣袋里取出一个大钱夹来，仔细地看一些字条，他妻子呢，小心地搅和凉拌菜。两个人心里都有成堆的谈话资料，可是两人都不开口，都感到回忆女儿会引起极端的痛苦和盈眶的眼泪，往事冒出一股令人窒息的阴郁气味，仿佛打开了装醋的大桶一样……

“啊，你不吃肉了！”阿尔卡季·彼得罗维奇说。

“是的，我已发誓不吃肉了……”妻子轻声地回答说。

“好，这对健康并没有害处……如果进行化学分析，那么鱼类和一切斋期食品都是由那些跟肉差不多的成分构成的。实际上根本就没有什么素食……（‘我说这些干什么呢？’老头在想。）比方说，这黄瓜就是荤菜，跟童子鸡一样……”

“不……我吃黄瓜的时候，知道它没有被夺去生命，没有流血……”

“这，我亲爱的，是眼睛的错觉。你吃黄瓜也顺带吃下去很多纤毛虫，再者黄瓜本身不就有生命吗？要知道植物也是有机体。但鱼呢？”

“我说这些废话干什么？”阿尔卡季·彼得罗维奇又在想，立刻很快地讲起现在化学所取得的成就。

“简直是奇迹啊！”他边说，边费劲地嚼面包，“不久人们就会用化学方法做出牛奶，说不定还能做出肉来！是啊！一千年后，每个家庭的厨房就会换成化学实验室，用毫不值钱的煤气之类做出自己想吃的种种食品来！”

安娜·米哈伊洛芙娜瞧着他那不安地转动着的、虾一般的眼睛，听着。她觉得老头谈化学不过是为了不谈别的事罢了，但是，他关于荤食和素食的见解，她倒也听得很有趣。

“你辞职的时候已经做将军了吧？”她等到他突然沉默下来，开始擤鼻子，就问道。

“对，我做将军了……人家称呼我‘大人’了……”

吃饭的时候，将军一直讲话，唠叨不停，因而显得异常饶舌，这却是以前他年轻的时候安娜·米哈伊洛芙娜没有见过的一种特点。由于他唠唠叨叨，老太婆头痛得厉害。

饭后他走到他的房间里去休息，但是尽管疲劳，却睡不着觉。快要喝晚茶的时候，老太婆走到他的房间里去看他，他躺在那里，盖着被子，蜷着身，瞪大眼睛瞧着天花板，发出断断续续的叹息声。

“你怎么了，阿尔卡季？”安娜·米哈伊洛芙娜一看到他那变成灰白的和拉长的脸，惊慌地说。

“没……没什么……”他说，“风湿病。”

“可是你为什么不早点说呢？说不定我能帮助你！”

“你帮不上忙……”

“如果是风湿病，那就该擦碘酒……再服用水杨氧化钠……”

“这些都没用……我治过八年了……你不要把脚顿得这么响！”将军忽然对老太婆的使女吆喝道，气冲冲地对她瞪起眼睛，“像马蹄声那么响！”

安娜·米哈伊洛芙娜和使女已经很久没有听到过这样的口吻，面面相觑，涨红了脸。将军看出她们的窘态，皱起眉头，翻过身去，脸朝着墙。

“我得预先告诉你，安纽塔……”他呻吟道，“我的脾气糟透了！我年纪一老，变得爱挑剔了……”

“应当克制自己……”安娜·米哈伊洛芙娜叹口气说。

“说说倒容易：‘应当’！应当没有病才是，可是大自然偏偏不听我们的‘应当’！哎哟！安纽塔，你走吧……我发病的时候，有外人在场反而惹得我生气……说话也费力……”

一天天，一个个星期，一个个月，过去了。阿尔卡季·彼得罗维奇渐渐处熟了新的地方：他习惯了，别人对他也习惯了。最初他住在家里不出门，然而整个日尼诺都可以感觉到他的衰老和他难缠的脾气。一般他醒得很早，凌晨四点钟光景，他的一天是以他的苍老刺耳的咳嗽声开始的，这就惊醒了安娜·米哈伊洛芙娜和所有的仆人。为了设法消磨从凌晨起到中饭的这段漫长时间，如果风湿病没有锁住他的两条腿，他就在各个房间里徘徊，挑剔他在各处见到的凌乱。所有的一切都惹得他气愤：仆人懒惰、脚步声太响、公鸡啼鸣、厨房冒烟、教堂打钟……他挑毛病、骂人、支使仆役，然而每一次骂过人后，总要抱住头，用要哭的声调说：

“上帝啊，我的脾气真坏！这脾气糟透了！”

在饭桌上，他吃得很多，唠叨不停。他讲社会主义，讲新的军事改革，讲卫生。安娜·米哈伊洛芙娜听着，觉得他说这些话，无非是要避免谈到女儿，谈到往事罢了。两个人在一起相处仍然感到别扭，仿佛为什么事害臊似的。只有到了傍晚，房间里笼罩着幽暗，炉子后边的蟋蟀悲凉地嚁嚁叫的时候，这种别扭才消失。他们并排坐着，默默不语，同时他们的心灵却似乎在低声交谈他俩不敢说出口的话。这时候，他们用生命的余热互相温暖着，清楚地知道自己和对方在想些什么。可是有个使女送进一盏灯来，老头就又开始说个不停，或者对杂乱无章唠叨着。他什么事也没有。安娜·米哈伊洛芙娜有意拉他一起做医疗工作，可是他头一次接待病人就打呵欠，闷闷不乐。引他看书也办不到。他在任职期间习惯于看一阵书就丢开，因而不能长久看书，不能一连看几个钟头。他只要读上五六页就厌倦，摘掉眼镜了。

可是春天来临，将军骤然改变了他的生活方式。当从庄园到绿色的田野上、到村子里，已经新踩出一条条小径，窗前的树上鸟雀成群时，出乎安娜·米哈伊洛芙娜意外，他开始到教堂去了。他不但在节日，而且平时也到教堂去。这种宗教热忱是从老头瞒过妻子暗自为女儿做安魂祭那天开始的。做安魂祭的时候，他跪下来，叩头，哭泣，觉得自己在热心地祷告。其实不是祷告。他倾注了做父亲的感情，在记忆里描摹着爱女的音容笑貌，眼睛望着圣像，嘴里低声地说：

“舒罗奇卡！我亲爱的孩子！我的天使啊！”

这是老年的忧伤的爆发，可是老头却以为在他身上有了反应，起了变化。第二天他又热心地到教堂去，第三天还是这样……他从教堂回来总是精神焕发，神采奕奕，满面笑容。吃饭的时候，宗教和神学问题成了他喋喋不休的话题。有好几次，安娜·米哈伊洛芙娜走进他的房间，正碰上他在翻阅福音书。然而可惜得很，这种对宗教的着迷没有持续多久。后来有一次他的风湿病发得特别厉害，足足拖了一个星期，从此他就再也不到教堂去了：不知怎的，他想不起他该去做弥撒了……

他忽然打算同外人交往了。

“我不明白没有社交怎么能活下去！”他开始抱怨道，“我得出去拜访邻居们！就算这种事愚蠢而无聊吧！可是我活着一天，对上流社会的风俗就得遵守一天！”

安娜·米哈伊洛芙娜要他坐马车出去。他就去拜访邻居，可是只去了一次，第二次就不肯到他们那里去了。同外人交往的要求，最后以另一种方式得到满足：他迈着碎步在村子里走来走去，挑农民的毛病。

有一天早晨，他在饭厅里敞开的窗口旁边坐着喝茶。窗前花圃里，紫丁香和醋栗的灌木丛旁边，有些来找安娜·米哈伊洛芙娜治病的农民在长椅上坐着。老头眯着眼睛望了他们很久，然后唠叨说：

“这些庄稼汉……所谓公民的悲伤对象……你们与其来治病，还不如找个地方去治一下你们的卑鄙下流好。”

安娜·米哈伊洛芙娜热爱她的病人，这时候停住手不再斟茶，一言不发，只是惊讶地瞧着老头。病人们去列别杰夫家里除了见不到抚爱和热情的关怀以外，从没遇到过别样的对待，这时候也不免吃惊，从坐着的地方站起来。

“是啊，庄稼汉先生们……这些庄稼汉……”将军接着说，“你们使我吃惊，使我大吃一惊！喏，这些人不是畜生吗？”老头回转身对安娜·米哈伊洛芙娜说：“县里的地方自治局借给他们燕麦供播种用，可他们拿到后，把它换酒喝掉了！不是一个人换酒喝，也不是两个人，而是大家都这么干！酒店老板都没处存放燕麦了……这样做好吗？”将军转过身去对农民们说：“啊？好吗？”

“别说了，阿尔卡季！”安娜·米哈伊洛芙娜小声地说。

“你们以为那些燕麦是地方自治局不费吹灰之力得来的吗？既然你们不尊重自己的、别人的，以至公共的财产，那你们还算是什么公民？燕麦你们拿去换酒喝掉……你们砍了树也拿去换酒喝掉……你们见什么就偷什么……我的妻子给你们治病，你们却把她的围墙偷个精光……这样做好吗？”

“够了！”将军夫人哀叫道。

“你们也该清醒一下了……”列别杰夫继续唠叨说，“瞧着你们都叫人害臊！喏，你，红头发的家伙，是来治病的……你腿痛吧？……可是你就不肯关心一下，在家里把腿洗干净……粘着一俄寸厚的泥巴！你这个大老粗，指望着这里有人给你洗吧？他们记住了他们是农民，就以为能驾驭别人。有个神甫给一个叫费奥多尔的本地木匠主持婚礼，木匠一个钱也不给他。‘穷啊！’他说，‘付不起钱！’嗯，好吧。不过神甫叫这个费奥多尔做小书架子……你猜怎么样？他倒要钱，到神甫那里大概去了五次，啊？这不是畜生吗？自己不给钱，可是……”

“神甫就是不收费，他的钱也够多的了……”一个病人阴郁地用男低音说。

“可是你怎么知道？”将军跳起来，把身子探出窗外，面红耳赤地说，“莫非你翻过神甫的衣袋？就算他是个大财主，你也不应该叫他白出力！你自己不肯白给人家干活，也别叫人家白给你干活！你再也想象不到他们能干出多么坏的事来！”将军回过头来对安娜·米哈伊洛芙娜说：“你该到他们的法庭里和村会上去看看！他们都是些强盗！”

甚至临到开始看病，将军的怨气还没消。他挑剔每个病人，讥诮他们，把所有的病症都归因于酗酒和放荡。

“看你有多瘦！”他伸出一根手指头戳了戳病人的胸部，说，“这是什么缘故？没东西吃嘛！样样东西都拿去换酒喝了！你必是拿地方自治局的燕麦换酒喝了吧？”

“这还用说吗，”病人叹道，“当初有地主在，日子就好过一些……”

“你胡说！你说谎！”将军发脾气说，“要知道你说这话不是出于真心，而是说奉承话！”

第二天将军又在窗旁坐着，指责病人。这个工作吸引了他，从此他天天在窗旁坐着。安娜·米哈伊洛芙娜看出她丈夫不肯罢休，就开始在仓库里诊病，可是将军也跟踪到仓库里去。老太婆温顺地忍受这种“考验”，她表示抗议也只限于涨红着脸，送给挨骂的病人几个钱而已。可是等到将军很不喜欢的病人们到她这里就诊的越来越少，她就再也忍不下去了。有一天吃饭的时候，将军正为一件什么事取笑病人，她的眼睛突然因暴怒而充血，脸上的皮肉痉挛起来。

“我请求你，别再去招惹我的病人……”她厉声说道，“如果你觉得有必要对人发脾气，那你就骂我吧，不要去招惹他们……都因为你，他们不肯再来看病了。”

“啊哈，他们不再来了！”将军冷笑道，“他们怄气了！朱庇特[①]呀，你生气了，那么可见你不对。哈哈……不过，安纽塔，他们不来倒好。我很高兴……要知道。你的医疗工作不会带来别的，只会带来害处！他们本来该到地方自治局的医院去，由医生按照科学的规定诊病，现在却到你这里来，结果你用苏打和蓖麻油治所有的病。害处很大呀！”

安娜·米哈伊洛芙娜凝视着老人，想了一阵，忽然脸色煞白。

“当然，”将军继续唠叨说，“医疗方面首先需要学识，其次才谈得上慈善事业，缺乏学识的医疗工作等于骗人……再者，从法律上说，你没有权利医病。依我看，如果你粗鲁地把病人轰到医生那里去看病，而不是自己动手治病，那你给病人带来的益处倒会大得多。”

将军沉默一会儿，继续说：

“要是你不喜欢我对他们的态度，那么，好吧，我不再开口讲话，不过，其实……如果凭良心说，对他们真诚相待总比沉默和鞠躬好得多。亚历山大·马克东斯基是个伟大的人，可是不应当把椅子弄坏，同样，俄罗斯民族是伟大的民族，然而由此却不能得出结论说，不能对他们说实话。把人当成小哈巴狗是不行的。这些庄稼汉跟你我一样也是人，也有缺陷，所以不必宠着他们，纵容他们，而要开导他们，纠正他们……启发他们……”

“我们不配开导他们……”将军夫人嘟哝说，“我们倒不妨向他

① 古罗马神话中的天神，相当于希腊神话中的宙斯。

们学一学。”

“学什么？”

“要学的可不少……比方说，爱劳动……”

“爱劳动？啊？你是说爱劳动？”

将军呛得直咳嗽，从桌旁站起来，在房间里走来走去。

“难道我不劳动？”他面红耳赤地说，“不过……我是知识分子，不是庄稼汉，我上哪里去劳动？我……我是知识分子！”

老头真的生气了，脸上显出小孩的任性神情。

“有成千上万的兵经过我的手训练出来了……我几乎在战场上阵亡，我害了一辈子的风湿病……现在居然说我不劳动！或者，你会说，我该向你的那些人民学一学受苦吧？当然，我曾经也受过苦！我失去了我的亲女儿……在这该死的老年失去了使我还能同生活联系在一起的人！居然说我没受过苦呢！”

两个老人猛地想起女儿，忽然哭起来，开始用餐巾擦眼泪。

“我们现在不还是在受苦吗！”将军呜咽说，老泪纵横，“人家有生活目标……有信仰，可是我们只有疑问……疑问和恐惧！居然说我不是受苦呢！”

两个老人同病相怜了。他们并排坐在那里，互相依偎着，一块儿哭了两个钟头左右。这以后他们才大胆地瞧着彼此的脸，大胆地谈起女儿，谈起往事，谈起阴森的未来。

晚上他们在同一个房间里躺下睡觉。老头讲个不停，吵得他的妻子无法入睡。

“上帝啊，我的脾气多坏！”他说，“哎，我何必给你讲这些呢？要知道那都是些空想，可是人，特别是到了老年，靠空想生活是很自然的。我唠唠叨叨，结果却夺去了你最后的安慰。你本来会一直到死都给农民治病，不吃肉，可是偏偏不成，魔鬼来拉扯我的舌头！没有空想可不行啊……往往整个国家都靠空想生存下去呢……有些著名的作家，表面看来像是非常聪明，可是缺了空想也还是不行，喏，你喜爱的那个作家写过七本有关‘人民’的书！”

过了一个钟头，将军不住翻身，说：

“为什么恰恰到了老年，人才注意自己的感受，批评自己的行动呢？为什么年轻时就不管这些呢？到了老年，就是没有这一套也已经够受的了……是啊……年轻的时候整个生活不留痕迹地滑过去，几乎没触动思想，可是到了老年，每一个极小的感受都像钉子那样钉在头脑里，引起一大堆问题……”

两个老人睡得迟，可是起得早。大体说来，自从安娜·米哈伊洛芙娜停止医疗工作以后，他们睡得又少又不稳，因而他们觉得日子好像长了一倍……他们借谈话来消磨夜晚的时光，白天没事做就在各个房间里或者花园里走来走去，探问地彼此面面相觑。

夏天将近结束，命运给两位老人送来另一个“空想”。有一天安娜·米哈伊洛芙娜走进丈夫的房间，碰上他在做一件有趣的工作：他靠桌子坐着，狼吞虎咽地吃大麻油拌萝卜丝。他脸上，根根青筋在颤抖，嘴角淌下口水。

“快来吃，安纽塔！”他提议道，“好得很！”

安娜·米哈伊洛芙娜迟疑地尝了尝萝卜，就吃起来。不久，她脸上也露出了贪馋的神情……

“你知道，还有一种菜也挺好吃……”将军当天躺下睡觉时对她说，“要是照犹太人的做法，把梭鱼开了膛，取出鱼子来，你知道，再加上点嫩葱……那新鲜的鱼子……才好吃呢……”

“行啊，梭鱼倒不难捉到！”

脱了衣服的将军就光着脚走到厨房去了，叫醒厨师，吩咐他捉一条梭鱼。到早晨，安娜·米哈伊洛芙娜忽然想吃咸鱼的脊肉，马丁只得赶着车子进城去买。

“哎呀！”老太婆惊恐地说，“我忘了叫他顺便买回薄荷味的蜜糖饼干啦！我想吃点儿甜东西。”

两个老人把心思都用在品尝美味上。他们坐在厨房里不出来，争先恐后地想出种种吃食。将军绞尽脑汁，回想当初在营房里过独身生活的时候，不得不亲自从事烹调，想出种种花样。他们发明出来的各种菜肴中，两个人特别爱吃的是用稻米、研碎的干酪、鸡蛋、炖烂的肉汁做成的一种菜。那里面加许多胡椒和桂叶。

最后一个“空想”就以这种辣味的菜结束。它注定成为两个人生活里最后一种心爱的东西。

“天好像要下雨了，”九月间一天晚上将军开始发病，说道，“今天我不该吃那么多米饭……真难受！”

将军夫人摊开四肢躺在床上，费力地呼吸。她觉得透不过气来……她也跟老头一样，心口底下隐隐作痛。

“再者，见它的鬼，我的腿发痒了……”老头抱怨道，“从脚跟到膝头老是有点发痒……又痛又痒……真难受啊，见鬼！可是我妨碍你睡觉了……对不起……”

在沉默中过了一个多钟头……安娜·米哈伊洛芙娜渐渐习惯了心口底下的胀痛，在打盹了。老头在床上坐着，把头搁在膝盖上，照这个姿势坐了很久。后来他开始搔小腿肚子。他的手指甲搔得越起劲，腿上反而越发痒得厉害。

过了不久，不幸的老头爬下床来，跛着脚在房间里走来走去。他朝窗外望了望……窗外，在明亮的月光下，秋季的寒气渐渐裹住了正在死亡的自然界。看得出来，寒冷的白雾罩住凋萎的青草，冻僵的树木睡不着觉，枯黄的残叶不住颤抖。

将军在地板上坐下，抱住膝盖，把头搁在膝盖上。

“安纽塔！”他叫道。

警觉的老太婆翻过身来，睁开眼睛。

“我在想一件事，安纽塔，”老头开口说，“你没睡着吧？我在想，老年生活最自然的内容应当是孩子……你怎么想？可是既然没有孩子，人就应当把心思用在别的事情上……到了老年做个作家……画家……学者，倒挺好呢……据说英国首相格莱斯顿没有事做就研究古典作品，很入迷。即使人家把他赶下台，他也还是做这个工作来充实他的生活。研究神秘主义也不错，或者……也许……”

老头搔一搔腿，继续说：

“事实往往是这样：老人变成了孩子，你知道，想种小树，想戴勋章……想干招魂术……”

老太婆发出轻微的鼾声。将军站起来，又朝窗外望了一眼。寒气阴沉地要钻进房间里来，迷雾已经往树林那边爬过去，遮蔽了树干。

“还有几个月才到春天？”老人用额头抵住凉玻璃，在想，“十月……十一月……十二月……六个月呐！”

不知为什么，他觉得这六个月长得没有尽头，就跟他的老年一样长。他瘸着腿在房间里走了一阵，然后在床上坐下。

“安纽塔！”他叫道。

“啊！”

“你的药房间上了锁吗？”

“没有，怎么了？”

“没什么……我打算拿碘酒擦一擦我的腿。”

紧跟着又是沉默。

“安纽塔！”老头叫醒他的妻子。

“什么事？”

“药瓶上有药名吗？”

“有，有。”

将军慢腾腾地点上一支蜡烛，走出去。

睡意蒙眬的安娜·米哈伊洛芙娜听见光脚的走路声和药瓶的磕碰声响了很久。最后他走回来，咳了一声，躺下。

早晨他没有醒过来。究竟他是自然死亡的，还是因为去了一趟药房才死掉的，安娜·米哈伊洛芙娜就不知道了。再者这时候她也顾不上追究死亡的原因……

她又杂乱紧张地忙碌起来。她开始捐献，持斋，发誓，准备朝圣……

“到修道院去！”她低声地说，害怕地依偎着老女仆，“到修道院去！”

带着低音提琴的爱情故事

乐师斯梅奇科夫到城外比布洛夫公爵的别墅去，那里借订婚仪式“举办”音乐舞会。他背上驮着一个装在皮盒里的大低音提琴。斯梅奇科夫沿着河岸走去，清凉的河水潺潺地流着，虽然并不壮观，却也饶有诗意。

“何不洗个澡呢？”他在想。

他稍加思考就脱掉衣服，把身体泡在清凉的流水里。傍晚天气很好。斯梅奇科夫的富有诗意的灵魂跟四周的景物水乳交融。然而他往旁边游出大约一百步远，却看见一个美丽的姑娘坐在高陡的岸边钓鱼，一种多么甜蜜的感情袭上了他的心灵。他透不过气来，由于各种感触涌上他的心头而呆然不动：他想起童年，怀念往事，他的爱情苏醒了……上帝啊，他本来以为他再也不可能爱上什么人！自从他对人类失去信心（他热爱的妻子跟他的朋友，巴松管乐师索巴基内，私奔了）以后，他胸中就充满空虚之感，变成厌世者了。

“什么叫生活？”他不止一次对自己提出这个问题，“我们活着是为了什么？生活是神话、幻梦……腹语术……”

一旦他站在那个睡美人（他不难看出她已经睡熟了）跟前，他却忽然违背本意，胸中产生一种类似爱情的东西。他在她面前伫立很久，贪婪地凝视着她……

“满足了……”他在想，发出深长的叹息声，“再见吧，美妙的幻影！我现在该到爵爷家去参加舞会了……”

他朝美人再看了一眼后，正想往回游时，忽然他头脑里闪过一个想法。

“应该给她留下点东西作纪念！”他想，“我要在她的钓钩上拴点什么东西。那就会成为‘无名氏’的意外礼物了。”

斯梅奇科夫悄悄游到岸边，摘来一大束田野里和水上的花朵，用滨藜的茎把它们捆在一起，拴在钓钩上。

那束花沉到水底，顺带把美丽的浮子也拉下水去了。

理智、自然规律、我的主人公的社会地位，都要求这场爱情到此结束，可是，呜呼！作者的命运却是确定的：根据不依作者而转移的情势，这个爱情故事并没有随那一束花而告终。贫穷低微的低音提琴乐师一反正常的想法和事物的常情，竟然在门第高贵、家财豪富的美人的生活里扮演了重要的角色。

斯梅奇科夫游到岸边，大吃一惊：他的衣服不见了。给人偷去了……不知是什么歹人，趁他欣赏美人之际，竟把他的衣物一股脑儿卷走，只留下了他的低音提琴和高礼帽。

“该死的！”斯梅奇科夫惊叫道，“唉，人啊，阴险的家伙！使我愤慨的与其说是丢失衣服（因为衣服反正会穿破），不如说是我只得赤身露体走路，因而破坏了社会道德。”

他在装着低音提琴的皮盒上坐下，开始想办法摆脱他那可怕的处境。

“总不能赤身露体走到比布洛夫公爵家去啊！”他想，“那里有女人！再者窃贼把放在裤袋里的松香连同长裤一起偷去了！”

他想了很久，想得很苦，弄得两个鬓角都痛了。

“有了！”他终于想起来，“离岸边不远有一座小桥，立在灌木丛中……我可以在小桥底下坐等天黑，傍晚天黑时，我就到近头的农舍里去……”

斯梅奇科夫打好这个主意，就戴上高礼帽，把低音提琴驮在背上，往灌木丛慢慢走去。他光着身子，背上又有个乐器，那样子颇像古代神话里半人半神的形象。

现在，诸位读者，趁我的主人公在小桥底下坐着、沉湎于悲愁之中，我们暂时离开他，转移到钓鱼的姑娘那边去吧。她怎样了？

美人醒过来，看见浮子不在水面上，就赶紧拉钓丝。钓丝绷紧了，然而钓钩和浮子还是没从水里钻出来。显然，斯梅奇科夫的那束花分明已经浸透水，泡涨，变得沉重了。

“也许有大鱼上钩了，”姑娘在想，“也许钓钩钩住什么东西了。”

姑娘又拉了一阵钓丝，断定钓钩钩住了什么东西。

“多么可惜啊！”她想，“傍晚，鱼容易上钩！这可怎么办呢？”

这个古怪的姑娘没有考虑很久就脱掉身上轻飘飘的衣服，把美丽的身体浸进河水，只露出大理石般的肩膀。钓丝已经缠在那束花上，要把钓钩从花上取下来却不容易，然而耐性和辛劳占了上风，过了大约一刻钟，眉开眼笑、心情欢畅的美人从河水里走出来，手里拿着钓钩。

然而恶毒的命运在暗算她，偷窃斯梅奇科夫衣物的坏人把她的衣服也拿走了，只给她留下了鱼饵罐。

“现在我可怎么办呢？”她哭起来，“难道就这个样子走路？不行，绝对不行！宁可死掉！我等天黑下来，就摸黑走到阿加菲娅大娘家，打发她到我家去取衣服……眼下，我到小桥底下去躲一躲。”

我的女主人公就挑选青草长得稍高的地方，弯下腰，向小桥奔去。她钻到小桥底下，却看见那里已经有个赤身裸体的人，留着音乐家的长发，胸脯上满是汗毛，就尖叫一声，昏厥过去。

斯梅奇科夫也吓了一跳。当初他把姑娘看做河神了。

“莫非这是河里的塞壬，到这里来勾引我？”他在想，这个推测倒使他很受用，因为他对自己的外貌素来看得很高，“不过假如她不是塞壬，而是人，那么这种古怪的变异该怎样解释呢？为什么她在这里，在小桥底下？她出了什么事？”

他正想解答这些问题，美人却渐渐苏醒过来。

“不要杀害我！”她小声地说，“我是比布洛娃公爵小姐。我求求您！您会得到很多钱的！刚才我在水里摘钓钩，有窃贼把我的新衣服和鞋子统统偷走了！”

“小姐！”斯梅奇科夫用恳求的声调说，“我的衣服也给偷走了，把放在裤袋里的松香连同长裤一起拿去了！”

所有演奏低音提琴和长号的人，一般都不大机灵，然而斯梅奇科夫却是值得高兴的例外。

“小姐！”过了片刻他说，“我看得出，我这种模样使您发窘。不过您会同意，我没法离开这里，理由也跟您一样。我想出这么一个办法，您愿意躺在我这装低音提琴的盒子里，然后关上盖子吗？这样一来，您就看不见我了……”

说完这话，斯梅奇科夫就从盒子里把低音提琴取出来。一时间他感到把盒子让出来未免亵渎神圣的艺术，可是这种迟疑很快就过去了。美人就在盒子里躺下，把身子蜷起来。他捆紧皮带，想到大自然赐给他这样好的头脑，不由得暗自高兴。

“现在，小姐，您看不见我了，”他说，“您躺在这里，尽管放心吧。等天黑，我就把您背到父母家去。至于低音提琴，我可以事后再到这里来取。”

当天黑下来时，斯梅奇科夫就把装着美人的盒子扛在肩膀上，慢腾腾地往比布洛夫的别墅走去。他是这样打算的：他先走到近头农舍里，借到一身衣服，然后再往前走……

“这叫‘因祸得福’啊……”他想着，两只脚扬起尘土，弯着腰在扛东西，“我对公爵小姐的命运是这样殷切关心，比布洛夫一定会慷慨地犒赏我呢。”

“小姐，您躺得舒服吗？”他用殷勤的男舞伴约请女人跳卡德里尔舞的那种口气问道，“请您别客气，尽管在我盒子里躺着，就跟在自己家里一样！”

忽然，多情的斯梅奇科夫觉得，在前面昏暗的夜幕中，好像有两个人影走动。他凝神细看，相信这不是眼睛的错觉：确实有人在走动，而且手里还提着包袱……

“这不就是偷东西的贼吗？”他的头脑里掠过这个想法，“他们手里拿着东西，也许就是我的衣服！”

斯梅奇科夫就把盒子放在路旁，去追那两个人。

“站住！”他叫起来，“站住！抓住他们！”

两个人回头一看，发现有人追来，撒腿就跑……公爵小姐听见急促的脚步声和“站住”的喊叫声还响了很久。最后一切归于沉寂了。

斯梅奇科夫一个劲地追下去，要不是机会来得凑巧，美人大概还得在路旁旷野上躺很久。正好这时，斯梅奇科夫的同事们，长笛乐师茹奇科夫和黑管乐师拉兹马海金，也顺着这条路走到比布洛夫公爵的别墅去。他俩脚底下绊着一个盒子，吃惊地面面相觑，摊开了手。

“低音提琴！”茹奇科夫说，“哎呀，这就是我们的斯梅奇科夫的低提琴啊！可是它怎么会丢在这里的？”

“大概斯梅奇科夫出了什么事，”拉兹马海金断定地说，“要么就是他喝醉了酒，要么就是他遭了劫……不管怎样，把低音提琴扔在这里总不是一回事。我们把它带走吧。”

茹奇科夫就把盒子驮在背上，两个乐师往前走去。

“鬼才知道有多么重！”长笛乐师一路上抱怨说，“要我演奏这种大笨家伙，我说什么也不会同意……哎哟！”

两个乐师来到比布洛夫公爵的别墅里，把盒子放在乐队占用的地方，然后就到小吃部去了。

这时候，别墅里的枝形烛架和壁上烛架已经点燃。新郎是七品文官拉克伊奇，在交通部任职，英俊而讨人喜欢，正站在大厅中央，两只手放在衣袋里，跟希卡里科夫伯爵谈天。他们在谈音乐。

“我，伯爵，”拉克伊奇说，“在那不勒斯结交过一个提琴家，他创造了不折不扣的奇迹。您不会相信的！他用低音提琴……普通的低音提琴能拉出那么妙的颤音，简直叫人拍案叫绝！他拉施特劳斯的圆舞曲！”

“得了吧，这不可能……”伯爵怀疑地说。

“我跟您担保！就连李斯特的狂想曲他也拉！我和他住在同一

个房间里，因为没事可做，甚至跟他学会了用低音提琴拉李斯特的狂想曲呢。”

“李斯特的狂想曲……哼！……您在开玩笑……”

“您不信？”拉克伊奇笑起来，“那我马上拉给您听！我们到乐队那边去！”

新郎和伯爵往乐队那边走去。他们走到低音提琴跟前，动手很快地解开皮带……于是，哎呦，不得了！

在这时，趁诸位读者驰骋想象力，描摹这次音乐争论的结局，我们转到斯梅奇科夫那边去吧……可怜的乐师没有追到那些窃贼，回到他放盒子的地方，却没有看见那宝贵的重物。他猜不出是什么缘故，就在那条路上走了几个来回，还是没找到盒子，就断定走错路了……

“这真要命！”他在想，揪住自己的头发，浑身发凉，“她在盒子里会活活闷死的！我成了杀人犯！”

直到午夜，斯梅奇科夫在各条大路上走来走去，寻找盒子，可是最后已筋疲力尽，往小桥底下走去。

“等到天亮再找。”他暗自决定。

天亮后他找了一阵，也还是一无结果。斯梅奇科夫就决定在小桥底下等到夜晚……

“我会找到她！”他喃喃地说，脱掉高礼帽，揪自己的头发。“哪怕找一年，我也要找到她！”

至今还有些住在上述地区的农民说，每到夜间就可以看见小桥附近有个赤身露体的人，留着长头发，戴着高礼帽。偶尔，从小桥底下还传出来沙哑的低音提琴声。

有权免费搭乘俄国铁路列车者名单

在一等车厢里：

1. 铁路全体职工、他们的助手、助手的男女助手。

注：蓬头垢面和衣衫褴褛的下等铁路官员（给油工人、机车车库工人等）不能享受免费乘车。

2. 职工的妻子、父母、子女、孙子、孙女、曾孙、曾孙女、妻姐妻妹、姐妹、兄弟、岳母、姨母、干亲家、教父母、干儿女、同乳兄弟、堂（表）兄弟、侄儿女（外甥外甥女）、所有直系和旁系亲属、家庭教师、保姆和姘妇。

3. 车站的食堂主任、他的妻子以及熟人。

4. 助手，包括车站站长的邻居、到车站打文特牌的人、他的妻子和亲属。

5. 职工的客人。

注：在长时间送客的情况下，车站站长有权延缓开车10—20分钟。

6. 火车列车长的所有熟人。

7. 铁路职工的债权人。

在二等车厢里：

1. 职工的侍仆、厨师、厨娘、马车夫、侍女和烟囱清除工人。

2. 职工亲属和熟人的仆人。

3. 仆人的亲属和熟人。

4. 铁路的马、驴、牛。

在三等车厢里：

付一等或二等车票费，但在一等或二等车厢里被免费乘客占据而找不到座位的乘客。

注：上述乘客允许站着乘车。利巴沃−罗明铁路管理局同样允许这些乘客如果乐意的话，可以躺在座位下或拉着吊钩。

可怕的事

在我生活在世界上的整个岁月里，我只害怕过三次。

第一次真正的害怕，使我毛发直竖，周身起鸡皮疙瘩，究其缘由，却是由一个微不足道而又奇怪的现象引起的。那是七月间的一个傍晚，我闲着没事做，到邮车的车站去取报纸。那是个平静而温暖，几乎可以说是闷热的傍晚，如同所有那些单调的七月傍晚一样，这样的傍晚一旦开始，就会合乎规律和连绵不断地一个接着一个，延续一两个星期，有时还要长些，突然间被一场带着痛快而能使人感到长时间清新的暴风雨所打断。

太阳早已落下去了，整个大地上铺着密实的灰色阴影。停滞不动的空气里凝聚着青草和鲜花的甜蜜香味。

我坐着一辆普通的运货大车。我的背后是花匠的儿子帕什卡，一个八岁的男孩，他把头枕在燕麦袋上，轻声打鼾，我带他来是准备在必要的时候要他看守马匹的。我们走过一条狭窄而又像尺那样直的乡间土道，它如同大蛇那样掩藏在又高又密的黑麦中间。晚霞正黯淡下去。一条明亮的光带被一块狭窄而难看的云截断，那块云时而像一条木船，时而又像一个裹着被子的人……

我赶着车子走了两三俄里。在晚霞的苍白背景上，开始耸起一棵棵高大挺拔的杨树，杨树后面有一条河闪闪发光。我的面前，突然间，仿佛有谁施了魔法似的，展开一幅瑰丽的画面。应该将马勒住，因为我们那条笔直的路到此中断了，要顺着长满灌木的陡坡往下走。我们站在坡上，我们的下面是一块巨大的洼地，宽广而又充满着昏暗和奇异的形状。在洼地底部，一片广阔的平原上，坐落着一个由杨树守卫，被河水及光抚爱着的村庄。它现在睡熟了……它那些农舍、带钟楼的教堂、树木，在灰色的昏暗中显露出来，倒映在平滑的河面上，漆黑一片。

我把帕什卡叫醒，怕他从车上摔下去。然后我开始小心地下坡。

“到卢科沃村了？”帕什卡懒洋洋地抬起头来，问道。

“到了。你揪住缰绳！……”

我牵着马走下坡去，眼睛望着村庄。我头一眼看过去，就有一种奇怪的情景引起我的注意：钟楼最高一层上，在拱顶和铜钟之间一个极小的窗子里，有个亮光在闪烁。这个亮光近似快要熄灭的长明灯：时而暗下去，时而又亮起来。这亮光是从哪里来的呢？我无法理解它的来源。它不可能在窗子里燃亮，因为钟楼的最高一层既没有圣像，也没有长明灯，据我所知，那里只有房梁、尘土、蛛网。要爬上那层楼是困难的，因为楼的通道已经封死了。

这个亮光多半是外界光的反照，然而不管我怎样凝神细看，在我面前铺开的广大空间中，除了这个亮光以外，却看不见什么明亮的光点。没有月亮。苍白的、已经完全黯淡的一抹晚霞不可能反照到那里去，因为这时刻有亮光的窗子是朝西的，而不是朝东的。当我牵着马下坡时，这种想法和类似的想法在我的头脑里不断地翻腾。到了底下，我坐上大车，再朝有亮光的那边看一眼。它仍然时隐时现。

“奇怪，”我猜不出所以然来，暗自想，“非常奇怪。”

一种不愉快的感觉渐渐涌上我的心头。起初我以为这是因为我无法解释这种普通的现象而生出的烦恼，可是后来我忽然惊恐地扭转身躲避开那个亮光，伸出一只手去抓住帕什卡，这时我才明白：我害怕了……孤独、苦恼、恐怖的心情抓紧了我，仿佛有人违背我的心意，把我抛进这个充满昏暗的大洼地，使我独自一人面对钟楼站着，而它却用那只红色的眼睛瞅着我。

“帕什卡！”我叫道，吓得闭上了眼睛。

“怎么了？”

“帕什卡，钟楼上是什么东西在发亮？”

帕什卡从我肩膀上望过去，看一下钟楼，打了个呵欠。

“谁知道！”

我和男孩的简短谈话，才使我稍微定下心来，然而没有多久。帕什卡发现我不安，就瞪起大眼睛瞧着亮光，又看了看我，然后再望着亮光……

“我害怕！”他低声地说。

这时候，我害怕得魂飞天外，伸出一条胳膊搂住男孩，依偎着他，用力扬鞭打马。

“愚蠢！”我对自己说，“这个现象所以可怕，无非是因为无法理解而已……所有无法理解的东西都神秘，因而也就可怕。”

我竭力说服自己，同时又用鞭子不断抽马。我到达驿站后，故意跟站长闲聊了一个钟头，看了两三份报纸，可是不安的心情仍然没有离开我。在回去的路上，那个亮光却已经不在了，可是另一方面，那些农舍、杨树、我赶车上去的那道斜坡的轮廓，在我心目中却像是活的东西。至于那个亮光究竟是怎么来的，我至今都不知道。

我经历的第二次害怕，也是由微不足道的小事引起的……我跟我的情人相会后，独自往回走。那是夜里一点钟，那时候大自然照例沉浸在黎明前最安稳酣畅的睡乡里。可是这回大自然却没沉睡，这个夜晚也不能说安静。长脚秧鸡、鹌鹑、夜莺、小滨鹬都在不住叫唤，蟋蟀和蝼蛄唧唧地叫。薄雾在草地上空浮游，天上有些浮云跑过月亮旁边，头也不回，不知要到什么地方去。大自然没有睡觉，仿佛生怕在睡乡中错过它一生中最好的时光似的。

我在铁路路基边一条狭窄的小径上走着。月光在铁轨上滑过，铁轨已经沾满露水。浮云的巨大阴影不时沿着路基奔跑。前面远处有个昏暗的绿色灯光平静地发亮。

“这就是说，一切都平安无事……”我望着灯光在想。

我心里平静、安宁、舒畅。我刚赴约归来，目前不急于到什么地方去，也不想睡觉。我每每呼吸，每每举步，都流露出健康和青春，我的脚步声在夜晚单调的喧闹声中沉闷地响着。我记不清当时我有些什么感触，只记得我心情很好，非常愉快！

我走出不到一俄里远，忽然听见背后传来单调的隐隐约约的轰隆声，近似大河的流水声。这声音一秒钟比一秒钟响，越来越近。我回头望去，离我百步开外是一片黑洞洞的丛林，我刚从那里走出来，铁路的路基在那边绕了个优美的半圆形圈子往右拐过去，消失在树林中间。我茫然站住，等着。在铁路转弯处立即出现一个漆黑的庞然大物，轰隆隆地响，朝我这边飞奔而来，随后像鸟那样快地飞过我身旁，沿着路轨奔驰而去。过了不到半分钟，那个黑点就消失了，轰隆声跟夜晚的闹声混在一起了。

那是一节普通的货车。它本身倒没有什么特别的地方，然而它孤零零地出现，没有火车头，而且是在夜间，这就弄得我摸不着头脑了。它会是从哪里来的？是什么力量推着它在铁轨上这么飞快地奔驰？它从哪里飞来，又飞到哪里去呢？

假如我迷信，我就会断定这是魔鬼和巫婆乘车去参加狂欢晚会，我就会自顾走我的路。但现在这个现象使我无法解释。我不相信我的眼睛，纠缠在各种猜测里，就跟苍蝇落在蜘蛛网里一样……

我忽然感到孤单，独自一人待在整个空旷的原野上。这时候夜晚显得不怀好意，瞅着我的脸，盯住我的脚步。所有的声音，鸟儿的叫声和树林的飒飒声，显得阴森险恶，似乎仅仅是为了恐吓我的想象才存在的。我拔脚飞奔，像个疯子似的，自己也不知道在做什么，跑啊跑的，极力要跑得快些，再快些。我立刻听到了先前没注意到的声音，也就是电线悲凉的哀叫声。

“鬼才知道是——怎么回事！”我羞辱自己说，“这是懦弱，愚蠢！……”

可是懦弱却比合理的想法强而有力。我一直跑到绿灯那里才放慢脚步，在那里看见一个黑魆魆的铁路岗棚，旁边路基上有个人影，大概是看守。

“你看见了？”我问，喘得上气不接下气。

“看见谁？你说什么？”

“有一节火车从这里驶过去了！……”

“看见了……”那个汉子不大乐意地说，“它跟一列货车脱了钩。在一百二十一俄里的里程碑那里有一道斜坡……列车爬上坡去。最后一节车厢的链子经不住，脱了钩，往回跑……如今可追不上它了！……”

奇怪的现象得到了说明，它那神奇的色彩也就消失了。恐惧化为乌有，我可以继续走我的路了。

我经历的第三次害怕也很强烈，那是在早春季节。有一天，我在树林里打猎归来的时候，当时暮色苍茫，刚刚下过一场雨，树林里的道路上满是水洼，脚底下的泥浆咕唧咕唧响，紫红色的晚霞照透整个树林，染红了桦树的白色树干和嫩叶。我疲劳得几乎走不动了。

当我穿行林中道路时，在离家五六俄里远的地方出乎意外地遇到一条大黑狗，属于潜水犬品种。这条狗从我身边跑过去，凝视着我，直看我的脸，然后又往前跑去。

“一条挺好的狗……”我在想，“是谁家的呢？”

我往周围看一眼。那条狗在十步开外站着，目不转睛地朝我看。我们默默地互瞧一面，后来那条狗大概看到我注意它而心里高兴，慢腾腾地走到我跟前，摇着尾巴。

我往前走。这条狗跟在我身后。

“这是谁家的狗呢？”我自问，“它是从哪里来的？”

方圆三四十俄里的地主我全都熟悉，他们的狗我也认识。他们没有一个人有这样的纽芬兰犬。那么它究竟是从哪里来的呢？它为什么会到这里，来到这偏僻的树林里？这条路一向没有人乘车经过，只有运木头的人才来这里。说它是某个过路人丢失在这里的，那也几乎不可能，因为地主们是不会从这条路到什么地方去的。

我在一个树桩上休息，开始打量我的旅伴。它也坐下，扬起头，眼巴巴地望着我，连眼皮也不眨一下。究竟是受到寂静、林中的阴影和声音的影响呢，还是疲劳的结果，我不知道，总之，在那两只普通的狗眼凝神注视下，我忽然心惊肉跳。我想起浮士德和他的叭儿狗，想起神经质的人疲乏之后有的时候会产生幻觉。一旦想到这一点，我赶快站起来，快速往前走，潜水犬跟在我后面……

“走开！”我叫道。

那条狗大概喜欢我的声音，因为它快活地往前一蹿，跑到我前面去了。

“走开！”我又叫道。

狗回过头来看一眼，凝神地朝我望了一会儿，快活地摇尾巴。显然我的威吓声引起了它的兴致。我本该对它亲热一下才是，可是浮士德的叭儿狗没有在我的头脑里消失，害怕的感觉越来越尖锐……紧跟着天黑下来了，使得我格外心慌意乱，每次那条狗跑到我跟前，用尾巴拍我，我就胆寒地闭上眼睛。当初我见到钟楼上的亮光和那节车厢的时候发生过的情形，如今又重演了：我再也忍不住，撒腿就跑……

我回到家里，看到一个客人，是我的老朋友。他打过招呼后，开始对我抱怨说，他坐着马车到我家来，在树林里迷了路，他那条珍贵的好狗就此走失了。

药房老板娘

只有两三条弯曲街道的某小城，正沉浸在酣睡中。空气停滞，万籁俱寂。能听到的只是在远处，大概是城外，有一条狗用软弱无力的沙哑男高音不住地吠叫。很快就要天亮了。

一切都早已睡熟。只有本城药房的老板——药剂师切尔诺莫尔季克的年轻妻子没有睡着。她已经躺下过三次，可是怎么也睡不着，不知是什么缘故。她在敞开的窗子跟前坐着，只穿一件衬衫，眼睛朝街上望。她感到气闷，无聊，烦恼……烦恼得甚至想哭一场，至于什么缘故，她也始终不明白。她胸中好像堵着一团什么东西，不时涌到喉头来……后边，离药房老板娘几步以外，切尔诺莫尔季克本人蜷起身子，面朝着墙，发出甜蜜的鼾声。一只贪婪的跳蚤在叮他的鼻梁，可是他没有感觉到，甚至在微笑，因为他梦见似乎全城的人都在咳嗽，陆续不断地到他这里来买丹麦国王牌药水。现在无论用针扎他也好，用炮轰他也好，对他爱抚也好，都不能惊醒他。

这家药房差不多坐落在城边上，因此药房老板娘可以远远地眺望田野……她看到东方天边怎样渐渐泛白，后来又怎样变成紫红，仿佛大火似的。出人意料，远处灌木丛后面爬上来一个宽脸膛的大月亮。它脸色发红（一般说来，月亮从灌木丛后面爬上来，不知什么缘故，总是非常怕羞的）。

突然，在夜晚的寂静中，响起了什么人的脚步声和马刺的磕碰声，传来了说话声。

“这是军官们从县警察局局长那里出来，回营房去。”药房老板娘在想。

过了不久，出现了两个人影，穿着军官的白色上衣：一个又大又胖，另一个比较瘦小……他们懒洋洋地沿围墙不慌不忙地走着，大声地在谈论什么。到了药房跟前，两个人走得越发慢了，眼睛朝窗子里望。

“这里有药房的气味……”瘦子说，“果然是药房！啊，我想起来了……上星期我到这里来过，买蓖麻油。这里有个药房老板哭丧着脸，长着像驴子那样的下巴。喏，老兄，那下巴像这个样子！参孙一定就是用这样的东西打死腓利斯丁人的。”

“嗯，是啊！……”胖子用男低音说，“药剂师睡了！老板娘也睡了。你知道吗？奥布捷索夫，这里的老板娘，长得挺好看的。”

“我见过。我很喜欢她……您说说看，大夫，难道她能爱上这个驴子下巴？难道有这样的事！”

“是啊，多半是她不爱他，”大夫叹道，他带着这样的表情，仿佛他为药房老板难过似的，“如今那个小女人在窗子里睡熟了！奥布捷索夫，不是吗？她热得摊开了四肢……小嘴微微张开……一条小腿从床上垂下来，也许药房老板这个蠢货一点也不懂得这种福分……大概在他眼里，什么女人也罢，什么一瓶石灰酸也罢，全都一样！”

“听我说，大夫。”军官停住脚说，“我们索性走进药房去买点什么！说不定我们会见到药房老板娘的。”

“您想到哪里去了，深更半夜的！”

“那有什么关系？就是在夜里他们也有义务卖药。亲爱的，咱们进去吧！”

“那也好……”

药房老板娘正躲在窗帘里，这时候听见了沙哑的门铃声响。她回过头去看一眼丈夫，他仍然睡得很熟，微微笑着。她就披上衣服，光脚穿上拖鞋，跑到药房的店堂里去。

玻璃门外现出两个阴影。药房老板娘捻亮灯里的火苗，赶紧走到门口去开门，她再也不感到无聊，再也不觉得烦恼，再也不想哭了，只是她的心跳得厉害。胖大夫和瘦奥布捷索夫走进门来。现在可以看清他们的模样了。大肚子大夫肤色发黑，留着大胡子，动作迟钝。他只要稍稍一动，他的军服上衣就发出像要裂开那样的声响，他的脸上冒出汗来。另一个军官却脸色红润，没有胡子，面貌像女人那样秀气，灵活得好比一根英国马鞭。

“您想买什么？”药房老板娘问他们，抓住自己胸前的衣服。

“您给拿点……呃呃呃……十五戈比的薄荷药片！”

药房老板娘不慌不忙地从货架上取下一个药罐来，开始过称。两个顾客瞅着她的后背，眼皮也不眨一下。大夫眯着眼睛，活像一只吃饱的猫，中尉却很严肃。

“我头一次看见女人在药房里做生意。”大夫说。

“这没有什么特别的……”药房老板娘回答说，斜起眼睛瞟了瞟奥布捷索夫红润的脸，“我的丈夫没有助手，我总是帮他的忙。”

“哦……你们这个小药房倒挺可爱的！这里有多少各式各样的……药罐啊！您在这些毒药当中转来转去就不害怕？哎呀呀！”

药房老板娘包好药片，交给大夫。奥布捷索夫给她十五戈比。在沉默中过了半分钟……两个男人面面相觑，向门口迈出一步，随后又面面相觑。

“您给拿十戈比的苏打！”大夫说。

药房老板娘又懒散无力地移步，往货架上伸出手去。

“这里，药房里，有没有那种……”奥布捷索夫活动着手指头，喃喃地说，“那么一种，您知道，打比方说，一种提神的液体……碳酸矿泉水什么的？您这里有碳酸矿泉水吗？”

“有。”药房老板娘回答说。

“好哇！您不是女人，而是一个仙女。您给我们拿三瓶来！”

药房老板娘匆匆地把苏打包好，消失在门外的黑暗里。

“好一个鲜果！”大夫挤了挤眼睛说，“像这样的菠萝，奥布捷索夫，哪怕在马德拉岛上都找不着呢。啊？您觉得如何？不过……

您听见鼾声吗？这就是药房老板先生安寝纳福呢。”

过了一分钟，药房老板娘回来了，在柜台上放了五个瓶子。她刚到地下室里去了一趟，因此脸色发红，神态有点兴奋。

“嘘……轻一点，”奥布捷索夫在她拔瓶塞而失手把螺旋拔塞器掉在地下的时候说，“别弄得这么响，会把您丈夫惊醒的。”

“咦，就算把他惊醒了，那又有什么关系？”

“他睡得那么香，一定梦见您了……为您的健康干杯！”

“再者，”大夫用男低音说，喝完矿泉水而不住打嗝，“丈夫这般乏味的老一套，要是他能永远睡觉，那就算他做对了。哎，这矿泉水里要是加上点红葡萄酒就好了。”

“亏您想得出来！”药房老板娘笑着说。

“那才妙呢！可惜药房不卖酒！不过……你们本来就应当把酒当药卖。您有法国红葡萄酒吗？”

“有。”

“啊啊！您给我们拿来！见它的鬼，您把它弄来吧！”

“您要多少？”

“越多越好[1]！……您先给我们的矿泉水里倒上一盎司，然后我们再看看……奥布捷索夫，如何？先喝矿泉水，然后喝纯的[2]……”

大夫和奥布捷索夫靠着柜台坐下，脱掉帽子，开始喝红葡萄酒。

“可是这葡萄酒，必须承认，糟糕透了！坏葡萄酒[3]。不过，有您……呃呃……在场，它可就像是琼浆玉液了。您太迷人了，太太！我心里在吻您的小手呢。”

“我宁可付出很高的代价，只求不光是心里在吻您的小手！”奥布捷索夫说，“我凭人格担保！我情愿献出我的生命！”

---

① 原文为拉丁语。

② 同上。

③ 同上。

“您别这么说了……”切尔诺莫尔季克太太说，涨红了脸，作出严肃的面容。

“嘿，您可真会卖俏！”大夫轻声笑道，皱起眉头，调皮地看着她，“您的小眼睛像是在开枪！劈！啪！我祝贺您：您胜利了！我们都甘拜下风！”

药房老板娘望着他们红彤彤的脸，听着他们饶舌，不久她自己也活泼起来。啊，她简直心花怒放了！她也插嘴谈话，哈哈大笑，卖弄风情，甚至经不住顾客们再三请求，也喝了两盎司的红葡萄酒。

“你们这些军官应该经常从营房到城里来才对，”她说，“要不然这里冷清极了。我简直要闷死了。”

“可不是！”大夫做出吃惊的样子说，“这样的菠萝……大自然的奇迹，却丢在穷乡僻壤！格里鲍耶陀夫说得好：‘到穷乡僻壤去！到萨拉托夫去！’[①]不过我们也该走了。能跟您认识很高兴……非常高兴！我们该付多少钱？”

药房老板娘抬起眼睛看着天花板，久久地努动嘴唇。

“十二卢布四十八戈比！”她说。

奥布捷索夫从口袋里取出一个大钱夹，在一叠钞票里翻了很久，把账付清了。

“您的丈夫睡得很香……在做梦呢……”他临行握着药房老板娘的手，唠叨说。

“我不喜欢听蠢话……”

“这为什么会是蠢话呢？正好相反，这完全不是蠢话……连莎士比亚都说过：‘谁年轻的时候年轻，谁就有福。’”

“放开我的手！”

最后，两个顾客说了很久的话，吻了药房老板娘的手，这才游

① 格里鲍耶陀夫，俄国作家，这句话是他的代表作《聪明误》中的一句话。

移不定地走出药房，仿佛在思索有什么东西忘在这里似的。

她赶快跑回卧室去，在原来的窗边坐下。她看见大夫和中尉从药房出去，懒洋洋地走出大约二十步，然后站住，开始小声说话。他们在谈什么呢？她的心怦怦地跳着，两鬓也跳动，至于这是为什么，她自己也不知道……她的心跳得厉害，倒好像在那边小声说话的两个人正在决定她的命运似的。

过了大约五分钟，大夫和奥布捷索夫分手，独自往前走去，奥布捷索夫却走回来了。他一次又一次地走过药房门前……他时而在门口站住，时而又迈步走开……最后门铃小声地响了。

“什么？是谁？”药房老板娘忽然听见她丈夫的说话声，“那里门铃响了，你却没听见！”药房老板厉声说道，“真不像话！”

他下了床，穿上家常长袍，半睡半醒，身子摇摇晃晃，趿拉着拖鞋，走到店堂里去了。

“您……要买什么？”他问奥布捷索夫。

“给我……给我十五戈比的薄荷药片。”

药房老板呼哧呼哧不住喘气，打呵欠，一边走路，一边打瞌睡，膝盖撞在柜台上，摸到货架上，取下药罐来……

过了两分钟，药房老板娘看见奥布捷索夫从药房里出来，走了几步，把薄荷药片丢在尘土飞扬的路上。从街角那边，大夫迎着他走过来……两人聚在一起，指手画脚地议论着，消失在清晨的迷雾里了。

“我多么不幸啊！”药房老板娘说着，愤恨地看着她丈夫，这时候他正很快地脱掉衣服，又躺下睡觉了。“啊，我多么不幸呀！”她又说了一遍，忽然淌下了辛酸的眼泪，“而且谁也不知道，谁也不知道……”

“我把十五戈比忘在柜台上了，”药房老板喃喃地说，钻进了被子，“劳驾，把它放进桌子的抽屉里去……”

说完，他立刻睡着了。

多余的人

六月的一个傍晚，六点多钟。一群刚从火车上下来的别墅居住者走出小火车站希尔科沃，慢腾腾地往别墅区走去。他们大多数是一家之长，携带着小蒲包、皮包、女人的帽盒等。大家都神色疲劳，饥肠辘辘，心里有气，好像太阳不是为他们照耀，青草也不是为他们发绿似的。

顺便提一提，巴维尔·马特维耶维奇·扎伊金也夹在那群人当中慢腾腾地走着。他是地方法院的法官，高身材，背有点驼，穿着价钱便宜的麻布外套，褪色的帽子上顶着帽徽。他不住出汗，脸色红润，闷闷不乐。

“请问您每天都坐火车到别墅来？”一个穿着褪了色而发红的长裤的别墅居住者对他说。

“不，不是每天，”扎伊金阴沉地回答说，“我的妻子和儿子在这里常住，我每星期坐车来两次。我没有工夫每天回来，再者车费也太贵。”

“这话不错，太贵了，”穿红裤子的人叹口气说，“在城里，总不能步行到火车站，得雇出租马车，其次，火车票要花四十二戈比……在路上总要买份报纸看看，爱好喝一盅伏特加酒。这些都是小开支，不值一提，可是你也别小看它，一个夏天算下来就得二百卢布啊。当然，大自然的怀抱比这更宝贵，这我不打算争论……无非是田园之乐等等的，不过要知道，就我们文官的薪俸来说，您也明白，每花一个戈比都得算一算。不小心胡花了一个戈比，事后就会整夜睡不着觉……是啊……我，先生，还没请教尊姓大名，我一年挣将近两千，是个五等文官，可是我吸二等烟草，大夫嘱咐我喝维希城产的矿泉水治胆石病，可是我身边连一个多余的卢布也没有。”

“总之，糟得很，”扎伊金沉默了片刻后说，“我，先生，有这样的看法：别墅生活是魔鬼和女人想出来的花样。魔鬼干这种事是出于恶毒，而女人是出于极端的轻浮。饶了我吧，得了吧，这不是生活，而是苦役，地狱！这里又闷又热，呼吸困难，可是你从这个地方奔波到那个地方，像个游魂似的，怎么也找不着一个安身之处。那边，城里，家具也没有，仆人也没有……一切都运到别墅来了……鬼才知道吃的是什么，茶也喝不上，因为没有人烧茶炊，就连洗个脸也办不到。至于来到这里，来到大自然的怀抱里，那就对不起，请您在尘土里，在炎热的天气下一步步走吧……呸！您成家了吧？”

“是的，先生……有三个孩子。”穿红裤子的人叹道。

“总之，糟得很……简直是怪事，我们居然还活在人世。”

最后，这两个别墅居住者走到了别墅区。扎伊金跟穿着红裤子的人分手，往自己的别墅走去。他正赶上家里死一般的寂静。他只听见蚊子的嗡嗡声，一只苍蝇注定要成为蜘蛛的食粮了，正发出求救声。窗上挂着薄纱的窗帘，隔着窗帘可以看见天竺葵的凋谢的红花。木墙没油漆过。有些苍蝇在彩色画片旁边打盹儿。前堂里，厨房里，饭厅里，连个人影也没有。在那个既叫客厅又叫大厅的房间里，扎伊金碰见他的儿子彼佳，一个六岁的小男孩。彼佳靠桌子坐着，大声喘气，嘟着下嘴唇，正用剪刀剪红方块纸牌上的武士。

“哦，是你，爸爸！”他没有扭过脸来，在说，“你好！”

“你好……妈妈在哪里？”

“妈妈？她跟奥尔加·基里洛芙娜一块儿出外排戏去了，后天她们公演。她们还会带着我去看呢……你去吗？”

“哼！……那么她什么时候回来？”

“她说傍晚回来。”

“娜塔莉娅在哪里？”

“妈妈把娜塔莉娅带去了，要她在排演的时候帮妈妈化妆。阿库林娜到树林里采蘑菇去了。爸爸，为什么蚊子叮了人，它的肚子就红了？”

“不知道……因为它们吸了血。那么家里一个人也没有？”

“没人，只有我一人在家。”

扎伊金在圈椅上坐下，呆呆地朝窗口望一阵。

“那么谁给我们做饭呢？”他问。

“今天不做饭，爸爸！妈妈以为你今天不来，没有吩咐做饭。她跟奥尔加·基里洛芙娜在排戏的地方吃饭。”

“非常感谢。那你吃什么呢？”

“我喝牛奶。她们给我买了六戈比的牛奶。爸爸，蚊子为什么吸血呢？”

扎伊金忽然感到有个什么沉甸甸的东西滚到他的肝脏，开始吸他的血。他觉得那么烦恼，委屈，痛心，不由得呼吸费力，浑身发抖。他恨不得跳起来，拿起什么重东西砸在地板上，大骂一通，可是这时候他想起大夫严格禁止他激动，就站起来，强制自己，开始用口哨吹《法国新教徒》的曲调。

“爸爸，你会演戏吗？”他听见彼佳的说话声。

“哎，别拿这些愚蠢的问题纠缠我！”扎伊金生气地说，“讨厌，缠住人不放！你已经六岁了，可你还是跟三年前那么蠢……愚蠢的、没教养的顽皮孩子！你，比方说，为什么把这些纸牌毁掉？你怎么敢毁纸牌？”

“这些纸牌不是你的，”彼佳转过脸来说，“这是娜塔莉娅给我的。”

“说谎！你说谎，坏透了的孩子！”扎伊金越来越冒火，“你老是说谎！该拿鞭子抽你一顿才是，你这头小猪！我要把你耳朵拧下来！”

彼佳跳起来，伸长脖子，凝视着他父亲气冲冲的红脸膛。他的大眼睛起初不住地眨巴，后来蒙上了泪水。孩子的脸变相了。

“你干吗骂我？”彼佳尖声叫道，“你为什么跟我过不去，傻瓜？我又没惹谁，又没淘气，我挺听话，可是你……生气了！是啊，你凭什么骂我？”

男孩讲得振振有词，哭得那么伤心，扎伊金觉得问心有愧了。

“真的，我何必找他的茬儿呢？”他在想。

“好了，别哭了……别哭了，”他说，碰碰孩子的肩膀，“我不对，彼佳……请你原谅。你是我的乖孩子，好孩子，我喜欢你。”

彼佳用袖子擦干眼泪，叹口气，在原来的地方坐下，开始剪纸牌上的皇后。扎伊金走到书房里去了。他在长沙发上直挺挺地躺下，把两只手枕在头底下，在沉思。男孩刚才淌下的泪水缓和了他的愤怒，他的肝火渐渐平息。他只感到疲劳和饥饿。

“爸爸！”扎伊金听见门外有说话声，“要不要把我搜集的昆虫拿给你看？”

“拿给我看吧！”

彼佳走进书房来，递给父亲一个绿色的小长盒子。扎伊金还没把它举到耳朵旁边，就听见盒子里有绝望的嗡嗡声和爪子搔盒边的沙沙声。他揭开盒盖，看见许多蝴蝶、甲虫、蟋蟀、苍蝇用大头针给扎在盒底上。所有的虫子，除了两三只蝴蝶以外，都还活着，在动弹。

“这只蟋蟀还活着呢！”彼佳惊讶地说，“是我昨天早晨捉住的，直到现在还没死！”

“是谁教你把虫子扎在盒子上的？”扎伊金问。

“奥尔加·基里洛芙娜。”

“应该把奥尔加·基里洛芙娜自己照这样扎死才对！”扎伊金厌恶地说，“你把它拿走！虐待动物是可耻的！”

“上帝啊，他受到多么糟糕的教育。”他在彼佳走后思忖着。

巴维尔·马特维耶维奇已经忘记疲劳和饥饿，专心地在想着孩子的命运。这当儿，窗外白昼的亮光渐渐暗下去……可以听见别墅的居住者们傍晚洗完澡，成群结队地回来了。不知什么人在饭厅那敞开的窗子外面站着，喊道："要蘑菇吗？"喊完，没有听见回答，就迈着光脚啪嗒啪嗒地走开了……可是后来暮色越发浓重，薄纱窗帘外面的天竺葵已经看不清轮廓，傍晚的清爽空气开始涌进窗口来，这时前堂的门砰的一声开了，传来急促的脚步声和谈笑声……

"妈妈！"彼佳尖叫一声。

扎伊金从书房里往外看，看到自己的妻子娜杰日达·斯捷潘诺芙娜，身体健康，脸色红润，跟平时一样……跟她一起来的是奥尔加·基里洛芙娜，一个干瘪的金发女人，脸上长着长粒点的雀斑。另外还有两个不认识的男人，一个年轻，高个子，长着棕红色鬈发和很大的喉结，另一个身材矮壮，脸像演员一样刮得很光，歪着铁青色的下巴。

"娜塔莉娅，烧茶炊！"娜杰日达·斯捷潘诺芙娜嚷道，衣服沙沙地响，"听说巴维尔·马特维耶维奇回来了！巴维尔，你在哪里啊？你好，巴维尔！"她说着，跑进书房里来，呼呼地喘气，"你回来了？很高兴……我们的两个业余演员跟我一块儿来了……我们走出去，我给你介绍一下……喏，那个高一点的是科罗梅斯洛夫……唱得好极了。另一个矮一点的……姓斯梅尔卡洛夫，是个真正的演员……朗诵得很精彩。哎呀，我好累啊！刚才我们在排戏……排得可好呢！我们要演《有长号的房客》和《她等他》……后天就上演……"

"你带他们回来干什么？"扎伊金问。

"这是需要，我的心肝！喝完茶后我们得背一背台词，唱一遍……这是跟科罗梅斯洛夫合唱的……对了，差点忘了！你，亲爱的，打发娜塔莉娅去买沙丁鱼、伏特加酒、干酪，另外再买点什么别的菜。他们多半要在这里吃晚饭……哎呀，我好累啊！"

"哼！……我没有钱！"

"那可不行，我的心肝！那不好意思！别害得我脸红啊！"

过了半个小时，娜塔莉娅奉命去买伏特加酒和冷荤菜。扎伊金喝完茶，吃完整整一个法国面包，就走到卧室去，在床上躺下。娜杰日达·斯捷潘诺芙娜和她的客人们又说又笑，着手背台词。巴维尔·马特维耶维奇久久地听见科罗梅斯洛夫带着浓重的鼻音念台词，斯梅尔卡洛夫用演员腔大呼小喊……念完台词，接着就是长久的谈话，中间夹杂着奥尔加·基里洛芙娜尖得刺耳的笑声。斯梅尔卡洛夫凭真正的演员资格，用自负而激昂的口气解释台词……

随后是合唱，合唱后就是盘盏的叮当声……扎伊金在睡梦中听见他们说服斯梅尔卡洛夫朗诵《女罪人》，听见他假意推让一阵后开始朗诵。他压低了喉咙念，不住捶自己的胸口，痛哭，用沙哑的男低音扬声大笑……扎伊金皱起眉头，把头蒙在被子里。

“你们得走很远的路，天又黑了，”过了一个小时以后，他听见娜杰日达·斯捷潘诺芙娜的说话声，“你们何不在我们这里过夜呢？科罗梅斯洛夫就在这客厅里，在这张长沙发上睡下，您，斯梅尔卡洛夫，就睡在彼佳的床上好了……彼佳可以安排在我丈夫的书房里……真的，你们就住下吧！”

最后，时钟敲了两下，一切才安静下来……卧室的门开了，娜杰日达·斯捷潘诺芙娜出现了。

“巴维尔，你睡着了？”她小声地说。

“没有。怎么了？”

“你，亲爱的，到书房里去，在长沙发上睡吧。这里，你的床，我让奥尔加·基里洛芙娜睡了。去吧，亲爱的！我原想把她安排在书房里，可是她不敢一个人睡……你就起来吧！”

扎伊金坐起来，披上家常长袍，拿着枕头，慢腾腾地往书房走去……他摸黑走到长沙发跟前，点燃火柴，却看见长沙发上躺着彼佳。男孩没有睡着，睁大眼睛望着火柴。

“爸爸，为什么蚊子夜里不睡觉？”他问。

“因为……因为，”扎伊金喃喃地说，“因为我和你在这里是多余的人……连睡觉的地方都没有！”

“爸爸，奥尔加·基里洛芙娜的脸上为什么有雀斑呢？”

“哎，别问了！你惹得我厌烦了！”

扎伊金想了一会儿，就穿上衣服，到街上去透一透新鲜空气……他朝清晨的灰白色天空望着呆呆不动的浮云，听到长脚秧鸡懒洋洋地鸣叫，开始幻想明天他进城去，在法院里下了班，回到家去睡一大觉……忽然，街角上出现一个人影。

“一定是守夜人……”扎伊金在想。

可是他走近点，仔细一看，才认出这个人就是他昨天碰到的穿红裤子的别墅居住者。

“您没睡觉？”他问。

“是啊，不知怎么睡不着……”穿红裤子的人叹道，“我在欣赏大自然……我家里，您知道，来了贵客，是坐夜班火车来的……那是我的岳母。跟她一块儿来的还有我的侄女们……都是些挺好的姑娘。我非常高兴，不过……天气很潮湿！您也是来欣赏大自然吧？”

“是的，”扎伊金支吾道，“我也来欣赏……不过，您可知道，附近有什么酒店或者饭馆吗？”

穿红裤子的人抬起头望着天空，陷入沉思……

重要的一步

阿列克谢·博雷瑟奇刚刚跟午饭后的梦神摩耳浦斯分手，这时同他的妻子玛尔法·阿法纳西耶芙娜一起坐在窗旁发牢骚。他不喜欢他的女儿莉多奇卡跟年轻人费奥多尔·彼得罗维奇一块儿到花园里去散步……

“我受不了，”他唠叨说，“一个姑娘家这么满不在乎，连羞耻心都没有了。在花园里幽暗的林荫路上就这么散步，我看，除了不道德和放荡以外，就再没有什么别的了。你是母亲，可是你什么也看不见……不过，照你的看法，姑娘干蠢事倒是正当的……照你的看法，他们就是在那边偷情也没关系……你自己到了老年，也还巴不得忘掉羞耻，跑去跟人家幽会呢……”

“你干吗跟我过不去？”老太婆生气了，“唠唠叨叨，自己也不知道自己说些什么。秃头的丑相！”

“好吧！就按你的意思，随他们去……随他们在那里亲嘴，搂搂抱抱……很好……随他们去……要是这个丫头昏了头，我可不能在上帝面前负责……亲嘴吧，姑娘！去私定终身吧！”

“你先慢着幸灾乐祸……也许他们会一无结果散掉的……”

“求上帝保佑，一无结果散掉才好……”阿列克谢·博雷瑟奇叹道。

“你老是跟你的亲女儿作对……你除了期望莉多奇卡倒霉外，从不期望别的什么……当心，阿列克谢，可别让上帝惩罚你这种歹毒心肠！我替你担忧呢！你本来就活不了多久！”

“随你怎么说，反正我不容许这种事……他配不上她，再者她也无须着急……凭我的财产和她的美貌，她还会有更体面的求婚人……其实我何必跟你说这些？我很有必要和你讲清楚！把他赶走，把莉多奇卡关在屋里就完事了……我就要这么办。”

老人一面打呵欠，一面有气无力地说着，仿佛在嚼橡皮似的。看得出来，他所以唠唠叨叨，只是因为他心口隐隐作痛，说话没有分寸，然而老太婆却把他的话当真听到心里去了。她不住两手一举一拍，反唇相讥，跟老母鸡似的呱呱地叫。暴君、恶棍、异教徒、混蛋和其他她熟悉的骂人话，纷纷从她的舌头上跳出来，照直扑到阿列克谢·博雷瑟奇的“丑脸”上去……事情本来会像往常那样以引起深刻印象的吐唾沫和流泪水结束，可是这时候两个老人却忽然看见一件异乎寻常的事：他们的女儿莉多奇卡正蓬松着头发，顺林荫路往家急奔。同时，远远地，在林荫路拐角上，灌木丛后面，露出费奥多尔·彼得罗维奇的草帽……这一回，那个年轻人脸色煞白。他迟疑不决地往前跨出两步，后来又摇摇手，很快地退了回去。这以后他们就听见莉多奇卡跑进房子里，飞一般地穿过整条过道，回到自己房间，喀嚓一声扣上了门。

老头和老太婆带着惊呆的神情面面相觑，垂下眼睛，脸色微微发白。两个人沉默着，不知该说什么好。对他们来说，这个谜底是明明白白的，一清二楚。两个人无须说话就明白而且感觉到，刚才他们在这里怨天尤人、互相责骂的时候，他们闺女的命运却已经决定了。姑且不谈父母的心，其实只要最平常的人类感觉就足以理解目前莉多奇卡关在自己房间里，心里有些什么感触，那个退到远处去的戴草帽的人正在她的生活里起着多么重大的决定作用……

阿列克谢·博雷瑟奇带着呼哧声站起来，开始在房间里走来走去……老太婆注视着他的动作，心里发紧地等他开口说话。

“这些日子天气多么奇怪……”老头抱怨说，“晚上挺冷，白天却热得受不了。”

厨娘端来茶炊。玛尔法·阿法纳西耶芙娜洗茶杯，斟茶，可是谁都不想喝茶。

“应当去……叫莉多奇卡……来喝茶，”阿列克谢·博雷瑟奇喃喃地说，“要不然，过后还要特意为她烧茶炊……我不喜欢乱糟糟的！”

玛尔法·阿法纳西耶芙娜想说一句什么话，却没能说出来……她嘴唇颤动，舌头不听使唤，眼睛蒙上了一层雾。再过一会儿她就要哭出来了。阿列克谢·博雷瑟奇热切地想安慰惊慌失措的老太婆，他自己也想哭一场，然而自尊心妨碍他这样做：必须得坚持到底。

“这一切都挺好，都不错，”他唠叨说，“只是他应该先跟我们谈一谈才是……是啊……他，说真的，先应当向我们提出跟莉多奇卡求婚……说不定我们根本不同意呢！”

老太婆摇着双手，大声哭出来，走回她的房间去了。

“这是重要一步……”阿列克谢·博雷瑟奇在想，“不能轻率地作出决定……这得全面慎重地考虑一下……我去问一问她到底是怎么回事，谈一谈，再作决定……这样可不行！”

老人把身上的家常长袍的前襟掩上，迈着碎步走到莉多奇卡的房门跟前。

“莉多奇卡！”他说，迟疑不决地抓住门把手，“你……怎么了？你病了还是怎么的？”

没有回答。阿列克谢·博雷瑟奇不住叹气，不知什么缘故耸了耸肩膀，从房门旁走开了。

“这样可不行！”他想，趿拉着拖鞋在过道上走着，“应当全面……考虑一下，谈一谈，商量一番……婚姻是一种圣礼，可不能马虎对待……我要找老太婆谈一谈……”

老人迈着碎步走进他妻子的房间。玛尔法·阿法纳西耶芙娜在一口打开的箱子跟前站着，发抖的手在翻衣服。

“一件衬衫也没有……”她嘟哝说，“正正经经的好父母办嫁妆，连娃娃的衣服也不缺，可是我们的嫁妆既没有头巾，也没有毛巾……人家可能以为她不是我们的亲生女儿，而是孤儿呢……”

“应当谈一谈正经事，可是你老讲这些穿戴……看到你都叫人害臊……现在要解决的是生死攸关的问题，可是你却像个女商贩似的站在箱子跟前，数那些破衣服……这样可不行！”

“那应该怎么样呢？”

“应该考虑一下，全面地商量一下……讨论一下……”

两个老人听见莉多奇卡开了房门，打发使女给费奥多尔·彼得罗维奇送一封信去，然后又扣上房门……

“她给他送去最后的答复了……”阿列克谢·博雷瑟奇小声地说，“这些蠢人啊，求上帝饶恕吧！根本就没有想到跟长辈商量一下！哎，这班人呀！”

“你猜我想起了什么，阿廖沙！”老太婆说，把两只手一拍。“要知道，我们得在城里找个新宅住了！要是莉多奇卡不再跟我们同住，那我们还要这八个房间干什么？”

“这都是些无聊事……小事……现在得考虑重要的事情……”

两个老人直到吃晚饭为止，一直像阴影似的在各处房间里走动，找不着一个安身之处。玛尔法·阿法纳西耶芙娜毫无目的地翻衣服，跟厨娘交头接耳地讲话，不时哭起来。阿列克谢·博雷瑟奇呢，则不住抱怨，想谈些重要的话，却胡扯一通。吃晚饭的时候，莉多奇卡出来了。她脸色绯红，眼睛微微发肿……

“啊，您好吧！”老头说，眼睛没有看着她。

他们坐下吃饭，头两道菜默默地吃完了……大家的脸色、动作，仆人的步态，总之一切都流露出一种拘谨的严肃的意味……

“应当，莉多奇卡，那个……”老头开口说，“严肃地商量一下……全面地……嗯，是啊……要不要喝点酒？格拉菲拉，去取酒来！我们不妨喝点香槟酒，不过要是没有的话，也就算了……嗯，是啊……这样可不行！”

酒送来了。老头一杯接一杯地喝个不停……

“我们来好好地商量一下……”他说，“事情是重要的，迫切的……这样可不行！”

“爸爸，太吓人了，你的话也太多了！”莉多奇卡叹道。

“得了！得了！……”老头惊慌地说，“我本来不过是随便说说……找个话题罢了……你可别生气……”

晚饭后，母女俩交头接耳地谈了很久。

“她们大多在谈些无谓的事，”老头在想，在房间里走来走去，“她们，这些蠢人，不懂这件事多么严肃……重大……这样可不行，那样可不行！”

夜到来了……莉多奇卡在自己房间里躺着，很久没有睡着……两位老人也睡不着，嘀嘀咕咕一直讲到天亮。

“苍蝇不让人睡觉！”阿列克谢·博雷瑟奇埋怨说。

然而这不能怪苍蝇，却要怪幸福的心情……

歌 女

当她还比较年轻漂亮，嗓音也比较清脆的时候，有一天，她的捧场人尼古拉·彼得罗维奇·科尔帕科夫坐在她那别墅的阁楼上。闷热得难以忍受。科尔帕科夫刚刚吃过中饭，喝过满满一瓶质量很差的烈性葡萄酒，觉得心绪不佳，浑身不舒服。两个人都感到烦闷，就等着炎热消退，好出外去散散步。

突然间，前堂出人意料地响起了门铃声。科尔帕科夫本来没穿上衣，趿拉着拖鞋，这时，就跳起来，用疑问的眼光看着帕莎。

“大概是邮差，或者，也许是我的女朋友吧。”女歌手说。

不论被帕莎的女朋友还是邮差撞见，科尔帕科夫一概不在乎，不过为了以防万一，他还是抱起他的衣服，到隔壁房间去了。帕莎就跑去开门。使她大吃一惊的是，门口站着的既不是邮差，也不是女朋友，却是个素不相识的年轻漂亮的女人，穿着上流、时髦，从整个外表来看，是个上流女人。

这个陌生的女人面色苍白，困难地喘着气，仿佛刚爬上一道很高的楼梯似的。

“您有什么事？”帕莎问。

太太没有立即回答。她往前跨了一步，慢腾腾地对房间里环顾一下，坐了下来，看样子似乎累了，或者有病，因而站不住了。后来她那苍白的嘴唇颤动很久，极力想说出话来。

“我的丈夫在您这里吗？”她终于问道，抬起哭得眼皮红肿的大眼睛望着帕莎。

“什么样的丈夫？”帕莎低声地说，忽然心惊胆战，手脚一齐冰凉了，“什么样的丈夫？”她又说了一遍，开始发抖。

“我的丈夫……尼古拉·彼得罗维奇·科尔帕科夫。”

“没有……没有，太太……我……我根本不认得您的丈夫。”

在沉默中过去了一分钟。陌生女人有好几次用手帕擦苍白的嘴唇，屏住呼吸，为了克制内心的战栗。帕莎站在她面前一动也不动，像是脚下生了根似的，带着困惑和恐惧瞅着她。

“那么您是说他不在这里？”太太问道，这时她的声音已经稳定下来，脸上现出古怪的微笑。

“我……我不知道您问的是谁。”

“你卑贱，下流，坏透了……”陌生女人喃喃地说，带着痛恨和憎恶打量帕莎，“对，对……您卑贱。我终于能有机会对您说这句话，实在高兴得很，非常高兴！”

帕莎感到她给这个身穿黑衣服、眼神气愤、手指头又白又细的太太留下一种卑贱和丑恶的印象，不由得为自己胖胖的红脸蛋、鼻子上的雀斑、额头上那绺怎样也梳不上去的刘海害臊。她觉得要是她长得瘦一点，不涂脂抹粉，不留刘海，那就可以掩盖她那并非上流的身份，她站在这个陌生而神秘的女人面前也就不会这般害怕，这般害臊了。

“我的丈夫在哪里？”太太接着说，“不过他在不在这里，我倒也无所谓，可是我得告诉您：盗用公款的事已经败露，人家正在捉拿尼古拉·彼得罗维奇……人家要逮捕他。这都是您干的好事！”

太太站起来，心情极其激动，在房间里走动了一下。帕莎呆望着她。吓得没有听懂她的话。

“今天他们就会找到他，逮捕他，”太太说着说着，哭了起来，从这种哭声中可以听出她的委屈和懊丧，“我知道是谁把他弄到这种可怕的地步的！卑贱的坏女人！可恶的、出卖肉体的畜生！”太太憎恶得撇着嘴唇，皱起鼻子，“我是个弱女子……您听着，下贱的女人！……我弱，您比我强，不过总会有人来给我和我的孩子们撑腰！上帝全看得见！他是公道的！他会为我流过的每滴眼泪，为我熬过的那些失眠的夜晚惩罚您！这一天终究会到来，您会想起我的话的！”

接着又是沉默。太太在房间里走来走去，绞着手。帕莎仍然大惑不解，呆望着她，不明白她的来意，等待着她说出什么可怕的话来。

“我，太太，什么也不知道！”她说，忽然哭起来。

“您撒谎！”太太嚷道，恶狠狠地对她瞪着眼睛，“我全知道！我早就知道您！我知道最近一个月他天天待在您家里！”

“是的。那又怎样呢？那有什么稀奇？我有很多客人，可是我并没有硬拉什么人来啊。来不来随各人的便。”

“我跟您说：盗用公款的事败露了！他在衙门里盗用了别人的款子！为您这么一个……为了您，他居然决心去犯罪。您听着，”太太在帕莎面前站住，用坚定的口气说，“您不可能有节操，您活着就只为了做坏事，这就是您的目标，可是谁也想不到您堕落得这么深，连一丁点儿人的感情都没有！他可是有妻儿的……要是他受了审，流放在外，我和孩子们就会活活饿死……您要明白这一点！不过眼前还有办法挽救他，挽救我们免得受穷和丢脸。要是我今天交上去九百卢布，他们就不会找他的麻烦。只要九百卢布就成！”

“什么九百卢布？”帕莎轻声问道，“我……我不知道……我没拿过……”

“我不是跟您要九百卢布……您没有钱，再者我也不要您的钱。我要的是别的东西……像您这样的人，男人照例会送给您贵重的物品。只要把我丈夫送给您的物品还给我就成！”

“太太，他没有送给我什么东西！”帕莎尖声叫道，开始明白她的来意了。

“那么钱到哪里去了？他挥霍了他的钱，我的钱，还有别人的钱……可是这些钱都到哪里去了？您听我说，我求求您！我刚才冒了火，对您说了许多不中听的话，那么我道歉就是。您一定恨我，这我知道，假如您还能怜悯人的话，那就替我设身处地想一想！我求求您，把那些物品还给我！”

“哼……”帕莎说，耸一耸肩膀，“我倒乐于奉还，可是，我说了假话就叫上帝惩罚我，他什么东西也没有送给我。请您相信我的良心话。不过，您说得也对，”女歌手慌张地说，“有一次他送过我两件小东西。好吧，如果您要的话，我就退还给你……”

帕莎拉开梳妆台的一个抽屉，从里面取出一个包金的镯子和一个镶红宝石的细戒指。

“收下吧！”她把那两件东西交给客人说。

太太猛然涨红了脸。她的脸颤抖起来。她觉得受了侮辱。

“您给我什么东西？”她说，“我又不是来乞讨的，我是来要那些不该归您有的东西……那些您利用您的地位逼着我丈夫……这个软弱而不幸的人……买给您的东西……星期四那天，我看见您和我的丈夫在码头上，那时候您戴着贵重的胸针和镯子。所以您用不着在我面前装成没事人似的！我最后一次问您：那些东西您给不给我？”

“天哪，您这个人可真奇怪……”帕莎有点生气地说，“我向您保证：我从您的尼古拉·彼得罗维奇那里，除了这个镯子和戒指以外，什么也没拿到过。他只给我带来些甜馅饼。”

“甜馅饼……”陌生女人冷笑道，“在家里，孩子们什么吃的也没有，这里有甜馅饼。您坚决不肯退还那些东西吗？”

太太没有得到回答，就坐下来想心事，目不转睛地朝一处望。

“现在可怎么办？”她想，“要是我交不出九百卢布，那么不但他完了，我和孩子也完了。我到底该把这个下贱的女人打死呢，还是对她下跪？”

太太把手绢蒙住脸，大哭起来。

“我求求您！”她一面大哭，一面数说，“要知道，是您害得我丈夫破了产，把他断送了，您就救救他吧……您不怜悯他，可是孩子……孩子……孩子有什么过错呢？”

帕莎想象那些年幼的孩子站在街上，饿得直哭，她自己也哭了。

“可是我能有什么办法呢，太太?”她说，“您说我是下贱的女人，我害得尼古拉·彼得罗维奇破了产，可是我，要像在真正的上帝面前一样……向您保证：我一点也没沾过他的光……我们这个圈子里只有莫佳才有阔绰的姘夫，我们这些人，却只能勉强过日子。尼古拉·彼得罗维奇是个受过教育的、文雅的先生，所以我才接待他。我们不能不接待客人。”

“我要东西！把东西给我！我在哭……我在低声下气……好吧，我下跪就是！这样你就高兴啦?”

帕莎吓得叫起来，挥舞两只手。她感到这个苍白而美丽的太太像在舞台上似的表演得那么高尚，而且真的会纯粹出于骄傲、出于高尚而在她面前跪下，为的是抬高自己而贬低歌女。

“好，我把东西拿给您！”帕莎说，擦着眼泪，开始手忙脚乱，“好吧。不过这些东西都不是尼古拉·彼得罗维奇的……我是从别的客人那里拿到的。就按您的意思办……”

帕莎拉开五斗橱的最上面一个抽屉，从中取出一个钻石胸针、一串珊瑚、几个戒指、一个镯子，把它们统统交给那个女人。

“要是您乐意，就都拿去，只是我没有从您丈夫那里得到过任何好处。您拿去，您发财吧！”帕莎继续说，下跪的威胁使她感到受了侮辱，“如果您是高贵的女人……他的合法的妻子，您就该叫他守在您身边。就是嘛！又不是我叫他来的，是他自己来的……”

太太泪眼模糊地看了看拿给她的东西，说：

“东西还没有全拿出来……这点东西连五百卢布也不值。”

帕莎就急急忙忙从五斗橱里又扔出一只金表、一个烟盒、一副袖扣，摊开两只手说：

“我一点东西也没剩下了……你尽管搜吧！”

客人叹了口气，伸出发抖的手把那些东西包在手绢里，一句话也没说，甚至也没点一下头，就走出去了。

隔壁房间的门开了，科尔帕科夫走进屋来。他脸色苍白，一个劲儿地摇头，仿佛刚刚吃了一种苦味的东西似的。他的眼睛里闪着泪光。

“您送过我什么东西？”帕莎朝着他发脾气说，“请问什么时候送过？”

“东西……东西这是一点也不要紧的！”科尔帕科夫说，摇了一下头，“我的上帝啊！她在你面前哭，低三下四……”

“我问您：您送过我什么东西？”帕莎嚷道。

“我的上帝啊，她上流、骄傲、纯洁……居然打算……对这个娼妇下跪！是我把她逼到这一步的！是我闹出来的！”

他抱住头，哀叫道：

“不，我为这件事永远也不能原谅自己！永远也不能原谅！你走开……贱货！”他厌恶地叫一声，从帕莎面前往后退，用发抖的手推开她，“她刚才打算下跪，而且是……向谁下跪呀？向你！啊，我的上帝！”

他很快地穿上衣服，厌弃地推开帕莎，走到门口，出去了。

帕莎躺下来，开始放声痛哭。她已经舍不得一时气愤拿出去的那许多东西，她感到委屈。她想起三年前有个商人无缘无故地把她打一顿，就哭得越发响了。

教　师

费奥多尔·卢基奇·瑟索耶夫是由“库利金兄弟纺织工厂”出资创办的厂校教师，正准备去参加一个隆重的宴会。每年考试结束以后，工厂经理处总要举办一次宴会，应邀赴宴的有国民学校督学，有主持考试的全体人员，有工厂管理人员。宴会虽然是例行公事的，然而时间素来拖得很长，大家兴致勃勃，吃得蛮有滋味。教师们忘记各自的级别，只记得各自正直的劳动，和和气气，吃得酒足饭饱，谈话谈到喉咙发哑，夜深才散去，歌声和接吻声惊动整个厂区。这样的宴会，按瑟索耶夫在工厂学校里工作的年数来计算，他已经参加过十三次了。

现在他正准备去参加第十四次宴会，极力想使自己尽可能地显得喜气洋洋、十分体面的样子。他把那套新的黑衣服足足刷了一个小时，当他穿上时髦的衬衫，又在镜子前面几乎站了同样长的时间。衬衫的袖口洞太小，扣子不大容易穿过去，这件事引起他对妻子不住的抱怨、威吓、责难。他那可怜的妻子在他身旁跑来跑去，累得筋疲力尽。再者，他自己最后也累极了。等到仆人从厨房里给他送来擦亮的半高腰皮靴，他已经没有力气把它们套在脚上了。他不得不躺片刻，喝点水。

“你多么虚弱啊！”妻子叹道，“你根本不应该去参加这个宴会。”

“请你别出主意！”教师生气地打断她的话说。

他的情绪非常不好，因为他对最近这次考试非常不满意。其实这次考试的结果挺出色，高级班所有的男孩都获得了证书和奖品。

工厂和政府的上司对这种成绩感到满意，然而教师却嫌不够。使他心里烦恼的是：学生巴布金平素从不出错，这次考试却在听写中写错了三个字；学生谢尔盖耶夫紧张得没能把十七乘十三算对；督学这个年轻而缺乏经验的人为听写选了一篇难文章，而且他请来邻近学校的教师利亚普诺夫主持听写，那个教师“不讲同行的义气”，念听写材料的时候不把字念清楚，却好像拿这些字放在嘴里咀嚼似的。

教师由妻子帮忙穿上半高腰皮靴，再对着镜子照一阵，就拿起一根节疤很多的手杖，动身赴宴去了。这个盛典在工厂厂长的住宅里举行，教师走到住宅门口，却发生了一件不愉快的小事。他忽然大咳起来……他咳得浑身颤动，帽子从头上掉下来，手杖从手里掉下地。教师们和国民学校督学听见他的咳嗽声，就从厂长的住宅里跑出来，他却已经坐在底下一层台阶上，一身大汗了。

“费奥多尔·卢基奇，是您吗？”督学惊讶地说，“您……来了？”

“怎么？”

“您，亲爱的，应该待在家里休息才对。今天您身体很不好啊……”

“今天我跟昨天一样好。不过要是您不愿意我来，那我可以走。”

“咦，这话是从何说起，费奥多尔·卢基奇？何必说这种话呢？欢迎欢迎！认真说来，这个盛典的主客不是我们，而是您啊。求上帝怜恤吧，您来了，我们非常高兴……”

工厂厂长的住宅里已经为这个盛典准备停当。在挂着德国的彩色画片，弥漫着天竺葵和油漆气味的大饭厅里，放着两张桌子，一张大的是饭桌，一张小的是放冷盘菜的。中午炎热的阳光从放下窗帘的窗口里隐隐约约透进来。室内的半明不暗、窗帘上的瑞士风景画、天竺葵、碟子里切得很薄的腊肠，都显得那么纯朴，现出姑娘家多愁善感的神气。这一切倒跟房子的主人本身相称，他是个软心肠的德国人，身材矮小，腆起小小的圆肚子，睁着油亮而亲热的小眼睛。阿道夫·安德烈奇·布鲁尼（人们都这样称呼主人）在冷盘菜桌旁忙忙碌碌，仿佛救火似的。他不住斟酒，往盆子里添菜，千方百计使客人满意，逗他们发笑，表示他的友好心情。他拍他们的肩膀，有时看看他们的眼睛，嘻嘻地笑，搓搓手，一句话，像善良的狗那么亲热。

“费奥多尔·卢基奇，我见到的是谁啊？”他见到瑟索耶夫，就用发颤的声调讲起来，“我们多么高兴啊！您尽管有病，却还是来了！……诸位先生啊，请容许我让你们高兴一下：费奥多尔·卢基奇光临了！”

教师们已经围住那张冷盘菜小桌吃起来了。瑟索耶夫皱起眉头。他看见同事们没有等他来就开始吃菜喝酒，心里不痛快。他认出其中有利亚普诺夫，也就是考试的时候主持听写的人。他走到他跟前，开口说：

“您不讲同行的义气！对了！正派的人不这样考听写！”

“主啊，您还在说这件事！”利亚普诺夫皱起眉头说，“难道您就不嫌烦？”

“对，我还要说！我的巴布金从没出过错！我知道您为什么这般考听写。您无非是希望我的学生不及格，好显出您的学校比我的高明。我全明白！……”

“您为什么跟我过不去？”利亚普诺夫顶嘴说，“您干吗缠住我不放？”

“算了，两位先生，”督学解劝说，做出要哭的脸相，“得了，为一点小事犯不上闹起来。三个错……一个错也没有……那不都是一个样吗？”

“不，不一样。我的巴布金从不出错！”

“他缠住人不放！”利亚普诺夫气愤地哼鼻子，继续说，“他仗恃他是个病人，没完没了地骂人。哼，老兄，再这样下去，我不来顾您有病没病了！”

“我的病不要您管！”瑟索耶夫生气地嚷道，“这关您什么事？您老是病啊病的唠叨没完……我才不稀罕您的同情！再说您凭哪点说我有病？考试以前我害过病，这是确实的，可是现在我已经完全康复了，只是有点虚弱罢了。”

“您康复了，那就应该感谢上帝，”神学教师尼古拉神甫说，这个青年教士穿着讲究的深棕色法衣和长裤，散着裤腿，“您应当高兴才是，可是反而一肚子气，这样那样的。”

“您也妙得很，”瑟索耶夫打断他的话说，“考题应当直截了当，意思清楚，可是您老是叫学生猜谜。这样可不行！”

大家同心协力，好歹劝得他平了气，让他在桌旁坐下。他挑选很久，不知该喝哪种酒好，后来露出一脸的哭丧相，喝下半杯某种绿色露酒。随后他要来一小块馅饼，细心把馅里的鸡蛋和葱剔掉。他吃了第一口，就觉得馅饼太淡。他撒上点盐，可是立刻把馅饼移开，因为又太咸了。

在宴席上，瑟索耶夫被安置在督学和布鲁尼中间。按照久已养成的风气，他们吃过第一道菜后，就开始祝酒。

“我认为，”督学开口说，“我衷心地感谢不在座的学校董事们丹尼尔·彼得罗维奇和……和……和……”

“和伊万·彼得罗维奇……”布鲁尼从旁提了一句。

“和伊万·彼得罗维奇·库利金，他们不惜资金，开办学校，我提议为他们的健康干杯……”

“从我这方面来说，”布鲁尼好像被蜇了一口似的跳起来，说道，“我提议为尊敬的国民学校督学巴维尔·格纳季耶维奇·纳达罗夫的健康干杯。”

椅子纷纷移动，一张张脸露出笑容，例行的碰杯开始了。第三个祝酒的素来是瑟索耶夫。这一次他也站起来，开口讲话。他拉长脸，清一清喉咙，首先声明他没有演讲的口才，也没准备讲话。随后他说，他任职十四年以来，遭到很多的阴谋、暗算，甚至告密，又说他知道他的仇人和告密者是谁，可是不愿意点出他们的姓名，

“生怕破坏某人的胃口”，不过尽管有那些阴谋，库利金的学校却“不仅在精神方面，甚至在物质方面”也在全省占第一位。

“别处的教师，”他说，“都挣二百和三百，可是我挣五百卢布，此外我的住宅由工厂出钱装修，置备家具。今年所有的墙都糊了新的墙纸……”

接着教师大事赞扬本校的学生同地方自治局和政府的学校学生相比，所得的文具要多得多。而且依他看来，在这方面，学校应当感激的并不是工厂主，他们住在国外，甚至未必知道这所学校的存在，却应当感激另一个人，这个人尽管是德国血统，信奉路德派新教，却具有俄国人的灵魂。瑟索耶夫讲了很久，不时停下来喘气，而且他又喜欢渲染，结果他的发言冗长，听起来很不舒服。他好几次提到他的某些仇人，极力含沙射影，说了又说，常常咳嗽，难看地活动他的手指。最后他累了，出汗了，开始声音轻了下来，断断续续，仿佛在自言自语。他前言不搭后语地结束了他的演讲：

“这样，我提议为布鲁尼，也就是为阿道夫·安德烈奇干杯，他就在这里，在我们中间……一般说来……大家都是明白的。”

他讲完话，大家都轻松地吐口气，就像有人在空中洒了点凉水，解除了暑热似的。看来，只有布鲁尼一个人没有不愉快的感觉。这个德国人眉开眼笑，转动着多愁善感的眼睛，热情地握瑟索耶夫的手，又像狗那样亲热起来。

“啊，我向您道谢！”他说，着重念“啊”字，把左手按在胸口。“您了解我，我很幸福！我衷心地祝愿您事业如意！不过我得向您指出，您夸大了我的作用。这个学校的蓬勃发展要完全归功于您，我可敬的朋友，费奥多尔·卢基奇！缺了您，它就不会跟别的学校有什么不同！您以为这个德国人在说恭维话，在说客气话。哈哈，不对，我的好朋友，费奥多尔·卢基奇，我是个老实人，从来也不说恭维话。如果我们一年付给您五百卢布，那就是说，您对我们来说是宝贵的。难道不是这样吗？诸位先生，我说的不是实话吗？换了旁人，我们就不会出这么多的钱……求上帝怜恤，办好一个学校，这对工厂来说是光荣呀！”

“我得诚恳地承认，您的学校的确与众不同，”督学说，“您不要以为这是奉承。至少我有生以来像这样的学校还没看见过第二所。考试期间我在您学校里坐着，时时刻刻感到惊奇……奇怪的是，竟有这样的孩子！他们知道得很多，对答如流，同时他们没有被吓得战战兢兢，却表现出一种特别的诚恳神态……看得出来他们都热爱您，费奥多尔·卢基奇。您是位地地道道的教师，您天生就是一位教师。您样样条件都具备：有与生俱来的素质，有多年的经验，有对事业的热爱……说来简直叫人奇怪，您虽然体质弱，可是有那么多的精力，对工作理解得那么深，而且，您知道，您有那样大的毅力、信心！在学校会议上有人说您是您这项事业中的诗人，这话说得对……的的确确是诗人！”

所有在座的人像一个人似的，异口同声地讲起瑟索耶夫的非凡才能。犹如堤坝决了口，诚恳热情的话语滔滔不绝，像那样的话，人在不喝酒的时候，由于谨小慎微，是不会说出口的。瑟索耶夫的演讲也好，他那难于相处的性格也好，他脸上那凶恶难看的表情也好，统统被人忘却了。所有的人，就连那些沉默胆怯、新近任职的教师，那些贫苦受气、见着督学总得尊称“大人”的青年人，也畅谈起来了。事情很清楚，瑟索耶夫在他那一行中是个卓越的人物。

他在任职的十四年当中已经习惯于成就和赞美，这时候听着那些崇拜者的热情洋溢的讲话，毫不动心了。

听到赞美而陶醉的并不是他，却是布鲁尼。这个德国人把每个字都听进去，眉开眼笑，拍手心，羞涩得脸色绯红，仿佛那些赞美不是针对教师，却是针对他似的。

“说得对！说得好！”他叫道，“一点不差！您猜中我的想法了！……太好了！……”

他不时朝教师的眼睛看，仿佛想跟他分享自己的快乐似的，最后他忍不住跳起来，用他尖细的男高音压过所有的说话声，大声嚷道：

“诸位先生！请允许我说几句！嘘！听了你们说过的许多话，我只有一句话要讲，工厂的厂部是不会忘记报答费奥多尔·卢基奇的！……”

大家都安静下来。瑟索耶夫抬起眼睛望着德国人泛起红晕的脸。

“我们是善于器重人的，”布鲁尼放低了声音，继续说，做出严肃的脸相，“听了你们讲的话，我必须告诉你们：……费奥多尔·卢基奇的家属的生活会得到保障，一个月前已经为此在银行里存下了一笔钱。”

瑟索耶夫用疑问的眼光看了看德国人，望了望同行们，似乎弄不明白：为什么得到生活保障的是家属而不是他本人？这时他在所有人的脸上，所有呆望着他的目光中看到的，不是他所不能忍受的同情和怜悯，而是另外一种东西，一种柔和的、温柔的同时却又极其不祥的东西，类似可怕的真理。瞬间，这一切使得他周身发凉，心里充满说不出的绝望。他面色苍白，脸相也变了，忽然跳起来，抱住头。他照这样站了十几秒钟，带着恐惧呆呆地朝前看，仿佛看见布鲁尼所说的死亡正在向他逼近似的。随后他坐下，哭起来。

“算了！……你怎么了？……”他听见许多不安的声音说，“水，您喝点水吧！”

过了不久，教师镇静下来，可是先前那种活泼的情绪再也没有回到吃饭的人们身上来。宴会在阴郁的沉默中结束了，而且结束得比往年早得多。

瑟索耶夫回到家里，首先照一照镜子。

“当然，我不该在那里大哭起来！”他瞧着自己带黑圈的眼睛，瞧着凹陷的脸颊，在想，“今天我的脸色就比昨天好得多。我害的是贫血和胃炎，我咳嗽是胃里的毛病。”

想到这里，他就放心了，慢腾腾地脱掉衣服，用刷子把他的黑色衣服刷了很久，然后仔细地叠好，锁在五斗橱里。

后来他走到桌子跟前，桌子上放着一叠学生的练习簿。他从中抽出巴布金的练习簿，坐下来，专心欣赏那孩子气的清秀笔迹……

当他检查学生们的听写试卷时，地方自治局的医生正坐在隔壁房间里，小声地对教师的妻子说：不应该让他去参加宴会，看样子，这个人活不到一个星期了。

供“小姐们”用的详解词典

如果勤奋的贵族女子中学学生喜欢学习**物理学**，那么这将是**肉体爱情**。①

如果年轻人喜欢**在码头上**谈情说爱，那么这是**性欲爱情**②。

如果小姐喜欢的不是你，而是你的**兄弟**，那么这是**兄弟情**。

如果谁喜欢在身上洒香水或者传来香味，那么这是**精神爱情**③。

如果老姑娘喜欢狗、猫和其他动物，那么这是**兽欲爱情**。

有世袭名誉**公民**和世袭**女公民**称号的两位相爱而结合，就称做**非婚同居**④。

出于怜悯感和按警察局的命令帮助老大爷供养他的女儿们的衣食，这样的**男子们**相互称做**连襟**。

放空枪的男子称做**单身汉**⑤。

在秋天，当邮差和车夫行驶在**泥泞中**的时候，他们过着**浪荡的生活**⑥。

① 俄语中“物理”与“肉体”的词根相同。
② 俄语中“码头”与“性欲”书写和发音相近。
③ 俄语中“香水”与“精神”词根相同。
④ 俄语中“非婚同居”这一词组的字面意思是“公民的婚姻”。
⑤ 俄语中“放空枪”这一词组中的“空”与“单身汉”词根相同。
⑥ 俄语中“泥泞”与“放荡”的词根相同。

不安分的客人

在护林人阿尔乔姆那矮小歪斜的木房里，有两个人在黑色的大圣像下面坐着：一个就是阿尔乔姆本人，是个矮小精瘦的农民，面容苍老，布满皱纹，胡子一直长到脖子上；另一个是过路的猎人，身材高大的年轻小伙子，穿着红布新衬衫和不透水的大皮靴。他们在三条腿的小桌旁边的一条长凳上坐着，桌上点着一支插在瓶子里的蜡烛，正在懒洋洋地放着光芒。

窗外，漆黑的夜色里，暴风呼呼地响。大自然在雷雨前照例是这样逞威的。风愤恨地哀号着，压弯的树木痛苦地呻吟不已。窗子上缺一块玻璃的地方糊着纸，人可以听见从树上吹落的叶子纷纷拍打那张纸。

“你听我说，东正教徒……”阿尔乔姆用那双一眨也不眨的、似乎害怕的眼睛看着猎人，压低喉咙，用沙哑的男高音说，“狼啊，熊啊，各种野兽啊，我都不怕，唯独怕人。野兽来了，你可以用枪支或别的什么武器打死它，救出你自己，可是坏人来了，那就任何解救的办法都使不上了。”

“当然！见着野兽可以开枪，可是你开枪打死一个强盗，你就要负责，那可就要发配到西伯利亚去了。”

“我，老弟，当护林人差不多已经有三十年，我吃过坏人多少苦头，那就没法说了。前后到我这里来过的坏人，多得数不清。这间木屋就在林间小路上，这条路通车马，好，他们，那些魔鬼，就都来了。不管什么样的恶棍都会闯进来，帽子也不脱，也不在脑门上画个十字，直接跑到你跟前来，说一声：‘给我面包，你这老家伙！’可我到哪里给他找面包去？他凭什么向我要？难道我是个大财主，应当喂饱每个过路的酒鬼？他，当然，心里冒火了……他们这些不戴十字架的魔鬼……不管三七二十一，伸出手来就给你一记耳光：‘给我面包！’非给不可……我可不打算跟他们这些蠢材打架！有的人宽肩膀高个子，拳头跟你的皮靴一般大，可是我呢，你看，是什么样的身板。他只要动一动小手指头也能把我碰伤……好，你给了他面包，他就大吃一通，在小木房里躺下，不向你表示任何谢意。有时还有要钱的：‘你说，钱在哪里？’我有什么钱呢？哪里来的钱？”

“当个护林人，居然会没钱！”猎人笑道，“月月有薪水，再说私下里还卖木材哩。”

阿尔乔姆惊恐地斜起眼睛看了看猎人，他的胡子颤动起来，就像喜鹊尾巴在颤动似的。

“你还年轻，就跟我说这种话，”他说，“你说这种话可要对上帝负责啊。你是哪一路人？从哪里来的？”

“我是维亚佐夫卡村的。村长涅菲奥德的儿子。”

“你玩枪找乐子……当初我年轻的时候，也喜欢玩这个。是啊。唉，我们的罪孽深重呀！”阿尔乔姆打个呵欠说，“糟透了！好人很少，坏蛋和杀人犯却多得不得了！”

“你好像也怕我……”

“咦，哪里的话！我怕你干什么？我看得出……我懂……你走进屋来，不是要这要那，而是在身上画个十字，规规矩矩地鞠个躬……我明白……你就是要面包，我也可以给……我是个死了老婆的人，不生炉子，茶炊也早就卖了……我穷，肉啊什么的都买不起，不过面包呢，你自管吃好了。”

这时候长凳底下发出呜呜的叫声，在这呜呜声之后又响起嘶嘶的叫声。阿尔乔姆打了个哆嗦，把脚缩回去，用疑问的眼光瞧着猎人。

“这是我的狗在惹你的猫。”猎人说。“你们这些魔鬼！”他对长凳底下吆喝一声，“躺下别动！你们在找打！可是，老汉，你的猫好瘦呀！只剩下皮包骨了。”

“它老了，到死的时刻了……那么，这样说来，你是维亚佐夫卡村的人！”

“你不喂它东西吃，我看得出来。它虽然是一只猫，可到底是有生命的……是活物。应当爱惜它才对！”

“你们维亚佐夫卡村可不光彩，”阿尔乔姆好像没有听见猎人的话，继续在说，“教堂一年遭劫两次……居然有这种罪该万死的人，啊？可见他们不但不怕人，连上帝也不怕！打劫上帝的财物！就是把他们绞死都不解恨！在从前，省长总是把这种坏蛋严刑拷打。”

“不管怎么惩罚他们，用鞭子抽，还是从严定罪，都没什么用。坏人的坏心思是任何办法也驱除不掉的。”

“拯救和饶恕我们吧，圣母！”护林人喘吁吁地叹了口气，“拯救我们，让我们躲开一切仇人和冤家吧。上星期在沃洛维·扎伊米希村，有一个割草人拿起镰刀朝另一个割草人的胸膛砍……他把那个人活活砍死了！这何苦呢，求上帝保佑吧！先是一个割草人从酒店里出来……喝醉了。他遇上另一个割草人，也喝醉了……”

猎人本来专心听着，这时候忽然打了个哆嗦，拉长脸，仔细听一下。

“慢着，”他打断护林人的话，“好像有人在喊叫……”

猎人和护林人凝视着黑洞洞的窗子，开始静听。在树林的飒飒声中，响起了在一切风暴中紧张的耳朵都能听到的种种声音，因此，究竟是有人在呼救，还是狂风在烟囱里哭泣，就难以分清了。可是猛的一阵风刮过房顶，敲打窗上的纸，带来了清楚的喊叫声：“救命啊！”

“一说杀人犯，杀人犯就真的来了！”猎人说，脸色发白，站起来，“有人遭抢了！”

“求主饶恕吧！”护林人低声说，也脸色发白，站了起来。

猎人毫无目的地看了看窗外，然后在屋里走来走去。

“这个夜晚啊，什么样的夜晚啊！”他嘟哝道，“黑得伸手不见五指！正是抢劫的时候！听见了吗？又喊了一声！”

护林人望了望圣像，再把眼睛从圣像移到猎人身上，然后往长凳上一屁股坐下去，就像一个人听到意外的消息，吓坏了，浑身瘫软似的。

“东正教徒啊！”他用哭泣的声音说，“你到前堂去一趟，插上门闩！应当把烛火熄掉才成！”

“这是为什么？”

“说不定他们会跑到这里来的……唉，我们的罪过啊！”

“应当出去救人才对，你却要插上门闩！嘿，你这个脑瓜子可真够聪明的！我们走吧？好吗？”

猎人把枪扛在肩上，拿起帽子。

“你穿上衣服，带上枪！喂，弗列尔卡，走！”他对狗喊道，“弗列尔卡！”

从长凳底下走出一条狗来，是猎犬和看家狗的杂种，两个长耳朵被咬坏了。它在主人脚旁伸了个懒腰，开始摇尾巴。

“你呆坐着干什么？”猎人对护林人喊了一声，“难道你不想去？”

“上哪里去？”

"救人去！"

"我可不去！"护林人摇一下手，全身缩成一团，"求上帝保佑他吧！"

"为什么你不肯去？"

"刚才谈得那么可怕，现在要去摸黑，我连一步路也走不动，求上帝保佑他吧！我在树林里什么没见过？"

"你怕什么？难道你没有枪？咱们走吧，请。一个人去害怕，两个人去就可以壮胆了！听见了吗？又喊了一声！站起来！"

"你把我看成什么人了，小伙子！"护林人哀叫道，"难道我是傻子，自己去送死？"

"那么你不去了？"

护林人不吭声。狗大概听见了人的吵嚷声，恶狠狠地瞪大眼睛。

"天哪，他缠住人不放！"护林人皱起眉头说，"你自己去好了！"

"哼……坏蛋！"猎人嘟哝着，回转身往门口走去，"弗列尔卡，走！"

他走出去，敞开了大门，风刮进小木房来。烛火不安地闪烁着，猛然一下，熄了。

护林人等猎人走后，就去关门上闩，看见林间小路上的水洼和附近一棵棵松树，闪电照亮客人走远的身影，远处响起了隆隆的雷声。

"上帝保佑，上帝保佑，上帝保佑……"护林人低声地说，赶紧把粗门闩插在大铁环里，"上帝送走了这样的天气！"

他回到屋里，摸黑爬上灶台，躺下，把头也盖起来。他躺在皮袄底下，紧张地听着，再也没听见人的喊叫声，然而雷却打得越来越猛，越来越响。他听见被风刮过来的大雨点愤怒地敲打窗上的玻璃和纸。

"魔鬼把他差走了！"他寻思着，独自想象猎人被雨水淋透，脚底下绊着树桩，几乎跌倒，“恐怕他吓得牙齿在打颤吧！”

最多只不过过了十分钟，响起了脚步声，随后就是有力的敲门声。

“谁啊？”护林人喊道。

“是我，”传来猎人的说话声，“开门！”

护林人从灶台上爬下来，摸到了蜡烛，点燃后，就去开门。猎人和狗都淋得湿透了。他们正赶上最大最密的雨。现在雨水从他们身上淌下来，好像是从没拧过的抹布上淌下来似的。

“出了什么事？”护林人问。

“一个村妇赶着一辆大车，走错了路……”猎人回答说，极力压下喘息，“她把车赶进灌木林去，出不来了。”

“瞧这个傻娘们儿！那么说她害怕了……怎么样，你把她带到大路上去了？”

“我不愿意回答你这个混蛋的问题。”

猎人把湿帽子丢在长凳上，继续说：

“我现在算是把你看透了！你这混蛋，是最没出息的人。还是个护林人，还拿薪水呢！真是个混蛋……”

护林人踩着自觉有罪的步子往灶台那边慢慢走去，喉咙里发出嘎嘎的声响，躺下来。猎人在长凳上坐下，沉思片刻，没有脱掉湿衣服，也在长凳上直挺挺地躺下，过了一会儿，他爬起来，吹灭蜡烛，又躺下。响起了一阵特别响的雷声，他翻个身，啐口唾沫，嘟哝说：

“他害怕……可万一那个村妇让人杀了呢？谁该去帮她？你也算是个老年人，是个教徒呢……简直是一头猪。”

护林人清了清嗓子，长叹一声，弗列尔卡在黑暗中不知什么地方使劲抖一下淋湿的身体，往四周洒下不少水珠。

“这么看来，即使那个村妇被人杀死，你也毫不关心？”猎人继续说，“喏，我说了假话就叫上帝打死我，我没想到你是这样的一个人……”

接着是沉默。风暴已经过去，隆隆的雷声离远了。可是雨还在下。

“打个比方说，要是喊救命的不是村妇而是你呢？”猎人打破沉默说，“要是谁也不跑去救你，你这畜生觉得好受吗？你这种卑鄙惹得我一肚子的气，你这该死的！”

后来，经过一段长时间的沉默，猎人说：

“这样看来，既然你怕人，那一定有钱！没钱的人就不会怕人……”

“你说这种话可得对上帝负责啊……”阿尔乔姆在灶台上用沙哑的声音说，“我没有钱！”

“嗯，是啊！坏人永远有钱……你为什么怕人？可见你有钱！我恨不得捣一下乱，偏要把你的钱抢走，好叫你清醒清醒！”

阿尔乔姆不出声地从灶台上爬下来，点上蜡烛，在圣像底下坐着。他脸色惨白，目不转睛地看着猎人。

“我索性把你钱抢走，”猎人站起来继续说，“你觉得怎么样？对像你这样的人就得教训一下！你说，钱藏在哪里？”

阿尔乔姆盘起两条腿，把它们缩在身子底下，开始眨巴眼睛。

“你缩头缩脑干什么？你的钱藏在哪里？你这个魔鬼，舌头没有了还是怎么的？你怎么不说话呢？”

猎人跳起来，走到护林人跟前。

“眼睛跟猫头鹰似的瞪得那么圆！怎么样？把钱拿出来，要不然我就要开枪！”

“你为什么跟我过不去？”护林人尖声叫道，大颗泪珠从眼睛里扑簌簌滚下来，“这是为什么？上帝什么都看得见！你说这种话要对上帝负责。你根本没有权利向我要钱！”

猎人看了看阿尔乔姆哭泣的脸，皱起眉头，开始在屋里走来走去，然后气愤地把帽子戴上，低低地压在额头上，拿起了枪。

“哎……哎……看到你都讨厌！”他咬牙切齿地说，“我不能再看见你！反正我在这里也没法睡觉。再见！喂，弗列尔卡！”

大门砰的一声响，这个不安分的客人带着他的狗走出去了！……阿尔乔姆等他走后，关上门，上了闩，在胸前画个十字，躺下来睡觉了。

罕见的人[1]

一个写犯罪小说的作者和一个警察局的暗探在交谈：

“请费心领我到骗子和流浪汉的黑窝去一趟。”

“很乐意陪您去。”

“请给我介绍两三个典型的杀人犯……”

“这也可以。”

“我还有必要到秘密的淫窟去看看。”

此外，作者还要求介绍他认识伪造钱币者、敲诈徒、赌棍、红桃皇后、面首等，暗探对所有这些要求全都回答说：

“这也可以办到……要多少有多少！”

“另外还有一个要求，”最后作者要求说，“由于我在长篇小说里必须写两三个光明人物作为对比，那么还要麻烦你给我引见两三个完美无瑕的正人君子……”

暗探抬起头，眼睛望着天花板，在思索。

“嗯……”他支支吾吾说，“好，我们去找找看！”

---

① 原文为拉丁语。

旁人的灾难

早晨，还不到六点钟，新获法学副博士学位的科瓦廖夫带着他年轻的妻子坐上一辆四轮马车，沿着乡间道路驶去。他们夫妇俩过去从没起过这么早，如今这宁静的夏日清晨的美景在他们眼里就有点像童话似的。大地一片碧绿，点缀着钻石般的露珠，显得美丽而幸福。阳光在树林上洒下明亮的光点，在闪光的河面上不住颤抖。异常清澈的空气里弥漫着清新的气息，似乎上帝创造的整个世界刚刚洗过澡，因而显得年轻些、健康些了。

对科瓦廖夫夫妇来说，正如他们后来承认的，这个清晨是在他们的蜜月中，因而也是一生中最幸福的时光。他们连续不断地谈话、唱歌、无缘无故地笑、打打闹闹，到最后，感到有车夫在而不好意思。幸福，不仅现在向他们微笑，甚至将来也会向他们微笑。他们正坐车去购买一个庄园，“一个饶有诗意的小角落”，他们从结婚的第一天起就在期待着它。未来的远景给他俩极其灿烂的希望。他隐约看到他将来做地方自治局的工作，从事合理化的农业经营，亲自劳动，另外还有他屡屡读到和听到的其他各种快乐。使她动心的，却是这件事的纯浪漫性质的一面：幽暗的林荫路、钓鱼、芬芳的夜晚……

他们只顾说说笑笑，却没有注意到马车已经走完十八俄里的路程。他们去察看七品文官米哈伊洛夫的庄园，它坐落在高而陡的河岸上，掩蔽在一片桦树林中……红色的房顶在茂密青翠的树林里隐隐出现，黏土河岸上全部栽满了小树。

“风景不错啊！”等到四轮马车涉水渡河，走到对岸，科瓦廖夫就说，“房子在山顶上，山脚下又有一条河！鬼才知道有多么可爱！只是你要知道，薇洛奇卡，台阶非常不好……整个风景都被它的粗俗样子给破坏了……要是我们买下这个庄园，一定要给那条路装上铁栏杆……”

薇洛奇卡也喜欢这里的风景。她大声笑着，扭动整个身子，顺着台阶往上跑，她的丈夫跟在后面。他俩蓬头散发，气喘吁吁，钻进了密林。在地主的房子附近，他们首先遇到的是个身材魁梧的农民，睡眼惺忪，头发又密又长，神色阴沉。他在门廊台阶上坐着，正在刷一双儿童半高腰皮靴。

“米哈伊洛夫先生在家吗？”科瓦廖夫问他，“你去向他通报一声，就说这个庄园的买主来看房子了。”

农民带着惊呆的神情看了看科瓦廖夫夫妇，慢腾腾地走去，然而不是走进房子，却走到房子旁边的一间厨房里去了。顿时，厨房的窗子里闪出许多张脸，一张比一张困倦、惊讶。

“买主来了！”听到了窃窃私语，“主啊，这是你的意旨，米哈尔科沃庄园卖掉了！快来看，他们多么年轻啊！”

不知什么地方有一条狗吠起来，传来凶狠的哀号声，类似猫被人踩住尾巴而发出的那种声音。仆人们的不安不久就传给了本来在林荫路上心平气和地散步的公鸡、公鹅、火鸡。不久，从厨房里急匆匆地跑出来一个小伙子，有着听差的相貌，眯着眼睛望了望科瓦廖夫夫妇，然后朝房子那边跑去，一边跑一边穿上衣……这种惶惶不安的情景在科瓦廖夫夫妇看来都显得滑稽，他们勉强地忍住笑。

“他们的脸相多么滑稽！”科瓦廖夫说，跟他的妻子相互看了一眼，“他们打量我们就跟打量野人似的。”

最后，有个矮小的男子从房子里走出来，面容苍老，脸上的胡子刮得光光的，头发却没有梳……他趿拉着绣了金线的破拖鞋走过来，苦笑了一下，呆呆的目光盯紧着这两个不速之客……

“是米哈伊洛夫先生吗？”科瓦廖夫开口说，举一下帽子，“我荣幸地向您致敬……我和我的妻子读到了地方自治局银行的通告，说是您的庄园出售，现在我们来看一下您的庄园。也许我们会买下……劳驾您，领我们看一看。”

米哈伊洛夫又苦笑一下，有点不好意思，并眨起眼来。在仓皇失措中，他的头发显得越发蓬乱，刮光胡子的脸上露出一种羞愧和惊呆的可笑神态，惹得科瓦廖夫和他的薇洛奇卡面面相觑，忍不住微微地笑。

“我很高兴，”他喃喃地说，“愿意为你们效劳……两位是从远处来吗？”

“从康科沃村来……我们住在那里的别墅里。”

“住在别墅里……原来如此……太好了！请吧！不过我们刚刚起床，请原谅，屋里有点乱。”

米哈伊洛夫苦笑着，搓着手，领着客人朝房子另一面走去。科瓦廖夫戴上眼镜，做出内行的旅行家观赏名胜的样子，开始考察庄园。首先他看见一所砖砌的大房子，具有古老而沉重的建筑结构，装点着纹章和狮子，灰泥已经斑驳。房顶很久没有油漆过，窗玻璃闪着虹彩，台阶的缝隙里长出了杂草。一切都显示出破旧荒废，不过总体上这所房子还是招人喜欢的。它饶有诗意，朴实，又敦厚，犹如一个未出嫁的老姑娘。房子前，离正门的门廊几步开外，有个池塘在闪闪发光，池塘里漂游着两只鸭子和一条玩具船。池塘四周栽着桦树，长得一般高，一般粗。

“啊……，还有个池塘啊！”科瓦廖夫说，由于阳光刺眼而眯着眼睛，“这真美。那里面有鲫鱼吗？”

“有，先生……从前还有鲤鱼，可是后来池塘不再疏浚，所有鲤鱼全都死光了。”

“这可不太应该，”科瓦廖夫用教训的口吻说，“池塘应当经常清理，何况淤泥和水草可以做农田的优良肥料。你听我说，薇洛奇卡，等我们买下这个庄园，就在池塘里修一个立在木桩上的亭子，再架一座小桥通过去。这样的亭子我在阿夫隆托夫公爵家里见过。”

“在亭子里可以喝喝茶……”薇洛奇卡美滋滋地吐了口气说。

“对啊……那边，带尖顶的塔楼是什么玩意儿?”

“那是供客人住的厢房。”米哈伊洛夫回答说。

“它坐落在那里有点不合适。我们要把它拆掉。一般说来，这里有许多东西要拆掉。很多，很多!”

忽然，传来女人的哭声，可以听得一清二楚。科瓦廖夫夫妇回过头朝房子看去!可是正当这时，有一扇窗子砰的一响关上了，在闪着虹彩的窗玻璃里，两只泪汪汪的大眼睛只闪了一下就不见了。那个哭泣的女人，看来，为她的哭泣害臊，就砰的一声关上窗子，藏到窗帘后面去了。

“你们愿意看一看花园和别的建筑物吗?”米哈伊洛夫很快地说，皱起他那张本来就已经布满皱纹的脸，做出苦笑的样子。“我们走吧……其实最主要的不是房子，而是……而是别的……”

科瓦廖夫夫妇动身去看马厩和谷仓。法学副博士走遍每一个谷仓，环视一下，闻一闻，卖弄一下他在农业方面的知识。他详细问起庄园上有多少俄亩的土地，有多少头牲口，痛骂俄国不该砍伐树林，责备米哈伊洛夫把许多畜粪白白糟蹋了，等等。他在滔滔不绝地讲，不时看一眼他的薇洛奇卡。她呢，始终没让她那充满热情的眼睛离开他，心里在想:“他是个多么聪明的人啊!”

他们察看牲畜棚的时候，又听到了哭泣声。

“您听，这是谁在那里哭?”薇洛奇卡问。

米哈伊洛夫摇一下手，转过身去。

“奇怪，”薇洛奇卡听见啜泣声变成无休止的嚎啕大哭，就喃喃地说，“好像有人挨打，或者遭到凶杀似的。”

“这是我妻子在哭，求上帝保佑她吧……”米哈伊洛夫说。

“她哭什么?”

“她是个软弱的女人!她不忍心看见她的老巢卖出去。”

“那您为什么卖出去呢?”薇洛奇卡问。

“卖出去的不是我们，太太，而是银行……”

“奇怪，那您怎么会容许呢?”

米哈伊洛夫惊讶地斜起眼睛看一下薇洛奇卡绯红的脸，耸一耸肩膀。

“要付银行的利息啊，”他说，“每年两千一百卢布！可是这笔钱到哪里去找呢？人就不由得痛哭流涕了。女人，当然，都是软弱的人。她既为这个老巢难过，又为孩子难过，还为我难过……在仆人面前也觉得难为情……刚才你们在那边，池塘附近，说这个要拆掉，那个要修建，可是那些话对她来说就像是往她心里扎了一刀。”

科瓦廖夫的妻子走回去，经过房子，看见窗子里有个剪短头发的中学生和两个小女孩，都是米哈伊洛夫的孩子。那些孩子看到两个买主，心里怎么想呢？薇洛奇卡多半了解他们的想法……等到她坐上四轮马车，动身回家，不论是这个风和日丽的早晨还是想找个饶有诗意的小角落的渴望，对她来说就都失去一切魅力了。

“这一切是多么不愉快啊！”她对丈夫说，“说真的应该给他们两千一百卢布！让他们在自己的庄园上住下去才好。”

“你可真聪明！”科瓦廖夫笑起来，“当然，应该可怜他们，不过话得说回来，这怪他们自己不对。谁叫他们把庄园抵押出去的？为什么他们就这样地让它荒芜？对他们甚至不应当怜惜。如果动脑筋把这个庄园治理一下，采取合理化的经营方法……着手饲养家畜，等等，那么在这里可以生活得很好的……可是他们却像猪一样，什么也不干……他一定是个酒鬼和赌徒，你看见他那副嘴脸吗？她呢，一定喜欢打扮，很会花钱。我可知道这班蠢鹅！”

“可是你怎么会知道他们呢，斯乔帕？”

“我知道！他诉苦说没有钱付利息。我就不明白：怎么会挣不到两千呢？要是采取合理化的经营方法……给土地施肥，着手饲养家畜……要是大体上顺应气候条件和经济条件，那么即使只有一俄亩地，也还是能过日子！”

在回家的路上，斯乔帕讲个不停。他妻子听着他讲，相信他的每句话，然而先前那种心情却一去不复返了。米哈伊洛夫的苦笑和那两只闪了一下就不见了的泪眼，没离开过她的脑际。后来幸福的斯乔帕两次去讲价钱，终于用她的陪嫁钱买下了米哈尔科沃庄园，可是她感到气闷得难受……她的想象力不断构思出米哈伊洛夫带着家属坐上马车，哭哭啼啼地离开他们住惯的老巢。她的想象越是阴暗，越是伤感，斯乔帕却越是神气十足。他用最强横的权威口气大讲合理化的经营方法，订购大批书籍和刊物，讥笑米哈伊洛夫，最后他经营农业的渴望变成大胆而肆无忌惮的夸耀了……

“你瞧着就是！”他说，“我可不是米哈伊洛夫，我要做出个样子来，叫人知道工作该怎么干！对了！”

科瓦廖夫夫妇搬到空荡荡的米哈尔科沃，首先投进薇洛奇卡眼帘的就是原先住在这里的人们留下的残迹！孩子写的课程表、缺脑袋的玩具、飞下来讨吃食的山雀、写在墙上的“娜塔莎是傻瓜”一行字，等等。为了忘却旁人的灾难，有许多东西必须涂掉，糊上纸，或者撕毁才行。

你和您

一场小戏

早晨，六点多钟，调任某市镇的法院侦审官的原候补法官波皮科夫正睡得香，只有领到旅费、住宅费和薪金的人才会睡得这么酣畅。他还没来得及买床，因此目前躺在诉讼案卷上睡觉。周围一片寂静。甚至窗外也没有声音。可是这时房门外面，前堂里，有个什么东西发出抓挠声和沙沙声，仿佛有一头猪闯进前堂来，身体靠着门框蹭来蹭去解痒。过了一会儿，房门发出凄凉的尖叫声，门开开了，后来却又关上。过了大约三分钟，房门又被打开了，那尖叫声特别苦恼，闹得波皮科夫打了个冷战，睁开了眼睛。

“谁呀？”他不安地朝着房门看，问道。

门口出现一个蜘蛛状的身体，脑袋很大，头发乱蓬蓬的，两道浓眉很长，胡子又密又乱。

“侦审官老爷住在这里，是吗？”那个脑袋用沙哑的声音说。

“是住在这里。你有什么事？”

“你去跟他说，伊万·菲拉列托夫来了。我是接到传票才来这里的。”

“可是你为什么来得这样早？我在传票上写明十一点钟来！”

“那现在几点钟？”

“现在还没到七点呢。”

“嗯……还没到七点……我们，老爷，没有钟……这么说，你就是侦审官？”

“对，我就是……好，你走吧，去等着吧……我还要睡觉……”

“你睡，你睡……我等着。等一等不碍事。”

菲拉列托夫的脑袋不见了。波皮科夫翻了个身，闭上眼睛，然而睡意完全消失了。他又躺了半个钟头，舒舒服服伸个懒腰，点上一支烟，随后，为了拖延时间，他慢条斯理地一杯接着一杯，总共喝了三杯牛奶……

“他把我吵醒了，混蛋！”他抱怨道，“我得告诉女房东，要她晚上把门锁上……那么，一大清早干点什么好呢？见鬼了……我现在就审问他吧，省得待一会儿审了。”

波皮科夫把脚伸进拖鞋里，在内衣外边披上一件斗篷，使劲打个呵欠，牵动得颧骨都痛了，他在桌旁坐下。

“你到这里来！”他嚷道。

房门又尖叫起来，伊万·菲拉列托夫在门口出现了。波皮科夫翻开面前的《后备兵阿列克谢·阿列克谢耶夫·德雷胡诺夫被控虐待妻子玛尔法·安德烈耶娃·德雷胡诺娃案》，拿起钢笔，很快地写下审讯记录。

“走过来点，”他说，钢笔在纸上沙沙地响，“你回答我问的话……你是伊万·菲拉列托夫？普斯特列夫乡敦基诺村的农民？四十二岁？”

“是……”

“你做什么工作？”

“我是放牲口的……给村社放牲口……”

“从前受过审吗？”

“是，受过……”

“那是犯了什么罪？在什么时候？”

“在复活节前，我乡里有三个人给叫到法院里去做陪审员……”

“这不算受审……”

“那谁知道！把我们扣在法院里，差不多有五天……”

侦审官把身上的斗篷裹一裹紧，放低声音说：

“您被传到此地来，是为了给后备兵阿列克谢·德雷胡诺夫虐待妻子一案做证人。我预先向您交代一下：您得始终说实话，而且凡是在这里说过的话，日后到法院上宣誓作证时也得照着说。好，关于这个案子您知道些什么呢？”

“我先得领路费，老爷，”菲拉列托夫叽叽咕咕说，“我坐大车走了二十三俄里的路，可是马是人家的，老爷，那得出钱……”

“路费以后再谈。”

“怎么能以后再谈？人家对我说，路费得审堂时要，要不然，过后就领不着了。”

“我没有工夫同你讲路费！”侦审官生气地说，“你说一说这个案子是怎么回事。德雷胡诺夫是怎样虐待他妻子的？”

“我该怎么对你说呢？”菲拉列托夫叹道，不住地眨眼，他的浓眉跟着一上一下地活动，“很简单，打架呗！……那时我正赶着奶牛去饮水，河里不知谁家的鸭子在游……到底是地主家的鸭子还是庄稼人的，那只有基督才知道，只是这个，就是说，有个牧童叫格里什卡的，拣起一块石头来，使劲扔过去……我就问了：‘你干吗扔石头？会把鸭子砸死的，’我说，‘……你不管打中哪只鸭子，那可就把它打死了。’……”

菲拉列托夫叹口气，抬起眼睛望着天花板。

“那石头连人都会砸死的，而鸭子是娇嫩的动物，一根细劈柴也能把它打死。我说了许多，可是格里什卡不听……当然，这孩子还小，一点脑筋也没有——我的天啊……我就说：‘你怎么不听话？我拧你的耳朵！傻瓜！’”

“这跟案情没有关系，”侦审官说，“请您专讲那些跟案情有关的事……”

“是……正当我刚动手揪住格里什卡的耳朵时，没想到德雷胡诺夫不知从什么地方钻出来……他跟工厂里的小伙子们在岸上走着，不住伸出胳膊。他的脸又肥又红，脑门上那对大眼珠瞪得鼓出来，身子不住摇晃……他喝醉了，该死的东西！人们还没从教堂里做完弥撒出来，他倒已经灌满一肚子酒，叫魔鬼看着高兴了。他见到我揪顽皮的男孩的耳朵，就一个劲地嚷道：‘不准你揪基督徒的耳朵！要不然，’他说，‘我揍你一顿！’我诚恳而正大光明地对他说了一遍……全是公正的。我说：‘你走你的路，醉汉。’他冒火了，走过来，老爷，抡起胳膊啪的一声打我的后脑勺！……这是为什么？这是什么道理？我问他：‘你又不是调解法官，有什么权利打我？’他就说：‘得了，得了，万纽哈，你别生气，这是我对你的友爱，这是闹着玩的。今天，’他说，‘我心里一下子亮堂了……我这才明白，我是最好的人……我，’他说，‘在厂里领了二十卢布工钱，除了厂长以外，我再也没有上司了……我，’他说，‘恨不得朝所有的人啐唾沫！如今，’他说，‘被我打过的人可不少，各式各样的人，数都数不清哩！走，’他说，‘咱们喝酒去！’我说：‘我可不想跟你一块儿去喝酒……人家还没做完弥撒走出教堂呢，你倒去喝酒。’这时候，跟他一块儿的另外几个小伙子，像一群狗似的把我围住，拉着我说：‘咱们走吧，咱们走吧！’我一个人怎么也敌不过那么多人啊，老爷！我不想喝酒，可是后来，被他们拉去了！”

“那你们到哪里去了呢？”

“我们那里只有一个地方！”菲拉列托夫叹了口气说，“我们上阿布拉姆·莫伊谢伊奇的客店里去了。我们每次都去那里。那地方糟透了，就是为了空一点！说不定那地方你也知道……你顺着大路走到敦基诺村，右边是地主谢韦林·弗兰齐的庄园，再往右是普拉赫托沃村，客店就夹在它们中间。说不定你认识谢韦林·弗兰齐奇吧？”

“要称呼‘您’……不能总是你啊你的！既然我对你……对您尚且称呼‘您’，那您就更应该客气点！”

“那当然，老爷！这我会不明白？不过你听我往下讲……我正讲到我们上阿布拉姆·莫伊谢伊奇那里去……他说：‘拿酒来，我给钱！’”

“这是谁说的？”

“就是这个人……就是德雷胡诺夫！他嚷道：‘拿酒来，没出息的东西，要不然我就把酒桶底砸破！’他说，‘我心里一下子亮堂了！’我们一人喝下一大杯，停了一忽儿，我们又喝，照这个样子，不出一个钟头，求上帝保佑我的记性，各自喝下八大杯！我有什么不敢喝的？我放开量喝，才不在乎呢！又不是我出钱！哪怕端来一千杯，我也喝得下！我，老爷，什么罪也没见过！您费心审问阿布拉姆·莫伊谢伊奇就知道了。”

“可是后来怎么样呢？”

“后来没怎么样。喝酒的时候，不错，打过架。不过后来就规规矩矩，心平气和了。”

“打人的是谁？”

“那还用问……他嚷道：‘我一下子心里亮堂了！’他嚷啊嚷的，就动手，不管是谁的脖子都给一拳。他的性子上来了。他又打我，又打阿布拉姆，又打那些小伙子……他端过一杯酒来叫你喝，又使足劲打你：‘你喝，我要叫你知道知道我的力气！我要朝所有的人啐唾沫！’”

“那么他打过他妻子吗？”

“玛尔法吗？玛尔法也挨了揍……正当我们喝得痛快，玛尔法到酒店来了。她说：‘回家去，斯捷潘兄弟来了！你这个强盗，’她接着说，‘在喝酒！’他一句难听的话也没说，上去就照准她的脊梁咚的一声！”

“这是为什么？”

“不为什么，没什么缘故……他说：‘叫你尝尝这滋味……我领了二十卢布。’可她是个单薄的娘们儿，长得很瘦，一个跟头栽下去，连眼珠都往上翻了。她就对我们诉苦，嘴里叫着上帝，可是他又揍她……他管教了又管教，没完没了！”

“为什么你们不护着她呢？一个发酒疯的人是会把女人打死的，可是你们理都不理！”

“这还用得着我们出头？他的老婆，当然由他管教……两口子打架，外人可不兴插嘴……阿布拉姆要他停下手来，免得酒店里乱得不像样子，他却打阿布拉姆一记耳光，阿布拉姆的工人就揍他……可是他抓住他，举起来，往地上一摔……于是那一个就骑在他身上，一个劲地捶他的脊梁……我们揪住他的腿，把他从他的身子底下拉出来。”

“把谁拉出来？”

“那还用问……就是让人骑在身子底下的那个呗……”

“谁骑着？”

“就是我说的那个人呀。”

“呸，你说得清楚点，傻瓜！你回答我问的话，别说废话！”

“我，老爷，跟你说得清清楚楚……一五一十，都是本着良心说的。德雷胡诺夫管教老婆，这是真事……甚至宣誓也可以。”

侦审官听着，不时从菲拉列托夫的冗长而不连贯的发言里摘出几个字记下来，钢笔沙沙地响……他不得不删去记下的话。

“我一点罪也没有……”菲拉列托夫嘟哝说，“你要问谁，老爷，自管去问……为这么个婆娘犯不上往法院里跑。”

在宣读记录的时候，这个证人呆呆地望着侦审官，不住地叹气。

“这些婆娘惹来那么些麻烦！”他声音沙哑地说，“路费，老爷，是你付给我呢，还是你开个条子？”

丈 夫

某骑兵团在军事演习期间来到某小县城宿营。像军官先生们光临过夜这样的大事，总是要引起城里的居民们极其兴奋和激动的样子。商店的老板们期望出清存放过久而发黑的腊肠和在货架上已经陈列十年之久的“最上等”的沙丁鱼。饭铺老板和其他生意人通宵不关店门。军事长官、他的办事员以及当地的驻防部队都穿上最讲究的军服。警察们跑来跑去。至于对太太小姐们有什么影响，那只有鬼才知道!

本县的太太小姐们听说骑兵团开来，就丢下煮果酱的滚烫的铜盆，纷纷跑到街上去了。她们忘了自己衣冠不整，蓬头散发，却迎着骑兵团跑过去，呼吸急促，心里发紧，贪婪地听着进行曲的乐声。见到她们苍白而痴迷的面容，人们也许会以为那乐声不是从士兵的铜号里发出来的，而是从天上降下来的。

“骑兵团！”她们兴高采烈地说，“骑兵团来了！”

可是她们何必这么关心这个素不相识、偶然路过此地、明天拂晓就要开拔的骑兵团呢？后来，当军官先生们倒背着手站在广场中央，商量宿营问题时，她们却已经在法院侦审官太太的宅子里坐定，七嘴八舌地评论这个团了。上帝才知道她们从哪儿打听出来团长已经成了家，然而没有跟妻子住在一起。她们还知道某高级军官的太太每年都生一个死孩子，某副官毫无希望地爱上一个伯爵夫人，有一回甚至自寻短见。她们样样事情都知道。窗外闪过一个麻脸的兵，穿着红色衬衫，她们清楚地知道他就是雷姆左夫少尉的勤务兵，正跑遍全城，为他主人赊买一瓶英国烧酒。那些军官，她们只不过匆匆看过一眼，而且也只是见到他们的后背罢了，可是她们却已经断定其中没有一个长得好看，惹人喜欢的了……她们讲过一通以后，派人硬把军事长官和俱乐部主人请来，吩咐他们无论如何非办一次跳舞晚会不可。

她们的心愿实现了。晚上八点多钟，军乐队在俱乐部门前的街道上奏起了乐曲，俱乐部里军官们同当地的太太小姐们翩翩起舞。太太小姐们感到身上长出了翅膀。她们被舞蹈、乐声、清脆的马刺声所陶醉，把整个心交给萍水相逢的朋友，完全忘记她们那些平民身份的同伴了。她们的父亲和丈夫退到远远的后边去，挤集在前厅寒伧的茶点部旁边。那些司库员、秘书、管理员都生得干瘪，害着痔疮，举止笨拙，清楚地意识到自己不像样，因而不肯走进舞厅，只是远远地看着他们的妻子和女儿跟那些手脚灵活和身材匀称的中尉们跳舞。

在那些丈夫当中，有个税务官基里尔 · 彼得罗维奇 · 沙利科夫。他爱喝酒，心胸狭窄，为人恶毒，脑袋很大，头发剪得短短的，厚嘴唇往下撇。当初他念过大学，读过皮萨列夫和杜勃罗留波夫的作品，时常唱歌，可现在他只说自己是八品文官，别的一概不提了。他倚着门框站在那里，眼睛一刻也不放松他的妻子。他的妻子安娜 · 帕夫洛芙娜是个娇小的黑发女人，年纪三十岁左右，长鼻子，尖下巴，脸上涂着脂粉，腰身束紧，一刻也不停地跳舞，不到昏倒不肯罢休。她已经跳累了，然而疲乏的是她的肉体，却不是她的灵魂……她全身表现出痴迷和欢乐。她胸脯起伏，脸颊泛起红晕，一举一动都显得困倦、轻飘。看得出来，她一边跳舞，一边想起她的过去，那时候她在贵族女子中学常常跳舞，幻想着奢华欢乐的生活，相信她日后的丈夫一定会是男爵或者公爵。

税务官瞅着她，气得皱起眉头……他没感到嫉妒，然而心里不痛快：第一，人家在跳舞，害得他没有地方可以打牌了；第二，他受不了吹奏乐；第三，他觉得军官先生们对待平民过于轻慢、高傲，但最主要的是，第四，他妻子脸上的快活神情惹恼了他，使他心里冒火……

“瞧着都叫人厌恶！”他嘟哝道，“年纪都快四十了，长得一副丑相，你得了吧，居然搽胭脂抹粉，卷起头发，穿着紧身衣！她卖弄风情，装模作样，自以为不错呢……嘿，您瞧，好漂亮的美人儿哟！”

安娜·帕夫洛芙娜全神贯注在跳舞上，一眼也没看她的丈夫。

“当然，我们这些乡巴佬，哪里配得上！”税务官幸灾乐祸地说，“如今我们算是多余了……我们是笨伯，土里土气的熊相！她呢，成了舞会上的皇后。看，她还那么年轻貌美，连军官们都能对她发生兴趣。说不定他们会爱上她呢。”

跳玛祖卡舞的时候，税务官气得脸色大变。跟安娜·帕夫洛芙娜一块儿跳玛祖卡舞的，是个黑发军官，长着暴眼睛和鞑靼人那样的高颧骨。他庄重而又动情地迈动两条腿，露出严厉的脸色，直僵僵地弯下膝头，看上去仿佛是个由细线牵动的玩偶小丑。安娜·帕夫洛芙娜呢，脸色发白，身子发颤，懒洋洋地伛下身子，转动眼珠，极力做出脚不沾地的样子，大概她自己也确实觉得不是在地球上，不是在县城的俱乐部里，而是在远远的、远远的一个什么地方，在云端里！不光她的脸，就连她的全身都表现出快活得飘飘然的神态……税务官受不了，一心想讥诮这种快活，让安娜·帕夫洛芙娜领会她已经得意忘形，生活根本不像她目前在陶醉中感到的那么美妙……

“你等着就是，你尽管喜眉笑眼好了，我要叫你尝尝我的厉害！”他嘟哝说，“你不是女学生，也不是姑娘家了。老丑婆应该明白自己是丑婆子！”

种种浅薄的感情：有嫉妒，有烦恼，有受了伤害的自尊心，也有由于常喝伏特加，长期过着停滞的生活而往往在小官们心里产生的那种狭隘的内地人愤世嫉俗的心理，像老鼠似的在他心里蠢动……他等到玛祖卡舞终场，就走进舞厅，朝他妻子走去。这时，安娜·帕夫洛芙娜正跟她的男舞伴坐在一起，扇着扇子，卖弄风情地眯着眼睛，讲起以前她在彼得堡怎样跳舞（她的嘴唇努成心形，因而说成“在我们比尤秋堡”了）。

“安纽塔，我们回家去！”税务官声音沙哑地说。

安娜·帕夫洛芙娜看见丈夫出现在她面前，先是打了个冷战，仿佛想起她还有个丈夫似的，后来满脸涨得通红，想到自己有这么个干瘦的、阴沉的、平凡的丈夫，不由得害臊起来……

“我们回家去！”税务官又说了一遍。

“为什么？时候还早着呢！”

“我要求你回家！”税务官抑扬顿挫地说，露出气愤的脸色。

“这是为什么？难道出了什么事？”安娜·帕夫洛芙娜惊慌地问。

“没出什么事，可是我希望你马上回家……我希望如此，就是这么回事。请吧，不用多说了。”

安娜·帕夫洛芙娜并不怕她的丈夫，可是在男舞伴面前却觉得难为情，那军官正用惊讶而讥诮的神态瞧着税务官。她站起来，跟丈夫一起走到一旁。

“你在想些什么？”她开口说，“为什么要我回家去？还没到十一点呢！”

“我希望如此，就这么的！走吧，不必多说。”

“你别胡思乱想！你要走，就走你的。”

“好，那我就大闹一场！”

税务官见他妻子脸上的快活神情渐渐消散，见她十分羞愧，显得很痛苦，于是他心里似乎略为轻松点了。

“你现在要我回去干什么？”妻子问。

“我不要你干什么，我希望你待在家里。我希望如此，就是这么的。”

安娜·帕夫洛芙娜不肯听从他的话，后来就开始央求他，求他容许她哪怕再留半个小时。临了，她自己也不知道什么缘故，不住道歉，赌咒发誓，不过这些话都是低声说的，脸上却带着笑容，免得旁人以为她跟丈夫闹别扭。她开始保证说，她不会再待多久，只要十分钟，哪怕五分钟就行。可是税务官固执地坚持他的主张。

“随你的便，你要留下就留下！只是我要大闹一场。”

这时，安娜·帕夫洛芙娜一边跟丈夫说话，一边却显得干了，瘦了，老了。她脸色发白，咬着嘴唇，差点哭出来，然后走到前厅去，开始穿外衣……

“您这是干什么？”本地的太太小姐们吃惊地说，“安娜·帕夫洛芙娜，您干吗要走，亲爱的？”

“她头痛。”税务官替他妻子说。

夫妇两人从俱乐部里出来，走回家去，一路上沉默不语。税务官跟在妻子后面，见她被痛苦和委屈折磨得弯下腰的体态，回想她在俱乐部里那种快活神情惹得他多么生气，感到这种快活如今已经烟消云散，他的心里不禁洋洋得意。他高兴、满意，同时又觉得还缺点什么，很想转身回到俱乐部，设法闹得大家都扫兴和难堪，让大家都领会到这种生活多么渺小可怜、平淡无味，只要他们在街上摸着黑走路，听见脚底下的烂泥咕唧咕唧响，知道明天早晨醒来，没有别的指望，只好仍旧喝酒打牌！啊，那是多么可怕！

安娜·帕夫洛芙娜几乎走不动了……她仍然处在舞蹈、音乐、谈话、亮光、闹声的影响下。她一面走一面问自己：为什么上帝要这样惩罚她呢？她痛心、委屈，听着丈夫沉重的脚步声而满腔愤恨，连气也透不过来。她一言不发，极力要想出最伤人、最刻薄、最恶毒的话来痛骂她的丈夫，同时却又体会到她那税务官的心是任何话都打动不了的。他哪里会理睬她的话呢？就连她最凶恶的仇敌也想不出比这更使她无可奈何的局面来了。

这时刻，音乐轰鸣，黑暗中充满着最轻快、最挑逗人心的乐声。

不 幸

公证人卢皮亚采夫的妻子索菲娅·彼得罗芙娜是个年轻漂亮的女人，年纪二十五岁上下，这时候跟住在邻近别墅里的律师伊林沿着林间通道缓缓地走着。那是下午四点多钟。这条道路的上空，堆着蓬松的白云，从云层里露出一小块一小块明亮的蓝天。浮云停在空中不动，仿佛被高大的老松树的树顶钩住了似的。四下里安静而闷热。

远处，这条路被不高的铁道路基截断。这时，不知什么缘故有个哨兵荷着枪在路基上走来走去。路基后边不远，有座六个圆顶的白色大教堂，房顶生了锈……

“我没料到会在这里遇见您，”索菲娅·彼得罗芙娜说，眼睛看着地下，用阳伞的尖头拨弄去年的树叶，“现在我能遇见您，很高兴。我要严肃而彻底地跟您谈一谈。我求求您，伊万·米哈伊洛维奇，要是您真的爱我，就不要再跟踪我了！您像影子似的跟着我走来走去，老是用不善的眼光看着我，不住表白爱情，写些奇怪的信，而且……而且我不知道这一切到什么时候才会了结！哎，这会闹个什么下场，我的上帝！”

伊林沉默不语。索菲娅·彼得罗芙娜走出几步，继续说：

“您这种急剧的变化，是在我们相识五年以后最近两三个星期当中发生的。我都认不出您来了，伊万·米哈伊洛维奇！”

索菲娅·彼得罗芙娜斜眼瞟了一下她的旅伴。他正眯着眼睛，专心望着蓬松的浮云。他脸上的表情愠怒，不服气，神思恍惚，就像一个心里痛苦而同时又不得不听人家说废话的人一样。

“奇怪的是您自己怎么会不明白呢！”卢皮亚采娃耸了耸肩膀说，“您要明白，您在玩一种不妙的游戏。我已经结了婚，我爱我的丈夫，尊敬他……我有个女儿……除非您认为这都无关紧要？此外，您既然是我的老朋友，就知道我对家庭的看法……对家庭基础的整个看法……”

伊林烦恼地咂咂嘴，叹了口气。

“家庭基础……”他喃喃地说，“啊，上帝！”

“是啊，是啊！……我爱我的丈夫，尊敬他，在任何情况下都看重家庭的和睦。我宁可自己死掉，也不愿给安德烈和他的女儿造成不幸……我求求您，伊万·米哈伊洛维奇，看在上帝面上，别打扰我吧。让我们像从前那样做知心朋友吧，至于您那些不合情理的长吁短叹，都抛开去吧。那么这件事就这样解决，定局了！以后再也不要去提它。我们来谈点别的事吧。”

索菲娅·彼得罗芙娜又斜着眼看了看伊林的脸。伊林望着天空，脸色苍白，生气地咬着发抖的嘴唇。卢皮亚采娃不知道他为什么生气，冒火，不过他那苍白的脸色却打动了她的心。

“您别生气了，做个朋友吧……”她亲切地说，“同意吗？喏，我向您伸出手来了。”

伊林伸出双手来接过她胖乎乎的小手，握了握，慢慢送到嘴唇边。

“我可不是中学生，”他嘟哝说，“同我热爱的女人交朋友，这对我是一点诱惑力也没有。”

“行了，行了！事情已经解决，定局了。我们已经走到长椅这里，那我们就坐一会儿吧……”

索菲娅·彼得罗芙娜心里充满了如释重负的舒畅感觉：最难说出口、最不便启齿的话总算已经讲完，恼人的问题已经解决和定局了。如今她总算可以轻松地吐口气，正视伊林的脸了。她看着他。被人爱着的女人常常感到自己所处的地位高于爱她的人，这种优越感使她沾沾自喜。这个男人强壮魁梧，威武而愠怒的脸上留着黑色的大胡子，聪明，受过教育，而且据说很有才华，如今顺从地坐在她身旁，低下头，她看着暗自高兴。他们默默地坐了两三分钟。

“至今什么事情也没解决，也没定局……”伊林开口说，“您好像对我念了些格言：‘我爱我的丈夫，尊敬他……家庭基础……’这些话，您就是不讲，我也知道，而且要叫我讲，那我还能对您讲很多呢。我恳切而诚实地对您说吧，我自己也认为我这种行为是有罪的，不道德的。哪里还有能说得比这更透彻的？可是，大家都知道的话又何必再说呢？您与其用那些毫无价值的话喂夜莺，还不如教教我：我该怎么办？”

“我已经跟您说过：您离开此地吧！”

“我已经离开过五次，这您知道得很清楚，可是每次都是走到半路上又回来了！我可以把直达车票拿给您看，我都保留着。要我从您这里跑掉，我缺乏那种毅力！我挣扎，苦苦地挣扎，可是既然我不果断，我软弱，我怯懦，那么我哪能办到？我拗不过天性啊！明白吗？我做不到！我从这里跑掉，可是天性拉我的后腿。庸俗而丑恶的软弱！”

伊林涨红脸，站起来，在长椅旁边走来走去。

“我像条狗似的在狂吠！”他悻悻地说，捏紧了拳头，“我痛恨自己，鄙视自己！我的上帝啊，我像个放荡的男孩似的追逐别人的妻子，写傻里傻气的信，低三下四……唉！”

伊林抱住头，干咳了一声，坐下来。

“再说，您又这么不诚恳！”他沉痛地继续说，“要是您反对我这种不妙的游戏，那您为什么到这里来呢？是什么东西把您拉来的？我在信上要求您的仅仅是坚决而直率的答复：行或者不行。可是您不但没有作出直截了当的答复，反而极力每天‘无意中’跟我相会，而且引用些格言来敷衍我！”

卢皮亚采娃吓一跳，脸红了。她忽然感到困窘，只有正派的女人没穿衣服而被人偶然撞见时才会有的这种感觉。

“您好像在怀疑我有意耍弄您……”她喃喃地说，“我素来直率地答复您，而且……而且今天我还请求过您！”

“哎，可是这样的事难道用得着请求吗？要是您干脆说‘走开’，那我早就不在这里了，然而您没有对我说过这话。您一次也没有直截了当地答复过我。奇怪的迟疑！真的，您要么是耍弄我，要么是……”

伊林没讲完，用两个拳头支住脑袋。索菲娅·彼得罗芙娜开始把自己的行为从头到尾回想了一遍。她想起这些天来她不但在行动上，甚至在最隐秘的思想里也是反对伊林的追求的，不过同时却又觉得律师的话也不无道理。她不知道他在哪方面说对了，因而她不论怎样思索，也找不出话来回答伊林的抱怨。保持沉默是不妥当的，于是她耸了耸肩膀说：

“这反而是我不对了？”

“我不是责怪您不诚恳，”伊林叹道，“我这是随便说说，话到嘴边就讲出来了……您的不诚恳是自然而然，合乎情理的。如果所有的人都约定，忽然一齐诚恳起来，那么一切事情反而化为乌有了。”

索菲娅·彼得罗芙娜没心思谈哲学，然而她庆幸谈话总算有个改变话题的机会，就问道：

“那怎么见得呢？”

“因为只有野人和野兽才是诚恳的。一旦文明给生活带来了对这般安乐的需要，例如，对女性美德的需要，那么诚恳就不合时宜了……”

伊林愤愤地用手杖挖沙土。卢皮亚采娃听他讲话，有许多地方没听懂，可是仍然喜欢他的谈话。首先使她喜欢的是，一个有才华的人对她这样的一个普通的女人竟然谈起‘学问上的事’来了；其次，她看着他那年轻、苍白、活泼、仍然愤愤不平的脸不住牵动，心里极其高兴。她有许多地方没听懂，然而有一点她却看得很清楚：他具有现代人那种美妙动人的勇敢精神，在解决重大问题和作出最后结论的时候，能够毫不迟疑、干净利落。

她忽然醒悟过来，她是在爱慕他，就吓坏了。

“请您原谅，我不懂：为什么您谈起不诚恳来了？”她连忙说，“那我再把我的要求重复一遍：我们做知己朋友吧，您让我可以安静下来！我诚恳地要求您！”

“好吧，那我就再来挣扎一次！”伊林叹口气说，“我愿意尽我最大的努力……只是我的挣扎未必会有什么结果。我要么朝我的额头放一枪，要么……昏头昏脑地灌醉。我反正在劫难逃了！一切事情都有个限度，同自然的事物作斗争也如此。您说说看，人怎么拗得过疯狂呢？如果您喝酒，您怎么能克制住兴奋？如果您的音容笑貌在我心里生下根，日日夜夜缠住我，总是出现在我眼前，喏，就像现在这棵松树一样，要我能有什么办法呢？是啊，既然我的全部思想、愿望、美梦都不由我作主，却听命于一个附在我身上的恶魔，那就请您教教我，我该怎样冲锋陷阵，才能摆脱这种可恶而不幸的处境？我爱您，爱得神魂颠倒，丢开了工作和亲友，忘了我的上帝！我有生以来还从未这么爱过！”

索菲娅·彼得罗芙娜没料到有这样的转变，就抽身躲开伊林，惊恐地望着他的脸。他眼睛里涌上了泪水，嘴唇在颤抖，他整个脸上布满一种饥渴和恳求的神情。

“我爱您！”他喃喃地说，把他的眼睛凑近她那惊恐的大眼睛，“您这么美！目前我在受苦，可是我起誓，我情愿一辈子照这样坐着，一边受苦，一边瞧着您的眼睛。不过……您别说话，我求求您！”

索菲娅·彼得罗芙娜仿佛冷不防遭到袭击似的，急急忙忙想找出话来阻拦伊林，“我得走！”她暗自决定，可是她还没来得及做出站起来的动作，伊林却已经在她脚跟前跪下了……他抱住她的膝头，瞅着她的脸，讲得热烈、动听、美妙。她又害怕又心慌，没听清他说的话。不知什么缘故，目前，在这危急的关头，当她的膝头正被人抱紧，她感到那么舒服，好像在洗温水浴一样，她却带着一种凶狠的阴险心理探索她这种感觉的含义。她恼恨她的灵魂里充满着的不是抗议的美德，而是软弱、怠惰和空虚，就跟喝醉酒的人那样，把一切都置之度外了。只是她心灵深处，隐约有那么一小块东西幸灾乐祸地讥诮道："那你为什么不走掉呢？莫非就应当这样？是吗？"

她一面追究其中的含义，一面却不明白：为什么她不缩回手来，却听凭伊林像水蛭似的吸吮它？她何必跟伊林一起急急忙忙往左右两边看，提防外人看见呢？松树和白云一动也不动，严峻地瞧着，好比学校里的老职员明明看见学生胡闹，却因为收了贿赂，只好不去报告学校当局似的。哨兵像根柱子似的站在路基上，仿佛在张望这张长椅。

"随他去看吧！"索菲娅·彼得罗芙娜在想。

"可是……可是您听我说！"她终于开了口，声音里带着绝望的口气，"这会闹出什么样的下场呢？以后又会怎样呢？"

"我不知道，我不知道……"他低声说，挥着手，推开这些不愉快的问题。

这时候响起火车头沙哑刺耳的汽笛声。这种习以为常的、与己无关的平淡声音，使得卢皮亚采娃全身一震。

"我没有时间……该走了！"她说，赶快站起来，"火车来了……安德烈回来了！他要吃饭的。"

索菲娅·彼得罗芙娜把火烧般的脸往路基那边转过去。起初火车头慢慢地爬过来，紧跟着出现了车厢。这不是卢皮亚采娃猜想的那班送别墅住客回来的列车，而是一列货车。在教堂的白色背景上，车厢一节接着一节，像人类生活中的岁月那样，似乎没完没了！

你看，列车终于走完，最后那节挂着灯的列车长车厢也消失在一片苍翠之中了。索菲娅·彼得罗芙娜猛地转过身，眼睛没朝伊林看，很快地沿着林间通道走回去，她已经控制住自己。她羞得脸色绯红，倒不是受了伊林的侮辱，不是的，却是受了她自己的懦怯、她自己的不知羞耻的侮辱，因为她这个有道德的、纯洁的女人，竟然容许别人抱住她的膝头。现在她专心想着一件事，赶快回到自己的别墅去，回到自己的家里去。律师在她后面几乎跟不上她。她从林间通道拐弯，走上一条狭窄的小径，回过头去很快地看他一眼，只看见他膝盖上的沙土，就向他挥一下手，要他离开她。

跑到家后，索菲娅·彼得罗芙娜在她的房间里呆呆地站了大约五分钟，时而望望窗子，时而朝着她的写字台看看……

“坏女人！”她骂自己，“坏女人！”

她偏要跟自己捣乱，就索性仔仔细细、毫不隐讳地回想这些天来她如何反对伊林的追求，却又一心想去对他解释清楚，而且，每逢他在她脚边跪下，她心里总是格外舒服。她回想着这一切，毫不吝惜自己，羞得喘不过气来，恨不得连连打自己耳光才好。

“可怜的安德烈啊，”她在想，极力使她的脸在她想起丈夫的时候现出十分温柔的神情，“瓦莉娅，我可怜的小女儿，你不知道你母亲是个什么样的人哟！你们原谅我吧，亲爱的！我非常爱你们……非常爱呀！”

索菲娅·彼得罗芙娜想对自己证实她仍是个好妻子和好母亲，邪魔还没侵袭到她对伊林说过的“家庭基础”，就跑到厨房去，对厨娘大嚷一通，怪她不该至今还没给安德烈·伊里奇摆好餐具。她极力想象她丈夫疲劳饥饿的模样，嘴里说着怜惜他的话，亲自动手给他摆餐具，这却是她以前从没有过的。后来她找到她的女儿瓦莉娅，把她抱起来，热烈地搂在怀里。她觉得女儿沉甸甸，冷冰冰，可是她不愿意对自己承认这一点，却开始对她说明，她爸爸多么好、多么诚实、多么善良。

然而过了不久，安德烈·伊里奇回来了，她却很勉强地跟他打招呼。那种不自然的感情的高潮已经过去，并没向她证明什么，反而由于虚假而惹得她生气、恼怒。她在窗旁坐下，痛苦而懊恼。人只有在困境中才能理解要做自己的感情和思想的主人是多么不容易。索菲娅·彼得罗芙娜事后说，当时她心里“一团乱麻，很难理得清，就像极快地飞过一群麻雀，很难数得清有多少只似的”。比方说，她并不因为丈夫回来而高兴，也不喜欢他在吃饭的时候的一举一动，由此她就骤然得出结论，认为她开始恨丈夫了。

安德烈·伊里奇又饿又累，无精打采，等不及菜汤端上来就吃开了腊肠，狼吞虎咽，嚼得很响，两鬓都在蠕动。

“我的上帝啊，”索菲娅·彼得罗芙娜在想，“我爱他，尊敬他，可是……他嚼东西的样子为什么那样惹人讨厌？”

她的思想混乱得不下于她的感情。卢皮亚采娃如同那些要跟不愉快的思想作斗争却又没有经验的人一样，用尽全力不去想她的烦恼，然而她越是努力，她脑海里反而越是活生生地现出伊林的模样、他膝盖上的沙土、蓬松的浮云、列车……

“我这个傻子，今天为什么要去呢？”她痛苦地在想，“难道我是个把握不住自己的人吗？”

越想越感到草木皆兵。等到安德烈吃完最后一道菜，她已经下定决心：索性对丈夫全都说穿，就此避开危险！

“我，安德烈，想跟你认真谈一下。”饭后，她看到丈夫脱掉上衣和皮靴，准备躺下休息，就开口说。

“什么？”

“我们离开这里吧！”

“哦……到哪里去？回城里去还嫌太早。”

“不，出外去旅行，或者别的这一类活动也成……”

“旅行一趟……”公证人嘟哝说，伸个懒腰，“我自己也希望旅行，可是上哪里去找这笔钱呢？而且我把事务所托付给谁呢？”

他稍作思考，补充说：

“确实，你闷得慌，要是你乐意的话，你就自己去吧！”

索菲娅·彼得罗芙娜同意了，然而她立即想到伊林倒会为这个机会高兴，会跟她搭乘同一次列车，坐在同一节车厢里……她思索着，看到她那吃饱肚子、可是仍然懒洋洋的丈夫。不知什么缘故，她的目光停留在他的脚上，那双脚小得很，几乎跟女人的脚一样，穿着花纹的短袜，两只袜尖上都露出一根细线头……

有一只丸花蜂在放下的窗帘里撞着窗玻璃，嗡嗡地叫。索菲娅·彼得罗芙娜望着细线头，听着丸花蜂叫，想象她在火车上的情景……伊林会一天到晚坐在她对面，目不转睛地看着她，怨恨自己软弱，痛苦得脸色惨白。他会说自己是个行为放荡的坏孩子，辱骂她，扯自己的头发，可是等到天色黑下来，趁旅客们睡熟或者出外到火车站台上去，他就会在她面前跪下，抱紧她的腿，就跟刚才在长椅那边一样……

她忽然醒悟过来，明白自己在胡思乱想……

"你听我说，我不一个人去！"她说，"你得跟我一起去！"

"你胡想，索福奇卡！"卢皮亚采夫叹道，"人得严肃点，只希望那些可能办到的事才好。"

"你知道了是怎么回事，就会去的！"索菲娅·彼得罗芙娜在想。

她决定非走不可，于是感到脱离危险了。她的思想渐渐恢复正常，她高兴起来，甚至放任自己想各式各样的事。不管怎样想，不管怎样胡思乱想都无所谓，反正就要走了！她丈夫睡熟后，黄昏渐渐来临……她在客厅里坐下，弹钢琴。黄昏时分，窗外热闹起来，她听到音乐声，特别是想到自己聪明能干，已经把一件麻烦事应付过去了，她的心情就感到彻底欢畅。她那平静的良心对她说：换个别的女人处在她的地位，大概会难以自持，晕头转向，她呢，却羞得要命，心里痛苦，如今正在逃脱危险，而且说不定那种危险根本就不存在！她的美德和果断使她深受感动，她甚至照了三次镜子。

等到天黑时，客人都来了。男人们在饭厅里正坐下来打牌，女人们占据了客厅和露台。伊林比谁都来得迟。他神色悲哀，闷闷不乐，仿佛生了病。他在一张长沙发的角落上坐下，整个晚上就此没站起来过。他平素是兴高采烈，谈笑风生的，可是这一回却始终沉默不语，皱起眉头，不时搔几下眼睛四周的皮肤。每当他不得不回答别人问的话时，他总是只动一下上嘴唇，勉强地露出笑意，简短地回答几句，带着一股怒气。他大约有五次说俏皮话，然而那些俏皮话一说出口，却尖刻伤人。索菲娅·彼得罗芙娜觉得他快要歇斯底里了。直到现在，她在钢琴旁坐着，才第一次清楚地领会到这个不幸的人顾不到开玩笑，他心里真正有病，站也不是，坐也不是。为了她，他在毁掉事业，毁掉青春的最好岁月，把最后一点钱都用在别墅上，撇下母亲和妹妹无人照管，然而最主要的是他跟自己不住苦斗得筋疲力尽。即使出于单纯的、普通的仁爱心，也应该认真对待他了……

这一切她了解得清清楚楚，连她的心都痛了。如果这时候她走到伊林跟前去，对他说一声“不行”，那么她的声音就会具有一种使人很难违抗的力量。可是她没有走过去，也没有说那句话，再者她也根本没有往这方面想……在她身上，年轻人的浅薄和利己主义似乎从来没有像今天晚上这样厉害地表现出来过。她领会到伊林的不幸，坐在长沙发上就跟坐在针尖上一样，她为他难过，然而同时，有一个爱她爱到了痛苦不堪的人在座，却又使她十分得意，体会到自己的力量。她觉得自己年轻、漂亮、高不可攀，（好在她已经决定走了！）于是她在这天晚上索性纵情欢笑。她就卖弄风情，笑个不停，唱得特别动情，很有味道。一切都使她高兴，她觉得样样事情都可笑。她想起长椅那边的情景，想起了那个瞭望的哨兵，都觉得好笑。客人们、伊林的伤人的俏皮话、他领结上那个以前她从没见过的别针，都惹得她发笑。那个别针做成红色小蛇的形状，眼睛上镶着钻石。她觉得这条小蛇那么可笑，恨不得凑过去吻它几下才好。

索菲娅·彼得罗芙娜激动地唱着抒情歌曲，仿佛喝得有点醉意似的，声调有点激昂。她好像要嘲笑别人的愁苦，专唱些悲凉忧郁的曲子，唱词里讲到破灭的希望、往事、老年……“老年啊，一步步逼近……”她唱道。可是老年跟她有什么相干呢？

“我好像有点不对头……”她在欢笑声和歌唱声中偶尔想到。

十二点钟客人们散去了。伊林最后一个走。索菲娅·彼得罗芙娜还有足够的勇气把他送到露台的最后一个台阶。她想对他说明她就要跟她丈夫一起走了，看一看这个消息会对他产生什么影响。

月亮藏在浮云里，然而天色还是很亮，索菲娅·彼得罗芙娜看得见风在戏弄他的大衣底襟和露台的帷幔。她还可以看见伊林脸色苍白，撇着上嘴唇勉强微笑一下……

“索尼亚，索尼亚……我亲爱的女人！”他喃喃地说，不容她开口讲话，“我的宝贝儿，亲人！”

他情意缠绵，说话声里带着哭音，对她吐露许多亲热的话，一句比一句温柔，对她已经用“你”称呼，就跟对待妻子或者情妇一样了。出乎她的意外，他忽然伸出一条胳膊搂住她的腰，另一只抓住她的胳膊肘。

“亲爱的，我的美人儿……”他喃喃地说，吻她脑后的颈项，“你诚恳点，马上到我那里去吧！”

她从他怀里挣脱出来，昂起头，想大发脾气，发泄她的激怒，可是结果她没有发怒，她那些值得称赞的美德和纯洁却只能使她说出凡是普通女人在同类情况下常说的那句话：

“您疯了！”

“真的，我们走吧！”伊林继续说，“我刚才在长椅那边，就已经相信您，索尼亚，跟我一样软弱了……您也躲不过去！您爱我，目前却白费劲地跟您的良心讨价还价……”

他看出她要离开他，就抓住她的花边袖口，很快地把话说完：

“不是今天就是明天，反正您会认输的！那又何必拖延时间呢？我宝贝的、亲爱的索尼亚，既然已经判了刑，又何必推迟执行呢？何苦自己欺骗自己呢？”

索菲娅·彼得罗芙娜抽身躲开他，溜进门去。她回到客厅里，随手盖上钢琴，久久地朝着乐谱上的小饰图看着，坐了下来。她已经站不住，也没法思索了……她先前那么兴奋活泼，这时候却只剩下可怕的衰弱，以及懒散和苦闷了。她的良心悄悄对她说，她今天晚上的举动不得体，愚蠢，活像个疯疯癫癫的傻丫头，又说她刚才在露台上让人搂住，甚至现在她腰上和胳膊肘那里还觉得有点不对劲。客厅里一个人也没有，只点着一支蜡烛，卢皮亚采娃在钢琴前面的圆凳上坐着，一动也不动，仿佛在等待着什么。一种强大而无法抗拒的欲望，似乎趁着天黑，趁着她感到极度疲乏，一步步把她抓紧。它好似一条大蟒，缠紧她的四肢和灵魂，随时在长大，再也不像先前那样威胁她，却明明白白赤身露体地立在她面前了。

她坐了半个钟头，呆然不动，没有拦阻自己去思念伊林。随后她懒散地站起来，慢慢地走到卧室去。安德烈·伊里奇已经躺在床上。她在敞开的窗子旁边坐下，听凭欲望煎熬她。她头脑里的“混乱”已经不复存在，她的全部感情和思想已经和谐一致地围绕着那唯一的、清楚的目标了。她本来打算挣扎一下，可是立刻摇摇手，算了……她现在才明白敌人是多么有力和顽强。为了与它作斗争，就得有力量，就得坚定，可是她的出身、教育、生活却没有给她什么可以倚仗的东西。

“不道德的女人！坏女人！”她为自己缺乏力量而痛斥自己，“原来你是这样的人？”

她这种软弱玷辱了她的清白，这使她极其恼火，她用尽她所知道的种种骂人字眼辱骂自己，对自己说出许多刻薄难听的真话。例如，她对自己说，她从来就不是有道德的女人，以前所以没有堕落，无非是因为一直缺乏机会罢了，今天她这一整天的斗争是可笑的，是一场喜剧……

“就算你斗争过吧，”她想，“可是这算是什么斗争！就连卖淫的女人在卖淫以前也要斗争的，不过临了还是去卖淫，好个斗争：像牛奶一样，一天之内就结成块了！一天之内啊！”

她揭穿自己说，驱使她离开家庭的并不是感情，也不是伊林这个人，而是前面等待她的感觉……她像许多人一样，是个住在别墅里闲着没事做的太太！

“‘当小鸟的母亲被打死的时候。’”窗外有人用沙哑的男高音唱着。

“要是去的话，现在就该去了。”索菲娅·彼得罗芙娜在想。她的心突然跳得厉害。

“安德烈！”她几乎大叫起来，“你听我说，我们……会一块儿走吧？是吗？”

“哦……我已经跟你说过：你自己一个人去吧！”

“可是你听着……”她费劲地说，“要是你不跟我一块儿走，你就有失掉我的危险！我……似乎已经在……恋爱了！”

“爱上谁了？”安德烈·伊里奇问。

“对你来说，不管爱上谁反正都一样！”索菲娅·彼得罗芙娜叫道。

安德烈·伊里奇坐起来，让两条腿在床边垂下来，惊讶地瞧着妻子的黑身影。

“想入非非！”他打了个呵欠说。

他不信，可是他依然害怕。他沉吟一下，对妻子提出几个无关紧要的问题，然后讲他对家庭、对负情的见解……他无精打采地讲了十分钟左右，就睡下了。他的箴言没有奏效。世界上的见解是很多的，可是其中倒有一大半都是那些没经历过烦恼的人想出来的！

尽管时间已经很晚，窗外却还有别墅住客们在走动。索菲娅·彼得罗芙娜披上一件薄斗篷，站了一会儿，想了想……她还能够果断地对她那昏昏睡去的丈夫说：

“你睡着了吗？我去散散步……你愿意跟我一块儿去吗？”

这是她最后的希望。她没有得到回答，就走了出去。外面有风，空气新鲜。她既没感到风，也没觉得天黑，只顾往前走去……那种无法抗拒的力量催促着她，似乎她一停下来，它就会推她的后背似的。

“不道德的女人！”她随口嘟哝说，“坏女人！”

她呼呼地喘气，羞得脸上发烧，感觉不到下身有两条腿了，然而那种推着她往前走的力量，却比她的羞耻心、比她的理智、比她的恐惧强大得多……

粉红色长袜

阴霾的雨天。天空乌云密布，久久不散，看不出这场雨什么时候才会停。房外是泥泞、水洼、淋湿的寒鸦。房间里光线暗淡，冷得简直要生炉子。

伊万·彼得罗维奇·索莫夫在书房里从这个墙角走到那个墙角，抱怨天气。窗上的雨珠和房里的阴暗引起他的苦恼。他烦闷得难受，没有办法消磨时间……报纸还没有送来，出外打猎又不行，而且一时还不会开饭……

书房里不光是索莫夫一个人。在他的写字台旁边坐着索莫夫太太。她是个娇小俊俏的女人，穿着薄罩衫和粉红色长袜。她在专心写信。走来走去的伊万·彼得罗维奇每次经过她身旁，总是从她肩膀上边望过去，看一眼她写的字。他看见歪歪扭扭的大字，字体细长，带着难看的尾巴和小钩。墨污、涂改的地方、手指印多得不得了。索莫夫太太不喜欢用移行符号，每一行字写到纸边上，就可怕地抽搐起来，像瀑布那样顺流而下……

“莉多奇卡，你写了这么多，是写给谁的？”索莫夫看见他妻子开始写第六张信纸时，问道。

“写给我妹妹瓦莉娅的……”

“嘿……那么长！你给我读一下，也好解解闷！”

“你拿去读吧，只是读起来没有什么趣味……”

索莫夫接过写好的信纸，继续走来走去，开始阅读。莉多奇卡把胳膊肘支在圈椅的靠背上，注视他脸上的表情。他读了头一页，脸就拉长了，显出一种类似惊慌的神情……读到第三页，索莫夫皱起眉头，慢腾腾地搔后脑勺儿。读到第四页，就停住脚，胆怯地望一望妻子，沉思不语。他稍作考虑，叹了一口气，又开始看信……他脸上流露出困惑，甚至是吃惊的神情……

“不，不行！”他看完信，把信纸丢在桌子上，喃喃地说，“简直不行！”

“怎么了？”莉多奇卡惊慌地问。

“怎么了！写满六张信纸，足足花了两个钟头，可是……可是等于什么也没写！连一点点思想也没有！读啊读的，越读越糊涂，就跟认茶叶盒上古里古怪、难解的中国字似的！哎呀呀！”

“是的，这是实话，万尼亚……”莉多奇卡涨红着脸说，“我写得潦草……”

“什么潦草？潦草的信总还有含意，有格局，有内容，可是你的信……对不起，我都不知道该叫它什么才好！全都是胡说八道！有词、有句，可是内容却丝毫也没有。你的信从头到尾活像两个顽皮的孩子在对话。一个说：‘今天我们家里做油饼！’另一个说：‘有个兵到我们家来了！’淡而无味！拖得很长，反反复复老是那一套……你那些可怜的思想像栅栏里的魔鬼那样蹦蹦跳跳，谁也闹不清事情是从何处开头，到何处结束……哎，怎么能写成这个样子呢？”

“要是我写得细心一些，”莉多奇卡辩白说，“那就不会出错了……”

“啊，我还没谈到写错的地方呢！可怜的语法在哇哇地叫呀！没有一行文字不是对语法的侮辱！不用逗点，不用句点，而且别字啊……呸！把土地一字中的‘亚’写成了‘叶’①。字迹呢？那不是写字，而是叫人看了会哭笑不得！我不是说着玩的，莉多奇卡……你这封信惹得我既惊讶又震动……你别生气，亲爱的，不过我，当着上帝说实话，没料到你的语法这么不通……可是，论地位，你属

① 意为把古俄文中的“я”（读亚）写成“е”（读叶）。

于受过教育的知识界，你是念过大学的人的妻子，又是将军的女儿！我说你在哪里念过书没有？”

“那还用问？我是在冯·梅布克的贵族女子寄宿学校毕业的……”

索莫夫耸了耸肩膀，叹了口气，继续走来走去。莉多奇卡意识到自己不学无术，害臊了，也不住叹气，低下眼睛……沉默了十分钟左右……

“你听我说，莉多奇卡，其实，这太可怕了！”索莫夫忽然在妻子面前站住，惊恐地望着她的脸说，“要知道，你是母亲……明白吗？是母亲！你自己尚且什么都不懂，那你怎么教孩子呢？你脑子挺好，可是如果连基本知识都没掌握，这种脑子还有什么用？哦，姑且不谈知识……孩子在学校里也能学到知识的，可是要知道，你就是在精神方面也很不够，是啊，有的时候你乱说一通，而且不堪入耳。”

索莫夫又耸了耸肩膀，把身上的长袍裹一裹紧，继续走来走去……他又心烦又气恼，同时又怜惜莉多奇卡。她没有顶嘴，光是眨巴眼睛……两个人都感到沉重，痛心……两个人只顾着愁闷，却没有留意到光阴在流逝，吃饭的时候快到了……

索莫夫素来喜欢津津有味、心平气和地用餐，这次坐下来吃饭，就喝下一大杯伏特加酒，开始谈别的事情，莉多奇卡听他讲，随声附和，可是菜汤端上来的时候，忽然，她眼睛里满是泪水，抽抽搭搭地哭了。

“这都怪妈不好！”她说，用餐巾擦眼泪，“当初大家都劝她把我送进中学，我从中学出来，准定会进高等女校！”

“进高等女校……念中学……”索莫夫喃喃地说，“这未免走极端了，小母亲！穿蓝色长袜有什么好处呢？蓝色长袜……鬼才知道是怎么一回事！男不像男，女不像女，不三不四，非驴非马……我讨厌蓝色长袜！我决不娶女学究……”

“谁也闹不清你是怎么回事……”莉多奇卡说，“你看出我没有学问，就生气，同时又讨厌有学问的女人。你看出我信里没有思想，就不高兴，可又反对我上学。”

“你抓住我的语病了，亲爱的。”索莫夫说着，打个呵欠，由于烦闷而给自己斟了第二杯酒……

由于酒足饭饱，索莫夫变得快活些，和善些，也温柔些了……他瞧着他那漂亮的妻子带着操心的模样拌色拉，一股对妻子的爱怜、宽容态度、原谅一切的感情，猛然涌上他的心头……

“我今天平白无故害得她这个可怜虫垂头丧气……”他想，“我何必对她说那么些触心境的话呢？不错，在我看来，她有点愚蠢，不开窍，见解有点狭隘，不过……话说回来，有弊必有利，不同的话也该听……据说女人的浅薄是由女人的天职决定的，这话倒也许千真万确。我们不妨假定，女人生来就是为了爱丈夫、生孩子、切生菜的，那么她要知识有什么鬼用场？这是自然的！”

这时候他不由得想起，有学问的女人一般说来都是难以相处的，她们苛刻、严格、寸步不让，而跟有点愚蠢的莉多奇卡一块儿生活，正好相反，倒是蛮轻松的，她什么也不过问，懂得不多，也不挑他的毛病，不批评他。跟莉多奇卡相处，倒可以图个清静，也不致遭到由她控制的危险……

“去她们的吧，那些聪明而有学问的女人！跟头脑简单点的女人一块儿生活舒服得多，也安宁得多。”他暗自想着，从莉多奇卡手里接过一碟童子鸡来……

他想起有的时候文明的男人很想找个聪明而有学问的女人谈一谈，交流一下思想……

“那有什么关系？”索莫夫想，“如果打算跟聪明的女人谈话，那我就去找娜塔莉娅·安德烈耶芙娜好了……要不然去找玛利亚·弗兰采芙娜也行……很简单嘛！”

《毒物》——《粉红色长袜》

廖鸿钧　译